NOTRE-DAME DE PARIS

1482

VICTOR HUGO

NOTRE-DAME
DE
PARIS

1482

Chronologie et préface
par
Léon Cellier

GF-Flammarion

Du même auteur
dans la même collection :

LES CHANSONS DES RUES ET DES BOIS
LES MISÉRABLES (3 volumes)
QUATREVINGT-TREIZE
LA LÉGENDE DES SIÈCLES (2 volumes)
ODES ET BALLADES - LES ORIENTALES
CROMWELL
LES FEUILLES D'AUTOMNE - LES CHANTS DU CRÉPUS-
    CULE
CHÂTIMENTS
THÉÂTRE. Amy Robsart - Marion de Lorme -
    Hernani - Le Roi s'amuse
THÉÂTRE. Lucrèce Borgia - Ruy Blas - Marie Tudor -
    Angelo, tyran de Padoue
LES TRAVAILLEURS DE LA MER
L'HOMME QUI RIT (2 volumes)
LES BURGRAVES
L'ART D'ÊTRE GRAND-PÈRE

Dans la collection Grand Format :

VICTOR HUGO, POÈMES
    Choisis et présentés par Jean Gaudon

© 1967, GARNIER-FLAMMARION, Paris
ISBN 2-08-070441-9

CHRONOLOGIE

1797 : 15 novembre, mariage de Léopold-Joseph Sigisbert Hugo et de Sophie Trébuchet à Paris.

1798 : 15 novembre, naissance d'Abel Hugo à Paris.

1800 : 16 septembre, naissance d'Eugène Hugo à Nancy.

1802 : 26 février, naissance de Victor Hugo à Besançon.

1803 : le colonel Hugo et ses enfants à l'île d'Elbe.
28 novembre, naissance d'Adèle Foucher à Paris.

1804 : retour à Paris des trois frères ; avec leur mère, rue de Clichy.

1806 : 11 avril, naissance de Julienne Gauvain dite Juliette Drouet.

1807 : Mme Hugo et ses enfants en Italie.

1808 : retour de Naples à Paris. Le colonel est envoyé en Espagne.

1809 : installation rue Saint-Jacques, puis aux Feuillantines.
Mme Hugo cache Lahorie. Le colonel est nommé général et comte d'empire.

1811 : mars, départ de Mme Hugo et des trois enfants pour l'Espagne. Passage à Bayonne.

1812 : mars, retour aux Feuillantines. Lahorie, amant de Mme Hugo, est fusillé.

1813 : Victor élève de Larivière. Départ des Feuillantines et installation rue du Cherche-Midi.

1814 : le général Hugo à Thionville. Procédure de divorce entre le père et la mère.

1815 : Victor et Eugène, pensionnaires chez Cordier et Decotte.
Après Waterloo, le général, en demi-solde. se retire à Blois.

1816 : Victor et ses frères ont commencé d'écrire. Élèves au lycée Louis-le-Grand. Les enfants ont pris le parti de la mère.

1817 : Victor traduit Virgile. *Le bonheur que procure l'étude*, poème, lui vaut une mention de l'Académie française.

1818 : essais poétiques divers. Relations avec François de Neufchâteau. Victor, qui a eu un accessit de physique au Concours général, hésite entre Polytechnique et le droit. Loge chez sa mère rue des Petits-Augustins.

1819 : lauréat aux Jeux floraux. Amoureux d'Adèle Foucher.
11 décembre, fondation par les frères Hugo du *Conservateur littéraire*, qui durera jusqu'au 31 mars 1821.

1820 : gratifié de 500 francs pour une *Ode sur la mort du duc de Berry*.
Rupture entre les familles Hugo et Foucher.
Maître ès Jeux floraux. Lauréat d'un concours académique.
Bug-Jargal paraît dans *le Conservateur littéraire*.

1821 : 27 juin, mort de Mme Hugo, âgée de 49 ans.
30 juin, fiançailles secrètes de Victor et d'Adèle : les lettres à la fiancée.
août, séjour de Victor à Montfort-l'Amaury et à La Roche-Guyon. Renoue avec son père. S'installe rue du Dragon.

1822 : 8 juin, *Odes et Poésies diverses* (pension royale de 1 000 francs).
12 octobre, mariage de Victor et d'Adèle. Eugène devient fou.
31 décembre, *Odes*, 2e édition.

1823 : 8 février, *Han d'Islande*.
16 juillet, naissance de Léopold-Victor à Paris.
9 octobre, mort de ce premier enfant à Blois.
juillet, début de la *Muse française*, publication qui durera jusqu'au 15 juin 1824.

1824 : 13 mars, *Nouvelles Odes*.
Victor habite rue de Vaugirard, fréquente Nodier et le cénacle de l'Arsenal.

28 août, naissance de Léopoldine Hugo.

1825 : séjourne à Blois chez son père.
29 avril, chevalier de la Légion d'honneur.
Invité au sacre de Charles X, le 24 juin.
août, voyage dans les Alpes et en Suisse avec Nodier.
septembre, nouveau séjour à Montfort-l'Amaury.

1826 : *Bug-Jargal* en volume, version remaniée.
2 novembre, naissance de Charles Hugo.
novembre, *Odes et Ballades*.

1827 : début des relations avec Sainte-Beuve.
S'installe rue Notre-Dame-des-Champs.
5 décembre, *Cromwell* avec une *Préface*.

1828 : janvier, mort du général Hugo.
février, échec d'*Amy Robsart* à l'Odéon.
août, édition définitive des *Odes et Ballades*.
21 octobre, naissance de François-Victor Hugo.

1829 : 19 janvier, *les Orientales*.
3 février, *Dernier Jour d'un condamné*.
Interdiction d'*Un Duel sous Richelieu* (*Marion de Lorme*) reçu au Théâtre-Français.

1830 : 25 février, première d'*Hernani* au Théâtre-Français.
S'installe rue Jean-Goujon.
28 juillet, naissance d'Adèle Hugo. (27-29 juillet : les Trois Glorieuses).
Travaille à *Notre-Dame de Paris*.

1831 : amours de Mme Hugo et de Sainte-Beuve.
16 mars, *Notre-Dame de Paris*.
juin, séjour aux Roches, chez les Bertin.
11 août, première de *Marion de Lorme* à la Porte-Saint-Martin.
30 novembre, *les Feuilles d'automne*.

1832 : 15 mars, 5e éd. du *Dernier Jour d'un condamné*, augmentée d'une *Préface*.
juillet : séjour aux Roches.
octobre : s'installe place Royale (Place des Vosges).
22 novembre, première du *Roi s'amuse* au Théâtre-Français.
10 décembre, interdiction de la pièce.
17 décembre, 8e édition de *Notre-Dame de Paris*, augmentée de trois chapitres.

1833 : 2 janvier, première rencontre avec Juliette Drouet, actrice.

2 février, première de *Lucrèce Borgia* à la Porte-Saint-Martin.

16-17 février, première nuit d'amour de Victor et de Juliette.

6 novembre, première de *Marie Tudor* à la Porte-Saint-Martin.

1834 : 15 janvier, *Étude sur Mirabeau.*

19 mars, *Littérature et Philosophie mêlées.*

6 juillet, *Claude Gueux* dans la *Revue de Paris*, 6 septembre, en volume.

2 août, Juliette s'enfuit en Bretagne avec sa fille Claire, Hugo la ramène à Paris.

1er septembre, installation de Juliette aux Metz, Hugo aux Roches.

1835 : 28 avril, première d'*Angelo* au Théâtre-Français.

juillet-août, voyage en Picardie, Normandie.

septembre, séjour aux Roches.

27 octobre, *les Chants du crépuscule.*

1836 : février et décembre, échec à l'Académie française.

juin-juillet, voyage en Bretagne et en Normandie avec Juliette.

8 septembre, première communion de Léopoldine à Fourqueux.

14 novembre, à l'Opéra, première de *la Esmeralda*, livret de Victor Hugo d'après *Notre-Dame de Paris*, musique de Louise Bertin.

1837 : 20 février, mort d'Eugène Hugo, interné à Charenton depuis 1823.

26 juin, *les Voix intérieures.*

août-septembre, voyage en Belgique et dans le Nord de la France.

octobre, revient seul dans la vallée de la Bièvre (*Tristesse d'Olympio*).

1838 : février et mars, reprises d'*Hernani* et de *Marion de Lorme* après procès.

8 novembre, première de *Ruy Blas* à la Renaissance.

1839 : juillet, obtient la grâce de Barbès condamné à mort.

août, abandonne *les Jumeaux*, pièce commencée en juillet.

août-octobre, voyage avec Juliette en Alsace, Rhénanie, Suisse et Provence.

19 décembre, élection nulle à l'Académie française.

1840 : 9 janvier, président de la Société des Gens de Lettres.

20 février, nouvel échec à l'Académie française.

16 mai, *les Rayons et les Ombres*.

juin, séjour à la Terrasse.

août-novembre, voyage avec Juliette sur les bords du Rhin et du Neckar.

14 décembre, *le Retour de l'Empereur* (Napoléon aux Invalides).

1841 : 7 janvier, élu à l'Académie française.

3 juin, réception à l'Académie française.

juillet, séjour à Saint-Prix.

1842 : 28 janvier, *le Rhin*.

juin, séjour à Saint-Prix.

1843 : 15 février, mariage de Léopoldine Hugo et de Charles Vacquerie.

7 mars, première des *Burgraves* au Théâtre-Français.

juillet-septembre, voyage avec Juliette aux Pyrénées et en Espagne.

4 septembre, Léopoldine et son mari se noient dans la Seine à Villequier.

9 septembre, Hugo, de passage à Soubise, apprend la nouvelle en lisant un journal.

1844 : mars, début de la liaison avec Mme Biard.

septembre, pèlerinage sur la tombe de Léopoldine.

1845 : janvier, réponse au discours de réception de Saint-Marc-Girardin à l'Académie.

février, réponse au discours de réception de Sainte-Beuve à l'Académie.

13 avril, Victor Hugo pair de France.

5 juillet, pris en flagrant délit d'adultère avec Mme Biard.

septembre, pèlerinage à Villequier, puis aux Metz avec Juliette.

novembre, commence *les Misérables (les Misères)*.

1846 : 18 février, premier discours à la Chambre des pairs (sur la propriété littéraire).

21 juin, mort de Claire Pradier, fille de Juliette.

septembre, pèlerinage à Villequier.

1847 : 14 juin, discours en faveur du retour de Louis-Napoléon Bonaparte.

octobre, pèlerinage à Villequier.

1848 : février, Révolution. Hugo tente vainement d'obtenir la Régence pour la duchesse d'Orléans.

juin, élu député à Paris à l'Assemblée constituante (député de droite).

20 juin, discours sur les ateliers nationaux.

juillet, s'installe rue de l'Isly.

août, fonde avec son fils *l'Événement*.

septembre, discours contre la peine de mort.

décembre, Louis-Napoléon Bonaparte est élu président de la République.

1849 : 13 mai, élu député à l'Assemblée législative.

juillet-octobre, rupture de Hugo avec la droite.

1850 : 15 janvier, discours contre la loi Falloux.

21 mai, discours pour le suffrage universel.

21 août, discours aux obsèques de Balzac.

1851 : les fils de Hugo sont emprisonnés, Charles en juillet, François-Victor en novembre.

17 juillet, discours contre le Prince-Président.

octobre, suspension de *l'Événement*.

2 décembre, coup d'État de Louis-Napoléon. Hugo tente d'organiser la résistance.

11 décembre, départ pour Bruxelles, commence l'*Histoire d'un crime*.

1852 : 5 janvier, loge place de l'Hôtel-de-Ville à Bruxelles.

9 janvier, publication du décret expulsant Victor Hugo du territoire français.

juin : vente aux enchères à Paris du mobilier de Victor Hugo.

du 1er au 5 août, quitte la Belgique, passe à Londres et arrive à Jersey.

5 août, publication de *Napoléon-le-Petit* à Bruxelles.

12 août, installation à Marine-Terrace.

2 décembre, Napoléon III empereur.

1853 : septembre, début des séances de spiritisme.

21 novembre, *les Châtiments* (deux éditions dont une expurgée).

1854 : janvier-février, affaire Tapner. *Lettre ouverte à lord Palmerston*.

1855 : mort d'Abel Hugo, 7 février.

9 avril, *Lettre ouverte à Napoléon III*.

octobre, affaire Pyat. Hugo, ayant pris parti pour les proscrits expulsés de Jersey, reçoit lui-même un ordre d'expulsion.

31 octobre, Hugo s'embarque pour Guernesey.

1854-1856 : travaille à *Dieu* et à *la Fin de Satan.*

1856 : 23 avril, *les Contemplations.*
5 novembre, installation à Hauteville-House.

1857 : travaille aux *Petites Épopées (Légende des siècles)*, et à *la Pitié suprême.*

1858 : gravement malade d'un anthrax.

1859 : mai-juin, séjour à l'île de Serk.
août, Napoléon III proclame l'amnistie, que Hugo repousse à jamais.
26 septembre, *la Légende des siècles* (1ere série).
2 décembre, intervention en faveur de John Brown, noir américain qui sera pendu.

1860 : avril, abandonne *la Fin de Satan,* reprise en 1859, pour se consacrer aux *Misérables.*
juin : visite à Jersey.

1861 : mars-septembre, voyage en Belgique, séjour à Waterloo.
Achèvement des *Misérables.*

1862 : début de la publication des *Misérables* à Bruxelles le 30 mars, à Paris le 3 avril.
Publication de la suite et de la fin en mai et juin.
juillet-août, voyage en Belgique, Luxembourg, Rhénanie.
16 septembre, banquet des *Misérables* à Bruxelles.

1863 : janvier, adaptation à la scène des *Misérables* par Charles Hugo, jouée à Bruxelles.
mai, Adèle, la fille du poète, s'enfuit à Londres, puis au Canada.
juin, *Victor Hugo raconté par un témoin de sa vie* (récit de Mme Hugo).
août-octobre, voyage en Belgique et sur les bords du Rhin.
Dessins de Victor Hugo, album gravé par P. Chenay et préfacé par Th. Gautier.

1864 : (de 1859 à 1866, François-Victor publie la traduction des Œuvres de Shakespeare en 18 vol.) dans le tome 15 paru en 1864, *préface* de Victor Hugo.
14 avril : *William Shakespeare.*
août-octobre, voyage sur le Rhin et en Belgique.

1865 : janvier, mort de la fiancée de François-Victor, qui quitte Guernesey avec sa mère.

juillet-octobre, voyage en Belgique et sur le Rhin.
17 octobre, mariage de Charles Hugo à Bruxelles avec Alice Lehaene.
25 octobre, *les Chansons des rues et des bois.*

1866 : 12 mars, *les Travailleurs de la mer.*
juin-octobre, voyage à Bruxelles.

1867 : 31 mars, naissance de Georges, fils de Charles Hugo.
mai, introduction à *Paris-Guide* pour l'exposition universelle.
juin, intervention en faveur de Maximilien empereur du Mexique, qui sera fusillé.
juin, reprise d'*Hernani* au Théâtre-Français.
juillet-octobre, voyage en Belgique et Zélande.
novembre, *la Voix de Guernesey* publiée à Genève.

1868 : 14 avril, mort de Georges Hugo.
juillet, séjour à Bruxelles.
16 août, naissance de Georges, second fils de Charles Hugo.
27 août, mort de Mme Victor Hugo à Bruxelles.

1869 : 19 avril, *l'Homme qui rit.*
mai-juin, écrit *Torquemada.*
août-octobre, voyage en Belgique et en Suisse (congrès de la paix à Lausanne).
21 septembre, naissance de Jeanne, fille de Charles Hugo.

1870 : 14 juillet, plantation à Hauteville-House du Chêne des États-Unis d'Europe.
(19 juillet, la France déclare la guerre à la Prusse.)
15 août, départ pour Bruxelles.
4 septembre, proclamation de la République. 5 septembre, retour de Hugo à Paris.
9 septembre, proclamation aux Allemands ; 17 septembre, aux Français ; 2 octobre, aux Parisiens.
20 octobre, première édition française des *Châtiments.*

1871 : 28 janvier, élu député de Paris.
13 février, départ pour Bordeaux où se réunit l'Assemblée nationale.
8 mars, donne sa démission de député pour protester contre la politique de l'Assemblée.
13 mars, mort de Charles Hugo.
18 mars, obsèques de Charles à Paris, le jour où éclate l'insurrection de la Commune.
21 mars, départ de Hugo pour Bruxelles.

27 mars, offre, dans *l'Indépendant belge*, asile aux communards.
30 mai, expulsé de Belgique.
1er juin-25 septembre, séjour au Luxembourg.
2 juillet, échec à la députation.
25 septembre, retour à Paris ; s'installe rue La-Rochefoucauld.

1872 : 7 janvier, nouvel échec à la députation.
février, Adèle, fille du poète, revenue folle des Antilles, est internée à Saint-Mandé.
19 février, reprise de *Ruy Blas*.
20 avril, *l'Année terrible*.

1872-73 : août 1872-juillet 1873, retour à Guernesey.
décline une candidature à la députation en Algérie (septembre) et à Lyon (mars). Début de la liaison avec Blanche.

1873 : juillet, de retour à Paris s'installe avenue de Clichy.
26 décembre, mort de François-Victor Hugo.

1874 : 20 février, *Quatrevingt-Treize*.
octobre, *Mes fils*.

1875 : mars, *Pour un soldat*, appel pour un soldat condamné à mort.
mai, *Actes et Paroles : Avant l'exil* (1841-1851).
novembre, *Actes et Paroles : Pendant l'exil* (1852-1870) avec une préface : *Ce que c'est que l'exil*.

1876 : 30 janvier, élu sénateur de Paris.
22 mai, intervention en faveur de l'amnistie.
juillet, *Actes et Paroles : Depuis l'exil* (1870-1876) avec une préface : *Paris et Rome*.

1877 : 26 février, *la Légende des Siècles* (2e série).
3 avril, mariage d'Alice, veuve de Charles, avec Lockroy.
12 mai, *L'art d'être grand-père*.
21 juin, discours au Sénat contre la dissolution de la Chambre.
1er octobre, *Histoire d'un crime*, tome I.

1878 : 15 mars, *Histoire d'un crime*, tome II.
22 mars, adaptation des *Misérables* jouée à la Porte-Saint-Martin.
29 avril, *le Pape*.
30 mai, discours pour le centenaire de Voltaire.
28 juin, début de congestion cérébrale.
8 juillet-9 novembre, dernier séjour à Guernesey.

novembre, s'installe 130 avenue d'Eylau (avenue Victor-Hugo).

1879 : 28 février, *la Pitié suprême*.
le même jour, discours sur l'amnistie au Sénat.
août-septembre, séjour à Veules-les-Roses et à Villequier.

1880 : 26 février, cinquantenaire d'*Hernani*.
avril, *Religions et Religion*.
3 juillet, nouvelle tentative en vue de l'amnistie des communards.
25 octobre, *l'Ane*.

1881 : 27 février, manifestation pour les 80 ans du poète.
31 mai, *les Quatre Vents de l'esprit*.

1882 : 8 janvier, réélu sénateur.
20 mai, *Torquemada*.
août-septembre, séjour à Veules-les-Roses.
22 novembre, reprise du *Roi s'amuse*, cinquante ans après.

1883 : 11 mai, mort de Juliette, après la célébration en février du cinquantième anniversaire de leur liaison.
9 juin, *la Légende des siècles* (3ᵉᵐᵉ série).
6 octobre, *l'Archipel de la Manche*.

1883-84 : *la Légende des siècles* (édition définitive).

1884 : septembre, voyage en Suisse.

1885 : 14 mai, congestion pulmonaire.
22 mai, à 1 h 30 de l'après-midi, mort de Victor Hugo.
1ᵉʳ juin, funérailles nationales de l'Arc de Triomphe au Panthéon.

L'ŒUVRE POSTHUME

1886 : *La Fin de Satan - Le Théâtre en liberté*.

1887 : *Choses vues* (1ᵉʳᵉ série).

1888 : *Toute la lyre*.

1889 : *Amy Robsart - Les Jumeaux*.

1890 : *Alpes et Pyrénées - Lettres aux Bertin*.

1891 : *Dieu*.

1892 : *France et Belgique*.

1893 : *Toute la lyre* (nouvelle série).

1896 : *Correspondance* (tome I).

1898 : *Correspondance* (tome II) - *Les Années funestes* (1852-1870).

1900 : *Choses vues* (nouvelle série).

1901 : *Post-Scriptum de ma vie - Lettre à la fiancée* (1820-1822).

1902 : *Dernière Gerbe.*

1909 : *Correspondance entre Victor Hugo et Paul Meurice.*

1934 : *Théâtre de jeunesse - Mille Francs de récompense.*

1942 : *Océan - Tas de pierres.*

1951 : *Pierres.*

1952 : *Souvenirs personnels* (1848-1851) - *Trois Cahiers de vers français* (1815-1818) - *Strophes inédites.*

1953 : *Carnets intimes* (1870-1871).

1955 : *Choses de la Bible* (1846).

1964 : *Lettres à Juliette Drouet.*

1965 : *Journal de ce que j'apprends chaque jour* (1846-1848) - *Boîte aux lettres.*

1966 : *Epîtres.*

PRÉFACE

Dans le chapitre LIV de *Victor Hugo raconté par un témoin de sa vie*, intitulé *Notre-Dame de Paris*, sont rappelées les circonstances remarquables dans lesquelles l'œuvre fut achevée.

Hugo avait vendu un roman à l'éditeur Gosselin. « Il s'était engagé à le livrer en avril 1829. Absorbé par le théâtre, il n'avait pu penser à autre chose, et la date était passée depuis un an qu'il n'avait pu écrire la première ligne ». Gosselin exigeant l'exécution du traité, Hugo obtint cinq mois de répit : l'œuvre devait être achevée le 1er décembre 1830. Hugo « commença à écrire le matin du 27 juillet ». Il venait de s'installer dans un nouvel appartement près des Champs-Élysées, espérant y trouver le calme. Mais au moment où il se mettait à l'œuvre, la révolution éclatait dans Paris. Fasciné par les événements, il rédige alors le futur « *Journal d'un révolutionnaire de 1830* » : comment s'intéresser au Moyen Age, quand la capitale se couvre de barricades, sinon pour faire profiter de ses impressions la description de l'assaut des truands ? Comme le dit le témoin, « *Notre-Dame de Paris* avait été rejetée bien loin par cette éruption de la politique ». Il prétend en outre que l'auteur, voulant mettre à l'abri ses manuscrits, perdit un cahier de notes prises pour son roman historique. *Se non e vero...* l'auteur extorqua du moins à l'éditeur un nouveau délai. Pour être prêt le 1er janvier, Hugo se fit ermite, ou plutôt « il entra dans son roman comme dans une prison »... « Dès lors, il ne quitta plus sa table que pour manger et pour dormir... Sa création s'était emparée de lui ; il ne sentait ni la fatigue ni le froid de l'hiver qui était venu ; en décembre, il travaillait les fenêtres ouvertes... Le 14 janvier, le livre était fini. »

Selon le témoin, « le roman parut le 13 février, jour du
sac de l'archevêché ». En vérité le témoin commet des
oublis et même des erreurs. Il ne dit rien par exemple
d'un événement familial qui fit — on peut l'imaginer —
quelque bruit : le 28 juillet, venait au monde la dernière
enfant du poète, Adèle. La version officielle des faits
exagère la désinvolture de Hugo, sinon sa facilité d'improviser, car il avait pensé à son roman plus tôt qu'il ne
dit. Dès 1828, il prenait des notes et ébauchait un canevas,
et en juin 1830, il s'était remis sérieusement à l'œuvre.
Enfin la date de publication qui nous est donnée est
inexacte : c'est le 16 mars que parut le roman en deux
volumes.

En 1832, la huitième édition sera augmentée de trois
chapitres : le chapitre VI du livre IV, *Impopularité*, et les
deux chapitres *Abbas beati Martini* et *Ceci tuera cela* qui
constituent le livre V. Au dire de Hugo, ces chapitres
étaient « inédits, mais non pas nouveaux », car ils avaient
été égarés lors de la première impression. Il est permis de
se montrer sceptique ; ces chapitres étant des chapitres
didactiques, susceptibles de lasser le lecteur, ou plutôt,
selon le texte même, les lectrices ; Hugo soucieux de plaire,
ne les a-t-il pas joints lorsque le succès a été assuré ?

Le témoin reproduit un document du plus grand
intérêt, la présentation du roman par Hugo lui-même.
« C'est une peinture de Paris au quinzième siècle et du
quinzième siècle à propos de Paris. Louis XI y figure dans
un chapitre. C'est lui qui détermine le dénouement. Le
livre n'a aucune prétention historique, si ce n'est de peindre
peut-être avec quelque science et quelque conscience,
mais uniquement par aperçus et par échappées, l'état des
mœurs, des croyances, des lois, des arts, de la civilisation
enfin au quinzième siècle. Au reste, ce n'est pas là ce qui
importe dans le livre. S'il a un mérite, c'est d'être œuvre
d'imagination, de caprice et de fantaisie. »

Le critique ne peut que rendre hommage à la modestie
et à la lucidité de l'auteur, et pour présenter l'œuvre, il
ne saurait mieux faire que de paraphraser un jugement
d'une parfaite justesse. La remarque s'impose d'autant
plus que *Notre-Dame de Paris* passe pour le type du roman
historique. Il est vrai que, dans la note ajoutée à l'édition
définitive, Hugo, selon un procédé de bascule qui lui est
habituel, invite le lecteur à démêler sous le roman autre
chose que le roman, à étudier la pensée d'esthétique et
de philosophie cachée dans ce livre.

Un point reste acquis : le souci d'écrire un roman historique est subordonné à une autre exigence ; il ne s'agit pas tant d'imiter Walter Scott que de rivaliser avec lui en imposant une formule nouvelle.

Le jeune Hugo, comme tous ses contemporains, découvrit avec émerveillement l'œuvre de Walter Scott, et il est évident que *Quentin Durward*, roman médiéval où apparaît Louis XI, a trouvé dans l'auteur de *Notre-Dame de Paris* un lecteur fervent. Il est sûr encore qu'à la manière de Scott et à la différence de Vigny, Hugo ne songe pas à prendre pour progatonistes des personnages historiques ; ses héros sont des personnages fictifs. Au second plan nous apercevons un Louis XI aussi conventionnel que le Richelieu de *Marion de Lorme*, l'homme rouge qui passe.

Mais Hugo avait à peine vingt et un ans que dans un article sur Walter Scott il formulait déjà, sinon des réserves, du moins sa propre conception du roman historique. « Après le roman pittoresque, mais prosaïque, de Walter Scott, il restera un autre roman à créer, plus beau et plus complet selon nous. C'est le roman, à la fois drame et épopée, pittoresque, mais poétique, réel, mais idéal, vrai, mais grand, qui enchâssera Walter Scott dans Homère. » Deux chapitres au titre italien, *Lasciate ogni speranza* et *La creatura bella bianco vestita*, nous invitent pourtant à réviser la formule du jeune théoricien, en substituant à Homère, Dante. Que *Notre-Dame de Paris* soit précisément ce drame épique ou cette épopée dramatique, au lecteur d'en juger!

Pour décrire la cathédrale et Paris au XVe siècle, pour peindre les mœurs du temps, Hugo a pris soin de se documenter. Il fait même parade de son érudition. Il trouvait dans des ouvrages de seconde main de multiples références déjà réunies avec indication de source ; il fait souvent comme s'il puisait directement à la source, sans passer par l'intermédiaire. Mais qui voudrait lui tenir rigueur de cette fraude ? Des chercheurs ont pieusement contrôlé sa documentation : Sauval, Du Breul, bien d'autres spécialistes des antiquités de Paris, de l'histoire de l'art, lui servent de caution, et l'on sait que Michelet a rendu un magnifique hommage à sa reconstitution du passé.

Mais cet hommage même du grand historien romantique s'explique parce que le document ne sert qu'à exercer l'imagination souveraine du poète. Le texte sans éclat est métamorphosé par un metteur en scène visionnaire. En outre tout n'est pas lettre morte, puisque le monument a défié le temps, et Hugo peut à sa guise parcourir la cathédrale pierre à pierre, s'ébattre au milieu de ses abîmes, et contempler Paris du haut de ses tours. Le coup de génie du poète a été de faire de la cathédrale et non du roi le héros éponyme de son récit. Notre-Dame n'est pas un décor mais un personnage, un géant fabuleux traînant à sa suite, comme une cour, Paris la grand'ville. Et le poète rêve d'une alliance étrange entre l'œuvre de pierre vive et son génie, union monstrueuse que semble symboliser Quasimodo chevauchant l'hippogriffe de bronze.

Il sera donc le protecteur de la cathédrale. Plus encore que le *Génie du christianisme*, ce roman est un plaidoyer pour l'architecture gothique, qui représente pour Hugo l'apogée de l'art, plus humaine que l'art roman, plus complète que l'art grec. On sait moins que Hugo se passionnait pour la protection des monuments historiques, sur lesquels pesait une triple menace... « Trois sortes de ravages défigurent aujourd'hui l'architecture gothique. Rides et verrues à l'épiderme, c'est l'œuvre du temps ; voies de fait, brutalités, contusions, fractures, c'est l'œuvre des révolutions depuis Luther jusqu'à Mirabeau. Mutilations, amputations, dislocation de la membrure, restaurations, c'est le travail grec, romain et barbare des professeurs selon Vitruve et Vignole. » Hugo a donc contribué à nous inculquer le respect de nos trésors artistiques.

On associe volontiers à la notion de Moyen Age celle de foi naïve. Hugo, toujours déroutant, nous amène à remarquer avec Lamartine : « Il y a de tout dans votre temple excepté un peu de religion. » Singulier paradoxe : ce n'est pas la dévotion à la Vierge Marie que le chantre de Notre-Dame voit dans Notre-Dame, ni la présence réelle du Dieu caché. Tantôt la gargouille semble lui masquer l'autel, et la cathédrale devient la carapace de Quasimodo, gargouille vivante. Tantôt l'œuvre architecturale apparaît comme un gigantesque grimoire que déchiffre un nécromant. Tantôt il déchiffre lui-même gravé dans la pierre le mot grec qui signifie Fatalité. L'édifice n'est plus un lieu où souffle l'esprit, ni un asile de paix ou un foyer d'amour, mais une caverne antique où gîte, terrible, « la fatale Loi ».

Le poète nous a livré sa pensée secrète dans un vers des *Quatre Vents de l'esprit* : « J'aime la cathédrale et non le Moyen Age. » C'est que Hugo croit aux « ténèbres » du Moyen Age, et la date de 1482 qu'il a tenu à mettre en

sous-titre, appelle la réflexion. Époque atroce, marquée par
la superstition et la férocité. Époque incertaine aussi où
l'on décèle à la fois le signe du déclin et le signe du renou-
veau. « Au xvᵉ siècle tout change. » Le livre va tuer l'édifice, formule pessimiste que la glose du libre penseur
corrige : la presse tuera l'église.

Cette philosophie de l'histoire se double d'un aperçu
sur l'évolution de l'architecture au Moyen Age. L'art
roman est un reflet de la théocratie ; avec le gothique,
« la cathédrale... échappe au prêtre et tombe au pouvoir
de l'artiste », elle subit ainsi l'influence du peuple. « La
draperie populaire laisse à peine deviner l'ossement religieux. » Notre-Dame est un édifice de transition entre
roman et gothique.

Ni cette théorie esthétique, si originale qu'elle soit, ni
cette philosophie de l'histoire, ni la passion de l'antiquaire, ni son érudition ne feraient du roman un chef-
d'œuvre, si Hugo n'était pas avant tout un grand poète
en prose. Thibaudet, qui lui accordait avec raison la
royauté des mots, proclamait : *Notre-Dame* est un chef-
d'œuvre de style, une des créations de la prose française.

On vante d'ordinaire les morceaux de bravoure, des-
criptifs ou didactiques, où l'érudition tourne à l'ivresse
verbale : Paris à vol d'oiseau, la cour des miracles, les
deux livres du genre humain. Mais l'ouvrage tout entier
se signale par la hardiesse et l'éclat du style, la prodigieuse
richesse du vocabulaire, le jaillissement des images, le
fameux rythme ternaire. Les passages en dialogues qui
abondent foisonnent avec une luxuriance quasi rabelai-
sienne, et le recours conscient à l'archaïsme combiné avec
des audaces modernes crée une langue extraordinaire qui
n'appartient qu'au seul Hugo. Non moins subtil apparaît
son art de mêler les tons. Plus que l'union du sublime et
du grotesque, c'est celle du grotesque et du pathétique
qui caractérise le roman. Au centre de l'édifice romanesque,
le livre sixième entrelace d'une façon exemplaire, aux épi-
sodes sinistres du trou aux rats et du pilori, l'histoire de
la galette. Hugo est surtout un grand descriptif, et son
roman est le plus beau spectacle son et lumière. Les gravures animées du prosateur génial sont plus suggestives
assurément que les dessins de ses illustrateurs et a fortiori
que le « technicolor » de nos adaptations cinématogra-
phiques. La joie, l'horreur s'entourent d'un tumulte
incessant, d'une irrésistible ruée. Le lecteur garde le
souvenir, moins des jeux de la lumière et de l'ombre, que

du déferlement des foules hurlantes et des cloches en folie.

Le rappel de l'originalité de Hugo, l'éloge de son style ne sont pas une façon de plaider par avance les circonstances atténuantes au moment d'en venir à l'étude de l'intrigue et des personnages. Oui, Gœthe a formulé le jugement le plus méprisant sur « les pauvres marionnettes en bois que l'auteur remue à son gré », et combien de lettrés, se croyant équitables, ont opposé à l'absurdité du mélo la splendeur du décor, et nous invitent donc à « préférer le fond du tableau à l'action qui se joue au premier plan », à lire le roman malgré l'intrigue pour l'amour du style.

Une nouvelle classe de lettrés — s'appuyant sur les propos de Hugo lui-même — apprécie dans ce roman l'œuvre de caprice et de fantaisie, « le caprice à la Callot ou à la Rembrandt ». Dans son beau livre sur *Victor Hugo et l'Art architectural*, J. Mallion observe que ce qui séduit Hugo, comme la plupart de ses contemporains, dans les mœurs et les monuments du Moyen Age, ce sont les « singularités ». La manière de l'écrivain ajoute encore à la singularité des décors et des scènes : concours de grimaces, cour des miracles, scènes de beuverie, de torture, de bagarres, pilori, cage, gibet, où se marient le burlesque et l'horreur. L'imagination de Hugo, grâce à son pouvoir d'évocation prodigieux, nous introduit dans un univers plus fantasque que mystérieux, caractérisé par l'excès, la frénésie, un univers baroque.

Solution séduisante, à condition de ne pas réduire cette fantaisie rose et noire à un jeu gratuit. Elle n'en laisse pas moins de côté un aspect essentiel de la question, à savoir le succès populaire du roman. Ce succès nous conduit à renverser le problème, et bien loin de nous faire mépriser le mélo, nous force à nous interroger sur sa valeur, sur ses vertus. C'est parce que le roman de Hugo est une œuvre d'imagination que *Notre-Dame de Paris* est devenue populaire ; et par œuvre d'imagination nous entendons une œuvre traduisant de secrètes hantises. Rêves et cauchemars attestent une angoisse profonde, commune à tous, et par là même susceptible de nous émouvoir et de nous fasciner.

Le génie se reconnaît à la puissance de créer des types. L'imagination de Hugo a accouché d'un monstre, mais désormais Quasimodo a sa place parmi les figures mythologiques qui hantent l'imagination populaire. Selon l'archétype de la Belle et de la Bête, Esmeralda, la bohémienne, la danseuse à la chèvre, plus gracieuse qu'énigmatique, est liée à son monstre par des liens plus durables qu'un embrassement de squelettes. Une situation dramatique était particulièrement chère à Hugo : on la retrouve dans *Hernani, Marion de Lorme* et *Ruy Blas*; il la résumait en une formule espagnole, *tres para una*, trois hommes pour une femme. Autour de la bohémienne gravitent un bossu, un prêtre et un poète.

Rejetons au sujet de Quasimodo l'idée reçue d'un Hugo opposant, selon une antithèse des plus simplistes, en un même individu la beauté morale à la laideur physique. C'est trahir le poète qui, ici comme dans toute son œuvre, veut attester la présence de l'âme. Dans la brute assoupie couve le besoin d'aimer. Quasimodo, à la surdité symbolique, illustre étonnamment l'éveil de l'âme.

Le mauvais prêtre est un personnage éminemment romantique. Mais Claude Frollo se révèle si complexe qu'il nous permet de répondre aux sarcasmes de Gœthe. Si le caractère est historiquement indéfendable, il combine — comme toute grande création romanesque — le souvenir d'un personnage réel, contemporain de Hugo, l'abbé Oegger, premier vicaire de la cathédrale, féru d'occultisme et de somnambulisme, sinon d'alchimie et promis à la démence, et le reflet du poète lui-même qui, à travers ce prêtre — ancêtre de l'imposteur bernanosien —, confesse son expérience de la tentation, du désespoir et de la peur.

Gringoire, personnage authentique, non moins bien venu, incarne le pauvre diable, le poète famélique et malchanceux, distrait et pleutre, naïvement égoïste, incapable d'aimer. On constate avec quelque stupeur que Hugo, attribuant à ces trois personnages masculins de tristes complexes, a fait de chacun d'eux un voyeur.

Dans la première esquisse du roman, Phœbus n'existait pas. Lorsqu'en 1836, Hugo tirera lui-même un livret d'opéra de son roman, il n'osera pas rejeter la contrainte de la fin heureuse. Non pas certes au point de faire tomber le rideau sur le mariage de Phœbus et d'Esmeralda! Du moins Phœbus, sincèrement épris de la bohémienne, a-t-il la joie d'expirer dans les bras de sa bien-aimée. Le romancier s'est interdit cette facilité : l'imagination n'exclut pas le réalisme, voire le cynisme, comme le prouve l'attitude finale du jeune premier.

Notre-Dame de Paris est un drame où se répand l'horreur tragique sous la forme la plus émouvante, l'horreur de n'être pas aimé. Quasimodo aime Esmeralda qui ne l'aime pas. Frollo aime Esmeralda qui ne l'aime pas. Le comble de l'horreur est atteint lorsque Esmeralda, enfant humiliée, découvre que celui qu'elle aime fait semblant de l'aimer. *Notre-Dame de Paris* est, comme tant d'œuvres illustres, le roman de l'amour impossible.

La seconde forme de la fatalité, que la trame de l'œuvre définit d'exemplaire manière, est le caprice du destin, l'ironie tragique. Comme dans une tragédie de Racine, Frollo jaloux de Phœbus aime mieux livrer celle qu'il aime à la mort que de la savoir à un autre. Le comble de l'absurde est atteint lorsque Quasimodo voulant sauver Esmeralda, se méprend sur l'attitude des truands. Ainsi Esmeralda est perdue par son sauveur même.

On a tort d'ironiser à propos du petit chausson de satin rose et d'invoquer la croix de ma mère. La scène de reconnaissance n'entraîne pas un dénouement heureux, mais prépare une situation atroce : la déclamation de la sachette — le morceau le plus pathétique de l'œuvre de Hugo — reconnaissons-le sans vergogne, nous trouble comme un hurlement de bête. L'œuvre s'achève par la liquidation des protagonistes, comme *Hamlet*. Avant les scènes sadiques de l'exécution d'Esmeralda et de la chute de Frollo, qui laissent le lecteur en proie à l'horreur sacrée, Hugo avait fait résonner un accent cher à tous ses fidèles. Le joyeux Jehan dont les rires et les gaudrioles égaient la sombre histoire, meurt en chantant comme Gavroche. La survie des médiocres, par un contraste voulu, souligne l'ironie du destin. La symétrie des deux derniers chapitres outre peut-être l'effet, mais si la plaisanterie sur laquelle s'achève « le Mariage de Phœbus » est lourde, elle rend plus terrifiante la sombre nécrophilie que révèle la dernière page et les derniers mots du roman semblent proférés par la bouche d'ombre.

Hugo restera fidèle à cette formule de roman, à la fois épopée et drame. Près de quarante ans après *Notre-Dame de Paris*, il fera renaître Quasimodo sous les traits affreux de Gwynplaine, l'homme qui rit. Le monstre cette fois est aimé, mais la fatalité veut qu'il suive dans la mort celle qu'il aime. L'amour demeure impossible ici bas. De plus en plus le roman devient le drame de l'âme.

Quand il lut *Notre-Dame de Paris*, Lamartine ébloui déclara : C'est le Shakespeare du roman.

Léon CELLIER.

BIBLIOGRAPHIE

Notre-Dame de Paris, classiques Garnier, introduction, notes et choix de variantes par M.-F. Guyard (texte de 1832).

Études critiques.

J.-B. Barrère, *Hugo, l'homme et l'œuvre*, Boivin, 1952.
J.-B. Barrère, *La Fantaisie de Victor Hugo*, 3 vol, Corti, 1949-1960.
P. Albouy, *La Création mythologique chez Victor Hugo*, Corti, 1963.
J. Mallion, *Victor Hugo et l'Art architectural*, P. U. F., 1962.
G. Piroué, *Victor Hugo romancier ou les Dessous de l'inconnu*, Denoël, 1964.

NOTRE-DAME DE PARIS

1482

Il y a quelques années qu'en visitant, ou, pour mieux dire, en furetant Notre-Dame, l'auteur de ce livre trouva, dans un recoin obscur de l'une des tours ce mot gravé à la main sur le mur :

'ΑΝΑΓΚΗ

Ces majuscules grecques, noires de vétusté et assez profondément entaillées dans la pierre, je ne sais quels signes propres à la calligraphie gothique empreints dans leurs formes et dans leurs attitudes, comme pour révéler que c'était une main du moyen âge qui les avait écrites là, surtout le sens lugubre et fatal qu'elles renferment, frappèrent vivement l'auteur.

Il se demanda, il chercha à deviner quelle pouvait être l'âme en peine qui n'avait pas voulu quitter ce monde sans laisser ce stigmate de crime ou de malheur au front de la vieille église.

Depuis, on a badigeonné ou gratté (je ne sais plus lequel) le mur, et l'inscription a disparu. Car c'est ainsi qu'on agit depuis tantôt deux cents ans avec les merveilleuses églises du moyen âge. Les mutilations leur viennent de toutes parts, du dedans comme du dehors. Le prêtre les badigeonne, l'architecte les gratte, puis le peuple survient, qui les démolit.

Ainsi, hormis le fragile souvenir que lui consacre ici l'auteur de ce livre, il ne reste plus rien aujourd'hui du mot mystérieux gravé dans la sombre tour de Notre-Dame, rien de la destinée inconnue qu'il résumait si mélancoliquement. L'homme qui a écrit ce mot sur ce mur s'est effacé, il a plusieurs siècles, du milieu des générations, le mot s'est à son tour effacé du mur de l'église, l'église elle-même s'effacera bientôt peut-être de la terre.

C'est sur ce mot qu'on a fait ce livre.

Mars 1831.

NOTE

AJOUTÉE A L'ÉDITION DÉFINITIVE (1832)

C'est par erreur qu'on a annoncé cette édition comme devant être augmentée de plusieurs chapitres *nouveaux*. Il fallait dire *inédits*. En effet, si par nouveaux on entend *nouvellement faits*, les chapitres ajoutés à cette édition ne sont pas *nouveaux*. Ils ont été écrits en même temps que le reste de l'ouvrage, ils datent de la même époque et sont venus de la même pensée, ils ont toujours fait partie du manuscrit de *Notre-Dame de Paris*. Il y a plus, l'auteur ne comprendrait pas qu'on ajoutât après coup des développements nouveaux à un ouvrage de ce genre. Cela ne se fait pas à volonté. Un roman, selon lui, naît, d'une façon en quelque sorte nécessaire, avec tous ses chapitres ; un drame naît avec toutes ses scènes. Ne croyez pas qu'il y ait rien d'arbitraire dans le nombre de parties dont se compose ce tout, ce mystérieux microcosme que vous appelez drame ou roman. La greffe et la soudure prennent mal sur des œuvres de cette nature, qui doivent jaillir d'un seul jet et rester telles quelles. Une fois la chose faite, ne vous ravisez pas, n'y touchez plus. Une fois que le livre est publié, une fois que le sexe de l'œuvre, virile ou non, a été reconnu et proclamé, une fois que l'enfant a poussé son premier cri, il est né, le voilà, il est ainsi fait, père ni mère n'y peuvent plus rien, il appartient à l'air et au soleil, laissez-le vivre ou mourir comme il est. Votre livre est-il manqué ? tant pis. N'ajoutez pas de chapitre à un livre manqué. Il est incomplet ? Il fallait le compléter en l'engendrant. Votre arbre est noué ? Vous ne le redresserez pas. Votre roman est phtisique ? votre roman n'est pas viable ? Vous ne lui rendrez pas le souffle qui lui manque. Votre drame est né boiteux. Croyez-moi, ne lui mettez pas de jambe de bois.

L'auteur attache donc un prix particulier à ce que le public sache bien que les chapitres ajoutés ici n'ont pas été faits exprès pour cette réimpression. S'ils n'ont pas été publiés dans les précédentes éditions du livre, c'est par une raison bien simple. A l'époque où *Notre-Dame de Paris* s'imprimait pour la première fois, le dossier qui contenait ces trois chapitres s'égara. Il fallait ou les récrire ou s'en passer. L'auteur considéra que les deux seuls de de ces chapitres qui eussent quelque importance par leur étendue, étaient des chapitres d'art et d'histoire qui n'entamaient en rien le fond du drame et du roman, que le public ne s'apercevrait pas de leur disparition, et qu'il serait seul, lui auteur, dans le secret de cette lacune. Il prit le parti de passer outre. Et puis, s'il faut tout avouer, sa paresse recula devant la tâche de récrire trois chapitres perdus. Il eût trouvé plus court de faire un nouveau roman.

Aujourd'hui, les chapitres se sont retrouvés, et il saisit la première occasion de les remettre à leur place.

Voici donc maintenant son œuvre entière, telle qu'il l'a rêvée, telle qu'il l'a faite, bonne ou mauvaise, durable ou fragile, mais telle qu'il la veut.

Sans doute ces chapitres retrouvés auront peu de valeur aux yeux des personnes, d'ailleurs fort judicieuses, qui n'ont cherché dans *Notre-Dame de Paris* que le drame, que le roman. Mais il est peut-être d'autres lecteurs qui n'ont pas trouvé inutile d'étudier la pensée d'esthétique et de philosophie cachée dans ce livre, qui ont bien voulu, en lisant *Notre-Dame de Paris*, se plaire à démêler sous le roman autre chose que le roman, et à suivre, qu'on nous passe ces expressions un peu ambitieuses, le système de l'historien et le but de l'artiste à travers la création telle quelle du poète.

C'est pour ceux-là surtout que les chapitres ajoutés à cette édition compléteront *Notre-Dame de Paris*, en admettant que *Notre-Dame de Paris* vaille la peine d'être complétée.

L'auteur exprime et développe dans un de ces chapitres, sur la décadence actuelle de l'architecture et sur la mort, selon lui, aujourd'hui presque inévitable de cet art-roi, une opinion malheureusement bien enracinée chez lui et bien réfléchie. Mais il sent le besoin de dire ici qu'il désire vivement que l'avenir lui donne tort un jour. Il sait que l'art, sous toutes ses formes, peut tout espérer des nouvelles générations dont on entend sourdre dans nos ateliers le

génie encore en germe. Le grain est dans le sillon, la mois-
son certainement sera belle. Il craint seulement, et l'on
pourra voir pourquoi au tome second de cette édition, que
la sève ne se soit retirée de ce vieux sol de l'architecture qui
a été pendant tant de siècles le meilleur terrain de l'art.

Cependant il y a aujourd'hui dans la jeunesse artiste tant
de vie, de puissance et pour ainsi dire de prédestination, que
dans nos écoles d'architecture en particulier, à l'heure qu'il
est, les professeurs, qui sont détestables, font, non seulement à leur insu, mais même tout à fait malgré eux, des
élèves qui sont excellents ; tout au rebours de ce potier
dont parle Horace, lequel méditait des amphores et produi-
sait des marmites. *Currit rota, urceus exit.*

Mais dans tous les cas, quel que soit l'avenir de l'architecture, de quelque façon que nos jeunes architectes résol-
vent un jour la question de leur art, en attendant les monuments nouveaux, conservons les monuments anciens. Ins-
pirons, s'il est possible, à la nation l'amour de l'architecture nationale. C'est là, l'auteur le déclare, un des buts
principaux de ce livre ; c'est là un des buts principaux de
sa vie.

Notre-Dame de Paris a peut-être ouvert quelques pers-
pectives vraies sur l'art du moyen âge, sur cet art merveilleux jusqu'à présent inconnu des uns, ou, ce qui est pire
encore, méconnu des autres. Mais l'auteur est bien loin de
considérer comme accomplie la tâche qu'il s'est volontairement imposée. Il a déjà plaidé dans plus d'une occasion
la cause de notre vieille architecture, il a déjà dénoncé à
haute voix bien des profanations, bien des démolitions,
bien des impiétés. Il ne se lassera pas. Il s'est engagé à
revenir souvent sur ce sujet, il y reviendra. Il sera aussi
infatigable à défendre nos édifices historiques que nos
iconoclastes d'écoles et d'académies sont acharnés à les
attaquer. Car c'est une chose affligeante de voir en quelles
mains l'architecture du moyen âge est tombée, et de quelle
façon les gâcheurs de plâtre d'à présent traitent la ruine
de ce grand art. C'est même une honte pour nous autres,
hommes intelligents, qui les voyons faire et qui nous
contentons de les huer. Et l'on ne parle pas ici seulement
de ce qui se passe en province, mais de ce qui se fait à Paris,
à notre porte, sous nos fenêtres, dans la grande ville,
dans la ville lettrée, dans la cité de la presse, de la parole,
de la pensée. Nous ne pouvons résister au besoin de
signaler, pour terminer cette note, quelques-uns de ces
actes de vandalisme qui tous les jours sont projetés, débat-

tus, commencés, continués et menés paisiblement à bien sous nos yeux, sous les yeux du public artiste de Paris, face à face avec la critique que tant d'audace déconcerte. On vient de démolir l'archevêché, édifice d'un pauvre goût, le mal n'est pas grand ; mais tout en bloc avec l'archevêché on a démoli l'évêché, rare débris du quatorzième siècle que l'architecte démolisseur n'a pas su distinguer du reste. Il a arraché l'épi avec l'ivraie ; c'est égal. On parle de raser l'admirable chapelle de Vincennes, pour faire avec les pierres je ne sais quelle fortification, dont Daumesnil n'avait pourtant pas eu besoin. Tandis qu'on répare à grands frais et qu'on restaure le palais Bourbon, cette masure, on laisse effondrer par les coups de vent de l'équinoxe les vitraux magnifiques de la Sainte-Chapelle. Il y a, depuis quelques jours, un échafaudage sur la tour de Saint-Jacques-de-la-Boucherie ; et un de ces matins la pioche s'y mettra. Il s'est trouvé un maçon pour bâtir une maisonnette blanche entre les vénérables tours du Palais de Justice. Il s'en est trouvé un autre pour châtrer Saint-Germain-des-Prés, la féodale abbaye aux trois clochers. Il s'en trouvera un autre, n'en doutez pas, pour jeter bas Saint-Germain-l'Auxerrois. Tous ces maçons-là se prétendent architectes, sont payés par la préfecture ou par les menus, et ont des habits verts. Tout le mal que le faux goût peut faire au vrai goût, ils le font. A l'heure où nous écrivons, spectacle déplorable! l'un d'eux tient les Tuileries, l'un d'eux balafre Philibert Delorme au beau milieu du visage, et ce n'est pas, certes, un des médiocres scandales de notre temps de voir avec quelle effronterie la lourde architecture de ce monsieur vient s'épater tout au travers d'une des plus délicates façades de la renaissance!

Paris, 20 octobre 1832.

LIVRE PREMIER

I

LA GRAND'SALLE

Il y a aujourd'hui trois cent quarante-huit ans six mois et dix-neuf jours que les parisiens s'éveillèrent au bruit de toutes les cloches sonnant à grande volée dans la triple enceinte de la Cité, de l'Université et de la Ville.

Ce n'est cependant pas un jour dont l'histoire ait gardé souvenir que le 6 janvier 1482. Rien de notable dans l'événement qui mettait ainsi en branle, dès le matin, les cloches et les bourgeois de Paris. Ce n'était ni un assaut de picards ou de bourguignons, ni une châsse menée en procession, ni une révolte d'écoliers dans la vigne de Laas, ni une entrée de *notredit très redouté seigneur monsieur le roi*, ni même une belle pendaison de larrons et de larronnesses à la Justice de Paris. Ce n'était pas non plus la survenue, si fréquente au quinzième siècle, de quelque ambassade chamarrée et empanachée. Il y avait à peine deux jours que la dernière cavalcade de ce genre, celle des ambassadeurs flamands chargés de conclure le mariage entre le dauphin et Marguerite de Flandre, avait fait son entrée à Paris, au grand ennui de Monsieur le cardinal de Bourbon, qui, pour plaire au roi, avait dû faire bonne mine à toute cette rustique cohue de bourgmestres flamands, et les régaler, en son hôtel de Bourbon, d'une *moult belle moralité, sotie et farce*, tandis qu'une pluie battante inondait à sa porte ses magnifiques tapisseries.

Le 6 janvier, ce qui *mettait en émotion tout le populaire de Paris*, comme dit Jehan de Troyes, c'était la double solennité, réunie depuis un temps immémorial, du jour des Rois et de la Fête des Fous.

Ce jour-là, il devait y avoir feu de joie à la Grève, plantation de mai à la chapelle de Braque et mystère au Palais de Justice. Le cri en avait été fait la veille à son de trompe dans les carrefours, par les gens de Monsieur le prévôt, en beaux hoquetons de camelot violet, avec de grandes croix blanches sur la poitrine.

La foule des bourgeois et des bourgeoises s'acheminait donc de toutes parts dès le matin, maisons et boutiques fermées, vers l'un des trois endroits désignés. Chacun avait pris parti, qui pour le feu de joie, qui pour le mai, qui pour le mystère. Il faut dire, à l'éloge de l'antique bon sens des badauds de Paris, que la plus grande partie de cette foule se dirigeait vers le feu de joie, lequel était tout à fait de saison, ou vers le mystère, qui devait être représenté dans la grand'salle du Palais bien couverte et bien close, et que les curieux s'accordaient à laisser le pauvre mai mal fleuri grelotter tout seul sous le ciel de janvier dans le cimetière de la chapelle de Braque.

Le peuple affluait surtout dans les avenues du Palais de Justice, parce qu'on savait que les ambassadeurs flamands, arrivés de la surveille, se proposaient d'assister à la représentation du mystère et à l'élection du pape des fous, laquelle devait se faire également dans la grand'salle.

Ce n'était pas chose aisée de pénétrer ce jour-là dans cette grand'salle, réputée cependant alors la plus grande enceinte couverte qui fût au monde. (Il est vrai que Sauval n'avait pas encore mesuré la grande salle du château de Montargis.) La place du Palais, encombrée de peuple, offrait aux curieux des fenêtres l'aspect d'une mer, dans laquelle cinq ou six rues, comme autant d'embouchures de fleuves, dégorgeaient à chaque instant de nouveaux flots de têtes. Les ondes de cette foule, sans cesse grossies, se heurtaient aux angles des maisons qui s'avançaient çà et là, comme autant de promontoires, dans le bassin irrégulier de la place. Au centre de la haute façade gothique * du Palais, le grand escalier, sans relâche remonté et descendu par un double courant qui, après s'être brisé sous le perron intermédiaire, s'épandait à larges vagues sur ses deux pentes latérales, le

---

* Le mot *gothique*, dans le sens où on l'emploie généralement, est parfaitement impropre, mais parfaitement consacré. Nous l'acceptons donc, et nous l'adoptons, comme tout le monde, pour caractériser l'architecture de la seconde moitié du moyen âge, celle dont l'ogive est le principe, qui succède à l'architecture de la première période, dont le plein cintre est le générateur. [*Note de V. H.*]

grand escalier, dis-je, ruisselait incessamment dans la place
comme une ascade dans un lac. Les cris, les rires, le trépi-
gnement de ces mille pieds faisaient un grand bruit et une
grande clameur. De temps en temps cette clameur et ce
bruit redoublaient, le courant qui poussait toute cette foule
vers le grand escalier rebroussait, se troublait, tourbillon-
nait. C'était une bourrade d'un archer ou le cheval d'un
sergent de la prévôté qui ruait pour rétablir l'ordre ; admirable tradition que la prévôté a léguée à la connétablie, la
connétablie à la maréchaussée, et la maréchaussée à notre
gendarmerie de Paris.

Aux portes, aux fenêtres, aux lucarnes, sur les toits,
fourmillaient des milliers de bonnes figures bourgeoises,
calmes et honnêtes, regardant le palais, regardant la cohue,
et n'en demandant pas davantage ; car bien des gens à Paris
se contentent du spectacle des spectateurs, et c'est déjà pour
nous une chose très curieuse qu'une muraille derrière
laquelle il se passe quelque chose.

S'il pouvait nous être donné à nous, hommes de 1830,
de nous mêler en pensée à ces parisiens du quinzième siècle
et d'entrer avec eux, tiraillés, coudoyés, culbutés, dans cette
immense salle du Palais, si étroite le 6 janvier 1482, le
spectacle ne serait ni sans intérêt ni sans charme, et nous
n'aurions autour de nous que des choses si vieilles qu'elles
nous sembleraient toutes neuves.

Si le lecteur y consent, nous essaierons de retrouver par
la pensée l'impression qu'il eût éprouvée avec nous en fran-
chissant le seuil de cette grand'salle au milieu de cette cohue
en surcot, en hoqueton et en cotte-hardie.

Et d'abord, bourdonnement dans les oreilles, éblouissement dans les yeux. Au-dessus de nos têtes une double
voûte en ogive, lambrissée en sculptures de bois, peinte
d'azur, fleurdelysée en or ; sous nos pieds, un pavé alter-
natif de marbre blanc et noir. A quelques pas de nous, un
énorme pilier, puis un autre, puis un autre ; en tout sept
piliers dans la longueur de la salle, soutenant au milieu
de sa largeur les retombées de la double voûte. Autour des
quatre premiers piliers, des boutiques de marchands, tout
étincelantes de verre et de clinquants ; autour des trois
derniers, des bancs de bois de chêne, usés et polis par le
haut-de-chausses des plaideurs et la robe des procureurs.
A l'entour de la salle, le long de la haute muraille, entre les
portes, entre les croisées, entre les piliers, l'interminable
rangée des statues de tous les rois de France depuis Pharamond ; les rois fainéants, les bras pendants et les yeux

baissés ; les rois vaillants et bataillards, la tête et les mains
hardiment levées au ciel. Puis, aux longues fenêtres ogives,
des vitraux de mille couleurs ; aux larges issues de la salle,
de riches portes finement sculptées ; et le tout, voûtes,
piliers, murailles, chambranles, lambris, portes, statues,
recouvert du haut en bas d'une splendide enluminure bleu
et or, qui, déjà un peu ternie à l'époque où nous la voyons,
avait presque entièrement disparu sous la poussière et les
toiles d'araignée en l'an de grâce 1549, où Du Breul
l'admirait encore par tradition.

Qu'on se représente maintenant cette immense salle
oblongue, éclairée de la clarté blafarde d'un jour de janvier,
envahie par une foule bariolée et bruyante qui dérive le
long des murs et tournoie autour des sept piliers, et l'on
aura déjà une idée confuse de l'ensemble du tableau dont
nous allons essayer d'indiquer plus précisément les curieux
détails.

Il est certain que, si Ravaillac n'avait point assassiné
Henri IV, il n'y aurait point eu de pièces du procès de
Ravaillac déposées au greffe du Palais de Justice ; point de
complices intéressés à faire disparaître lesdites pièces ; partant, point d'incendiaires obligés, faute de meilleur moyen,
à brûler le greffe pour brûler les pièces, et à brûler le
Palais de Justice pour brûler le greffe ; par conséquent
enfin, point d'incendie de 1618. Le vieux Palais serait encore
debout avec sa vieille grand'salle ; je pourrais dire au lecteur : Allez la voir ; et nous serions ainsi dispensés tous
deux, moi d'en faire, lui d'en lire une description telle
quelle. — Ce qui prouve cette vérité neuve : que les grands
événements ont des suites incalculables.

Il est vrai qu'il serait fort possible d'abord que Ravaillac
n'eût pas de complices, ensuite que ses complices, si par
hasard il en avait, ne fussent pour rien dans l'incendie de
1618. Il en existe deux autres explications très plausibles.
Premièrement, la grande étoile enflammée, large d'un pied,
haute d'une coudée, qui tomba, comme chacun sait, du ciel
sur le Palais, le 7 mars après minuit. Deuxièmement, le
quatrain de Théophile :

> Certes, ce fut un triste jeu
> Quand à Paris dame Justice,
> Pour avoir mangé trop d'épice,
> Se mit tout le palais en feu.

Quoi qu'on pense de cette triple explication politique,
physique, poétique, de l'incendie du Palais de Justice en

1618, le fait malheureusement certain, c'est l'incendie. Il reste bien peu de chose aujourd'hui, grâce à cette catastrophe, grâce surtout aux diverses restaurations successives qui ont achevé ce qu'elle avait épargné, il reste bien peu de chose de cette première demeure des rois de France, de ce palais aîné du Louvre, déjà si vieux du temps de Philippe le Bel qu'on y cherchait les traces des magnifiques bâtiments élevés par le roi Robert et décrits par Helgaldus. Presque tout a disparu. Qu'est devenue la chambre de la chancellerie où saint Louis *consomma son mariage* ? le jardin où il rendait la justice, « vêtu d'une cotte de camelot, d'un surcot de tiretaine sans manches, et d'un manteau pardessus de sandal noir, couché sur des tapis, avec Joinville » ? Où est la chambre de l'empereur Sigismond ? celle de Charles IV ? celle de Jean sans Terre ? Où est l'escalier d'où Charles VI promulgua son édit de grâce ? la dalle où Marcel égorgea, en présence du dauphin, Robert de Clermont et le maréchal de Champagne ? le guichet où furent lacérées les bulles de l'antipape Bénédict, et d'où repartirent ceux qui les avaient apportées, chapés et mitrés en dérision, et faisant amende honorable par tout Paris ? et la grand'salle, avec sa dorure, son azur, ses ogives, ses statues, ses piliers, son immense voûte toute déchiquetée de sculptures ? et la chambre dorée ? et le lion de pierre qui se tenait à la porte, la tête baissée, la queue entre les jambes, comme les lions du trône de Salomon, dans l'attitude humiliée qui convient à la force devant la justice ? et les belles portes ? et les beaux vitraux ? et les ferrures ciselées qui décourageaient Biscornette ? et les délicates menuiseries de Du Hancy ?... Qu'a fait le temps, qu'ont fait les hommes de ces merveilles ? Que nous a-t-on donné pour tout cela, pour toute cette histoire gauloise, pour tout cet art gothique ? les lourds cintres surbaissés de M. de Brosse, ce gauche architecte du portail Saint-Gervais, voilà pour l'art ; et quant à l'histoire, nous avons les souvenirs bavards du gros pilier, encore tout retentissant des commérages des Patrus.

Ce n'est pas grand'chose. — Revenons à la véritable grand'salle du véritable vieux Palais.

Les deux extrémités de ce gigantesque parallélogramme étaient occupées, l'une par la fameuse table de marbre, si longue, si large et si épaisse que jamais on ne vit, disent les vieux papiers terriers, dans un style qui eût donné appétit à Gargantua, *pareille tranche de marbre au monde ;* l'autre, par la chapelle où Louis XI s'était fait sculpter à

genoux devant la Vierge, et où il avait fait transporter,
sans se soucier de laisser deux niches vides dans la file
des statues royales, les statues de Charlemagne et de
saint Louis, deux saints qu'il supposait fort en crédit au ciel
comme rois de France. Cette chapelle, neuve encore, bâtie à
peine depuis six ans, était toute de ce goût charmant
d'architecture délicate, de sculpture merveilleuse, de fine et
profonde ciselure qui marque chez nous la fin de l'ère
gothique et se perpétue jusque vers le milieu du seizième
siècle dans les fantaisies féeriques de la renaissance. La
petite rosace à jour percée au-dessus du portail était en
particulier un chef-d'œuvre de ténuité et de grâce ; on eût
dit une étoile de dentelle.

Au milieu de la salle, vis-à-vis la grande porte, une
estrade de brocart d'or, adossée au mur, et dans laquelle
était pratiquée une entrée particulière au moyen d'une
fenêtre du couloir de la chambre dorée, avait été élevée
pour les envoyés flamands et les autres gros personnages
conviés à la représentation du mystère.

C'est sur la table de marbre que devait, selon l'usage,
être représenté le mystère. Elle avait été disposée pour cela
dès le matin ; sa riche planche de marbre, toute rayée par
les talons de la basoche, supportait une cage de charpente
assez élevée, dont la surface supérieure, accessible aux
regards de toute la salle, devait servir de théâtre, et dont
l'intérieur, masqué par des tapisseries, devait tenir lieu de
vestiaire aux personnages de la pièce. Une échelle, naïvement placée en dehors, devait établir la communication
entre la scène et le vestiaire, et prêter ses roides échelons
aux entrées comme aux sorties. Il n'y avait pas de personnage si imprévu, pas de péripétie, pas de coup de théâtre
qui ne fût tenu de monter par cette échelle. Innocente et
vénérable enfance de l'art et des machines !

Quatre sergents du bailli du Palais, gardiens obligés de
tous les plaisirs du peuple les jours de fête comme les jours
d'exécution, se tenaient debout aux quatre coins de la table
de marbre.

Ce n'était qu'au douzième coup de midi sonnant à la
grande horloge du Palais que la pièce devait commencer.
C'était bien tard sans doute pour une représentation théâ-
trale ; mais il avait fallu prendre l'heure des ambassadeurs.

Or toute cette multitude attendait depuis le matin. Bon
nombre de ces honnêtes curieux grelottaient dès le point du
jour devant le grand degré du Palais ; quelques-uns même
affirmaient avoir passé la nuit en travers de la grande porte

pour être sûrs d'entrer les premiers. La foule s'épaississait à tout moment, et, comme une eau qui dépasse son niveau, commençait à monter le long des murs, à s'enfler autour des piliers, à déborder sur les entablements, sur les corniches, sur les appuis des fenêtres, sur toute les saillies de l'architecture, sur tous les reliefs de la sculpture. Aussi la gêne, l'impatience, l'ennui, la liberté d'un jour de cynisme et de folie, les querelles qui éclataient à tout propos pour un coude pointu ou un soulier ferré, la fatigue d'une longue attente, donnaient-elles déjà, bien avant l'heure où les ambassadeurs devaient arriver, un accent aigre et amer à la clameur de ce peuple enfermé, emboîté, pressé, foulé, étouffé. On n'entendait que plaintes et imprécations contre les flamands, le prévôt des marchands, le cardinal de Bourbon, le bailli du Palais, madame Marguerite d'Autriche, les sergents à verge, le froid, le chaud, le mauvais temps, l'évêque de Paris, le pape des fous, les piliers, les statues, cette porte fermée, cette fenêtre ouverte ; le tout au grand amusement des bandes d'écoliers et de laquais disséminées dans la masse, qui mêlaient à tout ce mécontentement leurs taquineries et leurs malices, et piquaient, pour ainsi dire, à coups d'épingle la mauvaise humeur générale.

Il y avait entre autres un groupe de ces joyeux démons qui, après avoir défoncé le vitrage d'une fenêtre, s'était hardiment assis sur l'entablement, et de là plongeait tour à tour ses regards et ses railleries au dedans et au dehors, dans la foule de la salle et dans la foule de la place. A leurs gestes de parodie, à leurs rires éclatants, aux appels goguenards qu'ils échangeaient d'un bout à l'autre de la salle avec leurs camarades, il était aisé de juger que ces jeunes clercs ne partageaient pas l'ennui et la fatigue du reste des assistants, et qu'ils savaient fort bien, pour leur plaisir particulier, extraire de ce qu'ils avaient sous les yeux un spectacle qui leur faisait attendre patiemment l'autre.

— Sur mon âme, c'est vous, *Joannes Frollo de Molendino* ! criait l'un d'eux à une espèce de petit diable blond, à jolie et maligne figure, accroché aux acanthes d'un chapiteau ; vous êtes bien nommé Jehan du Moulin, car vos deux bras et vos deux jambes ont l'air de quatre ailes qui vont au vent. — Depuis combien de temps êtes-vous ici ?

— Par la miséricorde du diable, répondit *Joannes Frollo*, voilà plus de quatre heures, et j'espère bien qu'elles me seront comptées sur mon temps de purgatoire. J'ai entendu les huit chantres du roi de Sicile entonner le premier verset de la haute messe de sept heures dans la Sainte-Chapelle.

— De beaux chantres, reprit l'autre, et qui ont la voix encore plus pointue que leur bonnet! Avant de fonder une messe à monsieur saint Jean, le roi aurait bien dû s'informer si monsieur saint Jean aime le latin psalmodié avec accent provençal.

— C'est pour employer ces maudits chantres du roi de Sicile qu'il a fait cela! cria aigrement une vieille femme dans la foule au bas de la fenêtre. Je vous demande un peu! mille livres parisis pour une messe! et sur la ferme du poisson de mer des halles de Paris, encore!

— Paix! vieille, reprit un gros et grave personnage qui se bouchait le nez à côté de la marchande de poisson ; il fallait bien fonder une messe. Vouliez-vous pas que le roi retombât malade?

— Bravement parlé, sire Gilles Lecornu, maître pelletier-fourreur des robes du roi! cria le petit écolier cramponné au chapiteau.

Un éclat de rire de tous les écoliers accueillit le nom malencontreux du pauvre pelletier-fourreur des robes du roi.

— Lecornu! Gilles Lecornu! disaient les uns.

— *Cornutus et hirsutus*, reprenait un autre.

— Hé! sans doute, continuait le petit démon du chapiteau. Qu'ont-ils à rire? Honorable homme Gilles Lecornu, frère de maître Jehan Lecornu, prévôt de l'hôtel du roi, fils de maître Mahiet Lecornu, premier portier du bois de Vincennes, tous bourgeois de Paris, tous mariés de père en fils!

La gaieté redoubla. Le gros pelletier-fourreur, sans répondre un mot, s'efforçait de se dérober aux regards fixés sur lui de tous côtés ; mais il suait et soufflait en vain : comme un coin qui s'enfonce dans le bois, les efforts qu'il faisait ne servaient qu'à emboîter plus solidement dans les épaules de ses voisins sa large face apoplectique, pourpre de dépit et de colère.

Enfin un de ceux-ci, gros, court et vénérable comme lui, vint à son secours.

— Abomination! des écoliers qui parlent de la sorte à un bourgeois! de mon temps on les eût fustigés avec un fagot dont on les eût brûlés ensuite.

La bande entière éclata.

— Holàhée! qui chante cette gamme? quel est le chat-huant de malheur?

— Tiens, je le reconnais, dit l'un ; c'est maître Andry Musnier.

— Parce qu'il est un des quatre libraires jurés de l'Université! dit l'autre.

— Tout est par quatre dans cette boutique, cria un troisième : les quatre nations, les quatre facultés, les quatre fêtes, les quatre procureurs, les quatre électeurs, les quatre libraires.

— Eh bien, reprit Jean Frollo, il faut leur faire le diable à quatre.

— Musnier, nous brûlerons tes livres.

— Musnier, nous battrons ton laquais.

— Musnier, nous chiffonnerons ta femme.

— La bonne grosse mademoiselle Oudarde.

— Qui est aussi fraîche et aussi gaie que si elle était veuve.

— Que le diable vous emporte! grommela maître Andry Musnier.

— Maître Andry, reprit Jehan, toujours pendu à son chapiteau, tais-toi, ou je te tombe sur la tête!

Maître Andry leva les yeux, parut mesurer un instant la hauteur du pilier, la pesanteur du drôle, multiplia mentalement cette pesanteur par le carré de la vitesse, et se tut.

Jehan, maître du champ de bataille, poursuivit avec triomphe :

— C'est que je le ferais, quoique je sois frère d'un archidiacre!

— Beaux sires, que nos gens de l'Université! n'avoir seulement pas fait respecter nos privilèges dans un jour comme celui-ci! Enfin, il y a mai et feu de joie à la Ville; mystère, pape des fous et ambassadeurs flamands à la Cité; et à l'Université, rien!

— Cependant la place Maubert est assez grande! reprit un des clercs cantonnés sur la table de la fenêtre.

— A bas le recteur, les électeurs et les procureurs! cria Joannes.

— Il faudra faire un feu de joie ce soir dans le Champ-Gaillard, poursuivit l'autre, avec les livres de maître Andry.

— Et les pupitres des scribes! dit son voisin.

— Et les verges des bedeaux!

— Et les crachoirs des doyens!

— Et les buffets des procureurs!

— Et les huches des électeurs!

— Et les escabeaux du recteur!

— A bas! reprit le petit Jehan en faux-bourdon; à bas maître Andry, les bedeaux et les scribes; les théologiens, les médecins et les décrétistes; les procureurs, les lecteurs et le recteur!

— C'est donc la fin du monde! murmura maître Andry
en se bouchant les oreilles.

— A propos, le recteur! le voici qui passe dans la place,
cria un de ceux de la fenêtre.

Ce fut à qui se retournerait vers la place.

— Est-ce que c'est vraiment notre vénérable recteur
maître Thibaut? demanda Jehan Frollo du Moulin, qui,
s'étant accroché à un pilier de l'intérieur, ne pouvait voir
ce qui se passait au dehors.

— Oui, oui, répondirent tous les autres, c'est lui, c'est
bien lui, maître Thibaut le recteur.

C'était en effet le recteur et tous les dignitaires de l'Université qui se rendaient processionnellement au-devant de
l'ambassade et traversaient en ce moment la place du Palais.
Les écoliers, pressés à la fenêtre, les accueillirent au passage
avec des sarcasmes et des applaudissements ironiques. Le
recteur, qui marchait en tête de sa compagnie, essuya la
première bordée ; elle fut rude.

— Bonjour, monsieur le recteur! Holàhée! bonjour donc!

— Comment fait-il pour être ici, le vieux joueur? il a
donc quitté ses dés?

— Comme il trotte sur sa mule! elle a les oreilles moins
longues que lui.

— Holàhée! bonjour, monsieur le recteur Thibaut!
Tybalde aleator! vieil imbécile, vieux joueur!

— Dieu vous garde! avez-vous fait souvent double-six
cette nuit?

— Oh! la caduque figure, plombée, tirée et battue pour
l'amour du jeu et des dés!

— Où allez-vous comme cela, *Tybalde ad dados*, tournant le dos à l'Université et trottant vers la Ville?

— Il va sans doute chercher un logis rue Thibautodé,
cria Jehan du Moulin.

Toute la bande répéta le quolibet avec une voix de tonnerre et des battements de mains furieux.

— Vous allez chercher logis rue Thibautodé, n'est-ce
pas, monsieur le recteur, joueur de la partie du diable?

Puis ce fut le tour des autres dignitaires.

— A bas les bedeaux! à bas les massiers!

— Dis donc, Robin Poussepain, qu'est-ce que c'est donc
que celui-là?

— C'est Gilbert de Suilly, *Gilbertus de Soliaco*, le chancelier du collège d'Autun.

— Tiens, voici mon soulier : tu es mieux placé que moi ;
jette-le-lui par la figure.

— *Saturnalitias mittimus ecce nuces.*

— A bas les six théologiens avec leurs surplis blancs !

— Ce sont là les théologiens ? Je croyais que c'étaient les six oies blanches données par Sainte-Geneviève à la ville, pour le fief de Roogny.

— A bas les médecins !

— A bas les disputations cardinales et quodlibétaires !

— A toi ma coiffe, chancelier de Sainte-Geneviève ! tu m'as fait un passe-droit. — C'est vrai cela ! il a donné ma place dans la nation de Normandie au petit Ascanio Falzaspada, qui est de la province de Bourges, puisqu'il est Italien.

— C'est une injustice, dirent tous les écoliers. A bas le chancelier de Sainte-Geneviève !

— Ho hé ! maître Joachim de Ladehors ! Ho hé ! Louis Dahuille ! Ho hé ! Lambert Hoctement !

— Que le diable étouffe le procureur de la nation d'Allemagne !

— Et les chapelains de la Sainte-Chapelle, avec leurs aumusses grises ; *cum tunicis grisis !*

— *Seu de pellibus grisis fourratis !*

— Holàhée ! les maîtres ès arts ! Toutes les belles chapes noires ! toutes les belles chapes rouges ! ·

— Cela fait une belle queue au recteur.

— On dirait un duc de Venise qui va aux épousailles de la mer.

— Dis donc, Jehan ! les chanoines de Sainte-Geneviève !

— Au diable la chanoinerie !

— Abbé Claude Choart ! docteur Claude Choart ! Est-ce que vous cherchez Marie la Giffarde ?

— Elle est rue de Glatigny.

— Elle fait le lit du roi des ribauds.

— Elle paie ses quatre deniers ; *quatuor denarios.*

— *Aut unum bombum.*

— Voulez-vous qu'elle vous paie au nez ?

— Camarades ! maître Simon Sanguin, l'électeur de Picardie, qui a sa femme en croupe.

— *Post equitem sedet atra cura.*

— Hardi, maître Simon !

— Bonjour, monsieur l'électeur !

— Bonne nuit, madame l'électrice !

— Sont-ils heureux de voir tout cela, disait en soupirant *Joannes de Molendino*, toujours perché dans les feuillages de son chapiteau.

Cependant le libraire juré de l'Université, maître Andry

Musnier, se penchait à l'oreille du pelletier-fourreur des
robes du roi, maître Gilles Lecornu.

— Je vous le dis, monsieur, c'est la fin du monde. On
n'a jamais vu pareils débordements de l'écolerie. Ce sont les
maudites inventions du siècle qui perdent tout. Les artille-
ries, les serpentines, les bombardes, et surtout l'impression,
cette autre peste d'Allemagne. Plus de manuscrits, plus de
livres! L'impression tue la librairie. C'est la fin du monde
qui vient.

— Je m'en aperçois bien aux progrès des étoffes de
velours, dit le marchand fourreur.

En ce moment midi sonna.

— Ha!... dit toute la foule d'une seule voix. Les écoliers
se turent. Puis il se fit un grand remue-ménage, un grand
mouvement de pieds et de têtes, une grande détonation
générale de toux et de mouchoirs ; chacun s'arrangea, se
posta, se haussa, se groupa ; puis un grand silence ; tous les
cous restèrent tendus, toutes les bouches ouvertes, tous les
regards tournés vers la table de marbre. Rien n'y parut. Les
quatre sergents du bailli étaient toujours là, roides et immobiles comme quatre statues peintes. Tous les yeux se tournèrent vers l'estrade réservée aux envoyés flamands. La
porte restait fermée, et l'estrade vide. Cette foule attendait
depuis le matin trois choses : midi, l'ambassade de Flandre,
le mystère. Midi seul était arrivé à l'heure.

Pour le coup c'était trop fort.

On attendit une, deux, trois, cinq minutes, un quart
d'heure ; rien ne venait. L'estrade demeurait déserte, le
théâtre muet. Cependant à l'impatience avait succédé la
colère. Les paroles irritées circulaient, à voix basse encore,
il est vrai. — Le mystère! Le mystère! murmurait-on sourdement. Les têtes fermentaient. Une tempête, qui ne faisait
encore que gronder, flottait à la surface de cette foule. Ce
fut Jehan du Moulin qui en tira la première étincelle.

— Le mystère, et au diable les flamands! s'écria-t-il de
toute la force de ses poumons, en se tordant comme un
serpent autour de son chapiteau.

La foule battit des mains.

— Le mystère, répéta-t-elle, et la Flandre à tous les diables!

— Il nous faut le mystère, sur-le-champ, reprit l'écolier ;
ou m'est avis que nous pendions le bailli du Palais, en guise
de comédie et de moralité.

— Bien dit, cria le peuple, et entamons la pendaison par
ses sergents.

Une grande acclamation suivit. Les quatre pauvres diables commençaient à pâlir et à s'entre-regarder. La multitude s'ébranlait vers eux, et ils voyaient déjà la frêle balustrade de bois qui les en séparait ployer et faire ventre sous la pression de la foule.

Le moment était critique.

— A sac! à sac! criait-on de toutes parts.

En cet instant, la tapisserie du vestiaire que nous avons décrit plus haut se souleva, et donna passage à un personnage dont la seule vue arrêta subitement la foule, et changea comme par enchantement sa colère en curiosité.

— Silence! silence!

Le personnage, fort peu rassuré et tremblant de tous ses membres, s'avança jusqu'au bord de la table de marbre, avec force révérences qui, à mesure qu'il approchait, ressemblaient de plus en plus à des génuflexions.

Cependant le calme s'était peu à peu rétabli. Il ne restait plus que cette légère rumeur qui se dégage toujours du silence de la foule.

— Messieurs les bourgeois, dit-il, et mesdemoiselles les bourgeoises, nous devons avoir l'honneur de déclamer et représenter devant son éminence Monsieur le cardinal une très belle moralité, qui a nom : *Le bon jugement de madame la vierge Marie*. C'est moi qui fais Jupiter. Son éminence accompagne en ce moment l'ambassade très honorable de monsieur le duc d'Autriche ; laquelle est retenue, à l'heure qu'il est, à écouter la harangue de monsieur le recteur de l'Université, à la Porte Baudets. Dès que l'éminentissime cardinal sera arrivé, nous commencerons.

Il est certain qu'il ne fallait rien moins que l'intervention de Jupiter pour sauver les quatre malheureux sergents du bailli du Palais. Si nous avions le bonheur d'avoir inventé cette très véridique histoire, et par conséquent d'en être responsable par-devant Notre-Dame la Critique, ce n'est pas contre nous qu'on pourrait invoquer en ce moment le précepte classique : *Nec deus intersit*. Du reste, le costume du seigneur Jupiter était fort beau, et n'avait pas peu contribué à calmer la foule en attirant toute son attention. Jupiter était vêtu d'une brigandine couverte de velours noir, à clous dorés ; il était coiffé d'un bicoquet garni de boutons d'argent dorés ; et, n'était le rouge et la grosse barbe qui couvraient chacun une moitié de son visage, n'était le rouleau de carton doré, semé de passequilles et tout hérissé de lanières de clinquant qu'il portait à la main et dans lequel des yeux exercés reconnaissaient aisément la foudre, n'était ses pieds couleur de chair et enrubannés à la grecque, il eût pu supporter la comparaison, pour la sévérité de sa tenue, avec un archer breton du corps de monsieur de Berry.

II

PIERRE GRINGOIRE

Cependant, tandis qu'il haranguait, la satisfaction, l'admiration unanimement excitées par son costume se dissipaient à ses paroles ; et quand il arriva à cette conclusion malencontreuse : « Dès que l'éminentissime cardinal sera arrivé, nous commencerons », sa voix se perdit dans un tonnerre de huées.

— Commencez tout de suite! Le mystère! le mystère tout de suite! criait le peuple. Et l'on entendait par-dessus toutes les voix celle de *Johannes de Molendino,* qui perçait la rumeur comme le fifre dans un charivari de Nîmes :

— Commencez tout de suite! glapissait l'écolier.

— A bas Jupiter et le cardinal de Bourbon! vociféraient Robin Poussepain et les autres clercs juchés dans la croisée.

— Tout de suite la moralité! répétait la foule. Sur-le-champ! tout de suite! Le sac et la corde aux comédiens et au cardinal!

Le pauvre Jupiter, hagard, effaré, pâle sous son rouge, laissa tomber sa foudre, prit à la main son bicoquet ; puis il saluait et tremblait en balbutiant : Son éminence... les ambassadeurs... madame Marguerite de Flandre... Il ne savait que dire. Au fond il avait peur d'être pendu.

Pendu par la populace pour attendre, pendu par le cardinal pour n'avoir pas attendu, il ne voyait des deux côtés qu'un abîme, c'est-à-dire une potence.

Heureusement quelqu'un vint le tirer d'embarras et assumer la responsabilité.

Un individu qui se tenait en deçà de la balustrade dans l'espace laissé libre autour de la table de marbre, et que personne n'avait encore aperçu, tant sa longue et mince personne était complètement abritée de tout rayon visuel par le diamètre du pilier auquel il était adossé, cet individu, disons-nous, grand, maigre, blême, blond, jeune encore, quoique déjà ridé au front et aux joues, avec des yeux brillants et une bouche souriante, vêtu d'une serge noire,

râpée et lustrée de vieillesse, s'approcha de la table de
marbre et fit un signe au pauvre patient. Mais l'autre,
interdit, ne voyait pas.

Le nouveau venu fit un pas de plus : — Jupiter! dit-il,
mon cher Jupiter!

L'autre n'entendait point.

Enfin le grand blond, impatienté, lui cria presque sous le
nez :

— Michel Giborne!

— Qui m'appelle? dit Jupiter, comme éveillé en sursaut.

— Moi, répondit le personnage vêtu de noir.

— Ah! dit Jupiter.

— Commencez tout de suite, reprit l'autre. Satisfaites le
populaire. Je me charge d'apaiser monsieur le bailli, qui
apaisera monsieur le cardinal.

Jupiter respira.

— Messeigneurs les bourgeois, cria-t-il de toute la force
de ses poumons à la foule qui continuait de le huer, nous
allons commencer tout de suite.

— *Evoe, Juppiter! Plaudite, cives!* crièrent les écoliers.

— Noël! Noël! cria le peuple.

Ce fut un battement de mains assourdissant, et Jupiter
était déjà rentré sous sa tapisserie que la salle tremblait
encore d'acclamations.

Cependant le personnage inconnu qui avait si magique-
ment changé *la tempête en bonace,* comme dit notre vieux
et cher Corneille, était modestement rentré dans la pénombre de son pilier, et y serait sans doute resté invisible, immobile et muet comme auparavant, s'il n'en eût été tiré par
deux jeunes femmes qui, placées au premier rang des spectateurs, avaient remarqué son colloque avec Michel
Giborne-Jupiter.

— Maître, dit l'une d'elles en lui faisant signe de
s'approcher...

— Taisez-vous donc, ma chère Liénarde, dit sa voisine,
jolie, fraîche, et toute brave à force d'être endimanchée. Ce
n'est pas un clerc, c'est un laïque ; il ne faut pas dire *maître,*
mais bien *messire.*

— Messire, dit Liénarde.

L'inconnu s'approcha de la balustrade.

— Que voulez-vous de moi, mesdamoiselles? demanda-
t-il avec empressement.

— Oh! rien, dit Liénarde toute confuse, c'est ma voisine
Gisquette la Gencienne qui veut vous parler.

— Non pas, reprit Gisquette en rougissant ; c'est Liénarde qui vous a dit : Maître ; je lui ai dit qu'on disait : Messire.

Les deux jeunes filles baissaient les yeux. L'autre, qui ne demandait pas mieux que de lier conversation, les regardait en souriant :

— Vous n'avez donc rien à me dire, mesdamoiselles ?

— Oh ! rien du tout, répondit Gisquette.

— Rien, dit Liénarde.

Le grand jeune homme blond fit un pas pour se retirer. Mais les deux curieuses n'avaient pas envie de lâcher prise.

— Messire, dit vivement Gisquette avec l'impétuosité d'une écluse qui s'ouvre ou d'une femme qui prend son parti, vous connaissez donc ce soldat qui va jouer le rôle de madame la Vierge dans le mystère ?

— Vous voulez dire le rôle de Jupiter ? reprit l'anonyme.

— Hé ! oui, dit Liénarde, est-elle bête ! Vous connaissez donc Jupiter ?

— Michel Giborne ? répondit l'anonyme ; oui, madame.

— Il a une fière barbe ! dit Liénarde.

— Cela sera-t-il beau, ce qu'il vont dire là-dessus ? demanda timidement Gisquette.

— Très beau, mademoiselle, répondit l'anonyme sans la moindre hésitation.

— Qu'est-ce que ce sera ? dit Liénarde.

— *Le bon jugement de madame la Vierge*, moralité, s'il vous plaît, mademoiselle.

— Ah ! c'est différent, reprit Liénarde.

Un court silence suivit. L'inconnu le rompit :

— C'est une moralité toute neuve, et qui n'a pas encore servi.

— Ce n'est donc pas la même, dit Gisquette, que celle qu'on a donnée il y a deux ans, le jour de l'entrée de monsieur le légat, et où il y avait trois belles filles faisant personnages...

— De sirènes, dit Liénarde.

— Et toutes nues, ajouta le jeune homme.

Liénarde baissa pudiquement les yeux. Gisquette la regarda, et en fit autant. Il poursuivit en souriant :

— C'était chose bien plaisante à voir. Aujourd'hui c'est une moralité faite exprès pour madame la demoiselle de Flandre.

— Chantera-t-on des bergerettes ? demanda Gisquette.

— Fi ! dit l'inconnu, dans une moralité ! Il ne faut pas confondre les genres. Si c'était une sotie, à la bonne heure.

— C'est dommage, reprit Gisquette. Ce jour-là il y avait à la fontaine du Ponceau des hommes et des femmes sauvages qui se combattaient et faisaient plusieurs contenances en chantant de petits motets et des bergerettes.

— Ce qui convient pour un légat, dit assez sèchement l'inconnu, ne convient pas pour une princesse.

— Et près d'eux, reprit Liénarde, joutaient plusieurs bas instruments qui rendaient de grandes mélodies.

— Et pour rafraîchir les passants, continua Gisquette, la fontaine jetait par trois bouches, vin, lait et hypocras, dont buvait qui voulait.

— Et un peu au-dessous du Ponceau, poursuivit Liénarde, à la Trinité, il y avait une passion par personnages, et sans parler.

— Si je m'en souviens ! s'écria Gisquette : Dieu en la croix, et les deux larrons à droite et à gauche !

Ici les jeunes commères, s'échauffant au souvenir de l'entrée de monsieur le légat, se mirent à parler à la fois.

— Et plus avant, à la Porte-aux-Peintres, il y avait d'autres personnes très richement habillées.

— Et à la fontaine Saint-Innocent, ce chasseur qui poursuivait une biche avec grand bruit de chiens et de trompes de chasse !

— Et à la boucherie de Paris, ces échafauds qui figuraient la bastille de Dieppe !

— Et quand le légat passa, tu sais, Gisquette, on donna l'assaut, et les Anglais eurent tous les gorges coupées.

— Et contre la porte du Châtelet, il y avait de très beaux personnages !

— Et sur le Pont-au-change, qui était tout tendu par-dessus !

— Et quand le légat passa, on laissa voler sur le pont plus de deux cents douzaines de toutes sortes d'oiseaux ; c'était très beau, Liénarde.

— Ce sera plus beau aujourd'hui, reprit enfin leur interlocuteur qui semblait les écouter avec impatience.

— Vous nous promettez que ce mystère sera beau ? dit Gisquette.

— Sans doute, répondit-il ; puis il ajouta avec une certaine emphase : — Mesdemoiselles, c'est moi qui en suis l'auteur.

— Vraiment ? dirent les jeunes filles, tout ébahies.

— Vraiment ! répondit le poète en se rengorgeant légèrement ; c'est-à-dire nous sommes deux : Jehan Marchand, qui a scié les planches, et dressé la charpente du théâtre et toute la boiserie, et moi qui ai fait la pièce. — Je m'appelle Pierre Gringoire.

L'auteur du *Cid* n'eût pas dit avec plus de fierté : *Pierre Corneille*.

Nos lecteurs ont pu observer qu'il avait déjà dû s'écouler un certain temps depuis le moment où Jupiter était rentré sous la tapisserie jusqu'à l'instant où l'auteur de la moralité nouvelle s'était révélé ainsi brusquement à l'admiration naïve de Gisquette et de Liénarde. Chose remarquable : toute cette foule, quelques minutes auparavant si tumultueuse, attendait maintenant avec mansuétude, sur la foi du comédien ; ce qui prouve cette vérité éternelle et tous les jours encore éprouvée dans nos théâtres, que le meilleur moyen de faire attendre patiemment le public, c'est de lui affirmer qu'on va commencer tout de suite.

Toutefois l'écolier Joannes ne s'endormait pas.

— Holàhée ! cria-t-il tout à coup au milieu de la paisible attente qui avait succédé au trouble, Jupiter, madame la Vierge, bateleurs du diable ! vous gaussez-vous ? la pièce ! la pièce ! Commencez, ou nous recommençons.

Il n'en fallut pas davantage.

Une musique de hauts et bas instruments se fit entendre de l'intérieur de l'échafaudage ; la tapisserie se souleva ; quatre personnages bariolés et fardés en sortirent, grimpèrent la roide échelle du théâtre, et, parvenus sur la plateforme supérieure, se rangèrent en ligne devant le public, qu'ils saluèrent profondément ; alors la symphonie se tut. C'était le mystère qui commençait.

Les quatre personnages, après avoir largement recueilli le paiement de leurs révérences en applaudissements, entamèrent, au milieu d'un religieux silence, un prologue dont nous faisons volontiers grâce au lecteur. Du reste, ce qui arrive encore de nos jours, le public s'occupait encore plus des costumes qu'ils portaient que du rôle qu'ils débitaient ; et en vérité c'était justice. Ils étaient vêtus tous quatre de robes mi-parties jaune et blanc, qui ne se distinguaient entre elles que par la nature de l'étoffe ; la première était en brocart, or et argent, la deuxième en soie, la troisième en laine, la quatrième en toile. Le premier des personnages portait en main droite une épée, le second deux clefs d'or, le troisième une balance, le quatrième une bêche ; et pour aider les intelligences paresseuses qui n'auraient pas vu clair à travers la transparence de ces attributs, on pouvait lire en grosses lettres noires brodées : au bas de la robe de brocart, JE M'APPELLE NOBLESSE ; au bas de la robe de soie, JE

M'APPELLE CLERGÉ ; au bas de la robe de laine, JE M'APPELLE MARCHANDISE ; au bas de la robe de toile, JE M'APPELLE LABOUR. Le sexe des deux allégories mâles était clairement indiqué à tout spectateur judicieux par leurs robes moins longues et par la cramignole qu'elles portaient en tête, tandis que les deux allégories femelles, moins court-vêtues, étaient coiffées d'un chaperon.

Il eût fallu aussi beaucoup de mauvaise volonté pour ne pas comprendre, à travers la poésie du prologue, que Labour était marié à Marchandise et Clergé à Noblesse, et que les deux heureux couples possédaient en commun un magnifique dauphin d'or, qu'ils prétendaient n'adjuger qu'à la plus belle. Ils allaient donc par le monde cherchant et quêtant cette beauté, et après avoir successivement rejeté la reine de Golconde, la princesse de Trébizonde, la fille du Grand-Khan de Tartarie, etc., etc., Labour et Clergé, Noblesse et Marchandise étaient venus se reposer sur la table de marbre du Palais de Justice, en débitant devant l'honnête auditoire autant de sentences et de maximes qu'on en pouvait alors dépenser à la Faculté des arts aux examens, sophismes, déterminances, figures et actes où les maîtres prenaient leurs bonnets de licence.

Tout cela était en effet très beau.

Cependant, dans cette foule sur laquelle les quatre allégories versaient à qui mieux mieux des flots de métaphores, il n'y avait pas une oreille plus attentive, pas un cœur plus palpitant, pas un œil plus hagard, pas un cou plus tendu, que l'œil, l'oreille, le cou et le cœur de l'auteur, du poète, de ce brave Pierre Gringoire, qui n'avait pu résister, le moment d'auparavant, à la joie de dire son nom à deux jolies filles. Il était retourné à quelques pas d'elles, derrière son pilier, et là, il écoutait, il regardait, il savourait. Les bienveillants applaudissements qui avaient accueilli le début de son prologue retentissaient encore dans ses entrailles, et il était complètement absorbé dans cette espèce de contemplation extatique avec laquelle un auteur voit ses idées tomber une à une de la bouche de l'acteur dans le silence d'un vaste auditoire. Digne Pierre Gringoire !

Il nous en coûte de le dire, mais cette première extase fut bien vite troublée. A peine Gringoire avait-il approché ses lèvres de cette coupe enivrante de joie et de triomphe, qu'une goutte d'amertume vint s'y mêler.

Un mendiant déguenillé, qui ne pouvait faire recette, perdu qu'il était au milieu de la foule, et qui n'avait sans

doute pas trouvé suffisante indemnité dans les poches de
ses voisins, avait imaginé de se jucher sur quelque point
en évidence, pour attirer les regards et les aumônes. Il
s'était donc hissé pendant les premiers vers du prologue,
à l'aide des piliers de l'estrade réservée, jusqu'à la cor-
niche qui en bordait la balustrade à sa partie inférieure,
et là, il s'était assis, sollicitant l'attention et la pitié de la
multitude avec ses haillons et une plaie hideuse qui
couvrait son bras droit. Du reste il ne proférait pas une
parole.

Le silence qu'il gardait laissait aller le prologue sans
encombre, et aucun désordre sensible ne serait survenu,
si le malheur n'eût voulu que l'écolier Joannes avisât, du
haut de son pilier, le mendiant et ses simagrées. Un fou
rire s'empara du jeune drôle, qui, sans se soucier d'interrompre le spectacle et de troubler le recueillement universel, s'écria gaillardement : — Tiens! ce malingreux
qui demande l'aumône!

Quiconque a jeté une pierre dans une mare à grenouilles
ou tiré un coup de fusil dans une volée d'oiseaux, peut se
faire une idée de l'effet que produisirent ces paroles incon-
grues, au milieu de l'attention générale. Gringoire en tressaillit comme d'une secousse électrique. Le prologue resta
court, et toutes les têtes se retournèrent en tumulte vers le
mendiant, qui, loin de se déconcerter, vit dans cet incident
une bonne occasion de récolte, et se mit à dire d'un air
dolent, en fermant ses yeux à demi : — La charité, s'il
vous plaît!

— Eh mais, sur mon âme, reprit Joannes, c'est Clopin
Trouillefou. Holàhée! l'ami, ta plaie te gênait donc à la
jambe, que tu l'as mise sur ton bras?

En parlant ainsi, il jetait avec une adresse de singe un
petit-blanc dans le feutre gras que le mendiant tendait de
son bras malade. Le mendiant reçut sans broncher l'aumône et le sarcasme, et continua d'un accent lamentable :
— La charité, s'il vous plaît!

Cet épisode avait considérablement distrait l'auditoire,
et bon nombre de spectateurs, Robin Poussepain et tous
les clercs en tête, applaudissaient gaiement à ce duo bizarre
que venaient d'improviser, au milieu du prologue, l'écolier
avec sa voix criarde et le mendiant avec son imperturbable
psalmodie.

Gringoire était fort mécontent. Revenu de sa première
stupéfaction, il s'évertuait à crier aux quatre personnages
en scène : — Continuez! que diable, continuez! — sans

même daigner jeter un regard de dédain sur les deux inter-
rupteurs.

En ce moment, il se sentit tirer par le bord de son
surtout ; il se retourna, non sans quelque humeur, et eut
assez de peine à sourire. Il le fallait pourtant. C'était le joli
bras de Gisquette la Gencienne, qui, passé à travers la
balustrade, sollicitait de cette façon son attention.

— Monsieur, dit la jeune fille, est-ce qu'ils vont continuer ?

— Sans doute, répondit Gringoire, assez choqué de la
question.

— En ce cas, messire, reprit-elle, auriez-vous la courtoisie de m'expliquer...

— Ce qu'ils vont dire ? interrompit Gringoire. Eh bien,
écoutez !

— Non, dit Gisquette, mais ce qu'ils ont dit jusqu'à
présent.

Gringoire fit un soubresaut, comme un homme dont on
toucherait la plaie à vif.

— Peste de la petite fille sotte et bouchée ! dit-il entre
ses dents.

A dater de ce moment-là, Gisquette fut perdue dans son
esprit.

Cependant, les acteurs avaient obéi à son injonction, et
le public, voyant qu'ils se remettaient à parler, s'était remis
à écouter, non sans avoir perdu force beautés, dans l'espèce de soudure qui se fit entre les deux parties de la pièce
ainsi brusquement coupée. Gringoire en faisait tout bas
l'amère réflexion. Pourtant la tranquillité s'était rétablie
peu à peu, l'écolier se taisait, le mendiant comptait quelque
monnaie dans son chapeau, et la pièce avait repris le dessus.

C'était en réalité un fort bel ouvrage, et dont il nous
semble qu'on pourrait encore fort bien tirer parti aujour-
d'hui, moyennant quelques arrangements. L'exposition, un
peu longue, et un peu vide c'est-à-dire dans les règles, était
simple, et Gringoire, dans le candide sanctuaire de son for
intérieur, en admirait la clarté. Comme on s'en doute bien,
les quatre personnages allégoriques étaient un peu fatigués
d'avoir parcouru les trois parties du monde sans trouver à
se défaire convenablement de leur dauphin d'or. Là-dessus,
éloge du poisson merveilleux, avec mille allusions délicates
au jeune fiancé de Marguerite de Flandre, alors fort tristement reclus à Amboise, et ne se doutant guère que Labour
et Clergé, Noblesse et Marchandise venaient de faire le
tour du monde pour lui. Le susdit dauphin donc était

jeune, était beau, était fort, et surtout (magnifique origine
de toutes les vertus royales !) il était fils du lion de France.
Je déclare que cette métaphore hardie est admirable, et que
l'histoire naturelle du théâtre, un jour d'allégorie et d'épithalame royal, ne s'effarouche aucunement d'un dauphin
fils d'un lion. Ce sont justement ces rares et pindariques
mélanges qui prouvent l'enthousiasme. Néanmoins, pour
faire aussi la part de la critique, le poète aurait pu développer cette belle idée en moins de deux cents vers. Il est vrai
que le mystère devait durer depuis midi jusqu'à quatre
heures, d'après l'ordonnance de monsieur le prévôt, et qu'il
faut bien dire quelque chose. D'ailleurs, on écoutait
patiemment.

Tout à coup, au beau milieu d'une querelle entre mademoiselle Marchandise et madame Noblesse, au moment où
maître Labour prononçait ce vers mirifique :

Onc ne vis dans les bois bête plus triomphante ;

la porte de l'estrade réservée, qui était jusque-là restée si
mal à propos fermée, s'ouvrit plus mal à propos encore ; et
la voix retentissante de l'huissier annonça brusquement :
Son éminence monseigneur le cardinal de Bourbon.

III

MONSIEUR LE CARDINAL

Pauvre Gringoire ! le fracas de tous les gros doubles
pétards de la Saint-Jean, la décharge de vingt arquebuses à croc, la détonation de cette fameuse serpentine de la
Tour de Billy, qui, lors du siège de Paris, le dimanche
29 septembre 1465, tua sept bourguignons d'un coup,
l'explosion de toute la poudre à canon emmagasinée à la
Porte du Temple, lui eût moins rudement déchiré les
oreilles, en ce moment solennel et dramatique, que ce peu
de paroles tombées de la bouche d'un huissier : *Son éminence monseigneur le cardinal de Bourbon.*

Ce n'est pas que Pierre Gringoire craignît monsieur le
cardinal ou le dédaignât. Il n'avait ni cette faiblesse ni cette
outrecuidance. Véritable éclectique, comme on dirait
aujourd'hui, Gringoire était de ces esprits élevés et fermes,

modérés et calmes, qui savent toujours se tenir au milieu de tout *(stare in dimidio rerum)*, et qui sont pleins de raison et de libérale philosophie, tout en faisant état des cardinaux. Race précieuse et jamais interrompue de philosophes auxquels la sagesse, comme une autre Ariane, semble avoir donné une pelote de fil qu'ils s'en vont dévidant depuis le commencement du monde à travers le labyrinthe des choses humaines. On les retrouve dans tous les temps, toujours les mêmes, c'est-à-dire toujours selon tous les temps. Et sans compter notre Pierre Gringoire, qui les représenterait au quinzième siècle si nous parvenions à lui rendre l'illustration qu'il mérite, certainement c'est leur esprit qui animait le père Du Breul lorsqu'il écrivait dans le seizième ces paroles naïvement sublimes, dignes de tous les siècles : « Ie suis parisien de nation et parrhisian de parler, puisque *parrhisia* en grec signifie liberté de parler : de laquelle i'ai vsé mesme enuers messeigneurs les cardinaux, oncle et frère de monseigneur le prince de Conty : toutes fois auec respect de leur grandeur, et sans offenser personne de leur suitte, qui est beaucoup. »

Il n'y avait donc ni haine du cardinal, ni dédain de ou présence, dans l'impression désagréable qu'elle fit à Pierre Gringoire. Bien au contraire ; notre poète avait trop de bon sens et une souquenille trop râpée pour ne pas attacher un prix particulier à ce que mainte allusion de son prologue, et en particulier la glorification du dauphin fils du lion de France, fût recueillie par une oreille éminentissime. Mais ce n'est pas l'intérêt qui domine dans la noble nature des poètes. Je suppose que l'entité du poète soit représentée par le nombre dix, il est certain qu'un chimiste, en l'analysant et pharmacopolisant, comme dit Rabelais, la trouverait composée d'une partie d'intérêt contre neuf parties d'amour-propre. Or, au moment où la porte s'était ouverte pour le cardinal, les neuf parties d'amour-propre de Gringoire, gonflées et tuméfiées au souffle de l'admiration populaire, étaient dans un état d'accroissement prodigieux, sous lequel disparaissait comme étouffée cette imperceptible molécule d'intérêt que nous distinguions tout à l'heure dans la constitution des poètes ; ingrédient précieux du reste, lest de réalité et d'humanité sans lequel ils ne toucheraient pas la terre. Gringoire jouissait de sentir, de voir, de palper pour ainsi dire une assemblée entière, de marauds il est vrai, mais qu'importe, stupéfiée, pétrifiée, et comme asphyxiée devant les incommensurables tirades qui surgissaient à chaque instant de toutes les parties de

son épithalame. J'affirme qu'il partageait lui-même la
béatitude générale, et qu'au rebours de La Fontaine, qui,
à la représentation de sa comédie du *Florentin*, demandait :
Quel est le malotru çui a fait cette rapsodie ? Gringoire eût
volontiers demandé à son voisin : *De qui est ce chef-d'œuvre ?*
On peut juger maintenant quel effet produisit sur lui la
brusque et intempestive survenue du cardinal.

Ce qu'il pouvait craindre ne se réalisa que trop. L'entrée
de son éminence bouleversa l'auditoire. Toutes les têtes se
tournèrent vers l'estrade. Ce fut à ne plus s'entendre. — Le
cardinal ! Le cardinal ! répétèrent toutes les bouches. Le
malheureux prologue resta court une seconde fois.

Le cardinal s'arrêta un moment sur le seuil de l'estrade.
Tandis qu'il promenait un regard assez indifférent sur l'au-
ditoire, le tumulte redoublait. Chacun voulait le mieux voir.
C'était à qui mettrait sa tête sur les épaules de son voisin.

C'était en effet un haut personnage et dont le spectacle
valait bien toute autre comédie. Charles, cardinal de Bourbon, archevêque et comte de Lyon, primat des Gaules,
était à la fois allié à Louis XI par son frère, Pierre, seigneur
de Beaujeu, qui avait épousé la fille aînée du roi, et allié à
Charles le Téméraire par sa mère Agnès de Bourgogne. Or
le trait dominant, le trait caractéristique et distinctif du
caractère du primat des Gaules, c'était l'esprit de courtisan
et la dévotion aux puissances. On peut juger des embarras
sans nombre que lui avait valus cette double parenté, et de
tous les écueils temporels entre lesquels sa barque spirituelle avait dû louvoyer, pour ne se briser ni à Louis, ni à
Charles, cette Charybde et cette Scylla qui avaient dévoré
le duc de Nemours et le connétable de Saint-Pol. Grâce au
ciel, il s'était assez bien tiré de la traversée, et était arrivé à
Rome sans encombre. Mais, quoiqu'il fût au port, et précisément parce qu'il était au port, il ne se rappelait jamais
sans inquiétude les chances diverses de sa vie politique, si
longtemps alarmée et laborieuse. Aussi avait-il coutume de
dire que l'année 1476 avait été pour lui *noire et blanche ;*
entendant par là qu'il avait perdu dans cette même année
sa mère la duchesse de Bourbonnais et son cousin le duc de
Bourgogne, et qu'un deuil l'avait consolé de l'autre.

Du reste, c'était un bon homme. Il menait joyeuse vie
de cardinal, s'égayait volontiers avec du cru royal de Chal-
luau *, ne haïssait par Richarde la Garmoise et Thomasse

---

* Chaillot. [*Note de V. H.*]

la Saillarde, faisait l'aumône aux jolies filles plutôt qu'aux
vieilles femmes, et pour toutes ces raisons était fort agréable au *populaire* de Paris. Il ne marchait qu'entouré d'une
petite cour d'évêques et d'abbés de hautes lignées, galants,
grivois et faisant ripaille au besoin ; et plus d'une fois les
braves dévotes de Saint-Germain d'Auxerre, en passant
le soir sous les fenêtres illuminées du logis de Bourbon,
avaient été scandalisées d'entendre les mêmes voix qui
leur avaient chanté vêpres dans la journée, psalmodier au
bruit des verres le proverbe bachique de Benoît XII, ce
pape qui avait ajouté une troisième couronne à la tiare :
— *Bibamus papaliter.*

Ce fut sans doute cette popularité, acquise à si juste titre,
qui le préserva, à son entrée, de tout mauvais accueil de la
part de la cohue, si mécontente le moment d'auparavant, et
fort peu disposée au respect d'un cardinal le jour même où
elle allait élire un pape. Mais les parisiens ont peu de rancune ; et puis, en faisant commencer la représentation
d'autorité, les bons bourgeois l'avaient emporté sur le
cardinal, et ce triomphe leur suffisait. D'ailleurs monsieur
le cardinal de Bourbon était bel homme, il avait une fort
belle robe rouge qu'il portait fort bien ; c'est dire qu'il
avait pour lui toutes les femmes, et par conséquent la
meilleure moitié de l'auditoire. Certainement il y aurait
injustice et mauvais goût à huer un cardinal pour s'être
fait attendre au spectacle, lorsqu'il est bel homme et qu'il
porte bien sa robe rouge.

Il entra donc, salua l'assistance avec ce sourire hérédi-
taire des grands pour le peuple, et se dirigea à pas lents
vers son fauteuil de velours écarlate, en ayant l'air de songer à tout autre chose. Son cortège, ce que nous appellerions aujourd'hui son état-major d'évêques et d'abbés, fit
irruption à sa suite dans l'estrade, non sans redoublement
de tumulte et de curiosité au parterre. C'était à qui se les
montrerait, se les nommerait, à qui en connaîtrait au
moins un ; qui, monsieur l'évêque de Marseille, Alaudet,
si j'ai bonne mémoire ; qui, le primicier de Saint-Denis ;
qui, Robert de Lespinasse, abbé de Saint-Germain-des-
Prés, ce frère libertin d'une maîtresse de Louis XI : le
tout avec force méprises et cacophonies. Quant aux écoliers, ils juraient. C'était leur jour, leur fête des fous, leur
saturnale, l'orgie annuelle de la basoche et de l'école. Pas
de turpitude qui ne fût de droit ce jour-là et chose sacrée.
Et puis il y avait de folles commères dans la foule, Simone
Quatrelivres, Agnès la Gadine, Robine Piédebou. N'était-

ce pas le moins qu'on pût jurer à son aise et maugréer un peu le nom de Dieu, un si beau jour, en si bonne compagnie de gens d'église et de filles de joie ? Aussi ne s'en faisaient-ils faute ; et, au milieu du brouhaha, c'était un effrayant charivari de blasphèmes et d'énormités que celui de toutes ces langues échappées, langues de clercs et d'écoliers contenues le reste de l'année par la crainte du fer chaud de saint Louis. Pauvre saint Louis, quelle nargue ils lui faisaient dans son propre palais de justice ! Chacun d'eux, dans les nouveaux venus de l'estrade, avait pris à partie une soutane noire, ou grise, ou blanche, ou violette. Quant à Joannes Frollo de Molendino, en sa qualité de frère d'un archidiacre, c'était à la rouge qu'il s'était hardiment attaqué, et il chantait à tue-tête, en fixant ses yeux effrontés sur le cardinal : *Cappa repelta mero !*

Tous ces détails, que nous mettons ici à nu pour l'édification du lecteur, étaient tellement couverts par la rumeur générale qu'ils s'y effaçaient avant d'arriver jusqu'à l'estrade réservée. D'ailleurs le cardinal s'en fût peu ému, tant les libertés de ce jour-là étaient dans les mœurs. Il avait du reste, et sa mine en était toute préoccupée, un autre souci qui le suivait de près et qui entra presque en même temps que lui dans l'estrade. C'était l'ambassade de Flandre.

Non qu'il fût profond politique, et qu'il se fît une affaire des suites possibles du mariage de madame sa cousine Marguerite de Bourgogne avec monsieur son cousin Charles, dauphin de Vienne ; combien durerait la bonne intelligence plâtrée du duc d'Autriche et du roi de France, comment le roi d'Angleterre prendrait ce dédain de sa fille, cela l'inquiétait peu, et il fêtait chaque soir le vin du cru royal de Chaillot, sans se douter que quelques flacons de ce même vin (un peu revu et corrigé, il est vrai, par le médecin Coictier), cordialement offerts à Édouard IV par Louis XI, débarrasseraient un beau matin Louis XI d'Édouard IV. *La moult honorée ambassade de monsieur le duc d'Autriche* n'apportait au cardinal aucun de ces soucis, mais elle l'importunait par un autre côté. Il était en effet un peu dur, et nous en avons déjà dit un mot à la deuxième page de ce livre, d'être obligé de faire fête et bon accueil, lui Charles de Bourbon, à je ne sais quels bourgeois ; lui cardinal, à des échevins ; lui français, joyeux convive, à des flamands buveurs de bière ; et cela en public. C'était là, certes, une des plus fastidieuses grimaces qu'il eût jamais faites pour le bon plaisir du roi.

Il se tourna donc vers la porte, et de la meilleure grâce du monde (tant il s'y étudiait), quand l'huissier annonça d'une voix sonore : *Messieurs les envoyés de monsieur le duc d'Autriche.* Il est inutile de dire que la salle entière en fit autant.

Alors arrivèrent, deux par deux, avec une gravité qui faisait contraste au milieu du pétulant cortège ecclésiastique de Charles de Bourbon, les quarante-huit ambassadeurs, de Maximilien d'Autriche, ayant en tête révérend père en Dieu, Jehan, abbé de Saint-Bertin, chancelier de la Toison d'or, et Jacques de Goy, sieur Dauby, haut bailli de Gand. Il se fit dans l'assemblée un grand silence accompagné de rires étouffés pour écouter tous les noms saugrenus et toutes les qualifications bourgeoises que chacun de ces personnages transmettait imperturbablement à l'huissier, qui jetait ensuite noms et qualités pêle-mêle et tout estropiés à travers la foule. C'était maître Loys Roelof, échevin de la ville de Louvain ; messire Clays d'Etuelde, échevin de Bruxelles ; messire Paul de Baeust, sieur de Voirmizelle, président de Flandre ; maître Jehan Coleghens, bourgmestre de la ville d'Anvers ; maître George de la Moere, premier échevin de la kuere de la ville de Gand ; maître Gheldolf van der Hage, premier échevin des parchons de ladite ville ; et le sieur de Bierbecque, et Jehan Pinnock, et Jehan Dymaerzelle, etc., etc., etc. ; baillis, échevins, bourgmestres ; bourgmestres, échevins, baillis ; tous roides, gourmés, empesés, endimanchés de velours et de damas, encapuchonnés de cramignoles de velours noir à grosses houppes de fil d'or de Chypre ; bonnes têtes flamandes après tout, figures dignes et sévères, de la famille de celles que Rembrandt fait saillir si fortes et si graves sur le fond noir de sa *Ronde de nuit* ; personnages qui portaient tous écrit sur le front que Maximilien d'Autriche avait eu raison de se *confier à plain,* comme disait son manifeste, *en leur sens, vaillance, expérience, loyaultez et bonnes preudomies.*

Un excepté pourtant. C'était un visage fin, intelligent, rusé, une espèce de museau de singe et de diplomate, au-devant duquel le cardinal fit trois pas et une profonde révérence, et qui ne s'appelait pourtant que *Guillaume Rym, conseiller et pensionnaire de la ville de Gand.*

Peu de personnes savaient alors ce que c'était que Guillaume Rym. Rare génie qui dans un temps de révolution eût paru avec éclat à la surface des événements, mais qui au quinzième siècle était réduit aux caverneuses intrigues et à

vivre dans les sapes, comme dit le duc de Saint-Simon. Du.
reste, il était apprécié du premier *sapeur* de l'Europe, il
machinait familièrement avec Louis XI, et mettait souvent
la main aux secrètes besognes du roi. Toutes choses fort
ignorées de cette foule qu'émerveillaient les politesses du
cardinal à cette chétive figure de bailli flamand.

IV

MAITRE JACQUES COPPENOLE

Pendant que le pensionnaire de Gand et l'éminence
échangeaient une révérence fort basse et quelques paroles à voix plus basse encore, un homme à haute stature, à
large face, à puissantes épaules, se présentait pour entrer de
front avec Guillaume Rym : on eût dit un dogue auprès
d'un renard. Son bicoquet de feutre et sa veste de cuir
faisaient tache au milieu du velours et de la soie qui l'entouraient. Présumant que c'était quelque palefrenier four-
voyé, l'huissier l'arrêta.

— Hé, l'ami ! on ne passe pas.

L'homme à veste de cuir le repoussa de l'épaule.

— Que me veut ce drôle ? dit-il avec un éclat de voix qui
rendit la salle entière attentive à cet étrange colloque. Tu ne
vois pas que j'en suis ?

— Votre nom ? demanda l'huissier.

— Jacques Coppenole.

— Vos qualités ?

— Chaussetier, à l'enseigne des *Trois Chaînettes*, à
Gand.

L'huissier recula. Annoncer des échevins et des bourgmestres, passe ; mais un chaussetier, c'était dur. Le cardinal était sur les épines. Tout le peuple écoutait et regardait.
Voilà deux jours que son éminence s'évertuait à lécher ces
ours flamands pour les rendre un peu plus présentables en
public, et l'incartade était rude. Cependant Guillaume
Rym, avec son fin sourire, s'approcha de l'huissier :

— Annoncez maître Jacques Coppenole, clerc des échevins de la ville de Gand, lui souffla-t-il très bas.

— Huissier, reprit le cardinal à haute voix, annoncez
maître Jacques Coppenole, clerc des échevins de l'illustre
ville de Gand.

Ce fut une faute. Guillaume Rym tout seul eût escamoté la difficulté ; mais Coppenole avait entendu le cardinal.

— Non, croix-Dieu ! s'écria-t-il avec sa voix de tonnerre, Jacques Coppenole, chaussetier. Entends-tu, l'huissier ? Rien de plus, rien de moins. Croix-Dieu ! chaussetier, c'est assez beau. Monsieur l'archiduc a plus d'une fois cherché son gant dans mes chausses.

Les rires et les applaudissements éclatèrent. Un quolibet est tout de suite compris à Paris, et par conséquent toujours applaudi.

Ajoutons que Coppenole était du peuple, et que ce public qui l'entourait était du peuple. Aussi la communication entre eux et lui avait été prompte, électrique, et pour ainsi dire de plain-pied. L'altière algarade du chaussetier flamand, en humiliant les gens de cour, avait remué dans toutes les âmes plébéiennes je ne sais quel sentiment de dignité encore vague et indistinct au quinzième siècle. C'était un égal que ce chaussetier, qui venait de tenir tête à monsieur le cardinal ! réflexion bien douce à de pauvres diables qui étaient habitués à respect et obéissance envers les valets des sergents du bailli de l'abbé de Sainte-Geneviève, caudataire du cardinal.

Coppenole salua fièrement son éminence, qui rendit son salut au tout-puissant bourgeois redouté de Louis XI. Puis, tandis que Guillaume Rym, *sage homme et malicieux*, comme dit Philippe de Comines, les suivait tous deux d'un sourire de raillerie et de supériorité, ils gagnèrent chacun leur place, le cardinal tout décontenancé et soucieux, Coppenole tranquille et hautain, et songeant sans doute qu'après tout son titre de chaussetier en valait bien un autre, et que Marie de Bourgogne, mère de cette Marguerite que Coppenole mariait aujourd'hui, l'eût moins redouté cardinal que chaussetier : car ce n'est pas un cardinal qui eût ameuté les Gantois contre les favoris de la fille de Charles le Téméraire ; ce n'est pas un cardinal qui eût fortifié la foule avec une parole contre ses larmes et ses prières, quand la demoiselle de Flandre vint supplier son peuple pour eux jusqu'au pied de leur échafaud ; tandis que le chaussetier n'avait eu qu'à lever son coude de cuir pour faire tomber vos deux têtes, illustrissimes seigneurs, Guy d'Hymbercourt, chancelier Guillaume Hugonet !

Cependant tout n'était pas fini pour ce pauvre cardinal, et il devait boire jusqu'à la lie le calice d'être en si mauvaise compagnie.

Le lecteur n'a peut-être pas oublié l'effronté mendiant

qui était venu se cramponner, dès le commencement du
prologue, aux franges de l'estrade cardinale. L'arrivée des
illustres conviés ne lui avait nullement fait lâcher prise, et
tandis que prélats et ambassadeurs s'encaquaient, en vrais
harengs flamands, dans les stalles de la tribune, lui s'était
mis à l'aise, et avait bravement croisé ses jambes sur l'ar-
chitrave. L'insolence était rare, et personne ne s'en était
aperçu au premier moment, l'attention étant tournée
ailleurs. Lui, de son côté, ne s'apercevait de rien dans la
salle ; il balançait sa tête avec une insouciance de napoli-
tain, répétant de temps en temps dans la rumeur, comme
par une machinale habitude : « La charité, s'il vous plaît ! »
Et certes il était, dans toute l'assistance, le seul probablement qui n'eût pas daigné tourner la tête à l'altercation de
Coppenole, et de l'huissier. Or, le hasard voulut que le
maître chaussetier de Gand, avec qui le peuple sympathi-
sait déjà si vivement et sur qui tous les yeux étaient fixés,
vînt précisément s'asseoir au premier rang de l'estrade
au-dessus du mendiant ; et l'on ne fut pas médiocrement
étonné de voir l'ambassadeur flamand, inspection faite du
drôle placé sous ses yeux, frapper amicalement sur cette
épaule couverte de haillons. Le mendiant se retourna ;
il y eut surprise, reconnaissance, épanouissement des deux
visages, etc. ; puis, sans se soucier le moins du monde des
spectateurs, le chaussetier et le malingreux se mirent à
causer à voix basse, en se tenant les mains dans les mains,
tandis que les guenilles de Clopin Trouillefou étalées
sur le drap d'or de l'estrade faisaient l'effet d'une chenille
sur une orange.
     La nouveauté de cette scène singulière excita une telle
rumeur de folie et de gaieté dans la salle que le cardinal ne
tarda pas à s'en apercevoir ; il se pencha à demi, et ne pouvant, du point où il était placé, qu'entrevoir fort imparfai-
tement la casaque ignominieuse de Trouillefou, il se figura
assez naturellement que le mendiant demandait l'aumône,
et, révolté de l'audace, il s'écria : — Monsieur le bailli du
Palais, jetez-moi ce drôle à la rivière.
     — Croix-Dieu ! monseigneur le cardinal, dit Coppenole
sans quitter la main de Clopin, c'est un de mes amis.
     — Noël ! Noël ! cria la cohue. A dater de ce moment,
maître Coppenole eut à Paris, comme à Gand, *grand crédit
avec le peuple ; car gens de telle taille l'y ont*, dit Philippe de
Comines, *quand ils sont ainsi désordonnés*.
     Le cardinal se mordit les lèvres. Il se pencha vers son
voisin l'abbé de Sainte-Geneviève, et lui dit à demi-voix :

— Plaisants ambassadeurs que nous envoie là monsieur l'archiduc pour nous annoncer madame Marguerite !

— Votre éminence, répondit l'abbé, perd ses politesses avec ces groins flamands. *Margaritas ante porcos.*

— Dites plutôt, répondit le cardinal avec un sourire : *Porcos ante Margaritam.*

Toute la petite cour en soutane s'extasia sur le jeu de mots. Le cardinal se sentit un peu soulagé ; il était maintenant quitte avec Coppenole, il avait eu aussi son quolibet applaudi.

Maintenant, que ceux de nos lecteurs qui ont la puissance de généraliser une image et une idée, comme on dit dans le style d'aujourd'hui, nous permettent de leur demander s'ils se figurent bien nettement le spectacle qu'offrait, au moment où nous arrêtons leur attention, le vaste parallélogramme de la grand'salle du Palais. Au milieu de la salle, adossée au mur occidental, une large et magnifique estrade de brocart d'or, dans laquelle entrent processionnellement, par une petite porte ogive, de graves personnages successivement annoncés par la voix criarde d'un huissier. Sur les premiers bancs, déjà force vénérables figures, embéguinées d'hermine, de velours et d'écarlate. Autour de l'estrade, qui demeure silencieuse et digne, en bas, en face, partout, grande foule et grande rumeur. Mille regards du peuple sur chaque visage de l'estrade, mille chuchotements sur chaque nom. Certes, le spectacle est curieux et mérite bien l'attention des spectateurs. Mais là-bas, tout au bout, qu'est-ce donc que cette espèce de tréteau avec quatre pantins bariolés dessus et quatre autres en bas ? Qu'est-ce donc, à côté du tréteau, que cet homme à souquenille noire et à pâle figure ? Hélas ! mon cher lecteur, c'est Pierre Gringoire et son prologue.

Nous l'avions tous profondément oublié.

Voilà précisément ce qu'il craignait.

Du moment où le cardinal était entré, Gringoire n'avait cessé de s'agiter pour le salut de son prologue. Il avait d'abord enjoint aux acteurs, restés en suspens, de continuer et de hausser la voix ; puis, voyant que personne n'écoutait, il les avait arrêtés, et depuis près d'un quart d'heure que l'interruption durait, il n'avait cessé de frapper du pied, de se démener, d'interpeller Gisquette et Liénarde, d'encourager ses voisins à la poursuite du prologue ; le tout en vain. Nul ne bougeait du cardinal, de l'ambassade et de l'estrade, unique centre de ce vaste cercle de rayons visuels. Il faut croire aussi, et nous le disons à regret, que le prologue.

commençait à gêner légèrement l'auditoire, au moment où
son éminence était venue y faire diversion d'une si terrible
façon. Après tout, à l'estrade comme à la table de marbre,
c'était toujours le même spectacle : le conflit de Labour et
de Clergé, de Noblesse et de Marchandise. Et beaucoup de
gens aimaient mieux les voir tout bonnement, vivant, respirant, agissant, se coudoyant, en chair et en os, dans cette
ambassade flamande, dans cette cour épiscopale, sous la
robe du cardinal, sous la veste de Coppenole, que fardés,
attifés, parlant en vers, et pour ainsi dire empaillés sous
les tuniques jaunes et blanches dont les avait affublés
Gringoire.

Pourtant quand notre poète vit le calme un peu rétabli,
il imagina un stratagème qui eût tout sauvé.

— Monsieur, dit-il en se tournant vers un de ses voisins,
brave et gros homme à figure patiente, si l'on recom-
mençait ?

— Quoi ? dit le voisin.

— Hé ! le mystère, dit Gringoire.

— Comme il vous plaira, repartit le voisin.

Cette demi-approbation suffit à Gringoire, et faisant ses
affaires lui-même, il commença à crier, en se confondant
le plus possible avec la foule : Recommencez le mystère !
recommencez !

— Diable ! dit Joannes de Molendino, qu'est-ce qu'ils
chantent donc là-bas, au bout ? (Car Gringoire faisait du
bruit comme quatre). Dites donc, camarades ! est-ce que le
mystère n'est pas fini ? Ils veulent le recommencer. Ce n'est
pas juste.

— Non ! non ! crièrent tous les écoliers. A bas le mystère ! à bas !

Mais Gringoire se multipliait et n'en criait que plus fort :
Recommencez ! recommencez !

Ces clameurs attirèrent l'attention du cardinal.

— Monsieur le bailli du Palais, dit-il à un grand homme
noir placé à quelques pas de lui, est-ce que ces drôles sont
dans un bénitier, qu'ils font ce bruit d'enfer ?

Le bailli du Palais était une espèce de magistrat amphi-
bie, une sorte de chauve-souris de l'ordre judiciaire, tenant
à la fois du rat et de l'oiseau, du juge et du soldat.

Il s'approcha de son éminence, et, non sans redouter fort
son mécontentement, il lui expliqua en balbutiant l'incon-
gruité populaire : que midi était arrivé avant son éminence,
et que les comédiens avaient été forcés de commencer sans
attendre son éminence.

Le cardinal éclata de rire.

— Sur ma foi, monsieur le recteur de l'Université aurait bien dû en faire autant. Qu'en dites-vous, maître Guillaume Rym ?

— Monseigneur, répondit Guillaume Rym, contentons-nous d'avoir échappé à la moitié de la comédie. C'est toujours cela de gagné.

— Ces coquins peuvent-ils continuer leur farce ? demanda le bailli.

— Continuez, continuez, dit le cardinal ; cela m'est égal. Pendant ce temps-là, je vais lire mon bréviaire.

Le bailli s'avança au bord de l'estrade, et cria, après avoir fait faire silence d'un geste de la main :

— Bourgeois, manants et habitants, pour satisfaire ceux qui veulent qu'on recommence et ceux qui veulent qu'on finisse, son éminence ordonne que l'on continue.

Il fallut bien se résigner des deux parts. Cependant l'auteur et le public en gardèrent longtemps rancune au cardinal.

Les personnages en scène reprirent donc leur glose, et Gringoire espéra que du moins le reste de son œuvre serait écouté. Cette espérance ne tarda pas à être déçue comme ses autres illusions ; le silence s'était bien en effet rétabli tellement quellement dans l'auditoire ; mais Gringoire n'avait pas remarqué que, au moment où le cardinal avait donné l'ordre de continuer, l'estrade était loin d'être remplie, et qu'après les envoyés flamands étaient survenus de nouveaux personnages faisant partie du cortège dont les noms et qualités, lancés tout au travers de son dialogue par le cri intermittent de l'huissier, y produisaient un ravage considérable. Qu'on se figure en effet, au milieu d'une pièce de théâtre, le glapissement d'un huissier jetant, entre deux rimes et souvent entre deux hémistiches, des parenthèses comme celles-ci :

Maître Jacques Charmolue, procureur du roi en cour d'église !

Jehan de Harlay, écuyer, garde de l'office de chevalier du guet de nuit de la ville de Paris !

Messire Galiot de Genoilhac, chevalier, seigneur de Brussac, maître de l'artillerie du roi !

Maître Dreux-Raguier, enquesteur des eaux et forêts du roi notre sire, ès pays de France, Champagne et Brie !

Messire Louis de Graville, chevalier, conseiller et chambellan du roi, amiral de France, concierge du bois de Vincennes !

Maître Denis Le Mercier, garde de la maison des aveugles de Paris ! — Etc., etc., etc.

Cela devenait insoutenable.

Cet étrange accompagnement, qui rendait la pièce difficile à suivre, indignait d'autant plus Gringoire qu'il ne
pouvait se dissimuler que l'intérêt allait toujours croissant
et qu'il ne manquait à son ouvrage que d'être écouté. Il
était en effet difficile d'imaginer une contexture plus ingénieuse et plus dramatique. Les quatre personnages du
prologue se lamentaient dans leur mortel embarras, lorsque
Vénus en personne, *vera incessus patuit dea*, s'était présentée à eux, vêtue d'une belle cotte-hardie armoriée au navire
de la ville de Paris. Elle venait elle-même réclamer le
dauphin promis à la plus belle. Jupiter, dont on entendait
la foudre gronder dans le vestiaire, l'appuyait, et la déesse
allait l'emporter, c'est-à-dire, sans figure, épouser monsieur le dauphin, lorsqu'une jeune enfant, vêtue de damas
blanc et tenant en main une marguerite (diaphane per-
sonnification de mademoiselle de Flandre), était venue
lutter avec Vénus. Coup de théâtre et péripétie. Après
controverse, Vénus, Marguerite et la cantonade étaient
convenues de s'en remettre au bon jugement de la sainte
Vierge. Il y avait encore un beau rôle, celui de dom Pèdre,
roi de Mésopotamie. Mais, à travers tant d'interruptions,
il était difficile de démêler à quoi il servait. Tout cela était
monté par l'échelle.

Mais c'en était fait. Aucune de ces beautés n'était sentie,
ni comprise. A l'entrée du cardinal on eût dit qu'un fil
invisible et magique avait subitement tiré tous les regards
de la table de marbre à l'estrade, de l'extrémité méridionale
de la salle au côté occidental. Rien ne pouvait désensorce-
ler l'auditoire. Tous les yeux restaient fixés là, et les nouveaux arrivants, et leurs noms maudits, et leurs visages, et
leurs costumes étaient une diversion continuelle. C'était
désolant. Excepté Gisquette et Liénarde, qui se détournaient de temps en temps quand Gringoire les tirait par la
manche, excepté le gros voisin patient, personne n'écoutait, personne ne regardait en face la pauvre moralité
abandonnée. Gringoire ne voyait plus que des profils.

Avec quelle amertume il voyait s'écrouler pièce à pièce
tout son échafaudage de gloire et de poésie ! Et songer que
ce peuple avait été sur le point de se rebeller contre monsieur le bailli, par impatience d'entendre son ouvrage !
maintenant qu'on l'avait, on ne s'en souciait. Cette même
représentation qui avait commencé dans une si unanime

acclamation ! Éternel flux et reflux de la faveur populaire ! Penser qu'on avait failli pendre les sergents du bailli ! Que n'eût-il pas donné pour en être encore à cette heure de miel !

Le brutal monologue de l'huissier cessa pourtant. Tout le monde était arrivé, et Gringoire respira. Les acteurs continuaient bravement. Mais ne voilà-t-il pas que maître Coppenole, le chaussetier, se lève tout à coup, et que Gringoire lui entend prononcer, au milieu de l'attention universelle, cette abominable harangue :

— Messieurs les bourgeois et hobereaux de Paris, je ne sais, croix-Dieu ! pas ce que nous faisons ici. Je vois bien là-bas dans ce coin, sur ce tréteau, des gens qui ont l'air de vouloir se battre. J'ignore si c'est là ce que vous appelez un *mystère* ; mais ce n'est pas amusant. Ils se querellent de la langue, et rien de plus. Voilà un quart d'heure que j'attends le premier coup. Rien ne vient. Ce sont des lâches, qui ne s'égratignent qu'avec des injures. Il fallait faire venir des lutteurs de Londres ou de Rotterdam ; et, à la bonne heure ! vous auriez eu des coups de poing qu'on aurait entendus de la place. Mais ceux-là font pitié. Ils devraient nous donner au moins une danse morisque, ou quelque autre momerie ! Ce n'est pas là ce qu'on m'avait dit. On m'avait promis une fête des fous, avec élection du pape. Nous avons aussi notre pape des fous à Gand, et en cela nous ne sommes pas en arrière, croix-Dieu ! Mais voici comme nous faisons. On se rassemble une cohue, comme ici. Puis chacun à son tour va passer sa tête par un trou et fait une grimace aux autres. Celui qui fait la plus laide, à l'acclamation de tous, est élu pape. Voilà. C'est fort divertissant. Voulez-vous que nous fassions votre pape à la mode de mon pays ? Ce sera toujours moins fastidieux que d'écouter ces bavards. S'ils veulent venir faire leur grimace. à la lucarne, ils seront du jeu. Qu'en dites-vous, messieurs les bourgeois ? Il y a ici un suffisamment grotesque échantillon des deux sexes pour qu'on rie à la flamande, et nous sommes assez de laids visages pour espérer une belle grimace.

Gringoire eût voulu répondre. La stupéfaction, la colère, l'indignation lui ôtèrent la parole. D'ailleurs la motion du chaussetier populaire fut accueillie avec un tel enthousiasme par ces bourgeois flattés d'être appelés *hobereaux*, que toute résistance était inutile. Il n'y avait plus qu'à se laisser aller au torrent. Gringoire cacha son visage de ses deux mains, n'ayant pas le bonheur d'avoir un manteau pour se voiler la tête comme l'Agamemnon de Timanthe.

V

QUASIMODO

En un clin d'œil tout fut prêt pour exécuter l'idée de Coppenole. Bourgeois, écoliers et basochiens s'étaient mis à l'œuvre. La petite chapelle située en face de la table de marbre fut choisie pour le théâtre des grimaces. Une vitre brisée à la jolie rosace au-dessus de la porte laissa libre un cercle de pierre par lequel il fut convenu que les concurrents passeraient la tête. Il suffisait, pour y atteindre, de grimper sur deux tonneaux, qu'on avait pris je ne sais où et juchés l'un sur l'autre tant bien que mal. Il fut réglé que chaque candidat, homme ou femme (car on pouvait faire une papesse), pour laisser vierge et entière l'impression de sa grimace, se couvrirait le visage et se tiendrait caché dans la chapelle jusqu'au moment de faire apparition. En moins d'un instant la chapelle fut remplie de concurrents, sur lesquels la porte se referma.

Coppenole de sa place ordonnait tout, dirigeait tout, arrangeait tout. Pendant le brouhaha, le cardinal, non moins décontenancé que Gringoire, s'était, sous un prétexte d'affaires et de vêpres, retiré avec toute sa suite, sans que cette foule, que son arrivée avait remuée si vivement, se fût le moindrement émue à son départ. Guillaume Rym fut le seul qui remarqua la déroute de son éminence. L'attention populaire, comme le soleil, poursuivait sa révolution ; partie d'un bout de la salle, après s'être arrêtée quelque temps au milieu, elle était maintenant à l'autre bout. La table de marbre, l'estrade de brocart avaient eu leur moment ; c'était le tour de la chapelle de Louis XI. Le champ était désormais libre à toute folie. Il n'y avait plus que des flamands et de la canaille.

Les grimaces commencèrent. La première figure qui apparut à la lucarne, avec des paupières retournées au rouge, une bouche ouverte en gueule et un front plissé comme nos bottes à la hussarde de l'empire, fit éclater un rire tellement inextinguible qu'Homère eût pris tous ces manants pour des dieux. Cependant la grand'salle n'était rien moins qu'un olympe, et le pauvre Jupiter de Gringoire le savait mieux que personne. Une seconde, une troisième grimace succédèrent, puis une autre, puis une autre, et

toujours les rires et les trépignements de joie redoublaient.
Il y avait dans ce spectacle je ne sais quel vertige particulier,
je ne sais quelle puissance d'enivrement et de fascination
dont il serait difficile de donner une idée au lecteur de
nos jours et de nos salons. Qu'on se figure une série de
visages présentant successivement toutes les formes
géométriques, depuis le triangle jusqu'au trapèze, depuis
le cône jusqu'au polyèdre ; toutes les expressions humaines,
depuis la colère jusqu'à la luxure ; tous les âges, depuis les
rides du nouveau-né jusqu'aux rides de la vieille mori-
bonde ; toutes les fantasmagories religieuses, depuis
Faune jusqu'à Belzébuth ; tous les profils animaux, depuis
la gueule jusqu'au bec, depuis la hure jusqu'au museau.
Qu'on se représente tous les mascarons du Pont-Neuf, ces
cauchemars pétrifiés sous la main de Germain Pilon, prenant vie et souffle, et venant tour à tour vous regarder
en face avec des yeux ardents ; tous les masques du carnaval
de Venise se succédant à votre lorgnette ; en un mot, un
kaléidoscope humain.

L'orgie devenait de plus en plus flamande. Teniers n'en
donnerait qu'une bien imparfaite idée. Qu'on se figure en
bacchanale la bataille de Salvator Rosa. Il n'y avait plus ni
écoliers, ni ambassadeurs, ni bourgeois, ni hommes, ni
femmes ; plus de Clopin Trouillefou, de Gilles Lecornu, de
Marie Quatrelivres, de Robin Poussepain. Tout s'effaçait
dans la licence commune. La grand'salle n'était plus qu'une
vaste fournaise d'effronterie et de jovialité où chaque bouche était un cri, chaque œil un éclair, chaque face une grimace, chaque individu une posture. Le tout criait et hurlait.
Les visages étranges qui venaient tour à tour grincer des
dents à la rosace étaient comme autant de brandons jetés
dans le brasier. Et de toute cette foule effervescente s'échappait, comme la vapeur de la fournaise, une rumeur aigre,
aiguë, acérée, sifflante comme les ailes d'un moucheron.

— Hohée ! malédiction !
— Vois donc cette figure !
— Elle ne vaut rien.
— A une autre !
— Guillemette Maugerepuis, regarde donc ce mufle de
taureau, il ne lui manque que des cornes. Ce n'est pas ton
mari ?
— Une autre !
— Ventre du pape ! qu'est-ce que cette grimace-là ?
— Holàhée ! c'est tricher. On ne doit montrer que son
visage.

— Cette damnée Perrette Callebotte! elle est capable de
cela.

— Noël! Noël!

— J'étouffe!

— En voilà un dont les oreilles ne peuvent passer!
Etc., etc.

Il faut rendre pourtant justice à notre ami Jehan. Au
milieu de ce sabbat, on le distinguait encore au haut de son
pilier, comme un mousse dans le hunier. Il se démenait
avec une incroyable furie. Sa bouche était toute grande
ouverte, et il s'en échappait un cri que l'on n'entendait pas,
non qu'il fût couvert par la clameur générale, si intense
qu'elle fût, mais parce qu'il atteignait sans doute la limite
des sons aigus, perceptibles, les douze mille vibrations de
Sauveur ou les huit mille de Biot.

Quant à Gringoire, le premier mouvement d'abattement
passé, il avait repris contenance. Il s'était roidi contre
l'adversité. — Continuez! avait-il dit pour la troisième fois
à ses comédiens, machines parlantes. Puis se promenant à
grands pas devant la table de marbre, il lui prenait des fantaisies d'aller apparaître à son tour à la lucarne de la
chapelle, ne fût-ce que pour avoir le plaisir de faire la
grimace à ce peuple ingrat. — Mais non, cela ne serait pas
digne de nous ; pas de vengeance! luttons jusqu'à la fin,
se répétait-il. Le pouvoir de la poésie est grand sur le
peuple ; je les ramènerai. Nous verrons qui l'emportera,
des grimaces ou des belles-lettres.

Hélas! il était resté le seul spectateur de sa pièce.

C'était bien pis que tout à l'heure. Il ne voyait plus que
des dos.

Je me trompe. Le gros homme patient, qu'il avait déjà
consulté dans un moment critique, était resté tourné vers
le théâtre. Quant à Gisquette et à Liénarde, elles avaient
déserté depuis longtemps.

Gringoire fut touché au fond du cœur de la fidélité de
son unique spectateur. Il s'approcha de lui, et lui adressa
la parole en lui secouant légèrement le bras ; car le brave
homme s'était appuyé à la balustrade et dormait un peu.

— Monsieur, dit Gringoire, je vous remercie.

— Monsieur, répondit le gros homme avec un bâille-
ment, de quoi?

— Je vois ce qui vous ennuie, reprit le poète, c'est tout
ce bruit qui vous empêche d'entendre à votre aise. Mais
soyez tranquille : votre nom passera à la postérité. Votre
nom, s'il vous plaît?

— Renault Château, garde du scel du Châtelet de Paris, pour vous servir.

— Monsieur, vous êtes ici le seul représentant des muses, dit Gringoire.

— Vous êtes trop honnête, monsieur, répondit le garde du scel du Châtelet.

— Vous êtes le seul, reprit Gringoire, qui ayez convenablement écouté la pièce. Comment la trouvez-vous ?

— Hé ! hé ! répondit le gros magistrat à demi réveillé, assez gaillarde en effet.

Il fallut que Gringoire se contentât de cet éloge, car un tonnerre d'applaudissements, mêlé à une prodigieuse acclamation, vint couper court à leur conversation. Le pape des fous était élu.

— Noël ! Noël ! Noël ! criait le peuple de toutes parts.

C'était une merveilleuse grimace, en effet, que celle qui rayonnait en ce moment au trou de la rosace. Après toutes les figures pentagones, hexagones et hétéroclites qui s'étaient succédé à cette lucarne sans réaliser cet idéal du grotesque qui s'était construit dans les imaginations exaltées par l'orgie, il ne fallait rien moins, pour enlever les suffrages, que la grimace sublime qui venait d'éblouir l'assemblée. Maître Coppenole lui-même applaudit ; et Clopin Trouillefou, qui avait concouru, et Dieu sait quelle intensité de laideur son visage pouvait atteindre, s'avoua vaincu. Nous ferons de même. Nous n'essaierons pas de donner au lecteur une idée de ce nez tétraèdre, de cette bouche en fer à cheval, de ce petit œil gauche obstrué d'un sourcil roux en broussailles tandis que l'œil droit disparaissait entièrement sous une énorme verrue, de ces dents désordonnées, ébréchées çà et là, comme les créneaux d'une forteresse, de cette lèvre calleuse sur laquelle une de ces dents empiétait comme la défense d'un éléphant, de ce menton fourchu, et surtout de la physionomie répandue sur tout cela, de ce mélange de malice, d'étonnement et de tristesse. Qu'on rêve, si l'on peut, cet ensemble.

L'acclamation fut unanime. On se précipita vers la chapelle. On en fit sortir en triomphe le bienheureux pape des fous. Mais c'est alors que la surprise et l'admiration furent à leur comble. La grimace était son visage.

Ou plutôt toute sa personne était une grimace. Une grosse tête hérissée de cheveux roux ; entre les deux épaules une bosse énorme dont le contre-coup se faisait sentir par devant ; un système de cuisses et de jambes si étrangement fourvoyées qu'elles ne pouvaient se toucher que par les genoux, et, vues de face, ressemblaient à deux croissants de faucilles qui se rejoignent par la poignée ; de larges pieds, des mains monstrueuses ; et, avec toute cette difformité, je ne sais quelle allure redoutable de vigueur, d'agilité et de courage ; étrange exception à la règle éternelle qui veut que la force, comme la beauté, résulte de l'harmonie. Tel était le pape que les fous venaient de se donner.

On eût dit un géant brisé et mal ressoudé.

Quand cette espèce de cyclope parut sur le seuil de la chapelle, immobile, trapu, et presque aussi large que haut, *carré par la base*, comme dit un grand homme, à son surtout mi-parti rouge et violet, semé de campanilles d'argent, et surtout à la perfection de sa laideur, la populace le reconnut sur-le-champ, et s'écria d'une voix :

— C'est Quasimodo, le sonneur de cloches ! c'est Quasimodo, le bossu de Notre-Dame ! Quasimodo le borgne ! Quasimodo le bancal ! Noël ! Noël !

On voit que le pauvre diable avait des surnoms à choisir.

— Gare les femmes grosses ! criaient les écoliers.

— Ou qui ont envie de l'être, reprenait Joannes.

Les femmes en effet se cachaient le visage.

— Oh ! le vilain singe, disait l'une.

— Aussi méchant que laid, reprenait une autre.

— C'est le diable, ajoutait une troisième.

— J'ai le malheur de demeurer auprès de Notre-Dame ; toute la nuit je l'entends rôder dans la gouttière.

— Avec les chats.

— Il est toujours sur nos toits.

— Il nous jette des sorts par les cheminées.

— L'autre soir, il est venu me faire la grimace à ma lucarne. Je croyais que c'était un homme. J'ai eu une peur !

— Je suis sûre qu'il va au sabbat. Une fois, il a laissé un balai sur mes plombs.

— Oh ! la déplaisante face de bossu !

— Oh ! la vilaine âme !

— Buah !

Les hommes au contraire étaient ravis, et applaudissaient.

Quasimodo, objet du tumulte, se tenait toujours sur la porte de la chapelle, debout, sombre et grave, se laissant admirer.

Un écolier, Robin Poussepain, je crois, vint lui rire sous le nez, et trop près. Quasimodo se contenta de le prendre par la ceinture, et de le jeter à dix pas à travers la foule. Le tout sans dire un mot.

Maître Coppenole, émerveillé, s'approcha de lui.

— Croix-Dieu! Saint-Père! tu as bien la plus belle laideur que j'aie vue de ma vie. Tu mériterais la papauté à Rome comme à Paris.

En parlant ainsi, il lui mettait la main gaiement sur l'épaule. Quasimodo ne bougea pas. Coppenole poursuivit.

— Tu es un drôle avec qui j'ai démangeaison de ripailler, dût-il m'en coûter un douzain neuf de douze tournois. Que t'en semble?

Quasimodo ne répondit pas.

— Croix-Dieu! dit le chaussetier, est-ce que tu es sourd?

Il était sourd en effet.

Cependant il commençait à s'impatienter des façons de Coppenole, et se tourna tout à coup vers lui avec un grincement de dents si formidable que le géant flamand recula, comme un bouledogue devant un chat.

Alors il se fit autour de l'étrange personnage un cercle de terreur et de respect qui avait au moins quinze pas géométriques de rayon. Une vieille femme expliqua à maître Coppenole que Quasimodo était sourd.

— Sourd! dit le chaussetier avec son gros rire flamand. Croix-Dieu! c'est un pape accompli.

— Hé! je le reconnais, s'écria Jehan, qui était enfin descendu de son chapiteau pour voir Quasimodo de plus près, c'est le sonneur de cloches de mon frère l'archidiacre. — Bonjour, Quasimodo!

— Diable d'homme! dit Robin Poussepain, encore tout contus de sa chute. Il paraît : c'est un bossu. Il marche : c'est un bancal. Il vous regarde : c'est un borgne. Vous lui parlez : c'est un sourd. — Ah çà, que fait-il de sa langue, ce Polyphème?

— Il parle quand il veut, dit la vieille. Il est devenu sourd à sonner les cloches. Il n'est pas muet.

— Cela lui manque, observa Jehan.

— Et il a un œil de trop, ajouta Robin Poussepain.

— Non pas, dit judicieusement Jehan. Un borgne est bien plus incomplet qu'un aveugle. Il sait ce qui lui manque.

Cependant tous les mendiants, tous les laquais, tous les coupe-bourses, réunis aux écoliers, avaient été chercher processionnellement, dans l'armoire de la basoche, la tiare de carton et la simarre dérisoire du pape des fous. Quasimodo s'en laissa revêtir sans sourciller et avec une sorte de docilité orgueilleuse. Puis on le fit asseoir sur un brancard

bariolé. Douze officiers de la confrérie des fous l'enlevèrent
sur leurs épaules ; et une espèce de joie amère et dédaigneuse vint s'épanouir sur la face morose du cyclope, quand
il vit sous ses pieds difformes toutes ces têtes d'hommes
beaux, droits et bien faits. Puis la procession hurlante et
déguenillée se mit en marche pour faire, selon l'usage, la
tournée intérieure des galeries du Palais, avant la prome-
nade des rues et des carrefours.

VI

LA ESMERALDA

Nous sommes ravi d'avoir à apprendre à nos lecteurs que
pendant toute cette scène Gringoire et sa pièce avaient
tenu bon. Ses acteurs, talonnés par lui, n'avaient pas dis-
continué de débiter sa comédie, et lui n'avait pas disconti-
nué de l'écouter. Il avait pris son parti du vacarme, et était
déterminé à aller jusqu'au bout, ne désespérant pas d'un
retour d'attention de la part du public. Cette lueur d'espérance se ranima quand il vit Quasimodo, Coppenole et le
cortège assourdissant du pape des fous sortir à grand bruit
de la salle. La foule se précipita avidement à leur suite. —
Bon, se dit-il, voilà tous les brouillons qui s'en vont. —
Malheureusement, tous les brouillons c'était le public. En
un clin d'œil la grand'salle fut vide.

A vrai dire, il restait encore quelques spectateurs, les uns
épars, les autres groupés autour des piliers, femmes, vieillards ou enfants, en ayant assez du brouhaha et du tumulte.
Quelques écoliers étaient demeurés à cheval sur l'entablement des fenêtres et regardaient dans la place.

— Eh bien, pensa Gringoire, en voilà encore autant qu'il
en faut pour entendre la fin de mon mystère. Ils sont peu,
mais c'est un public d'élite, un public lettré.

Au bout d'un instant, une symphonie qui devait
produire le plus grand effet à l'arrivée de la sainte Vierge,
manqua. Gringoire s'aperçut que sa musique avait été
emmenée par la procession du pape des fous. — Passez
outre, dit-il stoïquement.

Il s'approcha d'un groupe de bourgeois qui lui fit l'effet
de s'entretenir de sa pièce. Voici le lambeau de conversation qu'il saisit :

— Vous savez, maître Cheneteau, l'hôtel de Navarre, qui était à M. de Nemours?

— Oui, vis-à-vis la chapelle de Braque.

— Eh bien, le fisc vient de le louer à Guillaume Alixandre, historieur, pour six livres huit sols parisis par an.

— Comme les loyers renchérissent!

— Allons! se dit Gringoire en soupirant, les autres écoutent.

— Camarades, cria tout à coup un de ces jeunes drôles des croisées, *la Esmeralda! la Esmeralda* dans la place!

Ce mot produisit un effet magique. Tout ce qui restait dans la salle se précipita aux fenêtres, grimpant aux murailles pour voir, et répétant : *la Esmeralda! la Esmeralda!*

En même temps on entendait au dehors un grand bruit d'applaudissements.

— Qu'est-ce que cela veut dire, la Esmeralda? dit Gringoire en joignant les mains avec désolation. Ah! mon Dieu! il paraît que c'est le tour des fenêtres maintenant.

Il se retourna vers la table de marbre, et vit que la représentation était interrompue. C'était précisément l'instant où Jupiter devait paraître avec sa foudre. Or Jupiter se tenait immobile au bas du théâtre.

— Michel Giborne! cria le poète irrité, que fais-tu là? est-ce ton rôle? monte donc!

— Hélas, dit Jupiter, un écolier vient de prendre l'échelle.

Gringoire regarda. La chose n'était que trop vraie. Toute communication était interceptée entre son nœud et son dénouement.

— Le drôle! murmura-t-il. Et pourquoi a-t-il pris cette échelle?

— Pour aller voir la Esmeralda, répondit piteusement Jupiter. Il a dit : Tiens, voilà une échelle qui ne sert pas! et il l'a prise.

C'était le dernier coup. Gringoire le reçut avec résignation.

— Que le diable vous emporte! dit-il aux comédiens, et si je suis payé vous le serez.

Alors il fit retraite, la tête basse, mais le dernier, comme un général qui s'est bien battu.

Et tout en descendant les tortueux escaliers du Palais : — Belle cohue d'ânes et de butors que ces parisiens! grommelait-il entre ses dents ; ils viennent pour entendre un mystère, et n'en écoutent rien! Ils se sont occupés de tout le

monde, de Clopin Trouillefou, du cardinal, de Coppenole,
de Quasimodo, du diable! mais de madame la Vierge Marie,
point. Si j'avais su, je vous en aurais donné, des Vierges
Marie, badauds! Et moi! venir pour voir des visages, et ne
voir que des dos! être poète, et avoir le succès d'un apothi-
caire! Il est vrai qu'Homerus a mendié par les bourgades
grecques, et que Nason mourut en exil chez les Mosco-
vites. Mais je veux que le diable m'écorche si je comprends
ce qu'ils veulent dire avec leur Esmeralda! Qu'est-ce que
c'est que ce mot-là d'abord? c'est de l'égyptiaque!

LIVRE DEUXIÈME

I

DE CHARYBDE EN SCYLLA

La nuit arrive de bonne heure en janvier. Les rues étaient déjà sombres quand Gringoire sortit du Palais. Cette nuit tombée lui plut ; il lui tardait d'aborder quelque ruelle obscure et déserte pour y méditer à son aise et pour que le philosophe posât le premier appareil sur la blessure du poète. La philosophie était du reste son seul refuge, car il ne savait où loger. Après l'éclatant avortement de son coup d'essai théâtral, il n'osait rentrer dans le logis qu'il occupait, rue Grenier-sur-l'Eau, vis-à-vis le Port-au-Foin, ayant compté sur ce que monsieur le prévôt devait lui donner de son épithalame pour payer à maître Guillaume Doulx-Sire, fermier de la coutume du pied-fourché de Paris, les six mois de loyer qu'il lui devait, c'est-à-dire douze sols parisis ; douze fois la valeur de ce qu'il possédait au monde, y compris son haut-de-chausses, sa chemise et son bicoquet. Après avoir un moment réfléchi, provisoirement abrité sous le petit guichet de la prison du trésorier de la Sainte-Chapelle, au gîte qu'il élirait pour la nuit, ayant tous les pavés de Paris à son choix, il se souvint d'avoir avisé, la semaine précédente, rue de la Savaterie, à la porte d'un conseiller au parlement, un marche-pied à monter sur mule, et de s'être dit que cette pierre serait, dans l'occasion, un fort excellent oreiller pour un mendiant ou pour un poète. Il remercia la providence de lui avoir envoyé cette bonne idée ; mais, comme il se préparait à traverser la place du Palais pour gagner le tortueux labyrinthe de la Cité, où serpentent toutes ces vieilles sœurs, les rues de la Barillerie,

de la Vieille-Draperie, de la Savaterie, de la Juiverie, etc.,
encore debout aujourd'hui avec leurs maisons à neuf
étages, il vit la procession du pape des fous qui sortait
aussi du Palais et se ruait au travers de la cour, avec
grands cris, grande clarté de torches et sa musique, à lui
Gringoire. Cette vue raviva les écorchures de son amour-
propre ; il s'enfuit. Dans l'amertume de sa mésaventure
dramatique, tout ce qui lui rappelait la fête du jour l'ai-
grissait et faisait saigner sa plaie.

Il voulut prendre le Pont Saint-Michel, des enfants y
couraient çà et là avec des lances à feu et des fusées.

— Peste soit des chandelles d'artifice! dit Gringoire, et
il se rabattit sur le Pont-au-Change. On avait attaché aux
maisons de la tête du pont trois drapels représentant le
roi, le dauphin et Marguerite de Flandre, et six petits
drapelets où étaient *pourtraicts* le duc d'Autriche, le
cardinal de Bourbon, et M. de Beaujeu, et madame
Jeanne de France, et M. le bâtard de Bourbon, et je ne
sais qui encore ; le tout éclairé de torches. La cohue
admirait.

— Heureux peintre Jehan Fourbault! dit Gringoire
avec un gros soupir, et il tourna le dos aux drapels et
drapelets. Une rue était devant lui ; il la trouva si noire et
si abandonnée qu'il espéra y échapper à tous les retentisse-
ments comme à tous les rayonnements de la fête. Il s'y
enfonça. Au bout de quelques instants, son pied heurta
un obstacle ; il trébucha et tomba. C'était la botte de mai,
que les clercs de la basoche avaient déposée le matin à
la porte d'un président au parlement, en l'honneur de la
solennité du jour. Gringoire supporta héroïquement cette
nouvelle rencontre. Il se releva et gagna le bord de l'eau.
Après avoir laissé derrière lui la tournelle civile et la
tour criminelle, et longé le grand mur des jardins du roi,
sur cette grève non pavée où la boue lui venait à la cheville,
il arriva à la pointe occidentale de la Cité, et considéra
quelque temps l'îlot du Passeur-aux-Vaches, qui a disparu depuis sous le cheval de bronze et le Pont-Neuf.
L'îlot lui apparaissait dans l'ombre comme une masse
noire au delà de l'étroit cours d'eau blanchâtre qui l'en
séparait. On y devinait, au rayonnement d'une petite
lumière, l'espèce de hutte en forme de ruche où le passeur
aux vaches s'abritait la nuit.

— Heureux passeur aux vaches ! pensa Gringoire ; tu
ne songes pas à la gloire et tu ne fais pas d'épithalames !
Que t'importent les rois qui se marient et les duchesses de

Bourgogne ! Tu ne connais d'autres marguerites que celles
que ta pelouse d'avril donne à brouter à tes vaches ! Et
moi, poète, je suis hué, et je grelotte, et je dois douze sous,
et ma semelle est si transparente qu'elle pourrait servir de
vitre à ta lanterne. Merci ! passeur aux vaches ! ta cabane
repose ma vue, et me fait oublier Paris !

Il fut réveillé de son extase presque lyrique par un gros
double pétard de la Saint-Jean, qui partit brusquement de
la bienheureuse cabane. C'était le passeur aux vaches qui
prenait sa part des réjouissances du jour et se tirait un feu
d'artifice.

Ce pétard fit hérisser l'épiderme de Gringoire.

— Maudite fête ! s'écria-t-il, me poursuivras-tu partout ? Oh ! mon Dieu ! jusque chez le passeur aux vaches !

Puis il regarda la Seine à ses pieds, et une horrible tentation le prit :

— Oh ! dit-il, que volontiers je me noierais, si l'eau
n'était pas si froide !

Alors il lui vint une résolution désespérée. C'était, puisqu'il ne pouvait échapper au pape des fous, aux drapelets
de Jehan Fourbault, aux bottes de mai, aux lances à feu
et aux pétards, de s'enfoncer hardiment au cœur même de
la fête, et d'aller à la place de Grève.

— Au moins, pensa-t-il, j'y aurai peut-être un tison du
feu de joie pour me réchauffer, et j'y pourrai souper avec
quelque miette des trois grandes armoiries de sucre royal
qu'on a dû y dresser sur le buffet public de la ville.

II

LA PLACE DE GRÈVE

Il ne reste aujourd'hui qu'un bien imperceptible vestige
de la place de Grève telle qu'elle existait alors. C'est la
charmante tourelle qui occupe l'angle nord de la place, et
qui, déjà ensevelie sous l'ignoble badigeonnage qui empâte
les vives arêtes de ses sculptures, aura bientôt disparu peut-
être, submergée par cette crue de maisons neuves qui
dévore si rapidement toutes les vieilles façades de Paris.

Les personnes qui, comme nous, ne passent jamais sur
la place de Grève sans donner un regard de pitié et de sympathie à cette pauvre tourelle étranglée entre deux masures

du temps de Louis XV, peuvent reconstruire aisément dans leur pensée l'ensemble d'édifices auquel elle appartenait, et y retrouver entière la vieille place gothique du quinzième siècle.

C'était, comme aujourd'hui, un trapèze irrégulier bordé d'un côté par le quai, et des trois autres par une série de maisons hautes, étroites et sombres. Le jour, on pouvait admirer la variété de ses édifices, tous sculptés en pierre ou en bois, et présentant déjà de complets échantillons des diverses architectures domestiques du moyen âge, en remontant du quinzième au onzième siècle, depuis la croisée qui commençait à détrôner l'ogive, jusqu'au plein cintre roman qui avait été supplanté par l'ogive, et qui occupait encore, au-dessous d'elle, le premier étage de cette ancienne maison de la Tour-Roland, angle de la place sur la Seine, du côté de la rue de la Tannerie. La nuit, on ne distinguait de cette masse d'édifices que la dentelure noire des toits déroulant autour de la place leur chaîne d'angles aigus. Car c'est une des différences radicales des villes d'alors et des villes d'à présent, qu'aujourd'hui ce sont les façades qui regardent les places et les rues, et qu'alors c'étaient les pignons. Depuis deux siècles, les maisons se sont retournées.

Au centre, du côté oriental de la place, s'élevait une lourde et hybride construction formée de trois logis juxtaposés. On l'appelait de trois noms qui expliquent son histoire, sa destination et son architecture : la *Maison-au-Dauphin*, parce que Charles V, dauphin, l'avait habitée ; la *Marchandise*, parce qu'elle servait d'Hôtel de Ville ; la *Maison-aux-Piliers* (domus ad piloria), à cause d'une suite de gros piliers qui soutenaient ses trois étages. La ville trouvait là tout ce qu'il faut à une bonne ville comme Paris : une chapelle, pour prier Dieu ; un *plaidoyer*, pour tenir audience et rembarrer au besoin les gens du roi ; et, dans les combles, un *arsenac* plein d'artillerie. Car les bourgeois de Paris savent qu'il ne suffit pas en toute conjoncture de prier et de plaider pour les franchises de la Cité, et ils ont toujours en réserve dans un grenier de l'Hôtel de Ville quelque bonne arquebuse rouillée.

La Grève avait dès lors cet aspect sinistre que lui conservent encore aujourd'hui l'idée exécrable qu'elle réveille et le sombre Hôtel de Ville de Dominique Boccador, qui a remplacé la Maison-aux-Piliers. Il faut dire qu'un gibet et un pilori permanents, une justice et une échelle, comme on disait alors, dressés côte à côte au milieu du pavé, ne contribuaient pas peu à faire détourner les yeux de cette place fatale, où tant d'êtres pleins de santé et de vie ont agonisé ; où devait naître cinquante ans plus tard cette *fièvre de Saint-Vallier*, cette maladie de la terreur de l'échafaud, la plus monstrueuse de toutes les maladies, parce qu'elle ne vient pas de Dieu, mais de l'homme.

C'est une idée consolante, disons-le en passant, de songer que la peine de mort, qui, il y a trois cents ans, encombrait encore de ses roues de fer, de ses gibets de pierre, de tout son attirail de supplices permanent et scellé dans le pavé, la Grève, les Halles, la place Dauphine, la Croix-du-Trahoir, le Marché-aux-Pourceaux, ce hideux Montfaucon, la barrière des Sergents, la Place-aux-Chats, la Porte Saint-Denis, Champeaux, la Porte Baudets, la Porte Saint-Jacques, sans compter les innombrables échelles des prévôts, de l'évêque, des chapitres, des abbés, des prieurs ayant justice ; sans compter les noyades juridiques en rivière de Seine ; il est consolant qu'aujourd'hui, après avoir perdu successivement toutes les pièces de son armure, son luxe de supplices, sa pénalité d'imagination et de fantaisie, sa torture à laquelle elle refaisait tous les cinq ans un lit de cuir au Grand-Châtelet, cette vieille suzeraine de la société féodale, presque mise hors de nos lois et de nos villes, traquée de code en code, chassée de place en place, n'ait plus dans notre immense Paris qu'un coin déshonoré de la Grève, qu'une misérable guillotine, furtive, inquiète, honteuse, qui semble toujours craindre d'être prise en flagrant délit, tant elle disparaît vite après avoir fait son coup !

III

BESOS PARA GOLPES

Lorsque Pierre Gringoire arriva sur la place de Grève, il était transi. Il avait pris par le Pont-aux-Meuniers pour éviter la cohue du Pont-au-Change et les drapelets de Jehan Fourbault ; mais les roues de tous les moulins de l'évêque l'avaient éclaboussé au passage, et sa souquenille était trempée. Il lui semblait en outre que la chute de sa pièce le rendait plus frileux encore. Aussi se hâta-t-il de s'approcher du feu de joie qui brûlait magnifiquement au

milieu de la place. Mais une foule considérable faisait
cercle à l'entour.

— Damnés parisiens ! se dit-il à lui-même, car Gringoire en vrai poète dramatique était sujet aux monologues,
les voilà qui m'obstruent le feu ! Pourtant j'ai bon besoin
d'un coin de cheminée. Mes souliers boivent, et tous ces
maudits moulins qui ont pleuré sur moi ! Diable d'évêque
de Paris avec ses moulins ! Je voudrais bien savoir ce qu'un
évêque peut faire d'un moulin ! est-ce qu'il s'attend à
devenir d'évêque meunier ? S'il ne lui faut que ma malédiction pour cela, je la lui donne, et à sa cathédrale, et à ses
moulins ! Voyez un peu s'ils se dérangeront, ces badauds !
Je vous demande ce qu'ils font là ! Ils se chauffent ; beau
plaisir ! Ils regardent brûler un cent de bourrées ; beau
spectacle !

En examinant de plus près, il s'aperçut que le cercle
était beaucoup plus grand qu'il ne fallait pour se chauffer
au feu du roi, et que cette affluence de spectateurs n'était
pas uniquement attirée par la beauté du cent de bourrées
qui brûlait.

Dans un vaste espace laissé libre entre la foule et le feu,
une jeune fille dansait.

Si cette jeune fille était un être humain, ou une fée, ou
un ange, c'est ce que Gringoire, tout philosophe sceptique,
tout poète ironique qu'il était, ne put décider dans le premier moment, tant il fut fasciné par cette éblouissante vision.

Elle n'était pas grande, mais elle le semblait, tant sa fine
taille s'élançait hardiment. Elle était brune, mais on devinait que le jour sa peau devait avoir ce beau reflet doré des
andalouses et des romaines. Son petit pied aussi était
andalou, car il était tout ensemble à l'étroit et à l'aise dans
sa gracieuse chaussure. Elle dansait, elle tournait, elle tour-
billonnait sur un vieux tapis de Perse, jeté négligemment
sous ses pieds ; et chaque fois qu'en tournoyant sa rayonnante figure passait devant vous, ses grands yeux noirs
vous jetaient un éclair.

Autour d'elle tous les regards étaient fixes, toutes les
bouches ouvertes ; et en effet, tandis qu'elle dansait ainsi,
au bourdonnement du tambour de basque que ses deux
bras ronds et purs élevaient au-dessus de sa tête, mince,
frêle et vive comme une guêpe, avec son corsage d'or sans
pli, sa robe bariolée qui se gonflait, avec ses épaules nues,
ses jambes fines que sa jupe découvrait par moments, ses
cheveux noirs, ses yeux de flamme, c'était une surnaturelle
créature.

— En vérité, pensa Gringoire, c'est une salamandre, c'est une nymphe, c'est une déesse, c'est une bacchante du mont Ménaléen !

En ce moment une des nattes de la chevelure de la « salamandre » se détacha, et une pièce de cuivre jaune qui y était attachée roula à terre.

— Hé non ! dit-il, c'est une bohémienne.

Toute illusion avait disparu.

Elle se remit à danser. Elle prit à terre deux épées dont elle appuya la pointe sur son front et qu'elle fit tourner dans un sens tandis qu'elle tournait dans l'autre. C'était en effet tout bonnement une bohémienne. Mais quelque désenchanté que fût Gringoire, l'ensemble de ce tableau n'était pas sans prestige et sans magie ; le feu de joie l'éclairait d'une lumière crue et rouge qui tremblait toute vive sur le cercle des visages de la foule, sur le front brun de la jeune fille, et au fond de la place jetait un blême reflet mêlé aux vacillations de leurs ombres, d'un côté sur la vieille façade noire et ridée de la Maison-aux-Piliers, de l'autre sur les bras de pierre du gibet.

Parmi les mille visages que cette lueur teignait d'écarlate, il y en avait un qui semblait plus encore que tous les autres absorbé dans la contemplation de la danseuse. C'était une figure d'homme, austère, calme et sombre. Cet homme, dont le costume était caché par la foule qui l'entourait, ne paraissait pas avoir plus de trente-cinq ans ; cependant il était chauve ; à peine avait-il aux tempes quelques touffes de cheveux rares et déjà gris ; son front large et haut commençait à se creuser de rides ; mais dans ses yeux enfoncés éclatait une jeunesse extraordinaire, une vie ardente, une passion profonde. Il les tenait sans cesse attachés sur la bohémienne, et tandis que la folle jeune fille de seize ans dansait et voltigeait au plaisir de tous, sa rêverie, à lui, semblait devenir de plus en plus sombre. De temps en temps un sourire et un soupir se rencontraient sur ses lèvres, mais le sourire était plus douloureux que le soupir.

La jeune fille, essoufflée, s'arrêta enfin, et le peuple l'applaudit avec amour.

— Djali, dit la bohémienne.

Alors Gringoire vit arriver une jolie petite chèvre blanche, alerte, éveillée, lustrée, avec des cornes dorées, avec des pieds dorés, avec un collier doré, qu'il n'avait pas encore aperçue, et qui était restée jusque-là accroupie sur un coin du tapis et regardant danser sa maîtresse.

— Djali, dit la danseuse, à votre tour.

Et s'asseyant, elle présenta gracieusement à la chèvre son tambour de basque.

— Djali, continua-t-elle, à quel mois sommes-nous de l'année ?

La chèvre leva son pied de devant et frappa un coup sur le tambour. On était en effet au premier mois. La foule applaudit.

— Djali, reprit la jeune fille en tournant son tambour de basque d'un autre côté, à quel jour du mois sommes-nous ?

— Djali leva son petit pied d'or et frappa six coups sur le tambour.

— Djali, poursuivit l'égyptienne toujours avec un nouveau manège du tambour, à quelle heure du jour sommes-nous ?

Djali frappa sept coups. Au même moment l'horloge de la Maison-aux-Piliers sonna sept heures.

Le peuple était émerveillé.

— Il y a de la sorcellerie là-dessous, dit une voix sinistre dans la foule. C'était celle de l'homme chauve qui ne quittait pas la bohémienne des yeux.

Elle tressaillit, se détourna ; mais les applaudissements éclatèrent et couvrirent la morose exclamation.

Ils l'effacèrent même si complètement dans son esprit qu'elle continua d'interpeller sa chèvre.

— Djali, comment fait maître Guichard Grand-Remy, capitaine des pistoliers de la ville, à la procession de la Chandeleur ?

Djali se dressa sur ses pattes de derrière et se mit à bêler, en marchant avec une si gentille gravité que le cercle entier des spectateurs éclata de rire à cette parodie de la dévotion intéressée du capitaine des pistoliers.

— Djali, reprit la jeune fille enhardie par le succès croissant, comment prêche maître Jacques Charmolue, procureur du roi en cour d'église ?

La chèvre prit séance sur son derrière, et se mit à bêler, en agitant ses pattes de devant d'une si étrange façon que, hormis le mauvais français et le mauvais latin, geste, accent, attitude, tout Jacques Charmolue y était.

Et la foule d'applaudir de plus belle.

— Sacrilège ! profanation ! reprit la voix de l'homme chauve.

La bohémienne se retourna encore une fois.

— Ah ! dit-elle, c'est ce vilain homme ! puis, allongeant sa lèvre inférieure au delà de la lèvre supérieure, elle fit

une petite moue qui paraissait lui être familière, pirouetta
sur le talon, et se mit à recueillir dans un tambour de
basques les dons de la multitude.

Les grands-blancs, les petits-blancs, les targes, les liards-
à-l'aigle pleuvaient. Tout à coup elle passa devant Gringoire. Gringoire mit si étourdiment la main à sa poche
qu'elle s'arrêta. — Diable ! dit le poète en trouvant au
fond de sa poche la réalité, c'est-à-dire le vide. Cependant
la jolie fille était là, le regardant avec ses grands yeux, lui
tendant son tambour, et attendant. Gringoire suait à
grosses gouttes.

S'il avait eu le Pérou dans sa poche, certainement il l'eût
donné à la danseuse ; mais Gringoire n'avait pas le Pérou,
et d'ailleurs l'Amérique n'était pas encore découverte.

Heureusement un incident inattendu vint à son secours.

— T'en iras-tu, sauterelle d'Égypte ? cria une voix aigre
qui partait du coin le plus sombre de la place.

La jeune fille se retourna effrayée. Ce n'était plus la voix
de l'homme chauve ; c'était une voix de femme, une voix
dévote et méchante.

Du reste, ce cri, qui fit peur à la bohémienne, mit en
joie une troupe d'enfants qui rôdait par là.

— C'est la recluse de la Tour-Roland s'écrièrent-ils
avec des rires désordonnés, c'est la sachette qui gronde !
Est-ce qu'elle n'a pas soupé ? portons-lui quelque reste
du buffet de la ville !

Tous se précipitèrent vers la Maison-aux-Piliers.

Cependant Gringoire avait profité du trouble de la danseuse pour s'éclipser. La clameur des enfants lui rappela
que lui aussi n'avait pas soupé. Il courut donc au buffet.
Mais les petits drôles avaient de meilleures jambes que lui ;
quand il arriva, ils avaient fait table rase. Il ne restait
même pas un misérable camichon à cinq sols la livre. Il n'y
avait plus sur le mur que les sveltes fleurs de lys, entremê-
lées de rosiers, peintes en 1434 par Mathieu Biterne. C'était
un maigre souper.

C'est une chose importune de se coucher sans souper ;
c'est une chose moins riante encore de ne pas souper et de
ne savoir où coucher. Gringoire en était là. Pas de pain,
pas de gîte ; il se voyait pressé de toutes parts par la nécessité, et il trouvait la nécessité fort bourrue. Il avait depuis
longtemps découvert cette vérité, que Jupiter a créé les
hommes dans un accès de misanthropie, et que, pendant
toute la vie du sage, sa destinée tient en état de siège sa
philosophie. Quant à lui, il n'avait jamais vu le blocus si

complet ; il entendait son estomac battre la chamade, et il trouvait très déplacé que le mauvais destin prît sa philosophie par la famine.

Cette mélancolique rêverie l'absorbait de plus en plus, lorsqu'un chant bizarre, quoique plein de douceur, vint brusquement l'en arracher. C'était la jeune égyptienne qui chantait.

Il en était de sa voix comme de sa danse, comme de sa beauté. C'était indéfinissable et charmant ; quelque chose de pur, de sonore, d'aérien, d'ailé, pour ainsi dire. C'étaient de continuels épanouissements, des mélodies, des cadences inattendues, puis des phrases simples semées de notes acérées et sifflantes, puis des sauts de gammes qui eussent dérouté un rossignol, mais où l'harmonie se retrouvait toujours, puis de molles ondulations d'octaves qui s'élevaient et s'abaissaient comme le sein de la jeune chanteuse. Son beau visage suivait avec une mobilité singulière tous les caprices de sa chanson, depuis l'inspiration la plus échevelée jusqu'à la plus chaste dignité. On eût dit tantôt une folle, tantôt une reine.

Les paroles qu'elle chantait étaient d'une langue inconnue à Gringoire, et qui paraissait lui être inconnue à elle-même, tant l'expression qu'elle donnait au chant se rapportait peu au sens des paroles. Ainsi ces quatre vers dans sa bouche étaient d'une gaieté folle :

> Un cofre de gran riqueza
> Hallaron dentro un pilar,
> Dentro del, nuevas banderas
> Con figuras de espantar.

Et un instant après, à l'accent qu'elle donnait à cette stance :

> Alarabes de cavallo
> Sin poderse menear,
> Con espadas, y los cuellos,
> Ballestas de buen echar.

Gringoire se sentait venir les larmes aux yeux. Cependant son chant respirait surtout la joie, et elle semblait chanter, comme l'oiseau, par sérénité et par insouciance.

La chanson de la bohémienne avait troublé la rêverie de Gringoire, mais comme le cygne trouble l'eau. Il l'écoutait avec une sorte de ravissement et d'oubli de toute chose. C'était depuis plusieurs heures le premier moment où il ne se sentît pas souffrir.

Le moment fut court.

La même voix de femme qui avait interrompu la danse de la bohémienne vint interrompre son chant.

— Te tairas-tu, cigale d'enfer ? cria-t-elle, toujours du même coin obscur de la place.

La pauvre *cigale* s'arrêta court. Gringoire se boucha les oreilles.

— Oh ! s'écria-t-il, maudite scie ébréchée, qui vient briser la lyre !

Cependant les autres spectateurs murmuraient comme lui : — Au diable la sachette ! disait plus d'un. Et la vieille trouble-fête invisible eût pu avoir à se repentir de ses agressions contre la bohémienne, s'ils n'eussent été distraits en ce moment même par la procession du pape des fous, qui, après avoir parcouru force rues et carrefours, débouchait dans la place de Grève, avec toutes ses torches et toute sa rumeur.

Cette procession, que nos lecteurs ont vue partir du Palais, s'était organisée chemin faisant, et recrutée de tout ce qu'il y avait à Paris de marauds, de voleurs oisifs, et de vagabonds disponibles ; aussi présentait-elle un aspect respectable lorsqu'elle arriva en Grève.

D'abord marchait l'Égypte. Le duc d'Égypte, en tête, à cheval, avec ses comtes à pied, lui tenant la bride et l'étrier ; derrière eux, les égyptiens et les égyptiennes pêle-mêle avec leurs petits enfants criant sur leurs épaules ; tous, duc, comtes, menu peuple, en haillons et en oripeaux. Puis c'était le royaume d'argot : c'est-à-dire tous les voleurs de France, échelonnés par ordre de dignité ; les moindres passant les premiers. Ainsi défilaient quatre par quatre, avec les divers insignes de leurs grades dans cette étrange faculté, la plupart éclopés, ceux-ci boiteux, ceux-là manchots, les courtauds de boutanche, les coquillarts, les hubins, les sabouleux, les calots, les francs-mitoux, les polissons, les piètres, les capons, les malingreux, les rifodés, les marcandiers, les narquois, les orphelins, les archisuppôts, les cagoux ; dénombrement à fatiguer Homère. Au centre du conclave des cagoux et des archisuppôts, on avait peine à distinguer le roi de l'argot, le grand coësre, accroupi dans une petite charrette traînée par deux grands chiens. Après le royaume des argotiers, venait l'empire de Galilée. Guillaume Rousseau, empereur de l'empire de Galilée, marchait majestueusement dans sa robe de pourpre tachée de vin, précédé de baladins s'entre-battant et dansant des pyrrhiques, entouré de ses massiers, de ses suppôts, et des clercs de la chambre des comptes. Enfin venait la basoche, avec ses mais couronnés de fleurs, ses robes noires, sa musique digne du sabbat, et ses grosses chandelles de cire jaune. Au centre de cette foule, les grands officiers de la confrérie des fous portaient sur leurs épaules un brancard plus surchargé de cierges que la châsse de Sainte-Geneviève en temps de peste. Et sur ce brancard resplendissait, crossé, chapé et mitré, le nouveau pape des fous, le sonneur de cloches de Notre-Dame, Quasimodo le Bossu.

Chacune des sections de cette procession grotesque avait sa musique particulière. Les égyptiens faisaient détonner leurs balafos et leurs tambourins d'Afrique. Les argotiers, race fort peu musicale, en étaient encore à la viole, au cornet à bouquin et à la gothique rubebbe du douzième siècle. L'empire de Galilée n'était guère plus avancé ; à peine distinguait-on dans sa musique quelque misérable rebec de l'enfance de l'art, encore emprisonné dans le *ré-la-mi*. Mais c'est autour du pape des fous que se déployaient, dans une cacophonie magnifique, toutes les richesses musicales de l'époque. Ce n'étaient que dessus de rebec, hautes-contre de rebec, tailles de rebec, sans compter les flûtes et les cuivres. Hélas ! nos lecteurs se souviennent que c'était l'orchestre de Gringoire.

Il est difficile de donner une idée du degré d'épanouissement orgueilleux et béat où le triste et hideux visage de Quasimodo était parvenu dans le trajet du Palais à la Grève. C'était la première jouissance d'amour-propre qu'il eût jamais éprouvée. Il n'avait connu jusque-là que l'humiliation, le dédain pour sa condition, le dégoût pour sa personne. Aussi, tout sourd qu'il était, savourait-il en véritable pape les acclamations de cette foule qu'il haïssait pour s'en sentir haï. Que son peuple fût un ramas de fous, de perclus, de voleurs, de mendiants, qu'importe ! c'était toujours un peuple, et lui un souverain. Et il prenait au sérieux tous ces applaudissements ironiques, tous ces respects dérisoires, auxquels nous devons dire qu'il se mêlait pourtant dans la foule un peu de crainte fort réelle. Car le bossu était robuste ; car le bancal était agile ; car le sourd était méchant : trois qualités qui tempèrent le ridicule.

Du reste, que le nouveau pape des fous se rendît compte à lui-même des sentiments qu'il éprouvait et des sentiments qu'il inspirait, c'est ce que nous sommes loin de croire. L'esprit qui était logé dans ce corps manqué avait nécessairement lui-même quelque chose d'incomplet et de sourd. Aussi ce qu'il ressentait en ce moment était-il

pour lui absolument vague, indistinct et confus. Seulement
la joie perçait, l'orgueil dominait. Autour de cette sombre
et malheureuse figure, il y avait rayonnement.

Ce ne fut donc pas sans surprise et sans effroi que l'on
vit tout à coup au moment où Quasimodo, dans cette
demi-ivresse, passait triomphalement devant la Maison-
aux-Piliers, un homme s'élancer de la foule et lui arracher
des mains, avec un geste de colère, sa crosse de bois doré,
insigne de sa folle papauté.

Cet homme, ce téméraire, c'était le personnage au front
chauve qui, le moment auparavant, mêlé au groupe de la
bohémienne, avait glacé la pauvre fille de ses paroles de
menace et de haine. Il était revêtu du costume ecclésiastique. Au moment où il sortit de la foule, Gringoire, qui ne
l'avait point remarqué jusqu'alors, le reconnut : — Tiens !
dit-il, avec un cri d'étonnement, c'est mon maître en
Hermès, dom Claude Frollo, l'archidiacre ! Que diable
veut-il à ce vilain borgne ? Il va se faire dévorer.

Un cri de terreur s'éleva en effet. Le formidable Quasimodo s'était précipité à bas du brancard, et les femmes
détournaient les yeux pour ne pas le voir déchirer l'archidiacre.

Il fit un bond jusqu'au prêtre, le regarda, et tomba à
genoux.

Le prêtre lui arracha sa tiare, lui brisa sa crosse, lui
lacéra sa chape de clinquant.

Quasimodo resta à genoux, baissa la tête et joignit les
mains.

Puis il s'établit entre eux un étrange dialogue de signes
et de gestes, car ni l'un ni l'autre ne parlait. Le prêtre,
debout, irrité, menaçant, impérieux ; Quasimodo, pros-
terné, humble, suppliant. Et cependant il est certain que
Quasimodo eût pu écraser le prêtre avec le pouce.

Enfin l'archidiacre, secouant rudement la puissante
épaule de Quasimodo, lui fit signe de se lever et de le suivre.

Quasimodo se leva.

Alors la confrérie des fous, la première stupeur passée,
voulut défendre son pape si brusquement détrôné. Les
égyptiens, les argotiers et toute la basoche vinrent japper
autour du prêtre.

Quasimodo se plaça devant le prêtre, fit jouer les muscles
de ses poings athlétiques, et regarda les assaillants avec le
grincement de dents d'un tigre fâché.

Le prêtre reprit sa gravité sombre, fit un signe à Quasimodo, et se retira en silence.

Quasimodo marchait devant lui, éparpillant la foule à son passage.

Quand ils eurent traversé la populace et la place, la nuée des curieux et des oisifs voulut les suivre. Quasimodo prit alors l'arrière-garde, et suivit l'archidiacre à reculons, trapu, hargneux, monstrueux, hérissé, ramassant ses membres, léchant ses défenses de sanglier, grondant comme une bête fauve, et imprimant d'immenses oscillations à la foule avec un geste ou un regard.

On les laissa s'enfoncer tous deux dans une rue étroite et ténébreuse, où nul n'osa se risquer après eux ; tant la seule chimère de Quasimodo grinçant des dents en barrait bien l'entrée.

— Voilà qui est merveilleux, dit Gringoire ; mais où diable trouverai-je à souper ?

IV

LES INCONVÉNIENTS DE SUIVRE
UNE JOLIE FEMME
LE SOIR DANS LES RUES

Gringoire, à tout hasard, s'était mis à suivre la bohémienne. Il lui avait vu prendre, avec sa chèvre, la rue de la Coutellerie ; il avait pris la rue de la Coutellerie.

— Pourquoi pas ? s'était-il dit.

Gringoire, philosophe pratique des rues de Paris, avait remarqué que rien n'est propice à la rêverie comme de suivre une jolie femme sans savoir où elle va. Il y a dans cette abdication volontaire de son libre arbitre, dans cette fantaisie qui se soumet à une autre fantaisie, laquelle ne s'en doute pas, un mélange d'indépendance fantasque et d'obéissance aveugle, je ne sais quoi d'intermédiaire entre l'esclavage et la liberté qui plaisait à Gringoire, esprit essentiellement mixte, indécis et complexe, tenant le bout de tous les extrêmes, incessamment suspendu entre toutes les propensions humaines, et les neutralisant l'une par l'autre. Il se comparait lui-même volontiers au tombeau de Mahomet, attiré en sens inverse par deux pierres d'aimant, et qui hésite éternellement entre le haut et le bas, entre la voûte et le pavé, entre la chute et l'ascension, entre le zénith et le nadir.

Si Gringoire vivait de nos jours, quel beau milieu il tiendrait entre le classique et le romantique !

Mais il n'était pas assez primitif pour vivre trois cents ans, et c'est dommage. Son absence est un vide qui ne se fait que trop sentir aujourd'hui.

Du reste, pour suivre ainsi dans les rues les passants (et surtout les passantes), ce que Gringoire faisait volontiers, il n'y a pas de meilleure disposition que de ne savoir où coucher.

Il marchait donc tout pensif derrière la jeune fille qui hâtait le pas et faisait trotter sa jolie chèvre en voyant rentrer les bourgeois et se fermer les tavernes, seules boutiques qui eussent été ouvertes ce jour-là.

— Après tout, pensait-il à peu près, il faut bien qu'elle loge quelque part ; les bohémiennes ont bon cœur. — Qui sait ?...

Et il y avait dans les points suspensifs dont il faisait suivre cette réticence dans son esprit je ne sais quelles idées assez gracieuses.

Cependant de temps en temps, en passant devant les derniers groupes de bourgeois fermant leurs portes, il attrapait quelque lambeau de leurs conversations qui venait rompre l'enchaînement de ses riantes hypothèses.

Tantôt c'étaient deux vieillards qui s'accostaient.

— Maître Thibaut Fernicle, savez-vous qu'il fait froid ?

(Gringoire savait cela depuis le commencement de l'hiver.)

— Oui-bien, maître Boniface Disome ! Est-ce que nous allons avoir un hiver comme il y a trois ans, en 80, que le bois coûtait huit sols le moule ?

— Bah ! ce n'est rien, maître Thibaut, près de l'hiver de 1407, qu'il gela depuis la Saint-Martin jusqu'à la Chandeleur ! et avec une telle furie que la plume du greffier du parlement gelait, dans la grand'chambre, de trois mots en trois mots ! ce qui interrompit l'enregistrement de la justice.

Plus loin, c'étaient des voisines à leur fenêtre avec des chandelles que le brouillard faisait grésiller.

— Votre mari vous a-t-il conté le malheur, madamoiselle La Boudraque ?

— Non. Qu'est-ce que c'est donc, mademoiselle Turquant ?

— Le cheval de M. Gilles Godin, le notaire au Châtelet, qui s'est effarouché des flamands et de leur procession, et

qui a renversé maître Philippot Avrillot, oblat des Célestins.

— En vérité?

— Bellement.

— Un cheval bourgeois ! c'est un peu fort. Si c'était un
cheval de cavalerie, à la bonne heure !

Et les fenêtres se refermaient. Mais Gringoire n'en avait
pas moins perdu le fil de ses idées.

Heureusement il le retrouvait vite et le renouait sans
peine, grâce à la bohémienne, grâce à Djali, qui marchaient toujours devant lui ; deux fines, délicates et charmantes créatures, dont il admirait les petits pieds, les jolies
formes, les gracieuses manières, les confondant presque
dans sa contemplation ; pour l'intelligence et la bonne
amitié, les croyant toutes deux jeunes filles ; pour la légèreté, l'agilité, la dextérité de la marche, les trouvant
chèvres toutes deux.

Les rues cependant devenaient à tout moment plus
noires et plus désertes. Le couvre-feu était sonné depuis
longtemps, et l'on commençait à ne plus rencontrer qu'à
de rares intervalles un passant sur le pavé, une lumière
aux fenêtres. Gringoire s'était engagé, à la suite de l'égyptienne, dans ce dédale inextricable de ruelles, de carrefours et de culs-de-sac, qui environne l'ancien sépulcre des
Saints-Innocents, et qui ressemble à un écheveau de fil
brouillé par un chat. — Voilà des rues qui ont bien peu de
logique ! disait Gringoire, perdu dans ces mille circuits
qui revenaient sans cesse sur eux-mêmes, mais où la jeune
fille suivait un chemin qui lui paraissait bien connu, sans
hésiter et d'un pas de plus en plus rapide. Quant à lui, il
eût parfaitement ignoré où il était, s'il n'eût aperçu en
passant, au détour d'une rue, la masse octogone du pilori
des halles, dont le sommet à jour détachait vivement sa
découpure noire sur une fenêtre encore éclairée de la rue
Verdelet.

Depuis quelques instants, il avait attiré l'attention de la
jeune fille ; elle avait à plusieurs reprises tourné la tête vers
lui avec inquiétude ; elle s'était même une fois arrêtée tout
court, avait profité d'un rayon de lumière qui s'échappait
d'une boulangerie entr'ouverte pour le regarder fixement
du haut en bas ; puis, ce coup d'œil jeté, Gringoire lui
avait vu faire cette petite moue qu'il avait déjà remarquée,
et elle avait passé outre.

Cette petite moue donna à penser à Gringoire. Il y avait
certainement du dédain et de la moquerie dans cette gra-

cieuse grimace. Aussi commençait-il à baisser la tête, à compter les pavés, et à suivre la jeune fille d'un peu plus loin, lorsque, au tournant d'une rue qui venait de la lui faire perdre de vue, il l'entendit pousser un cri perçant.

Il hâta le pas.

La rue était pleine de ténèbres. Pourtant une étoupe imbibée d'huile, qui brûlait dans une cage de fer aux pieds de la Sainte Vierge du coin de la rue, permit à Gringoire de distinguer la bohémienne se débattant dans les bras de deux hommes qui s'efforçaient d'étouffer ses cris. La pauvre petite chèvre, tout effarée, baissait les cornes et bêlait.

— A nous, messieurs du guet, cria Gringoire, et il s'avança bravement. L'un des hommes qui tenaient la jeune fille se tourna vers lui. C'était la formidable figure de Quasimodo.

Gringoire ne prit pas la fuite, mais il ne fit point un pas de plus.

Quasimodo vint à lui, le jeta à quatre pas sur le pavé d'un revers de la main, et s'enfonça rapidement dans l'ombre, emportant la jeune fille ployée sur un de ses bras comme une écharpe de soie. Son compagnon le suivait, et la pauvre chèvre courait après tous, avec son bêlement plaintif.

— Au meurtre ! au meurtre ! criait la malheureuse bohémienne.

— Halte-là, misérables, et lâchez-moi cette ribaude ! dit tout à coup d'une voix de tonnerre un cavalier qui déboucha brusquement du carrefour voisin.

C'était un capitaine des archers de l'ordonnance du roi armé de pied en cap, et l'espadon à la main.

Il arracha la bohémienne des bras de Quasimodo stupéfait, la mit en travers sur sa selle, et, au moment où le redoutable bossu, revenu de sa surprise, se précipitait sur lui pour reprendre sa proie, quinze ou seize archers, qui suivaient de près leur capitaine, parurent l'estramaçon au poing. C'était une escouade de l'ordonnance du roi qui faisait le contre-guet, par ordre de messire Robert d'Estouteville, garde de la prévôté de Paris.

Quasimodo fut enveloppé, saisi, garrotté. Il rugissait, il écumait, il mordait, et, s'il eût fait grand jour, nul doute que son visage seul, rendu plus hideux encore par la colère, n'eût mis en fuite toute l'escouade. Mais la nuit il était désarmé de son arme la plus redoutable, de sa laideur.

Son compagnon avait disparu dans la lutte.

La bohémienne se dressa gracieusement sur la selle de l'officier, elle appuya ses deux mains sur les deux épaules du jeune homme, et le regarda fixement quelques secondes, comme ravie de sa bonne mine et du bon secours qu'il venait de lui porter. Puis, rompant le silence la première, elle lui dit, en faisant plus douce encore sa douce voix :

— Comment vous appelez-vous, monsieur le gendarme ?

— Le capitaine Phœbus de Châteaupers, pour vous servir, ma belle ! répondit l'officier en se redressant.

— Merci, dit-elle.

Et, pendant que le capitaine Phœbus retroussait sa moustache à la bourguignonne, elle se laissa glisser à bas du cheval, comme une flèche qui tombe à terre, et s'enfuit.

Un éclair se fût évanoui moins vite.

— Nombril du pape ! dit le capitaine en faisant resserrer les courroies de Quasimodo, j'eusse aimé mieux garder la ribaude.

— Que voulez-vous, capitaine ? dit un gendarme, la fauvette s'est envolée, la chauve-souris est restée.

V

SUITE DES INCONVÉNIENTS

Gringoire, tout étourdi de sa chute, était resté sur le pavé devant la bonne Vierge du coin de la rue. Peu à peu, il reprit ses sens ; il fut d'abord quelques minutes flottant dans une espèce de rêverie à demi somnolente qui n'était pas sans douceur, où les aériennes figures de la bohémienne et de la chèvre se mariaient à la pesanteur du poing de Quasimodo. Cet état dura peu. Une assez vive impression de froid à la partie de son corps qui se trouvait en contact avec le pavé le réveilla tout à coup, et fit revenir son esprit à la surface. — D'où me vient donc cette fraîcheur ? se dit-il brusquement. Il s'aperçut alors qu'il était un peu dans le milieu du ruisseau.

— Diable de cyclope bossu ! grommela-t-il entre ses dents, et il voulut se lever. Mais il était trop étourdi et trop meurtri. Force lui fut de rester en place. Il avait du reste la main assez libre ; il se boucha le nez, et se résigna.

— La boue de Paris, pensa-t-il (car il croyait bien être
sûr que décidément le ruisseau serait son gîte,

Et que faire en un gîte à moins que l'on ne songe ?),

la boue de Paris est particulièrement puante. Elle doit ren-
fermer beaucoup de sel volatil et nitreux. C'est, du reste,
l'opinion de maître Nicolas Flamel et des hermétiques...

Le mot d'*hermétiques* amena subitement l'idée de l'archidiacre Claude Frollo dans son esprit. Il se rappela la scène
violente qu'il venait d'entrevoir, que la bohémienne se
débattait entre deux hommes, que Quasimodo avait un
compagnon, et la figure morose et hautaine de l'archidiacre
passa confusément dans son souvenir. — Cela serait
étrange ! pensa-t-il. Et il se mit à échafauder, avec cette
donnée et sur cette base, le fantasque édifice des hypothèses, ce château de cartes des philosophes. Puis soudain,
revenant encore une fois à la réalité : — Ah çà ! je gèle !
s'écria-t-il.

La place, en effet, devenait de moins en moins tenable.
Chaque molécule de l'eau du ruisseau enlevait une molécule de calorique rayonnant aux reins de Gringoire, et
l'équilibre entre la température de son corps et la température du ruisseau commençait à s'établir d'une rude façon.

Un ennui d'une tout autre nature vint tout à coup
l'assaillir.

Un groupe d'enfants, de ces petits sauvages va-nu-pieds
qui ont de tout temps battu le pavé de Paris sous le nom
éternel de *gamins*, et qui, lorsque nous étions enfants aussi,
nous ont jeté des pierres à tous le soir au sortir de classe,
parce que nos pantalons n'étaient pas déchirés, un essaim
de ces jeunes drôles accourait vers le carrefour où gisait
Gringoire, avec des rires et des cris qui paraissaient se soucier fort peu du sommeil des voisins. Ils traînaient après
eux je ne sais quel sac informe ; et le bruit seul de leurs
sabots eût réveillé un mort. Gringoire, qui ne l'était pas
encore tout à fait, se souleva à demi.

— Ohé, Hennequin Dandèche ! ohé, Jehan Pincebourde ! criaient-ils à tue-tête ; le vieux Eustache Moubon, le marchand feron du coin, vient de mourir. Nous
avons sa paillasse, nous allons en faire un feu de joie. C'est
aujourd'hui les flamands !

Et voilà qu'ils jetèrent la paillasse précisément sur Gringoire, près duquel ils étaient arrivés sans le voir. En
même temps, un d'eux prit une poignée de paille qu'il alla
allumer à la mèche de la bonne Vierge.

— Mort-Christ! grommela Gringoire, est-ce que je vais avoir trop chaud maintenant?

Le moment était critique. Il allait être pris entre le feu et l'eau ; il fit un effort surnaturel, un effort de faux monnayeur qu'on va bouillir et qui tâche de s'échapper. Il se leva debout, rejeta la paillasse sur les gamins, et s'enfuit.

— Sainte Vierge ! crièrent les enfants ; le marchand feron qui revient !

Et ils s'enfuirent de leur côté.

La paillasse resta maîtresse du champ de bataille. Belleforêt, le père le Juge et Corrozet assurent que le lendemain elle fut ramassée avec grande pompe par le clergé du quartier et portée au trésor de l'église Sainte-Opportune, où le sacristain se fit jusqu'en 1789 un assez beau revenu avec le grand miracle de la statue de la Vierge du coin de la rue Mauconseil, qui avait, par sa seule présence, dans la mémorable nuit du 6 au 7 janvier 1482, exorcisé défunt Eustache Moubon, lequel, pour faire niche au diable, avait, en mourant, malicieusement caché son âme dans sa paillasse.

VI

LA CRUCHE CASSÉE

Après avoir couru à toutes jambes pendant quelque temps, sans savoir où, donnant de la tête à maint coin de rue, enjambant maint ruisseau, traversant mainte ruelle, maint cul-de-sac, maint carrefour, cherchant fuite et passage à travers tous les méandres du vieux pavé des Halles, explorant dans sa peur panique ce que le beau latin des chartes appelle *tota via, cheminum et viaria*, notre poète s'arrêta tout à coup, d'essoufflement d'abord, puis saisi en quelque sorte au collet par un dilemme qui venait de surgir dans son esprit. — Il me semble, maître Pierre Gringoire, se dit-il à lui-même en appuyant son doigt sur son front, que vous courez là comme un écervelé. Les petits drôles n'ont pas eu moins peur de vous que vous d'eux. Il me semble, vous dis-je, que vous avez entendu le bruit de leurs sabots qui s'enfuyait au midi, pendant que vous vous enfuyiez au septentrion. Or, de deux choses l'une : ou ils ont pris la fuite ; et alors la paillasse qu'ils ont dû oublier

dans leur terreur est précisément ce lit hospitalier après
lequel vous courez depuis ce matin, et que madame la
Vierge vous envoie miraculeusement pour vous récom-
penser d'avoir fait en son honneur une moralité accompagnée de triomphes et momeries ; ou les enfants n'ont pas
pris la fuite, et dans ce cas ils ont mis le brandon à la
paillasse, et c'est là justement l'excellent feu dont vous avez
besoin pour vous réjouir, sécher et réchauffer. Dans les
deux cas, bon feu ou bon lit, la paillasse est un présent du
ciel. La benoîte vierge Marie, qui est au coin de la rue
Mauconseil, n'a peut-être fait mourir Eustache Mouhon
que pour cela ; et c'est folie à vous de vous enfuir ainsi sur
traîne-boyau, comme un picard devant un français, laissant derrière vous ce que vous cherchez devant ; et vous
êtes un sot !

Alors il revint sur ses pas, et s'orientant et furetant, le
nez au vent et l'oreille aux aguets, il s'efforça de retrouver
la bienheureuse paillasse. Mais en vain. Ce n'étaient qu'in-
tersections de maisons, culs-de-sac, pattes-d'oie, au milieu
desquels il hésitait et doutait sans cesse, plus empêché et
plus englué dans cet enchevêtrement de ruelles noires qu'il
ne l'eût été dans le dédalus même de l'hôtel des Tournelles.
Enfin il perdit patience, et s'écria solennellement : — Maudits soient les carrefours ! c'est le diable qui les a faits à
l'image de sa fourche.

Cette exclamation le soulagea un peu, et une espèce de
reflet rougeâtre qu'il aperçut en ce moment au bout d'une
longue et étroite ruelle, acheva de relever son moral. —
Dieu soit loué ! dit-il, c'est là-bas ! Voilà ma paillasse qui
brûle. Et se comparant au nocher qui sombre dans la nuit :
— *Salve*, ajouta-t-il pieusement, *salve, maris stella !*

Adressait-il ce fragment de litanie à la Sainte Vierge ou à
la paillasse ? c'est ce que nous ignorons parfaitement.

A peine avait-il fait quelques pas dans la longue ruelle,
laquelle était en pente, non pavée, et de plus en plus
boueuse et inclinée, qu'il remarqua quelque chose d'assez
singulier. Elle n'était pas déserte. Çà et là, dans sa longueur,
rampaient je ne sais quelles masses vagues et informes, se
dirigeant toutes vers la lueur qui vacillait au bout de la rue,
comme ces lourds insectes qui se traînent la nuit de brin
d'herbe en brin d'herbe vers un feu de pâtre.

Rien ne rend aventureux comme de ne pas sentir la place
de son gousset. Gringoire continua de s'avancer, et eut
bientôt rejoint celle de ces larves qui se traînait le plus
paresseusement à la suite des autres. En s'en approchant, il

vit que ce n'était rien autre chose qu'un misérable cul-de-jatte qui sautelait sur ses deux mains, comme un faucheux blessé qui n'a plus que deux pattes. Au moment où il passa près de cette espèce d'araignée à face humaine, elle éleva vers lui une voix lamentable : — *La buona mancia, signor ! la buona mancia !*

— Que le diable t'emporte, dit Gringoire, et moi avec toi, si je sais ce que tu veux dire !

Et il passa outre.

Il rejoignit une autre de ces masses ambulantes, et l'examina. C'était un perclus, à la fois boiteux et manchot, et si manchot et si boiteux que le système compliqué de béquilles et de jambes de bois qui le soutenait lui donnait l'air d'un échafaudage de maçons en marche. Gringoire, qui avait les comparaisons nobles et classiques, le compara dans sa pensée au trépied vivant de Vulcain.

Ce trépied vivant le salua au passage, mais en arrêtant son chapeau à la hauteur du menton de Gringoire, comme un plat à barbe, et en lui criant aux oreilles : — *Señor caballero, para comprar un pedaso de pan !*

— Il paraît, dit Gringoire, que celui-là parle aussi ; mais c'est une rude langue, et il est plus heureux que moi s'il la comprend.

Puis se frappant le front par une subite transition d'idée :
— A propos, que diable voulaient-ils dire ce matin avec leur *Esmeralda ?*

Il voulut doubler le pas ; mais pour la troisième fois quelque chose lui barra le chemin. Ce quelque chose, ou plutôt ce quelqu'un, c'était un aveugle, un petit aveugle à face juive et barbue, qui, ramant dans l'espace autour de lui avec un bâton, et remorqué par un gros chien, lui nasilla avec un accent hongrois : *Facitote caritatem !*

— A la bonne heure ! dit Pierre Gringoire, en voilà un enfin qui parle un langage chrétien. Il faut que j'aie la mine bien aumônière pour qu'on me demande ainsi la charité dans l'état de maigreur où est ma bourse. Mon ami (et il se tournait vers l'aveugle), j'ai vendu la semaine passée ma dernière chemise ; c'est-à-dire, puisque vous ne comprenez que la langue de Cicéron : *Vendidi hebdomade nuper transita meam ultimam chemisam.*

Cela dit, il tourna le dos à l'aveugle, et poursuivit son chemin ; mais l'aveugle se mit à allonger le pas en même temps que lui, et voilà que le perclus, voilà que le cul-de-jatte surviennent de leur côté avec grande hâte et grand bruit d'écuelle et de béquilles sur le pavé. Puis, tous trois,

s'entreculbutant aux trousses du pauvre Gringoire, se
mirent à lui chanter leur chanson :

— *Caritatem !* chantait l'aveugle.

— *La buona mancia !* chantait le cul-de-jatte.

Et le boiteux relevait la phrase musicale en répétant :
— *Un pedaso de pan !*

Gringoire se boucha les oreilles. — O tour de Babel !
s'écria-t-il.

Il se mit à courir. L'aveugle courut. Le boiteux courut.
Le cul-de-jatte courut.

Et puis, à mesure qu'il s'enfonçait dans la rue, culs-de-
jatte, aveugles, boiteux, pullulaient autour de lui, et des
manchots, et des borgnes, et des lépreux avec leurs plaies,
qui sortant des maisons, qui des petites rues adjacentes, qui
des soupiraux des caves, hurlant, beuglant, glapissant,
tous clopin-clopant, cahin-caha, se ruant vers la lumière,
et vautrés dans la fange comme des limaces après la
pluie.

Gringoire, toujours suivi par ses trois persécuteurs, et ne
sachant trop ce que cela allait devenir, marchait effaré au
milieu des autres, tournant les boiteux, enjambant les culs-
de-jatte, les pieds empêtrés dans cette fourmilière d'éclopés, comme ce capitaine anglais qui s'enlisa dans un troupeau de crabes.

L'idée lui vint d'essayer de retourner sur ses pas. Mais il
était trop tard. Toute cette légion s'était refermée derrière
lui, et ses trois mendiants le tenaient. Il continua donc,
poussé à la fois par ce flot irrésistible, par la peur et par
un vertige qui lui faisait de tout cela une sorte de rêve
horrible.

Enfin, il atteignit l'extrémité de la rue. Elle débouchait
sur une place immense, où mille lumières éparses vacil-
laient dans le brouillard confus de la nuit. Gringoire s'y
jeta, espérant échapper par la vitesse de ses jambes aux
trois spectres infirmes qui s'étaient cramponnés à lui.

— *Ondè vas, hombre !* cria le perclus jetant là ses béquilles, et courant après lui avec les deux meilleures jambes
qui eussent jamais tracé un pas géométrique sur le pavé de
Paris.

Cependant le cul-de-jatte, debout sur ses pieds, coiffait
Gringoire de sa lourde jatte ferrée, et l'aveugle le regardait
en face avec des yeux flamboyants.

— Où suis-je ? dit le poète terrifié.

— Dans la Cour des Miracles, répondit un quatrième
spectre qui les avait accostés.

— Sur mon âme, reprit Gringoire, je vois bien les
aveugles qui regardent et les boiteux qui courent ; mais où
est le Sauveur ?

Ils répondirent par un éclat de rire sinistre.

Le pauvre poète jeta les yeux autour de lui. Il était en
effet dans cette redoutable Cour des Miracles, où jamais
honnête homme n'avait pénétré à pareille heure ; cercle
magique où les officiers du Châtelet et les sergents de la
prévôté qui s'y aventuraient disparaissaient en miettes ;
cité des voleurs, hideuse verrue à la face de Paris ; égout
d'où s'échappait chaque matin, et où revenait croupir chaque nuit ce ruisseau de vices, de mendicité et de vagabon-
dage toujours débordé dans les rues des capitales ; ruche
monstrueuse où rentraient le soir avec leur butin tous les
frelons de l'ordre social ; hôpital menteur où le bohémien,
le moine défroqué, l'écolier perdu, les vauriens de toutes
les nations, espagnols, italiens, allemands, de toutes les
religions, juifs, chrétiens, mahométans, idolâtres, couverts
de plaies fardées, mendiants le jour, se transfiguraient la
nuit en brigands ; immense vestiaire, en un mot, où s'ha-
billaient et se déshabillaient à cette époque tous les acteurs
de cette comédie éternelle que le vol, la prostitution et le
meurtre jouent sur le pavé de Paris.

C'était une vaste place, irrégulière et mal pavée, comme
toutes les places de Paris alors. Des feux, autour desquels
fourmillaient des groupes étranges, y brillaient çà et là.
Tout cela allait, venait, criait. On entendait des rires aigus,
des vagissements d'enfants, des voix de femmes. Les
mains, les têtes de cette foule, noires sur le fond lumineux,
y découpaient mille gestes bizarres. Par moments, sur le
sol, où tremblait la clarté des feux, mêlée à de grandes
ombres indéfinies, on pouvait voir passer un chien qui
ressemblait à un homme, un homme qui ressemblait à un
chien. Les limites des races et des espèces semblaient
s'effacer dans cette cité comme dans un pandémonium.
Hommes, femmes, bêtes, âge, sexe, santé, maladie, tout
semblait être en commun parmi ce peuple ; tout allait
ensemble, mêlé, confondu, superposé ; chacun y partici-
pait de tout.

Le rayonnement chancelant et pauvre des feux permettait à Gringoire de distinguer, à travers son trouble, tout à
l'entour de l'immense place, un hideux encadrement de
vieilles maisons dont les façades vermoulues, ratatinées,
rabougries, percées chacune d'une ou deux luc rnes éclairées, lui semblaient dans l'ombre d'énormes têtes de

vieilles femmes, rangées en cercle, monstrueuses et rechi-
gnées, qui regardaient le sabbat en clignant des yeux.

C'était comme un nouveau monde, inconnu, inouï, difforme, reptile, fourmillant, fantastique.

Gringoire, de plus en plus effaré, pris par les trois mendiants comme par trois tenailles, assourdi d'une foule
d'autres visages qui moutonnaient et aboyaient autour de
lui, le malencontreux Gringoire tâchait de rallier sa présence d'esprit pour se rappeler si l'on était à un samedi.
Mais ses efforts étaient vains ; le fil de sa mémoire et de sa
pensée était rompu ; et doutant de tout, flottant de ce qu'il
voyait à ce qu'il sentait, il se posait cette insoluble question : — Si je suis, cela est-il ? si cela est, suis-je ?

En ce moment, un cri distinct s'éleva dans la cohue bour-
donnante qui l'enveloppait : — Menons-le au roi ! menons-
le au roi !

— Sainte Vierge ! murmura Gringoire, le roi d'ici, ce
doit être un bouc.

— Au roi ! au roi ! répétèrent toutes les voix.

On l'entraîna. Ce fut à qui mettrait la griffe sur lui.
Mais les trois mendiants ne lâchaient pas prise, et l'arra-
chaient aux autres en hurlant : Il est à nous !

Le pourpoint déjà malade du poète rendit le dernier
soupir dans cette lutte.

En traversant l'horrible place, son vertige se dissipa. Au
bout de quelques pas, le sentiment de la réalité lui était
revenu. Il commençait à se faire à l'atmosphère du lieu.
Dans le premier moment, de sa tête de poète, ou peut-être,
tout simplement et tout prosaïquement, de son estomac
vide, il s'était élevé une fumée, une vapeur pour ainsi dire,
qui, se répandant entre les objets et lui, ne les lui avait
laissé entrevoir que dans la brume incohérente du cauchemar, dans ces ténèbres des rêves qui font trembler tous les
contours, grimacer toutes les formes, s'agglomérer les
objets en groupes démesurés, dilatant les choses en chimères et les hommes en fantômes. Peu à peu à cette hallucination succéda un regard moins égaré et moins grossissant. Le réel se faisait jour autour de lui, lui heurtait les
yeux, lui heurtait les pieds, et démolissait pièce à pièce
toute l'effroyable poésie dont il s'était cru d'abord entouré.
Il fallut bien s'apercevoir qu'il ne marchait pas dans le
Styx, mais dans la boue, qu'il n'était pas coudoyé par des
démons, mais par des voleurs ; qu'il n'y allait pas de son
âme, mais tout bonnement de sa vie (puisqu'il lui manquait
ce précieux conciliateur qui se place si efficacement entre

le bandit et l'honnête homme : la bourse). Enfin, en examinant l'orgie de plus près et avec plus de sang-froid, il
tomba du sabbat au cabaret.

La Cour des Miracles n'était en effet qu'un cabaret, mais
un cabaret de brigands, tout aussi rouge de sang que de vin.

Le spectacle qui s'offrit à ses yeux, quand son escorte en
guenilles le déposa enfin au terme de sa course, n'était pas
propre à le ramener à la poésie, fût-ce même à la poésie de
l'enfer. C'était plus que jamais la prosaïque et brutale réalité de la taverne. Si nous n'étions pas au quinzième siècle,
nous dirions que Gringoire était descendu de Michel-
Ange à Callot.

Autour d'un grand feu qui brûlait sur une large dalle
ronde, et qui pénétrait de ses flammes les tiges rougies
d'un trépied vide pour le moment, quelques tables vermoulues étaient dressées, çà et là, au hasard, sans que le moindre laquais géomètre eût daigné ajuster leur parallélisme
ou veiller à ce qu'au moins elles ne se coupassent pas à des
angles trop inusités. Sur ces tables reluisaient quelques
pots ruisselants de vin et de cervoise, et autour de ces pots
se groupaient force visages bachiques, empourprés de feu
et de vin. C'était un homme à gros ventre et à joviale figure
qui embrassait bruyamment une fille de joie, épaisse et
charnue. C'était une espèce de faux soldat, un narquois,
comme on disait en argot, qui défaisait en sifflant les ban-
dages de sa fausse blessure, et qui dégourdissait son genou
sain et vigoureux, emmailloté depuis le matin dans mille
ligatures. Au rebours, c'était un malingreux qui préparait
avec de l'éclaire et du sang de bœuf sa *jambe de Dieu* du
lendemain. Deux tables plus loin, un coquillart, avec son
costume complet de pèlerin, épelait la complainte de Sainte-
Reine, sans oublier la psalmodie et le nasillement. Ailleurs
un jeune hubin prenait leçon d'épilepsie d'un vieux sabouleux qui lui enseignait l'art d'écumer en mâchant un morceau de savon. A côté, un hydropique se dégonflait, et
faisait boucher le nez à quatre ou cinq larronnesses qui se
disputaient à la même table un enfant volé dans la soirée.
Toutes circonstances qui, deux siècles plus tard, *semblèrent
si ridicules à la cour*, comme dit Sauval, *qu'elles servirent de
passe-temps au roi et d'entrée au ballet royal de La Nuit,
divisé en quatre parties et dansé sur le théâtre du Petit-
Bourbon.* « Jamais, ajoute un témoin oculaire de 1653, les
subites métamorphoses de la Cour des Miracles n'ont été
plus heureusement représentées. Benserade nous y prépara
par des vers assez galants. »

Le gros rire éclatait partout, et la chanson obscène. Chacun tirait à soi, glosant et jurant sans écouter le voisin. Les pots trinquaient, et les querelles naissaient au choc des pots, et les pots ébréchés faisaient déchirer les haillons. Un gros chien, assis sur sa queue, regardait le feu. Quelques enfants étaient mêlés à cette orgie. L'enfant volé, qui pleurait et criait. Un autre, gros garçon de quatre ans, assis les jambes pendantes sur un banc trop élevé, ayant de la table jusqu'au menton, et ne disant mot. Un troisième étalant gravement avec son doigt sur la table le suif en fusion qui coulait d'une chandelle. Un dernier, petit, accroupi dans la boue, presque perdu dans un chaudron qu'il raclait avec une tuile et dont il tirait un son à faire évanouir Stradivarius.

Un tonneau était près du feu, et un mendiant sur le tonneau. C'était le roi sur son trône.

Les trois qui avaient Gringoire l'amenèrent devant ce tonneau, et toute la bacchanale fit un moment silence, excepté le chaudron habité par l'enfant.

Gringoire n'osait souffler ni lever les yeux.

— *Hombre, quita tu sombrero,* dit l'un des trois drôles à qui il était ; et avant qu'il eût compris ce que cela voulait dire, l'autre lui avait pris son chapeau. Misérable bicoquet, il est vrai, mais bon encore un jour de soleil ou un jour de pluie. Gringoire soupira.

Cependant le roi, du haut de sa futaille, lui adressa la parole.

— Qu'est-ce que c'est que ce maraud ?

Gringoire tressaillit. Cette voix, quoique accentuée par la menace, lui rappela une autre voix qui le matin même avait porté le premier coup à son mystère en nasillant au milieu de l'auditoire : *La charité, s'il vous plaît !* Il leva la tête. C'était en effet Clopin Trouillefou.

Clopin Trouillefou, revêtu de ses insignes royaux, n'avait pas un haillon de plus ni de moins. Sa plaie au bras avait déjà disparu. Il portait à la main un de ces fouets à lanières de cuir blanc dont se servaient alors les sergents à verge pour serrer la foule, et que l'on appelait *boullayes.* Il avait sur la tête une espèce de coiffure cerclée et fermée par le haut ; mais il était difficile de distinguer si c'était un bourrelet d'enfant ou une couronne de roi, tant les deux choses se ressemblent.

Cependant Gringoire, sans savoir pourquoi, avait repris quelque espoir en reconnaissant dans le roi de la Cour des Miracles son maudit mendiant de la grand'salle.

— Maître, balbutia-t-il... Monseigneur... Sire... Comment dois-je vous appeler ? dit-il enfin, arrivé au point culminant de son crescendo, et ne sachant plus comment monter ni redescendre.

— Monseigneur, sa majesté, ou camarade, appelle-moi comme tu voudras. Mais dépêche. Qu'as-tu à dire pour ta défense ?

Pour ta défense ! pensa Gringoire, ceci me déplaît. Il reprit en bégayant : — Je suis celui qui ce matin...

— Par les ongles du diable ! interrompit Clopin, ton nom, maraud, et rien de plus. Écoute. Tu es devant trois puissants souverains : moi, Clopin Trouillefou, roi de Thunes, successeur du grand coësre, suzerain suprême du royaume de l'argot ; Mathias Hungadi Spicali, duc d'Égypte et de Bohême, ce vieux jaune que tu vois là avec un torchon autour de la tête ; Guillaume Rousseau, empereur de Galilée, ce gros qui ne nous écoute pas et qui caresse une ribaude. Nous sommes tes juges. Tu es entré dans le royaume d'argot sans être argotier, tu as violé les privilèges de notre ville. Tu dois être puni, à moins que tu ne sois capon, franc-mitou ou rifodé, c'est-à-dire, dans l'argot des honnêtes gens, voleur, mendiant ou vagabond. Est-tu quelque chose comme cela ? Justifie-toi. Décline tes qualités.

— Hélas ! dit Gringoire, je n'ai pas cet honneur. Je suis l'auteur...

— Cela suffit, reprit Trouillefou sans le laisser achever. Tu vas être pendu. Chose toute simple, messieurs les honnêtes bourgeois ! comme vous traitez les nôtres chez vous, nous traitons les vôtres chez nous. La loi que vous faites aux truands, les truands vous la font. C'est votre faute si elle est méchante. Il faut bien qu'on voie de temps en temps une grimace d'honnête homme au-dessus du collier de chanvre ; cela rend la chose honorable. Allons, l'ami, partage gaiement tes guenilles à ces demoiselles. Je vais te faire pendre pour amuser les truands, et tu leur donneras ta bourse pour boire. Si tu as quelque momerie à faire, il y a là-bas dans l'égrugeoir un très bon Dieu-le-Père en pierre que nous avons volé à Saint-Pierre-aux-Bœufs. Tu as quatre minutes pour lui jeter ton âme à la tête.

La harangue était formidable.

— Bien dit, sur mon âme ! Clopin Trouillefou prêche comme un saint-père le pape, s'écria l'empereur de Galilée en cassant son pot pour étayer sa table.

— Messeigneurs les empereurs et rois, dit Gringoire

avec sang-froid (car je ne sais comment la fermeté lui était
revenue, et il parlait résolument), vous n'y pensez pas. Je
m'appelle Pierre Gringoire, je suis le poète dont on a représenté ce matin une moralité dans la grand'salle du Palais.

— Ah ! c'est toi, maître ! dit Clopin. J'y étais, par la tête-
Dieu ! Eh bien ! camarade, est-ce une raison, parce que tu
nous as ennuyés ce matin, pour ne pas être pendu ce soir ?

J'aurai de la peine à m'en tirer, pensa Gringoire. Il tenta
pourtant encore un effort. — Je ne vois pas pourquoi, dit-
il, les poètes ne sont pas rangés parmi les truands. Vagabond, Æsopus le fut ; mendiant, Homerus le fut ; voleur,
Mercurius l'était...

Clopin l'interrompit : — Je crois que tu veux nous mata-
graboliser avec ton grimoire. Pardieu, laisse-toi pendre, et
pas tant de façons !

— Pardon, monseigneur le roi de Thunes, répliqua
Gringoire, disputant le terrain pied à pied. Cela en vaut la
peine... Un moment !... Écoutez-moi... Vous ne me con-
damnerez pas sans m'entendre...

Sa malheureuse voix, en effet, était couverte par le
vacarme qui se faisait autour de lui. Le petit garçon raclait
son chaudron avec plus de verve que jamais ; et pour
comble, une vieille femme venait de poser sur le trépied
ardent une poêle pleine de graisse, qui glapissait au feu
avec un bruit pareil aux cris d'une troupe d'enfants qui
poursuit un masque.

Cependant Clopin Trouillefou parut conférer un moment
avec le duc d'Égypte et l'empereur de Galilée, lequel
était complètement ivre. Puis il cria aigrement : Silence
donc ! et, comme le chaudron et la poêle à frire ne l'écoutaient pas et continuaient leur duo, il sauta à bas de son
tonneau, donna un coup de pied dans le chaudron, qui
roula à dix pas avec l'enfant, un coup de pied dans la
poêle, dont toute la graisse se renversa dans le feu, et
il remonta gravement sur son trône, sans se soucier des
pleurs étouffés de l'enfant, ni des grognements de la
vieille, dont le souper s'en allait en belle flamme blanche.

Trouillefou fit un signe, et le duc, et l'empereur, et
les archisuppôts et les cagoux vinrent se ranger autour
de lui en un fer-à-cheval, dont Gringoire, toujours rudement appréhendé au corps, occupait le centre. C'était
un demi-cercle de haillons, de guenilles, de clinquant,
de fourches, de haches, de jambes avinées, de gros bras
nus, de figures sordides, éteintes et hébétées. Au milieu
de cette table ronde de la gueuserie, Clopin Trouillefou,

comme le doge de ce sénat, comme le roi de cette pairie, comme le pape de ce conclave, dominait, d'abord de toute la hauteur de son tonneau, puis de je ne sais quel air hautain, farouche et formidable qui faisait pétiller sa prunelle et corrigeait dans son sauvage profil le type bestial de la race truande. On eût dit une hure parmi des groins.

— Écoute, dit-il à Gringoire en caressant son menton difforme avec sa main calleuse, je ne vois pas pourquoi tu ne serais pas pendu. Il est vrai que cela a l'air de te répugner ; et c'est tout simple, vous autres bourgeois, vous n'y êtes pas habitués. Vous vous faites de la chose une grosse idée. Après tout, nous ne te voulons pas de mal. Voici un moyen de te tirer d'affaire pour le moment. Veux-tu être des nôtres ?

On peut juger de l'effet que fit cette proposition sur Gringoire, qui voyait la vie lui échapper, et commençait à lâcher prise. Il s'y rattacha énergiquement.

— Je le veux, certes, bellement, dit-il.

— Tu consens, reprit Clopin, à t'enrôler parmi les gens de la petite flambe ?

— De la petite flambe. Précisément, répondit Gringoire.

— Tu te reconnais membre de la franche bourgeoisie ? reprit le roi de Thunes.

— De la franche bourgeoisie.

— Sujet du royaume d'argot ?

— Du royaume d'argot.

— Truand ?

— Truand.

— Dans l'âme ?

— Dans l'âme.

— Je te fais remarquer, reprit le roi, que tu n'en seras pas moins pendu pour cela.

— Diable ! dit le poète.

— Seulement, continua Clopin, imperturbable, tu seras pendu plus tard, avec plus de cérémonie, aux frais de la bonne ville de Paris, à un beau gibet de pierre, et par les honnêtes gens. C'est une consolation.

— Comme vous dites, répondit Gringoire.

— Il y a d'autres avantages. En qualité de franc-bourgeois, tu n'auras à payer ni boues, ni pauvres, ni lanternes, à quoi sont sujets les bourgeois de Paris.

— Ainsi soit-il, dit le poète. Je consens. Je suis truand, argotier, franc-bourgeois, petite flambe, tout ce que vous

voudrez. Et j'étais tout cela d'avance, monsieur le roi de
Thunes, car je suis philosophe ; *et omnia in philosophia,
omnes in philosopho continentur,* comme vous savez.

Le roi de Thunes fronça le sourcil.

— Pour qui me prends-tu, l'ami ? Quel argot de juif
de Hongrie nous chantes-tu là ? Je ne sais pas l'hébreu.
Pour être bandit on n'est pas juif. Je ne vole même plus,
je suis au-dessus de cela, je tue. Coupe-gorge, oui ; coupe-
bourse, non.

Gringoire tâcha de glisser quelque excuse à travers ces
brèves paroles que la colère saccadait de plus en plus.

— Je vous demande pardon, monseigneur. Ce n'est pas
de l'hébreu, c'est du latin.

— Je te dis, reprit Clopin avec emportement, que je ne
suis pas juif, et que je te ferai pendre, ventre de synagogue !
ainsi que ce petit marcandier de Judée qui est auprès de
toi et que j'espère bien voir clouer un jour sur un comptoir,
comme une pièce de fausse monnaie qu'il est !

En parlant ainsi, il désignait du doigt le petit juif
hongrois barbu, qui avait accosté Gringoire de son *facitote caritatem,* et qui, ne comprenant pas d'autre langue,
regardait avec surprise la mauvaise humeur du roi de
Thunes déborder sur lui.

Enfin monseigneur Clopin se calma.

— Maraud ! dit-il à notre poète, tu veux donc être
truand ?

— Sans doute, répondit le poète.

— Ce n'est pas le tout de vouloir, dit le bourru Clopin.
La bonne volonté ne met pas un oignon de plus dans la
soupe, et n'est bonne que pour aller en paradis ; or, paradis et argot sont deux. Pour être reçu dans l'argot, il
faut que tu prouves que tu es bon à quelque chose, et
pour cela que tu fouilles le mannequin.

— Je fouillerai, dit Gringoire, tout ce qu'il vous plaira.

Clopin fit un signe. Quelques argotiers se détachèrent
du cercle et revinrent un moment après. Ils apportaient
deux poteaux terminés à leur extrémité inférieure par
deux spatules en charpente, qui leur faisaient prendre
aisément pied sur le sol. A l'extrémité supérieure des
deux poteaux ils adaptèrent une solive transversale, et le
tout constitua une fort jolie potence portative, que Gringoire eut la satisfaction de voir se dresser devant lui en
un clin d'œil. Rien n'y manquait, pas même la corde qui
se balançait gracieusement au-dessous de la traverse.

— Où veulent-ils en venir ? se demanda Gringoire avec

quelque inquiétude. Un bruit de sonnettes qu'il entendit au même moment mit fin à son anxiété. C'était un mannequin que les truands suspendaient par le cou à la corde, espèce d'épouvantail aux oiseaux, vêtu de rouge, et tellement chargé de grelots et de clochettes qu'on eût pu en harnacher trente mules castillanes. Ces mille sonnettes frissonnèrent quelque temps aux oscillations de la corde, puis s'éteignirent peu à peu, et se turent enfin, quand le mannequin eut été ramené à l'immobilité par cette loi du pendule qui a détrôné la clepsydre et le sablier.

Alors Clopin, indiquant à Gringoire un vieil escabeau chancelant placé au-dessous du mannequin : — Monte là-dessus.

— Mort-diable! objecta Gringoire, je vais me rompre le cou. Votre escabelle boite comme un distique de Martial ; elle a un pied hexamètre et un pied pentamètre.

— Monte, reprit Clopin.

Gringoire monta sur l'escabeau, et parvint, non sans quelques oscillations de la tête et des bras, à y retrouver son centre de gravité.

— Maintenant, poursuivit le roi de Thunes, tourne ton pied droit autour de ta jambe gauche et dresse-toi sur la pointe du pied gauche.

— Monseigneur, dit Gringoire, vous tenez donc absolument à ce que je me casse quelque membre?

Clopin hocha la tête.

— Écoute, l'ami, tu parles trop. Voilà en deux mots de quoi il s'agit. Tu vas te dresser sur la pointe du pied, comme je te le dis ; de cette façon tu pourras atteindre jusqu'à la poche du mannequin ; tu y fouilleras ; tu en tireras une bourse qui s'y trouve ; et si tu fais tout cela sans qu'on entende le bruit d'une sonnette, c'est bien ; tu seras truand. Nous n'aurons plus qu'à te rouer de coups pendant huit jours.

— Ventre-Dieu! je n'aurais garde, dit Gringoire. Et si je fais chanter les sonnettes?

— Alors tu seras pendu. Comprends-tu?

— Je ne comprends pas du tout, répondit Gringoire.

— Écoute encore une fois. Tu vas fouiller le mannequin et lui prendre sa bourse ; si une seule sonnette bouge dans l'opération, tu seras pendu. Comprends-tu cela?

— Bien, dit Gringoire ; je comprends cela. Après?

— Si tu parviens à enlever la bourse sans qu'on entende les grelots, tu es truand, et tu seras roué de coups pendant

huit jours consécutifs. Tu comprends sans doute, maintenant ?

— Non, monseigneur, je ne comprends plus. Où est
mon avantage ? pendu dans un cas, battu dans l'autre...

— Et truand ? reprit Clopin, et truand ? n'est-ce rien ?
C'est dans ton intérêt que nous te battrons, afin de t'en-
durcir aux coups.

— Grand merci, répondit le poète.

— Allons, dépêchons, dit le roi en frappant du pied sur
son tonneau qui résonna comme une grosse caisse. Fouille
le mannequin, et que cela finisse. Je t'avertis une dernière
fois que si j'entends un seul grelot, tu prendras la place du
mannequin.

La bande des argotiers applaudit aux paroles de Clopin,
et se rangea circulairement autour de la potence, avec un
rire tellement impitoyable que Gringoire vit qu'il les amusait trop pour n'avoir pas tout à craindre d'eux. Il ne lui
restait donc plus d'espoir, si ce n'est la frêle chance de
réussir dans la redoutable opération qui lui était imposée.
Il se décida à la risquer, mais ce ne fut pas sans avoir adressé
d'abord une fervente prière au mannequin qu'il allait déva-
liser et qui eût été plus facile à attendrir que les truands.
Cette myriade de sonnettes avec leurs petites langues de
cuivre lui semblaient autant de gueules d'aspics ouvertes,
prêtes à mordre et à siffler.

— Oh ! disait-il tout bas, est-il possible que ma vie
dépende de la moindre des vibrations du moindre de ces
grelots ! Oh ! ajoutait-il les mains jointes, sonnettes, ne
sonnez pas ! clochettes, ne clochez pas ! grelots, ne gre-
lottez pas !

Il tenta encore un effort sur Trouillefou.

— Et s'il survient un coup de vent ? lui demanda-t-il.

— Tu seras pendu, répondit l'autre sans hésiter.

Voyant qu'il n'y avait ni répit, ni sursis, ni faux-fuyant
possible, il prit bravement son parti. Il tourna son pied
droit autour de son pied gauche, se dressa sur son pied
gauche, et étendit le bras ; mais, au moment où il touchait
le mannequin, son corps qui n'avait plus qu'un pied chancela sur l'escabeau qui n'en avait que trois ; il voulut machinalement s'appuyer au mannequin, perdit l'équilibre, et
tomba lourdement sur la terre, tout assourdi par la fatale
vibration des mille sonnettes du mannequin, qui, cédant à
l'impulsion de sa main, décrivit d'abord une rotation sur
lui-même, puis se balança majestueusement entre les deux
poteaux.

— Malédiction ! cria-t-il en tombant, et il resta comme mort la face contre terre.

Cependant il entendait le redoutable carillon au-dessus de sa tête, et le rire diabolique des truands, et la voix de Trouillefou, qui disait : — Relevez-moi le drôle, et pendez-le-moi rudement.

Il se leva. On avait déjà décroché le mannequin pour lui faire place.

Les argotiers le firent monter sur l'escabeau. Clopin vint à lui, lui passa la corde au cou, et lui frappant sur l'épaule : — Adieu, l'ami ! Tu ne peux plus échapper maintenant, quand même tu digérerais avec les boyaux du pape.

Le mot *grâce* expira sur les lèvres de Gringoire. Il promena ses regards autour de lui. Mais aucun espoir : tous riaient.

— Bellevigne de l'Étoile, dit le roi de Thunes à un énorme truand qui sortit des rangs, grimpe sur la traverse.

Bellevigne de l'Étoile monta lestement sur la solive transversale, et au bout d'un instant Gringoire en levant les yeux le vit avec terreur accroupi sur la traverse au-dessus de sa tête.

— Maintenant, reprit Clopin Trouillefou, dès que je frapperai des mains, Andry le Rouge, tu jetteras l'escabelle à terre d'un coup de genou ; François Chante-Prune, tu te pendras aux pieds du maraud ; et toi, Bellevigne, tu te jetteras sur ses épaules ; et tous trois à la fois, entendez-vous ?

Gringoire frissonna.

— Y êtes-vous ? dit Clopin Trouillefou aux trois argotiers prêts à se précipiter sur Gringoire comme trois araignées sur une mouche. Le pauvre patient eut un moment d'attente horrible, pendant que Clopin repoussait tranquillement du bout du pied dans le feu quelques brins de sarment que la flamme n'avait pas gagnés. — Y êtes-vous ? répéta-t-il, et il ouvrit ses mains pour frapper. Une seconde de plus, c'en était fait.

Mais il s'arrêta, comme averti par une idée subite. — Un instant ! dit-il ; j'oubliais !... Il est d'usage que nous ne pendions pas un homme sans demander s'il y a une femme qui en veut. — Camarade, c'est ta dernière ressource. Il faut que tu épouses une truande ou la corde.

Cette loi bohémienne, si bizarre qu'elle puisse sembler au lecteur, est aujourd'hui encore écrite tout au long dans la vieille législation anglaise. Voyez *Burington's Observations*.

Gringoire respira. C'était la seconde fois qu'il revenait à

la vie depuis une demi-heure. Aussi n'osait-il trop s'y fier.

— Holà! cria Clopin remonté sur sa futaille, holà! femmes, femelles, y a-t-il parmi vous, depuis la sorcière jusqu'à sa chatte, une ribaude qui veuille de ce ribaud? Holà, Colette la Charonne! Elisabeth Trouvain! Simone Jodouyne! Marie Piédebou! Thonne la Longue! Bérarde Fanouel! Michelle Genaille! Claude Ronge-Oreille! Mathurine Girorou! Holà! Isabeau la Thierrye! Venez et voyez! un homme pour rien! qui en veut?

Gringoire, dans ce misérable état, était sans doute peu appétissant. Les truandes se montrèrent médiocrement touchées de la proposition. Le malheureux les entendit répondre : — Non! non! pendez-le, il y aura du plaisir pour toutes.

Trois cependant sortirent de la foule et vinrent le flairer. La première était une grosse fille à face carrée. Elle examina attentivement le pourpoint déplorable du philosophe. La souquenille était usée et plus trouée qu'une poêle à griller des châtaignes. La fille fit la grimace. — Vieux drapeau! grommela-t-elle, et s'adressant à Gringoire : — Voyons ta cape? — Je l'ai perdue, dit Gringoire. — Ton chapeau? — On me l'a pris. — Tes souliers? — Ils commencent à n'avoir plus de semelles. — Ta bourse? — Hélas! bégaya Gringoire, je n'ai pas un denier parisis. — Laisse-toi pendre, et dis merci! répliqua la truande en lui tournant le dos.

La seconde, vieille, noire, ridée, hideuse, d'une laideur à faire tache dans la Cour des Miracles, tourna autour de Gringoire. Il tremblait presque qu'elle ne voulût de lui. Mais elle dit entre ses dents : — Il est trop maigre, et s'éloigna.

La troisième était une jeune fille, assez fraîche, et pas trop laide. — Sauvez-moi! lui dit à voix basse le pauvre diable. Elle le considéra un moment d'un air de pitié, puis baissa les yeux, fit un pli à sa jupe, et resta indécise. Il suivait des yeux tous ses mouvements ; c'était la dernière lueur d'espoir. — Non, dit enfin la jeune fille, non! Guillaume Longuejoue me battrait. Elle rentra dans la foule.

— Camarade, dit Clopin, tu as du malheur.

Puis, se levant debout sur son tonneau : — Personne n'en veut? cria-t-il en contrefaisant l'accent d'un huissier priseur, à la grande gaieté de tous ; personne n'en veut? une fois, deux fois, trois fois! Et se tournant vers la potence avec un signe de tête : — Adjugé!

Bellevigne de l'Étoile, Andry le Rouge, François Chante-Prune se rapprochèrent de Gringoire.

En ce moment un cri s'éleva parmi les argotiers : — *La Esmeralda ! la Esmeralda !*

Gringoire tressaillit, et se tourna du côté d'où venait la clameur. La foule s'ouvrit, et donna passage à une pure et éblouissante figure.

C'était la bohémienne.

— La Esmeralda! dit Gringoire, stupéfait, au milieu de ses émotions, de la brusque manière dont ce mot magique nouait tous les souvenirs de sa journée.

Cette rare créature paraissait exercer jusque dans la Cour des Miracles son empire de charme et de beauté. Argotiers et argotières se rangeaient doucement à son passage, et leurs brutales figures s'épanouissaient à son regard.

Elle s'approcha du patient avec son pas léger. Sa jolie Djali la suivait. Gringoire était plus mort que vif. Elle le considéra un moment en silence.

— Vous allez pendre cet homme? dit-elle gravement à Clopin.

— Oui, sœur, répondit le roi de Thunes, à moins que tu ne le prennes pour mari.

Elle fit sa jolie moue de la lèvre inférieure.

— Je le prends, dit-elle.

Gringoire ici crut fermement qu'il n'avait fait qu'un rêve depuis le matin, et que ceci en était la suite.

La péripétie en effet, quoique gracieuse, était violente.

On détacha le nœud coulant, on fit descendre le poète de l'escabeau. Il fut obligé de s'asseoir, tant la commotion était vive.

Le duc d'Égypte, sans prononcer une parole, apporta une cruche d'argile. La bohémienne la présenta à Gringoire. — Jetez-la à terre, lui dit-elle.

La cruche se brisa en quatre morceaux.

— Frère, dit alors le duc d'Égypte en leur imposant les mains sur le front, elle est ta femme ; sœur, il est ton mari. Pour quatre ans. Allez.

VII

UNE NUIT DE NOCES

Au bout de quelques instants, notre poète se trouva dans une petite chambre voûtée en ogive, bien close, bien chaude, assis devant une table qui ne paraissait pas deman-

der mieux que de faire quelques emprunts à un garde-
manger suspendu tout auprès, ayant un bon lit en perspective, et tête à tête avec une jolie fille. L'aventure tenait de
l'enchantement. Il commençait à se prendre sérieusement
pour un personnage de conte de fées ; de temps en temps il
jetait les yeux autour de lui comme pour chercher si le char
de feu attelé de deux chimères ailées, qui avait seul pu le
transporter si rapidement du tartare au paradis, était encore
là. Par moments aussi il attachait obstinément son regard
aux trous de son pourpoint, afin de se cramponner à la
réalité et de ne pas perdre terre tout à fait. Sa raison, ballot-
tée dans les espaces imaginaires, ne tenait plus qu'à ce fil.

La jeune fille ne paraissait faire aucune attention à lui ;
elle allait, venait, dérangeait quelque escabelle, causait avec
sa chèvre, faisait sa moue çà et là. Enfin elle vint s'asseoir
près de la table, et Gringoire put la considérer à l'aise.

Vous avez été enfant, lecteur, et vous êtes peut-être assez
heureux pour l'être encore. Il n'est pas que vous n'ayez
plus d'une fois (et pour mon compte j'y ai passé des journées entières, les mieux employées de ma vie) suivi de
broussaille en broussaille, au bord d'une eau vive, par un
jour de soleil, quelque belle demoiselle verte ou bleue,
brisant son vol à angles brusques et baisant le bout de
toutes les branches. Vous vous rappelez avec quelle curiosité amoureuse votre pensée et votre regard s'attachaient à
ce petit tourbillon sifflant et bourdonnant, d'ailes de pourpre et d'azur, au milieu duquel flottait une forme insaisissable voilée par la rapidité même de son mouvement.
L'être aérien qui se dessinait confusément à travers ce
frémissement d'ailes vous paraissait chimérique, imaginaire, impossible à toucher, impossible à voir. Mais
lorsque enfin la demoiselle se reposait à la pointe d'un
roseau et que vous pouviez examiner, en retenant votre
souffle, les longues ailes de gaze, la longue robe d'émail,
les deux globes de cristal, quel étonnement n'éprouviez-
vous pas et quelle peur de voir de nouveau la forme s'en
aller en ombre et l'être en chimère! Rappelez-vous ces
impressions, et vous vous rendrez aisément compte de
ce que ressentait Gringoire en contemplant sous sa forme
visible et palpable cette Esmeralda qu'il n'avait entrevue
jusque-là qu'à travers un tourbillon de danse, de chant et
de tumulte.

Enfoncé de plus en plus dans sa rêverie, — Voilà donc,
se disait-il en la suivant vaguement des yeux, ce que c'est
que *la Esmeralda* ? une céleste créature! une danseuse des

rues! tant et si peu! C'est elle qui a donné le coup de grâce
à mon mystère ce matin, c'est elle qui me sauve la vie ce
soir. Mon mauvais génie! mon bon ange! — Une jolie
femme, sur ma parole! — et qui doit m'aimer à la folie
pour m'avoir pris de la sorte. — A propos, dit-il en se
levant tout à coup avec ce sentiment du vrai qui faisait le
fond de son caractère et de sa philosophie, je ne sais trop
comment cela se fait, mais je suis son mari!

Cette idée en tête et dans les yeux, il s'approcha de la
jeune fille d'une façon si militaire et si galante qu'elle
recula.

— Que me voulez-vous donc? dit-elle.

— Pouvez-vous me le demander, adorable Esmeralda?
répondit Gringoire avec un accent si passionné qu'il en
était étonné lui-même en s'entendant parler.

L'égyptienne ouvrit ses grands yeux. — Je ne sais pas ce
que vous voulez dire.

— Eh quoi! reprit Gringoire, s'échauffant de plus en
plus, et songeant qu'il n'avait affaire après tout qu'à une
vertu de la Cour des Miracles, ne suis-je pas à toi, douce
amie? n'es-tu pas à moi?

Et, tout ingénument, il lui prit la taille.

Le corsage de la bohémienne glissa dans ses mains
comme la robe d'une anguille. Elle sauta d'un bond à l'autre
bout de la cellule, se baissa, et se redressa, avec un petit
poignard à la main, avant que Gringoire eût eu seulement le
temps de voir d'où ce poignard sortait; irritée et fière,
les lèvres gonflées, les narines ouvertes, les joues rouges
comme une pomme d'api, les prunelles rayonnantes
d'éclairs. En même temps, la chevrette blanche se plaça
devant elle, et présenta à Gringoire un front de bataille,
hérissé de deux cornes jolies, dorées et fort pointues. Tout
cela se fit en un clin d'œil.

La demoiselle se faisait guêpe et ne demandait pas mieux
que de piquer.

Notre philosophe resta interdit, promenant tour à tour
de la chèvre à la jeune fille des regards hébétés.

— Sainte Vierge! dit-il enfin quand la surprise lui permit
de parler, voilà deux luronnes!

La bohémienne rompit le silence de son côté.

— Il faut que tu sois un drôle bien hardi!

— Pardon, mademoiselle, dit Gringoire en souriant.
Mais pourquoi donc m'avez-vous pris pour mari?

— Fallait-il te laisser pendre?

— Ainsi, reprit le poète un peu désappointé dans ses

espérances amoureuses, vous n'avez eu d'autre pensée en m'épousant que de me sauver du gibet ?

— Et quelle autre pensée veux-tu que j'aie eue ?

Gringoire se mordit les lèvres. — Allons, dit-il, je ne suis pas encore si triomphant en Cupido que je croyais. Mais alors, à quoi bon avoir cassé cette pauvre cruche ?

Cependant le poignard de la Esmeralda et les cornes de la chèvre étaient toujours sur la défensive.

— Mademoiselle Esmeralda, dit le poète, capitulons. Je ne suis pas clerc-greffier au Châtelet, et ne vous chicanerai pas de porter ainsi une dague dans Paris à la barbe des ordonnances et prohibitions de monsieur le prévôt. Vous n'ignorez pas pourtant que Noël Lescripvain a été condamné il y a huit jours en dix sols parisis pour avoir porté un braquemard. Or ce n'est pas mon affaire, et je viens au fait. Je vous jure sur ma part de paradis de ne pas vous approcher sans votre congé et permission ; mais donnez-moi à souper.

Au fond, Gringoire, comme M. Despréaux, était « très peu voluptueux ». Il n'était pas de cette espèce chevalière et mousquetaire qui prend les jeunes filles d'assaut. En matière d'amour, comme en toute autre affaire, il était volontiers pour les temporisations et les moyens termes ; et un bon souper, en tête à tête aimable, lui paraissait, surtout quand il avait faim, un entr'acte excellent entre le prologue et le dénoûment d'une aventure d'amour.

L'égyptienne ne répondit pas. Elle fit sa petite moue dédaigneuse, dressa la tête comme un oiseau, puis éclata de rire, et le poignard mignon disparut comme il était venu, sans que Gringoire pût voir où l'abeille cachait son aiguillon.

Un moment après, il y avait sur la table un pain de seigle, une tranche de lard, quelques pommes ridées et un broc de cervoise. Gringoire se mit à manger avec emportement. A entendre le cliquetis furieux de sa fourchette de fer et de son assiette de faïence, on eût dit que tout son amour s'était tourné en appétit.

La jeune fille assise devant lui le regardait faire en silence, visiblement préoccupée d'une autre pensée à laquelle elle souriait de temps en temps, tandis que sa douce main caressait la tête intelligente de la chèvre mollement pressée entre ses genoux.

Une chandelle de cire jaune éclairait cette scène de voracité et de rêverie.

Cependant, les premiers bêlements de son estomac apaisés, Gringoire sentit quelque fausse honte de voir qu'il ne restait plus qu'une pomme. — Vous ne mangez pas, mademoiselle Esmeralda?

Elle répondit par un signe de tête négatif, et son regard pensif alla se fixer à la voûte de la cellule.

De quoi diable est-elle occupée? pensa Gringoire, et regardant ce qu'elle regardait : — Il est impossible que ce soit la grimace de ce nain de pierre sculpté dans la clef de voûte qui absorbe ainsi son attention. Que diable! je puis soutenir la comparaison!

Il haussa la voix : — Mademoiselle!

Elle ne paraissait pas l'entendre.

Il reprit plus haut encore : — Mademoiselle Esmeralda!

Peine perdue. L'esprit de la jeune fille était ailleurs, et la voix de Gringoire n'avait pas la puissance de le rappeler. Heureusement la chèvre s'en mêla. Elle se mit à tirer doucement sa maîtresse par la manche : — Que veux-tu, Djali? dit vivement l'égyptienne, comme réveillée en sursaut.

— Elle a faim, dit Gringoire, charmé d'entamer la conversation.

La Esmeralda se mit à émietter du pain, que Djali mangeait gracieusement dans le creux de sa main.

Du reste Gringoire ne lui laissa pas le temps de reprendre sa rêverie. Il hasarda une question délicate.

— Vous ne voulez donc pas de moi pour votre mari?

La jeune fille le regarda fixement, et dit : — Non.

— Pour votre amant? reprit Gringoire.

Elle fit sa moue, et répondit : — Non.

— Pour votre ami? poursuivit Gringoire.

Elle le regarda encore fixement, et dit après un moment de réflexion : — Peut-être.

Ce *peut-être*, si cher aux philosophes, enhardit Gringoire.

— Savez-vous ce que c'est que l'amitié? demanda-t-il.

— Oui, répondit l'égyptienne. C'est être frère et sœur, deux âmes qui se touchent sans se confondre, les deux doigts de la main.

— Et l'amour? poursuivit Gringoire.

— Oh! l'amour! dit-elle, et sa voix tremblait, et son œil rayonnait. C'est être deux et n'être qu'un. Un homme et une femme qui se fondent en un ange. C'est le ciel.

La danseuse des rues était, en parlant ainsi, d'une beauté qui frappait singulièrement Gringoire, et lui semblait en rapport parfait avec l'exaltation presque orientale de ses paroles. Ses lèvres roses et pures souriaient à demi ; son front candide et serein devenait trouble par moments sous sa pensée, comme un miroir sous une haleine ; et de ses longs cils noirs baissés s'échappait une sorte de lumière ineffable qui donnait à son profil cette suavité idéale que Raphaël retrouva depuis au point d'intersection mystique de la virginité, de la maternité et de la divinité.

Gringoire n'en poursuivit pas moins.

— Comment faut-il donc être pour vous plaire ?

— Il faut être homme.

— Et moi, dit-il, qu'est-ce que je suis donc ?

— Un homme a le casque en tête, l'épée au poing et des éperons d'or aux talons.

— Bon, dit Gringoire, sans le cheval point d'homme.

— Aimez-vous quelqu'un ?

— D'amour ?

— D'amour.

Elle resta un moment pensive, puis elle dit avec une expression particulière : — Je saurai cela bientôt.

— Pourquoi pas ce soir ? reprit alors tendrement le poète. Pourquoi pas moi ?

Elle lui jeta un coup d'œil grave.

— Je ne pourrai aimer qu'un homme qui pourra me protéger.

Gringoire rougit et se le tint pour dit. Il était évident que la jeune fille faisait allusion au peu d'appui qu'il lui avait prêté dans la circonstance critique où elle s'était trouvée deux heures auparavant. Ce souvenir, effacé par ses autres aventures de la soirée, lui revint. Il se frappa le front.

— A propos, mademoiselle, j'aurais dû commencer par là. Pardonnez-moi mes folles distractions. Comment donc avez-vous fait pour échapper aux griffes de Quasimodo ?

Cette question fit tressaillir la bohémienne.

— Oh ! l'horrible bossu ! dit-elle en se cachant le visage dans ses mains ; et elle frissonnait comme dans un grand froid.

— Horrible en effet ! dit Gringoire qui ne lâchait pas son idée ; mais comment avez-vous pu lui échapper ?

La Esmeralda sourit, soupira, et garda le silence.

— Savez-vous pourquoi il vous avait suivie ? reprit Gringoire, tâchant de revenir à sa question par un détour.

— Je ne sais pas, dit la jeune fille. Et elle ajouta vivement : Mais vous qui me suiviez aussi, pourquoi me suiviez-vous ?

— En bonne foi, répondit Gringoire, je ne sais pas non plus.

Il y eut un silence. Gringoire tailladait la table avec son couteau. La jeune fille souriait et semblait regarder quelque chose à travers le mur. Tout à coup elle se prit à chanter d'une voix à peine articulée :

> Quando las pintadas aves
> Mudas están, y la tierra...

Elle s'interrompit brusquement, et se mit à caresser Djali.

— Vous avez là une jolie bête, dit Gringoire.

— C'est ma sœur, répondit-elle.

— Pourquoi vous appelle-t-on *la Esmeralda* ? demanda le poète.

— Je n'en sais rien.

— Mais encore ?

Elle tira de son sein une espèce de petit sachet oblong suspendu à son cou par une chaîne de grains d'adrézarach. Ce sachet exhalait une forte odeur de camphre. Il était recouvert de soie verte, et portait à son centre une grosse verroterie verte, imitant l'émeraude.

— C'est peut-être à cause de cela, dit-elle.

Gringoire voulut prendre le sachet. Elle recula. — N'y touchez pas. C'est une amulette ; tu ferais mal au charme, ou le charme à toi.

La curiosité du poète était de plus en plus éveillée.

— Qui vous l'a donnée ?

Elle mit un doigt sur sa bouche et cacha l'amulette dans son sein. Il essaya d'autres questions, mais elle répondait à peine.

— Que veut dire ce mot : *la Esmeralda* ?

— Je ne sais pas, dit-elle.

— A quelle langue appartient-il ?

— C'est de l'égyptien, je crois.

— Je m'en étais douté, dit Gringoire, vous n'êtes pas de France ?

— Je n'en sais rien.

— Avez-vous vos parents ?

Elle se mit à chanter sur un vieil air :

> Mon père est oiseau,
> Ma mère est oiselle,
> Je passe l'eau sans nacelle,
> Je passe l'eau sans bateau.
> Ma mère est oiselle,
> Mon père est oiseau.

— C'est bon, dit Gringoire. A quel âge êtes-vous venue en France ?

— Toute petite.

— A Paris ?

— L'an dernier. Au moment où nous entrions par la Porte-Papale, j'ai vu filer en l'air la fauvette de roseaux ; c'était à la fin d'août ; j'ai dit : L'hiver sera rude.

— Il l'a été, dit Gringoire, ravi de ce commencement de conversation ; je l'ai passé à souffler dans mes doigts. Vous avez donc le don de prophétie ?

Elle retomba dans son laconisme.

— Non.

— Cet homme que vous nommez le duc d'Égypte, c'est le chef de votre tribu ?

— Oui.

— C'est pourtant lui qui nous a mariés, observa timidement le poète.

Elle fit sa jolie grimace habituelle. — Je ne sais seulement pas ton nom.

— Mon nom ? si vous le voulez, le voici : Pierre Gringoire.

— J'en sais un plus beau, dit-elle.

— Mauvaise ! reprit le poète. N'importe, vous ne m'irriterez pas. Tenez, vous m'aimerez peut-être en me connaissant mieux ; et puis vous m'avez conté votre histoire avec tant de confiance que je vous dois un peu la mienne. Vous saurez donc que je m'appelle Pierre Gringoire, et que je suis fils du fermier du tabellionage de Gonesse. Mon père a été pendu par les bourguignons et ma mère éventrée par les picards, lors du siège de Paris, il y a vingt ans. A six ans donc, j'étais orphelin, n'ayant pour semelle à mes pieds que le pavé de Paris. Je ne sais comment j'ai franchi l'intervalle de six à seize. Une fruitière me donnait une prune par-ci, un talmellier me jetait une croûte par-là ; le soir je me faisais ramasser par les onze-vingts qui me mettaient en prison, et je trouvais là une botte de paille. Tout cela ne m'a pas empêché de grandir et de maigrir, comme vous voyez. L'hiver, je me chauffais au soleil, sous le porche de l'hôtel de Sens, et je trouvais fort ridicule que le feu de la Saint-Jean fût réservé pour la canicule. A seize ans, j'ai voulu prendre un état. Successivement j'ai tâté de tout. Je me suis fait soldat ; mais je n'étais pas assez brave. Je me suis fait moine ; mais je n'étais pas assez dévot. Et puis, je bois mal. De désespoir, j'entrai apprenti parmi les charpentiers de la grande cognée ; mais je n'étais pas assez fort. J'avais plus de penchant pour être maître d'école ; il est vrai que je ne savais pas lire ; mais ce n'est pas une raison. Je m'aperçus au bout d'un certain temps qu'il me manquait quelque chose pour tout ; et voyant que je n'étais bon à rien je me fis de mon plein gré poète et compositeur de rythmes. C'est un état qu'on peut toujours prendre quand on est vagabond, et cela vaut mieux que de voler, comme me le conseillaient quelques jeunes fils brigandiniers de mes amis. Je rencontrai par bonheur un beau jour dom Claude Frollo, le révérend archidiacre de Notre-Dame. Il prit intérêt à moi, et c'est à lui que je dois d'être aujourd'hui un véritable lettré, sachant le latin depuis les Offices de Cicero jusqu'au Mortuologe des pères célestins, et n'étant barbare ni en scolastique, ni en poétique, ni en rythmique, ni même en hermétique, cette sophie des sophies. C'est moi qui suis l'auteur du mystère qu'on a représenté aujourd'hui avec grand triomphe et grand concours de populace en pleine grand'salle du Palais. J'ai fait aussi un livre qui aura six cents pages sur la comète prodigieuse de 1465 dont un homme devint fou. J'ai eu encore d'autres succès. Étant un peu menuisier d'artillerie, j'ai travaillé à cette grosse bombarde de Jean Maugue, que vous savez qui a crevé au Pont de Charenton le jour où l'on en a fait l'essai, et tué vingt-quatre curieux. Vous voyez que je ne suis pas un méchant parti de mariage. Je sais bien des façons de tours fort avenants que j'enseignerai à votre chèvre ; par exemple, à contrefaire l'évêque de Paris, ce maudit pharisien dont les moulins éclaboussent les passants tout le long du Pont-aux-Meuniers. Et puis, mon mystère me rapportera beaucoup d'argent monnayé, si l'on me le paie. Enfin, je suis à vos ordres, moi, et mon esprit, et ma science, et mes lettres, prêt à vivre avec vous, damoiselle, comme il vous plaira, chastement ou joyeusement, mari et femme, si vous le trouvez bon, frère et sœur, si vous le trouvez mieux.

Gringoire se tut, attendant l'effet de sa harangue sur la jeune fille. Elle avait les yeux fixés à terre.

— *Phœbus*, disait-elle à mi-voix. Puis se tournant vers le poète : — *Phœbus*, qu'est-ce que cela veut dire ?

Gringoire, sans trop comprendre quel rapport il pouvait y avoir entre son allocution et cette question, ne fut pas fâché de faire briller son érudition. Il répondit en se rengorgeant : — C'est un mot latin qui veut dire *soleil*.

— Soleil! reprit-elle.

— C'est le nom d'un très bel archer, qui était dieu, ajouta Gringoire.

— Dieu! répéta l'égyptienne. Et il y avait dans son accent quelque chose de pensif et de passionné.

En ce moment, un de ses bracelets se détacha et tomba. Gringoire se baissa vivement pour le ramasser. Quand il se releva, la jeune fille et la chèvre avaient disparu. Il entendit le bruit d'un verrou. C'était une petite porte communiquant sans doute à une cellule voisine, qui se fermait en dehors.

— M'a-t-elle au moins laissé un lit? dit notre philosophe.

Il fit le tour de la cellule. Il n'y avait de meuble propre au sommeil qu'un assez long coffre de bois, et encore le couvercle en était-il sculpté, ce qui procura à Gringoire, quand il s'y étendit, une sensation à peu près pareille à celle qu'éprouverait Micromégas en se couchant tout de son long sur les Alpes.

— Allons, dit-il en s'y accommodant de son mieux. Il faut se résigner. Mais voilà une étrange nuit de noces. C'est dommage. Il y avait dans ce mariage à la cruche cassée quelque chose de naïf et d'antédiluvien qui me plaisait.

LIVRE TROISIÈME

I

NOTRE-DAME

Sans doute c'est encore aujourd'hui un majestueux et sublime édifice que l'église de Notre-Dame de Paris. Mais, si belle qu'elle se soit conservée en vieillissant, il est difficile de ne pas soupirer, de ne pas s'indigner devant les dégradations, les mutilations sans nombre que simultanément le temps et les hommes ont fait subir au vénérable monument, sans respect pour Charlemagne qui en avait posé la première pierre, pour Philippe Auguste qui en avait posé la dernière.

Sur la face de cette vieille reine de nos cathédrales, à côté d'une ride on trouve toujours une cicatrice. *Tempus edax, homo edacior.* Ce que je traduirais volontiers ainsi : le temps est aveugle, l'homme est stupide.

Si nous avions le loisir d'examiner une à une avec le lecteur les diverses traces de destruction imprimées à l'antique église, la part du temps serait la moindre, la pire celle des hommes, surtout des hommes de l'art. Il faut bien que je dise *des hommes de l'art*, puisqu'il y a eu des individus qui ont pris la qualité d'architectes dans les deux siècles derniers.

Et d'abord, pour ne citer que quelques exemples capitaux, il est, à coup sûr, peu de plus belles pages architecturales que cette façade où, successivement et à la fois, les trois portails creusés en ogive, le cordon brodé et dentelé des vingt-huit niches royales, l'immense rosace centrale flanquée de ses deux fenêtres latérales comme le prêtre du diacre et du sous-diacre, la haute et frêle galerie d'arcades à trèfle qui porte une lourde plate-forme sur ses fines

colonnettes, enfin les deux noires et massives tours avec
leurs auvents d'ardoise, parties harmonieuses d'un tout
magnifique, superposées en cinq étages gigantesques, se
développent à l'œil, en foule et sans trouble, avec leurs
innombrables détails de statuaire, de sculpture et de ciselure, ralliés puissamment à la tranquille grandeur de
l'ensemble ; vaste symphonie en pierre, pour ainsi dire ;
œuvre colossale d'un homme et d'un peuple, tout ensemble
une et complexe comme les Iliades et les Romanceros
dont elle est sœur ; produit prodigieux de la cotisation
de toutes les forces d'une époque, où sur chaque pierre on
voit saillir en cent façons la fantaisie de l'ouvrier disciplinée
par le génie de l'artiste ; sorte de création humaine, en un
mot, puissante et féconde comme la création divine dont
elle semble avoir dérobé le double caractère : variété,
éternité.

Et ce que nous disons ici de la façade, il faut le dire de
l'église entière ; et ce que nous disons de l'église cathédrale
de Paris, il faut le dire de toutes les églises de la chrétienté
au moyen âge. Tout se tient dans cet art venu de lui-même,
logique et bien proportionné. Mesurer l'orteil du pied, c'est
mesurer le géant.

Revenons à la façade de Notre-Dame, telle qu'elle nous
apparaît encore à présent, quand nous allons pieusement
admirer la grave et puissante cathédrale, qui terrifie, au
dire de ses chroniqueurs : *quæ mole sua terrorem incutit
spectantibus.*

Trois choses importantes manquent aujourd'hui à cette
façade. D'abord le degré de onze marches qui l'exhaussait
jadis au-dessus du sol ; ensuite la série inférieure de statues qui occupait les niches des trois portails, et la série
supérieure des vingt-huit plus anciens rois de France,
qui garnissait la galerie du premier étage, à partir de
Childebert jusqu'à Philippe Auguste, tenant en main « la
pomme impériale ».

Le degré, c'est le temps qui l'a fait disparaître en élevant
d'un progrès irrésistible et lent le niveau du sol de la Cité.
Mais, tout en faisant dévorer une à une, par cette marée
montante du pavé de Paris, les onze marches qui ajoutaient
à la hauteur majestueuse de l'édifice, le temps a rendu à
l'église plus peut-être qu'il ne lui a ôté, car c'est le temps
qui a répandu sur la façade cette sombre couleur des siècles
qui fait de la vieillesse des monuments l'âge de leur beauté.

Mais qui a jeté bas les deux rangs de statues ? qui a laissé
les niches vides ? qui a taillé au beau milieu du portail cen-

tral cette ogive neuve et bâtarde ? qui a osé y encadrer cette
fade et lourde porte de bois sculpté à la Louis XV à côté des
arabesques de Biscornette ? Les hommes ; les architectes,
les artistes de nos jours.

Et si nous entrons dans l'intérieur de l'édifice, qui a renversé ce colosse de saint Christophe, proverbial parmi les
statues au même titre que la grand'salle du Palais parmi les
halles, que la flèche de Strasbourg parmi les clochers ? Et
ces myriades de statues qui peuplaient tous les entre-colonnements de la nef et du chœur, à genoux, en pied, équestres,
hommes, femmes, enfants, rois, évêques, gendarmes, en
pierre, en marbre, en or, en argent, en cuivre, en cire même,
qui les a brutalement balayées ? Ce n'est pas le temps.

Et qui a substitué au vieil autel gothique, splendidement
encombré de châsses et de reliquaires ce lourd sarcophage
de marbre à têtes d'anges et à nuages, lequel semble un
échantillon dépareillé du Val-de-Grâce ou des Invalides ?
Qui a bêtement scellé ce lourd anachronisme de pierre dans
le pavé carlovingien de Hercandus ? N'est-ce pas Louis XIV
accomplissant le vœu de Louis XIII ?

Et qui a mis de froides vitres blanches à la place de ces
vitraux « hauts en couleur » qui faisaient hésiter l'œil
émerveillé de nos pères entre la rose du grand portail et les
ogives de l'abside ? Et que dirait un sous-chantre du seizième siècle, en voyant le beau badigeonnage jaune dont nos
vandales archevêques ont barbouillé leur cathédrale ? Il se
souviendrait que c'était la couleur dont le bourreau brossait
les édifices *scélérés ;* il se rappellerait l'hôtel du Petit-Bourbon, tout englué de jaune aussi pour la trahison du connétable, « jaune après tout de si bonne trempe, dit Sauval, et
si bien recommandé, que plus d'un siècle n'a pu encore lui
faire perdre sa couleur ». Il croirait que le lieu saint est
devenu infâme, et s'enfuirait.

Et si nous montons sur la cathédrale, sans nous arrêter à
mille barbaries de tout genre, qu'a-t-on fait de ce charmant
petit clocher qui s'appuyait sur le point d'intersection de la
croisée, et qui, non moins frêle et non moins hardi que sa
voisine la flèche (détruite aussi) de la Sainte-Chapelle,
s'enfonçait dans le ciel plus avant que les tours, élancé, aigu,
sonore, découpé à jour ? Un architecte de bon goût (1787)
l'a amputé et a cru qu'il suffisait de masquer la plaie avec
ce large emplâtre de plomb qui ressemble au couvercle
d'une marmite.

C'est ainsi que l'art merveilleux du moyen âge a été traité
presque en tout pays, surtout en France. On peut distinguer

sur sa ruine trois sortes de lésions qui toutes trois l'enta-
ment à différentes profondeurs : le temps d'abord, qui a
insensiblement ébréché çà et là et rouillé partout sa surface ;
ensuite, les évolutions politiques et religieuses, lesquelles
aveugles et colères de leur nature, se sont ruées en tumulte
sur lui, ont déchiré son riche habillement de sculptures et
de ciselures, crevé ses rosaces, brisé ses colliers d'arabesques
et de figurines, arraché ses statues, tantôt pour leur mitre,
tantôt pour leur couronne ; enfin, les modes, de plus en
plus grotesques et sottes, qui depuis les anarchiques et
splendides déviations de *la renaissance*, se sont succédé
dans la décadence nécessaire de l'architecture. Les modes
ont fait plus de mal que les révolutions. Elles ont tranché
dans le vif, elles ont attaqué la charpente osseuse de l'art,
elles ont coupé, taillé, désorganisé, tué l'édifice, dans la
forme comme dans le symbole, dans sa logique comme
dans sa beauté. Et puis, elles ont refait ; prétention que
n'avaient eue du moins ni le temps, ni les révolutions. Elles
ont effrontément ajusté, de par *le bon goût*, sur les blessures
de l'architecture gothique, leurs misérables colifichets
d'un jour, leurs rubans de marbre, leurs pompons de
métal, véritable lèpre d'oves, de volutes, d'entournements,
de draperies, de guirlandes, de franges, de flammes de
pierre, de nuages de bronze, d'amours replets, de chérubins
bouffis, qui commence à dévorer la face de l'art dans l'ora-
toire de Catherine de Médicis, et le fait expirer, deux
siècles après, tourmenté et grimaçant, dans le boudoir de
la Dubarry.

Ainsi, pour résumer les points que nous venons d'indiquer, trois sortes de ravages défigurent aujourd'hui l'architecture gothique. Rides et verrues à l'épiderme, c'est
l'œuvre du temps ; voies de fait, brutalités, contusions,
fractures, c'est l'œuvre des révolutions depuis Luther
jusqu'à Mirabeau. Mutilations, amputations, dislocation
de la membrure, *restaurations*, c'est le travail grec, romain
et barbare des professeurs selon Vitruve et Vignole. Cet art
magnifique que les vandales avaient produit, les académies
l'ont tué. Aux siècles, aux révolutions qui dévastent du
moins avec impartialité et grandeur, est venue s'adjoindre
la nuée des architectes d'école, patentés, jurés et asser-
mentés, dégradant avec le discernement et le choix du
mauvais goût, substituant les chicorées de Louis XV aux
dentelles gothiques pour la plus grande gloire du Parthénon. C'est le coup de pied de l'âne au lion mourant. C'est
le vieux chêne qui se couronne, et qui, pour comble,

est piqué, mordu, déchiqueté par les chenilles.

Qu'il y a loin de là à l'époque où Robert Cenalis, comparant Notre-Dame de Paris à ce fameux temple de Diane à Éphèse, *tant réclamé par les anciens païens*, qui a immortalisé Érostrate, trouvait la cathédrale gauloise « plus excellente en longueur, largeur, haulteur et structure * » !

Notre-Dame de Paris n'est point du reste ce qu'on peut appeler un monument complet, défini, classé. Ce n'est plus une église romane, ce n'est pas encore une église gothique. Cet édifice n'est pas un type. Notre-Dame de Paris n'a point, comme l'abbaye de Tournus, la grave et massive carrure, la ronde et large voûte, la nudité glaciale, la majestueuse simplicité des édifices qui ont le plein cintre pour générateur. Elle n'est pas, comme la cathédrale de Bourges, le produit magnifique, léger, multiforme, touffu, hérissé, efflorescent de l'ogive. Impossible de la ranger dans cette antique famille d'églises sombres, mystérieuses, basses et comme écrasées par le plein cintre ; presque égyptiennes au plafond près ; toutes hiéroglyphiques, toutes sacerdotales, toutes symboliques ; plus chargées dans leurs ornements de losanges et de zigzags que de fleurs, de fleurs que d'animaux, d'animaux que d'hommes ; œuvre de l'architecte moins que de l'évêque ; première transformation de l'art, tout empreinte de discipline théocratique et militaire, qui prend racine dans le bas-empire et s'arrête à Guillaume le Conquérant. Impossible de placer notre cathédrale dans cette autre famille d'églises hautes, aériennes, riches de vitraux et de sculptures ; aiguës de formes, hardies d'attitudes ; communales et bourgeoises comme symboles politiques libres, capricieuses, effrénées, comme œuvre d'art ; seconde transformation de l'architecture, non plus hiéroglyphique, immuable et sacerdotale, mais artiste, progressive et populaire, qui commence au retour des croisades et finit à Louis XI. Notre-Dame de Paris n'est pas de pure race romaine comme les premières, ni de pure race arabe comme les secondes.

C'est un édifice de la transition. L'architecte saxon achevait de dresser les premiers piliers de la nef, lorsque l'ogive qui arrivait de la croisade est venue se poser en conquérante sur ces larges chapiteaux romans qui ne devaient porter que des pleins cintres. L'ogive, maîtresse dès lors, a construit le reste de l'église. Cependant, inexpérimentée et timide à son début, elle s'évase, s'élargit, se contient, et

* *Histoire gallicane*, liv. II, perioche 3, f° 130, p. 1 [*Note de V. H.*]

n'ose s'élancer encore en flèches et en lancettes comme elle
l'a fait plus tard dans tant de merveilleuses cathédrales. On
dirait qu'elle se ressent du voisinage des lourds piliers
romans.

D'ailleurs, ces édifices de la transition du roman au
gothique ne sont pas moins précieux à étudier que les types
purs. Ils expriment une nuance de l'art qui serait perdue
sans eux. C'est la greffe de l'ogive sur le plein cintre.

Notre-Dame de Paris est en particulier un curieux échantillon de cette variété. Chaque face, chaque pierre du vénérable monument est une page non seulement de l'histoire
du pays, mais encore de l'histoire de la science et de l'art.
Ainsi, pour n'indiquer ici que les détails principaux, tandis
que la petite Porte-Rouge atteint presque aux limites des
délicatesses gothiques du quinzième siècle, les piliers de la
nef, par leur volume et leur gravité, reculent jusqu'à
l'abbaye carlovingienne de Saint-Germain-des-Prés. On
croirait qu'il y a six sèicles entre cette porte et ces piliers. Il
n'est pas jusqu'aux hermétiques qui ne trouvent dans les
symboles du grand portail un abrégé satisfaisant de leur
science, dont l'église de Saint-Jacques-de-la-Boucherie
était un hiéroglyphe si complet. Ainsi, l'abbaye romane,
l'église philosophale, l'art gothique, l'art saxon, le lourd
pilier rond qui rappelle Grégoire VII, le symbolisme hermétique par lequel Nicolas Flamel préludait à Luther,
l'unité papale, le schisme, Saint-Germain-des-Prés, Saint-
Jacques-de-la-Boucherie, tout est fondu, combiné, amalgamé dans Notre-Dame. Cette église centrale et génératrice
est parmi les vieilles églises de Paris une sorte de chimère ;
elle a la tête de l'une, les membres de celle-là, la croupe de
l'autre ; quelque chose de toutes.

Nous le répétons, ces constructions hybrides ne sont pas
les moins intéressantes pour l'artiste, pour l'antiquaire,
pour l'historien. Elles font sentir à quel point l'architecture est chose primitive, en ce qu'elles démontrent, ce que
démontrent aussi les vestiges cyclopéens, les pyramides
d'Égypte, les gigantesques pagodes hindoues, que les plus
grands produits de l'architecture sont moins des œuvres
individuelles que des œuvres sociales ; plutôt l'enfantement
des peuples en travail que le jet des hommes de génie ; le
dépôt que laisse une nation ; les entassements que font les
siècles ; le résidu des évaporations successives de la société
humaine ; en un mot, des espèces de formations. Chaque
flot du temps superpose son alluvion, chaque race dépose
sa couche sur le monument, chaque individu apporte sa

pierre. Ainsi font les castors, ainsi font les abeilles, ainsi font les hommes. Le grand symbole de l'architecture, Babel, est une ruche.

Les grands édifices, comme les grandes montagnes, sont l'ouvrage des siècles. Souvent l'art se transforme qu'ils pendent encore : *pendent opera interrupta ;* ils se continuent paisiblement selon l'art transformé. L'art nouveau prend le monument où il le trouve, s'y incruste, se l'assimile, le développe à sa fantaisie et l'achève s'il peut. La chose s'accomplit sans trouble, sans effort, sans réaction, suivant une loi naturelle et tranquille. C'est une greffe qui survient, une sève qui circule, une végétation qui reprend. Certes, il y a matière à bien gros livres et souvent histoire universelle de l'humanité, dans ces soudures successives de plusieurs arts à plusieurs hauteurs sur le même monument. L'homme, l'artiste, l'individu s'effacent sur ces grandes masses sans nom d'auteur ; l'intelligence humaine s'y résume et s'y totalise. Le temps est l'architecte, le peuple est le maçon.

A n'envisager ici que l'architecture européenne chrétienne, cette sœur puînée des grandes maçonneries de l'Orient, elle apparaît aux yeux comme une immense formation divisée en trois zones bien tranchées qui se superposent : la zone romane * la zone gothique, la zone de la renaissance, que nous appellerions volontiers gréco-romaine. La couche romane, qui est la plus ancienne et la plus profonde, est occupée par le plein cintre, qui reparaît porté par la colonne grecque dans la couche moderne et supérieure de la renaissance. L'ogive est entre deux. Les édifices qui appartiennent exclusivement à l'une de ces trois couches sont parfaitement distincts, uns et complets. C'est l'abbaye de Jumièges, c'est la cathédrale de Reims, c'est Sainte-Croix d'Orléans. Mais les trois zones se mêlent et s'amalgament par les bords, comme les couleurs dans le spectre solaire. De là les monuments complexes, les édifices de nuance et de transition. L'un est roman par les pieds, gothique au milieu, gréco-romain par la tête. C'est qu'on a mis six cents ans à le bâtir. Cette variété est rare. Le donjon

---

* C'est la même qui s'appelle aussi, selon les lieux, les climats et les espèces, lombarde, saxonne et byzantine. Ce sont quatre architectures sœurs et parallèles, ayant chacune leur caractère particulier, mais dérivant du même principe, le plein cintre.
Facies non omnibus una,
Non diversa tamen, qualem, etc.
[*Note de V. H.*]

d'Etampes en est un échantillon. Mais les monuments de deux formations sont plus fréquents. C'est Notre-Dame de Paris, édifice ogival, qui s'enfonce par ses premiers piliers dans cette zone romane où sont plongés le portail de Saint-Denis et la nef de Saint-Germain-des-Prés. C'est la charmante salle capitulaire demi-gothique de Bocherville à laquelle la couche romane vient jusqu'à mi-corps. C'est la cathédrale de Rouen qui serait entièrement gothique si elle ne baignait pas l'extrémité de sa flèche centrale dans la zone de la renaissance *.

Du reste, toutes ces nuances, toutes ces différences n'affectent que la surface des édifices. C'est l'art qui a changé de peau. La constitution même de l'église chrétienne n'en est pas attaquée. C'est toujours la même charpente intérieure, la même disposition logique des parties. Quelle que soit l'enveloppe sculptée et brodée d'une cathédrale, on retrouve toujours dessous, au moins à l'état de germe et de rudiment, la basilique romaine. Elle se développe éternellement sur le sol selon la même loi. Ce sont imperturbablement deux nefs qui s'entrecoupent en croix, et dont l'extrémité supérieure arrondie en abside forme le chœur ; ce sont toujours des bas-côtés, pour les processions intérieures, pour les chapelles, sortes de promenoirs latéraux où la nef principale se dégorge par les entrecolonnements. Cela posé, le nombre des chapelles, des portails, des clochers, des aiguilles, se modifie à l'infini, suivant la fantaisie du siècle, du peuple, de l'art. Le service du culte une fois pourvu et assuré, l'architecture fait ce que bon lui semble. Statues, vitraux, rosaces, arabesques, dentelures, chapiteaux, bas-reliefs, elle combine toutes ces imaginations selon le logarithme qui lui convient. De là la prodigieuse variété extérieure de ces édifices au fond desquels réside tant d'ordre et d'unité. Le tronc de l'arbre est immuable, la végétation est capricieuse.

II

PARIS A VOL D'OISEAU

Nous venons d'essayer de réparer pour le lecteur cette admirable église de Notre-Dame de Paris. Nous avons

* Cette partie de la flèche, qui était en charpente, est précisément celle qui a été consumée par le feu du ciel en 1823. [*Note de V. H.*]

indiqué sommairement la plupart des beautés qu'elle avait au quinzième siècle et qui lui manquent aujourd'hui ; mais nous avons omis la principale, c'est la vue du Paris qu'on découvrait alors du haut de ses tours.

C'était en effet, quand, après avoir tâtonné longtemps dans la ténébreuse spirale qui perce perpendiculairement l'épaisse muraille des clochers, on débouchait enfin brusquement sur l'une des deux hautes plates-formes, inondées de jour et d'air, c'était un beau tableau que celui qui se déroulait à la fois de toutes parts sous vos yeux ; un spectacle *sui generis*, dont peuvent aisément se faire une idée ceux de nos lecteurs qui ont eu le bonheur de voir une ville gothique entière, complète, homogène, comme il en reste encore quelques-unes, Nuremberg en Bavière, Vittoria en Espagne ; ou même de plus petits échantillons, pourvu qu'ils soient bien conservés, Vitré en Bretagne, Nordhausen en Prusse.

Le Paris d'il y a trois cent cinquante ans, le Paris du quinzième siècle était déjà une ville géante. Nous nous trompons en général, nous autres Parisiens, sur le terrain que nous croyons avoir gagné depuis. Paris, depuis Louis XI, ne s'est pas accru de beaucoup plus d'un tiers. Il a, certes, bien plus perdu en beauté qu'il n'a gagné en grandeur.

Paris est né, comme on sait, dans cette vieille île de la Cité qui a la forme d'un berceau. La grève de cette île fut sa première enceinte, la Seine son premier fossé. Paris demeura plusieurs siècles à l'état d'île, avec deux ponts, l'un au nord, l'autre au midi, et deux têtes de pont, qui étaient à la fois ses portes et ses forteresses, le Grand-Châtelet sur la rive droite, le Petit-Châtelet sur la rive gauche. Puis, dès les rois de la première race, trop à l'étroit dans son île, et ne pouvant plus s'y retourner, Paris passa l'eau. Alors, au delà du Grand, au delà du Petit-Châtelet, une première enceinte de murailles et de tours commença à entamer la campagne des deux côtés de la Seine. De cette ancienne clôture il restait encore au siècle dernier quelques vestiges ; aujourd'hui il n'en reste que le souvenir, et çà et là une tradition, la Porte Baudets ou Baudoyer, *Porta Bagauda*. Peu à peu, le flot des maisons, toujours poussé du cœur de la ville au dehors, déborde, ronge, use et efface cette enceinte. Philippe Auguste lui fait une nouvelle digue. Il emprisonne Paris dans une chaîne circulaire de grosses tours, hautes et solides. Pendant plus d'un siècle, les maisons se pressent, s'accumulent et haussent leur niveau dans ce bassin comme l'eau dans un réservoir. Elles commencent à devenir profondes, elles mettent étages sur étages, elles montent les unes sur les autres, elles jaillissent en hauteur comme toute sève comprimée, et c'est à qui passera la tête par-dessus ses voisines pour avoir un peu d'air. La rue de plus en plus se creuse et se rétrécit ; toute place se comble et disparaît. Les maisons enfin sautent par-dessus le mur de Philippe Auguste, et s'éparpillent joyeusement dans la plaine sans ordre et tout de travers, comme des échappées. Là, elles se carrent, se taillent des jardins dans les champs, prennent leurs aises. Dès 1367, la ville se répand tellement dans le faubourg qu'il faut une nouvelle clôture, surtout sur la rive droite. Charles V la bâtit. Mais une ville comme Paris est dans une crue perpétuelle. Il n'y a que ces villes-là qui deviennent capitales. Ce sont des entonnoirs où viennent aboutir tous les versants géographiques, politiques, moraux, intellectuels d'un pays, toutes les pentes naturelles d'un peuple ; des puits de civilisation, pour ainsi dire, et aussi des égouts, où commerce, industrie, intelligence, population, tout ce qui est sève, tout ce qui est vie, tout ce qui est âme dans une nation, filtre et s'amasse sans cesse goutte à goutte, siècle à siècle. L'enceinte de Charles V a donc le sort de l'enceinte de Philippe Auguste. Dès la fin du quinzième siècle, elle est enjambée, dépassée, et le faubourg court plus loin. Au seizième, il semble qu'elle recule à vue d'œil et s'enfonce de plus en plus dans la vieille ville, tant une ville neuve s'épaissit déjà au dehors. Ainsi, dès le quinzième siècle, pour nous arrêter là, Paris avait déjà usé les trois cercles concentriques de murailles qui, du temps de Julien l'Apostat, étaient, pour ainsi dire, en germe dans le Grand-Châtelet et le Petit-Châtelet. La puissante ville avait fait craquer successivement ses quatre ceintures de murs, comme un enfant qui grandit et qui crève ses vêtements de l'an passé. Sous Louis XI, on voyait, par places, percer, dans cette mer de maisons, quelques groupes de tours en ruine des anciennes enceintes, comme les pitons des collines dans une inondation, comme des archipels du vieux Paris submergé sous le nouveau.

Depuis lors, Paris s'est encore transformé, malheureusement pour nos yeux ; mais il n'a franchi qu'une enceinte de plus, celle de Louis XV, ce misérable mur de boue et de crachat, digne du roi qui l'a bâti, digne du poète qui l'a chanté :

Le mur murant Paris rend Paris murmurant.

Au quinzième siècle, Paris était encore divisé en trois villes tout à fait distinctes et séparées, ayant chacune leur physionomie, leur spécialité, leurs mœurs, leurs coutumes, leurs privilèges, leur histoire : la Cité, l'Université, la Ville. La Cité, qui occupait l'île, était la plus ancienne, la moindre, et la mère des deux autres, resserrée entre elles, qu'on nous passe la comparaison, comme une petite vieille entre deux grandes belles filles. L'Université couvrait la rive gauche de la Seine, depuis la Tournelle jusqu'à la Tour de Nesle, points qui correspondent dans le Paris d'aujourd'hui l'un à la Halle aux vins, l'autre à la Monnaie. Son enceinte échancrait assez largement cette campagne où Julien avait bâti ses thermes. La montagne de Sainte-Geneviève y était renfermée. Le point culminant de cette courbe de murailles était la Porte-Papale, c'est à-dire à peu près l'emplacement actuel du Panthéon. La Ville, qui était le plus grand des trois morceaux de Paris, avait la rive droite. Son quai, rompu toutefois ou interrompu en plusieurs endroits, courait le long de la Seine, de la Tour de Billy à la Tour du Bois, c'est-à-dire de l'endroit où est aujourd'hui le Grenier d'abondance à l'endroit où sont aujourd'hui les Tuileries. Ces quatre points où la Seine coupait l'enceinte de la capitale, la Tournelle et la Tour de Nesle à gauche, la Tour de Billy et la Tour du Bois à droite, s'appelaient par excellence *les quatre tours de Paris*. La Ville entrait dans les terres plus profondément encore que l'Université. Le point culminant de la clôture de la Ville (celle de Charles V) était aux portes Saint-Denis et Saint-Martin dont l'emplacement n'a pas changé.

Comme nous venons de le dire, chacune de ces trois grandes divisions de Paris était une ville, mais une ville trop spéciale pour être complète, une ville qui ne pouvait se passer des deux autres. Aussi trois aspects parfaitement à part. Dans la Cité abondaient les églises, dans la Ville les palais, dans l'Université les collèges. Pour négliger ici les originalités secondaires du vieux Paris et les caprices du droit de voirie, nous dirons, d'un point de vue général, en ne prenant que les ensembles et les masses dans le chaos des juridictions communales, que l'île était à l'évêque, la rive droite au prévôt des marchands, la rive gauche au recteur. Le prévôt de Paris, officier royal et non municipal, sur le tout. La Cité avait Notre-Dame, la Ville le Louvre et l'Hôtel de Ville, l'Université la Sorbonne. La Ville avait les Halles, la Cité l'Hôtel-Dieu, l'Université le Pré-aux-Clercs. Le délit que les écoliers commettaient sur la rive gauche,

dans leur Pré-aux-Clercs, on le jugeait dans l'île, au
Palais de Justice, et on le punissait sur la rive droite, à
Montfaucon. A moins que le recteur, sentant l'Université
forte et le roi faible, n'intervînt ; car c'était un privilège des
écoliers d'être pendus chez eux.

(La plupart de ces privilèges, pour le noter en passant, et
il y en avait de meilleurs que celui-ci, avaient été extorqués
aux rois par révoltes et mutineries. C'est la marche immémoriale. Le roi ne lâche que quand le peuple arrache. Il y a
une vieille charte qui dit la chose naïvement, à propos de
fidélité : — *Civibus fidelitas in reges, quæ tamen aliquoties
seditionibus interrupta, multa peperit privilegia.*)

Au quinzième siècle, la Seine baignait cinq îles dans
l'enceinte de Paris : l'île Louviers, où il y avait alors des
arbres et où il n'y a plus que du bois ; l'île aux Vaches et
l'île Notre-Dame, toutes deux désertes, à une masure près,
toutes deux fiefs de l'évêque (au dix-septième siècle, de ces
deux îles on en a fait une, qu'on a bâtie, et que nous appelons l'île Saint-Louis) ; enfin la Cité, et à sa pointe l'îlot du
passeur aux vaches qui s'est abîmé depuis sous le terre-
plein du Pont-Neuf. La Cité alors avait cinq ponts ; trois à
droite, le Pont Notre-Dame et le Pont-au-Change, en pierre,
le Pont-aux-Meuniers, en bois ; deux à gauche, le Petit-Pont,
en pierre, le Pont Saint-Michel, en bois : tous chargés de
maisons. L'Université avait six portes bâties par Philippe
Auguste : c'étaient, à partir de la Tournelle, la Porte Saint-
Victor, la Porte Bordelle, la Porte-Papale, la Porte Saint-
Jacques, la Porte Saint-Michel, la Porte Saint-Germain. La
Ville avait six portes bâties par Charles V ; c'étaient, à partir de la Tour de Billy, la Porte Saint-Antoine, la Porte du
Temple, la Porte Saint-Martin, la Porte Saint-Denis,
la Porte Montmartre, la Porte Saint-Honoré. Toutes ces
portes étaient fortes, et belles aussi, ce qui ne gâte pas la
force. Un fossé large, profond, à courant vif dans les crues
d'hiver, lavait le pied des murailles tout autour de Paris ;
la Seine fournissait l'eau. La nuit on fermait les portes,
on barrait la rivière aux deux bouts de la ville avec de
grosses chaînes de fer, et Paris dormait tranquille.

Vus à vol d'oiseau, ces trois bourgs, la Cité, l'Université,
la Ville, présentaient chacun à l'œil un tricot inextricable
de rues bizarrement brouillées. Cependant, au premier
aspect, on reconnaissait que ces trois fragments de cité
formaient un seul corps. On voyait tout de suite deux
longues rues parallèles sans rupture, sans perturbation,
presque en ligne droite, qui traversaient à la fois les trois

villes d'un bout à l'autre, du midi au nord, perpendicu-
lairement à la Seine, les liaient, les mêlaient, infusaient,
versaient, transvasaient sans relâche le peuple de l'une
dans les murs de l'autre, et des trois n'en faisaient qu'une.
La première de ces deux rues allait de la Porte Saint-
Jacques à la Porte Saint-Martin ; elle s'appelait rue Saint-
Jacques dans l'Université, rue de la Juiverie dans la
Cité, rue Saint-Martin dans la Ville ; elle passait l'eau
deux fois sous le nom de Petit-Pont et de Pont Notre-
Dame. La seconde, qui s'appelait rue de la Harpe sur
la rive gauche, rue de la Barillerie dans l'île, rue Saint-
Denis sur la rive droite, Pont Saint-Michel sur un bras
de la Seine, Pont-au-Change sur l'autre, allait de la Porte
Saint-Michel dans l'Université à la Porte Saint-Denis
dans la Ville. Du reste, sous tant de noms divers, ce
n'étaient toujours que deux rues, mais les deux rues
mères, les deux rues génératrices, les deux artères de
Paris. Toutes les autres veines de la triple ville venaient
y puiser où s'y dégorger.

Indépendamment de ces deux rues principales, diamé-
trales, perçant Paris de part en part dans sa largeur, communes à la capitale entière, la Ville et l'Université avaient
chacune leur grande rue particulière, qui courait dans le
sens de leur longueur, parallèlement à la Seine, et en passant
coupait à angle droit les deux rues *artérielles*. Ainsi dans
la Ville on descendait en droite ligne de la Porte Saint-
Antoine à la Porte Saint-Honoré ; dans l'Université, de
la Porte Saint-Victor à la Porte Saint-Germain. Ces deux
grandes voies, croisées avec les deux premières, formaient le canevas sur lequel reposait, noué et serré en
tous sens, le réseau dédaléen des rues de Paris. Dans le
dessin inintelligible de ce réseau on distinguait en outre,
en examinant avec attention, comme deux gerbes élargies
l'une dans l'Université, l'autre dans la Ville, deux trous-
seaux de grosses rues qui allaient s'épanouissant des ponts
aux portes.

Quelque chose de ce plan géométral subsiste encore
aujourd'hui.

Maintenant, sous quel aspect cet ensemble se présentait-
il vu du haut des tours de Notre-Dame, en 1482 ? C'est ce
que nous allons tâcher de dire.

Pour le spectateur qui arrivait essoufflé sur ce faîte,
c'était d'abord un éblouissement de toits, de cheminées,
de rues, de ponts, de places, de flèches, de clochers. Tout
vous prenait aux yeux à la fois, le pignon taillé, la toiture

aiguë, la tourelle suspendue aux angles des murs, la pyramide de pierre du onzième siècle, l'obélisque d'ardoise du
quinz'. me, la tour ronde et nue du donjon, la tour carrée et
brodée de l'église, le grand, le petit, le massif, l'aérien. Le
regard se perdait longtemps à toute profondeur dans ce
labyrinthe, où il n'y avait rien qui n'eût son originalité, sa
raison, son génie, sa beauté, rien qui ne vînt de l'art, depuis
la moindre maison à devanture peinte et sculptée, à charpente extérieure, à porte surbaissée, à étages en surplomb,
jusqu'au royal Louvre, qui avait alors une colonnade de
tours. Mais voici les principales masses qu'on distinguait
lorsque l'œil commençait à se faire à ce tumulte d'édifices.

D'abord la Cité. L'île de la Cité, comme dit Sauval, qui à
travers son fatras a quelquefois de ces bonnes fortunes de
style, *l'île de la Cité est faite comme un grand navire enfoncé
dans la vase et échoué au fil de l'eau vers le milieu de la Seine.*
Nous venons d'expliquer qu'au quinzième siècle ce navire
était amarré aux deux rives du fleuve par cinq ponts. Cette
forme de vaisseau avait aussi frappé les scribes héraldiques ;
car c'est de là, et non du siège des normands, que vient,
selon Favyn et Pasquier, le navire qui blasonne le vieil
écusson de Paris. Pour qui sait le déchiffrer, le blason est
une algèbre, le blason est une langue. L'histoire entière de
la seconde moitié du moyen âge est écrite dans le blason,
comme l'histoire de la première moitié dans le symbolisme
des églises romanes. Ce sont les hiéroglyphes de la féodalité
après ceux de la théocratie.

La Cité donc s'offrait d'abord aux yeux avec sa poupe au
levant et sa proue au couchant. Tourné vers la proue, on
avait devant soi un innombrable troupeau de vieux toits sur
lesquels s'arrondissait largement le chevet plombé de la
Sainte-Chapelle, pareil à une croupe d'éléphant chargée de
sa tour. Seulement, ici, cette tour était la flèche la plus
hardie, la plus ouvrée, la plus menuisée, la plus déchiquetée qui ait jamais laissé voir le ciel à travers son cône
de dentelle. Devant Notre-Dame, au plus près, trois rues se
dégorgeaient dans le parvis, belle place à vieilles maisons.
Sur le côté sud de cette place se penchait la façade ridée et
rechignée de l'Hôtel-Dieu et son toit qui semble couvert de
pustules et de verrues. Puis, à droite, à gauche, à l'orient,
à l'occident, dans cette enceinte si étroite pourtant de la
Cité se dressaient les clochers de ses vingt-une églises, de
toute date, de toute forme, de toute grandeur, depuis la
basse et vermoulue campanule romane de Saint-Denys-du-
Pas, *carcer Glaucini*, jusqu'aux fines aiguilles de Saint-

Pierre-aux-Bœufs et de Saint-Landry. Derrière Notre-
Dame se déroulaient, au nord, le cloître avec ses galeries
gothiques ; au sud, le palais demi-roman de l'évêque ; au
levant, la pointe déserte du Terrain. Dans cet entassement
de maisons l'œil distinguait encore, à ces hautes mitres de
pierre percées à jour qui couronnaient alors sur le toit
même les fenêtres les plus élevées des palais, l'Hôtel donné
par la ville, sous Charles VI, à Juvénal des Ursins ; un
peu plus loin, les baraques goudronnées du Marché-Palus ;
ailleurs encore l'abside neuve de Saint-Germain-le-Vieux,
rallongée en 1458 avec un bout de la rue aux Febves ; et
puis, par places, un carrefour encombré de peuple, un pilori
dressé à un coin de rue, un beau morceau de pavé de Philippe Auguste, magnifique dallage rayé pour les pieds des
chevaux au milieu de la voie et si mal remplacé au
seizième siècle par le misérable caillloutage dit *pavé de la
Ligue*, une arrière-cour déserte avec une de ces diaphanes
tourelles de l'escalier comme on en faisait au quinzième
siècle, comme on en voit encore une rue des Bourdonnais.
Enfin, à droite de la Sainte-Chapelle, vers le couchant,
le Palais de Justice asseyait au bord de l'eau son groupe de
tours. Les futaies des jardins du roi, qui couvraient la
pointe occidentale de la Cité, masquaient l'îlot du passeur.
Quant à l'eau, du haut des tours de Notre-Dame, on ne la
voyait guère des deux côtés de la Cité. La Seine disparaissait sous les ponts, les ponts sous les maisons.

Et quand le regard passait ces ponts, dont les toits ver-
dissaient à l'œil, moisis avant l'âge par les vapeurs de l'eau,
s'il se dirigeait à gauche vers l'Université, le premier édifice
qui le frappait, c'était une grosse et basse gerbe de tours, le
Petit-Châtelet, dont le porche béant dévorait le bout du
Petit-Pont, puis, si votre vue parcourait la vue du levant au
couchant, de la Tournelle à la Tour de Nesle c'était un long
cordon de maisons à solives sculptées, à vitres de couleur,
surplombant d'étage en étage sur le pavé un interminable
zigzag de pignons bourgeois, coupé fréquemment par la
bouche d'une rue, et de temps en temps aussi par la face ou
par le coude d'un grand hôtel de pierre, se carrant à son
aise, cours et jardins, ailes et corps de logis, parmi cette
populace de maisons serrées et étriquées, comme un grand
seigneur dans un tas de manants. Il y avait cinq ou six de
ces hôtels sur le quai, depuis le logis de Lorraine qui partageait avec les Bernardins le grand enclos voisin de la Tournelle, jusqu'à l'Hôtel de Nesle, dont la tour principale
bornait Paris, et dont les toits pointus étaient en posses-

sion pendant trois mois de l'année d'échancrer de leurs
triangles noirs le disque écarlate du soleil couchant.

Ce côté de la Seine du reste était le moins marchand des
deux, les écoliers y faisaient plus de bruit et de foule que
les artisans, et il n'y avait, à proprement parler, de quai
que du Pont Saint-Michel à la Tour de Nesle. Le reste du
bord de la Seine était tantôt une grève nue, comme au delà
des Bernardins, tantôt un entassement de maisons qui
avaient le pied dans l'eau, comme entre les deux ponts. Il
y avait grand vacarme de blanchisseuses, elles criaient,
parlaient, chantaient du matin au soir le long du bord, et y
battaient fort le linge, comme de nos jours. Ce n'est pas la
moindre gaieté de Paris.

L'Université faisait un bloc à l'œil. D'un bout à l'autre
c'était un tout homogène et compact. Ces mille toits, drus,
anguleux, adhérents, composés presque tous du même élément géométrique, offraient, vus de haut, l'aspect d'une
cristallisation de la même substance. Le capricieux ravin
des rues ne coupait pas ce pâté de maisons en tranches trop
disproportionnées. Les quarante-deux collèges y étaient
disséminés d'une manière assez égale, et il y en avait partout ; les faîtes variés et amusants de ces beaux édifices
étaient le produit du même art que les simples toits qu'ils
dépassaient, et n'étaient en définitive qu'une multiplica-
tion au carré ou au cube de la même figure géométrique. Ils
compliquaient donc l'ensemble sans le troubler, le complé-
taient sans le charger. La géométrie est une harmonie.
Quelques beaux hôtels faisaient aussi çà et là de magnifiques
saillies sur les greniers pittoresques de la rive gauche, le
logis de Nevers, le logis de Rome, le logis de Reims qui
ont disparu ; l'hôtel de Cluny, qui subsiste encore pour la
consolation de l'artiste, et dont on a si bêtement découronné
la tour il y a quelques années. Près de Cluny, ce palais
romain, à belles arches cintrées, c'étaient les Thermes de
Julien. Il y avait aussi force abbayes d'une beauté plus
dévote, d'une grandeur plus grave que les hôtels, mais non
moins belles, non moins grandes. Celles qui éveillaient
d'abord l'œil, c'étaient les Bernardins avec leurs trois clochers ; Sainte-Geneviève, dont la tour carrée, qui existe
encore, fait tant regretter le reste ; la Sorbonne, moitié
collège, moitié monastère dont il survit une si admirable
nef, le beau cloître quadrilatéral des Mathurins ; son
voisin le cloître de Saint-Benoît, dans les murs duquel on
a eu le temps de bâcler un théâtre entre la septième et la
huitième édition de ce livre; les Cordeliers, avec leurs

trois énormes pignons juxtaposés ; les Augustins, dont la
gracieuse aiguille faisait, après la Tour de Nesle, la deuxième dentelure de ce côté de Paris, à partir de l'occident. Les
collèges, qui sont en effet l'anneau intermédiaire du cloître
au monde, tenaient le milieu dans la série monumentale
entre les hôtels et les abbayes, avec une sévérité pleine
d'élégance, une sculpture moins évaporée que les palais,
une architecture moins sérieuse que les couvents. Il ne
reste malheureusement presque rien de ces monuments
où l'art gothique entrecoupait avec tant de précision la
richesse et l'économie. Les églises (et elles étaient nombreuses et splendides dans l'Université, et elles s'échelonnaient là aussi dans tous les âges de l'architecture depuis les
pleins cintres de Saint-Julien jusqu'aux ogives de Saint-
Séverin), les églises dominaient le tout, et, comme une harmonie de plus dans cette masse d'harmonie, elles perçaient
à chaque instant la découpure multiple des pignons de
flèches tailladées, de clochers à jour, d'aiguilles déliées
dont la ligne n'était aussi qu'une magnifique exagération de
l'angle aigu des toits.

Le sol de l'Université était montueux. La montagne
Sainte-Geneviève y faisait au sud-est une ampoule énorme,
et c'était une chose à voir du haut de Notre-Dame que cette
foule de rues étroites et tortues (aujourd'hui *le pays latin*),
ces grappes de maisons qui, répandues en tous sens du
sommet de cette éminence, se précipitaient en désordre et
presque à pic sur ses flancs jusqu'au bord de l'eau, ayant
l'air, les unes de tomber, les autres de regrimper, toutes de
se retenir les unes aux autres. Un flux continuel de mille
points noirs qui s'entrecroisaient sur le pavé faisait tout
remuer aux yeux. C'était le peuple, vu ainsi de haut et de
loin.

Enfin, dans les intervalles de ces toits, de ces flèches, de
ces accidents d'édifices sans nombre qui pliaient, tordaient
et dentelaient d'une manière si bizarre la ligne extrême de
l'Université, on entrevoyait, d'espace en espace, un gros pan
de mur moussu, une épaisse tour ronde, une porte de ville
crénelée, figurant la forteresse : c'était la clôture de Philippe Auguste. Au delà verdoyaient les prés, au delà s'enfuyaient les routes, le long desquelles traînaient encore
quelques maisons de faubourg, d'autant plus rares qu'elles
s'éloignaient plus. Quelques-uns de ces faubourgs avaient
de l'importance. C'était d'abord, à partir de la Tournelle,
le bourg Saint-Victor, avec son pont d'une arche sur la
Bièvre, son abbaye, où on lisait l'épitaphe de Louis le Gros,

epitaphium Ludovici Grossi, et son église à flèche octogone
flanquée de quatre clochetons du onzième siècle (on en
peut voir une pareille à Etampes ; elle n'est pas encore
abattue) ; puis le bourg Saint-Marceau, qui avait déjà
trois églises et un couvent. Puis, en laissant à gauche le moulin des Gobelins et ses quatre murs blancs, c'était le faubourg Saint-Jacques avec la belle croix sculptée de son
carrefour, l'église de Saint-Jacques du Haut-Pas, qui
était alors gothique, pointue et charmante, Saint-Magloire,
belle nef du quatorzième siècle, dont Napoléon fit un
grenier à foin, Notre-Dame-des-Champs où il y avait des
mosaïques byzantines. Enfin, après avoir laissé en plein
champ le monastère des Chartreux, riche édifice contemporain du Palais de Justice, avec ses petits jardins à compartiments et les ruines mal hantées de Vauvert, l'œil
tombait à l'occident sur les trois aiguilles romanes de
Saint-Germain-des-Prés. Le bourg Saint-Germain, déjà
une grosse commune, faisait quinze ou vingt rues derrière.
Le clocher aigu de Saint-Sulpice marquait un des coins du
bourg. Tout à côté on distinguait l'enceinte quadrilatérale
de la foire Saint-Germain, où est aujourd'hui le marché ;
puis le pilori de l'abbé, jolie petite tour ronde bien coiffée
d'un cône de plomb. La tuilerie était plus loin, et la rue du
Four, qui menait au four banal, et le moulin sur sa butte,
et la maladrerie, maisonnette isolée et mal vue. Mais ce
qui attirait surtout le regard, et le fixait longtemps sur ce
point, c'était l'abbaye elle-même. Il est certain que ce
monastère, qui avait une grande mine et comme église et
comme seigneurie, ce palais abbatial, où les évêques de
Paris s'estimaient heureux de coucher une nuit, ce réfectoire
auquel l'architecte avait donné l'air, la beauté et la splendide
rosace d'une cathédrale, cette élégante chapelle de la
Vierge, ce dortoir monumental, ces vastes jardins, cette
herse, ce pont-levis, cette enveloppe de créneaux qui
entaillait aux yeux la verdure des prés d'alentour, ces
cours où reluisaient des hommes d'armes mêlés à des
chapes d'or, le tout groupé et rallié autour des trois hautes
flèches à plein cintre bien assises sur une abside gothique,
faisaient une magnifique figure à l'horizon.

  Quand enfin, après avoir longtemps considéré l'Université, vous vous tourniez vers la rive droite, vers la Ville, le
spectacle changeait brusquement de caractère. La Ville, en
effet, beaucoup plus grande que l'Université, était aussi
moins une. Au premier aspect, on la voyait se diviser en
plusieurs masses singulièrement distinctes. D'abord, au

levant, dans cette partie de la Ville qui reçoit encore aujour-
d'hui son nom du marais où Camulogène embourba César,
c'était un entassement de palais. Le pâté venait jusqu'au
bord de l'eau. Quatre hôtels presque adhérents, Jouy, Sens,
Barbeau, le logis de la Reine, miraient dans la Seine leurs
combles d'ardoise coupés de sveltes tourelles. Ces quatre
édifices emplissaient l'espace de la rue des Nonaindières à
l'abbaye des Célestins, dont l'aiguille relevait gracieusement
leur ligne de pignons et de créneaux. Quelques masures
verdâtres penchées sur l'eau devant ces somptueux hôtels
n'empêchaient pas de voir les beaux angles de leurs façades,
leurs larges fenêtres carrées à croisées de pierre, leurs porches ogives surchargés de statues, les vives arêtes de
leurs murs toujours nettement coupés, et tous ces charmants hasards d'architecture qui font que l'art gothique a
l'air de recommencer ses combinaisons à chaque monument. Derrière ces palais, courait dans toutes les directions, tantôt refendue, palissadée et crénelée comme une
citadelle, tantôt voilée de grands arbres comme une char-
treuse, l'enceinte immense et multiforme de ce miraculeux
hôtel de Saint-Pol, où le roi de France avait de quoi loger
superbement vingt-deux princes de la qualité du Dauphin
et du duc de Bourgogne avec leurs domestiques et leurs
suites, sans compter les grands seigneurs, et l'empereur
quand il venait voir Paris, et les lions, qui avaient leur
hôtel à part dans l'hôtel royal. Disons ici qu'un appartement de prince ne se composait pas alors de moins de
onze salles, depuis la chambre de parade jusqu'au priez-
Dieu, sans parler des galeries, des bains, des étuves et
autres « lieux superflus » dont chaque appartement était
pourvu ; sans parler des jardins particuliers de chaque hôte
du roi ; sans parler des cuisines, des celliers, des offices, des
réfectoires généraux de la maison ; des basses-cours où il y
avait vingt-deux laboratoires généraux depuis la fourille
jusqu'à l'échansonnerie ; des jeux de mille sortes, le mail,
la paume, la bague ; des volières, des poissonneries, des
ménageries, des écuries, des étables ; des bibliothèques, des
arsenaux et des fonderies. Voilà ce que c'était alors qu'un
palais de roi, un Louvre, un hôtel Saint-Pol. Une cité dans
la cité.

De la tour où nous nous sommes placés, l'hôtel Saint-Pol,
presque à demi caché par les quatre grands logis dont nous
venons de parler, était encore fort considérable et fort
merveilleux à voir. On y distinguait très bien, quoique
habilement soudés au bâtiment principal par de longues

galeries à vitraux et à colonnettes, les trois hôtels que
Charles V avait amalgamés à son palais, l'hôtel du Petit-
Muce, avec la balustrade en dentelle qui ourlait gracieusement son toit ; l'hôtel de l'abbé de Saint-Maur, ayant le
relief d'un château fort, une grosse tour, des mâchicoulis,
des meurtrières, des moineaux de fer, et sur la large porte
saxonne l'écusson de l'abbé entre les deux entailles du
pont-levis ; l'hôtel du comte d'Étampes dont le donjon ruiné à son sommet s'arrondissait aux yeux, ébréché comme
une crête de coq ; çà et là, trois ou quatre vieux chênes
faisant touffe ensemble comme d'énormes choux-fleurs,
des ébats de cygnes dans les claires eaux des viviers, toutes
plissées d'ombre et de lumière ; force cours dont on voyait
des bouts pittoresques ; l'hôtel des Lions avec ses ogives
basses sur de courts piliers saxons, ses herses de fer et son
rugissement perpétuel ; tout à travers cet ensemble la
flèche écaillée de l'Ave-Maria ; à gauche, le logis du prévôt
de Paris flanqué de quatre tourelles finement évidées ; au
milieu, au fond, l'hôtel Saint-Pol proprement dit avec ses
façades multipliées, ses enrichissements successifs depuis
Charles V, les excroissances hybrides dont la fantaisie des
architectes l'avait chargé depuis deux siècles, avec toutes
les absides de ses chapelles, tous les pignons de ses galeries,
mille girouettes aux quatre vents, et ses deux hautes tours
contiguës dont le toit conique, entouré de créneaux à sa
base, avait l'air de ces chapeaux pointus dont le bord est
relevé.

En continuant de monter les étages de cet amphi-
théâtre de palais développé au loin sur le sol, après avoir
franchi un ravin profond creusé dans les toits de la Ville,
lequel marquait le passage de la rue Saint-Antoine, l'œil,
et nous nous bornons toujours aux principaux monuments,
arrivait au logis d'Angoulême, vaste construction de plusieurs époques où il y avait des parties toutes neuves et
très blanches, qui ne se fondaient guère mieux dans
l'ensemble qu'une pièce rouge à un pourpoint bleu.
Cependant le toit singulièrement aigu et élevé du palais
moderne, hérissé de gouttières ciselées, couvert de lames
de plomb où se roulaient en mille arabesques fantasques
d'étincelantes incrustations de cuivre doré, ce toit si
curieusement damasquiné s'élançait avec grâce du milieu
des brunes ruines de l'ancien édifice, dont les vieilles
grosses tours, bombées par l'âge comme des futailles
s'affaissant sur elles-mêmes de vétusté et se déchirant
du haut en bas, ressemblaient à de gros ventres débou-

tonnés. Derrière, s'élevait la forêt d'aiguilles du palais
des Tournelles. Pas de coup d'œil au monde, ni à Cham-
bord, ni à l'Alhambra, plus magique, plus aérien, plus
prestigieux que cette futaie de flèches, de clochetons, de
cheminées, de girouettes, de spirales, de vis, de lanternes
trouées par le jour qui semblaient frappées à l'emporte-
pièce, du pavillons, de tourelles en fuseaux, ou, comme
on disait alors, de tournelles, toutes diverses de formes,
de hauteur et d'attitude. On eût dit un gigantesque échi-
quier de pierre.

A droite des Tournelles, cette botte d'énormes tours
d'un noir d'encre, entrant les unes dans les autres, et
ficelées pour ainsi dire par un fossé circulaire, ce donjon
beaucoup plus percé de meurtrières que de fenêtres, ce
pont-levis toujours dressé, cette herse toujours tombée,
c'est la Bastille. Ces espèces de becs noirs qui sortent
d'entre les créneaux, et que vous prenez de loin pour des
gouttières, ce sont des canons.

Sous leur boulet, au pied du formidable édifice, voici la
Porte Saint-Antoine, enfouie entre ses deux tours.

Au delà des Tournelles, jusqu'à la muraille de Charles V,
se déroulait avec de riches compartiments de verdure et de
fleurs un tapis velouté de cultures et de parcs royaux, au
milieu desquels on reconnaissait, à son labyrinthe d'arbres
et d'allées, le fameux jardin Dédalus que Louis XI avait
donné à Coictier. L'observatoire du docteur s'élevait
au-dessus du dédale comme une grosse colonne isolée
ayant une maisonnette pour chapiteau. Il s'est fait dans
cette officine de terribles astrologies.

Là est aujourd'hui la place Royale.

Comme nous venons de le dire, le quartier de palais
dont nous avons tâché de donner quelque idée au lecteur,
en n'indiquant néanmoins que les sommités, emplissait
l'angle que l'enceinte de Charles V faisait avec la Seine à
l'orient. Le centre de la Ville était occupé par un monceau
de maisons à peuple. C'était là en effet que se dégorgeaient
les trois ponts de la Cité sur la rive droite, et les ponts
font des maisons avant des palais. Cet amas d'habitations
bourgeoises, pressées comme les alvéoles dans la ruche,
avait sa beauté. Il en est des toits d'une capitale comme
des vagues d'une mer, cela est grand. D'abord les rues,
croisées et brouillées, faisaient dans le bloc cent figures
amusantes. Autour des Halles, c'était comme une étoile
à mille raies. Les rues Saint-Denis et Saint-Martin, avec
leurs innombrables ramifications, montaient l'une après

l'autre comme deux gros arbres qui mêlent leurs branches. Et puis, des lignes tortues, les rues de la Plâtrerie, de la Verrerie, de la Tixeranderie, etc., serpentaient sur le tout. Il y avait aussi de beaux édifices qui perçaient l'ondulation pétrifiée de cette mer de pignons. C'était, à la tête du Pont-aux-Changeurs derrière lequel on voyait mousser la Seine sous les roues du Pont-aux-Meuniers, c'était le Châtelet, non plus tour romaine comme sous Julien l'Apostat, mais tour féodale du treizième siècle, et d'une pierre si dure que le pic en trois heures n'en levait pas l'épaisseur du poing. C'était le riche clocher carré de Saint-Jacques-de-la-Boucherie, avec ses angles tout émoussés de sculptures, déjà admirable, quoiqu'il ne fût pas achevé au quinzième siècle. Il lui manquait en particulier ces quatre monstres qui, aujourd'hui encore, perchés aux encoignures de son toit, ont l'air de quatre sphinx qui donnent à deviner au nouveau Paris l'énigme de l'ancien ; Rault, le sculpteur, ne les posa qu'en 1526, et il eut vingt francs pour sa peine. C'était la Maison-aux-Piliers, ouverte sur cette place de Grève dont nous avons donné quelque idée au lecteur. C'était Saint-Gervais, qu'un portail *de bon goût* a gâté depuis ; Saint-Méry dont les vieilles ogives étaient presque encore des pleins cintres ; Saint-Jean dont la magnifique aiguille était proverbiale ; c'étaient vingt autres monuments qui ne dédaignaient pas d'enfouir leurs merveilles dans ce chaos de rues noires, étroites et profondes. Ajoutez les croix de pierre sculptées plus prodiguées encore dans les carrefours que les gibets ; le cimetière des Innocents dont on apercevait au loin par-dessus les toits l'enceinte architecturale ; le pilori des Halles, dont on voyait le faîte entre deux cheminées de la rue de la Cossonnerie ; l'échelle de la Croix-du-Trahoir dans son carrefour toujours noir de peuple ; les masures circulaires de la Halle au blé ; les tronçons de l'ancienne clôture de Philippe Auguste qu'on distinguait çà et là, noyés dans les maisons, tours rongées de lierre, portes ruinées, pans de murs croulants et déformés ; le quai avec ses mille boutiques et ses écorcheries saignantes ; la Seine chargée de bateaux du Port-au-Foin au For-l'Évêque; et vous aurez une image confuse de ce qu'était en 1482 le trapèze central de la Ville.

Avec ces deux quartiers, l'un d'hôtels, l'autre de maisons, le troisième élément de l'aspect qu'offrait la Ville, c'était une longue zone d'abbayes qui la bordait dans presque tout son pourtour, du levant au couchant, et en

arrière de l'enceinte de fortifications qui fermait Paris,
lui faisait une seconde enceinte intérieure de couvents
et de chapelles. Ainsi, immédiatement à côté du parc des
Tournelles, entre la rue Saint-Antoine et la vieille rue du
Temple, il y avait Sainte-Catherine avec son immense
culture, qui n'étaient bornée que par la muraille de Paris.
Entre la vieille et la nouvelle rue du Temple, il y avait le
Temple, sinistre faisceau de tours, haut, debout et isolé
au milieu d'un vaste enclos crénelé. Entre la rue Neuve-du-
Temple et la rue Saint-Martin, c'était l'abbaye de Saint-
Martin, au milieu de ses jardins, superbe église fortifiée,
dont la ceinture de tours, dont la tiare de clochers, ne le
cédaient en force et en splendeur qu'à Saint-Germain-des-
Prés. Entre les deux rues Saint-Martin et Saint-Denis,
se développait l'enclos de la Trinité. Enfin, entre la rue
Saint-Denis et la rue Montorgueil, les Filles-Dieu. A
côté, on distinguait les toits pourris de l'enceinte dépavée
de la Cour des Miracles. C'était le seul anneau profane
qui se mêlât à cette dévote chaîne de couvents.

Enfin, le quatrième compartiment qui se dessinait de
lui-même dans l'agglomération des toits de la rive droite,
et qui occupait l'angle occidental de la clôture et le bord de
l'eau en aval, c'était un nouveau nœud de palais et d'hôtels
serrés aux pieds du Louvre. Le vieux Louvre de Philippe
Auguste, cet édifice démesuré dont la grosse tour ralliait
vingt-trois maîtresses tours autour d'elle, sans compter les
tourelles, semblait de loin enchâssé dans les combles gothiques de l'hôtel d'Alençon et du Petit-Bourbon. Cette
hydre de tours, gardienne géante de Paris, avec ses vingt-
quatre têtes toujours dressées, avec ses croupes monstrueuses, plombées ou écaillées d'ardoises, et toutes ruisse-
lantes de reflets métalliques, terminait d'une manière
surprenante la configuration de la Ville au couchant.

Ainsi, un immense pâté, ce que les Romains appelaient
insula, de maisons bourgeoises, flanqué à droite et à gauche
de deux blocs de palais couronnés l'un par le Louvre,
l'autre par les Tournelles, bordé au nord d'une longue
ceinture d'abbayes et d'enclos cultivés, le tout amalgamé
et fondu au regard ; sur ces mille édifices, dont les toits de
tuiles et d'ardoises découpaient les uns sur les autres tant
de chaînes bizarres, les clochers tatoués, gaufrés et guillo-
chés des quarante-quatre églises de la rive droite ; des
myriades de rues au travers ; pour limite d'un côté une
clôture de hautes murailles à tours carrées (celle de l'Université était à tours rondes) ; de l'autre, la Seine coupée de

ponts et charriant force bateaux : voilà la Ville au quinzième siècle.

Au delà des murailles, quelques faubourgs se pressaient aux portes, mais moins nombreux et plus épars que ceux de l'Université. C'étaient, derrière la Bastille, vingt masures pelotonnées autour des curieuses sculptures de la Croix-Faubin et des arcs-boutants de l'abbaye Saint-Antoine des Champs ; puis Popincourt, perdu dans les blés ; puis la Courtille, joyeux village de cabarets ; le bourg Saint-Laurent avec son église dont le clocher de loin semblait s'ajouter aux tours pointues de la Porte Saint-Martin ; le faubourg Saint-Denis avec le vaste enclos de Saint-Ladre ; hors de la Porte Montmartre, la Grange-Batelière ceinte de murailles blanches ; derrière elle, avec ses pentes de craie, Montmartre qui avait alors presque autant d'églises que de moulins, et qui n'a gardé que les moulins, car la société ne demande plus maintenant que le pain du corps. Enfin, au delà du Louvre on voyait s'allonger dans les prés le faubourg Saint-Honoré, déjà fort considérable alors, et verdoyer la Petite-Bretagne, et se dérouler le Marché-aux-Pourceaux, au centre duquel s'arrondissait l'horrible fourneau à bouillir les faux-monnayeurs. Entre la Courtille et Saint-Laurent votre œil avait déjà remarqué au couronnement d'une hauteur accroupie sur des plaines désertes une espèce d'édifice qui ressemblait de loin à une colonnade en ruine debout sur un soubassement déchaussé. Ce n'était ni un Parthénon, ni un temple de Jupiter Olympien. C'était Montfaucon.

Maintenant, si le dénombrement de tant d'édifices, quelque sommaire que nous l'ayons voulu faire, n'a pas pulvérisé, à mesure que nous la construisions, dans l'esprit du lecteur, l'image générale du vieux Paris, nous la résumerons en quelques mots. Au centre, l'île de la Cité, ressemblant par sa forme à une énorme tortue et faisant sortir ses ponts écaillés de tuiles comme des pattes, de dessous sa grise carapace de toits. A gauche, le trapèze monolithe, ferme, dense, serré, hérissé, de l'Université. A droite, le vaste demi-cercle de la Ville beaucoup plus mêlé de jardins et de monuments. Les trois blocs, Cité, Université, Ville, marbrés de rues sans nombre. Tout au travers, la Seine, la « nourricière Seine », comme dit le père Du Breul, obstruées d'îles, de ponts et de bateaux. Tout autour, une plaine immense, rapiécée de mille sortes de cultures, semée de beaux villages ; à gauche, Issy, Vanvres, Vaugirard, Montrouge, Gentilly avec sa tour ronde et sa

tour carrée, etc. ; à droite, vingt autres depuis Conflans
jusqu'à la Ville-l'Évêque. A l'horizon, un ourlet de collines
disposées en cercle comme le rebord du bassin. Enfin, au
loin, à l'orient, Vincennes et ses sept tours quadrangu-
laires ; au sud, Bicêtre et ses tourelles pointues ; au septentrion, Saint-Denis et son aiguille ; à l'occident, Saint-
Cloud et son donjon. Voilà le Paris que voyaient du haut
des tours de Notre-Dame les corbeaux qui vivaient en 1482.

C'est pourtant de cette ville que Voltaire a dit qu'*avant
Louis XIV elle ne possédait que quatre beaux monuments* :
le dôme de la Sorbonne, le Val-de-Grâce, le Louvre
moderne, et je ne sais plus le quatrième, le Luxembourg
peut-être. Heureusement Voltaire n'en a pas moins fait
Candide, et n'en est pas moins de tous les hommes qui se
sont succédé dans la longue série de l'humanité celui qui a
le mieux eu le rire diabolique. Cela prouve d'ailleurs qu'on
peut être un beau génie et ne rien comprendre à un art
dont on n'est pas. Molière ne croyait-il pas faire beaucoup
d'honneur à Raphaël et à Michel-Ange en les appelant :
ces Mignards de leur âge ?

Revenons à Paris et au quinzième siècle.

Ce n'était pas alors seulement une belle ville ; c'était une
ville homogène, un produit architectural et historique du
moyen âge, une chronique de pierre. C'était une cité formée de deux couches seulement, la couche romane et la
couche gothique, car la couche romaine avait disparu
depuis longtemps, excepté aux Thermes de Julien où elle
perçait encore la croûte épaisse du moyen âge. Quant à la
couche celtique, on n'en trouvait même plus d'échantillons
en creusant des puits.

Cinquante ans plus tard, lorsque la renaissance vint
mêler à cette unité si sévère et pourtant si variée le luxe
éblouissant de ses fantaisies et de ses systèmes, ses débau-
ches de pleins cintres romains, de colonnes grecques et de
surbaissements gothiques, sa sculpture si tendre et si
idéale, son goût particulier d'arabesques et d'acanthes, son
paganisme architectural contemporain de Luther, Paris
fut peut-être plus beau encore, quoique moins harmonieux
à l'œil et à la pensée. Mais ce splendide moment dura peu.
La renaissance ne fut pas impartiale ; elle ne se contenta
pas d'édifier, elle voulut jeter bas. Il est vrai qu'elle avait
besoin de place. Aussi le Paris gothique ne fut-il complet
qu'une minute. On achevait à peine Saint-Jacques-de-la-
Boucherie qu'on commençait la démolition du vieux
Louvre.

Depuis, la grande ville a été se déformant de jour en jour. Le Paris gothique sous lequel s'effaçait le Paris roman s'est effacé à son tour. Mais peut-on dire quel Paris l'a remplacé ?

Il y a le Paris de Catherine de Médicis, aux Tuileries *, le Paris de Henri II, à l'Hôtel de Ville, deux édifices encore d'un grand goût ; le Paris de Henri IV, à la place Royale : façades de briques à coins de pierre et à toits d'ardoise, des maisons tricolores ; le Paris de Louis XIII, au Val-de-Grâce : une architecture écrasée et trapue, des voûtes en anses de panier, je ne sais quoi de ventru dans la colonne et de bossu dans le dôme ; le Paris de Louis XIV, aux Invalides : grand riche, doré et froid ; le Paris de Louis XV, à Saint-Sulpice : des volutes, des nœuds de rubans, des nuages, des vermicelles et des chicorées, le tout en pierre ; le Paris de Louis XVI, au Panthéon : Saint-Pierre de Rome mal copié (l'édifice s'est tassé gauchement, ce qui n'en a pas raccommodé les lignes) ; le Paris de la République, à l'École de médecine : un pauvre goût grec et romain qui ressemble au Colisée ou au Parthénon comme la constitution de l'an III aux lois de Minos, on l'appelle en architecture *le goût messidor ;* le Paris de Napoléon, à la place Vendôme : celui-là est sublime, une colonne de bronze faite avec des canons ; le Paris de la restauration, à la Bourse : une colonade fort blanche supportant une frise fort lisse, le tout est carré et a coûté vingt millions.

A chacun de ces monuments caractéristiques se rattache par une similitude de goût, de façon et d'attitude, une certaine quantité de maisons éparses dans divers quartiers et que l'œil du connaisseur distingue et date aisément. Quand on sait voir, on retrouve l'esprit d'un siècle et la physionomie d'un roi jusque dans un marteau de porte.

---

* Nous avons vu avec une douleur mêlée d'indignation qu'on songeait à agrandir, à refondre, à remanier, c'est-à-dire à détruire cet admirable palais. Les architectes de nos jours ont la main trop lourde pour toucher à ces délicates œuvres de la renaissance. Nous espérons toujours qu'ils ne l'oseront pas. D'ailleurs, cette démolition des Tuileries maintenant ne serait pas seulement une voie de fait brutale dont rougirait un vandale ivre, ce serait un acte de trahison. Les Tuileries ne sont plus simplement un chef-d'œuvre de l'art du seizième siècle, c'est une page de l'histoire du dix-neuvième siècle. Ce palais n'est plus au roi, mais au peuple. Laissons-le tel qu'il est. Notre révolution l'a marqué deux fois au front. Sur l'une de ses deux façades, il a les boulets du 10 août; sur l'autre, les boulets du 29 juillet. Il est saint.

Paris, 7 avril 1831.

(Note de la cinquième édition.)
[*Note de V. H.*]

Le Paris actuel n'a donc aucune physionomie générale. C'est une collection d'échantillons de plusieurs siècles, et les plus beaux ont disparu. La capitale ne s'accroît qu'en maisons, et quelles maisons ! Du train dont va Paris, il se renouvellera tous les cinquante ans. Aussi la signification historique de son architecture s'efface-t-elle tous les jours. Les monuments y deviennent de plus en plus rares, et il semble qu'on les voie s'engloutir peu à peu, noyés dans les maisons. Nos pères avaient un Paris de pierre ; nos fils auront un Paris de plâtre.

Quant aux monuments modernes du Paris neuf, nous nous dispenserons volontiers d'en parler. Ce n'est pas que nous ne les admirions comme il convient. La Sainte-Geneviève de M. Soufflot est certainement le plus beau gâteau de Savoie qu'on ait jamais fait en pierre. Le palais de la Légion d'honneur est aussi un morceau de pâtisserie fort distingué. Le dôme de la Halle au blé est une casquette de jockey anglais sur une grande échelle. Les tours Saint-Sulpice sont deux grosses clarinettes, et c'est une forme comme une autre ; le télégraphe tortu et grimaçant fait un aimable accident sur leur toiture. Saint-Roch a un portail qui n'est comparable pour la magnificence qu'à Saint-Thomas d'Aquin. Il a aussi un calvaire en ronde-bosse dans une cave et un soleil de bois doré. Ce sont là des choses tout à fait merveilleuses. La lanterne du labyrinthe du Jardin des Plantes est aussi fort ingénieuse. Quant au palais de la Bourse, qui est grec par sa colonnade, romain par le plein cintre de ses portes et fenêtres, de la renaissance par sa grande voûte surbaissée, c'est indubitablement un monument très correct et très pur. La preuve, c'est qu'il est couronné d'un attique comme on n'en voyait pas à Athènes, belle ligne droite, gracieusement coupée çà et là par des tuyaux de poêle. Ajoutons que, s'il est de règle que l'architecture d'un édifice soit adaptée à sa destination de telle façon que cette destination se dénonce d'elle-même au seul aspect de l'édifice, on ne saurait trop s'émerveiller d'un monument qui peut être indifféremment un palais de roi, une chambre des communes, un hôtel de ville, un collège, un manège, une académie, un entrepôt, un tribunal, un musée, une caserne, un sépulcre, un temple, un théâtre. En attendant, c'est une Bourse. Un monument doit en outre être approprié au climat. Celui-ci est évidemment construit exprès pour notre ciel froid et pluvieux. Il a un toit presque plat comme en Orient, ce qui fait que l'hiver, quand il neige, on balaye le toit, et il est certain qu'un toit est fait pour être balayé. Quant à cette destination dont nous parlions tout à l'heure, il la remplit à merveille ; il est Bourse en France, comme il eût été temple en Grèce. Il est vrai que l'architecte a eu assez de peine à cacher le cadran de l'horloge qui eût détruit la pureté des belles lignes de la façade ; mais en revanche on a cette colonnade qui circule autour du monument, et sous laquelle, dans les grands jours de solennité religieuse, peut se développer majestueusement la théorie des agents de change et des courtiers de commerce.

Ce sont là sans aucun doute de très superbes monuments. Joignons-y force belles rues, amusantes et variées comme la rue de Rivoli, et je ne désespère pas que Paris vu à vol de ballon ne présente un jour aux yeux cette richesse de lignes, cette opulence de détails, cette diversité d'aspects, ce je ne sais quoi de grandiose dans le simple et d'inattendu dans le beau qui caractérise un damier.

Toutefois, si admirable que vous semble le Paris d'à présent, refaites le Paris du quinzième siècle, reconstruisez-le dans votre pensée, regardez le jour à travers cette haie surprenante d'aiguilles, de tours et de clochers, répandez au milieu de l'immense ville, déchirez à la pointe des îles, plissez aux arches des ponts la Seine avec ses larges flaques vertes et jaunes, plus changeante qu'une robe de serpent, détachez nettement sur un horizon d'azur le profil gothique de ce vieux Paris, faites-en flotter le contour dans une brume d'hiver qui s'accroche à ses nombreuses cheminées ; noyez-le dans une nuit profonde, et regardez le jeu bizarre des ténèbres et des lumières dans ce sombre labyrinthe d'édifices ; jetez-y un rayon de lune qui le dessine vaguement, et fasse sortir du brouillard les grandes têtes des tours ; ou reprenez cette noire silhouette, ravivez d'ombre les mille angles aigus des flèches et des pignons, et faites-la saillir, plus dentelée qu'une mâchoire de requin, sur le ciel de cuivre du couchant. — Et puis, comparez.

Et si vous voulez recevoir de la vieille ville une impression que la moderne ne saurait plus vous donner, montez, un matin de grande fête, au soleil levant de Pâques ou de la Pentecôte, montez sur quelque point élevé d'où vous dominiez la capitale entière, et assistez à l'éveil des carillons. Voyez à un signal parti du ciel, car c'est le soleil qui le donne, ces mille églises tressaillir à la fois. Ce sont d'abord des tintements épars, allant d'une église à l'autre, comme lorsque des musiciens s'avertissent qu'on va commencer ; puis tout à coup voyez, car il semble qu'en cer-

tains instants l'oreille aussi a sa vue, voyez s'élever au
même moment de chaque clocher comme une colonne de
bruit, comme une fumée d'harmonie. D'abord, la vibration de chaque cloche monte droite, pure et pour ainsi dire
isolée des autres dans le ciel splendide du matin. Puis, peu
à peu, en grossissant elles se fondent, elles se mêlent, elles
s'effacent l'une dans l'autre, elles s'amalgament dans un
magnifique concert. Ce n'est plus qu'une masse de vibrations sonores qui se dégage sans cesse des innombrables
clochers, qui flotte, ondule, bondit, tourbillonne sur la
ville, et prolonge bien au delà de l'horizon le cercle assourdissant de ses oscillations. Cependant cette mer d'harmonie
n'est point un chaos. Si grosse et si profonde qu'elle soit,
elle n'a point perdu sa transparence. Vous y voyez serpen-
ter à part chaque groupe de notes qui s'échappe des sonneries ; vous y pouvez suivre le dialogue, tour à tour grave et
criard, de la crécelle et du bourdon ; vous y voyez sauter
les octaves d'un clocher à l'autre ; vous les regardez s'élancer ailées, légères et sifflantes de la cloche d'argent, tomber
cassées et boiteuses de la cloche de bois ; vous admirez au
milieu d'elles la riche gamme qui descend et remonte sans
cesse les sept cloches de Saint-Eustache ; vous voyez courir
tout au travers des notes claires et rapides qui font trois ou
quatre zigzags lumineux et s'évanouissent comme des
éclairs. Là-bas, c'est l'abbaye Saint-Martin, chanteuse
aigre et fêlée ; ici, la voix sinistre et bourrue de la Bastille ;
à l'autre bout, la grosse Tour du Louvre, avec sa basse-
taille. Le royal carillon du Palais jette sans relâche de tous
côtés des trilles resplendissants sur lesquels tombent à
temps égaux les lourdes couppetées du beffroi de Notre-
Dame, qui les font étinceler comme l'enclume sous le
marteau. Par intervalles vous voyez passer des sons de toute
forme qui viennent de la triple volée de Saint-Germain-
des-Prés. Puis encore de temps en temps cette masse de
bruits sublimes s'entr'ouvre et donne passage à la strette
de l'Ave-Maria qui éclate et pétille comme une aigrette
d'étoiles. Au-dessous, au plus profond du concert, vous
distinguez confusément le chant intérieur des églises qui
transpire à travers les pores vibrants de leurs voûtes. —
Certes, c'est là un opéra qui vaut la peine d'être écouté.
D'ordinaire, la rumeur qui s'échappe de Paris le jour, c'est
la ville qui parle ; la nuit, c'est la ville qui respire : ici, c'est
la ville qui chante. Prêtez donc l'oreille à ce tutti des
clochers, répandez sur l'ensemble le murmure d'un demi-
million d'hommes, la plainte éternelle du fleuve, les souffles

infinis du vent, le quatuor grave et lointain des quatre
forêts disposées sur les collines de l'horizon comme d'immenses buffets d'orgue, éteignez-y ainsi que dans une demi-
teinte tout ce que le carillon central aurait de trop rauque
et de trop aigu, et dites si vous connaissez au monde quelque chose de plus riche, de plus joyeux, de plus doré, de
plus éblouissant que ce tumulte de cloches et de sonneries ;
que cette fournaise de musique ; que ces dix mille voix
d'airain chantant à la fois dans des flûtes de pierre hautes
de trois cents pieds ; que cette cité qui n'est plus qu'un
orchestre ; que cette symphonie qui fait le bruit d'une
tempête.

LIVRE QUATRIÈME

I

LES BONNES AMES

Il y avait seize ans à l'époque où se passe cette histoire que, par un beau matin de dimanche de la Quasimodo, une créature vivante avait été déposée après la messe dans l'église de Notre-Dame, sur le bois de lit scellé dans le parvis à main gauche, vis-à-vis ce *grand image* de saint Christophe que la figure sculptée en pierre de messire Antoine des Essarts, chevalier, regardait à genoux depuis 1413, lorsqu'on s'est avisé de jeter bas et le saint et le fidèle. C'est sur ce bois de lit qu'il était d'usage d'exposer les enfants trouvés à la charité publique. Les prenait là qui voulait. Devant le bois de lit était un bassin de cuivre pour les aumônes.

L'espèce d'être vivant qui gisait sur cette planche le matin de la Quasimodo en l'an du Seigneur 1467 paraissait exciter à un haut degré la curiosité du groupe assez considérable qui s'était amassé autour du bois de lit. Le groupe était formé en grande partie de personnes du beau sexe. Ce n'étaient presque que des vieilles femmes.

Au premier rang et les plus inclinées sur le lit, on en remarquait quatre qu'à leur cagoule grise, sorte de soutane, on devinait attachées à quelque confrérie dévote. Je ne vois point pourquoi l'histoire ne transmettrait pas à la postérité les noms de ces quatre discrètes et vénérables demoiselles. C'étaient Agnès la Herme, Jehanne de la Tarme, Henriette la Gaultière, Gauchère la Violette, toutes quatre veuves, toutes quatre bonnes-femmes de la chapelle Étienne-Haudry, sorties de leur maison, avec la permission de leur maîtresse et conformément aux statuts de Pierre d'Ailly, pour venir entendre le sermon.

Du reste, si ces braves haudriettes observaient pour le moment les statuts de Pierre d'Ailly, elles violaient, certes, à cœur joie, ceux de Michel de Brache et du cardinal de Pise qui leur prescrivaient si inhumainement le silence.

— Qu'est-ce que c'est que cela, ma sœur? disait Agnès à Gauchère, en considérant la petite créature exposée qui glapissait et se tordait sur le lit de bois, tout effrayée de tant de regards.

— Qu'est-ce que nous allons devenir, disait Jehanne, si c'est comme cela qu'ils font les enfants à présent?

— Je ne me connais pas en enfants, reprenait Agnès, mais ce doit être un péché de regarder celui-ci.

— Ce n'est pas un enfant, Agnès.

— C'est un singe manqué, observait Gauchère.

— C'est un miracle, reprenait Henriette la Gaultière.

— Alors, remarquait Agnès, c'est le troisième depuis le dimanche du *Lætare*. Car il n'y a pas huit jours que nous avons eu le miracle du moqueur de pèlerins puni divinement par Notre-Dame d'Aubervilliers, et c'était le second miracle du mois.

— C'est un vrai monstre d'abomination que ce soi-disant enfant trouvé, reprenait Jehanne.

— Il babille à faire sourd un chantre, poursuivait Gauchère. — Tais-toi donc, petit hurleur!

— Dire que c'est M. de Reims qui envoie cette énormité à M. de Paris! ajoutait la Gaultière en joignant les mains.

— J'imagine, disait Agnès la Herme, que c'est une bête, un animal, le produit d'un juif avec une truie; quelque chose enfin qui n'est pas chrétien et qu'il faut jeter à l'eau ou au feu.

— J'espère bien, reprenait la Gaultière, qu'il ne sera postulé par personne.

— Ah mon Dieu! s'écriait Agnès, ces pauvres nourrices qui sont là dans le logis des enfants trouvés qui fait le bas de la ruelle en descendant la rivière, tout à côté de monseigneur l'évêque, si on allait leur apporter ce petit monstre à allaiter! J'aimerais mieux donner à téter à un vampire.

— Est-elle innocente, cette pauvre la Herme! reprenait Jehanne. Vous ne voyez pas, ma sœur, que ce petit monstre a au moins quatre ans et qu'il aurait moins appétit de votre tétin que d'un tournebroche.

En effet, ce n'était pas un nouveau-né que « ce petit monstre ». (Nous serions fort empêché nous-même de le qualifier autrement). C'était une petite masse fort anguleuse et fort remuante, emprisonnée dans un sac de toile imprimé au chiffre de messire Guillaume Chartier, pour lors évêque de Paris, avec une tête qui sortait. Cette tête était chose assez difforme. On n'y voyait qu'une forêt de cheveux roux, un œil, une bouche et des dents. L'œil pleurait, la bouche criait, et les dents ne paraissaient demander qu'à mordre. Le tout se débattait dans le sac, au grand ébahissement de la foule qui grossissait et se renouvelait sans cesse à l'entour.

Dame Aloïse de Gondelaurier, une femme riche et noble qui tenait une jolie fille d'environ six ans à la main et qui traînait un long voile à la corne d'or de sa coiffe, s'arrêta en passant devant le lit, et considéra un moment la malheureuse créature, pendant que sa charmante petite fille Fleur-de-Lys de Gondelaurier, toute vêtue de soie et de velours, épelait avec son joli doigt l'écriteau permanent accroché au bois de lit : ENFANTS TROUVÉS.

— En vérité, dit la dame en se détournant avec dégoût, je croyais qu'on n'exposait ici que des enfants.

Elle tourna le dos, en jetant dans le bassin un florin d'argent qui retentit parmi les liards et fit ouvrir de grands yeux aux pauvres bonnes-femmes de la chapelle Étienne-Haudry.

Un moment après, le grave et savant Robert Mistricolle, protonotaire du roi, passa avec un énorme missel sous un bras et sa femme sous l'autre (damoiselle Guillemette la Mairesse), ayant de la sorte à ses côtés ses deux régulateurs spirituel et temporel.

— Enfant trouvé ! dit-il après avoir examiné l'objet. Trouvé apparemment sur le parapet du fleuve Phlégéto !

— On ne lui voit qu'un œil, observa damoiselle Guillemette. Il a sur l'autre une verrue.

— Ce n'est pas une verrue, reprit maître Robert Mistricolle. C'est un œuf qui renferme un autre démon tout pareil, lequel porte un autre petit œuf qui contient un autre diable, et ainsi de suite.

— Comment savez-vous cela ? demanda Guillemette la Mairesse.

— Je le sais pertinemment, répondit le protonotaire.

— Monsieur le protonotaire, demanda Gauchère, que pronostiquez-vous de ce prétendu enfant trouvé ?

— Les plus grands malheurs, répondit Mistricolle.

— Ah ! mon Dieu ! dit une vieille dans l'auditoire, avec cela qu'il y a eu une considérable pestilence l'an passé et qu'on dit que les Anglais vont débarquer en compagnie à Harefleu.

— Cela empêchera peut-être la reine de venir à Paris au mois de septembre, reprit une autre. La marchandise va déjà si mal !

— Je suis d'avis, s'écria Jehanne de la Tarme, qu'il vaudrait mieux pour les manants de Paris que ce petit magicien-là fût couché sur un fagot que sur une planche.

— Un beau fagot flambant ! ajouta la vieille.

— Cela serait plus prudent, dit Mistricolle.

Depuis quelques moments un jeune prêtre écoutait le raisonnement des haudriettes et les sentences du protonotaire. C'était une figure sévère, un front large, un regard profond. Il écarta silencieusement la foule, examina le *petit magicien*, et étendit la main sur lui. Il était temps. Car toutes les dévotes se léchaient déjà les barbes du *beau fagot flambant*.

— J'adopte cet enfant, dit le prêtre.

Il le prit dans sa soutane, et l'emporta. L'assistance le suivit d'un œil effaré. Un moment après, il avait disparu par la Porte-Rouge qui conduisait alors de l'église au cloître.

Quand la première surprise fut passée, Jehanne de la Tarme se pencha à l'oreille de la Gaultière :

— Je vous avais bien dit, ma sœur, que ce jeune clerc monsieur Claude Frollo est un sorcier.

II

CLAUDE FROLLO

En effet, Claude Frollo n'était pas un personnage vulgaire. Il appartenait à l'une de ces familles moyennes qu'on appelait indifféremment dans le langage impertinent du siècle dernier haute bourgeoisie ou petite noblesse. Cette famille avait hérité des frères Paclet le fief de Tirechappe, qui relevait de l'évêque de Paris, et dont les vingt-une maisons avaient été au treizième siècle l'objet de tant de plaidoiries par-devant l'official. Comme possesseur de ce fief Claude Frollo était un des *sept vingt-un* seigneurs prétendant censive dans Paris et ses faubourgs ; et l'on a pu voir longtemps son nom inscrit en cette qualité, entre l'hôtel de Tancarville, appartenant à maître François Le Rez, et le collège de Tours, dans le cartulaire déposé à Saint-Martin des Champs.

Claude Frollo avait été destiné dès l'enfance par ses parents à l'état ecclésiastique. On lui avait appris à lire dans du latin. Il avait été élevé à baisser les yeux et à parler bas. Tout enfant, son père l'avait cloîtré au collège de Torchi en l'Université. C'est là qu'il avait grandi, sur le missel et le Lexicon.

C'était d'ailleurs un enfant triste, grave, sérieux, qui étudiait ardemment et apprenait vite. Il ne jetait pas grand cri dans les récréations, se mêlait peu aux bacchanales de la rue du Fouarre, ne savait ce que c'était que *dare alapas et capillos laniare*, et n'avait fait aucune figure dans cette mutinerie de 1463 que les annalistes enregistrent gravement sous le titre de : « Sixième trouble de l'Université ». Il lui arrivait rarement de railler les pauvres écoliers de Montagu pour les *cappettes* dont ils tiraient leur nom, ou les boursiers du Collège de Dormans pour leur tonsure rase et leur surtout tri-parti de drap pers, bleu et violet, *azurini coloris et bruni*, comme dit la charte du cardinal des Quatre-Couronnes.

En revanche, il était assidu aux grandes et petites écoles de la rue Saint-Jean-de-Beauvais. Le premier écolier que l'abbé de Saint-Pierre de Val, au moment de commencer sa lecture de droit canon, apercevait toujours collé vis-à-vis de sa chaire à un pilier de l'école Saint-Vendregesile, c'était Claude Frollo, armé de son écritoire de corne, mâchant sa plume, griffonnant sur son genou usé, et l'hiver soufflant dans ses doigts. Le premier auditeur que messire Miles d'Isliers, docteur en Décret, voyait arriver chaque lundi matin, tout essoufflé, à l'ouverture des portes de l'école du Chef-Saint-Denis, c'était Claude Frollo. Aussi, à seize ans, le jeune clerc eût pu tenir tête, en théologie mystique à un père de l'église, en théologie canonique à un père des conciles, en théologie scolastique à un docteur de Sorbonne.

La théologie dépassée, il s'était précipité dans le Décret. Du *Maître des Sentences*, il était tombé aux *Capitulaires de Charlemagne*. Et successivement il avait dévoré, dans son appétit de science, décrétales sur décrétales, celles de Théodore, évêque d'Hispale, celles de Bouchard, évêque de Worms, celles d'Yves, évêque de Chartres ; puis le Décret de Gratien qui succéda aux Capitulaires de Charlemagne ; puis le recueil de Grégoire IX ; puis l'épître *Super specula* d'Honorius III. Il se fit claire, il se fit familière cette vaste et tumultueuse période du droit civil et du droit canon en lutte et en travail dans le chaos du moyen

âge, période que l'évêque Théodore ouvre en 618 et que
ferme en 1227 le pape Grégoire.

Le Décret digéré, il se jeta sur la médecine, et sur les
arts libéraux. Il étudia la science des herbes, la science des
onguents. Il devint expert aux fièvres et aux contusions,
aux navrures et aux apostumes. Jacques d'Espars l'eût reçu
médecin physicien, Richard Hellain, médecin chirurgien.
Il parcourut également tous les degrés de licence, maîtrise
et doctorerie des arts. Il étudia les langues, le latin, le grec,
l'hébreu, triple sanctuaire alors bien peu fréquenté.
C'était une véritable fièvre d'acquérir et de thésauriser en
fait de science. A dix huit ans, les quatre facultés y avaient
passé. Il semblait au jeune homme que la vie avait un but
unique : savoir.

Ce fut vers cette époque environ que l'été excessif de
1466 fit éclater cette grande peste qui enleva plus de quarante mille créatures dans la vicomté de Paris, et entre
autres, dit Jean de Troyes, « maître Arnoul, astrologien du
roi, qui était fort homme de bien, sage et plaisant ». Le
bruit se répandit dans l'Université que la rue Tirechappe
était en particulier dévastée par la maladie. C'est là que
résidaient, au milieu de leur fief, les parents de Claude. Le
jeune écolier courut fort alarmé à la maison paternelle.
Quand il y entra, son père et sa mère étaient morts de la
veille. Un tout jeune frère qu'il avait au maillot vivait
encore et criait abandonné dans son berceau. C'était tout
ce qui restait à Claude de sa famille. Le jeune homme prit
l'enfant sous son bras, et sortit pensif. Jusque-là il n'avait
vécu que dans la science, il commençait à vivre dans la
vie.

Cette catastrophe fut une crise dans l'existence de
Claude. Orphelin, aîné, chef de famille à dix-neuf ans, il se
sentit rudement rappelé des rêveries de l'école aux réalités
de ce monde. Alors, ému de pitié, il se prit de passion et de
dévouement pour cet enfant, son frère ; chose étrange et
douce qu'une affection humaine à lui qui n'avait encore
aimé que des livres.

Cette affection se développa à un point singulier. Dans
une âme aussi neuve, ce fut comme un premier amour.
Séparé depuis l'enfance de ses parents, qu'il avait à peine
connus, cloîtré et comme muré dans ses livres, avide avant
tout d'étudier et d'apprendre, exclusivement attentif jusqu'alors à son intelligence qui se dilatait dans la science, à
son imagination qui grandissait dans les lettres, le pauvre
écolier n'avait pas encore eu le temps de sentir la place de

son cœur. Ce jeune frère sans père ni mère, ce petit enfant, qui lui tombait brusquement du ciel sur les bras, fit de lui un homme nouveau. Il s'aperçut qu'il y avait autre chose dans le monde que les spéculations de la Sorbonne et les vers d'Homerus, que l'homme avait besoin d'affections, que la vie sans tendresse et sans amour n'était qu'un rouage sec, criard et déchirant ; seulement il se figura, car il était dans l'âge où les illusions ne sont encore remplacées que par des illusions, que les affections de sang et de famille étaient les seules nécessaires, et qu'un petit frère à aimer suffisait pour remplir toute une existence.

Il se jeta donc dans l'amour de son petit Jehan avec la passion d'un caractère déjà profond, ardent, concentré. Cette pauvre frêle créature, jolie, blonde, rose et frisée, cet orphelin sans autre appui qu'un orphelin, le remuait jusqu'au fond des entrailles ; et, grave penseur qu'il était, il se mit à réfléchir sur Jehan avec une miséricorde infinie. Il en prit souci et soin comme de quelque chose de très fragile et de très recommandé. Il fut à l'enfant plus qu'un frère, il lui devint une mère.

Le petit Jehan avait perdu sa mère, qu'il tétait encore. Claude le mit en nourrice. Outre le fief de Tirechappe, il avait eu en héritage de son père le fief du Moulin, qui relevait de la tour carrée de Gentilly. C'était un moulin sur une colline, près du château de Winchestre (Bicêtre). Il y avait la meunière qui nourrissait un bel enfant ; ce n'était pas loin de l'Université. Claude lui porta lui-même son petit Jehan.

Dès lors, se sentant un fardeau à traîner, il prit la vie très au sérieux. La pensée de son petit frère devint non seulement la récréation, mais encore le but de ses études. Il résolut de se consacrer tout entier à un avenir dont il répondait devant Dieu, et de n'avoir jamais d'autre épouse, d'autre enfant que le bonheur et la fortune de son frère. Il se rattacha donc plus que jamais à sa vocation cléricale. Son mérite, sa science, sa qualité de vassal immédiat de l'évêque de Paris, lui ouvraient toutes grandes les portes de l'église. A vingt ans, par dispense spéciale du saint-siège, il était prêtre, et desservait, comme le plus jeune des chapelains de Notre-Dame, l'autel qu'on appelle, à cause de la messe tardive qui s'y dit, *altare pigrorum*.

Là, plus que jamais plongé dans ses chers livres qu'il ne quittait que pour courir une heure au fief du Moulin, ce mélange de savoir et d'austérité, si rare à son âge, l'avait rendu promptement le respect et l'admiration du

cloître. Du cloître, sa réputation de savant avait été au
peuple, où elle avait un peu tourné, chose fréquente
alors, au renom de sorcier.

C'est au moment où il revenait, le jour de la Quasimodo,
de dire sa messe des paresseux à leur autel, qui était à
côté de la porte du chœur tendant à la nef, à droite,
proche l'image de la Vierge, que son attention avait été
éveillée par le groupe de vieilles glapissant autour du lit
des enfants-trouvés.

C'est alors qu'il s'était approché de la malheureuse
petite créature si haïe et si menacée. Cette détresse, cette
difformité, cet abandon, la pensée de son jeune frère, la
chimère qui frappa tout à coup son esprit que, s'il mou-
rait, son cher petit Jehan pourrait bien aussi, lui, être
jeté misérablement sur la planche des enfants-trouvés,
tout cela lui était venu au cœur à la fois, une grande pitié
s'était remuée en lui, et il avait emporté l'enfant.

Quand il tira cet enfant du sac il le trouva bien difforme
en effet. Le pauvre petit diable avait une verrue sur l'œil
gauche, la tête dans les épaules, la colonne vertébrale
arquée, le sternum proéminent, les jambes torses ; mais
il paraissait vivace ; et quoiqu'il fût impossible de savoir
quelle langue il bégayait, son cri annonçait quelque force
et quelque santé. La compassion de Claude s'accrut de
cette laideur ; et il fit vœu dans son cœur d'élever cet
enfant pour l'amour de son frère, afin que, quelles que
fussent dans l'avenir les fautes du petit Jehan, il eût par
devers lui cette charité, faite à son intention. C'était une
sorte de placement de bonnes œuvres qu'il effectuait sur
la tête de son jeune frère ; c'était une pacotille de bonnes
actions qu'il voulait lui amasser d'avance, pour le cas
où le petit drôle un jour se trouverait à court de cette
monnaie, la seule qui soit reçue au péage du paradis.

Il baptisa son enfant adoptif, et le nomma *Quasimodo*,
soit qu'il voulût marquer par là le jour où il l'avait trouvé,
soit qu'il voulût caractériser par ce nom à quel point la
pauvre petite créature était incomplète et à peine ébauchée.
En effet, Quasimodo, borgne, bossu, cagneux, n'était
guère qu'un *à peu près*.

III

IMMANIS PECORIS CUSTOS
IMMANIOR IPSE

Or, en 1482, Quasimodo avait grandi. Il était devenu,
depuis plusieurs années, sonneur de cloches de Notre-
Dame, grâce à son père adoptif Claude Frollo, lequel
était devenu archidiacre de Josas, grâce à son suzerain
messire Louis de Beaumont, lequel était devenu évêque
de Paris en 1472, à la mort de Guillaume Chartier, grâce
à son patron Olivier le Daim, barbier du roi Louis XI
par la grâce de Dieu.

Quasimodo était donc carillonneur de Notre-Dame.

Avec le temps, il s'était formé je ne sais quel lien
intime qui unissait le sonneur à l'église. Séparé à jamais
du monde par la double fatalité de sa naissance inconnue
et de sa nature difforme, emprisonné dès l'enfance dans
ce double cercle infranchissable, le pauvre malheureux
s'était accoutumé à ne rien voir dans ce monde au delà
des religieuses murailles qui l'avaient recueilli à leur
ombre. Notre-Dame avait été successivement pour lui,
selon qu'il grandissait et se développait, l'œuf, le nid,
la maison, la patrie, l'univers.

Et il est sûr qu'il y avait une sorte d'harmonie mystérieuse et préexistante entre cette créature et cet édifice.
Lorsque, tout petit encore, il se traînait tortueusement et
par soubresauts sous les ténèbres de ses voûtes, il semblait,
avec sa face humaine et sa membrure bestiale, le reptile
naturel de cette dalle humide et sombre sur laquelle
l'ombre des chapiteaux romans projetait tant de formes
bizarres.

Plus tard, la première fois qu'il s'accrocha machinalement à la corde des tours, et qu'il s'y pendit, et qu'il mit
la cloche en branle, cela fit à Claude, son père adoptif,
l'effet d'un enfant dont la langue se délie et qui commence
à parler.

C'est ainsi que peu à peu, se développant toujours dans
le sens de la cathédrale, y vivant, y dormant, n'en sortant
presque jamais, en subissant à toute heure la pression
mystérieuse, il arriva à lui ressembler, à s'y incruster, pour

ainsi dire, à en faire partie intégrante. Ses angles saillants
s'emboîtaient, qu'on nous passe cette figure, aux angles
rentrants de l'édifice, et il en semblait, non seulement
l'habitant, mais encore le contenu naturel. On pourrait
presque dire qu'il en avait pris la forme, comme le coli-
maçon prend la forme de sa coquille. C'était sa demeure,
son trou, son enveloppe. Il y avait entre la vieille église
et lui une sympathie instinctive si profonde, tant d'affinités magnétiques, tant d'affinités matérielles, qu'il y
adhérait en quelque sorte comme la tortue à son écaille.
La rugueuse cathédrale était sa carapace.

   Il est inutile d'avertir le lecteur de ne pas prendre au
pied de la lettre les figures que nous sommes obligé
d'employer ici pour exprimer cet accouplement singulier,
symétrique, immédiat, presque co-substantiel, d'un homme
et d'un édifice. Il est inutile de dire également à quel
point il s'était faite familière toute la cathédrale dans une
si longue et si intime cohabitation. Cette demeure lui
était propre. Elle n'avait pas de profondeur que Quasimodo n'eût pénétrée, pas de hauteur qu'il n'eût escaladée.
Il lui arrivait bien des fois de gravir la façade à plusieurs
élévations en s'aidant seulement des aspérités de la
sculpture. Les tours, sur la surface extérieure desquelles
on le voyait souvent ramper comme un lézard qui glisse
sur un mur à pic, ces deux géantes jumelles, si hautes,
si menaçantes, si redoutables, n'avaient pour lui ni vertige, ni terreur, ni secousses d'étourdissement ; à les
voir si douces sous sa main, si faciles à escalader, on eût
dit qu'il les avait apprivoisées. A force de sauter, de
grimper, de s'ébattre au milieu des abîmes de la gigantesque cathédrale, il était devenu en quelque façon singe
et chamois, comme l'enfant calabrais qui nage avant de
marcher, et joue, tout petit, avec la mer.

   Du reste, non seulement son corps semblait s'être
façonné selon la cathédrale, mais encore son esprit. Dans
quel état était cette âme, quel pli avait-elle contracté,
quelle forme avait-elle prise sous cette enveloppe nouée,
dans cette vie sauvage, c'est ce qu'il serait difficile de
déterminer. Quasimodo était né borgne, bossu, boiteux.
C'est à grande peine et à grande patience que Claude
Frollo était parvenu à lui apprendre à parler. Mais une
fatalité était attachée au pauvre enfant-trouvé. Sonneur
de Notre-Dame à quatorze ans, une nouvelle infirmité
était venue le parfaire ; les cloches lui avaient brisé le
tympan ; il était devenu sourd. La seule porte que la

nature lui eût laissée toute grande ouverte sur le monde s'était brusquement fermée à jamais.

En se fermant, elle intercepta l'unique rayon de joie et de lumière qui pénétrât encore dans l'âme de Quasimodo. Cette âme tomba dans une nuit profonde. La mélancolie du misérable devint incurable et complète comme sa difformité. Ajoutons que sa surdité le rendit en quelque façon muet. Car, pour ne pas donner à rire aux autres, du moment où il se vit sourd, il se détermina résolument à un silence qu'il ne rompait guère que lorsqu'il était seul. Il lia volontairement cette langue que Claude Frollo avait eu tant de peine à délier. De là il advenait que, quand la nécessité le contraignait de parler, sa langue était engourdie, maladroite, et comme une porte dont les gonds sont rouillés.

Si maintenant nous essayions de pénétrer jusqu'à l'âme de Quasimodo à travers cette écorce épaisse et dure ; si nous pouvions sonder les profondeurs de cette organisation mal faite ; s'il nous était donné de regarder avec un flambeau derrière ces organes sans transparence, d'explorer l'intérieur ténébreux de cette créature opaque, d'en élucider les recoins obscurs, les culs-de-sac absurdes, et de jeter tout à coup une vive lumière sur la psyché enchaînée au fond de cet antre, nous trouverions sans doute la malheureuse dans quelque attitude pauvre, rabougrie et rachitique comme ces prisonniers des plombs de Venise qui vieillissaient ployés en deux dans une boîte de pierre trop basse et trop courte.

Il est certain que l'esprit s'atrophie dans un corps manqué. Quasimodo sentait à peine se mouvoir aveuglément au dedans de lui une âme faite à son image. Les impressions des objets subissaient une réfraction considérable avant d'arriver à sa pensée. Son cerveau était un milieu particulier : les idées qui le traversaient en sortaient toutes tordues. La réflexion qui provenait de cette réfraction était nécessairement divergente et déviée.

De là mille illusions d'optique, mille aberrations de jugement, mille écarts où divaguait sa pensée, tantôt folle, tantôt idiote.

Le premier effet de cette fatale organisation, c'était de troubler le regard qu'il jetait sur les choses. Il n'en recevait presque aucune perception immédiate. Le monde extérieur lui semblait beaucoup plus loin qu'à nous.

Le second effet de son malheur, c'était de le rendre méchant.

Il était méchant en effet, parce qu'il était sauvage ; il était sauvage parce qu'il était laid. Il y avait une logique dans sa nature comme dans la nôtre.

Sa force, si extraordinairement développée, était une cause de plus de méchanceté. *Malus puer robustus*, dit Hobbes.

D'ailleurs, il faut lui rendre cette justice, la méchanceté n'était peut-être pas innée en lui. Dès ses premiers pas parmi les hommes, il s'était senti, puis il s'était vu conspué, flétri, repoussé. La parole humaine pour lui, c'était toujours une raillerie ou une malédiction. En grandissant il n'avait trouvé que la haine autour de lui. Il l'avait prise. Il avait gagné la méchanceté générale. Il avait ramassé l'arme dont on l'avait blessé.

Après tout, il ne tournait qu'à regret sa face du côté des hommes. Sa cathédrale lui suffisait. Elle était peuplée de figures de marbre, rois, saints, évêques, qui du moins ne lui éclataient pas de rire au nez et n'avaient pour lui qu'un regard tranquille et bienveillant. Les autres statues, celles des monstres et des démons, n'avaient pas de haine pour lui Quasimodo. Il leur ressemblait trop pour cela. Elles raillaient bien plutôt les autres hommes. Les saints étaient ses amis, et le bénissaient ; les monstres étaient ses amis, et le gardaient. Aussi avait-il de longs épanchements avec eux. Aussi passait-il quelquefois des heures entières, accroupi devant une de ces statues, à causer solitairement avec elle. Si quelqu'un survenait, il s'enfuyait comme un amant surpris dans sa sérénade.

Et la cathédrale ne lui était pas seulement la société, mais encore l'univers, mais encore toute la nature. Il ne rêvait pas d'autres espaliers que les vitraux toujours en fleur, d'autre ombrage que celui de ces feuillages de pierre qui s'épanouissent chargés d'oiseaux dans la touffe des chapiteaux saxons, d'autres montagnes que les tours colossales de l'église, d'autre océan que Paris qui bruissait à leurs pieds.

Ce qu'il aimait avant tout dans l'édifice maternel, ce qui réveillait son âme et lui faisait ouvrir ses pauvres ailes qu'elle tenait si misérablement reployées dans sa caverne, ce qui le rendait parfois heureux, c'étaient les cloches. Il les aimait, les caressait, leur parlait, les comprenait. Depuis le carillon de l'aiguille de la croisée jusqu'à la grosse cloche du portail, il les avait toutes en tendresse. Le clocher de la croisée, les deux tours, étaient pour lui comme trois grandes cages dont les oiseaux, élevés par lui, ne chantaient que pour lui. C'étaient pourtant ces mêmes cloches qui l'avaient rendu sourd, mais les mères aiment souvent le mieux l'enfant qui les a fait le plus souffrir.

Il est vrai que leur voix était la seule qu'il pût entendre encore. A ce titre, la grosse cloche était sa bien-aimée. C'est elle qu'il préférait dans cette famille de filles bruyantes qui se trémoussait autour de lui, les jours de fête. Cette grande cloche s'appelait Marie. Elle était seule dans la tour méridionale avec sa sœur Jacqueline, cloche de moindre taille, enfermée dans une cage moins grande à côté de la sienne. Cette Jacqueline était ainsi nommée du nom de la femme de Jean de Montagu, lequel l'avait donnée à l'église, ce qui ne l'avait pas empêché d'aller figurer sans tête à Montfaucon. Dans la deuxième tour il y avait six autres cloches, et enfin les six plus petites habitaient le clocher sur la croisée avec la cloche de bois qu'on ne sonnait que depuis l'après-dîner du jeudi absolut, jusqu'au matin de la vigile de Pâques. Quasimodo avait donc quinze cloches dans son sérail, mais la grosse Marie était la favorite.

On ne saurait se faire une idée de sa joie les jours de grande volée. Au moment où l'archidiacre l'avait lâché et lui avait dit : Allez! il montait la vis du clocher plus vite qu'un autre ne l'eût descendue. Il entrait tout essoufflé dans la chambre aérienne de la grosse cloche ; il la considérait un moment avec recueillement et amour ; puis il lui adressait doucement la parole, il la flattait de la main, comme un bon cheval qui va faire une longue course. Il la plaignait de la peine qu'elle allait avoir. Après ces premières caresses, il criait à ses aides, placés à l'étage inférieur de la tour, de commencer. Ceux-ci se pendaient aux câbles, le cabestan criait, et l'énorme capsule de métal s'ébranlait lentement. Quasimodo, palpitant, la suivait du regard. Le premier choc du battant et de la paroi d'airan faisait frissonner la charpente sur laquelle il était monté. Quasimodo vibrait avec la cloche. Vah! criait-il avec un éclat de rire insensé. Cependant le mouvement du bourdon s'accélérait, et à mesure qu'il parcourait un angle plus ouvert, l'œil de Quasimodo s'ouvrait aussi de plus en plus phosphorique et flamboyant. Enfin la grande volée commençait, toute la tour tremblait, charpentes, plombs, pierres de taille, tout grondait à la fois, depuis les pilotis de la fondation jusqu'aux trèfles du couronnement. Quasimodo alors bouillait à grosse écume ;

il allait, venait ; il tremblait avec la tour de la tête aux pieds. La cloche, déchaînée et furieuse, présentait alternativement aux deux parois de la tour sa gueule de bronze d'où s'échappait ce souffle de tempête qu'on entend à quatre lieues. Quasimodo se plaçait devant cette gueule ouverte ; il s'accroupissait, se relevait avec les retours de la cloche, aspirait ce souffle renversant, regardait tour à tour la place profonde qui fourmillait à deux cents pieds au-dessous de lui et l'énorme langue de cuivre qui venait de seconde en seconde lui hurler dans l'oreille. C'était la seule parole qu'il entendît, le seul son qui troublât pour lui le silence universel. Il s'y dilatait comme un oiseau au soleil. Tout à coup la frénésie de la cloche le gagnait ; son regard devenait extraordinaire ; il attendait le bourdon au passage, comme l'araignée attend la mouche, et se jetait brusquement sur lui à corps perdu. Alors, suspendu sur l'abîme, lancé dans le balancement formidable de la cloche, il saisissait le monstre d'airain aux oreillettes, l'étreignait de ses deux genoux, l'éperonnait de ses deux talons, et redoublait de tout le choc et de tout le poids de son corps la furie de la volée. Cependant la tour vacillait ; lui, criait et grinçait des dents, ses cheveux roux se hérissaient, sa poitrine faisait le bruit d'un soufflet de forge, son œil jetait des flammes, la cloche monstrueuse hennissait toute haletante sous lui, et alors ce n'était plus ni le bourdon de Notre-Dame ni Quasimodo, c'était un rêve, un tourbillon, une tempête ; le vertige à cheval sur le bruit ; un esprit cramponné à une croupe volante ; un étrange centaure moitié homme, moitié cloche ; une espèce d'Astolphe horrible emporté sur un prodigieux hippogriffe de bronze vivant.

La présence de cet être extraordinaire faisait circuler dans toute la cathédrale je ne sais quel souffle de vie. Il semblait qu'il s'échappât de lui, du moins au dire des superstitions grossissantes de la foule, une émanation mystérieuse qui animait toutes les pierres de Notre-Dame et faisait palpiter les profondes entrailles de la vieille église. Il suffisait qu'on le sût là pour que l'on crût voir vivre et remuer les mille statues des galeries et des portails. Et de fait, la cathédrale semblait une créature docile et obéissante sous sa main ; elle attendait sa volonté pour élever sa grosse voix ; elle était possédée et remplie de Quasimodo comme d'un génie familier. On eût dit qu'il faisait respirer l'immense édifice. Il y était partout en effet, il se multipliait sur tous les points du monument.

Tantôt on apercevait avec effroi au plus haut d'une des tours un nain bizarre qui grimpait, serpentait, rampait à quatre pattes, descendait en dehors sur l'abîme, sautelait de saillie en saillie, et allait fouiller dans le ventre de quelque gorgone sculptée ; c'était Quasimodo dénichant des corbeaux. Tantôt on se heurtait dans un coin obscur de l'église à une sorte de chimère vivante, accroupie et renfrognée ; c'était Quasimodo pensant. Tantôt on avisait sous un clocher une tête énorme et un paquet de membres désordonnés se balançant avec fureur au bout d'une corde ; c'était Quasimodo sonnant les vêpres ou l'angélus. Souvent, la nuit, on voyait errer une forme hideuse sur la frêle balustrade découpée en dentelle qui couronne les tours et borde le pourtour de l'abside ; c'était encore le bossu de Notre-Dame. Alors, disaient les voisines, toute l'église prenait quelque chose de fantastique, de surnaturel, d'horrible ; des yeux et des bouches s'y ouvraient çà et là ; on entendait aboyer les chiens, les guivres, les tarasques de pierre qui veillent jour et nuit, le cou tendu et la gueule ouverte, autour de la monstrueuse cathédrale ; et si c'était une nuit de Noël, tandis que la grosse cloche qui semblait râler appelait les fidèles à la messe ardente de minuit, il y avait un tel air répandu sur la sombre façade qu'on eût dit que le grand portail dévorait la foule et que la rosace la regardait. Et tout cela venait de Quasimodo. L'Égypte l'eût pris pour le dieu de ce temple ; le moyen âge l'en croyait le démon ; il en était l'âme.

A tel point que pour ceux qui savent que Quasimodo a existé, Notre-Dame est aujourd'hui déserte, inanimée, morte. On sent qu'il y a quelque chose de disparu. Ce corps immense est vide ; c'est un squelette ; l'esprit l'a quitté, on en voit la place, et voilà tout. C'est comme un crâne où il y a encore des trous pour les yeux, mais plus de regard.

IV

LE CHIEN ET SON MAITRE

Il y avait pourtant une créature humaine que Quasimodo exceptait de sa malice et de sa haine pour les autres, et qu'il aimait autant, plus peut-être que sa cathédrale ; c'était Claude Frollo.

La chose était simple. Claude Frollo l'avait recueilli, l'avait adopté, l'avait nourri, l'avait élevé. Tout petit, c'est dans les jambes de Claude Frollo qu'il avait coutume de se réfugier quand les chiens et les enfants aboyaient après lui. Claude Frollo lui avait appris à parler, à lire, à écrire. Claude Frollo enfin l'avait fait sonneur de cloches. Or, donner la grosse cloche en mariage à Quasimodo, c'était donner Juliette à Roméo.

Aussi la reconnaissance de Quasimodo était-elle profonde, passionnée, sans borne ; et quoique le visage de son père adoptif fût souvent brumeux et sévère, quoique sa parole fût habituellement brève, dure, impérieuse, jamais cette reconnaissance ne s'était démentie un seul instant. L'archidiacre avait en Quasimodo l'esclave le plus soumis, le valet le plus docile, le dogue le plus vigilant. Quand le pauvre sonneur de cloches était devenu sourd, il s'était établi entre lui et Claude Frollo une langue de signes, mystérieuse et comprise d'eux seuls. Dans cette façon l'archidiacre était le seul être humain avec lequel Quasimodo eût conservé communication. Il n'était en rapport dans ce monde qu'avec deux choses, Notre-Dame et Claude Frollo.

Rien de comparable à l'empire de l'archidiacre sur le sonneur, à l'attachement du sonneur pour l'archidiacre. Il eût suffi d'un signe de Claude et de l'idée de lui faire plaisir pour que Quasimodo se précipitât du haut des tours de Notre-Dame. C'était une chose remarquable que toute cette force physique, arrivée chez Quasimodo à un développement si extraordinaire, et mise aveuglément par lui à la disposition d'un autre. Il y avait là sans doute dévouement filial, attachement domestique ; il y avait aussi fascination d'un esprit par un autre esprit. C'était une pauvre, gauche et maladroite organisation qui se tenait la tête basse et les yeux suppliants devant une intelligence haute et profonde, puissante et supérieure. Enfin et par-dessus tout, c'était reconnaissance. Reconnaissance tellement poussée à sa limite extrême que nous ne saurions à quoi la comparer. Cette vertu n'est pas de celles dont les plus beaux exemples sont parmi les hommes. Nous dirons donc que Quasimodo aimait l'archidiacre comme jamais chien, jamais cheval, jamais éléphant n'a aimé son maître.

V

SUITE DE CLAUDE FROLLO

En 1482, Quasimodo avait environ vingt ans, Claude
Frollo environ trente-six : l'un avait grandi, l'autre avait
vieilli.

Claude Frollo n'était plus le simple écolier du collège
Torchi, le tendre protecteur d'un petit enfant, le jeune et
rêveur philosophe qui savait beaucoup de choses et qui en
ignorait beaucoup. C'était un prêtre austère, grave, morose;
un chargé d'âmes ; monsieur l'archidiacre de Josas, le
second acolyte de l'évêque, ayant sur les bras les deux
décanats de Montlhéry et de Châteaufort et cent soixante-
quatorze curés ruraux. C'était un personnage imposant et
sombre devant lequel tremblaient les enfants de chœur en
aube et en jaquette, les machicots, les confrères de Saint-
Augustin, les clercs matutinels de Notre-Dame, quand il
passait lentement sous les hautes ogives du chœur, majestueux, pensif, les bras croisés et la tête tellement ployée
sur la poitrine qu'on ne voyait de sa face que son grand
front chauve.

Dom Claude Frollo n'avait abandonné du reste ni la
science, ni l'éducation de son jeune frère, ces deux occupa-
tions de sa vie. Mais avec le temps il s'était mêlé quelque
amertume à ces choses si douces. A la longue, dit Paul Diacre, le meilleur lard rancit. Le petit Jehan Frollo, sur-
nommé *du Moulin* à cause du lieu où il avait été nourri,
n'avait pas grandi dans la direction que Claude avait voulu
lui imprimer. Le grand frère comptait sur un élève pieux,
docile, docte, honorable. Or le petit frère, comme ces
jeunes arbres qui trompent l'effort du jardinier et se tour-
nent opiniâtrément du côté d'où leur viennent l'air et le
soleil, le petit frère ne croissait et ne multipliait, ne poussait
de belles branches touffues et luxuriantes que du côté de la
paresse, de l'ignorance et de la débauche. C'était un vrai
diable, fort désordonné, ce qui faisait froncer le sourcil à
dom Claude, mais fort drôle et fort subtil, ce qui faisait
sourire le grand frère. Claude l'avait confié à ce même
collège de Torchi où il avait passé ses premières années
dans l'étude et le recueillement ; et c'était une douleur

pour lui que ce sanctuaire autrefois édifié du nom de Frollo
en fût scandalisé aujourd'hui. Il en faisait quelquefois à
Jehan de fort sévères et de fort longs sermons, que celui-ci
essuyait intrépidement. Après tout, le jeune vaurien avait
bon cœur, comme cela se voit dans toutes les comédies.
Mais, le sermon passé, il n'en reprenait pas moins tranquillement le cours de ses séditions et de ses énormités. Tantôt
c'était un *béjaune* (on appelait ainsi les nouveaux débar-
qués à l'Université) qu'il avait houspillé pour sa bienvenue ; tradition précieuse qui s'est soigneusement perpé-
tuée jusqu'à nos jours. Tantôt il avait donné le branle à
une bande d'écoliers, lesquels s'étaient classiquement jetés
sur un cabaret, *quasi classico excitati*, puis avaient battu
le tavernier « avec bâtons offensifs », et joyeusement pillé
la taverne jusqu'à effondrer les muids de vin dans la cave.
Et puis, c'était un beau rapport en latin que le sous-moniteur de Torchi apportait piteusement à dom Claude
avec cette douloureuse émargination : *Rixa ; prima causa
vinum optimum potatum.* Enfin on disait, horreur dans un
enfant de seize ans, que ses débordements allaient sou-
ventes fois jusqu'à la rue de Glatigny.

De tout cela, Claude, contristé et découragé dans ses
affections humaines, s'était jeté avec plus d'emportement
dans les bras de la science, cette sœur qui du moins ne
vous rit pas au nez et vous paie toujours, bien qu'en
monnaie quelquefois un peu creuse, les soins qu'on lui a
rendus. Il devint donc de plus en plus savant, et en même
temps, par une conséquence naturelle, de plus en plus
rigide comme prêtre, de plus en plus triste comme homme.
Il y a, pour chacun de nous, de certains parallélismes
entre notre intelligence, nos mœurs et notre caractère,
qui se développent sans discontinuité, et ne se rompent
qu'aux grandes perturbations de la vie.

Comme Claude Frollo avait parcouru dès sa jeunesse le
cercle presque entier des connaissances humaines positi-
ves, extérieures et licites, force lui fut, à moins de s'arrêter
ubi defuit orbis, force lui fut d'aller plus loin et de chercher
d'autres aliments à l'activité insatiable de son intelligence.
L'antique symbole du serpent qui se mord la queue convient surtout à la science. Il paraît que Claude Frollo
l'avait éprouvé. Plusieurs personnes graves affirmaient
qu'après avoir épuisé le *fas* du savoir humain, il avait osé
pénétrer dans le *nefas*. Il avait, disait-on, goûté successivement toutes les pommes de l'arbre de l'intelligence, et,
faim ou dégoût, il avait fini par mordre au fruit défendu.

Il avait pris place tour à tour, comme nos lecteurs l'ont vu,
aux conférences des théologiens en Sorbonne, aux assem-
blées des artiens à l'image Saint-Hilaire, aux disputes des
décrétistes à l'image Saint-Martin, aux congrégations des
médecins au bénitier de Notre-Dame, *ad cupam Nostræ
Dominæ* ; tous les mets permis et approuvés que ces quatre
grandes cuisines, appelées les quatre facultés, pouvaient
élaborer et servir à une intelligence, il les avait dévorés et la
satiété lui en était venue avant que sa faim fût apaisée ;
alors il avait creusé plus avant, plus bas, dessous toute cette
science finie, matérielle, limitée ; il avait risqué peut-être
son âme, et s'était assis dans la caverne à cette table mystérieuse des alchimistes, des astrologues, des hermétiques,
dont Averroès, Guillaume de Paris et Nicolas Flamel
tiennent le bout dans le moyen âge, et qui se prolonge
dans l'Orient, aux clartés du chandelier à sept branches,
jusqu'à Salomon, Pythagore et Zoroastre.

C'était du moins ce que l'on supposait, à tort ou à raison.

Il est certain que l'archidiacre visitait souvent le cimetière des Saints-Innocents où son père et sa mère avaient
été enterrés, il est vrai, avec les autres victimes de la peste
de 1466 ; mais qu'il paraissait beaucoup moins dévot à la
croix de leur fosse qu'aux figures étranges dont était chargé
le tombeau de Nicolas Flamel et de Claude Pernelle,
construit tout à côté.

Il est certain qu'on l'avait vu souvent longer la rue des
Lombards et entrer furtivement dans une petite maison
qui faisait le coin de la rue des Écrivains et de la rue
Marivaulx. C'était la maison que Nicolas Flamel avait
bâtie, où il était mort vers 1417, et qui, toujours déserte
depuis lors, commençait déjà à tomber en ruine, tant les
hermétiques et les souffleurs de tous les pays en avaient
usé les murs rien qu'en y gravant leurs noms. Quelques
voisins même affirmaient avoir vu une fois par un soupirail l'archidiacre Claude creusant, remuant et bêchant la
terre dans ces deux caves dont les jambes étrières avaient
été barbouillées de vers et d'hiéroglyphes sans nombre par
Nicolas Flamel lui-même. On supposait que Flamel avait
enfoui la pierre philosophale dans ces caves, et les alchimistes, pendant deux siècles, depuis Magistri jusqu'au
père Pacifique, n'ont cessé d'en tourmenter le sol que
lorsque la maison, si cruellement fouillée et retournée,
a fini par s'en aller en poussière sous leurs pieds.

Il est certain encore que l'archidiacre s'était épris d'une
passion singulière pour le portail symbolique de Notre-

Dame, cette page de grimoire écrite en pierre par l'évêque
Guillaume de Paris, lequel a sans doute été damné pour
avoir attaché un si infernal frontispice au saint poème que
chante éternellement le reste de l'édifice. L'archidiacre
Claude passait aussi pour avoir approfondi le colosse de
saint Christophe et cette longue statue énigmatique qui se
dressait alors à l'entrée du parvis et que le peuple appelait
dans ses dérisions *Monsieur Legris*. Mais, ce que tout le
monde avait pu remarquer, c'étaient les interminables
heures qu'il employait souvent, assis sur le parapet du
parvis, à contempler les sculptures du portail, examinant
tantôt les vierges folles avec leurs lampes renversées,
tantôt les vierges sages avec leurs lampes droites ; d'autres
fois calculant l'angle du regard de ce corbeau qui tient au
portail de gauche et qui regarde dans l'église un point
mystérieux où est certainement cachée la pierre philosophale, si elle n'est pas dans la cave de Nicolas Flamel.
C'était, disons-le en passant, une destinée singulière pour
l'église Notre-Dame à cette époque que d'être ainsi aimée
à deux degrés différents et avec tant de dévotion par deux
êtres aussi dissemblables que Claude et Quasimodo ;
aimée par l'un, sorte de demi-homme instinctif et sauvage,
pour sa beauté, pour sa stature, pour les harmonies qui se
dégagent de son magnifique ensemble ; aimée par l'autre,
imagination savante et passionnée, pour sa signification,
pour son mythe, pour le sens qu'elle renferme, pour le
symbole épars sous les sculptures de sa façade comme le
premier texte sous le second dans un palimpseste ; en un
mot, pour l'énigme qu'elle propose éternellement à l'intelligence.

Il est certain enfin que l'archidiacre s'était accommodé,
dans celle des deux tours qui regarde sur la Grève, tout à
côté de la cage aux cloches, une petite cellule fort secrète
où nul n'entrait, pas même l'évêque, disait-on, sans son
congé. Cette cellule avait été jadis pratiquée presque au
sommet de la tour, parmi les nids de corbeaux, par l'évêque
Hugo de Besançon *, qui y avait maléficié dans son temps.
Ce que renfermait cette cellule, nul ne le savait ; mais on
avait vu souvent, des grèves du Terrain, la nuit, à une
petite lucarne qu'elle avait sur le derrière de la tour, paraître, disparaître et reparaître à intervalles courts et égaux
une clarté rouge, intermittente, bizarre, qui semblait
suivre les aspirations haletantes d'un soufflet et venir plu-

---

* *Hugo II de Bisuncio*, 1326-1332. [*Note de V. H.*]

tôt d'une flamme que d'une lumière. Dans l'ombre, à
cette hauteur, cela faisait un effet singulier et les bonnes
femmes disaient : Voilà l'archidiacre qui souffle, l'enfer
pétille là-haut.

Il n'y avait pas dans tout cela après tout grandes preuves
de sorcellerie ; mais c'était bien toujours autant de fumée
qu'il en fallait pour supposer du feu ; et l'archidiacre avait
un renom assez formidable. Nous devons dire pourtant que
les sciences d'Égypte, que la nécromancie, que la magie,
même la plus blanche et la plus innocente, n'avaient pas
d'ennemi plus acharné, pas de dénonciateur plus impitoyable par-devant messieurs de l'officialité de Notre-
Dame. Que ce fût sincère horreur ou jeu joué du larron qui
crie : *au voleur*, cela n'empêchait pas l'archidiacre d'être
considéré par les doctes têtes du chapitre comme une âme
aventurée dans le vestibule de l'enfer, perdue dans les
antres de la cabale, tâtonnant dans les ténèbres des sciences
occultes. Le peuple ne s'y méprenait pas non plus ; chez
quiconque avait un peu de sagacité, Quasimodo passait
pour le démon, Claude Frollo pour le sorcier. Il était
évident que le sonneur devait servir l'archidiacre pendant
un temps donné au bout duquel il emporterait son âme
en guise de paiement. Aussi l'archidiacre était-il, malgré
l'austérité excessive de sa vie, en mauvaise odeur parmi les
bonnes âmes ; et il n'y avait pas nez de dévote si inexpérimentée qui ne le flairât magicien.

Et si, en vieillissant, il s'était formé des abîmes dans sa
science, il s'en était aussi formé dans son cœur. C'est du
moins ce qu'on était fondé à croire en examinant cette
figure sur laquelle on ne voyait reluire son âme qu'à travers un sombre nuage. D'où lui venait ce front chauve,
cette tête toujours penchée, cette poitrine toujours soule-
vée de soupirs ? Quelle secrète pensée faisait sourire sa
bouche avec tant d'amertume au même moment où ses
sourcils froncés se rapprochaient comme deux taureaux
qui vont lutter ? Pourquoi son reste de cheveux étaient-ils
déjà gris ? Quel était ce feu intérieur qui éclatait parfois
dans son regard, au point que son œil ressemblait à un trou
percé dans la paroi d'une fournaise ?

Ces symptômes d'une violente préoccupation morale
avaient surtout acquis un haut degré d'intensité à l'époque
où se passe cette histoire. Plus d'une fois un enfant de
chœur s'était enfui effrayé de le trouver seul dans l'église,
tant son regard était étrange et éclatant. Plus d'une fois,
dans le chœur, à l'heure des offices, son voisin de stalle

l'avait entendu mêler au plain-chant *ad omnem tonum* des
parenthèses inintelligibles. Plus d'une fois la buandière du
Terrain, chargée de « laver le chapitre », avait observé, non
sans effroi, des marques d'ongles et de doigts crispés dans
le surplis de monsieur l'archidiacre de Josas.

D'ailleurs, il redoublait de sévérité et n'avait jamais été
plus exemplaire. Par état comme par caractère il s'était
toujours tenu éloigné des femmes ; il semblait les haïr plus
que jamais. Le seul frémissement d'une cotte-hardie de
soie faisait tomber son capuchon sur ses yeux. Il était sur
ce point tellement jaloux d'austérité et de réserve que lorsque la dame de Beaujeu, fille du roi, vint au mois de décembre 1481 visiter le cloître de Notre-Dame, il s'opposa
gravement à son entrée, rappelant à l'évêque le statut du
Livre Noir, daté de la vigile Saint-Barthélemy 1334, qui
interdit l'accès du cloître à toute femme « quelconque,
vieille ou jeune, maîtresse ou chambrière ». Sur quoi
l'évêque avait été contraint de lui citer l'ordonnance du
légat Odo qui excepte certaines grandes dames, *aliquæ
magnates mulieres, quæ sine scandalo evitari non possunt.*
Et encore l'archidiacre protesta-t-il, objectant que l'ordonnance du légat, laquelle remontait à 1207, était antérieure de cent vingt-sept ans au Livre Noir, et par conséquent abrogée de fait par lui. Et il avait refusé de paraître
devant la princesse.

On remarquait en outre que son horreur pour les égyptiennes et les zingari semblait redoubler depuis quelque
temps. Il avait sollicité de l'évêque un édit qui fît expresse
défense aux bohémiennes de venir danser et tambouriner
sur la place du parvis, et il compulsait depuis le même
temps les archives moisies de l'official, afin de réunir les
cas de sorciers et de sorcières condamnés au feu ou à la
corde pour complicité de maléfices avec des boucs, des
truies ou des chèvres.

VI

IMPOPULARITÉ

L'archidiacre et le sonneur, nous l'avons déjà dit, étaient
médiocrement aimés du gros et menu peuple des environs de la cathédrale. Quand Claude et Quasimodo sortaient ensemble, ce qui arrivait maintes fois, et qu'on les

voyait traverser de compagnie, le valet suivant le maître, les rues fraîches, étroites et sombres du pâté Notre-Dame, plus d'une mauvaise parole, plus d'un fredon ironique, plus d'un quolibet insultant les harcelait au passage, à moins que Claude Frollo, ce qui arrivait rarement, ne marchât la tête droite et levée, montrant son front sévère et presque auguste aux goguenards interdits.

Tous deux étaient dans leur quartier comme les « poètes » dont parle Régnier.

> Toutes sortes de gens vont après les poètes,
> Comme après les hiboux vont criant les fauvettes.

Tantôt c'était un marmot sournois qui risquait sa peau et ses os pour avoir le plaisir ineffable d'enfoncer une épingle dans la bosse de Quasimodo. Tantôt une belle jeune fille, gaillarde et plus effrontée qu'il n'aurait fallu, frôlait la robe noire du prêtre en lui chantant sous le nez la chanson sardonique : *niche, niche, le diable est pris.* Quelquefois un groupe squalide de vieilles, échelonné et accroupi dans l'ombre sur les degrés d'un porche, bougonnait avec bruit au passage de l'archidiacre et du carillonneur, et leur jetait en maugréant cette encourageante bienvenue : « Hum ! en voici un qui a l'âme faite comme l'autre a le corps ! » Ou bien c'était une bande d'écoliers et de pousse-cailloux jouant aux merelles qui se levait en masse et les saluait classiquement de quelque huée en latin : *Eia ! eia ! Claudius cum claudo !*

Mais le plus souvent, l'injure passait inaperçue du prêtre et du sonneur. Pour entendre toutes ces gracieuses choses Quasimodo était trop sourd et Claude trop rêveur.

LIVRE CINQUIÈME

I

ABBAS BEATI MARTINI

La renommée de dom Claude s'était étendue au loin. Elle lui valut, à peu près vers l'époque où il refusa de voir madame de Beaujeu, une visite dont il garda longtemps le souvenir.

C'était un soir. Il venait de se retirer après l'office dans sa cellule canonicale du cloître Notre-Dame. Celle-ci, hormis peut-être quelques fioles de verre reléguées dans un coin, et pleines d'une poudre assez équivoque qui ressemblait fort à de la poudre de projection, n'offrait rien d'étrange ni de mystérieux. Il y avait bien çà et là quelques inscriptions sur le mur, mais c'étaient de pures sentences de science ou de piété extraites des bons auteurs. L'archidiacre venait de s'asseoir à la clarté d'un trois-becs de cuivre devant un vaste bahut chargé de manuscrits. Il avait appuyé son coude sur le livre tout grand ouvert d'Honorius d'Autun, *De prædestinatione et libero arbitrio*, et il feuilletait avec une réflexion profonde un in-folio imprimé qu'il venait d'apporter, le seul produit de la presse que renfermât sa cellule. Au milieu de sa rêverie, on frappa à sa porte. — Qui est là? cria le savant du ton gracieux d'un dogue affamé qu'on dérange de son os. Une voix répondit du dehors. — Votre ami, Jacques Coictier. — Il alla ouvrir.

C'était en effet le médecin du roi; un personnage d'une cinquantaine d'années dont la physionomie dure n'était corrigée que par un regard rusé. Un autre homme l'accompagnait. Tous deux portaient une longue robe couleur ardoise fourrée de petit-gris, ceinturonnée et fermée, avec le bonnet de même étoffe et de même couleur. Leurs mains disparaissaient sous leurs manches, leurs pieds sous leurs robes, leurs yeux sous leurs bonnets.

— Dieu me soit en aide, messires ! dit l'archidiacre en les introduisant, je ne m'attendais pas à si honorable visite à pareille heure. Et tout en parlant de cette façon courtoise, il promenait du médecin à son compagnon un regard inquiet et scrutateur.

— Il n'est jamais trop tard pour venir visiter un savant aussi considérable que dom Claude Frollo de Tirechappe, répondit le docteur Coictier, dont l'accent franc-comtois faisait traîner toutes ses phrases avec la majesté d'une robe à queue.

Alors commença entre le médecin et l'archidiacre un de ces prologues congratulateurs qui précédaient à cette époque, selon l'usage, toute conversation entre savants et qui ne les empêchaient pas de se détester le plus cordialement du monde. Au reste, il en est encore de même aujourd'hui, toute bouche de savant qui compliment un autre savant est un vase de fiel emmiellé.

Les félicitations de Claude Frollo à Jacques Coictier avaient trait surtout aux nombreux avantages temporels que le digne médecin avait su extraire, dans le cours de sa carrière si enviée, de chaque maladie du roi, opération d'une alchimie meilleure et plus certaine que la poursuite de la pierre philosophale.

— En vérité, monsieur le docteur Coictier, j'ai eu grande joie d'apprendre l'évêché de votre neveu, mon révérend seigneur Pierre Versé. N'est-il pas évêque d'Amiens ?

— Oui, monsieur l'archidiacre ; c'est une grâce et miséricorde de Dieu.

— Savez-vous que vous aviez bien grande mine, le jour de Noël, à la tête de votre compagnie de la chambre des Comptes, monsieur le président ?

— Vice-président, dom Claude. Hélas ! rien de plus.

— Où en est votre superbe maison de la rue Saint-André-des-Arcs ? C'est un Louvre. J'aime fort l'abricotier qui est sculpté sur la porte avec ce jeu de mots qui est plaisant : A L'ABRI-COTIER.

— Hélas ! maître Claude, toute cette maçonnerie me coûte gros. A mesure que la maison s'édifie, je me ruine.

— Ho ! n'avez-vous pas vos revenus de la Geôle et du bailliage du Palais, et la rente de toutes les maisons, étaux, loges, échoppes de la Clôture ? c'est traire une belle mamelle.

— Ma châtellenie de Poissy ne m'a rien rapporté cette année.

— Mais vos péages de Triel, de Saint-James, de Saint-Germain-en-Laye, sont toujours bons.

— Six-vingt livres, pas même parisis.

— Vous avez votre office de conseiller du roi. C'est fixe cela.

— Oui, confrère Claude, mais cette maudite seigneurie de Poligny, dont on fait bruit, ne me vaut pas soixante écus d'or, bon an mal an.

Il y avait dans les compliments que dom Claude adressait à Jacques Coictier cet accent sardonique, aigre et sourdement railleur, ce sourire triste et cruel d'un homme supérieur et malheureux qui joue un moment par distraction avec l'épaisse prospérité d'un homme vulgaire. L'autre ne s'en apercevait pas.

— Sur mon âme, dit enfin Claude en lui serrant la main, je suis aise de vous voir en si grande santé.

— Merci, maître Claude.

— A propos, s'écria dom Claude, comment va votre royal malade ?

— Il ne paie pas assez son médecin, répondit le docteur en jetant un regard de côté à son compagnon.

— Vous trouvez, compère Coictier ? dit le compagnon.

Cette parole, prononcée du ton de la surprise et du reproche, ramena sur ce personnage inconnu l'attention de l'archidiacre qui, à vrai dire, ne s'en était pas complètement détournée un seul moment depuis que cet étranger avait franchi le seuil de la cellule. Il avait même fallu les mille raisons qu'il avait de ménager le docteur Jacques Coictier, le tout-puissant médecin du roi Louis XI, pour qu'il le reçût ainsi accompagné. Aussi sa mine n'eut-elle rien de bien cordial quand Jacques Coictier lui dit :

— A propos, dom Claude, je vous amène un confrère qui vous a voulu voir sur votre renommée.

— Monsieur est de la science ? demanda l'archidiacre en fixant sur le compagnon de Coictier son œil pénétrant. Il ne trouva pas sous les sourcils de l'inconnu un regard moins perçant et moins défiant que le sien.

C'était, autant que la faible clarté de la lampe permettait d'en juger, un vieillard d'environ soixante ans et de moyenne taille, qui paraissait assez malade et cassé. Son profil, quoique d'une ligne très bourgeoise, avait quelque chose de puissant et de sévère, sa prunelle étincelait sous une arcade sourcilière très profonde comme une lumière au fond d'un antre ; et sous le bonnet rabattu qui lui tombait sur le nez on sentait tourner les larges plans d'un front de génie.

Il se chargea de répondre lui-même à la question de l'archidiacre.

— Révérend maître, dit-il d'une voix grave, votre renom est venu jusqu'à moi, et j'ai voulu vous consulter. Je ne suis qu'un pauvre gentilhomme de province qui ôte ses souliers avant d'entrer chez les savants. Il faut que vous sachiez mon nom. Je m'appelle le compère Tourangeau.

— Singulier nom pour un gentilhomme ! pensa l'archidiacre. Cependant il se sentait devant quelque chose de fort et de sérieux. L'instinct de sa haute intelligence lui en faisait deviner une non moins haute sous le bonnet fourré du compère Tourangeau ; et en considérant cette grave figure, le rictus ironique que la présence de Jacques Coictier avait fait éclore sur son visage morose s'évanouit peu à peu comme le crépuscule à un horizon de nuit. Il s'était rassis morne et silencieux sur son grand fauteuil, son coude avait repris sa place accoutumée sur la table, et son front sur sa main. Après quelques moments de méditation, il fit signe aux deux visiteurs de s'asseoir, et adressa la parole au compère Tourangeau.

— Vous venez me consulter, maître, et sur quelle science ?

— Révérend, répondit le compère Tourangeau, je suis malade, très malade. On vous dit grand Esculape, et je suis venu vous demander un conseil de médecine.

— Médecine ! dit l'archidiacre en hochant la tête. Il sembla se recueillir un instant et reprit : — Compère Tourangeau, puisque c'est votre nom, tournez la tête. Vous trouverez ma réponse toute écrite sur le mur.

Le compère Tourangeau obéit, et lut au-dessus de sa tête cette inscription gravée sur la muraille : — *La médecine est fille des songes.* — JAMBLIQUE.

Cependant le docteur Jacques Coictier avait entendu la question de son compagnon avec un dépit que la réponse de dom Claude avait redoublé. Il se pencha à l'oreille du compère Tourangeau et lui dit, assez bas pour ne pas être entendu de l'archidiacre : — Je vous avais prévenu que c'était un fou. Vous l'avez voulu voir !

— C'est qu'il se pourrait fort bien qu'il eût raison, ce fou, docteur Jacques ! répondit le compère du même ton, et avec un sourire amer.

— Comme il vous plaira ! répliqua Coictier sèchement.

Puis s'adressant à l'archidiacre : — Vous êtes preste en besogne, dom Claude, et vous n'êtes guère plus empêché d'Hippocratès qu'un singe d'une noisette. La médecine un songe ! Je doute que les pharmacopoles et les maîtres myrrhes se tinssent de vous lapider s'ils étaient là. Donc vous niez l'influence des philtres sur le sang, des onguents sur la chair ! Vous niez cette éternelle pharmacie de fleurs et de métaux qu'on appelle le monde, faite exprès pour cet éternel malade qu'on appelle l'homme !

— Je ne nie, dit froidement dom Claude, ni la pharmacie ni le malade. Je nie le médecin.

— Donc il n'est pas vrai, reprit Coictier avec chaleur, que la goutte soit une dartre en dedans, qu'on guérisse une plaie d'artillerie par l'application d'une souris rôtie, qu'un jeune sang convenablement infusé rende la jeunesse à de vieilles veines ; il n'est pas vrai que deux et deux font quatre, et que l'emprosthotonos succède à l'opisthotonos !

L'archidiacre répondit sans s'émouvoir : — Il y a certaines choses dont je pense d'une certaine façon.

Coictier devint rouge de colère.

— Là, là, mon bon Coictier, ne nous fâchons pas, dit le compère Tourangeau. Monsieur l'archidiacre est notre ami.

Coictier se calma en grommelant à demi-voix : — Après tout, c'est un fou !

— Pasquedieu, maître Claude, reprit le compère Tourangeau après un silence, vous me gênez fort. J'avais deux consultations à requérir de vous, l'une touchant ma santé, l'autre touchant mon étoile.

— Monsieur, repartit l'archidiacre, si c'est là votre pensée, vous auriez aussi bien fait de ne pas vous essouffler aux degrés de mon escalier. Je ne crois pas à la médecine. Je ne crois pas à l'astrologie.

— En vérité ! dit le compère avec surprise.

Coictier riait d'un rire forcé.

— Vous voyez bien qu'il est fou, dit-il tout bas au compère Tourangeau. Il ne croit pas à l'astrologie !

— Le moyen d'imaginer, poursuivit dom Claude, que chaque rayon d'étoile est un fil qui tient à la tête d'un homme !

— Et à quoi croyez-vous donc ? s'écria le compère Tourangeau.

L'archidiacre resta un moment indécis, puis il laissa échapper un sombre sourire qui semblait démentir sa réponse : — *Credo in Deum.*

— *Dominum nostrum,* ajouta le compère Tourangeau avec un signe de croix.

— *Amen*, dit Coictier.

— Révérend maître, reprit le compère, je suis charmé dans l'âme de vous voir en si bonne religion. Mais, grand savant que vous êtes, l'êtes-vous donc à ce point de ne plus croire à la science ?

— Non, dit l'archidiacre en saisissant le bras du compère Tourangeau, et un éclair d'enthousiasme se ralluma dans sa terne prunelle, non, je ne nie pas la science. Je n'ai pas rampé si longtemps à plat ventre et les ongles dans la terre à travers les innombrables embranchements de la caverne sans apercevoir, au loin devant moi, au bout de l'obscure galerie, une lumière, une flamme, quelque chose, le reflet sans doute de l'éblouissant laboratoire central où les patients et les sages ont surpris Dieu.

— Et enfin, interrompit le Tourangeau, quelle chose tenez-vous vraie et certaine ?

— L'alchimie.

Coictier se récria : — Pardieu, dom Claude, l'alchimie a sa raison sans doute, mais pourquoi blasphémer la médecine et l'astrologie ?

— Néant, votre science de l'homme ! néant, votre science du ciel ! dit l'archidiacre avec empire.

— C'est mener grand train Epidaurus et la Chaldée, répliqua le médecin en ricanant.

— Écoutez, messire Jacques. Ceci est dit de bonne foi. Je ne suis pas médecin du roi, et sa majesté ne m'a pas donné le jardin Dédalus pour y observer les constellations. — Ne vous fâchez pas et écoutez-moi. — Quelle vérité avez-vous tirée, je ne dis pas de la médecine, qui est chose par trop folle, mais de l'astrologie ? Citez-moi les vertus du boustrophédon vertical, les trouvailles du nombre ziruph et du nombre zephirod.

— Nierez-vous, dit Coictier, la force sympathique de la clavicule et que la cabalistique en dérive ?

— Erreur, messire Jacques ! aucune de vos formules n'aboutit à la réalité. Tandis que l'alchimie a ses découvertes. Contesterez-vous des résultats comme ceux-ci ? — La glace enfermée sous terre pendant mille ans se transforme en cristal de roche. — Le plomb est l'aïeul de tous les métaux. (Car l'or n'est pas un métal, l'or est la lumière.) — Il ne faut au plomb que quatre périodes de deux cents ans chacune pour passer successivement de l'état de plomb à l'état d'arsenic rouge, de l'arsenic rouge à l'étain, de l'étain à l'argent. Sont-ce là des faits ? Mais croire à la clavicule, à la ligne pleine et aux étoiles, c'est aussi ridicule que de croire, avec les habitants du Grand-Cathay, que le loriot se change en taupe et les grains de blé en poisson du genre cyprin !

— J'ai étudié l'hermétique, s'écria Coictier, et j'affirme...

Le fougueux archidiacre ne le laissa pas achever. — Et moi j'ai étudié la médecine, l'astrologie et l'hermétique. Ici seulement est la vérité (en parlant ainsi il avait pris sur le bahut une fiole pleine de cette poudre dont nous avons parlé plus haut), ici seulement est la lumière ! Hippocratès, c'est un rêve, Urania, c'est un rêve, Hermès, c'est une pensée. L'or, c'est le soleil, faire de l'or, c'est être Dieu. Voilà l'unique science. J'ai sondé la médecine et l'astrologie, vous dis-je ! Néant, Le corps humain, ténèbres ; les astres, ténèbres !

Et il retomba sur son fauteuil dans une attitude puissante et inspirée. Le compère Tourangeau l'observait en silence. Coictier s'efforçait de ricaner, haussait imperceptiblement les épaules, et répétait à voix basse : Un fou !

— Et, dit tout à coup le Tourangeau, le but mirifique, l'avez-vous touché ? avez-vous fait de l'or ?

— Si j'en avais fait, répondit l'archidiacre en articulant lentement ses paroles comme un homme qui réfléchit, le roi de France s'appellerait Claude et non Louis.

Le compère fronça le sourcil.

— Qu'est-ce que je dis là ? reprit dom Claude avec un sourire de dédain. Que me ferait le trône de France quand je pourrais rebâtir l'empire d'Orient !

— A la bonne heure ! dit le compère.

— Oh ! le pauvre fou ! murmura Coictier.

L'archidiacre poursuivit, paraissant ne plus répondre qu'à ses pensées :

— Mais non, je rampe encore ; je m'écorche la face et les genoux aux cailloux de la voie souterraine. J'entrevois, je ne contemple pas ! je ne lis pas, j'épelle !

— Et quand vous saurez lire, demanda le compère, ferez-vous de l'or ?

— Qui en doute ? dit l'archidiacre.

— En ce cas, Notre-Dame sait que j'ai grande nécessité d'argent, et je voudrais bien apprendre à lire dans vos livres. Dites-moi, révérend maître, votre science est-elle pas ennemie ou déplaisante à Notre-Dame ?

A cette question du compère, dom Claude se contenta de répondre avec une tranquille hauteur : — De qui suis-je archidiacre ?

— Cela est vrai, mon maître. Eh bien! vous plairait-il m'initier ? Faites-moi épeler avec vous.

Claude prit l'attitude majestueuse et pontificale d'un Samuel.

— Vieillard, il faut de plus longues années qu'il ne vous en reste pour entreprendre ce voyage à travers les choses mystérieuses. Votre tête est bien grise! On ne sort de la caverne qu'avec des cheveux blancs, mais on n'y entre qu'avec des cheveux noirs. La science sait bien toute seule creuser, flétrir et dessécher les faces humaines ; elle n'a pas besoin que la vieillesse lui apporte des visages tout ridés. Si cependant l'envie vous possède de vous mettre en discipline à votre âge et de déchiffrer l'alphabet redoutable des sages, venez à moi, c'est bien, j'essaierai. Je ne vous dirai pas, à vous pauvre vieux, d'aller visiter les chambres sépulcrales des pyramides dont parle l'ancien Hérodotus, ni la tour de briques de Babylone, ni l'immense sanctuaire de marbre blanc du temple indien d'Eklinga. Je n'ai pas vu plus que vous les maçonneries chaldéennes construites suivant la forme sacrée du Sikra, ni le temple de Salomon qui est détruit, ni les portes de pierre du sépulcre des rois d'Israël qui sont brisées. Nous nous contenterons des fragments du livre d'Hermès que nous avons ici. Je vous expliquerai la statue de saint Christophe, le symbole du Semeur, et celui des deux anges qui sont au portail de la Sainte-Chapelle, et dont l'un a sa main dans un vase et l'autre dans une nuée...

Ici, Jacques Coictier, que les répliques fougueuses de l'archidiacre avaient désarçonné, se remit en selle, et l'interrompit du ton triomphant d'un savant qui en redresse un autre : — *Erras, amice Claudi*. Le symbole n'est pas le nombre. Vous prenez Orpheus pour Hermès.

— C'est vous qui errez, répliqua gravement l'archidiacre. Dedalus, c'est le soubassement, Orpheus, c'est la muraille, Hermès, c'est l'édifice. C'est le tout. — Vous viendrez quand vous voudrez, poursuivit-il en se tournant vers le Tourangeau, je vous montrerai les parcelles d'or restées au fond du creuset de Nicolas Flamel, et vous les comparerez à l'or de Guillaume de Paris. Je vous apprendrai les vertus secrètes du mot grec *peristera*. Mais avant tout, je vous ferai lire l'une après l'autre les lettres de marbre de l'alphabet, les pages de granit du livre. Nous irons du portail de l'évêque Guillaume et de Saint-Jean-le-Rond à la Sainte-Chapelle, puis à la maison de Nicolas Flamel, rue Marivaulx, à son tombeau, qui est aux Saints-Innocents,

à ses deux hôpitaux rue de Montmorency. Je vous ferai
lire les hiéroglyphes dont sont couverts les quatre gros
chenets de fer du portail de l'hôpital Saint-Gervais et de
la rue de la Ferronnerie. Nous épellerons encore ensemble
les façades de Saint-Côme, de Sainte-Geneviève-des-
Ardents, de Saint-Martin, de Saint-Jacques-de-la-Boucherie...

Il y avait déjà longtemps que le Tourangeau, si intelligent que fût son regard, paraissait ne plus comprendre
dom Claude. Il l'interrompit.

— Pasquedieu! qu'est-ce que c'est donc que vos livres?

— En voici un, dit l'archidiacre.

Et ouvrant la fenêtre de la cellule, il désigna du doigt
l'immense église de Notre-Dame, qui, découpant sur un
ciel étoilé la silhouette noire de ses deux tours, de ses côtes
de pierre et de sa croupe monstrueuse, semblait un énorme
sphinx à deux têtes assis au milieu de la ville.

L'archidiacre considéra quelque temps en silence le
gigantesque édifice, puis étendant avec un soupir sa main
droite vers le livre imprimé qui était ouvert sur sa table et
sa main gauche vers Notre-Dame, et promenant un triste
regard du livre à l'église :

— Hélas! dit-il, ceci tuera cela.

Coictier qui s'était approché du livre avec empressement
ne put s'empêcher de s'écrier : — Hé mais! qu'y a-t-il
donc de si redoutable en ceci : GLOSSA IN EPISTOLAS
D. PAULI. *Norimbergæ, Antonius Koburger*, 1474? Ce n'est
pas nouveau. C'est un livre de Pierre Lombard, le Maître
des Sentences. Est-ce parce qu'il est imprimé?

— Vous l'avez dit, répondit Claude, qui semblait
absorbé dans une profonde méditation et se tenait debout,
appuyant son index reployé sur l'in-folio sorti des presses
fameuses de Nuremberg. Puis il ajouta ces paroles mystérieuses : — Hélas! hélas! les petites choses viennent à bout
des grandes; une dent triomphe d'une masse. Le rat du
Nil tue le crocodile, l'espadon tue la baleine, le livre tuera
l'édifice!

Le couvre-feu du cloître sonna au moment où le docteur
Jacques répétait tout bas à son compagnon son éternel
refrain : *Il est fou.* — A quoi le compagnon répondit cette
fois : — Je crois que oui.

C'était l'heure où aucun étranger ne pouvait rester dans
le cloître. Les deux visiteurs se retirèrent. — Maître, dit le
compère Tourangeau, en prenant congé de l'archidiacre,
j'aime les savants et les grands esprits, et je vous tiens en

estime singulière. Venez demain au palais des Tournelles, et demandez l'abbé de Saint-Martin de Tours.

L'archidiacre rentra chez lui stupéfait, comprenant enfin quel personnage c'était que le compère Tourangeau, et se rappelant ce passage du cartulaire de Saint-Martin de Tours : *Abbas beati Martini*, SCILICET REX FRANCIÆ, *est canònicus de consuetudine et habet parvam præbendam quam habet sanctus Venantius et debet sedere in sede thesaurarii.*

On affirmait que depuis cette époque l'archidiacre avait de fréquentes conférences avec Louis XI, quand sa majesté venait à Paris, et que le crédit de dom Claude faisait ombre à Olivier le Daim et à Jacques Coictier, lequel, selon sa manière, en rudoyait fort le roi.

II

CECI TUERA CELA

Nos lectrices nous pardonneront de nous arrêter un moment pour chercher quelle pouvait être la pensée qui se dérobait sous ces paroles énigmatiques de l'archidiacre : *Ceci tuera cela. Le livre tuera l'édifice.*

A notre sens, cette pensée avait deux faces. C'était d'abord une pensée de prêtre. C'était l'effroi du sacerdoce devant un agent nouveau, l'imprimerie. C'était l'épouvante et l'éblouissement de l'homme du sanctuaire devant la presse lumineuse de Gutenberg. C'était la chaire et le manuscrit, la parole parlée et la parole écrite, s'alarmant de la parole imprimée ; quelque chose de pareil à la stupeur d'un passereau qui verrait l'ange Légion ouvrir ses six millions d'ailes. C'était le cri du prophète qui entend déjà bruire et fourmiller l'humanité émancipée, qui voit dans l'avenir l'intelligence saper la foi, l'opinion détrôner la croyance, le monde secouer Rome. Pronostic du philosophe qui voit la pensée humaine, volatilisée par la presse, s'évaporer du récipient théocratique. Terreur du soldat qui examine le bélier d'airain et qui dit : La tour croulera. Cela signifiait qu'une puissance allait succéder à une autre puissance. Cela voulait dire : La presse tuera l'église.

Mais sous cette pensée, la première et la plus simple sans doute, il y en avait à notre avis une autre, plus neuve, un corollaire de la première moins facile à apercevoir et plus facile à contester, une vue, tout aussi philosophique, non plus du prêtre seulement, mais du savant et de l'artiste. C'était pressentiment que la pensée humaine en changeant de forme allait changer de mode d'expression, que l'idée capitale de chaque génération ne s'écrirait plus avec la même matière et de la même façon, que le livre de pierre, si solide et si durable, allait faire place au livre de papier, plus solide et plus durable encore. Sous ce rapport, la vague formule de l'archidiacre avait un second sens ; elle signifiait qu'un art allait détrôner un autre art. Elle voulait dire : L'imprimerie tuera l'architecture.

En effet, depuis l'origine des choses jusqu'au quinzième siècle de l'ère chrétienne inclusivement, l'architecture est le grand livre de l'humanité, l'expression principale de l'homme à ses divers états de développement soit comme force, soit comme intelligence.

Quand la mémoire des premières races se sentit surchargée, quand le bagage des souvenirs du genre humain devint si lourd et si confus que la parole, nue et volante, risqua d'en perdre en chemin, on les transcrivit sur le sol de la façon la plus visible, la plus durable et la plus naturelle à la fois. On scella chaque tradition sous un monument.

Les premiers monuments furent de simples quartiers de roche *que le fer n'avait pas touchés*, dit Moïse. L'architecture commença comme toute écriture. Elle fut d'abord alphabet. On plantait une pierre debout, et c'était une lettre, et chaque lettre était un hiéroglyphe, et sur chaque hiéroglyphe reposait un groupe d'idées comme le chapiteau sur la colonne. Ainsi firent les premières races, partout, au même moment, sur la surface du monde entier. On retrouve la *pierre levée* des celtes dans la Sibérie d'Asie, dans les pampas d'Amérique.

Plus tard on fit des mots. On superposa la pierre à la pierre, on accoupla ces syllabes de granit, le verbe essaya quelques combinaisons. Le dolmen et le cromlech celtes, le tumulus étrusque, le galgal hébreu, sont des mots. Quelques-uns, le tumulus surtout, sont des noms propres. Quelquefois même, quand on avait beaucoup de pierre et une vaste plage, on écrivait une phrase. L'immense entassement de Karnac est déjà une formule tout entière.

Enfin on fit des livres. Les traditions avaient enfanté des symboles, sous lesquels elles disparaissaient comme le tronc de l'arbre sous son feuillage ; tous ces symboles, auxquels l'humanité avait foi, allaient croissant, se multipliant, se croisant, se compliquant de plus en plus ; les

premiers monuments ne suffisaient plus à les contenir ; ils
en étaient débordés de toutes parts ; à peine ces monuments exprimaient-ils encore la tradition primitive, comme
eux simple, nue et gisante sur le sol. Le symbole avait
besoin de s'épanouir dans l'édifice. L'architecture alors se
développa avec la pensée humaine ; elle devint géante à
mille têtes et à mille bras, et fixa sous une forme éternelle,
visible, palpable, tout ce symbolisme flottant. Tandis que
Dédale, qui est la force, mesurait, tandis qu'Orphée, qui
est l'intelligence, chantait, le pilier qui est une lettre,
l'arcade qui est une syllabe, la pyramide qui est un mot,
mis en mouvement à la fois par une loi de géométrie et par
une loi de poésie, se groupaient, se combinaient, s'amalga-
maient, descendaient, montaient, se juxtaposaient sur le
sol, s'étageaient dans le ciel, jusqu'à ce qu'ils eussent écrit,
sous la dictée de l'idée générale d'une époque, ces livres
merveilleux qui étaient aussi de merveilleux édifices : la
pagode d'Eklinga, le Rhamseïon d'Égypte, le temple de
Salomon.

L'idée mère, le verbe, n'était pas seulement au fond de
tous ces édifices, mais encore dans la forme. Le temple de
Salomon, par exemple, n'était point simplement la reliure
du livre saint, il était le livre saint lui-même. Sur chacune
de ses enceintes concentriques les prêtres pouvaient lire le
verbe traduit et manifesté aux yeux, et ils suivaient ainsi
ses transformations de sanctuaire en sanctuaire jusqu'à ce
qu'ils le saisissent dans son dernier tabernacle sous sa
forme la plus concrète qui était encore de l'architecture :
l'arche. Ainsi le verbe était enfermé dans l'édifice, mais
son image était sur son enveloppe comme la figure humaine
sur le cercueil d'une momie.

Et non seulement la forme des édifices mais encore l'emplacement qu'ils se choisissaient révélait la pensée qu'ils
représentaient. Selon que le symbole à exprimer était gracieux ou sombre, la Grèce couronnait ses montagnes d'un
temple harmonieux à l'œil, l'Inde éventrait les siennes pour
y ciseler ces difformes pagodes souterraines portées par de
gigantesques rangées d'éléphants de granit.

Ainsi, durant les six mille premières années du monde,
depuis la pagode la plus immémoriale de l'Hindoustan
jusqu'à la cathédrale de Cologne, l'architecture a été la
grande écriture du genre humain. Et cela est tellement vrai
que non seulement tout symbole religieux, mais encore
toute pensée humaine a sa page dans ce livre immense et
son monument.

Toute civilisation commence par la théocratie et finit par la démocratie. Cette loi de la liberté succédant à l'unité est écrite dans l'architecture. Car, insistons sur ce point, il ne faut pas croire que la maçonnerie ne soit puissante qu'à édifier le temple, qu'à exprimer le mythe et le symbolisme sacerdotal, qu'à transcrire en hiéroglyphes sur ses pages de pierre les tables mystérieuses de la loi. S'il en était ainsi, comme il arrive dans toute société humaine un moment où le symbole sacré s'use et s'oblitère sous la libre pensée, où l'homme se dérobe au prêtre, où l'excroissance des philosophies et des systèmes ronge la face de la religion, l'architecture ne pourrait reproduire ce nouvel état de l'esprit humain, ses feuillets, chargés au recto, seraient vides au verso, son œuvre serait tronquée, son livre serait incomplet. Mais non.

Prenons pour exemple le moyen âge, où nous voyons plus clair parce qu'il est plus près de nous. Durant sa première période, tandis que la théocratie organise l'Europe, tandis que le Vatican rallie et reclasse autour de lui les éléments d'une Rome faite avec la Rome qui gît écroulée autour du Capitole, tandis que le christianisme s'en va recherchant dans les décombres de la civilisation antérieure tous les étages de la société et rebâtit avec ces ruines un nouvel univers hiérarchique dont le sacerdoce est la clef de voûte, on entend sourdre d'abord dans ce chaos, puis on voit peu à peu sous le souffle du christianisme, sous la main des barbares, surgir des déblais des architectures mortes, grecque et romaine, cette mystérieuse architecture romane, sœur des maçonneries théocratiques de l'Égypte et de l'Inde, emblème inaltérable du catholicisme pur, immuable hiéroglyphe de l'unité papale. Toute la pensée d'alors est écrite en effet dans ce sombre style roman. On y sent partout l'autorité, l'unité, l'impénétrable, l'absolu, Grégoire VII ; partout le prêtre, jamais l'homme ; partout la caste, jamais le peuple. Mais les croisades arrivent. C'est un grand mouvement populaire ; et tout grand mouvement populaire, quels qu'en soient la cause et le but, dégage toujours de son dernier précipité l'esprit de liberté. Des nouveautés vont se faire jour. Voici que s'ouvre la période orageuse des Jacqueries, des Pragueries et des Ligues. L'autorité s'ébranle, l'unité se bifurque. La féodalité demande à partager avec la théocratie, en attendant le peuple qui surviendra inévitablement et qui se fera, comme toujours, la part du lion. *Quia nominor leo.* La seigneurie perce donc sous le sacerdoce, la commune sous la

seigneurie. La face de l'Europe est changée. Eh bien! la
face de l'architecture est changée aussi. Comme la civilisation, elle a tourné la page, et l'esprit nouveau des temps
la trouve prête à écrire sous sa dictée. Elle est revenue des
croisades avec l'ogive, comme les nations avec la liberté.
Alors, tandis que Rome se démembre peu à peu, l'architecture romane meurt. L'hiéroglyphe déserte la cathédrale
et s'en va blasonner le donjon pour faire un prestige à la
féodalité. La cathédrale elle-même, cet édifice autrefois si
dogmatique, envahie désormais par la bourgeoisie, par la
commune, par la liberté, échappe au prêtre et tombe au
pouvoir de l'artiste. L'artiste la bâtit à sa guise. Adieu le
mystère, le mythe, la loi. Voici la fantaisie et le caprice.
Pourvu que le prêtre ait sa basilique et son autel, il n'a rien
à dire. Les quatre murs sont à l'artiste. Le livre architectural n'appartient plus au sacerdoce, à la religion, à Rome ;
il est à l'imagination, à la poésie, au peuple. De là les transformations rapides et innombrables de cette architecture
qui n'a que trois siècles, si frappantes après l'immobilité
stagnante de l'architecture romane qui en a six ou sept.
L'art cependant marche à pas de géant. Le génie et l'originalité populaires font la besogne que faisaient les évêques.
Chaque race écrit en passant sa ligne sur le livre ; elle rature
les vieux hiéroglyphes romans sur le frontispice des cathédrales, et c'est tout au plus si l'on voit encore le dogme
percer çà et là sous le nouveau symbole qu'elle y dépose.
La draperie populaire laisse à peine deviner l'ossement
religieux. On ne saurait se faire une idée des licences que
prennent alors les architectes, même envers l'église. Ce
sont des chapiteaux tricotés de moines et de nonnes hon-
teusement accouplés, comme à la salle des Cheminées du
Palais de Justice à Paris. C'est l'aventure de Noé sculptée
en toutes lettres comme sous le grand portail de Bourges.
C'est un moine bachique à oreilles d'âne et le verre en
main riant au nez de toute une communauté, comme sur
le lavabo de l'abbaye de Bocherville. Il existe à cette époque, pour la pensée écrite en pierre, un privilège tout à fait
comparable à notre liberté actuelle de la presse. C'est la
liberté de l'architecture.

Cette liberté va très bien. Quelquefois un portail, une
façade, une église tout entière présente un sens symbolique
absolument étranger au culte, ou même hostile à l'église.
Dès le treizième siècle Guillaume de Paris, Nicolas Flamel
au quinzième, ont écrit de ces pages séditieuses. Saint-
Jacques-de-la-Boucherie était toute une église d'opposition.

La pensée alors n'était libre que de cette façon, aussi ne s'écrivait-elle tout entière que sur ces livres qu'on appelait édifices. Sans cette forme édifice, elle se serait vue brûler en place publique par la main du bourreau sous la forme manuscrit, si elle avait été assez imprudente pour s'y risquer. La pensée portail d'église eût assisté au supplice de la pensée livre. Aussi n'ayant que cette voie, la maçonnerie, pour se faire jour, elle s'y précipitait de toutes parts. De là l'immense quantité de cathédrales qui ont couvert l'Europe, nombre si prodigieux qu'on y croit à peine, même après l'avoir vérifié. Toutes les forces matérielles, toutes les forces intellectuelles de la société convergeaient au même point : l'architecture. De cette manière, sous prétexte de bâtir des églises à Dieu, l'art se développait dans des proportions magnifiques.

Alors, quiconque naissait poète se faisait architecte. Le génie épars dans les masses, comprimé de toutes parts sous la féodalité comme sous une *testudo* de boucliers d'airain, ne trouvant issue que du côté de l'architecture, débouchait par cet art, et ses Iliades prenaient la forme de cathédrales. Tous les autres arts obéissaient et se mettaient en discipline sous l'architecture. C'étaient les ouvriers du grand œuvre. L'architecte, le poète, le maître totalisait en sa personne la sculpture qui lui ciselait ses façades, la peinture qui lui enluminait ses vitraux, la musique qui mettait sa cloche en branle et soufflait dans ses orgues. Il n'y avait pas jusqu'à la pauvre poésie proprement dite, celle qui s'obstinait à végéter dans les manuscrits, qui ne fût obligée pour être quelque chose de venir s'encadrer dans l'édifice sous la forme d'hymne ou de *prose* ; le même rôle, après tout, qu'avaient joué les tragédies d'Eschyle dans les fêtes sacerdotales de la Grèce, la Genèse dans le temple de Salomon.

Ainsi, jusqu'à Gutenberg, l'architecture est l'écriture principale, l'écriture universelle. Ce livre granitique commencé par l'Orient, continué par l'antiquité grecque et romaine, le moyen âge en a écrit la dernière page. Du reste, ce phénomène d'une architecture de peuple succédant à une architecture de caste que nous venons d'observer dans le moyen âge, se reproduit avec tout mouvement analogue dans l'intelligence humaine aux autres grandes époques de l'histoire. Ainsi, pour n'énoncer ici que sommairement une loi qui demanderait à être développée en des volumes, dans le haut Orient, berceau des temps primitifs, après l'architecture hindoue, l'architecture phénicienne, cette mère opulente de l'architecture arabe ;

dans l'antiquité, après l'architecture égyptienne dont le
style étrusque et les monuments cyclopéens ne sont qu'une
variété, l'architecture grecque, dont le style romain n'est
qu'un prolongement surchargé du dôme carthaginois ;
dans les temps modernes, après l'architecture romane,
l'architecture gothique. Et en dédoublant ces trois séries,
on retrouvera sur les trois sœurs aînées, l'architecture
hindoue, l'architecture égyptienne, l'architecture romane,
le même symbole : c'est-à-dire la théocratie, la caste,
l'unité, le dogme, le mythe, Dieu ; et pour les trois sœurs
cadettes, l'architecture phénicienne, l'architecture grecque, l'architecture gothique, quelle que soit du reste
la diversité de forme inhérente à leur nature, la même
signification aussi : c'est-à-dire la liberté, le peuple,
l'homme.

Qu'il s'appelle bramine, mage ou pape, dans les maçonneries hindoue, égyptienne ou romane, on sent toujours le
prêtre, rien que le prêtre. Il n'en est pas de même dans les
architectures de peuple. Elles sont plus riches et moins
saintes. Dans la phénicienne, on sent le marchand ; dans la
grecque, le républicain ; dans la gothique, le bourgeois.

Les caractères généraux de toute architecture théocratique sont l'immutabilité, l'horreur du progrès, la conservation des lignes traditionnelles, la consécration des types
primitifs, le pli constant de toutes les formes de l'homme
et de la nature aux caprices incompréhensibles du symbole. Ce sont des livres ténébreux que les initiés seuls
savent déchiffrer. Du reste, toute forme, toute difformité
même y a un sens qui la fait inviolable. Ne demandez pas
aux maçonneries hindoue, égyptienne, romane, qu'elles
réforment leur dessin ou améliorent leur statuaire. Tout
perfectionnement leur est impiété. Dans ces architectures,
il semble que la roideur du dogme se soit répandue sur la
pierre comme une seconde pétrification. — Les caractères
généraux des maçonneries populaires au contraire sont la
variété, le progrès, l'originalité, l'opulence, le mouvement
perpétuel. Elles sont déjà assez détachées de la religion
pour songer à leur beauté, pour la soigner, pour corriger
sans relâche leur parure de statues ou d'arabesques. Elles
sont du siècle. Elles ont quelque chose d'humain qu'elles
mêlent sans cesse au symbole divin sous lequel elles se
produisent encore. De là des édifices pénétrables à toute
âme, à toute intelligence, à toute imagination, symboliques
encore, mais faciles à comprendre comme la nature. Entre
l'architecture théocratique et celle-ci, il y a la différence

d'une langue sacrée à une langue vulgaire, de l'hiéroglyphe à l'art, de Salomon à Phidias.

Si l'on résume ce que nous avons indiqué jusqu'ici très sommairement en négligeant mille preuves et aussi mille objections de détail, on est amené à ceci : que l'architecture a été jusqu'au quinzième siècle le registre principal de l'humanité, que dans cet intervalle il n'est pas apparu dans le monde une pensée un peu compliquée qui ne se soit faite édifice, que toute idée populaire comme toute loi religieuse a eu ses monuments ; que le genre humain enfin n'a rien pensé d'important qu'il ne l'ait écrit en pierre. Et pourquoi ? C'est que toute pensée, soit religieuse, soit philosophique, est intéressée à se perpétuer, c'est que l'idée qui a remué une génération veut en remuer d'autres, et laisser trace. Or quelle immortalité précaire que celle du manuscrit ! Qu'un édifice est un livre bien autrement solide, durable, et résistant ! Pour détruire la parole écrite il suffit d'une torche et d'un turc. Pour démolir la parole construite, il faut une révolution sociale, une révolution terrestre. Les barbares ont passé sur le Colisée, le déluge peut-être sur les Pyramides.

Au quinzième siècle tout change.

La pensée humaine découvre un moyen de se perpétuer non seulement plus durable et plus résistant que l'architecture, mais encore plus simple et plus facile. L'architecture est détrônée. Aux lettres de pierre d'Orphée vont succéder les lettres de plomb de Gutenberg.

Le livre va tuer l'édifice.

L'invention de l'imprimerie est le plus grand événement de l'histoire. C'est la révolution mère. C'est le mode d'expression de l'humanité qui se renouvelle totalement, c'est la pensée humaine qui dépouille une forme et en revêt une autre, c'est le complet et définitif changement de peau de ce serpent symbolique qui, depuis Adam, représente l'intelligence.

Sous la forme imprimerie, la pensée est plus impérissable que jamais ; elle est volatile, insaisissable, indestructible. Elle se mêle à l'air. Du temps de l'architecture, elle se faisait montagne et s'emparait puissamment d'un siècle et d'un lieu. Maintenant elle se fait troupe d'oiseaux, s'éparpille aux quatre vents, et occupe à la fois tous les points de l'air et de l'espace.

Nous le répétons, qui ne voit que de cette façon elle est bien plus indélébile ? De solide qu'elle était elle devient vivace. Elle passe de la durée à l'immortalité. On peut

démolir une masse, comment extirper l'ubiquité ? Vienne
un déluge, la montagne aura disparu depuis longtemps sous
les flots que les oiseaux voleront encore ; et, qu'une seule
arche flotte à la surface du cataclysme, ils s'y poseront, sur-
nageront avec elle, assisteront avec elle à la décrue des eaux,
et le nouveau monde qui sortira de ce chaos verra en s'éveillant planer au-dessus de lui, ailée et vivante, la pensée du
monde englouti.

Et quand on observe que ce mode d'expression est non
seulement le plus conservateur, mais encore le plus simple,
le plus commode, le plus praticable à tous, lorsqu'on songe
qu'il ne traîne pas un gros bagage et ne remue pas un lourd
attirail, quand on compare la pensée obligée pour se tra-
duire en un édifice de mettre en mouvement quatre ou cinq
autres arts et des tonnes d'or, toute une montagne de
pierres, toute une forêt de charpentes, tout un peuple
d'ouvriers, quand on la compare à la pensée qui se fait
livre, et à qui il suffit d'un peu de papier, d'un peu d'encre
et d'une plume, comment s'étonner que l'intelligence
humaine ait quitté l'architecture pour l'imprimerie ?
Coupez brusquement le lit primitif d'un fleuve d'un canal
creusé au-dessous de son niveau, le fleuve désertera son lit.

Aussi voyez comme à partir de la découverte de l'imprimerie l'architecture se dessèche peu à peu, s'atrophie et se
dénude. Comme on sent que l'eau baisse, que la sève s'en
va, que la pensée des temps et des peuples se retire d'elle !
Le refroidissement est à peu près insensible au quinzième
siècle, la presse est trop débile encore, et soutire tout au plus
à la puissante architecture une surabondance de vie. Mais,
dès le seizième siècle, la maladie de l'architecture est visible ;
elle n'exprime déjà plus essentiellement la société ; elle se
fait misérablement art classique ; de gauloise, d'européenne,
d'indigène, elle devient grecque et romaine, de vraie et de
moderne, pseudo-antique. C'est cette décadence qu'on
appelle renaissance. Décadence magnifique pourtant, car le
vieux génie gothique, ce soleil qui se couche derrière la
gigantesque presse de Mayence, pénètre encore quelque
temps de ses derniers rayons tout cet entassement hybride
d'arcades latines et de colonnades corinthiennes.

C'est ce soleil couchant que nous prenons pour une
aurore.

Cependant, du moment où l'architecture n'est plus qu'un
art comme un autre, dès qu'elle n'est plus l'art total, l'art
souverain, l'art tyran, elle n'a plus la force de retenir les
autres arts. Ils s'émancipent donc, brisent le joug de l'archi-

tecte, et s'en vont chacun de leur côté. Chacun d'eux gagne
à ce divorce. L'isolement grandit tout. La sculpture devient
statuaire, l'imagerie devient peinture, le canon devient
musique. On dirait un empire qui se démembre à la mort
de son Alexandre et dont les provinces se font
royaumes.

De là Raphaël, Michel-Ange, Jean Goujon, Palestrina,
ces splendeurs de l'éblouissant seizième siècle.

En même temps que les arts, la pensée s'émancipe de tous
côtés. Les hérésiarques du moyen âge avaient déjà fait de
larges entailles au catholicisme. Le seizième siècle brise
l'unité religieuse. Avant l'imprimerie, la réforme n'eût été
qu'un schisme, l'imprimerie la fait révolution. Otez la
presse, l'hérésie est énervée. Que ce soit fatal ou providen-
tiel, Gutenberg est le précurseur de Luther.

Cependant, quand le soleil du moyen âge est tout à fait
couché, quand le génie gothique s'est à jamais éteint à
l'horizon de l'art, l'architecture va se ternissant, se décolo-
rant, s'effaçant de plus en plus. Le livre imprimé, ce ver
rongeur de l'édifice, la suce et la dévore. Elle se dépouille,
elle s'effeuille, elle maigrit à vue d'œil. Elle est mesquine,
elle est pauvre, elle est nulle. Elle n'exprime plus rien, pas
même le souvenir de l'art d'un autre temps. Réduite à elle-
même, abandonnée des autres arts parce que la pensée
humaine l'abandonne, elle appelle des manœuvres à défaut
d'artistes. La vitre remplace le vitrail. Le tailleur de pierre
succède au sculpteur. Adieu toute sève, toute originalité,
toute vie, toute intelligence. Elle se traîne, lamentable mendiante d'atelier, de copie en copie. Michel-Ange, qui dès le
seizième siècle la sentait sans doute mourir, avait eu une
dernière idée, une idée de désespoir. Ce titan de l'art avait
entassé le Panthéon sur le Parthénon, et fait Saint-Pierre de
Rome. Grande œuvre qui méritait de rester unique, dernière originalité de l'architecture, signature d'un artiste
géant au bas du colossal registre de pierre qui se fermait.
Michel-Ange mort, que fait cette misérable architecture qui
se survivait à elle-même à l'état de spectre et d'ombre ? Elle
prend Saint-Pierre de Rome, et le calque, et le parodie.
C'est une manie. C'est une pitié. Chaque siècle a son
Saint-Pierre de Rome ; au dix-septième siècle le Val-de-
Grâce, au dix-huitième Sainte-Geneviève. Chaque pays a
son Saint-Pierre de Rome. Londres a le sien. Pétersbourg a
le sien. Paris en a deux ou trois. Testament insignifiant,
dernier radotage d'un grand art décrépit qui retombe en
enfance avant de mourir.

Si au lieu de monuments caractéristiques comme ceux dont nous venons de parler nous examinons l'aspect général de l'art du seizième au dix-huitième siècle, nous remarquons les mêmes phénomènes de décroissance et d'étisie. A partir de François II, la forme architecturale de l'édifice s'efface de plus en plus et laisse saillir la forme géométrique, comme la charpente osseuse d'un malade amaigri. Les belles lignes de l'art font place aux froides et inexorables lignes du géomètre. Un édifice n'est plus un édifice, c'est un polyèdre. L'architecture cependant se tourmente pour cacher cette nudité. Voici le fronton grec qui s'inscrit dans le fronton romain et réciproquement. C'est toujours le Panthéon dans le Parthénon, Saint-Pierre de Rome. Voici les maisons de brique de Henri IV à coins de pierre ; la place Royale, la place Dauphine. Voici les églises de Louis XIII, lourdes, trapues, surbaissées, ramassées, chargées d'un dôme comme d'une bosse. Voici l'architecture mazarine, le mauvais pasticcio italien des Quatre-Nations. Voici les palais de Louis XIV, longues casernes à courtisans, roides, glaciales, ennuyeuses. Voici enfin Louis XV, avec les chicorées et les vermicelles, et toutes les verrues et tous les fongus qui défigurent cette vieille architecture caduque, édentée et coquette. De François II à Louis XV, le mal a crû en progression géométrique. L'art n'a plus que la peau sur les os. Il agonise misérablement.

Cependant, que devient l'imprimerie ? Toute cette vie qui s'en va de l'architecture vient chez elle. A mesure que l'architecture baisse, l'imprimerie s'enfle et grossit. Ce capital de forces que la pensée humaine dépensait en édifices, elle le dépense désormais en livres. Aussi dès le seizième siècle la presse, grandie au niveau de l'architecture décroissante, lutte avec elle et la tue. Au dix-septième, elle est déjà assez souveraine, assez triomphante, assez assise dans sa victoire pour donner au monde la fête d'un grand siècle littéraire. Au dix-huitième, longtemps reposée à la cour de Louis XIV, elle ressaisit la vieille épée de Luther, en arme Voltaire, et court, tumultueuse, à l'attaque de cette ancienne Europe dont elle a déjà tué l'expression architecturale. Au moment où le dix-huitième siècle s'achève, elle a tout détruit. Au dix-neuvième, elle va reconstruire.

Or, nous le demandons maintenant, lequel des deux arts représente réellement depuis trois siècles la pensée humaine ? lequel la traduit ? lequel exprime, non pas seulement ses manies littéraires et scolastiques, mais son vaste,

profond, universel mouvement? Lequel se superpose
constamment, sans rupture et sans lacune, au genre humain qui marche, monstre à mille pieds? L'architecture ou
l'imprimerie?

L'imprimerie. Qu'on ne s'y trompe pas, l'architecture est
morte, morte sans retour, tuée par le livre imprimé, tuée
parce qu'elle dure moins, tuée parce qu'elle coûte plus cher.
Toute cathédrale est un milliard. Qu'on se représente maintenant quelle mise de fonds il faudrait pour récrire le livre
architectural ; pour faire fourmiller de nouveau sur le sol
des milliers d'édifices ; pour revenir à ces époques où la
foule des monuments était telle qu'au dire d'un témoin
oculaire « on eût dit que le monde en se secouant avait
rejeté ses vieux habillements pour se couvrir d'un blanc
vêtement d'églises ». *Erat enim ut si mundus, ipse excutiendo
semet, rejecta vetustate, candidam ecclesiarum vestem indueret*
(GLABER RADULPHUS).

Un livre est si tôt fait, coûte si peu, et peut aller si loin!
Comment s'étonner que toute la pensée humaine s'écoule
par cette pente? Ce n'est pas à dire que l'architecture n'aura
pas encore çà et là un beau monument, un chef-d'œuvre
isolé. On pourra bien encore avoir de temps en temps, sous
le règne de l'imprimerie, une colonne faite, je suppose, par
toute une armée, avec des canons amalgamés, comme on
avait, sous le règne de l'architecture, des Iliades et des
Romanceros, des Mahabâhrata et des Niebelungen, faits
par tout un peuple avec des rapsodies amoncelées et fon-
dues. Le grand accident d'un architecte de génie pourra
survenir au vingtième siècle, comme celui de Dante au
treizième. Mais l'architecture ne sera plus l'art social, l'art
collectif, l'art dominant. Le grand poème, le grand édifice, le
grand œuvre de l'humanité ne se bâtira plus, il s'imprimera.

Et désormais, si l'architecture se relève accidentellement,
elle ne sera plus maîtresse. Elle subira la loi de la littérature qui la recevait d'elle autrefois. Les positions respec-
tives des deux arts seront interverties. Il est certain que
dans l'époque architecturale les poèmes, rares, il est vrai,
ressemblent aux monuments. Dans l'Inde, Vyasa est touffu,
étrange, impénétrable comme une pagode. Dans l'orient
égyptien, la poésie a, comme les édifices, la grandeur et la
tranquillité des lignes ; dans la Grèce antique, la beauté, la
sérénité, le calme ; dans l'Europe chrétienne, la majesté
catholique, la naïveté populaire, la riche et luxuriante végétation d'une époque de renouvellement. La Bible ressemble
aux Pyramides, l'Iliade au Parthénon, Homère à Phidias.

Dante au treizième siècle, c'est la dernière église romane ; Shakespeare au seizième, la dernière cathédrale gothique.

Ainsi, pour résumer ce que nous avons dit jusqu'ici d'une façon nécessairement incomplète et tronquée, le genre humain a deux livres, deux registres, deux testaments, la maçonnerie et l'imprimerie, la bible de pierre et la bible de papier. Sans doute, quand on contemple ces deux bibles si largement ouvertes dans les siècles, il est permis de regretter la majesté visible de l'écriture de granit, ces gigantesques alphabets formulés en colonnades, en pylônes, en obélisques, ces espèces de montagnes humaines qui couvrent le monde et le passé depuis la pyramide jusqu'au clocher, de Chéops à Strasbourg. Il faut relire le passé sur ces pages de marbre. Il faut admirer et refeuilleter sans cesse le livre écrit par l'architecture ; mais il ne faut pas nier la grandeur de l'édifice qu'élève à son tour l'imprimerie.

Cet édifice est colossal. Je ne sais quel faiseur de statistique a calculé qu'en superposant l'un à l'autre tous les volumes sortis de la presse depuis Gutenberg on comblerait l'intervalle de la terre à la lune ; mais ce n'est pas de cette sorte de grandeur que nous voulons parler. Cependant, quand on cherche à recueillir dans sa pensée une image totale de l'ensemble des produits de l'imprimerie jusqu'à nos jours, cet ensemble ne nous apparaît-il pas comme une immense construction, appuyée sur le monde entier, à laquelle l'humanité travaille sans relâche, et dont la tête monstrueuse se perd dans les brumes profondes de l'avenir ? C'est la fourmilière des intelligences. C'est la ruche où toutes les imaginations, ces abeilles dorées, arrivent avec leur miel. L'édifice a mille étages. Çà et là, on voit déboucher sur ses rampes les cavernes ténébreuses de la science qui s'entrecoupent dans ses entrailles. Partout sur sa surface l'art fait luxurier à l'œil ses arabesques, ses rosaces et ses dentelles. Là chaque œuvre individuelle, si capricieuse et si isolée qu'elle semble, a sa place et sa saillie. L'harmonie résulte du tout. Depuis la cathédrale de Shakespeare jusqu'à la mosquée de Byron, mille clochetons s'encombrent pêle-mêle sur cette métropole de la pensée universelle. A sa base, on a récrit quelques anciens titres de l'humanité que l'architecture n'avait pas enregistrés. A gauche de l'entrée, on a scellé le vieux bas-relief en marbre blanc d'Homère, à droite la Bible polyglotte dresse ses sept têtes. L'hydre du Romancero se hérisse plus loin, et quelques autres formes hybrides, les Védas et les Niebelungen. Du reste le prodigieux édifice demeure toujours inachevé. La

presse, cette machine géante, qui pompe sans relâche
toute la sève intellectuelle de la société, vomit incessamment de nouveaux matériaux pour son œuvre. Le genre
humain tout entier est sur l'échafaudage. Chaque esprit est
maçon. Le plus humble bouche son trou ou met sa pierre.
Rétif de la Bretonne apporte sa hottée de plâtras. Tous les
jours une nouvelle assise s'élève. Indépendamment du
versement original et individuel de chaque écrivain, il
y a des contingents collectifs. Le dix-huitième siècle donne
l'Encyclopédie, la révolution donne le Moniteur. Certes,
c'est là aussi une construction qui grandit et s'amoncelle en
spirales sans fin ; là aussi il y a confusion des langues,
activité incessante, labeur infatigable, concours acharné de
l'humanité tout entière, refuge promis à l'intelligence
contre un nouveau déluge, contre une submersion de
barbares. C'est la seconde tour de Babel du genre humain.

LIVRE SIXIÉME

I

COUP D'ŒIL IMPARTIAL
SUR L'ANCIENNE MAGISTRATURE

C'était un fort heureux personnage, en l'an de grâce
1482, que noble homme Robert d'Estouteville, chevalier, sieur de Beyne, baron d'Yvri et Saint-Andry en la
Marche, conseiller et chambellan du roi, et garde de la
prévôté de Paris. Il y avait déjà près de dix-sept ans qu'il
avait reçu du roi, le 7 novembre 1465, l'année de la comète *, cette belle charge de prévôt de Paris, qui était
réputée plutôt seigneurie qu'office, *dignitas*, dit Joannes
Lœmnœus, *quæ cum non exigua potestate politiam concer-
nente, atque prærogativis multis et juribus conjuncta est.* La
chose était merveilleuse en 82 qu'un gentilhomme ayant
commission du roi et dont les lettres d'institution remon-
taient à l'époque du mariage de la fille naturelle de Louis
XI avec monsieur le bâtard de Bourbon. Le même jour où
Robert d'Estouteville avait remplacé Jacques de Villiers
dans la prévôté de Paris, maître Jean Dauvet remplaçait
messire Hélye de Thorrettes dans la première présidence
de la cour de parlement, Jean Jouvenel des Ursins sup-
plantait Pierre de Morvilliers dans l'office de chancelier
de France, Regnault des Dormans désappointait Pierre Puy
de la charge de maître des requêtes ordinaires de l'hôtel du
roi. Or, sur combien de têtes la présidence, la chancellerie
et la maîtrise s'étaient-elles promenées depuis que Robert

---

* Cette comète, contre laquelle le pape Calixte, oncle de Borgia,
ordonna des prières publiques, est la même qui reparaîtra en 1835.
[*Note de V. H.*]

d'Estouteville avait la prévôté de Paris! Elle lui avait été *baillée en garde*, disaient les lettres patentes; et certes, il la gardait bien. Il s'y était cramponné, il s'y était incorporé, il s'y était identifié. Si bien qu'il avait échappé à cette furie de changement qui possédait Louis XI, roi défiant, taquin et travailleur qui tenait à entretenir, par des institutions et des révocations fréquentes, l'élasticité de son pouvoir. Il y a plus, le brave chevalier avait obtenu pour son fils la survivance de sa charge, et il y avait déjà deux ans que le nom de noble homme Jacques d'Estouteville, écuyer, figurait à côté du sien en tête du registre de l'ordinaire de la prévôté de Paris. Rare, certes, et insigne faveur! Il est vrai que Robert d'Estouteville était un bon soldat, qu'il avait loyalement levé le pennon contre *la ligue du bien public*, et qu'il avait offert à la reine un très merveilleux cerf en confitures le jour de son entrée à Paris en 14... Il avait de plus la bonne amitié de messire Tristan l'Hermite, prévôt des maréchaux de l'hôtel du roi. C'était donc une très douce et plaisante existence que celle de messire Robert. D'abord, de fort bons gages, auxquels se rattachaient et pendaient, comme des grappes de plus à sa vigne, les revenus des greffes civil et criminel de la prévôté, plus les revenus civils et criminels des auditoires d'Embas du Châtelet, sans compter quelque petit péage au pont de Mantes et de Corbeil, et les profits du tru sur l'esgrin de Paris, sur les mouleurs de bûches et les mesureurs de sel. Ajoutez à cela le plaisir d'étaler dans les chevauchées de la ville et de faire ressortir sur les robes mi-parties rouge et tanné des échevins et des quarteniers son bel habit de guerre que vous pouvez encore admirer aujourd'hui sculpté sur son tombeau à l'abbaye de Valmont en Normandie, et son morion tout bosselé à Montlhéry. Et puis, n'était-ce rien que d'avoir toute suprématie sur les sergents de la douzaine, le concierge et guette du Châtelet, les deux auditeurs du Châtelet, *auditores Castelleti*, les seize commissaires des seize quartiers, le geôlier du Châtelet, les quatre sergents fieffés, les cent vingt sergents à cheval, les cent vingt sergents à verge, le chevalier du guet avec son guet, son sous-guet, son contre-guet et son arrière-guet? N'était-ce rien que d'exercer haute et basse justice, droit de tourner, de pendre et de traîner, sans compter la menue juridiction en premier ressort, *in prima instantia*, comme disent les chartes, sur cette vicomté de Paris, si glorieusement apanagée de sept nobles bailliages? Peut-on rien imaginer de plus suave que de rendre arrêts et jugements, comme faisait quotidiennement messire Robert d'Estouteville, dans le Grand-Châtelet, sous les ogives larges et écrasées de Philippe-Auguste ? et d'aller, comme il avait coutume chaque soir, en cette charmante maison sise rue Galilée dans le pourpris du Palais-Royal, qu'il tenait du chef de sa femme, madame Ambroise de Loré, se reposer de la fatigue d'avoir envoyé quelque pauvre diable passer la nuit de son côté dans « cette petite logette de la rue de l'Escorcherie, en laquelle les prévôts et échevins de Paris soulaient faire leur prison ; contenant icelle onze pieds de long, sept pieds et quatre pouces de lez et onze pieds de haut * » ?

Et non seulement messire Robert d'Estouteville avait sa justice particulière de prévôt et vicomte de Paris, mais encore il avait part, coup d'œil et coup de dent dans la grande justice du roi. Il n'y avait pas de tête un peu haute qui ne lui eût passé par les mains avant d'échoir au bourreau. C'est lui qui avait été quérir à la Bastille Saint-Antoine pour le mener aux Halles M. de Nemours, pour le mener en Grève M. de Saint-Pol, lequel rechignait et se récriait, à la grande joie de Monsieur le prévôt qui n'aimait pas Monsieur le connétable.

En voilà, certes, plus qu'il n'en fallait pour faire une vie heureuse et illustre, et pour mériter un jour une page notable dans cette intéressante histoire des prévôts de Paris, où l'on apprend que Oudard de Villeneuve avait une maison rue des Boucheries, que Guillaume de Hangest acheta la grande et petite Savoie, que Guillaume Thiboust donna aux religieuses de Sainte-Geneviève ses maisons de la rue Clopin, que Hugues Aubriot demeurait à l'hôtel du Porc-Épic, et autres faits domestiques.

Toutefois, avec tant de motifs de prendre la vie en patience et en joie, messire Robert d'Estouteville s'était éveillé le matin du 7 janvier 1482 fort bourru et de massacrante humeur. D'où venait cette humeur ? c'est ce qu'il n'aurait pu dire lui-même. Était-ce que le ciel était gris ? que la boucle de son vieux ceinturon de Montlhéry était mal serrée, et sanglait trop militairement son embonpoint de prévôt ? qu'il avait vu passer dans la rue sous sa fenêtre des ribauds lui faisant nargue, allant quatre de bande, pourpoint sans chemise, chapeau dans fond, bissac et bouteille au côté ? Était-ce pressentiment vague des trois cent soixante-dix livres seize sols huit deniers que le futur roi

* Comptes du domaine, 1383. [*Note de V. H.*]

Charles VIII devait l'année suivante retrancher des revenus de la prévôté ? Le lecteur peut choisir ; quant à nous, nous inclinerions à croire tout simplement qu'il était de mauvaise humeur, parce qu'il était de mauvaise humeur.

D'ailleurs, c'était un lendemain de fête, jour d'ennui pour tout le monde, et surtout pour le magistrat chargé de balayer toutes les ordures, au propre et au figuré, que fait une fête à Paris. Et puis, il devait tenir séance au Grand-Châtelet. Or, nous avons remarqué que les juges s'arrangent en général de manière à ce que leur jour d'audience soit aussi leur jour d'humeur, afin d'avoir toujours quelqu'un sur qui s'en décharger commodément, de par le roi, la loi et justice.

Cependant l'audience avait commencé sans lui. Ses lieutenants au civil, au criminel et au particulier faisaient sa besogne, selon l'usage ; et dès huit heures du matin, quelques dizaines de bourgeois et de bourgeoises entassés et foulés dans un coin obscur de l'auditoire d'Embas du Châtelet, entre une forte barrière de chêne et le mur, assistaient avec béatitude au spectacle varié et réjouissant de la justice civile et criminelle rendue par maître Florian Barbedienne, auditeur au Châtelet, lieutenant de Monsieur le prévôt, un peu pêle-mêle, et tout à fait au hasard.

La salle était petite, basse, voûtée. Une table fleurdelysée était au fond, avec un grand fauteuil de bois de chêne sculpté, qui était au prévôt et vide, et un escabeau à gauche pour l'auditeur, maître Florian. Au-dessous se tenait le greffier, griffonnant. En face était le peuple ; et devant la porte et devant la table force sergents de la prévôté, en hoquetons de camelot violet à croix blanches. Deux sergents du Parloir-aux-Bourgeois, vêtus de leurs jaquettes de la Toussaint, mi-parties rouge et bleu, faisaient sentinelle devant une porte basse fermée qu'on apercevait au fond derrière la table. Une seule fenêtre ogive, étroitement encaissée dans l'épaisse muraille, éclairait d'un rayon blême de janvier deux grotesques figures, le capricieux démon de pierre sculpté en cul-de-lampe dans la clef de la voûte, et le juge assis au fond de la salle sur les fleurs de lys.

En effet, figurez-vous à la table prévôtale, entre deux liasses de procès, accroupi sur ses coudes, le pied sur la queue de sa robe de drap brun plain, la face dans sa fourrure d'agneau blanc, dont ses sourcils semblaient détachés, rouge, revêche, clignant de l'œil, portant avec majesté la graisse de ses joues, lesquelles se rejoignaient sous son menton, maître Florian Barbedienne, auditeur au Châtelet.

Or l'auditeur était sourd. Léger défaut pour un auditeur. Maître Florian n'en jugeait pas moins sans appel et très congrûment. Il est certain qu'il suffit qu'un juge ait l'air d'écouter ; et le vénérable auditeur remplissait d'autant mieux cette condition, la seule essentielle en bonne justice, que son attention ne pouvait être distraite par aucun bruit.

Du reste, il avait dans l'auditoire un impitoyable contrôleur de ses faits et gestes dans la personne de notre ami Jehan Frollo du Moulin, ce petit écolier d'hier, ce *piéton* qu'on était toujours sûr de rencontrer partout dans Paris, excepté devant la chaire des professeurs.

— Tiens, disait-il tout bas à son compagnon Robin Poussepain qui ricanait à côté de lui, tandis qu'il commentait les scènes qui se déroulaient sous leurs yeux, voilà Jehanneton du Buisson. La belle fille du Cagnard au Marché-Neuf ! — Sur mon âme, il la condamne, le vieux ! il n'a donc pas plus d'yeux que d'oreilles. Quinze sols quatre deniers parisis, pour avoir porté deux patenôtres ! C'est un peu cher. *Lex duri carminis.* — Qu'est celui-là ? Robin Chief-de-Ville, haubergier ! — Pour avoir été passé et reçu maître audit métier ? — C'est son denier d'entrée. — Hé ! deux gentilshommes parmi ces marauds ! Aiglet de Soins, Hutin de Mailly. Deux écuyers, *corpus Christi !* Ah ! ils ont joué aux dés. Quand verrai-je ici notre recteur ? Cent livres parisis d'amende envers le roi ! Le Barbedienne frappe comme un sourd, — qu'il est ! — Je veux être mon frère l'archidiacre si cela m'empêche de jouer, de jouer le jour, de jouer la nuit, de vivre au jeu, de mourir au jeu et de jouer mon âme après ma chemise ! — Sainte Vierge, que de filles ! l'une après l'autre, mes brebis ! Ambroise Lécuyère ! Isabeau la Paynette ! Bérarde Gironin ! Je les connais toutes, par Dieu ! A l'amende ! à l'amende ! Voilà qui vous apprendra à porter des ceintures dorées ! dix sols parisis ! coquettes ! — Oh ! le vieux museau de juge, sourd et imbécile ! Oh ! Florian le lourdaud ! Oh ! Barbedienne le butor ! le voilà à table ! il mange du plaideur, il mange du procès, il mange, il mâche, il se gave, il s'emplit. Amendes, épaves, taxes, frais, loyaux coûts, salaires, dommages et intérêts, gehenne, prison et geôle et ceps avec dépens, lui sont camichons de Noël et massepains de la Saint-Jean ! Regarde-le, le porc ! — Allons ! bon ! encore une femme amoureuse ! Thibaud la Thibaude,

ni plus, ni moins! — Pour être sortie de la rue Glatigny!
— Quel est ce fils? Gieffroy Mabonne, gendarme crane-
quinier à main. Il a maugréé le nom du Père. — A l'amende,
la Thibaude! à l'amende, le Gieffroy! à l'amende tous
les deux! Le vieux sourd! il a dû brouiller les deux affaires!
Dix contre un qu'il fait payer le juron à la fille et l'amour
au gendarme! — Attention, Robin Poussepain! Que vont-
ils introduire? Voilà bien des sergents! Par Jupiter! tous
les lévriers de la meute y sont. Ce doit être la grosse
pièce de la chasse. Un sanglier. — C'en est un, Robin!
c'en est un. — Et un beau encore! — *Hercle!* c'est notre
prince d'hier, notre pape des fous, notre sonneur de
cloches, notre borgne, notre bossu, notre grimace! C'est
Quasimodo!...

Ce n'était rien moins.

C'était Quasimodo, sanglé, cerclé, ficelé, garrotté et sous
bonne garde. L'escouade de sergents qui l'environnait était
assistée du chevalier du guet en personne, portant brodées
les armes de France sur la poitrine et les armes de la ville
sur le dos. Il n'y avait rien du reste dans Quasimodo, à
part sa difformité, qui pût justifier cet appareil de hallebardes et d'arquebuses. Il était sombre, silencieux et tranquille. A peine son œil unique jetait-il de temps à autre sur
les liens qui le chargeaient un regard sournois et colère.

Il promena ce même regard autour de lui, mais si éteint
et si endormi que les femmes ne se le montraient du doigt
que pour en rire.

Cependant maître Florian l'auditeur feuilleta avec attention le dossier de la plainte dressée contre Quasimodo, que
lui présenta le greffier, et, ce coup d'œil jeté, parut se
recueillir un instant. Grâce à cette précaution qu'il avait
toujours soin de prendre au moment de procéder à un interrogatoire, il savait d'avance les noms, qualités, délits du
prévenu, faisait des répliques prévues à des réponses prévues, et parvenait à se tirer de toutes les sinuosités de
l'interrogatoire, sans trop laisser deviner sa surdité. Le
dossier du procès était pour lui le chien de l'aveugle. S'il
arrivait par hasard que son infirmité se trahît çà et là par
quelque apostrophe incohérente ou quelque question inintelligible, cela passait pour profondeur parmi les uns, et
pour imbécillité parmi les autres. Dans les deux cas, l'honneur de la magistrature ne recevait aucune atteinte; car il
vaut encore mieux qu'un juge soit réputé imbécile ou profond, que sourd. Il mettait donc grand soin à dissimuler sa
surdité aux yeux de tous, et il y réussissait d'ordinaire si

bien qu'il était arrivé à se faire illusion à lui-même. Ce qui est du reste plus facile qu'on ne le croit. Tous les bossus vont tête haute, tous les bègues pérorent, tous les sourds parlent bas. Quant à lui, il se croyait tout au plus l'oreille un peu rebelle. C'était la seule concession qu'il fît sur ce point à l'opinion publique, dans ses moments de franchise et d'examen de conscience.

Ayant donc bien ruminé l'affaire de Quasimodo, il renversa sa tête en arrière et ferma les yeux à demi, pour plus de majesté et d'impartialité, si bien qu'il était tout à la fois en ce moment sourd et aveugle. Double condition sans laquelle il n'est pas de juge parfait. C'est dans cette magistrale attitude qu'il commença l'interrogatoire.

— Votre nom ?

Or, voici un cas qui n'avait pas été « prévu par la loi », celui où un sourd aurait à interroger un sourd.

Quasimodo, que rien n'avertissait de la question à lui adressée, continua de regarder le juge fixement et ne répondit pas. Le juge, sourd et que rien n'avertissait de la surdité de l'accusé, crut qu'il avait répondu, comme faisaient en général tous les accusés, et poursuivit avec son aplomb mécanique et stupide.

— C'est bien. Votre âge ?

Quasimodo ne répondit pas davantage à cette question. Le juge la crut satisfaite, et continua.

— Maintenant, votre état ?

Toujours même silence. L'auditoire cependant commençait à chuchoter et à s'entre-regarder.

— Il suffit, reprit l'imperturbable auditeur quand il supposa que l'accusé avait consommé sa troisième réponse. Vous êtes accusé, par-devant nous : *primo*, de trouble nocturne ; *secundo*, de voie de fait déshonnête sur la personne d'une femme folle, *in præjudicium meretricis* ; *tertio*, de rébellion et déloyauté envers les archers de l'ordonnance du roi notre sire. Expliquez-vous sur tous ces points. — Greffier, avez-vous écrit ce que l'accusé a dit jusqu'ici ?

A cette question malencontreuse, un éclat de rire s'éleva, du greffe à l'auditoire, si violent, si fou, si contagieux, si universel que force fut bien aux deux sourds de s'en apercevoir. Quasimodo se retourna en haussant sa bosse, avec dédain, tandis que maître Florian, étonné comme lui et supposant que le rire des spectateurs avait été provoqué par quelque réplique irrévérente de l'accusé, rendue visible pour lui par ce haussement d'épaules, l'apostropha avec indignation.

— Vous avez fait là, drôle, une réponse qui mériterait la hart! Savez-vous à qui vous parlez?

Cette sortie n'était pas propre à arrêter l'explosion de la gaieté générale. Elle parut à tous si hétéroclite et si cornue que le fou rire gagna jusqu'aux sergents du Parloir-aux-Bourgeois, espèce de valets de pique chez qui la stupidité était d'uniforme. Quasimodo seul conserva son sérieux, par la bonne raison qu'il ne comprenait rien à ce qui se passait autour de lui. Le juge, de plus en plus irrité, crut devoir continuer sur le même ton, espérant par là frapper l'accusé d'une terreur qui réagirait sur l'auditoire et le ramènerait au respect.

— C'est donc à dire, maître pervers et rapinier que vous êtes, que vous vous permettez de manquer à l'auditeur du Châtelet, au magistrat commis à la police populaire de Paris, chargé de faire recherche des crimes, délits et mauvais trains, de contrôler tous métiers et interdire le monopole, d'entretenir les pavés, d'empêcher les regrattiers de poulailles, volailles et sauvagine, de faire mesurer la bûche et autres sortes de bois, de purger la ville des boues et l'air des maladies contagieuses, de vaquer continuellement au fait du public, en un mot, sans gages ni espérances de salaire! Savez-vous que je m'appelle Florian Barbedienne, propre lieutenant de Monsieur le prévôt, et de plus commissaire, enquesteur, contrerolleur et examinateur avec égal pouvoir en prévôté, bailliage, conservation et présidial!...

Il n'y a pas de raison pour qu'un sourd qui parle à un sourd s'arrête. Dieu sait où et quand aurait pris terre maître Florian, ainsi lancé à toutes rames dans la haute éloquence, si la porte basse du fond ne s'était ouverte tout à coup et n'avait donné passage à Monsieur le prévôt en personne.

A son entrée, maître Florian ne resta pas court, mais faisant un demi-tour sur ses talons, et pointant brusquement sur le prévôt la harangue dont il foudroyait Quasimodo le moment d'auparavant : — Monseigneur, dit-il, je requiers telle peine qu'il vous plaira contre l'accusé ci-présent, pour grave et mirifique manquement à justice.

Et il se rassit tout essoufflé, essuyant de grosses gouttes de sueur qui tombaient de son front et trempaient comme larmes les parchemins étalés devant lui. Messire Robert d'Estouteville fronça le sourcil et fit à Quasimodo un geste d'attention tellement impérieux et significatif, que le sourd en comprit quelque chose.

Le prévôt lui adressa la parole avec sévérité : — Qu'est-ce que tu as donc fait pour être ici, maraud?

Le pauvre diable, supposant que le prévôt lui demandait son nom, rompit le silence qu'il gardait habituellement, et répondit avec une voix rauque et gutturale : — Quasimodo.

La réponse coïncidait si peu avec la question, que le fou rire recommença à circuler, et que messire Robert s'écria, rouge de colère : — Te railles-tu aussi de moi, drôle fieffé ?

— Sonneur de cloches à Notre-Dame, répondit Quasimodo, croyant qu'il s'agissait d'expliquer au juge qui il était.

— Sonneur de cloches ! reprit le prévôt, qui s'était éveillé le matin d'assez mauvaise humeur, comme nous l'avons dit, pour que sa fureur n'eût pas besoin d'être attisée par de si étranges réponses. Sonneur de cloches ! Je te ferai faire sur le dos un carillon de houssines par les carrefours de Paris. Entends-tu, maraud ?

— Si c'est mon âge que vous voulez savoir, dit Quasimodo, je crois que j'aurai vingt ans à la Saint-Martin.

Pour le coup, c'était trop fort ; le prévôt n'y put tenir.

— Ah ! tu nargues la prévôté, misérable ! Messieurs les sergents à verge, vous me mènerez ce drôle au pilori de la Grève, vous le battrez et vous le tournerez une heure. Il me le paiera, tête-Dieu ! et je veux qu'il soit fait un cri du présent jugement, avec assistance de quatre trompettes-jurés, dans les sept châtellenies de la vicomté de Paris.

Le greffier se mit à rédiger incontinent le jugement.

— Ventre-Dieu ! que voilà qui est bien jugé ! s'écria de son coin le petit écolier Jehan Frollo du Moulin.

Le prévôt se retourna et fixa de nouveau sur Quasimodo ses yeux étincelants. — Je crois que le drôle a dit *ventre-Dieu !* Greffier, ajoutez douze deniers parisis d'amende pour jurement, et que la fabrique de Saint-Eustache en aura la moitié. J'ai une dévotion particulière à Saint-Eustache.

En quelques minutes, le jugement fut dressé. La teneur en était simple et brève. La coutume de la prévôté et vicomté de Paris n'avait pas encore été travaillée par le président Thibaut Baillet et par Roger Barmne, l'avocat du roi. Elle n'était pas obstruée alors par cette haute futaie de chicanes et de procédures que ces deux jurisconsultes y plantèrent au commencement du seizième siècle. Tout y était clair, expéditif, explicite. On y cheminait droit au but, et l'on apercevait tout de suite au bout de chaque sentier, sans broussailles et sans détour, la roue, le gibet ou le pilori. On savait du moins où l'on allait.

Le greffier présenta la sentence au prévôt, qui y apposa son sceau, et sortit pour continuer sa tournée dans les auditoires, avec une disposition d'esprit qui dut peupler ce jour-là toutes les geôles de Paris. Jehan Frollo et Robin Poussepain riaient sous cape. Quasimodo regardait le tout d'un air indifférent et étonné.

Cependant le greffier, au moment où maître Florian Barbedienne lisait à son tour le jugement pour le signer, se sentit ému de pitié pour le pauvre diable de condamné, et, dans l'espoir d'obtenir quelque diminution de peine, il s'approcha le plus près qu'il put de l'oreille de l'auditeur et lui dit en lui montrant Quasimodo : — Cet homme est sourd.

Il espérait que cette communauté d'infirmité éveillerait l'intérêt de maître Florian en faveur du condamné. Mais d'abord, nous avons déjà observé que maître Florian ne se souciait pas qu'on s'aperçût de sa surdité. Ensuite, il avait l'oreille si dure qu'il n'entendit pas un mot de ce que lui dit le greffier ; pourtant, il voulut avoir l'air d'entendre, et répondit : — Ah! ah! c'est différent. Je ne savais pas cela. Une heure de pilori de plus, en ce cas.

Et il signa la sentence ainsi modifiée.

— C'est bien fait, dit Robin Poussepain qui gardait une dent à Quasimodo, cela lui apprendra à rudoyer les gens.

II

LE TROU AUX RATS

Que le lecteur nous permette de le ramener à la place de Grève, que nous avons quittée hier avec Gringoire pour suivre la Esmeralda.

Il est dix heures du matin. Tout y sent le lendemain de fête. Le pavé est couvert de débris, rubans, chiffons, plumes des panaches, gouttes de cire des flambeaux, miettes de la ripaille publique. Bon nombre de bourgeois *flânent*, comme nous disons, çà et là, remuant du pied les tisons éteints du feu de joie, s'extasiant devant la Maison-aux-Piliers, au souvenir des belles tentures de la veille, et regardant aujourd'hui les clous, dernier plaisir. Les vendeurs de cidre et de cervoise roulent leur barrique à travers les groupes. Quelques passants affairés vont et viennent. Les marchands causent et s'appellent du seuil des boutiques. La fête, les ambassadeurs, Coppenole, le pape des fous, sont dans toutes les bouches. C'est à qui glosera le mieux et rira le plus.

Et cependant, quatre sergents à cheval qui viennent de se poster aux quatre côtés du pilori ont déjà concentré autour d'eux une bonne portion du *populaire* épars sur la place, qui se condamne à l'immobilité et à l'ennui dans l'espoir d'une petite exécution.

Si maintenant le lecteur, après avoir contemplé cette scène vive et criarde qui se joue sur tous les points de la place, porte ses regards vers cette antique maison demi-gothique, demi-romane, de la Tour-Roland qui fait le coin du quai au couchant, il pourra remarquer à l'angle de la façade un gros bréviaire public à riches enluminures, garanti de la pluie par un petit auvent, et des voleurs par un grillage qui permet toutefois de le feuilleter. A côté de ce bréviaire est une étroite lucarne ogive, fermée de deux barreaux de fer en croix, donnant sur la place, seule ouverture qui laisse arriver un peu d'air et de jour à une petite cellule sans porte pratiquée au rez-de-chaussée dans l'épaisseur du mur de la vieille maison, et pleine d'une paix d'autant plus profonde, d'un silence d'autant plus morne qu'une place publique, la plus populeuse et la plus bruyante de Paris, fourmille et glapit à l'entour.

Cette cellule était célèbre dans Paris depuis près de trois siècles que madame Rolande de la Tour-Roland, en deuil de son père mort à la croisade, l'avait fait creuser dans la muraille de sa propre maison pour s'y enfermer à jamais, ne gardant de son palais que ce logis dont la porte était murée et la lucarne ouverte, hiver comme été, donnant tout le reste aux pauvres et à Dieu. La désolée demoiselle avait en effet attendu vingt ans la mort dans cette tombe anticipée, priant nuit et jour pour l'âme de son père, dormant dans la cendre, sans même avoir une pierre pour oreiller, vêtue d'un sac noir, et ne vivant que de ce que la pitié des passants déposait de pain et d'eau sur le rebord de sa lucarne, recevant ainsi la charité après l'avoir faite. A sa mort, au moment de passer dans l'autre sépulcre, elle avait légué à perpétuité celui-ci aux femmes affligées, mères, veuves ou filles, qui auraient beaucoup à prier pour autrui ou pour elles, et qui voudraient s'enterrer vives dans une grande douleur ou dans une grande pénitence. Les pauvres de son temps lui avaient fait de belles funérailles de larmes et de bénédictions ; mais, à leur grand regret, la pieuse fille n'avait pu être canonisée sainte, faute de protections. Ceux d'entre eux qui étaient un peu impies avaient espéré que la chose se ferait en paradis plus aisément qu'à Rome, et avaient tout bonnement prié Dieu pour la défunte, à défaut du pape. La plupart s'étaient contentés de tenir la mémoire de Rolande pour sacrée et de faire reliques de ses haillons. La ville, de son côté, avait fondé, à l'intention de la demoiselle, un bréviaire public qu'on avait scellé près de la lucarne de la cellule, afin que les passants s'y arrêtassent de temps à autre, ne fût-ce que pour prier, que la prière fît songer à l'aumône, et que les pauvres recluses, héritières du caveau de madame Rolande, n'y mourussent pas tout à fait de faim et d'oubli.

Ce n'était pas du reste chose très rare dans les villes du moyen âge que cette espèce de tombeaux. On rencontrait souvent, dans la rue la plus fréquentée, dans le marché le plus bariolé et le plus assourdissant, tout au beau milieu, sous les pieds des chevaux, sous la roue des charrettes en quelque sorte, une cave, un puits, un cabanon muré et grillé, au fond duquel priait jour et nuit un être humain, volontairement dévoué à quelque lamentation éternelle, à quelque grande expiation. Et toutes les réflexions qu'éveillerait en nous aujourd'hui cet étrange spectacle, cette horrible cellule, sorte d'anneau intermédiaire de la maison et de la tombe, du cimetière et de la cité, ce vivant retranché de la communauté humaine et compté désormais chez les morts, cette lampe consumant sa dernière goutte d'huile dans l'ombre, ce reste de vie vacillant dans une fosse, ce souffle, cette voix, cette prière éternelle dans une boîte de pierre, cette face à jamais tournée vers l'autre monde, cet œil déjà illuminé d'un autre soleil, cette oreille collée aux parois de la tombe, cette âme prisonnière dans ce corps, ce corps prisonnier dans ce cachot, et sous cette double enveloppe de chair et de granit le bourdonnement de cette âme en peine, rien de tout cela n'était perçu par la foule. La piété peu raisonneuse et peu subtile de ce temps-là ne voyait pas tant de facettes à un acte de religion. Elle prenait la chose en bloc, et honorait, vénérait, sanctifiait au besoin le sacrifice, mais n'en analysait pas les souffrances et s'en apitoyait médiocrement. Elle apportait de temps en temps quelque pitance au misérable pénitent, regardait par le trou s'il vivait encore, ignorait son nom, savait à peine depuis combien d'années il avait commencé à mourir, et à l'étranger qui les questionnait sur le squelette vivant qui pourrissait dans cette cave, les voisins répondaient simplement, si c'était un homme : — « C'est le reclus »; si c'était une femme : — « C'est la recluse ».

On voyait tout ainsi alors, sans métaphysique, sans exagération, sans verre grossissant, à l'œil nu. Le microscope n'avait pas encore été inventé, ni pour les choses de la matière, ni pour les choses de l'esprit.

D'ailleurs, bien qu'on s'en émerveillât peu, les exemples de cette espèce de claustration au sein des villes étaient, en vérité, fréquents, comme nous le disions tout à l'heure. Il y avait dans Paris assez bon nombre de ces cellules à prier Dieu et à faire pénitence ; elles étaient presque toutes occupées. Il est vrai que le clergé ne se souciait pas de les laisser vides, ce qui impliquait tiédeur dans les croyants, et qu'on y mettait des lépreux quand on n'avait pas de pénitents. Outre la logette de la Grève, il y en avait une à Montfaucon, une au charnier des Innocents, une autre je ne sais plus où, au logis Clichon, je crois. D'autres encore à beaucoup d'endroits où l'on en retrouve la trace dans les traditions, à défaut des monuments. L'Université avait aussi la sienne. Sur la montagne Sainte-Geneviève une espèce de Job du moyen âge chanta pendant trente ans les sept Psaumes de la pénitence sur un fumier, au fond d'une citerne, recommençant quand il avait fini, psalmodiant plus haut la nuit, *magna voce per umbras*, et aujourd'hui l'antiquaire croit entendre encore sa voix en entrant dans la rue du *Puits-qui-parle*.

Pour nous en tenir à la loge de la Tour-Roland, nous devons dire qu'elle n'avait jamais chômé de recluses. Depuis la mort de madame Rolande, elle avait été rarement une année ou deux vacante. Maintes femmes étaient venues y pleurer, jusqu'à la mort, des parents, des amants, des fautes. La malice parisienne qui se mêle de tout, même des choses qui la regardent le moins, prétendait qu'on y avait vu peu de veuves.

Selon la mode de l'époque, une légende latine, inscrite sur le mur, indiquait au passant lettré la destination pieuse de cette cellule. L'usage s'est conservé jusqu'au milieu du seizième siècle d'expliquer un édifice par une brève devise écrite au-dessus de la porte. Ainsi on lit encore en France au-dessus du guichet de la prison de la maison seigneuriale de Tourville : *Sileto et spera ;* en Irlande, sous l'écusson qui surmonte la grande porte du château de Fortescue : *Forte scutum, salus ducum ;* en Angleterre, sur l'entrée principale du manoir hospitalier des comtes Cowper : *Tuum est.* C'est qu'alors tout édifice était une pensée.

Comme il n'y avait pas de porte à la cellule murée de la Tour-Roland, on avait gravé en grosses lettres romanes au-dessus de la fenêtre ces deux mots :

TU, ORA.

Ce qui fait que le peuple, dont le bon sens ne voit pas tant de finesse dans les choses et traduit volontiers *Ludovico Magno* par *Porte Saint-Denis*, avait donné à cette cavité noire, sombre et humide, le nom de *Trou aux Rats*. Explication moins sublime peut-être que l'autre, mais en revanche plus pittoresque.

III

HISTOIRE D'UNE GALETTE
AU LEVAIN DE MAÏS

A l'époque où se passe cette histoire, la cellule de la Tour-Roland était occupée. Si le lecteur désire savoir par qui, il n'a qu'à écouter la conversation de trois braves commères qui, au moment où nous avons arrêté son attention sur le Trou aux Rats, se dirigeaient précisément du même côté en remontant du Châtelet vers la Grève, le long de l'eau.

Deux de ces femmes étaient vêtues en bonnes bourgeoises de Paris. Leur fine gorgerette blanche, leur jupe de tiretaine rayée rouge et bleue, leurs chausses de tricot blanc, à coins brodés en couleur, bien tirées sur la jambe, leurs souliers carrés de cuir fauve à semelles noires et surtout leur coiffure, cette espèce de corne de clinquant surchargée de rubans et de dentelles que les champenoises portent encore, concurremment avec les grenadiers de la garde impériale russe, annonçaient qu'elles appartenaient à cette classe de riches marchandes qui tient le milieu entre ce que les laquais appellent *une femme* et ce qu'ils appellent *une dame*. Elles ne portaient ni bagues, ni croix d'or, et il était aisé de voir que ce n'était pas chez elles pauvreté, mais tout ingénument peur de l'amende. Leur compagne était attifée à peu près de la même manière, mais il y avait dans sa mise et dans sa tournure ce je ne sais quoi qui sent la femme de notaire de province. On voyait à la manière dont sa ceinture lui remontait au-dessus des hanches qu'elle n'était pas depuis longtemps à Paris. Ajoutez à cela une gorgerette plissée, des nœuds de rubans sur les souliers, que les raies de la jupe étaient dans la largeur et non dans la longueur, et mille autres énormités dont s'indignait le bon goût.

Les deux premières marchaient de ce pas particulier aux

parisiennes qui font voir Paris à des provinciales. La provinciale tenait à sa main un gros garçon qui tenait à la sienne une grosse galette.

Nous sommes fâché d'avoir à ajouter que, vu la rigueur de la saison, il faisait de sa langue son mouchoir.

L'enfant se faisait traîner, *non passibus æquis*, comme dit Virgile, et trébuchait à chaque moment, au grand récri de sa mère. Il est vrai qu'il regardait plus la galette que le pavé. Sans doute quelque grave motif l'empêchait d'y mordre (à la galette), car il se contentait de la considérer tendrement. Mais la mère eût dû se charger de la galette. Il y avait cruauté à faire un Tantale du gros joufflu.

Cependant les trois damoiselles (car le nom de *dames* était réservé alors aux femmes nobles) parlaient à la fois.

— Dépêchons-nous, damoiselle Mahiette, disait la plus jeune des trois, qui était aussi la plus grosse, à la provinciale. J'ai grand'peur que nous n'arrivions trop tard. On nous disait au Châtelet qu'on allait le mener tout de suite au pilori.

— Ah bah! que dites-vous donc là, damoiselle Oudarde Musnier? reprenait l'autre parisienne. Il restera deux heures au pilori. Nous avons le temps. Avez-vous jamais vu pilorier, ma chère Mahiette?

— Oui, dit la provinciale, à Reims.

— Ah! bah! qu'est-ce que c'est que ça, votre pilori de Reims? Une méchante cage où l'on ne tourne que des paysans. Voilà grand'chose!

— Que des paysans! dit Mahiette, au Marché-aux-Draps! à Reims! Nous y avons vu de fort beaux criminels, et qui avaient tué père et mère! Des paysans! pour qui nous prenez-vous, Gervaise?

Il est certain que la provinciale était sur le point de se fâcher, pour l'honneur de son pilori. Heureusement la discrète damoiselle Oudarde Musnier détourna à temps la conversation.

— A propos, damoiselle Mahiette, que dites-vous de nos ambassadeurs flamands? en avez-vous d'aussi beaux à Reims?

— J'avoue, répondit Mahiette, qu'il n'y a que Paris pour voir des flamands comme ceux-là.

— Avez-vous vu dans l'ambassade ce grand ambassadeur qui est chaussetier? demanda Oudarde.

— Oui, dit Mahiette. Il a l'air d'un Saturne.

— Et ce gros dont la figure ressemble à un ventre nu? reprit Gervaise. Et ce petit qui a de petits yeux bordés d'une paupière rouge, ébarbillonnée et déchiquetée comme une tête de chardon?

— Ce sont leurs chevaux qui sont beaux à voir, dit Oudarde, vêtus comme ils sont à la mode de leur pays!

— Ah! ma chère, interrompit la provinciale Mahiette prenant à son tour un air de supériorité, qu'est-ce que vous diriez donc si vous aviez vu, en 61, au sacre de Reims, il y a dix-huit ans, les chevaux des princes et de la compagnie du roi! Des houssures et caparaçons de toutes sortes; les uns de drap de Damas, de fin drap d'or, fourrés de martres zibelines; les autres, de velours, fourrés de pennes d'hermine; les autres, tout chargés d'orfèvrerie et de grosses campanes d'or et d'argent! Et la finance que cela avait coûté! Et les beaux enfants pages qui étaient dessus!

— Cela n'empêche pas, répliqua sèchement damoiselle Oudarde, que les flamands ont de fort beaux chevaux et qu'ils ont fait hier un souper superbe chez Monsieur le prévôt des marchands, à l'Hôtel de Ville, où on leur a servi des dragées, de l'hypocras, des épices, et autres singularités.

— Que dites-vous là, ma voisine? s'écria Gervaise. C'est chez Monsieur le cardinal, au Petit-Bourbon, que les flamands ont soupé.

— Non pas. A l'Hôtel de Ville!

— Si fait. Au Petit-Bourbon!

— C'est si bien à l'Hôtel de Ville, reprit Oudarde avec aigreur, que le docteur Scourable leur a fait une harangue en latin, dont ils sont demeurés fort satisfaits. C'est mon mari, qui est libraire-juré, qui me l'a dit.

— C'est si bien au Petit-Bourbon, répondit Gervaise non moins vivement, que voici ce que leur a présenté le procureur de Monsieur le cardinal : douze doubles quarts d'hypocras blanc, clairet et vermeil; vingt-quatre layettes de massepain double de Lyon doré; autant de torches de deux livres pièce, et six demi-queues de vin de Beaune, blanc et clairet, le meilleur qu'on ait pu trouver. J'espère que cela est positif. Je le tiens de mon mari, qui est cinquantenier au Parloir-aux-Bourgeois, et qui faisait ce matin la comparaison des ambassadeurs flamands avec ceux du Prete-Jan et de l'empereur de Trébisonde qui sont venus de Mésopotamie à Paris sous le dernier roi, et qui avaient des anneaux aux oreilles.

— Il est si vrai qu'ils ont soupé à l'Hôtel de Ville, répliqua Oudarde peu émue de cet étalage, qu'on n'a jamais vu un tel triomphe de viandes et de dragées.

— Je vous dis, moi, qu'ils ont été servis par Le Sec, sergent de la ville, à l'hôtel du Petit-Bourbon, et que c'est là ce qui vous trompe.

— A l'Hôtel de Ville, vous dis-je !

— Au Petit-Bourbon, ma chère ! si bien qu'on avait illuminé en verres magiques le mot *Espérance* qui est écrit sur le grand portail.

— A l'Hôtel de Ville ! à l'Hôtel de Ville ! Même que Husson le Voir jouait de la flûte !

— Je vous dis que non !

— Je vous dis que si !

— Je vous dis que non !

La bonne grosse Oudarde se préparait à répliquer, et la querelle en fût peut-être venue aux coiffes, si Mahiette ne se fût écriée tout à coup : — Voyez donc ces gens qui se sont attroupés là-bas au bout du pont ! Il y a au milieu d'eux quelque chose qu'ils regardent.

— En vérité, dit Gervaise, j'entends tambouriner. Je crois que c'est la petite Smeralda qui fait ses momeries avec sa chèvre. Eh vite, Mahiette ! doublez le pas et traînez votre garçon. Vous êtes venue ici pour visiter les curiosités de Paris. Vous avez vu hier les flamands ; il faut voir aujourd'hui l'égyptienne.

— L'égyptienne ! dit Mahiette en rebroussant brusquement chemin, et serrant avec force le bras de son fils. Dieu m'en garde ! elle me volerait mon enfant ! — Viens, Eustache !

Et elle se mit à courir sur le quai vers la Grève, jusqu'à ce qu'elle eût laissé le pont bien loin derrière elle. Cependant l'enfant, qu'elle traînait, tomba sur les genoux ; elle s'arrêta essoufflée. Oudarde et Gervaise la rejoignirent.

— Cette égyptienne vous voler votre enfant ? dit Gervaise. Vous avez là une singulière fantaisie.

Mahiette hochait la tête d'un air pensif.

— Ce qui est singulier, observa Oudarde, c'est que la sachette a la même idée des égyptiennes.

— Qu'est-ce que c'est que la sachette ? dit Mahiette.

— Hé ! dit Oudarde, sœur Gudule.

— Qu'est-ce que c'est, reprit Mahiette, que sœur Gudule ?

— Vous êtes bien de votre Reims, de ne pas savoir cela ! répondit Oudarde. C'est la recluse du Trou aux Rats.

— Comment ! demanda Mahiette, cette pauvre femme à qui nous portons cette galette ?

Oudarde fit un signe de tête affirmatif.

— Précisément. Vous allez la voir tout à l'heure à sa
lucarne sur la Grève. Elle a le même regard que vous sur
ces vagabonds d'Égypte qui tambourinent et disent la
bonne aventure au public. On ne sait pas d'où lui vient
cette horreur des zingari et des égyptiens. Mais vous,
Mahiette, pourquoi donc vous sauvez-vous ainsi, rien
qu'à les voir?

— Oh! dit Mahiette en saisissant entre ses deux mains la
tête ronde de son enfant, je ne veux pas qu'il m'arrive ce
qui est arrivé à Paquette la Chantefleurie.

— Ah! voilà une histoire que vous allez nous conter, ma
bonne Mahiette, dit Gervaise en lui prenant le bras.

— Je veux bien, répondit Mahiette, mais il faut que
vous soyez bien de votre Paris pour ne pas savoir cela! Je
vous dirai donc, — mais il n'est pas besoin de nous arrêter
pour conter la chose, — que Paquette la Chantefleurie était
une jolie fille de dix-huit ans quand j'en étais une aussi,
c'est-à-dire il y a dix-huit ans, et que c'est sa faute si elle
n'est pas aujourd'hui, comme moi, une bonne grosse
fraîche mère de trente-six ans, avec un homme et un garçon. Au reste, dès l'âge de quatorze ans, il n'était plus
temps! — C'était donc la fille de Guybertaut, ménestrel de
bateaux à Reims, le même qui avait joué devant le roi
Charles VII, à son sacre, quand il descendit notre rivière
de Vesle depuis Sillery jusqu'à Muison, que même madame
la Pucelle était dans le bateau. Le vieux père mourut, que
Paquette était encore tout enfant; elle n'avait donc plus
que sa mère, sœur de M. Mathieu Pradon, maître dinan-
dinier et chaudronnier à Paris, rue Parin-Garlin, lequel est
mort l'an passé. Vous voyez qu'elle était de famille. La
mère était une bonne femme, par malheur, et n'apprit
rien à Paquette qu'un peu de doreloterie et de bimbele-
terie qui n'empêchait pas la petite de devenir fort grande
et de rester fort pauvre. Elles demeuraient toutes deux à
Reims le long de la rivière, rue de Folle-Peine. Notez
ceci; je crois que c'est là ce qui porta malheur à Paquette.
En 61, l'année du sacre de notre roi Louis onzième que
Dieu garde, Paquette était si gaie et si jolie qu'on ne l'appelait partout que la Chantefleurie. — Pauvre fille! — Elle
avait de jolies dents, elle aimait à rire pour les faire voir.
Or, fille qui aime à rire s'achemine à pleurer; les belles
dents perdent les beaux yeux. C'était donc la Chantefleurie. Elle et sa mère gagnaient durement leur vie. Elles
étaient bien déchues depuis la mort du ménétrier. Leur
doreloterie ne leur rapportait guère plus de six deniers

par semaine, ce qui ne fait pas tout à fait deux liards-à-
l'aigle. Où était le temps que le père Guybertaut gagnait
douze sols parisis dans un seul sacre avec une chanson ? Un
hiver — c'était en cette même année 61, — que les deux
femmes n'avaient ni bûches ni fagots, et qu'il faisait très
froid, cela donna de si belles couleurs à la Chantefleurie,
que les hommes l'appelaient : Paquette! que plusieurs
l'appelèrent Pâquerette! et qu'elle se perdit. — Eustache!
que je te voie mordre dans la galette! — Nous vîmes tout
de suite qu'elle était perdue, un dimanche qu'elle vint à
l'église avec une croix d'or au cou. — A quatorze ans!
voyez-vous cela! — Ce fut d'abord le jeune vicomte de
Cormontreuil, qui a son clocher à trois quarts de lieue de
Reims; puis, messire Henri de Triancourt, chevaucheur
du roi; puis, moins que cela, Chiart de Beaulion, sergent
d'armes; puis, en descendant toujours, Guery Aubergeon,
valet tranchant du roi; puis, Macé de Frépus, barbier de
M. le Dauphin; puis, Thévenin le Moine, queux-le-roi;
puis, toujours ainsi de moins jeune en moins noble, elle
tomba à Guillaume Racine, ménestrel de vielle, et à Thierry
de Mer, lanternier. Alors, pauvre Chantefleurie, elle fut
toute à tous. Elle était arrivée au dernier sol de sa pièce
d'or. Que vous dirai-je, mesdamoiselles ? Au sacre, dans
la même année 61, c'est elle qui fit le lit du roi des ribauds!
— Dans la même année!
    Mahiette soupira, et essuya une larme qui roulait dans
ses yeux.
    — Voilà une histoire qui n'est pas très extraordinaire,
dit Gervaise, et je ne vois pas en tout cela d'égyptiens ni
d'enfants.
    — Patience! reprit Mahiette; d'enfant, vous allez en
voir un. — En 66, il y aura seize ans ce mois-ci à la Sainte-
Paule, Paquette accoucha d'une petite fille. La malheureuse! elle eut une grande joie. Elle désirait un enfant
depuis longtemps. Sa mère, bonne femme qui n'avait
jamais su que fermer les yeux, sa mère était morte. Paquette
n'avait plus rien à aimer au monde, plus rien qui l'aimât.
Depuis cinq ans qu'elle avait failli, c'était une pauvre
créature que la Chantefleurie. Elle était seule, seule dans
cette vie, montrée au doigt, criée par les rues, battue des
sergents, moquée des petits garçons en guenilles. Et puis,
les vingt ans étaient venus; et vingt ans, c'est la vieillesse
pour les femmes amoureuses. La folie commençait à ne pas
lui rapporter plus que la doreloterie autrefois; pour une
ride qui venait, un écu s'en allait; l'hiver lui redevenait

dur, le bois se faisait derechef rare dans son cendrier et le pain dans sa huche. Elle ne pouvait plus travailler, parce qu'en devenant voluptueuse elle était devenue paresseuse, et elle souffrait beaucoup plus, parce qu'en devenant paresseuse elle était devenue voluptueuse. — C'est du moins comme cela que M. le curé de Saint-Remy explique pourquoi ces femmes-là ont plus froid et plus faim que d'autres pauvresses quand elles sont vieilles.

— Oui, observa Gervaise, mais les égyptiens?

— Un moment donc, Gervaise! dit Oudarde dont l'attention était moins impatiente. Qu'est-ce qu'il y aurait à la fin si tout était au commencement? Continuez, Mahiette, je vous prie. Cette pauvre Chantefleurie!

Mahiette poursuivit.

— Elle était donc bien triste, bien misérable, et creusait ses joues avec ses larmes. Mais dans sa honte, dans sa folie et dans son abandon, il lui semblait qu'elle serait moins honteuse, moins folle et moins abandonnée, s'il y avait quelque chose au monde ou quelqu'un qu'elle pût aimer et qui pût l'aimer. Il fallait que ce fût un enfant, parce qu'un enfant seul pouvait être assez innocent pour cela. — Elle avait reconnu ceci après avoir essayé d'aimer un voleur, le seul homme qui pût vouloir d'elle ; mais au bout de peu de temps elle s'était aperçue que le voleur la méprisait. — A ces femmes d'amour il faut un amant ou un enfant pour leur remplir le cœur. Autrement elles sont bien malheureuses. — Ne pouvant avoir d'amant, elle se tourna toute au désir d'un enfant, et comme elle n'avait pas cessé d'être pieuse, elle en fit son éternelle prière au bon Dieu. Le bon Dieu eut donc pitié d'elle, et lui donna une petite fille. Sa joie, je ne vous en parle pas. Ce fut une furie de larmes, de caresses et de baisers. Elle allaita elle-même son enfant, lui fit des langes avec sa couverture, la seule qu'elle eût sur son lit, et ne sentit plus ni le froid ni la faim. Elle en redevint belle. Vieille fille fait jeune mère. La galanterie reprit, on revint voir la Chantefleurie, elle retrouva chalands pour sa marchandise, et de toutes ces horreurs elle fit des layettes, béguins et baverolles, des brassières de dentelle et des petits bonnets de satin, sans même songer à se racheter une couverture. — Monsieur Eustache, je vous ai déjà dit de ne pas manger la galette. — Il est sûr que la petite Agnès — c'était le nom de l'enfant, nom de baptême, car de nom de famille, il y a longtemps que la Chantefleurie n'en avait plus, — il est certain que cette petite était plus emmail-lotée de rubans et de broderies qu'une dauphine du Dauphiné! Elle avait entre autres une paire de petits souliers! que le roi Louis XI n'en a certainement pas eu de pareils! Sa mère les lui avait cousus et brodés elle-même, elle y avait mis toutes ses finesses de dorelotière et toutes les passequilles d'une robe de bonne Vierge. C'étaient bien les deux plus mignons souliers roses qu'on pût voir. Ils étaient longs tout au plus comme mon pouce, et il fallait en voir sortir les petits pieds de l'enfant pour croire qu'ils avaient pu y entrer. Il est vrai que ces petits pieds étaient si petits, si jolis, si roses! plus roses que le satin des souliers! — Quand vous aurez des enfants, Oudarde, vous saurez que rien n'est plus joli que ces petits pieds et ces petites mains-là.

— Je ne demande pas mieux, dit Oudarde, en soupirant, mais j'attends que ce soit le bon plaisir de Monsieur Andry Musnier.

— Au reste, reprit Mahiette, l'enfant de Paquette n'avait pas que les pieds de joli. Je l'ai vue quand elle n'avait que quatre mois. C'était un amour! Elle avait les yeux plus grands que la bouche. Et les plus charmants fins cheveux noirs, qui frisaient déjà. Cela aurait fait une fière brune, à seize ans! Sa mère en devenait de plus en plus folle tous les jours. Elle la caressait, la baisait, la chatouillait, la lavait, l'attifait, la mangeait! Elle en perdait la tête, elle en remerciait Dieu. Ses jolis pieds roses surtout, c'était un ébahissement sans fin, c'était un délire de joie! elle y avait toujours les lèvres collées et ne pouvait revenir de leur petitesse. Elle les mettait dans les petits souliers, les retirait, les admirait, s'en émerveillait, regardait le jour au travers, s'apitoyait de les essayer à la marche sur son lit, et eût volontiers passé sa vie à genoux, à chausser et à déchausser ces pieds-là comme ceux d'un enfant-Jésus.

— Le conte est bel et bon, dit à mi-voix la Gervaise, mais où est l'Égypte dans tout cela?

— Voici, répliqua Mahiette. Il arriva un jour à Reims des espèces de cavaliers fort singuliers. C'étaient des gueux et des truands qui cheminaient dans le pays, conduits par leur duc et par leurs comtes. Ils étaient basanés, avaient les cheveux tout frisés, et des anneaux d'argent aux oreilles. Les femmes étaient encore plus laides que les hommes. Elles avaient le visage plus noir et toujours découvert, un méchant roquet sur le corps, un vieux drap tissu de cordes lié sur l'épaule, et la chevelure en queue de cheval. Les enfants qui se vautraient dans leurs jambes auraient fait peur à des singes. Une bande d'excommuniés. Tout cela

venait en droite ligne de la basse Égypte à Reims par la
Pologne. Le pape les avait confessés, à ce qu'on disait, et
leur avait donné pour pénitence d'aller sept ans de suite
par le monde, sans coucher dans des lits. Aussi ils s'appelaient Penanciers et puaient. Il paraît qu'ils avaient été
autrefois sarrasins, ce qui fait qu'ils croyaient à Jupiter,
et qu'ils réclamaient dix livres tournois de tous archevêques, évêques et abbés crossés et mitrés. C'est une bulle du
pape qui leur valait cela. Ils venaient à Reims dire la
bonne aventure au nom du roi d'Alger et de l'empereur
d'Allemagne. Vous pensez bien qu'il n'en fallut pas davantage pour qu'on leur interdît l'entrée de la ville. Alors
toute la bande campa de bonne grâce près de la Porte de
Braine, sur cette butte où il y a un moulin, à côté des trous
des anciennes crayères. Et ce fut dans Reims à qui les irait
voir. Ils vous regardaient dans la main et vous disaient des
prophéties merveilleuses. Ils étaient de force à prédire à
Judas qu'il serait pape. Il courait cependant sur eux de
méchants bruits d'enfants volés et de bourses coupées et de
chair humaine mangée. Les gens sages disaient aux fous :
N'y allez pas, et y allaient de leur côté en cachette. C'était
donc un emportement. Le fait est qu'ils disaient des choses
à étonner un cardinal. Les mères faisaient grand triomphe
de leurs enfants depuis que les égyptiennes leur avaient lu
dans la main toutes sortes de miracles écrits en païen et en
turc. L'une avait un empereur, l'autre un pape, l'autre un
capitaine. La pauvre Chantefleurie fut prise de curiosité.
Elle voulut savoir ce qu'elle avait, et si sa jolie petite Agnès
ne serait pas un jour impératrice d'Arménie ou d'autre
chose. Elle la porta donc aux égyptiens ; et les égyptiennes
d'admirer l'enfant, de la caresser, de la baiser avec leurs
bouches noires, et de s'émerveiller sur sa petite main.
Hélas! à la grande joie de la mère. Elles firent fête surtout
aux jolis pieds et aux jolis souliers. L'enfant n'avait pas
encore un an. Elle bégayait déjà, riait à sa mère comme
une petite folle, était grasse et toute ronde, et avait mille
charmants petits gestes des anges du paradis. Elle fut
très effarouchée des égyptiennes, et pleura. Mais la mère
la baisa plus fort et s'en alla ravie de la bonne aventure
que les devineresses avaient dite à son Agnès. Ce devait
être une beauté, une vertu, une reine. Elle retourna donc
dans son galetas de la rue Folle-Peine, toute fière d'y rapporter une reine. Le lendemain, elle profita d'un moment
où l'enfant dormait sur son lit, car elle la couchait toujours
avec elle, laissa tout doucement la porte entr'ouverte, et

courut raconter à une voisine de la rue de la Séchesserie
qu'il viendrait un jour où sa fille Agnès serait servie à table
par le roi d'Angleterre et l'archiduc d'Ethiopie, et cent
autres surprises. A son retour, n'entendant pas de cris en
montant son escalier, elle se dit : Bon! l'enfant dort toujours. Elle trouva sa porte plus grande ouverte qu'elle ne
l'avait laissée, elle entra pourtant, la pauvre mère, et courut
au lit... — L'enfant n'y était plus, la place était vide. Il n'y
avait plus rien de l'enfant, sinon un de ses jolis petits souliers. Elle s'élança hors de la chambre, se jeta au bas de
l'escalier, et se mit à battre les murailles avec sa tête en
criant : — Mon enfant! qui a mon enfant? qui m'a pris
mon enfant? — La rue était déserte, la maison isolée ; personne ne put lui rien dire. Elle alla par la ville, elle fureta
toutes les rues, courut çà et là la journée entière, folle,
égarée, terrible, flairant aux portes et aux fenêtres comme
une bête farouche qui a perdu ses petits. Elle était haletante, échevelée, effrayante à voir, et elle avait dans les
yeux un feu qui séchait ses larmes. Elle arrêtait les passants
et criait : Ma fille! ma fille! ma jolie petite fille! Celui qui
me rendra ma fille, je serai sa servante, la servante de son
chien, et il me mangera le cœur, s'il veut. — Elle rencontra
M. le curé de Saint-Remy, et lui dit : — Monsieur le curé,
je labourerai la terre avec mes ongles, mais rendez-moi
mon enfant! — C'était déchirant, Oudarde; et j'ai vu un
homme bien dur, maître Ponce Lacabre, le procureur, qui
pleurait. — Ah! la pauvre mère! — Le soir, elle rentra chez
elle. Pendant son absence, une voisine avait vu deux égyptiennes y monter en cachette avec un paquet dans leurs
bras, puis redescendre après avoir refermé la porte, et
s'enfuir en hâte. Depuis leur départ, on entendait chez
Paquette des espèces de cris d'enfant. La mère rit aux
éclats, monta l'escalier comme avec des ailes, enfonça sa
porte comme avec un canon d'artillerie, et entra... —
Une chose affreuse, Oudarde! Au lieu de sa gentille petite
Agnès, si vermeille et si fraîche, qui était un don du bon
Dieu, une façon de petit monstre, hideux, boiteux, borgne, contrefait, se traînait en piaillant sur le carreau. Elle
cacha ses yeux avec horreur. — Oh! dit-elle, est-ce que les
sorcières auraient métamorphosé ma fille en cet animal
effroyable? — On se hâta d'emporter le petit pied-bot.
Il l'aurait rendue folle. C'était un monstrueux enfant de
quelque égyptienne donnée au diable. Il paraissait avoir
quatre ans environ, et parlait une langue qui n'était point
une langue humaine ; c'étaient des mots qui ne sont pas

possibles. — La Chantefleurie s'était jeté sur le petit
soulier, tout ce qui lui restait de tout ce qu'elle avait aimé.
Elle y demeura si longtemps immobile, muette, sans souffle, qu'on crut qu'elle y était morte. Tout à coup elle trembla de tout son corps, couvrit sa relique de baisers furieux,
et se dégorgea en sanglots comme si son cœur venait de
crever. Je vous assure que nous pleurions toutes aussi. Elle
disait : — Oh! ma petite fille! ma jolie petite fille! où es-tu?
— Et cela vous tordait les entrailles. Je pleure encore d'y
songer. Nos enfants, voyez-vous, c'est la moelle de nos
os. — Mon pauvre Eustache! tu es si beau, toi! Si vous
saviez comme il est gentil! Hier il me disait : Je veux être
gendarme, moi. O mon Eustache! si je te perdais! — La
Chantefleurie se leva tout à coup et se mit à courir dans
Reims en criant : — Au camp des égyptiens! au camp des
égyptiens! Des sergents pour brûler les sorcières! — Les
égyptiens étaient partis. — Il faisait nuit noire. On ne put
les poursuivre. Le lendemain, à deux lieues de Reims, dans
une bruyère entre Gueux et Tilloy, on trouva les restes
d'un grand feu, quelques rubans qui avaient appartenu à
l'enfant de Paquette, des gouttes de sang, et des crottins de
bouc. La nuit qui venait de s'écouler était précisément
celle d'un samedi. On ne douta plus que les égyptiens
n'eussent fait le sabbat dans cette bruyère, et qu'ils n'eussent dévoré l'enfant en compagnie de Belzébuth, comme
cela se pratique chez les mahométans. Quand la Chantefleurie apprit ces choses horribles, elle ne pleura pas, elle
remua les lèvres comme pour parler, mais ne put. Le
lendemain, ses cheveux étaient gris. Le surlendemain,
elle avait disparu.

    — Voilà, en effet, une effroyable histoire, dit Oudarde,
et qui ferait pleurer un bourguignon!

    — Je ne m'étonne plus, ajouta Gervaise, que la peur des
égyptiens vous talonne si fort!

    — Et vous avez d'autant mieux fait, reprit Oudarde, de
vous sauver tout à l'heure avec votre Eustache, que ceux-
ci aussi sont des égyptiens de Pologne.

    — Non pas, dit Gervaise. On dit qu'ils viennent d'Espa-
gne et de Catalogne.

    — Catalogne? c'est possible, répondit Oudarde. Polo-
gne, Catalogne, Valogne, je confonds toujours ces trois
provinces-là. Ce qui est sûr, c'est que ce sont des égyptiens.

    — Et qui ont certainement, ajouta Gervaise, les dents
assez longues pour manger des petits enfants. Et je ne
serais pas surprise que la Smeralda en mangeât aussi un

peu, tout en faisant la petite bouche. Sa chèvre blanche a des tours trop malicieux pour qu'il n'y ait pas quelque libertinage là-dessous.

Mahiette marchait silencieusement. Elle était absorbée dans cette rêverie qui est en quelque sorte le prolongement d'un récit douloureux, et qui ne s'arrête qu'après en avoir propagé l'ébranlement, de vibration en vibration, jusqu'aux dernières fibres du cœur. Cependant Gervaise lui adressa la parole : — Et l'on n'a pu savoir ce qu'est devenue la Chantefleurie ? — Mahiette ne répondit pas. Gervaise répéta sa question en lui secouant le bras et en l'appelant par son nom. Mahiette parut se réveiller de ses pensées.

— Ce qu'est devenue la Chantefleurie ? dit-elle en répétant machinalement les paroles dont l'impression était toute fraîche dans son oreille ; puis faisant effort pour ramener son attention au sens de ces paroles : — Ah! reprit-elle vivement, on ne l'a jamais su.

Elle ajouta après une pause :

— Les uns ont dit l'avoir vue sortir de Reims à la brune par la Porte Fléchembault ; les autres, au point du jour, par la vieille Porte Basée. Un pauvre a trouvé sa croix d'or accrochée à la croix de pierre dans la culture où se fait la foire. C'est ce joyau qui l'avait perdue, en 61. C'était un don du beau vicomte de Cormontreuil, son premier amant. Paquette n'avait jamais voulu s'en défaire, si misérable qu'elle eût été. Elle y tenait comme à la vie. Aussi, quand nous vîmes l'abandon de cette croix, nous pensâmes toutes qu'elle était morte. Cependant il y a des gens du Cabaret-les-Vantes qui dirent l'avoir vue passer sur le chemin de Paris, marchant pieds nus sur les cailloux. Mais il faudrait alors qu'elle fût sortie par la Porte de Vesle, et tout cela n'est pas d'accord. Ou, pour mieux dire, je crois bien qu'elle est sortie en effet par la Porte de Vesle, mais sortie de ce monde.

— Je ne vous comprends pas, dit Gervaise.

— La Vesle, répondit Mahiette avec un sourire mélancolique, c'est la rivière.

— Pauvre Chantefleurie! dit Oudarde en frissonnant, noyée!

— Noyée! reprit Mahiette, et qui eût dit au bon père Guybertaut quand il passait sous le pont de Tinqueux au fil de l'eau, en chantant dans sa barque, qu'un jour sa chère petite Paquette passerait aussi sous ce pont-là, mais sans chanson et sans bateau ?

— Et le petit soulier? demanda Gervaise.

— Disparu avec la mère, répondit Mahiette.

— Pauvre petit soulier! dit Oudarde.

Oudarde, grosse et sensible femme, se serait fort bien satisfaite à soupirer de compagnie avec Mahiette. Mais Gervaise, plus curieuse, n'était pas au bout de ses questions.

— Et le monstre? dit-elle tout à coup à Mahiette.

— Quel monstre? demanda celle-ci.

— Le petit monstre égyptien laissé par les sorcières chez la Chantefleurie en échange de sa fille! Qu'en avez-vous fait? J'espère bien que vous l'avez noyé aussi.

— Non pas, répondit Mahiette.

— Comment! brûlé alors? Au fait, c'est plus juste. Un enfant sorcier!

— Ni l'un ni l'autre, Gervaise. Monsieur l'archevêque s'est intéressé à l'enfant d'Égypte, l'a exorcisé, l'a béni, lui a ôté bien soigneusement le diable du corps, et l'a envoyé à Paris pour être exposé sur le lit de bois, à Notre-Dame, comme enfant trouvé.

— Ces évêques! dit Gervaise en grommelant, parce qu'ils sont savants, ils ne font rien comme les autres. Je vous demande un peu, Oudarde, mettre le diable aux enfants trouvés! car c'était bien sûr le diable que ce petit monstre. — Hé bien, Mahiette, qu'est-ce qu'on en a fait à Paris? Je compte bien que pas une personne charitable n'en a voulu.

— Je ne sais pas, répondit la rémoise. C'est justement dans ce temps-là que mon mari a acheté la tabellionage de Beru, à deux lieues de la ville, et nous ne nous sommes plus occupés de cette histoire; avec cela que devant Beru il y a les deux buttes de Cernay, qui vous font perdre de vue les clochers de la cathédrale de Reims.

Tout en parlant ainsi, les trois dignes bourgeoises étaient arrivées à la place de Grève. Dans leur préoccupation, elles avaient passé sans s'y arrêter devant le bréviaire public de la Tour-Roland, et se dirigeaient machinalement vers le pilori autour duquel la foule grossissait à chaque instant. Il est probable que le spectacle qui y attirait en ce moment tous les regards leur eût fait complètement oublier le Trou aux Rats et la station qu'elles s'étaient proposé d'y faire, si le gros Eustache de six ans que Mahiette traînait à sa main ne leur en eût rappelé brusquement l'objet : — Mère, dit-il, comme si quelque instinct l'avertissait que le Trou aux Rats était derrière lui, à présent puis-je manger le gâteau?

Si Eustache eût été plus adroit, c'est-à-dire moins gour-
mand, il aurait encore attendu, et ce n'est qu'au retour,
dans l'Université, au logis, chez maître Andry Musnier,
rue Madame-la-Valence, lorsqu'il y aurait eu les deux bras
de la Seine et les cinq ponts de la Cité entre le Trou aux
Rats et la galette, qu'il eût hasardé cette question timide :
— Mère, à présent, puis-je manger le gâteau ?

Cette même question, imprudente au moment où Eustache la fit, réveilla l'attention de Mahiette.

— A propos, s'écria-t-elle, nous oublions la recluse!
Montrez-moi donc votre Trou aux Rats, que je lui porte
son gâteau.

— Tout de suite, dit Oudarde. C'est une charité.

Ce n'était pas là le compte d'Eustache.

— Tiens, ma galette! dit-il en heurtant alternativement
ses deux épaules de ses deux oreilles, ce qui est en pareil
cas le signe suprême du mécontentement.

Les trois femmes revinrent sur leurs pas, et, arrivées
près de la maison de la Tour-Roland, Oudarde dit aux
deux autres : — Il ne faut pas regarder toutes trois à la fois
dans le trou, de peur d'effaroucher la sachette. Faites semblant, vous deux, de lire *dominus* dans le bréviaire, pendant
que je mettrai le nez à la lucarne. La sachette me connaît
un peu. Je vous avertirai quand vous pourrez venir.

Elle alla seule à la lucarne. Au moment où sa vue y
pénétra, une profonde pitié se peignit sur tous ses traits, et
sa gaie et franche physionomie changea aussi brusquement
d'expression et de couleur que si elle eût passé d'un rayon
de soleil à un rayon de lune. Son œil devint humide, sa
bouche se contracta comme lorsqu'on va pleurer. Un
moment après, elle mit un doigt sur ses lèvres et fit signe
à Mahiette de venir voir.

Mahiette vint, émue, en silence et sur la pointe des pieds,
comme lorsqu'on approche du lit d'un mourant.

C'était en effet un triste spectacle que celui qui s'offrait
aux yeux des deux femmes, pendant qu'elles regardaient
sans bouger ni souffler à la lucarne grillée du Trou aux
Rats.

La cellule était étroite, plus large que profonde, voûtée
en ogive, et vue à l'intérieur ressemblait assez à l'alvéole
d'une grande mitre d'évêque. Sur la dalle nue qui en formait le sol, dans un angle, une femme était assise ou plutôt
accroupie. Son menton était appuyé sur ses genoux, que
ses deux bras croisés serraient fortement contre sa poitrine. Ainsi ramassée sur elle-même, vêtue d'un sac brun

qui l'enveloppait tout entière à larges plis, ses longs cheveux gris rabattus par devant tombant sur son visage le
long de ses jambes jusqu'à ses pieds, elle ne présentait au
premier aspect qu'une forme étrange, découpée sur le fond
ténébreux de la cellule, une espèce de triangle noirâtre,
que le rayon de jour venant de la lucarne tranchait crû-
ment en deux nuances, l'une sombre, l'autre éclairée.
C'était un de ces spectres mi-partis d'ombre et de lumière,
comme on en voit dans les rêves et dans l'œuvre extraordinaire de Goya, pâles, immobiles, sinistres, accroupis
sur une tombe ou adossés à la grille d'un cachot. Ce n'était
ni une femme, ni un homme, ni un être vivant, ni une forme
définie ; c'était une figure ; une sorte de vision sur laquelle
s'entrecoupaient le réel et le fantastique, comme l'ombre
et le jour. A peine sous ses cheveux répandus jusqu'à terre
distinguait-on un profil amaigri et sévère ; à peine sa robe
laissait-elle passer l'extrémité d'un pied nu qui se crispait
sur le pavé rigide et gelé. Le peu de forme humaine qu'on
entrevoyait sous cette enveloppe de deuil faisait frissonner.

Cette figure, qu'on eût crue scellée dans la dalle, paraissait n'avoir ni mouvement, ni pensée, ni haleine. Sous ce
mince sac de toile, en janvier, gisante à nu sur un pavé
de granit, sans feu, dans l'ombre d'un cachot dont le soupirail oblique ne laissait arriver du dehors que la bise et
jamais le soleil, elle ne semblait pas souffrir, pas même
sentir. On eût dit qu'elle s'était faite pierre avec le cachot,
glace avec la saison. Ses mains étaient jointes, ses yeux
étaient fixes. A la première vue on la prenait pour un
spectre, à la seconde pour une statue.

Cependant par intervalles ses lèvres bleues s'entrou-
vraient à un souffle, et tremblaient, mais aussi mortes et
aussi machinales que des feuilles qui s'écartent au
vent.

Cependant de ses yeux mornes s'échappait un regard, un
regard ineffable, un regard profond, lugubre, imperturbable, incessamment fixé à un angle de la cellule qu'on ne
pouvait voir du dehors ; un regard qui semblait rattacher
toutes les sombres pensées de cette âme en détresse à je ne
sais quel objet mystérieux.

Telle était la créature qui recevait de son habitacle le
nom de *recluse*, et de son vêtement le nom de *sachette*.

Les trois femmes, car Gervaise s'était réunie à Mahiette
et à Oudarde, regardaient par la lucarne. Leur tête intercep-
tait le faible jour du cachot, sans que la misérable qu'elles
en privaient ainsi parût faire attention à elles. — Ne la

troublons pas, dit Oudarde à voix basse, elle est dans son extase, elle prie.

Cependant Mahiette considérait avec une anxiété toujours croissante cette tête hâve, flétrie, échevelée, et ses yeux se remplissaient de larmes. — Voilà qui serait bien singulier, murmurait-elle.

Elle passa sa tête à travers les barreaux du soupirail, et parvint à faire arriver son regard jusque dans l'angle où le regard de la malheureuse était invariablement attaché.

Quand elle retira sa tête de la lucarne, son visage était inondé de larmes.

— Comment appelez-vous cette femme ? demanda-t-elle à Oudarde.

Oudarde répondit :

— Nous la nommons sœur Gudule.

— Et moi, reprit Mahiette, je l'appelle Paquette la Chantefleurie.

Alors, mettant un doigt sur sa bouche, elle fit signe à Oudarde stupéfaite de passer sa tête par la lucarne et de regarder.

Oudarde regarda, et vit, dans l'angle où l'œil de la recluse était fixé avec cette sombre extase, un petit soulier de satin rose, brodé de mille passequilles d'or et d'argent.

Gervaise regarda après Oudarde, et alors les trois femmes, considérant la malheureuse mère, se mirent à pleurer.

Ni leurs regards cependant, ni leurs larmes n'avaient distrait la recluse. Ses mains restaient jointes, ses lèvres muettes, ses yeux fixes, et, pour qui savait son histoire, ce petit soulier regardé ainsi fendait le cœur.

Les trois femmes n'avaient pas encore proféré une parole ; elles n'osaient parler, même à voix basse. Ce grand silence, cette grande douleur, ce grand oubli où tout avait disparu hors une chose, leur faisaient l'effet d'un maître-autel de Pâques ou de Noël. Elles se taisaient, elles se recueillaient, elles étaient prêtes à s'agenouiller. Il leur semblait qu'elles venaient d'entrer dans une église le jour de Ténèbres.

Enfin Gervaise, la plus curieuse des trois, et par conséquent la moins sensible, essaya de faire parler la recluse :

— Sœur ! sœur Gudule !

Elle répéta cet appel jusqu'à trois fois, en haussant la voix à chaque fois. La recluse ne bougea pas. Pas un mot, pas un regard, pas un soupir, pas un signe de vie.

Oudarde à son tour, d'une voix plus douce et plus caressante : — Sœur ! dit-elle, sœur Sainte-Gudule !

Même silence, même immobilité.

— Une singulière femme ! s'écria Gervaise, et qui ne serait pas émue d'une bombarde !

— Elle est peut-être sourde, dit Oudarde en soupirant.

— Peut-être aveugle, ajouta Gervaise.

— Peut-être morte, reprit Mahiette.

Il est certain que si l'âme n'avait pas encore quitté ce corps inerte, endormi, léthargique, du moins s'y était-elle retirée et cachée à des profondeurs où les perceptions des organes extérieurs n'arrivaient plus.

— Il faudra donc, dit Oudarde, laisser le gâteau sur la lucarne. Quelque fils le prendra. Comment faire pour la réveiller ?

Eustache, qui jusqu'à ce moment avait été distrait par une petite voiture traînée par un gros chien, laquelle venait de passer, s'aperçut tout à coup que ses trois conductrices regardaient quelque chose à la lucarne, et, la curiosité le prenant à son tour, il monta sur une borne, se dressa sur la pointe des pieds et appliqua son gros visage vermeil à l'ouverture en criant : — Mère, voyons donc que je voie !

A cette voix d'enfant, claire, fraîche, sonore, la recluse tressaillit. Elle tourna la tête avec le mouvement sec et brusque d'un ressort d'acier, ses deux longues mains décharnées vinrent écarter ses cheveux sur son front, et elle fixa sur l'enfant des yeux étonnés, amers, désespérés. Ce regard ne fut qu'un éclair.

— O mon Dieu ! cria-t-elle tout à coup en cachant sa tête dans ses genoux, et il semblait que sa voix rauque déchirait sa poitrine en passant, au moins ne me montrez pas ceux des autres !

— Bonjour, madame, dit l'enfant avec gravité.

Cependant cette secousse avait pour ainsi dire réveillé la recluse. Un long frisson parcourut tout son corps de la tête aux pieds, ses dents claquèrent, elle releva à demi sa tête et dit en serrant ses coudes contre ses hanches et en prenant ses pieds dans ses mains comme pour les réchauffer : — Oh ! le grand froid !

— Pauvre femme, dit Oudarde en grande pitié, voulez-vous un peu de feu ?

Elle secoua la tête en signe de refus.

— Eh bien, reprit Oudarde en lui présentant un flacon, voici de l'hypocras qui vous réchauffera. Buvez.

Elle secoua de nouveau la tête, regarda Oudarde fixement et répondit : — De l'eau.

Oudarde insista. — Non, sœur, ce n'est pas là une boisson de janvier. Il faut boire un peu d'hypocras et manger cette galette au levain de maïs que nous avons cuite pour vous.

Elle repoussa le gâteau que Mahiette lui présentait et dit : — Du pain noir.

— Allons, dit Gervaise prise à son tour de charité, et défaisant son roquet de laine, voici un surtout un peu plus chaud que le vôtre. Mettez ceci sur vos épaules.

Elle refusa le surtout comme le flacon et le gâteau, et répondit : — Un sac.

— Mais il faut bien, reprit la bonne Oudarde, que vous vous aperceviez un peu que c'était hier fête.

— Je m'en aperçois, dit la recluse. Voilà deux jours que je n'ai plus d'eau dans ma cruche.

Elle ajouta après un silence : — C'est fête, on m'oublie. On fait bien. Pourquoi le monde songerait-il à moi qui ne songe pas à lui ? A charbon éteint cendre froide.

Et comme fatiguée d'en avoir tant dit, elle laissa retomber sa tête sur ses genoux. La simple et charitable Oudarde qui crut comprendre à ses dernières paroles qu'elle se plaignait encore du froid, lui répondit naïvement : — Alors, voulez-vous un peu de feu ?

— Du feu ! dit la sachette avec un accent étrange ; et en ferez-vous aussi un peu à la pauvre petite qui est sous terre depuis quinze ans ?

Tous ses membres tremblèrent, sa parole vibrait, ses yeux brillaient, elle s'était levée sur les genoux. Elle étendit tout à coup sa main blanche et maigre vers l'enfant qui la regardait avec un regard étonné : — Emportez cet enfant ! cria-t-elle. L'égyptienne va passer !

Alors elle tomba la face contre terre, et son front frappa la dalle avec le bruit d'une pierre sur une pierre. Les trois femmes la crurent morte. Un moment après pourtant, elle remua, et elles la virent se traîner sur les genoux et sur les coudes jusqu'à l'angle où était le petit soulier. Alors elle n'osèrent regarder, elles ne la virent plus, mais elles entendirent mille baisers et mille soupirs mêlés à des cris déchirants et à des coups sourds comme ceux d'une tête qui heurte une muraille. Puis, après un de ces coups, tellement violent qu'elles en chancelèrent toutes les trois, elles n'entendirent plus rien.

— Se serait-elle tuée ? dit Gervaise en se risquant à

passer sa tête au soupirail. — Sœur! sœur Gudule!
— Sœur Gudule! répéta Oudarde.

— Ah, mon Dieu! elle ne bouge plus! reprit Gervaise,
est-ce qu'elle est morte? — Gudule! Gudule!

Mahiette, suffoquée jusque-là à ne pouvoir parler, fit un
effort. — Attendez, dit-elle. Puis se penchant vers la
lucarne : — Paquette! dit-elle, Paquette la Chantefleurie.

Un enfant qui souffle ingénument sur la mèche mal
allumée d'un pétard et se le fait éclater dans les yeux, n'est
pas plus épouvanté que ne le fut Mahiette, à l'effet de ce
nom brusquement lancé dans la cellule de sœur Gudule.

La recluse tressaillit de tout son corps, se leva debout
sur ses pieds nus, et sauta à la lucarne avec des yeux si
flamboyants que Mahiette et Oudarde et l'autre femme et
l'enfant reculèrent jusqu'au parapet du quai.

Cependant la sinistre figure de la recluse apparut collée
à la grille du soupirail. — Oh! oh! criait-elle avec un rire
effrayant, c'est l'égyptienne qui m'appelle!

En ce moment une scène qui se passait au pilori arrêta
son œil hagard. Son front se plissa d'horreur, elle étendit
hors de sa loge ses deux bras de squelette, et s'écria avec
une voix qui ressemblait à un râle : — C'est donc encore
toi, fille d'Égypte, c'est toi qui m'appelles, voleuse d'enfants! Eh bien! maudite sois-tu! maudite! maudite! maudite!

IV

UNE LARME
POUR UNE GOUTTE D'EAU

Ces paroles étaient, pour ainsi dire, le point de jonction
de deux scènes qui s'étaient jusque-là développées parallèlement dans le même moment, chacune sur son théâtre
particulier, l'une, celle qu'on vient de lire, dans le Trou
aux Rats, l'autre, qu'on va lire, sur l'échelle du pilori. La
première n'avait eu pour témoins que les trois femmes avec
lesquelles le lecteur vient de faire connaissance ; la seconde
avait eu pour spectateurs tout le public que nous avons vu
plus haut s'amasser sur la place de Grève, autour du pilori
et du gibet.

Cette foule, à laquelle les quatre sergents, qui s'étaient

postés dès neuf heures du matin aux quatre coins du pilori,
avaient fait espérer une exécution telle quelle, non pas sans
doute une pendaison, mais un fouet, un essorillement,
quelque chose enfin, cette foule s'était si rapidement
accrue que les quatre sergents, investis de trop près,
avaient eu plus d'une fois besoin de la *serrer*, comme on
disait alors à grands coups de boullaye et de croupe de
cheval.

Cette populace, disciplinée à l'attente des exécutions
publiques, ne manifestait pas trop d'impatience. Elle se
divertissait à regarder le pilori, espèce de monument fort
simple composé d'un cube de maçonnerie de quelque dix
pieds de haut, creux à l'intérieur. Un degré fort roide en
pierre brute qu'on appelait par excellence *l'échelle* conduisait à la plate-forme supérieure, sur laquelle on apercevait
une roue horizontale en bois de chêne plein. On liait le
patient sur cette roue, à genoux et les bras derrière le dos.
Une tige en charpente, que mettait en mouvement un
cabestan caché dans l'intérieur du petit édifice, imprimait
une rotation à la roue, toujours maintenue dans le plan
horizontal, et présentait de cette façon la face du condamné
successivement à tous les points de la place. C'est ce qu'on
appelait *tourner* un criminel.

Comme on voit, le pilori de la Grève était loin d'offrir
toutes les récréations du pilori des Halles. Rien d'architectural. Rien de monumental. Pas de toit à croix de fer,
pas de lanterne octogone, pas de frêles colonnettes allant
s'épanouir au bord du toit en chapiteaux d'acanthes et de
fleurs, pas de gouttières chimériques et monstrueuses, pas
de charpente ciselée, pas de fine sculpture profondément
fouillée dans la pierre.

Il fallait se contenter de ces quatre ~ans de moellon avec
deux contre-cœurs de grès, et d'un m⸨ ⸩hant gibet de pierre,
maigre et nu, à côté.

Le régal eût été mesquin pour d ⸨ ⸩ amateurs d'architecture gothique. Il est vrai que rie⸨ ⸩ n'était moins curieux
de monuments que les braves badauds du moyen âge, et
qu'ils se souciaient médiocrement de la beauté d'un
pilori.

Le patient arriva enfin lié au cul d'une charrette, et
quand il eut été hissé sur la plate-forme, quand on put le
voir de tous les points de la place ficelé à cordes et à courroies sur la roue du pilori, une huée prodigieuse mêlée de
rires et d'acclamations, éclata dans la place. On avait
reconnu Quasimodo.

C'était lui en effet. Le retour était étrange. Pilorié sur cette même place où la veille il avait été salué, acclamé et conclamé pape et prince des fous, en cortège du duc d'Égypte, du roi de Thunes et de l'empereur de Galilée. Ce qu'il y a de certain, c'est qu'il n'y avait pas un esprit dans la foule, pas même lui, tour à tour le triomphant et le patient, qui dégageât nettement ce rapprochement dans sa pensée. Gringoire et sa philosophie manquaient à ce spectacle.

Bientôt Michel Noiret, trompette-juré du roi notre sire, fit faire silence aux manants et cria l'arrêt, suivant l'ordonnance et commandement de Monsieur le prévôt. Puis il se replia derrière la charrette avec ses gens en hoquetons de livrée.

Quasimodo, impassible, ne sourcillait pas. Toute résistance lui était rendue impossible par ce qu'on appelait alors, en style de chancellerie criminelle, *la véhémence et la fermeté des attaches*, ce qui veut dire que les lanières et les chaînettes lui entraient probablement dans la chair. C'est au reste une tradition de geôle et de chiourme qui ne s'est pas perdue, et que les menottes conservent encore précieusement parmi nous, peuple civilisé, doux, humain (le bagne et la guillotine entre parenthèses).

Il s'était laissé mener et pousser, porter, jucher, lier et relier. On ne pouvait rien deviner sur sa physionomie qu'un étonnement de sauvage ou d'idiot. On le savait sourd, on l'eût dit aveugle.

On le mit à genoux sur la planche circulaire, il s'y laissa mettre. On le dépouilla de chemise et de pourpoint jusqu'à la ceinture, il se laissa faire. On l'enchevêtra sous un nouveau système de courroies et d'ardillons, il se laissa boucler et ficeler. Seulement de temps à autre il soufflait bruyamment, comme un veau dont la tête pend et ballotte au rebord de la charrette du boucher.

— Le butor, dit Jehan Frollo du Moulin à son ami Robin Poussepain (car les deux écoliers avaient suivi le patient comme de raison), il ne comprend pas plus qu'un hanneton enfermé dans une boîte !

Ce fut un fou rire dans la foule quand on vit à nu la bosse de Quasimodo, sa poitrine de chameau, ses épaules calleuses et velues. Pendant toute cette gaieté, un homme à la livrée de la ville, de courte taille et de robuste mine, monta sur la plate-forme et vint se placer près du patient. Son nom circula bien vite dans l'assistance. C'était maître Pierrat Torterue, tourmenteur-juré du Châtelet.

Il commença par déposer sur un angle du pilori un
sablier noir dont la capsule supérieure était pleine de sable
rouge qu'elle laissait fuir dans le récipient inférieur, puis il
ôta son surtout mi-parti, et l'on vit pendre à sa main
droite un fouet mince et effilé de longues lanières blanches,
luisantes, noueuses, tressées, armées d'ongles de métal.
De la main gauche il repliait négligemment sa chemise
autour de son bras droit jusqu'à l'aisselle.

Cependant Jehan Frollo criait en élevant sa tête blonde
et frisée au-dessus de la foule (il était monté pour cela sur
les épaules de Robin Poussepain) : — Venez voir, messieurs,
mesdames ! voici qu'on va flageller péremptoirement maître Quasimodo, le sonneur de mon frère monsieur l'archidiacre de Josas, un drôle d'architecture orientale, qui a le
dos en dôme et les jambes en colonnes torses !

Et la foule de rire, surtout les enfants et les jeunes filles.

Enfin le tourmenteur frappa du pied. La roue se mit à
tourner. Quasimodo chancela sous ses liens. La stupeur qui
se peignit brusquement sur son visage difforme fit redoubler à l'entour les éclats de rire.

Tout à coup, au moment où la roue dans sa révolution
présenta à maître Pierrat le dos monstrueux de Quasimodo,
maître Pierrat leva le bras, les fines lanières sifflèrent aigrement dans l'air comme une poignée de couleuvres, et
retombèrent avec furie sur les épaules du misérable.

Quasimodo sauta sur lui-même, comme réveillé en sursaut. Il commençait à comprendre. Il se tordit dans ses
liens ; une violente contraction de surprise et de douleur
décomposa les muscles de sa face ; mais il ne jeta pas un
soupir. Seulement il tourna la tête en arrière, à droite,
puis à gauche, en la balançant comme fait un taureau
piqué au flanc par un taon.

Un second coup suivit le premier, puis un troisième, et
un autre, et un autre, et toujours. La roue ne cessait pas de
tourner ni les coups de pleuvoir. Bientôt le sang jaillit, on le
vit ruisseler par mille filets sur les noires épaules du bossu,
et les grêles lanières, dans leur rotation qui déchirait l'air,
l'éparpillaient en gouttes dans la foule.

Quasimodo avait repris, en apparence du moins, son
impassibilité première. Il avait essayé d'abord sourdement
et sans grande secousse extérieure de rompre ses liens. On
avait vu son œil s'allumer, ses muscles se roidir, ses membres se ramasser, et les courroies et les chaînettes se tendre. L'effort était puissant, prodigieux, désespéré ; mais
les vieilles gênes de la prévôté résistèrent. Elles craquèrent,

et voilà tout. Quasimodo retomba épuisé. La stupeur fit place sur ses traits à un sentiment d'amer et profond découragement. Il ferma son œil unique, laissa tomber sa tête sur sa poitrine et fit le mort.

Dès lors il ne bougea plus. Rien ne put lui arracher un mouvement. Ni son sang qui ne cessait de couler, ni les coups qui redoublaient de furie, ni la colère du tourmenteur qui s'excitait lui-même et s'enivrait de l'exécution, ni le bruit des horribles lanières plus acérées et plus sifflantes que des pattes de bigailles.

Enfin un huissier du Châtelet vêtu de noir, monté sur un cheval noir, en station à côté de l'échelle depuis le commencement de l'exécution, étendit sa baguette d'ébène vers le sablier. Le tourmenteur s'arrêta. La roue s'arrêta. L'œil de Quasimodo se rouvrit lentement.

La flagellation était finie. Deux valets du tourmenteur-juré lavèrent les épaules saignantes du patient, les frottèrent de je ne sais quel onguent qui ferma sur-le-champ toutes les plaies, et lui jetèrent sur le dos une sorte de pagne jaune taillé en chasuble. Cependant Pierrat Torterue faisait dégoutter sur le pavé les lanières rouges et gorgées de sang.

Tout n'était pas fini pour Quasimodo. Il lui restait encore à subir cette heure de pilori que maître Florian Barbedienne avait si judicieusement ajoutée à la sentence de messire Robert d'Estouteville ; le tout à la plus grande gloire du vieux jeu de mots physiologique et psychologique de Jean de Cumène : *Surdus absurdus.*

On retourna donc le sablier, et on laissa le bossu attaché sur la planche pour que justice fût faite jusqu'au bout.

Le peuple, au moyen âge surtout, est dans la société ce qu'est l'enfant dans la famille. Tant qu'il reste dans cet état d'ignorance première, de minorité morale et intellectuelle, on peut dire de lui comme de l'enfant :

Cet âge est sans pitié.

Nous avons déjà fait voir que Quasimodo était généralement haï, pour plus d'une bonne raison il est vrai. Il y avait à peine un spectateur dans cette foule qui n'eût ou ne crût avoir sujet de se plaindre du mauvais bossu de Notre-Dame. La joie avait été universelle de le voir paraître au pilori ; et la rude exécution qu'il venait de subir et la piteuse posture où elle l'avait laissé, loin d'attendrir la populace, avaient rendu sa haine plus méchante en l'armant d'une pointe de gaieté.

Aussi, une fois la *vindicte publique* satisfaite, comme jargonnent encore aujourd'hui les bonnets carrés, ce fut le tour des mille vengeances particulières. Ici comme dans la grand'salle, les femmes surtout éclataient. Toutes lui gardaient quelque rancune, les unes de sa malice, les autres de sa laideur. Les dernières étaient les plus furieuses.

— Oh! masque de l'Antéchrist! disait l'une.

— Chevaucheur de manche à balai! criait l'autre.

— La belle grimace tragique, hurlait une troisième, et qui te ferait pape des fous, si c'était aujourd'hui hier!

— C'est bon, reprenait une vieille. Voilà la grimace du pilori. A quand celle du gibet?

— Quand seras-tu coiffé de ta grosse cloche à cent pieds sous terre, maudit sonneur?

— C'est pourtant ce diable qui sonne l'angélus!

— Oh! le sourd! le borgne! le bossu! le monstre!

— Figure à faire avorter une grossesse mieux que toutes médecines et pharmaques!

Et les deux écoliers, Jehan du Moulin, Robin Poussepain, chantaient à tue-tête le vieux refrain populaire :

> Une hart
> Pour le pendard!
> Un fagot
> Pour le magot!

Mille autres injures pleuvaient, et les huées, et les imprécations, et les rires, et les pierres çà et là.

Quasimodo était sourd, mais il voyait clair, et la fureur publique n'était pas moins énergiquement peintes sur les visages que dans les paroles. D'ailleurs les coups de pierre expliquaient les éclats de rire.

Il tint bon d'abord. Mais peu à peu cette patience, qui s'était roidie sous le fouet du tourmenteur, fléchit et lâcha pied à toutes ces piqûres d'insectes. Le bœuf des Asturies, qui s'est peu ému des attaques du picador, s'irrite des chiens et des banderilles.

Il promena d'abord lentement un regard de menace sur la foule. Mais garrotté comme il l'était, son regard fut impuissant à chasser ces mouches qui mordaient sa plaie. Alors il s'agita dans ses entraves, et ses soubresauts furieux firent crier sur ses ais la vieille roue du pilori. De tout cela, les dérisions et les huées s'accrurent.

Alors le misérable, ne pouvant briser son collier de bête fauve enchaînée, redevint tranquille. Seulement par intervalles un soupir de rage soulevait toutes les cavités de sa poitrine. Il n'y avait sur son visage ni honte, ni rougeur. Il était trop loin de l'état de société et trop près de l'état de nature pous savoir ce que c'est que la honte. D'ailleurs, à ce point de difformité, l'infamie est-elle chose sensible? Mais la colère, la haine, le désespoir abaissaient lentement sur ce visage hideux un nuage de plus en plus sombre, de plus en plus chargé d'une électricité qui éclatait en mille éclairs dans l'œil du cyclope.

Cependant ce nuage s'éclaircit un moment, au passage d'une mule qui traversait la foule et qui portait un prêtre. Du plus loin qu'il aperçut cette mule et ce prêtre, le visage du pauvre patient s'adoucit. A la fureur qui le contractait succéda un sourire étrange, plein d'une douceur, d'une mansuétude, d'une tendresse ineffables. A mesure que le prêtre approchait, ce sourire devenait plus net, plus distinct, plus radieux. C'était comme la venue d'un sauveur que le malheureux saluait. Toutefois, au moment où la mule fut assez près du pilori pour que son cavalier pût reconnaître le patient, le prêtre baissa les yeux, rebroussa brusquement chemin, piqua des deux, comme s'il avait eu hâte de se débarrasser de réclamations humiliantes et fort peu de souci d'être salué et reconnu d'un pauvre diable en pareille posture.

Ce prêtre était l'archidiacre dom Claude Frollo.

Le nuage retomba plus sombre sur le front de Quasimodo. Le sourire s'y mêla encore quelque temps, mais amer, découragé, profondément triste.

Le temps s'écoulait. Il était là depuis une heure et demie au moins, déchiré, maltraité, moqué, sans relâche, et presque lapidé.

Tout à coup il s'agita de nouveau dans ses chaînes avec un redoublement de désespoir dont trembla toute la charpente qui le portait, et, rompant le silence qu'il avait obstinément gardé jusqu'alors, il cria avec une voix rauque et furieuse qui ressemblait plutôt à un aboiement qu'à un cri humain et qui couvrit le bruit des huées : — A boire !

Cette exclamation de détresse, loin d'émouvoir les compassions, fut un surcroît d'amusement au bon populaire parisien qui entourait l'échelle, et qui, il faut le dire, pris en masse et comme multitude, n'était alors guère moins cruel et moins abruti que cette horrible tribu des truands chez laquelle nous avons déjà mené le lecteur, et qui était tout simplement la couche la plus inférieure du peuple. Pas une voix ne s'éleva autour du malheureux patient, si ce n'est pour lui faire raillerie de sa soif. Il est certain qu'en ce

moment il était grotesque et repoussant plus encore que
pitoyable, avec sa face empourprée et ruisselante, son œil
égaré, sa bouche écumante de colère et de souffrance, et sa
langue à demi tirée. Il faut dire encore que, se fût-il trouvé
dans la cohue quelque bonne âme charitable de bourgeois
ou de bourgeoise qui eût été tentée d'apporter un verre
d'eau à cette misérable créature en peine, il régnait autour
des marches infâmes du pilori un tel préjugé de honte et
d'ignominie qu'il eût suffi pour repousser le bon Samari-
tain.

Au bout de quelques minutes, Quasimodo promena sur
la foule un regard désespéré, et répéta d'une voix plus déchirante encore : — A boire !

Et tous de rire.

— Bois ceci ! criait Robin Poussepain en lui jetant par la
face une éponge traînée dans le ruisseau. Tiens, vilain
sourd ! je suis ton débiteur.

Une femme lui lançait une pierre à la tête : — Voilà
qui t'apprendra à nous réveiller la nuit avec ton carillon
de damné.

— Hé bien ! fils, hurlait un perclus en faisant effort pour
l'atteindre de sa béquille, nous jetteras-tu encore des sorts
du haut des tours de Notre-Dame ?

— Voici une écuelle pour boire ! reprenait un homme en
lui décrochant dans la poitrine une cruche cassée. C'est toi
qui, rien qu'en passant devant elle, as fait accoucher ma
femme d'un enfant à deux têtes !

— Et ma chatte d'un chat à six pattes ! glapissait une
vieille en lui lançant une tuile.

— A boire ! répéta pour la troisième fois Quasimodo
pantelant.

En ce moment, il vit s'écarter la populace. Une jeune
fille bizarrement vêtue sortit de la foule. Elle était accompagnée d'une petite chèvre blanche à cornes dorées et
portait un tambour de basque à la main.

L'œil de Quasimodo étincela. C'était la bohémienne qu'il
avait essayé d'enlever la nuit précédente, algarade pour
laquelle il sentait confusément qu'on le châtiait en cet
instant même ; ce qui du reste n'était pas le moins du
monde, puisqu'il n'était puni que du malheur d'être sourd
et d'avoir été jugé par un sourd. Il ne douta pas qu'elle ne
vînt se venger aussi, et lui donner son coup comme tous
les autres.

Il la vit en effet monter rapidement l'échelle. La colère et
le dépit le suffoquaient. Il eût voulu pouvoir faire crouler le

pilori, et si l'éclair de son œil eût pu foudroyer, l'égyptienne eût été mise en poudre avant d'arriver sur la plate-forme.

Elle s'approcha, sans dire une parole, du patient qui se tordait vainement pour lui échapper, et, détachant une gourde de sa ceinture, elle la porta doucement aux lèvres arides du misérable.

Alors, dans cet œil jusque-là si sec et si brûlé, on vit rouler une grosse larme qui tomba lentement le long de ce visage difforme et longtemps contracté par le désespoir. C'était la première peut-être que l'infortuné eût jamais versée.

Cependant il oubliait de boire. L'égyptienne fit sa petite moue avec impatience, et appuya en souriant le goulot à la bouche dentue de Quasimodo. Il but à longs traits. Sa soif était ardente.

Quand il eut fini, le misérable allongea ses lèvres noires, sans doute pour baiser la belle main qui venait de l'assister. Mais la jeune fille, qui n'était pas sans défiance peut-être et se souvenait de la violente tentative de la nuit, retira sa main avec le geste effrayé d'un enfant qui craint d'être mordu par une bête.

Alors le pauvre sourd fixa sur elle un regard plein de reproche et d'une tristesse inexprimable.

C'eût été partout un spectacle touchant que cette belle fille, fraîche, pure, charmante, et si faible en même temps, ainsi pieusement accourue au secours de tant de misère, de difformité et de méchanceté. Sur un pilori, ce spectacle était sublime.

Tout ce peuple lui-même en fut saisi et se mit à battre des mains en criant : Noël! Noël!

C'est dans ce moment que la recluse aperçut, de la lucarne de son trou, l'égyptienne sur le pilori et lui jeta son imprécation sinistre : — Maudite sois-tu, fille d'Égypte! maudite! maudite!

V

FIN DE L'HISTOIRE DE LA GALETTE

La Esmeralda pâlit, et descendit du pilori en chancelant. La voix de la recluse la poursuivit encore : — Descends! descends! larronnesse d'Égypte, tu y remonteras!

— La sachette est dans ses lubies, dit le peuple en murmurant et il n'en fut rien de plus. Car ces sortes de femmes étaient redoutées, ce qui les faisait sacrées. On ne s'attaquait pas volontiers alors à qui priait jour et nuit.

L'heure était venue de remmener Quasimodo. On le détacha, et la foule se dispersa.

Près du Grand-Pont, Mahiette, qui s'en revenait avec ses deux compagnes, s'arrêta brusquement : — A propos, Eustache! qu'as-tu fait de la galette?

— Mère, dit l'enfant, pendant que vous parliez avec cette dame qui était dans le trou, il y avait un gros chien qui a mordu dans ma galette. Alors j'en ai mangé aussi.

— Comment, monsieur, reprit-elle, vous avez tout mangé?

— Mère, c'est le chien. Je lui ai dit, il ne m'a pas écouté. Alors j'ai mordu aussi, tiens!

— C'est un enfant terrible, dit la mère souriant et grondant à la fois. Voyez-vous, Oudarde, il mange déjà à lui seul tout le cerisier de notre clos de Charlerange. Aussi son grand-père dit que ce sera un capitaine. — Que je vous y reprenne, monsieur Eustache. — Va, gros lion!

LIVRE SEPTIÈME

I

DU DANGER DE CONFIER
SON SECRET A UNE CHÈVRE

Plusieurs semaines s'étaient écoulées.

On était aux premiers jours de mars. Le soleil, que Dubartas, ce classique ancêtre de la périphrase, n'avait pas encore nommé *le grand-duc des chandelles*, n'en était pas moins joyeux et rayonnant pour cela. C'était une de ces journées de printemps qui ont tant de douceur et de beauté que tout Paris, répandu dans les places et les promenades, les fête comme des dimanches. Dans ces jours de clarté, de chaleur et de sérénité, il y a une certaine heure surtout où il faut admirer le portail de Notre-Dame. C'est le moment où le soleil, déjà incliné vers le couchant, regarde presque en face la cathédrale. Ses rayons, de plus en plus horizontaux, se retirent lentement du pavé de la place, et remontent le long de la façade à pic dont ils font saillir les mille rondes-bosses sur leur ombre, tandis que la grande rose centrale flamboie comme un œil de cyclope enflammé des réverbérations de la forge.

On était à cette heure-là.

Vis-à-vis la haute cathédrale rougie par le couchant, sur le balcon de pierre pratiqué au-dessus du porche d'une riche maison gothique qui faisait l'angle de la place et de la rue du Parvis, quelques belles jeunes filles riaient et devisaient avec toute sorte de grâce et de folie. A la longueur du voile qui tombait, du sommet de leur coiffe pointue enroulée de perles, jusqu'à leurs talons, à la finesse de la chemisette brodée qui couvrait leurs épaules en laissant voir, selon la mode engageante d'alors, la naissance de leurs belles gorges de vierges, à l'opulence de leurs jupes de dessous, plus précieuses encore que leur surtout (recherche merveilleuse!), à la gaze, à la soie, au velours dont tout cela était étoffé, et surtout à la blancheur de leurs mains qui les attestait oisives et paresseuses, il était aisé de deviner de nobles et riches héritières. C'était en effet damoiselle Fleur-de-Lys de Gondelaurier et ses compagnes, Diane de Christeuil, Amelotte de Montmichel, Colombe de Gaillefontaine, et la petite de Champchevrier ; toutes filles de bonne maison, réunies en ce moment chez la dame veuve de Gondelaurier, à cause de monseigneur de Beaujeu et de madame sa femme, qui devaient venir au mois d'avril à Paris, et y choisir des accompagneresses d'honneur pour madame la Dauphine Marguerite, lorsqu'on l'irait recevoir en Picardie des mains des flamands. Or, tous les hobereaux de trente lieues à la ronde briguaient cette faveur pour leurs filles, et bon nombre d'entre eux les avaient déjà amenées ou envoyées à Paris. Celles-ci avaient été confiées par leurs parents à la garde discrète et vénérable de madame Aloïse de Gondelaurier, veuve d'un ancien maître des arbalétriers du roi, retirée avec sa fille unique, en sa maison de la place du parvis Notre-Dame, à Paris.

Le balcon où étaient ces jeunes filles s'ouvrait sur une chambre richement tapissée d'un cuir de Flandre de couleur fauve imprimé à rinceaux d'or. Les solives qui rayaient parallèlement le plafond amusaient l'œil par mille bizarres sculptures peintes et dorées. Sur des bahuts ciselés, de splendides émaux chatoyaient çà et là ; une hure de sanglier en faïence couronnait un dressoir magnifique dont les deux degrés annonçaient que la maîtresse du logis était femme ou veuve d'un chevalier banneret. Au fond, à côté d'une haute cheminée armoriée et blasonnée du haut en bas, était assise, dans un riche fauteuil de velours rouge, la dame de Gondelaurier, dont les cinquante-cinq ans n'étaient pas moins écrits sur son vêtement que sur son visage. A côté d'elle se tenait debout un jeune homme d'assez fière mine, quoique un peu vaine et bravache, un de ces beaux garçons dont toutes les femmes tombent d'accord, bien que les hommes graves et physionomistes en haussent les épaules. Ce jeune cavalier portait le brillant habit de capitaine des archers de l'ordonnance du roi, lequel ressemble beaucoup trop au costume de Jupiter, qu'on a déjà pu admirer au premier livre de cette histoire, pour que nous en fatiguions le lecteur d'une seconde description.

Les damoiselles étaient assises, partie dans la chambre, partie sur le balcon, les unes sur des carreaux de velours d'Utrecht à cornières d'or, les autres sur des escabeaux de bois de chêne sculptés à fleurs et à figures. Chacune d'elles tenait sur ses genoux un plan d'une grande tapisserie à l'aiguille, à laquelle elles travaillaient en commun, et dont un bon bout traînait sur la natte qui recouvrait le plancher.

Elles causaient entre elles avec cette voix chuchotante et ces demi-rires étouffés d'un conciliabule de jeunes filles au milieu desquelles il y a un jeune homme. Le jeune homme, dont la présence suffisait pour mettre en jeu tous ces amours-propres féminins, paraissait, lui, s'en soucier médiocrement ; et tandis que c'était parmi les belles filles à qui attirerait son attention, il paraissait surtout occupé à fourbir avec son gant de peau de daim l'ardillon de son ceinturon.

De temps en temps la vieille dame lui adressait la parole tout bas, et il lui répondait de son mieux avec une sorte de politesse gauche et contrainte. Aux sourires, aux petits signes d'intelligence de madame Aloïse, aux clins d'yeux qu'elle détachait vers sa fille Fleur-de-Lys, en parlant bas au capitaine, il était facile de voir qu'il s'agissait de quelque fiançaille consommée, de quelque mariage prochain sans doute entre le jeune homme et Fleur-de-Lys. Et à la froideur embarrassée de l'officier, il était facile de voir que, de son côté du moins, il ne s'agissait plus d'amour. Toute sa mine exprimait une pensée de gêne et d'ennui que nos sous-lieutenants de garnison traduiraient admirablement aujourd'hui par : Quelle chienne de corvée !

La bonne dame, fort entêtée de sa fille, comme une pauvre mère qu'elle était, ne s'apercevait pas du peu d'enthousiasme de l'officier, et s'évertuait à lui faire remarquer tout bas les perfections infinies avec lesquelles Fleur-de-Lys piquait son aiguille ou dévidait son écheveau.

— Tenez, petit cousin, lui disait-elle en le tirant par la manche pour lui parler à l'oreille. Regardez-la donc ! la voilà qui se baisse.

— En effet, répondait le jeune homme ; et il retombait dans son silence distrait et glacial.

Un moment après, il fallait se pencher de nouveau, et dame Aloïse lui disait :

— Avez-vous jamais vu figure plus avenante et plus égayée que votre accordée ? Est-on plus blanche et plus blonde ? ne sont-ce pas là des mains accomplies ? et ce cou-là, ne prend-il pas, à ravir, toutes les façons d'un cygne ? Que je vous envie par moments ! et que vous êtes heureux d'être homme, vilain libertin que vous êtes ! N'est-ce pas que ma Fleur-de-Lys est belle par adoration et que vous en êtes éperdu ?

— Sans doute, répondait-il tout en pensant à autre chose.

— Mais parlez-lui donc, dit tout à coup madame Aloïse en le poussant par l'épaule. Dites-lui donc quelque chose. Vous êtes devenu bien timide.

Nous pouvons affirmer à nos lecteurs que la timidité n'était ni la vertu ni le défaut du capitaine. Il essaya pourtant de faire ce qu'on lui demandait.

— Belle cousine, dit-il en s'approchant de Fleur-de-Lys, quel est le sujet de cet ouvrage de tapisserie que vous façonnez ?

— Beau cousin, répondit Fleur-de-Lys avec un accent de dépit, je vous l'ai déjà dit trois fois. C'est la grotte de Neptunus.

Il était évident que Fleur-de-Lys voyait beaucoup plus clair que sa mère aux manières froides et distraites du capitaine. Il sentit la nécessité de faire quelque conversation.

— Et pour qui toute cette neptunerie ? demanda-t-il.

— Pour l'abbaye Saint-Antoine des Champs, dit Fleur-de-Lys sans lever les yeux.

Le capitaine prit un coin de la tapisserie :

— Qu'est-ce que c'est, ma belle cousine, que ce gros gendarme qui souffle à pleines joues dans une trompette ?

— C'est Trito, répondit-elle.

Il y avait toujours une intonation un peu boudeuse dans les brèves paroles de Fleur-de-Lys. Le jeune homme comprit qu'il était indispensable de lui dire quelque chose à l'oreille, une fadaise, une galanterie, n'importe quoi. Il se pencha donc, mais il ne put rien trouver dans son imagination de plus tendre et de plus intime que ceci :

— Pourquoi votre mère porte-t-elle toujours une cotte-hardie armoriée comme nos grand'mères du temps de Charles VII ? Dites-lui donc, belle cousine, que ce n'est plus l'élégance d'à présent, et que son gond et son laurier brodés en blason sur sa robe lui donnent l'air d'un manteau de cheminée qui marche. En vérité, on ne s'assied plus ainsi sur sa bannière, je vous jure.

Fleur-de-Lys leva sur lui ses beaux yeux pleins de reproche : — Est-ce là tout ce que vous me jurez ? dit-elle à voix basse.

Cependant la bonne dame Aloïse, ravie de les voir ainsi penchés et chuchotant, disait en jouant avec les fermoirs de son livre d'heures : — Touchant tableau d'amour!

Le capitaine, de plus en plus gêné, se rabattit sur la tapisserie : — C'est vraiment un charmant travail! s'écria-t-il.

A ce propos, Colombe de Gaillefontaine, une autre belle blonde à peau blanche, bien colletée de damas bleu, hasarda timidement une parole qu'elle adressa à Fleur-de-Lys, dans l'espoir que le beau capitaine y répondrait : — Ma chère Gondelaurier, avez-vous vu les tapisseries de l'hôtel de La Roche-Guyon?

— N'est-ce pas l'hôtel où est enclos le jardin de la Lingère du Louvre? demanda en riant Diane de Christeuil, qui avait de belles dents et par conséquent riait à tout propos.

— Et où il y a cette grosse vieille tour de l'ancienne muraille de Paris, ajouta Amelotte de Montmichel, jolie brune bouclée et fraîche, qui avait l'habitude de soupirer comme l'autre riait, sans savoir pourquoi.

— Ma chère Colombe, reprit dame Aloïse, voulez-vous pas parler de l'hôtel qui était à monsieur de Bacqueville, sous le roi Charles VI? il y a en effet de bien superbes tapisseries de haute lice.

— Charles VI! le roi Charles VI! grommela le jeune capitaine en retroussant sa moustache. Mon Dieu! que la bonne dame a souvenir de vieilles choses!

Madame de Gondelaurier poursuivait : — Belles tapisseries, en vérité. Un travail si estimé qu'il passe pour singulier!

En ce moment, Bérangère de Champchevrier, svelte petite fille de sept ans, qui regardait dans la place par les trèfles du balcon, s'écria : — Oh! voyez, belle marraine Fleur-de-Lys, la jolie danseuse qui danse là sur le pavé, et qui tambourine au milieu des bourgeois manants!

En effet, on entendait le frissonnement sonore d'un tambour de basque.

— Quelque égyptienne de Bohême, dit Fleur-de-Lys en se détournant nonchalamment vers la place.

— Voyons! voyons! crièrent ses vives compagnes; et elles coururent toutes au bord du balcon, tandis que Fleur-de-Lys, rêveuse de la froideur de son fiancé, les suivait lentement et que celui-ci, soulagé par cet incident qui coupait court à une conversation embarrassée, s'en revenait au fond de l'appartement de l'air satisfait d'un

soldat relevé de service. C'était pourtant un charmant
et gentil service que celui de la belle Fleur-de-Lys, et
il lui avait paru tel autrefois ; mais le capitaine s'était
blasé peu à peu ; la perspective d'un mariage prochain
le refroidissait davantage de jour en jour. D'ailleurs, il
était d'humeur inconstante et, faut-il le dire? de goût
un peu vulgaire. Quoique de fort noble naissance, il avait
contracté sous le harnois plus d'une habitude de soudard.
La taverne lui plaisait, et ce qui s'ensuit. Il n'était à
l'aise que parmi les gros mots, les galanteries militaires,
les faciles beautés et les faciles succès. Il avait pourtant
reçu de sa famille quelque éducation et quelques manières ;
mais il avait trop jeune couru le pays, trop jeune tenu
garnison, et tous les jours le vernis du gentilhomme
s'effaçait au dur frottement de son baudrier de gendarme.
Tout en la visitant encore de temps en temps, par un
reste de respect humain, il se sentait doublement gêné
chez Fleur-de-Lys ; d'abord, parce qu'à force de dis-
perser son amour dans toutes sortes de lieux il en avait
fort peu réservé pour elle ; ensuite, parce qu'au milieu
de tant de belles dames roides, épinglées et décentes, il
tremblait sans cesse que sa bouche habituée aux jurons
ne prît tout d'un coup le mors aux dents et ne s'échappât
en propos de taverne. Qu'on se figure le bel effet!
   Du reste, tout cela se mêlait chez lui à de grandes pré-
tentions d'élégance, de toilette et de belle mine. Qu'on
arrange ces choses comme on pourra. Je ne suis qu'historien.
   Il se tenait donc depuis quelques moments, pensant
ou ne pensant pas, appuyé en silence au chambranle
sculpté de la cheminée, quand Fleur-de-Lys, se tournant
soudain, lui adressa la parole. Après tout, la pauvre
jeune fille ne le boudait qu'à son cœur défendant.
   — Beau cousin, ne nous avez-vous pas parlé d'une
petite bohémienne que vous avez sauvée, il y a deux mois,
en faisant le contre-guet la nuit, des mains d'une douzaine
de voleurs?
   — Je crois que oui, belle cousine, dit le capitaine.
   — Eh bien, reprit-elle, c'est peut-être cette bohémienne
qui danse là dans le parvis. Venez voir si vous la reconnaissez, beau cousin Phœbus.
   Il perçait un secret désir de réconciliation dans cette
douce invitation qu'elle lui adressait de venir près d'elle,
et dans ce soin de l'appeler par son nom. Le capitaine
Phœbus de Châteaupers (car c'est lui que le lecteur a

sous les yeux depuis le commencement de ce chapitre) s'approcha à pas lents du balcon. — Tenez, lui dit Fleur-de-Lys en posant tendrement sa main sur le bras de Phœbus, regardez cette petite qui danse là dans ce rond. Est-ce votre bohémienne?

Phœbus regarda, et dit :

— Oui, je la reconnais à sa chèvre.

— Oh! la jolie petite chèvre en effet! dit Amelotte en joignant les mains d'admiration.

— Est-ce que ses cornes sont en or de vrai? demanda Bérangère.

Sans bouger de son fauteuil, dame Aloïse prit la parole :

— N'est-ce pas une de ces bohémiennes qui sont arrivées l'an passé par la Porte Gibard?

— Madame ma mère, dit doucement Fleur-de-Lys, cette porte s'appelle aujourd'hui Porte d'Enfer.

Mademoiselle de Gondelaurier savait à quel point le capitaine était choqué des façons de parler surannées de sa mère. En effet, il commençait à ricaner en disant entre ses dents : — Porte Gibard! Porte Gibard! C'est pour faire passer le roi Charles VI!

— Marraine, s'écria Bérangère dont les yeux sans cesse en mouvement s'étaient levés tout à coup vers le sommet des tours de Notre-Dame, qu'est-ce que c'est que cet homme noir qui est là-haut?

Toutes les jeunes filles levèrent les yeux. Un homme en effet était accoudé sur la balustrade culminante de la tour septentrionale, donnant sur la Grève. C'était un prêtre. On distinguait nettement son costume, et son visage appuyé sur ses deux mains. Du reste, il ne bougeait non plus qu'une statue. Son œil fixe plongeait dans la place.

C'était quelque chose de l'immobilité d'un milan qui vient de découvrir un nid de moineaux et qui le regarde.

— C'est monsieur l'archidiacre de Josas, dit Fleur-de-Lys.

— Vous avez de bons yeux si vous le reconnaissez d'ici! observa la Gaillefontaine.

— Comme il regarde la petite danseuse! reprit Diane de Christeuil.

— Gare à l'égyptienne! dit Fleur-de-Lys, car il n'aime pas l'Égypte.

— C'est bien dommage que cet homme la regarde ainsi, ajouta Amelotte de Montmichel, car elle danse à éblouir.

— Beau cousin Phœbus, dit tout à coup Fleur-de-Lys, puisque vous connaissez cette petite bohémienne, faites-lui donc signe de monter. Cela nous amusera.

— Oh oui! s'écrièrent toutes les jeunes filles en battant des mains.

— Mais c'est une folie, répondit Phœbus. Elle m'a sans doute oublié, et je ne sais seulement pas son nom. Cependant, puisque vous le souhaitez, mesdamoiselles, je vais essayer. Et se penchant à la balustrade du balcon, il se mit à crier : — Petite!

La danseuse ne tambourinait pas en ce moment. Elle tourna la tête vers le point d'où lui venait cet appel, son regard brillant se fixa sur Phœbus, et elle s'arrêta tout court.

— Petite! répéta le capitaine ; et il lui fit signe du doigt de venir.

La jeune fille le regarda encore, puis elle rougit comme si une flamme lui était montée dans les joues, et, prenant son tambourin sous son bras, elle se dirigea, à travers les spectateurs ébahis, vers la porte de la maison où Phœbus l'appelait, à pas lents, chancelante, et avec le regard troublé d'un oiseau qui cède à la fascination d'un serpent.

Un moment après, la portière de tapisserie se souleva, et la bohémienne parut sur le seuil de la chambre, rouge, interdite, essoufflée, ses grands yeux baissés, et n'osant faire un pas de plus.

Bérangère battit des mains.

Cependant la danseuse restait immobile sur le seuil de la porte. Son apparition avait produit sur ce groupe de jeunes filles un effet singulier. Il est certain qu'un vague et indistinct désir de plaire au bel officier les animait toutes à la fois, que le splendide uniforme était le point de mire de toutes leurs coquetteries, et que, depuis qu'il était présent, il y avait entre elles une certaine rivalité secrète, sourde, qu'elles s'avouaient à peine à elles-mêmes, et qui n'en éclatait pas moins à chaque instant dans leurs gestes et leurs propos. Néanmoins, comme elles étaient toutes à peu près dans la même mesure de beauté, elles luttaient à armes égales, et chacune pouvait espérer la victoire. L'arrivée de la bohémienne rompit brusquement cet équilibre. Elle était d'une beauté si rare qu'au moment où elle parut à l'entrée de l'appartement il sembla qu'elle y répandait une sorte de lumière qui lui était propre. Dans cette chambre resserrée, sous ce sombre encadrement de tentures et de boiseries, elle est incomparablement plus belle et plus rayonnante que dans la place publique. C'était comme un flambeau qu'on venait d'apporter du grand jour dans l'ombre. Les nobles damoiselles en furent malgré elles éblouies. Chacune se sentit en quelque sorte blessée dans sa beauté. Aussi leur front de bataille, qu'on nous passe l'expression, changea-t-il sur-le-champ, sans qu'elles se disent un seul mot. Mais elles s'entendaient à merveille. Les instincts de femmes se comprennent et se répondent plus vite que les intelligences d'hommes. Il venait de leur arriver une ennemie : toutes le sentaient, toutes se ralliaient. Il suffit d'une goutte de vin pour rougir tout un verre d'eau ; pour teindre d'une certaine humeur toute une assemblée de jolies femmes, il suffit de la survenue d'une femme plus jolie, — surtout lorsqu'il n'y a qu'un homme.

Aussi l'accueil fait à la bohémienne fut-il merveilleusement glacial. Elles la considérèrent du haut en bas, puis s'entre-regardèrent, et tout fut dit. Elles s'étaient comprises. Cependant la jeune fille attendait qu'on lui parlât, tellement émue qu'elle n'osait lever les paupières.

Le capitaine rompit le silence le premier. — Sur ma parole, dit-il avec son ton d'intrépide fatuité, voilà une charmante créature! Qu'en pensez-vous, belle cousine?

Cette observation, qu'un admirateur plus délicat eût du moins faite à voix basse, n'était pas de nature à dissiper les jalousies féminines qui se tenaient en observation devant la bohémienne.

Fleur-de-Lys répondit au capitaine avec une doucereuse affectation de dédain : — Pas mal.

Les autres chuchotaient.

Enfin, madame Aloïse, qui n'était pas la moins jalouse, parce qu'elle l'était pour sa fille, adressa la parole à la danseuse : — Approchez, petite.

— Approchez, petite! répéta avec une dignité comique Bérangère, qui lui fût venue à la hanche.

L'égyptienne s'avança vers la noble dame.

— Belle enfant, dit Phœbus avec emphase en faisant de son côté quelques pas vers elle, je ne sais si j'ai le suprême bonheur d'être reconnu de vous...

Elle l'interrompit en levant sur lui un sourire et un regard pleins d'une douceur infinie :

— Oh! oui, dit-elle.

— Elle a bonne mémoire, observa Fleur-de-Lys.

— Or çà, reprit Phœbus, vous vous êtes bien prestement échappée l'autre soir. Est-ce que je vous fais peur?

— Oh! non, dit la bohémienne.

Il y avait, dans l'accent dont cet *oh! non* fut prononcé à la suite de cet *oh! oui*, quelque chose d'ineffable dont Fleur-de-Lys fut blessée.

— Vous m'avez laissé en votre lieu, ma belle, poursuivit le capitaine dont la langue se déliait en parlant à une fille des rues, un assez rechigné drôle, borgne et bossu, le sonneur de cloches de l'évêque, à ce que je crois. On m'a dit qu'il était bâtard d'un archidiacre et diable de naissance. Il a un plaisant nom, il s'appelle Quatre-Temps, Pâques-Fleuries, Mardi-Gras, je ne sais plus! Un nom de fête carillonnée, enfin! Il se permettait donc de vous enlever, comme si vous étiez faite pour des bedeaux! cela est fort. Que diable vous voulait-il donc, ce chat-huant? Hein, dites!

— Je ne sais, répondit-elle.

— Conçoit-on l'insolence! un sonneur de cloches enlever une fille, comme un vicomte! un manant braconner sur le gibier des gentilshommes! Voilà qui est rare. Au demeurant, il l'a payé cher. Maître Pierrat Torterue est le plus rude palefrenier qui ait jamais étrillé un maraud, et je vous dirai, si cela peut vous être agréable, que le cuir de votre sonneur lui a galamment passé par les mains.

— Pauvre homme! dit la bohémienne chez qui ces paroles ravivaient le souvenir de la scène du pilori.

Le capitaine éclata de rire. — Corne-de-bœuf! voilà de la pitié aussi bien placée qu'une plume au cul d'un porc! Je veux être ventru comme un pape, si...

Il s'arrêta tout court. — Pardon, mesdames! je crois que j'allais lâcher quelque sottise.

— Fi, monsieur! dit la Gaillefontaine.

— Il parle sa langue à cette créature! ajouta à demi-voix Fleur-de-Lys, dont le dépit croissait de moment en moment. Ce dépit ne diminua point quand elle vit le capitaine, enchanté de la bohémienne et surtout de lui-même, pirouetter sur le talon en répétant avec une grosse galanterie naïve et soldatesque : — Une belle fille, sur mon âme!

— Assez sauvagement vêtue, dit Diane de Christeuil, avec son rire de belles dents.

Cette réflexion fut un trait de lumière pour les autres. Elle leur fit voir le côté attaquable de l'égyptienne. Ne pouvant mordre sur sa beauté, elles se jetèrent sur son costume.

— Mais cela est vrai, dit la Montmichel, où as-tu pris

de courir ainsi par les rues sans guimpe ni gorgerette?

— Voilà une jupe courte à faire trembler, ajouta la Gaillefontaine.

— Ma chère, poursuivit assez aigrement Fleur-de-Lys, vous vous ferez ramasser par les sergents de la douzaine pour votre ceinture dorée.

— Petite, petite, reprit la Christeuil avec un sourire implacable, si tu mettais honnêtement une manche sur ton bras, il serait moins brûlé par le soleil.

C'était vraiment un spectacle digne d'un spectateur plus intelligent que Phœbus, de voir comme ces belles filles, avec leurs langues envenimées et irritées, serpentaient, glissaient et se tordaient autour de la danseuse des rues. Elles étaient cruelles et gracieuses. Elles fouillaient, elles furetaient malignement de la parole dans sa pauvre et folle toilette de paillettes et d'oripeaux. C'étaient des rires, des ironies, des humiliations sans fin. Les sarcasmes pleuvaient sur l'égyptienne, et la bienveillance hautaine, et les regards méchants. On eût cru voir de ces jeunes dames romaines qui s'amusaient à enfoncer des épingles d'or dans le sein d'une belle esclave. On eût dit d'élégantes levrettes chasseresses tournant, les narines ouvertes, les yeux ardents, autour d'une pauvre biche des bois que le regard du maître leur interdit de dévorer.

Qu'était-ce, après tout, devant ces filles de grande maison, qu'une misérable danseuse de place publique! Elles ne semblaient tenir aucun compte de sa présence, et parlaient d'elle, devant elle, à elle-même, à haute voix, comme de quelque chose d'assez malpropre, d'assez abject et d'assez joli.

La bohémienne n'était pas insensible à ces piqûres d'épingle. De temps en temps une pourpre de honte, un éclair de colère enflammait ses yeux ou ses joues ; une parole dédaigneuse semblait hésiter sur ses lèvres ; elle faisait avec mépris cette petite grimace que le lecteur lui connaît ; mais elle se taisait. Immobile, elle attachait sur Phœbus un regard résigné, triste et doux. Il y avait aussi du bonheur et de la tendresse dans ce regard. On eût dit qu'elle se contenait, de peur d'être chassée.

Phœbus, lui, riait, et prenait le parti de la bohémienne avec un mélange d'impertinence et de pitié.

— Laissez-les dire, petite! répétait-il en faisant sonner ses éperons d'or, sans doute, votre toilette est un peu extravagante et farouche ; mais, charmante fille comme vous êtes, qu'est-ce que cela fait ?

— Mon Dieu! s'écria la blonde Gaillefontaine, en redressant son cou de cygne avec un sourire amer, je vois que
messieurs les archers de l'ordonnance du roi prennent aisément feu aux beaux yeux égyptiens.

— Pourquoi non? dit Phœbus.

A cette réponse, nonchalamment jetée par le capitaine
comme une pierre perdue qu'on ne regarde même pas tomber, Colombe se prit à rire, et Diane, et Amelotte, et Fleur-
de-Lys, à qui il vint en même temps une larme dans les
yeux.

La bohémienne, qui avait baissé à terre son regard aux
paroles de Colombe de Gaillefontaine, le releva rayonnant
de joie et de fierté, et le fixa de nouveau sur Phœbus. Elle
était bien belle en ce moment.

La vieille dame, qui observait cette scène, se sentait
offensée et ne comprenait pas.

— Sainte Vierge! cria-t-elle tout à coup, qu'ai-je donc là
qui me remue dans les jambes? Ahi! la vilaine bête!

C'était la chèvre qui venait d'arriver à la recherche de sa
maîtresse, et qui, en se précipitant vers elle, avait commencé
par embarrasser ses cornes dans le monceau d'étoffe que les
vêtements de la noble dame entassaient sur ses pieds quand
elle était assise.

Ce fut une diversion. La bohémienne, sans dire une parole, la dégagea.

— Oh! voilà la petite chevrette qui a des pattes d'or!
s'écria Bérangère en sautant de joie.

La bohémienne s'accroupit à genoux, et appuya contre sa
joue la tête caressante de la chèvre. On eût dit qu'elle lui
demandait pardon de l'avoir quittée ainsi.

Cependant Diane s'était penchée à l'oreille de Colombe.

— Eh! mon Dieu! comment n'y ai-je pas songé plus tôt?
C'est la bohémienne à la chèvre. On la dit sorcière, et que sa
chèvre fait des momeries très miraculeuses.

— Eh bien, dit Colombe, il faut que la chèvre nous diver-
tisse à son tour, et nous fasse un miracle.

Diane et Colombe s'adressèrent vivement à l'égyptienne:

— Petite, fais donc faire un miracle à ta chèvre.

— Je ne sais ce que vous voulez dire, répondit la danseuse.

— Un miracle, une magie, une sorcellerie enfin.

— Je ne sais. Et elle se remit à caresser la jolie bête en
répétant: — Djali! Djali!

En ce moment Fleur-de-Lys remarqua un sachet de cuir
brodé suspendu au cou de la chèvre. — Qu'est-ce que cela?
demanda-t-elle à l'égyptienne.

L'égyptienne leva ses grands yeux vers elle, et lui répondit gravement : — C'est mon secret.

— Je voudrais bien savoir ce que c'est que ton secret, pensa Fleur-de-Lys.

Cependant la bonne dame s'était levée avec humeur. — Or çà, la bohémienne, si toi ni ta chèvre n'avez rien à nous danser, que faites-vous céans ?

La bohémienne, sans répondre, se dirigea lentement vers la porte. Mais plus elle en approchait, plus son pas se ralentissait. Un invincible aimant semblait la retenir. Tout à coup elle tourna ses yeux humides de larmes sur Phœbus, et s'arrêta.

— Vrai Dieu! s'écria le capitaine, on ne s'en va pas ainsi. Revenez, et dansez-nous quelque chose. A propos, belle d'amour, comment vous appelez-vous ?

— La Esmeralda, dit la danseuse sans le quitter du regard.

A ce nom étrange, un fou rire éclata parmi les jeunes filles.

— Voilà, dit Diane, un terrible nom pour une demoiselle!

— Vous voyez bien, reprit Amelotte, que c'est une charmeresse.

— Ma chère, s'écria solennellement dame Aloïse, vos parents ne vous ont pas pêché ce nom-là dans le bénitier du baptême.

Cependant, depuis quelques minutes, sans qu'on fît attention à elle, Bérangère avait attiré la chèvre dans un coin de la chambre avec un massepain. En un instant, elles avaient été toutes deux bonnes amies. La curieuse enfant avait détaché le sachet suspendu au cou de la chèvre, l'avait ouvert, et avait vidé sur la natte ce qu'il contenait. C'était un alphabet dont chaque lettre était inscrite séparément sur une petite tablette de buis. A peine ces joujoux furent-ils étalés sur la natte que l'enfant vit avec surprise la chèvre, dont c'était là sans doute un des *miracles*, tirer certaines lettres avec sa patte d'or et les disposer, en les poussant doucement, dans un ordre particulier. Au bout d'un instant, cela fit un mot que la chèvre semblait exercée à écrire, tant elle hésita peu à le former, et Bérangère s'écria tout à coup en joignant les mains avec admiration :

— Marraine Fleur-de-Lys, voyez donc ce que la chèvre vient de faire!

Fleur-de-Lys accourut et tressaillit. Les lettres disposées sur le plancher formaient ce mot :

PHŒBUS.

— C'est la chèvre qui a écrit cela? demanda-t-elle d'une voix altérée.

— Oui, marraine, répondit Bérangère.

Il était impossible d'en douter ; l'enfant ne savait pas écrire.

— Voilà le secret! pensa Fleur-de-Lys.

Cependant, au cri de l'enfant, tout le monde était accouru, et la mère, et les jeunes filles, et la bohémienne, et l'officier.

La bohémienne vit la sottise que venait de faire la chèvre. Elle devint rouge, puis pâle, et se mit à trembler comme une coupable devant le capitaine, qui la regardait avec un sourire de satisfaction et d'étonnement.

— *Phœbus !* chuchotaient les jeunes filles stupéfaites, c'est le nom du capitaine!

— Vous avez une merveilleuse mémoire! dit Fleur-de-Lys à la bohémienne pétrifiée. Puis éclatant en sanglots :

— Oh! balbutia-t-elle douloureusement en se cachant le visage de ses deux belles mains, c'est une magicienne! Et elle entendait une voix plus amère encore lui dire au fond du cœur : C'est une rivale!

Elle tomba évanouie.

— Ma fille! ma fille! cria la mère effrayée. Va-t'en, bohémienne de l'enfer!

La Esmeralda ramassa en un clin d'œil les malencontreuses lettres, fit signe à Djali, et sortit par une porte, tandis qu'on emportait Fleur-de-Lys par l'autre.

La capitaine Phœbus, resté seul, hésita un moment entre les deux portes ; puis il suivit la bohémienne.

II

QU'UN PRÊTRE
ET UN PHILOSOPHE SONT DEUX

Le prêtre que les jeunes filles avaient remarqué au haut de la tour septentrionale penché sur la place et si attentif à la danse de la bohémienne, c'était en effet l'archidiacre Claude Frollo.

Nos lecteurs n'ont pas oublié la cellule mystérieuse que l'archidiacre s'était réservée dans cette tour. (Je ne sais, pour le dire en passant, si ce n'est pas la même dont on peut voir encore aujourd'hui l'intérieur par une petite lucarne carrée, ouverte au levant à hauteur d'homme, sur la plate-forme d'où s'élancent les tours : un bouge, à présent nu, vide et délabré, dont les murs mal plâtrés sont *ornés* çà et là, à l'heure qu'il est, de quelques méchantes gravures jaunes représentant des façades de cathédrales. Je présume que ce trou est habité concurremment par les chauves-souris et les araignées, et que par conséquent il s'y fait aux mouches une double guerre d'extermination.)

Tous les jours, une heure avant le coucher du soleil, l'archidiacre montait l'escalier de la tour, et s'enfermait dans cette cellule, où il passait quelquefois des nuits entières. Ce jour-là, au moment où, parvenu devant la porte basse du réduit, il mettait dans la serrure la petite clef compliquée qu'il portait toujours sur lui dans l'escarcelle pendue à son côté, un bruit de tambourin et de castagnettes était arrivé à son oreille. Ce bruit venait de la place du Parvis. La cellule, nous l'avons déjà dit, n'avait qu'une lucarne donnant sur la croupe de l'église. Claude Frollo avait repris précipitamment la clef, et un instant après il était sur le sommet de la tour, dans l'attitude sombre et recueillie où les damoiselles l'avaient aperçu.

Il était là, grave, immobile, absorbé dans un regard et dans une pensée. Tout Paris était sous ses pieds, avec les mille flèches de ses édifices et son circulaire horizon de molles collines, avec son fleuve qui serpente sous ses ponts et son peuple qui ondule dans ses rues, avec le nuage de ses fumées, avec la chaîne montueuse de ses toits qui presse Notre-Dame de ses mailles redoublées. Mais dans toute cette ville, l'archidiacre ne regardait qu'un point du pavé : la place du Parvis ; dans toute cette foule, qu'une figure : la bohémienne.

Il eût été difficile de dire de quelle nature était ce regard, et d'où venait la flamme qui en jaillissait. C'était un regard fixe, et pourtant plein de trouble et de tumulte. Et à l'immobilité profonde de tout son corps, à peine agité par intervalles d'un frisson machinal, comme un arbre au vent, à la roideur de ses coudes plus marbre que la rampe où ils s'appuyaient, à voir le sourire pétrifié qui contractait son visage, on eût dit qu'il n'y avait plus dans Claude Frollo que les yeux de vivant.

La bohémienne dansait. Elle faisait tourner son tambourin à la pointe de son doigt, et le jetait en l'air en dansant des sara-bandes provençales; agile, légère, joyeuse et ne sentant pas le poids du regard redoutable qui tombait à plomb sur sa tête.

La foule fourmillait autour d'elle ; de temps en temps, un homme accoutré d'une casaque jaune et rouge faisait faire le cercle, puis revenait s'asseoir sur une chaise à quelques pas de la danseuse, et prenait la tête de la chèvre sur ses genoux. Cet homme semblait être le compagnon de la bohémienne. Claude Frollo, du point élevé où il était placé, ne pouvait distinguer ses traits.

Du moment où l'archidiacre eut aperçu cet inconnu, son attention sembla se partager entre la danseuse et lui, et son visage devint de plus en plus sombre. Tout à coup il se redressa, et un tremblement parcourut tout son corps : — Qu'est-ce que c'est que cet homme ? dit-il entre ses dents, je l'avais toujours vue seule!

Alors il se replongea sous la voûte tortueuse de l'escalier en spirale, et redescendit. En passant devant la porte de la sonnerie qui était entr'ouverte, il vit une chose qui le frappa, il vit Quasimodo qui, penché à une ouverture de ces auvents d'ardoises qui ressemblent à d'énormes jalousies, regardait aussi lui, dans la place. Il était en proie à une contemplation si profonde qu'il ne prit pas garde au passage de son père adoptif. Son œil sauvage avait une expression singulière. C'était un regard charmé et doux. — Voilà qui est étrange! murmura Claude. Est-ce que c'est l'égyptienne qu'il regarde ainsi ? — Il continua de descendre. Au bout de quelques minutes, le soucieux archidiacre sortit dans la place par la porte qui est au bas de la tour.

— Qu'est donc devenue la bohémienne? dit-il en se mêlant au groupe de spectateurs que le tambourin avait amassés.

— Je ne sais, répondit un de ses voisins, elle vient de disparaître. Je crois qu'elle est allée faire quelque fandangue dans la maison en face, où ils l'ont appelée.

A la place de l'égyptienne, sur ce même tapis dont les arabesques s'effaçaient le moment d'auparavant sous le dessin capricieux de sa danse, l'archidiacre ne vit plus que l'homme rouge et jaune, qui, pour gagner à son tour quelques testons, se promenait autour du cercle, les coudes sur les hanches, la tête renversée, la face rouge, le cou tendu, avec une chaise entre les dents. Sur cette chaise, il avait attaché un chat qu'une voisine avait prêté et qui jurait fort effrayé.

— Notre-Dame! s'écria l'archidiacre au moment où le saltimbanque, suant à grosses gouttes, passa devant lui avec sa pyramide de chaise et de chat, que fait là maître Pierre Gringoire ?

La voix sévère de l'archidiacre frappa le pauvre diable d'une telle commotion qu'il perdit l'équilibre avec tout son édifice, et que la chaise et le chat tombèrent pêle-mêle sur la tête des assistants, au milieu d'une huée inextinguible.

Il est probable que maître Pierre Gringoire (car c'était bien lui) aurait eu un fâcheux compte à solder avec la voisine au chat, et toutes les faces contuses et égratignées qui l'entouraient, s'il ne se fût hâté de profiter du tumulte pour se réfugier dans l'église, où Claude Frollo lui avait fait signe de le suivre.

La cathédrale était déjà obscure et déserte. Les contrenefs étaient pleines de ténèbres, et les lampes des chapelles commençaient à s'étoiler, tant les voûtes devenaient noires. Seulement la grande rose de la façade, dont les mille couleurs étaient trempées d'un rayon de soleil horizontal, reluisait dans l'ombre comme un fouillis de diamants et répercutait à l'autre bout de la nef son spectre éblouissant.

Quand ils eurent fait quelques pas, dom Claude s'adossa à un pilier et regarda Gringoire fixement. Ce regard n'était pas celui que Gringoire craignait, honteux qu'il était d'avoir été surpris par une personne grave et docte dans ce costume de baladin. Le coup d'œil du prêtre n'avait rien de moqueur et d'ironique ; il était sérieux, tranquille et perçant. L'archidiacre rompit le silence le premier.

— Venez çà, maître Pierre. Vous m'allez expliquer bien des choses. Et d'abord, d'où vient qu'on ne vous a pas vu depuis tantôt deux mois et qu'on vous retrouve dans les carrefours, en bel équipage, vraiment ! mi-parti de jaune et de rouge comme une pomme de Caudebec ?

— Messire, dit piteusement Gringoire, c'est en effet un prodigieux accoutrement, et vous m'en voyez plus penaud qu'un chat coiffé d'une calebasse. C'est bien mal fait, je le sens, d'exposer messieurs les sergents du guet à bâtonner sous cette casaque l'humérus d'un philosophe pythagoricien. Mais que voulez-vous, mon révérend maître ? la faute en est à mon ancien justaucorps qui m'a lâchement abandonné au commencement de l'hiver, sous prétexte qu'il tombait en loques et qu'il avait besoin de s'aller reposer dans la hotte du chiffonnier. Que faire ? la civilisation n'en est pas encore arrivée au point que l'on puisse aller tout nu, comme le voulait l'ancien Diogénès. Ajoutez qu'il ventait un vent très froid, et ce n'est pas au mois de janvier qu'on peut essayer avec succès de faire faire ce nouveau pas à l'humanité. Cette casaque s'est présentée. Je l'ai prise, et j'ai laissé là ma vieille souquenille noire, laquelle, pour un hermétique

comme moi, était fort peu hermétiquement close. Me voilà
donc en habit d'histrion, comme saint Genest. Que voulez-
vous? c'est une éclipse. Apollo a bien gardé les gorrines
chez Admétès.

— Vous faites là un beau métier! reprit l'archidiacre.

— Je conviens, mon maître, qu'il vaut mieux philoso-
pher et poétiser, souffler la flamme dans le fourneau ou la
recevoir du ciel, que de porter des chats sur le pavois. Aussi
quand vous m'avez apostrophé ai-je été aussi sot qu'un âne
devant un tourne-broche. Mais que voulez-vous, messire?
il faut vivre tous les jours, et les plus beaux vers alexandrins
ne valent pas sous la dent un morceau de fromage de Brie.
Or, j'ai fait pour madame Marguerite de Flandre ce fameux
épithalame que vous savez, et la ville ne me le paie pas,
sous prétexte qu'il n'était pas excellent, comme si l'on pouvait donner pour quatre écus une tragédie de Sophoclès.
J'allais donc mourir de faim. Heureusement je me suis
trouvé un peu fort du côté de la mâchoire, et je lui ai dit à
cette mâchoire : — Fais des tours de force et d'équilibre,
nourris-toi toi-même. *Ale te ipsam*. Un tas de gueux, qui
sont devenus mes bons amis, m'ont appris vingt sortes de
tours herculéens, et maintenant je donne tous les soirs à
mes dents le pain qu'elles ont gagné dans la journée à la
sueur de mon front. Après tout, *concedo*, je concède que
c'est un triste emploi de mes facultés intellectuelles, et que
l'homme n'est pas fait pour passer sa vie à tambouriner et à
mordre des chaises. Mais, révérend maître, il ne suffit pas
de passer sa vie, il faut la gagner.

Dom Claude écoutait en silence. Tout à coup son œil
enfoncé prit une telle expression sagace et pénétrante que
Gringoire se sentit pour ainsi dire fouillé jusqu'au fond de
l'âme par ce regard.

— Fort bien, maître Pierre, mais d'où vient que vous
êtes maintenant en compagnie de cette danseuse d'Égypte?

— Ma foi! dit Gringoire, c'est qu'elle est ma femme et
que je suis son mari.

L'œil ténébreux du prêtre s'enflamma.

— Aurais-tu fait cela, misérable? cria-t-il en saisissant
avec fureur le bras de Gringoire ; aurais-tu été assez abandonné de Dieu pour porter la main sur cette fille?

— Sur ma part de paradis, monseigneur, répondit Gringoire tremblant de tous ses membres, je vous jure que je ne
l'ai jamais touchée, si c'est là ce qui vous inquiète.

— Et que parles-tu donc de mari et de femme? dit le
prêtre.

Gringoire se hâta de lui conter le plus succinctement possible tout ce que le lecteur sait déjà, son aventure de la Cour des Miracles et son mariage au pot cassé. Il paraît du reste que ce mariage n'avait eu encore aucun résultat, et que chaque soir la bohémienne lui escamotait sa nuit de noces comme le premier jour. — C'est un déboire, dit-il en terminant, mais cela tient à ce que j'ai eu le malheur d'épouser une vierge.

— Que voulez-vous dire ? demanda l'archidiacre, qui s'était apaisé par degrés à ce récit.

— C'est assez difficile à expliquer, répondit le poète. C'est une superstition. Ma femme est, à ce que m'a dit un vieux peigre qu'on appelle chez nous le duc d'Égypte, un enfant trouvé, ou perdu, ce qui est la même chose. Elle porte au cou une amulette qui, assure-t-on, lui fera un jour rencontrer ses parents, mais qui perdrait sa vertu si la jeune fille perdait la sienne. Il suit de là que nous demeurons tous deux très vertueux.

— Donc, reprit Claude dont le front s'éclaircissait de plus en plus, vous croyez, maître Pierre, que cette créature n'a été approchée d'aucun homme ?

— Que voulez-vous, dom Claude, qu'un homme fasse à une superstition ? Elle a cela dans la tête. J'estime que c'est à coup sûr une rareté que cette pruderie de nonne qui se conserve farouche au milieu de ces filles bohèmes si facilement apprivoisées. Mais elle a pour se protéger trois choses : le duc d'Égypte qui l'a prise sous sa sauvegarde, comptant peut-être la vendre à quelque damp abbé ; toute sa tribu qui la tient en vénération singulière, comme une Notre-Dame ; et un certain poignard mignon que la luronne porte toujours sur elle dans quelque coin, malgré les ordonnances du prévôt, et qu'on lui fait sortir aux mains en lui pressant la taille. C'est une fière guêpe, allez !

L'archidiacre serra Gringoire de questions.

La Esmeralda était, au jugement de Gringoire, une créature inoffensive et charmante, jolie, à cela près d'une moue qui lui était particulière ; une fille naïve et passionnée, ignorante de tout, et enthousiaste de tout ; ne sachant pas encore la différence d'une femme à un homme, même en rêve ; faite comme cela ; folle surtout de danse, de bruit, de grand air ; une espèce de femme abeille, ayant des ailes invisibles aux pieds, et vivant dans un tourbillon. Elle devait cette nature à la vie errante qu'elle avait toujours menée. Gringoire était parvenu à savoir que, tout enfant, elle avait parcouru l'Espagne et la Catalogne,

jusqu'en Sicile ; il croyait même qu'elle avait été emmenée, par la caravane de zingari dont elle faisait partie,
dans le royaume d'Alger, pays situé en Achaïe, laquelle
Achaïe touche d'un côté à la petite Albanie et à la Grèce,
de l'autre à la mère des Siciles, qui est le chemin de
Constantinople. Les bohèmes, disait Gringoire, étaient
vassaux du roi d'Alger, en sa qualité de chef de la nation
des Maures blancs. Ce qui était certain, c'est que la
Esmeralda était venue en France très jeune encore par la
Hongrie. De tous ces pays, la jeune fille avait rapporté
des lambeaux de jargons bizarres, des chants et des idées
étrangères, qui faisaient de son langage quelque chose
d'aussi bigarré que son costume moitié parisien, moitié
africain. Du reste, le peuple des quartiers qu'elle fréquen-
tait l'aimait pour sa gaieté, pour sa gentillesse, pour ses
vives allures, pour ses danses et pour ses chansons. Dans
toute la ville, elle ne se croyait haïe que de deux personnes,
dont elle parlait souvent avec effroi : la sachette de la
Tour-Roland, une vilaine recluse qui avait on ne sait
quelle rancune aux égyptiennes, et qui maudissait la
pauvre danseuse chaque fois qu'elle passait devant sa
lucarne ; et un prêtre qui ne la rencontrait jamais sans
lui jeter des regards et des paroles qui lui faisaient peur.
Cette dernière circonstance troubla fort l'archidiacre,·
sans que Gringoire fît grande attention à ce trouble ;
tant il avait suffi de deux mois pour faire oublier à l'insouciant poète les détails singuliers de cette soirée où il
avait fait la rencontre de l'égyptienne, et la présence de
l'archidiacre dans tout cela. Au demeurant, la petite
danseuse ne craignait rien ; elle ne disait pas la bonne
aventure, ce qui la mettait à l'abri de ces procès de magie
si fréquemment intentés aux bohémiennes. Et puis, Gringoire lui tenait lieu de frère, sinon de mari. Après tout,
le philosophe supportait très patiemment cette espèce de
mariage platonique. C'était toujours un gîte et du pain.
Chaque matin, il partait de la truanderie, le plus souvent
avec l'égyptienne, il l'aidait à faire dans les carrefours
sa récolte de targes et de petits-blancs ; chaque soir il
rentrait avec elle sous le même toit, la laissait se verrouiller
dans sa logette, et s'endormait du sommeil du juste. Existence fort douce, à tout prendre, disait-il, et fort propice
à la rêverie. Et puis, en son âme et conscience, le philosophe n'était pas très sûr d'être éperdument amoureux
de la bohémienne. Il aimait presque autant la chèvre.
C'était une charmante bête, douce, intelligente, spirituelle,

une chèvre savante. Rien de plus commun au moyen âge que ces animaux savants dont on s'émerveillait fort et qui menaient fréquemment leurs instructeurs au fagot. Pourtant les sorcelleries de la chèvre aux pattes dorées étaient de bien innocentes malices. Gringoire les expliqua à l'archidiacre que ces détails paraissaient vivement intéresser. Il suffisait, dans la plupart des cas, de présenter le tambourin à la chèvre de telle ou telle façon pour obtenir d'elle la momerie qu'on souhaitait. Elle avait été dressée à cela par la bohémienne, qui avait à ces finesses un talent si rare qu'il lui avait suffi de deux mois pour enseigner à la chèvre à écrire avec des lettres mobiles le mot *Phœbus*.

— *Phœbus!* dit le prêtre ; pourquoi *Phœbus*?

— Je ne sais, répondit Gringoire. C'est peut-être un mot qu'elle croit doué de quelque vertu magique et secrète. Elle le répète souvent à demi-voix quand elle se croit seule.

— Êtes-vous sûr, reprit Claude avec son regrad pénétrant, que ce n'est qu'un mot et que ce n'est pas un nom?

— Nom de qui? dit le poète.

— Que sais-je? dit le prêtre.

— Voilà ce que j'imagine, messire. Ces bohèmes sont un peu guèbres et adorent le soleil. De là Phœbus.

— Cela ne me semble pas si clair qu'à vous, maître Pierre.

— Au demeurant, cela ne m'importe. Qu'elle marmotte son Phœbus à son aise. Ce qui est sûr, c'est que Djali m'aime déjà presque autant qu'elle.

— Qu'est-ce que cette Djali?

— C'est la chèvre.

L'archidiacre posa son menton sur sa main, et parut un moment rêveur. Tout à coup il se retourna brusquement vers Gringoire.

— Et tu me jures que tu ne lui as pas touché?

— A qui? dit Gringoire, à la chèvre?

— Non, à cette femme.

— A ma femme! Je vous jure que non.

— Et tu es souvent seul avec elle?

— Tous les soirs, une bonne heure.

Dom Claude fronça le sourcil.

— Oh! oh! *solus cum sola non cogitabuntur orare Pater noster.*

— Sur mon âme, je pourrais dire le *Pater*, et l'*Ave Maria*, et le *Credo in Deum patrem omnipotentem*, sans qu'elle fît plus d'attention à moi qu'une poule à une église.

— Jure-moi par le ventre de ta mère, répéta l'archidiacre avec violence, que tu n'as pas touché à cette créature du bout du doigt.

— Je le jurerais aussi par la tête de mon père, car les deux choses ont plus d'un rapport. Mais, mon révérend maître, permettez-moi à mon tour une question.

— Parlez, monsieur.

— Qu'est-ce que cela vous fait?

La pâle figure de l'archidiacre devint rouge comme la joue d'une jeune fille. Il resta un moment sans répondre, puis avec un embarras visible :

— Écoutez, maître Pierre Gringoire. Vous n'êtes pas encore damné, que je sache. Je m'intéresse à vous et vous veux du bien. Or le moindre contact avec cette égyptienne du démon vous ferait vassal de Satanas. Vous savez que c'est toujours le corps qui perd l'âme. Malheur à vous si vous approchez cette femme! Voilà tout.

— J'ai essayé une fois, dit Gringoire en se grattant l'oreille. C'était le premier jour, mais je me suis piqué.

— Vous avez eu cette effronterie, maître Pierre?

Et le front du prêtre se rembrunit.

— Une autre fois, continua le poète en souriant, j'ai regardé avant de me coucher par le trou de sa serrure, et j'ai bien vu la plus délicieuse dame en chemise qui ait jamais fait crier la sangle d'un lit sous son pied nu.

— Va-t'en au diable! cria le prêtre avec un regard terrible, et, poussant par les épaules Gringoire émerveillé, il s'enfonça à grands pas sous les plus sombres arcades de la cathédrale.

III

LES CLOCHES

Depuis la matinée du pilori, les voisins de Notre-Dame avaient cru remarquer que l'ardeur carillonneuse de Quasimodo s'était fort refroidie. Auparavant c'étaient des sonneries à tout propos, de longues aubades qui duraient de prime à complies, des volées de beffroi pour une grand'messe, de riches gammes promenées sur les clochettes

pour un mariage, pour un baptême, et s'entremêlant dans
l'air comme une broderie de toutes sortes de sons charmants. La vieille église, toute vibrante et toute sonore,
était dans une perpétuelle joie de cloches. On y sentait
sans cesse la présence d'un esprit de bruit et de caprice
qui chantait par toutes ces bouches de cuivre. Maintenant
cet esprit semblait avoir disparu ; la cathédrale paraissait
morne et gardait volontiers le silence. Les fêtes et les
enterrements avaient leur simple sonnerie, sèche et nue,
ce que le rituel exigeait, rien de plus. Du double bruit
que fait une église, l'orgue au dedans, la cloche au dehors,
il ne restait que l'orgue. On eût dit qu'il n'y avait plus de
musicien dans les clochers. Quasimodo y était toujours
pourtant. Que s'était-il donc passé en lui ? Était-ce que
la honte et le désespoir du pilori duraient encore au fond
de son cœur, que les coups de fouet du tourmenteur se
répercutaient sans fin dans son âme, et que la tristesse
d'un pareil traitement avait tout éteint chez lui, jusqu'à
sa passion pour les cloches ? ou bien, était-ce que Marie
avait une rivale dans le cœur du sonneur de Notre-Dame,
et que la grosse cloche et ses quatorze sœurs étaient
négligées pour quelque chose de plus aimable et de plus
beau ?

Il arriva que, dans cette gracieuse année 1482, l'Annonciation tomba un mardi 25 mars. Ce jour-là, l'air était si
pur et si léger que Quasimodo se sentit revenir quelque
amour de ses cloches. Il monta donc dans la tour septentrionale, tandis qu'en bas le bedeau ouvrait toutes larges
les portes de l'église, lesquelles étaient alors d'énormes
panneaux de fort bois couverts de cuir, bordés de clous de
fer doré et encadrés de sculptures « fort artificiellement
élabourées ».

Parvenu dans la haute cage de la sonnerie, Quasimodo
considéra quelque temps avec un triste hochement de
tête les six campaniles, comme s'il gémissait de quelque
chose d'étranger qui s'était interposé dans son cœur entre
elles et lui. Mais quand il les eut mises en branle, quand
il sentit cette grappe de cloches remuer sous sa main,
quand il vit, car il ne l'entendait pas, l'octave palpitante
monter et descendre sur cette échelle sonore comme un
oiseau qui saute de branche en branche, quand le diable
musique, ce démon qui secoue un trousseau étincelant
de strettes, de trilles et d'arpèges, se fut emparé du pauvre
sourd, alors il redevint heureux, il oublia tout, et son cœur
qui se dilatait fit épanouir son visage.

Il allait et venait, il frappait des mains, il courait d'une corde à l'autre, il animait les six chanteurs de la voix et du geste, comme un chef d'orchestre qui éperonne des virtuoses intelligents.

— Va, disait-il, va, Gabrielle. Verse tout ton bruit dans la place. C'est aujourd'hui fête. — Thibauld, pas de paresse. Tu te ralentis. Va, va donc! est-ce que tu t'es rouillé, fainéant? — C'est bien! Vite! vite! qu'on ne voie pas le battant. Rends-les tous sourds comme moi. C'est cela, Thibauld, bravement! — Guillaume! Guillaume! tu es le plus gros, et Pasquier est le plus petit, et Pasquier va le mieux. Gageons que ceux qui entendent l'entendent mieux que toi. — Bien! bien! ma Gabrielle, fort! plus fort! — Hé! que faites-vous donc là-haut tous deux, les Moineaux? je ne vous vois pas faire le plus petit bruit. — Qu'est-ce que c'est que ces becs de cuivre-là qui ont l'air de bâiller quand il faut chanter? Çà, qu'on travaille! C'est l'Annonciation. Il y a un beau soleil. Il faut un beau carillon. — Pauvre Guillaume! te voilà tout essoufflé, mon gros!

Il était tout occupé d'aiguillonner ses cloches, qui sautaient toutes les six à qui mieux mieux et secouaient leurs croupes luisantes comme un bruyant attelage de mules espagnoles piqué çà et là par des apostrophes du sagal.

Tout à coup, en laissant tomber son regard entre les larges écailles ardoisées qui recouvrent à une certaine hauteur le mur à pic du clocher, il vit dans la place une jeune fille bizarrement accoutrée, qui s'arrêtait, qui développait à terre un tapis où une petite chèvre venait se poser, et un groupe de spectateurs qui s'arrondissait à l'entour. Cette vue changea subitement le cours de ses idées, et figea son enthousiasme musical comme un souffle d'air fige une résine en fusion. Il s'arrêta, tourna le dos au carillon, et s'accroupit derrière l'auvent d'ardoise, en fixant sur la danseuse ce regard rêveur, tendre et doux, qui avait déjà une fois étonné l'archidiacre. Cependant les cloches oubliées s'éteignirent brusquement toutes à la fois, au grand désappointement des amateurs de sonnerie, lesquels, écoutaient de bonne foi le carillon de dessus le Pont-au-Change, et s'en allèrent stupéfaits comme un chien à qui l'on a montré un os et à qui l'on donne une pierre.

IV

'ANAΓKH

Il advint que par une belle matinée de ce même mois de
mars, je crois que c'était le samedi 29, jour de saint Eustache, notre jeune ami l'écolier Jehan Frollo du Moulin
s'aperçut en s'habillant que ses grègues qui contenaient sa
bourse ne rendaient aucun son métallique. — Pauvre
bourse! dit-il en la tirant de son gousset, quoi! pas le
moindre petit parisis! comme les dés, les pots de bière
et Vénus t'ont cruellement éventrée! comme te voilà vide,
ridée et flasque! Tu ressembles à la gorge d'une furie!
Je vous le demande, messer Cicero et messer Seneca, dont
je vois les exemplaires tout racornis épars sur le carreau,
que me sert de savoir, mieux qu'un général des monnaies
ou qu'un juif du Pont-aux-Changeurs, qu'un écu d'or à
la couronne vaut trente-cinq unzains de vingt-cinq sous
huit deniers parisis chaque, et qu'un écu au croissant
vaut trente-six unzains de vingt-six sous et six deniers
tournois pièce si je n'ai pas un misérable liard noir à
risquer sur le double-six! Oh! consul Cicero! ce n'est
pas là une calamité dont on se tire avec des périphrases,
des *quemadmodum* et des *verum enim vero!*

Il s'habilla tristement. Une pensée lui était venue tout
en ficelant ses bottines, mais il la repoussa d'abord;
cependant elle revint, et il mit son gilet à l'envers, signe
évident d'un violent combat intérieur. Enfin il jeta rudement son bonnet à terre et s'écria : — Tant pis! il en
sera ce qu'il pourra. Je vais aller chez mon frère. J'attraperai un sermon, mais j'attraperai un écu.

Alors il endossa précipitamment sa casaque à mahoîtres
fourrées, ramassa son bonnet et sortit en désespéré.

Il descendit la rue de la Harpe vers la Cité. En passant
devant la rue de la Huchette, l'odeur de ces admirables
broches qui tournaient incessamment vint chatouiller son
appareil olfactif, et il donna un regard d'amour à la cyclo-
péenne rôtisserie qui arracha un jour au cordelier Calata-
girone cette pathétique exclamation : *Veramente, queste
rotisserie sono cosa stupenda!* Mais Jehan n'avait pas de
quoi déjeuner, et il s'enfonça avec un profond soupir sous

le porche du Petit-Châtelet, énorme double-trèfle de tours massives qui gardait l'entrée de la Cité.

Il ne prit pas même le temps de jeter une pierre en passant, comme c'était l'usage, à la misérable statue de ce Périnet Leclerc qui avait livré le Paris de Charles VI aux Anglais, crime que son effigie, la face écrasée de pierres et souillée de boue, a expié pendant trois siècles au coin des rues de la Harpe et de Bussy, comme à un pilori éternel.

Le Petit-Pont traversé, la rue Neuve-Sainte-Geneviève enjambée, Jehan de Molendino se trouva devant Notre-Dame. Alors son indécision le reprit, et il se promena quelques instants autour de la statue de M. Legris, en se répétant avec angoisse : Le sermon est sûr, l'écu est douteux !

Il arrêta un bedeau qui sortait du cloître. — Où est monsieur l'archidiacre de Josas ?

— Je crois qu'il est dans sa cachette de la tour, dit le bedeau, et je ne vous conseille pas de l'y déranger, à moins que vous ne veniez de la part de quelqu'un comme le pape ou monsieur le roi.

Jehan frappa dans ses mains. — Bédiable ! voilà une magnifique occasion de voir la fameuse logette aux sorcelleries !

Déterminé par cette réflexion, il s'enfonça résolument sous la petite porte noire, et se mit à monter la vis de Saint-Gilles qui mène aux étages supérieurs de la tour. — Je vais voir ! se disait-il chemin faisant. Par les corbignolles de la Sainte Vierge ! ce doit être chose curieuse que cette cellule que mon révérend frère cache comme son pudendum ! On dit qu'il y allume des cuisines d'enfer, et qu'il y fait cuire à gros feu la pierre philosophale. Bédieu ! je me soucie de la pierre philosophale comme d'un caillou, et j'aimerais mieux trouver sur son fourneau une omelette d'œufs de Pâques au lard que la plus grosse pierre philosophale du monde !

Parvenu sur la galerie des colonnettes, il souffla un moment, et jura contre l'interminable escalier par je ne sais combien de millions de charretées de diables, puis il reprit son ascension par l'étroite porte de la tour septentrionale aujourd'hui interdite au public. Quelques moments après avoir dépassé la cage des cloches, il rencontra un petit palier pratiqué dans un renfoncement latéral et sous la voûte une basse porte ogive dont une meurtrière, percée en face dans la paroi circulaire de l'escalier, lui

permit d'observer l'énorme serrure et la puissante armature de fer. Les personnes qui seraient curieuses aujour-
d'hui de visiter cette porte la reconnaîtront à cette inscription, gravée en lettres blanches dans la muraille noire :
J'ADORE CORALIE, 1823. SIGNÉ UGENE. *Signé* est dans le
texte.

— Ouf! dit l'écolier ; c'est sans doute ici.

La clef était dans la serrure. La porte était tout contre.
Il la poussa mollement, et passa sa tête par l'entr'ouverture.

Le lecteur n'est pas sans avoir feuilleté l'œuvre admirable
de Rembrandt, ce Shakespeare de la peinture. Parmi tant
de merveilleuses gravures, il y a en particulier une eau-forte
qui représente, à ce qu'on suppose, le docteur Faust, et
qu'il est impossible de contempler sans éblouissement. C'est
une sombre cellule. Au milieu est une table chargée d'objets hideux, têtes de mort, sphères, alambics, compas,
parchemins hiéroglyphiques. Le docteur est devant cette
table, vêtu de sa grosse houppelande et coiffé jusqu'aux
sourcils de son bonnet fourré. On ne le voit qu'à mi-corps.
Il est à demi levé de son immense fauteuil, ses poings
crispés s'appuient sur la table, et il considère avec curiosité
et terreur un grand cercle lumineux, formé de lettres
magiques, qui brille sur le mur du fond comme le spectre
solaire dans la chambre noire. Ce soleil cabalistique semble
trembler à l'œil et remplit la blafarde cellule de son
rayonnement mystérieux. C'est horrible et c'est beau.

Quelque chose d'assez semblable à la cellule de Faust
s'offrit à la vue de Jehan quand il eut hasardé sa tête par la
porte entre-bâillée. C'était de même un réduit sombre et à
peine éclairé. Il y avait aussi un grand fauteuil et une grande
table, des compas, des alambics, des squelettes d'animaux
pendus au plafond, une sphère roulant sur le pavé, des
hippocéphales pêle-mêle avec des bocaux où tremblaient
des feuilles d'or, des têtes de mort posées sur des vélins
bigarrés de figures et de caractères, de gros manuscrits
empilés tout ouverts sans pitié pour les angles cassants du
parchemin, enfin, toutes les ordures de la science, et partout, sur ce fouillis, de la poussière et des toiles d'araignée ;
mais il n'y avait point de cercle de lettres lumineuses, point
de docteur en extase contemplant la flamboyante vision
comme l'aigle regarde son soleil.

Pourtant la cellule n'était point déserte. Un homme était
assis dans le fauteuil et courbé sur la table. Jehan, auquel
il tournait le dos, ne pouvait voir que ses épaules et le derrière de son crâne ; mais il n'eut pas de peine à reconnaître

cette tête chauve à laquelle la nature avait fait une tonsure
éternelle, comme si elle avait voulu marquer par un symbole extérieur l'irrésistible vocation cléricale de l'archidiacre.

Jehan reconnut donc son frère. Mais la porte s'était
ouverte si doucement que rien n'avait averti dom Claude de
sa présence. Le curieux écolier en profita pour examiner
quelques instants à loisir la cellule. Un large fourneau,
qu'il n'avait pas remarqué au premier abord, était à gauche
du fauteuil, au-dessous de la lucarne. Le rayon de jour qui
pénétrait par cette ouverture traversait une ronde toile
d'araignée, qui inscrivait avec goût sa rosace délicate dans
l'ogive de la lucarne, et au centre de laquelle l'insecte architecte se tenait immobile comme le moyeu de cette roue de
dentelle. Sur le fourneau étaient accumulées en désordre
toutes sortes de vases, des fioles de grès, des cornues de
verre, des matras de charbon. Jehan observa en soupirant
qu'il n'y avait pas un poêlon. — Elle est fraîche, la batterie
de cuisine! pensa-t-il.

Du reste, il n'y avait pas de feu dans le fourneau, et il
paraissait même qu'on n'en avait pas allumé depuis longtemps. Un masque de verre, que Jehan remarqua parmi les
ustensiles d'alchimie, et qui servait sans doute à préserver
le visage de l'archidiacre lorsqu'il élaborait quelque substance redoutable, était dans un coin, couvert de poussière,
et comme oublié. A côté gisait un soufflet non moins pou-
dreux, et dont la feuille supérieure portait cette légende
incrustée en lettres de cuivre : SPIRA, SPERA.

D'autres légendes étaient écrites, selon la mode des hermétiques, en grand nombre sur les murs ; les unes tracées
à l'encre, les autres gravées avec une pointe de métal. Du
reste, lettres gothiques, lettres hébraïques, lettres grecques
et lettres romaines pêle-mêle, les inscriptions débordant au
hasard, celles-ci sur celles-là, les plus fraîches effaçant les
plus anciennes, et toutes s'enchevêtrant les unes dans les
autres comme les branches d'une broussaille, comme les
piques d'une mêlée. C'était, en effet, une assez confuse
mêlée de toutes les philosophies, de toutes les rêveries, de
toutes les sagesses humaines. Il y en avait une çà et là qui
brillait sur les autres comme un drapeau parmi les fers de
lance. C'était, la plupart du temps, une brève devise latine
ou grecque, comme les formulait si bien le moyen âge :
Unde ? inde ? — *Homo homini monstrum.* — *Astra, castra,
nomen, numen.* — Μέγα βιβλίον, μέγα κακόν. — *Sapere aude.*
— *Flat ubi vult,* — etc. ; quelquefois un mot dénué de tout

sens apparent : 'Αναγκοφαγία, ce qui cachait peut-être une allusion amère au régime du cloître ; quelquefois une simple maxime de discipline cléricale formulée en un hexamètre réglementaire : *Cælestem dominum, terrestrem dicito domnum.* Il y avait aussi *passim* des grimoires hébraïques, auxquels Jehan, déjà fort peu grec, ne comprenait rien, et le tout était traversé à tout propos par des étoiles, des figures d'hommes ou d'animaux et des triangles qui s'intersectaient, ce qui ne contribuait pas peu à faire ressembler la muraille barbouillée de la cellule à une feuille de papier sur laquelle un singe aurait promené une plume chargée d'encre.

L'ensemble de la logette, du reste, présentait un aspect général d'abandon et de délabrement ; et le mauvais état des ustensiles laissait supposer que le maître était déjà depuis assez longtemps distrait de ses travaux par d'autres préoccupations.

Ce maître cependant, penché sur un vaste manuscrit orné de peintures bizarres, paraissait tourmenté par une idée qui venait sans cesse se mêler à ses méditations. C'est du moins ce que Jehan jugea en l'entendant s'écrier, avec les intermittences pensives d'un songe creux qui rêve tout haut :

— Oui, Manou le dit, et Zoroastre l'enseignait, le soleil naît du feu, la lune du soleil. Le feu est l'âme du grand tout. Ses atomes élémentaires s'épanchent et ruissellent incessamment sur le monde par courants infinis. Aux points où ces courants s'entrecoupent dans le ciel, ils produisent la lumière ; à leurs points d'intersection dans la terre, ils produisent l'or. — La lumière, l'or, même chose. Du feu à l'état concret. — La différence du visible au palpable, du fluide au solide pour la même substance, de la vapeur d'eau à la glace, rien de plus. — Ce ne sont point là des rêves, — c'est la loi générale de la nature. — Mais comment faire pour soutirer dans la science le secret de cette loi générale ? Quoi ! cette lumière qui inonde ma main, c'est de l'or ! ces mêmes atomes dilatés selon une certaine loi, il ne s'agit que de les condenser selon une certaine autre loi ! — Comment faire ? — Quelques-uns ont imaginé d'enfouir un rayon du soleil. — Averroës, — oui, c'est Averroës, — Averroës en a enterré un sous le premier pilier de gauche du sanctuaire du koran, dans la grande mahomerie de Cordoue ; mais on ne pourra ouvrir le caveau pour voir si l'opération a réussi que dans huit mille ans.

— Diable ! dit Jehan à part lui, voilà qui est longtemps attendre un écu !

— ... D'autres ont pensé, continua l'archidiacre rêveur, qu'il valait mieux opérer sur un rayon de Sirius. Mais il est bien malaisé d'avoir ce rayon pur, à cause de la présence simultanée des autres étoiles qui viennent s'y mêler. Flamel estime qu'il est plus simple d'opérer sur le feu terrestre. — Flamel! quel nom de prédestiné, *Flamma!* — Oui, le feu. Voilà tout. — Le diamant est dans le charbon, l'or est dans le feu. — Mais comment l'en tirer? — Magistri affirme qu'il y a certains noms de femme d'un charme si doux et si mystérieux qu'il suffit de les prononcer pendant l'opération... — Lisons ce qu'en dit Manou : « Où les femmes sont honorées, les divinités sont réjouies ; où elles sont méprisées, il est inutile de prier Dieu. — La bouche d'une femme est constamment pure ; c'est une eau courante, c'est un rayon de soleil. — Le nom d'une femme doit être agréable, doux, imaginaire ; finir par des voyelles longues, et ressembler à des mots de bénédiction. » — ... Oui, le sage a raison ; en effet, la Maria, la Sophia, la Esmeral... — Damnation! toujours cette pensée!

Et il ferma le livre avec violence.

Il passa la main sur son front, comme pour chasser l'idée qui l'obsédait. Puis il prit sur la table un clou et un petit marteau dont le manche était curieusement peint de lettres cabalistiques.

— Depuis quelque temps, dit-il avec un sourire amer, j'échoue dans toutes mes expériences! L'idée fixe me possède, et me flétrit le cerveau comme un trèfle de feu. Je n'ai seulement pu retrouver le secret de Cassiodore, dont la lampe brûlait sans mèche et sans huile. Chose simple pourtant!

— Peste! dit Jehan dans sa barbe.

— ... Il suffit donc, continua le prêtre, d'une seule misérable pensée pour rendre un homme faible et fou! Oh! que Claude Pernelle rirait de moi, elle qui n'a pu détourner un moment Nicolas Flamel de la poursuite du grand œuvre! Quoi! je tiens dans ma main le marteau magique de Zéchiélé! à chaque coup que le redoutable rabbin, du fond de sa cellule, frappait sur ce clou avec ce marteau, celui de ses ennemis qu'il avait condamné, eût-il été à deux mille lieues, s'enfonçait d'une coudée dans la terre qui le dévorait. Le roi de France lui-même, pour avoir un soir heurté inconsidérément à la porte du thaumaturge, entra dans son pavé de Paris jusqu'aux genoux. — Ceci s'est passé il n'y a pas trois siècles. — Eh bien! j'ai le marteau et le clou, et ce ne sont pas outils plus formidables dans mes mains

qu'un hutin aux mains d'un taillandier. — Pourtant il ne
s'agit que de retrouver le mot magique que prononçait
Zéchiélé, en frappant sur son clou.

— Bagatelle! pensa Jehan.

— Voyons, essayons, reprit vivement l'archidiacre. Si
je réussis, je verrai l'étincelle bleue jaillir de la tête du clou.
— Emen-hétan! Emen-hétan! — Ce n'est pas cela. —
Sigéani! Sigéani! — Que ce clou ouvre la tombe à quiconque porte le nom de Phœbus!... — Malédiction! toujours, encore, éternellement la même idée!

Et il jeta le marteau avec colère. Puis il s'affaissa tellement sur le fauteuil et sur la table, que Jehan le perdit de
vue derrière l'énorme dossier. Pendant quelques minutes, il
ne vit plus que son poing convulsif crispé sur un livre.
Tout à coup dom Claude se leva, prit un compas, et grava
en silence sur la muraille en lettres capitales ce mot grec :

$$\text{'ANAΓKH.}$$

— Mon frère est fou, dit Jehan en lui-même ; il eût été
bien plus simple d'écrire *Fatum*. Tout le monde n'est pas
obligé de savoir le grec.

L'archidiacre vint se rasseoir dans son fauteuil, et posa sa
tête sur ses deux mains, comme fait un malade dont le front
est lourd et brûlant.

L'écolier observait son frère avec surprise. Il ne savait
pas, lui qui mettait son cœur en plein air, lui qui n'observait
de loi au monde que la bonne loi de nature, lui qui laissait
s'écouler ses passions par ses penchants, et chez qui le lac
des grandes émotions était toujours à sec, tant il y prati-
quait largement chaque matin de nouvelles rigoles, il ne
savait pas avec quelle furie cette mer des passions humaines
fermente et bouillonne lorsqu'on lui refuse toute issue,
comme elle s'amasse, comme elle s'enfle, comme elle
déborde, comme elle creuse le cœur, comme elle éclate en
sanglots intérieurs et en sourdes convulsions, jusqu'à
ce qu'elle ait déchiré ses digues et crevé son lit. L'enveloppe
austère et glaciale de Claude Frollo, cette froide surface de
vertu escarpée et inaccessible, avait toujours trompé Jehan.
Le joyeux écolier n'avait jamais songé à ce qu'il y a de lave
bouillante, furieuse et profonde sous le front de neige de
l'Etna.

Nous ne savons s'il se rendit compte subitement de ces
idées, mais, tout évaporé qu'il était, il comprit qu'il avait
vu ce qu'il n'aurait pas dû voir, qu'il venait de surprendre

l'âme de son frère aîné dans une de ses plus secrètes attitudes, et qu'il ne fallait pas que Claude s'en aperçût. Voyant que l'archidiacre était retombé dans son immobilité première, il retira sa tête très doucement, et fit quelque bruit de pas derrière la porte, comme quelqu'un qui arrive et qui avertit de son arrivée.

— Entrez! cria l'archidiacre de l'intérieur de la cellule, je vous attendais. J'ai laissé exprès la clef à la porte. Entrez, maître Jacques.

L'écolier entra hardiment. L'archidiacre, qu'une pareille visite gênait fort en pareil lieu, tressaillit sur son fauteuil.

— Quoi! c'est vous, Jehan?

— C'est toujours un J, dit l'écolier avec sa face rouge, effrontée et joyeuse.

Le visage de dom Claude avait repris son expression sévère.

— Que venez-vous faire ici?

— Mon frère, répondit l'écolier en s'efforçant d'atteindre à une mine décente, piteuse et modeste, et en tournant son bicoquet dans ses mains avec un air d'innocence, je venais vous demander...

— Quoi?

— Un peu de morale dont j'ai grand besoin. Jehan n'osa ajouter tout haut : — Et un peu d'argent dont j'ai plus grand besoin encore. Ce dernier membre de sa phrase resta inédit.

— Monsieur, dit l'archidiacre d'un ton froid, je suis très mécontent de vous.

— Hélas! soupira l'écolier.

Dom Claude fit décrire un quart de cercle à son fauteuil, et regarda Jehan fixement. — Je suis bien aise de vous voir.

C'était un exorde redoutable. Jehan se prépara à un rude choc.

— Jehan, on m'apporte tous les jours des doléances de vous. Qu'est-ce que c'est que cette batterie où vous avez contus de bastonnade un petit vicomte Albert de Ramonchamp?...

— Oh! dit Jehan, grand'chose! un méchant page qui s'amusait à escailbotter les écoliers en faisant courir son cheval dans les boues!

— Qu'est-ce que c'est, reprit l'archidiacre, que ce Mahiet Fargel, dont vous avez déchiré la robe? *Tunicam dechiraverunt*, dit la plainte.

— Ah bah! une mauvaise cappette de Montaigu! voilà-t-il pas!

— La plainte dit *tunicam* et non *cappettam*. Savez-vous
le latin ?

Jehan ne répondit pas.

— Oui ! poursuivit le prêtre en secouant la tête, voilà où
en sont les études et les lettres maintenant. La langue latine
est à peine entendue, la syriaque inconnue, la grecque tellement odieuse que ce n'est pas ignorance aux plus savants
de sauter un mot grec sans le lire, et qu'on dit : *Græcum
est, non legitur*.

L'écolier releva résolument les yeux. — Monsieur mon
frère, vous plaît-il que je vous explique en bon parler
français ce mot grec qui est écrit là sur le mur ?

— Quel mot ?

— 'ANAΓKH.

Une légère rougeur vint s'épanouir sur les jaunes
pommettes de l'archidiacre, comme la bouffée de fumée qui
annonce au dehors les secrètes commotions d'un volcan.
L'écolier le remarqua à peine.

— Eh, Jehan, balbutia le frère aîné avec effort, qu'est-ce
que ce mot veut dire ?

— FATALITÉ.

Dom Claude redevint pâle, et l'écolier poursuivit avec
insouciance :

— Et ce mot qui est au-dessous, gravé par la même
main, 'Αναγνεία, signifie *impureté*. Vous voyez qu'on sait
son grec.

L'archidiacre demeurait silencieux. Cette leçon de grec
l'avait rendu rêveur. Le petit Jehan, qui avait toutes les
finesses d'un enfant gâté, jugea le moment favorable pour
hasarder sa requête. Il prit donc une voix extrêmement
douce, et commença :

— Mon bon frère, est-ce que vous m'avez en haine à
ce point de me faire farouche mine pour quelques méchantes gifles et pugnalades distribuées en bonne guerre à
je ne sais quels garçons et marmousets, *quibusdam mormo-
setis* ? — Vous voyez, bon frère Claude, qu'on sait son
latin.

Mais toute cette caressante hypocrisie n'eut point sur
le sévère grand frère son effet accoutumé. Cerbère ne
mordit pas au gâteau de miel. Le front de l'archidiacre
ne se dérida pas d'un pli.

— Où voulez-vous en venir ? dit-il d'un ton sec.

— Eh bien, au fait ! voici ! répondit bravement Jehan.
J'ai besoin d'argent.

À cette déclaration effrontée, la physionomie de l'archi-

diacre prit tout à fait l'expression pédagogique et paternelle.

— Vous savez, monsieur Jehan, que notre fief de Tirechappe ne rapporte, en mettant en bloc le cens et les rentes
des vingt-une maisons, que trente-neuf livres onze sous
six deniers parisis. C'est moitié plus que du temps des
frères Paclet, mais ce n'est pas beaucoup.

— J'ai besoin d'argent, dit stoïquement Jehan.

— Vous savez que l'official a décidé que nos vingt-une
maisons mouvaient en plein fief de l'évêché, et que nous ne
pourrions racheter cet hommage qu'en payant au révérend
évêque deux marcs d'argent doré du prix de six livres
parisis. Or, ces deux marcs, je n'ai encore pu les amasser.
Vous le savez.

— Je sais que j'ai besoin d'argent, répéta Jehan pour la
troisième fois.

— Et qu'en voulez-vous faire ?

Cette question fit briller une lueur d'espoir aux yeux de
Jehan. Il reprit sa mine chatte et doucereuse.

— Tenez, cher frère Claude, je ne m'adresserais pas à
vous en mauvaise intention. Il ne s'agit pas de faire le beau
dans les tavernes avec vos unzains et de me promener
dans les rues de Paris en caparaçon de brocart d'or, avec
mon laquais, *cum meo laquasio*. Non, mon frère, c'est pour
une bonne œuvre.

— Quelle bonne œuvre ? demanda Claude un peu
surpris.

— Il y a deux de mes amis qui voudraient acheter une
layette à l'enfant d'une pauvre veuve haudriette. C'est une
charité. Cela coûtera trois florins, et je voudrais mettre le
mien.

— Comment s'appellent vos deux amis ?

— Pierre l'Assommeur et Baptiste Croque-Oison.

— Hum ! dit l'archidiacre, voilà des noms qui vont à une
bonne œuvre comme une bombarde sur un maître-autel.

Il est certain que Jehan avait très mal choisi ses deux
noms d'amis. Il le sentit trop tard.

— Et puis, poursuivit le sagace Claude, qu'est-ce que
c'est qu'une layette qui doit coûter trois florins ? et cela
pour l'enfant d'une haudriette ? Depuis quand les veuves
haudriettes ont-elles des marmots au maillot ?

Jehan rompit la glace encore une fois. — Eh bien, oui !
j'ai besoin d'argent pour aller voir ce soir Isabeau la
Thierrye au Val-d'Amour !

— Misérable impur ! s'écria le prêtre.

— 'Αναγνεία, dit Jehan.

Cette citation, que l'écolier empruntait, peut-être avec
malice, à la muraille de la cellule, fit sur le prêtre un effet
singulier. Il se mordit les lèvres, et sa colère s'éteignit dans
la rougeur.

— Allez-vous-en, dit-il alors à Jehan. J'attends quelqu'un.

L'écolier tenta encore un effort. — Frère Claude,
donnez-moi au moins un petit parisis pour manger.

— Où en êtes-vous des décrétales de Gratien? demanda
dom Claude.

— J'ai perdu mes cahiers.

— Où en êtes-vous des humanités latines?

— On m'a volé mon exemplaire d'Horatius.

— Où en êtes-vous d'Aristoteles?

— Ma foi! frère, quel est donc ce père de l'église qui
dit que les erreurs des hérétiques ont de tout temps eu
pour repaire les broussailles de la métaphysique d'Aristoteles? Foin d'Aristoteles! je ne veux pas déchirer ma
religion à sa métaphysique.

— Jeune homme, reprit l'archidiacre, il y avait à la
dernière entrée du roi un gentilhomme appelé Philippe
de Comines, qui portait brodée sur la houssure de son
cheval sa devise, que je vous conseille de méditer: *Qui non
laborat non manducet*.

L'écolier resta un moment silencieux, le doigt à l'oreille,
l'œil fixé à terre, et la mine fâchée. Tout à coup il se retourna vers Claude avec la vive prestesse d'un hoche-queue.

— Ainsi, bon frère, vous me refusez un sou parisis pour
acheter une croûte chez un talmellier?

— *Qui non laborat non manducet.*

A cette réponse de l'inflexible archidiacre, Jehan cacha
sa tête dans ses mains, comme une femme qui sanglote, et
s'écria avec une expression de désespoir: Οτοτοτοτοτοῖ!

— Qu'est-ce que cela veut dire, monsieur? demanda
Claude surpris de cette incartade.

— Eh bien quoi! dit l'écolier, et il relevait sur Claude
des yeux effrontés dans lesquels il venait d'enfoncer ses
poings pour leur donner la rougeur des larmes, c'est du
grec! c'est un anapeste d'Eschyle qui exprime parfaitement la douleur.

Et ici, il partit d'un éclat de rire si bouffon et si violent
qu'il en fit sourire l'archidiacre. C'était la faute de Claude
en effet; pourquoi avait-il tant gâté cet enfant?

— Oh! bon frère Claude, reprit Jehan enhardi par ce

sourire, voyez mes brodequins percés. Y a-t-il cothurne
plus tragique au monde que des bottines dont la semelle
tire la langue ?

L'archidiacre était promptement revenu à sa sévérité
première. — Je vous enverrai des bottines neuves. Mais
point d'argent.

— Rien qu'un pauvre petit parisis, frère, poursuivit le
suppliant Jehan. J'apprendrai Gratien par cœur, je croirai
bien en Dieu, je serai un véritable Pythagoras de science et
de vertu. Mais un petit parisis, par grâce ! Voulez-vous que
la famine me morde avec sa gueule qui est là, béante,
devant moi, plus noire, plus puante, plus profonde qu'un
tartare ou que le nez d'un moine ?

Dom Claude hocha son chef ridé. — *Qui non laborat...*
Jehan ne le laissa pas achever.

— Eh bien, cria-t-il, au diable ! Vive la joie ! Je m'enta-
vernerai, je me battrai, je casserai les pots et j'irai voir les
filles !

Et sur ce, il jeta son bonnet au mur et fit claquer ses
doigts comme des castagnettes.

L'archidiacre le regarda d'un air sombre.

— Jehan, vous n'avez point d'âme.

— En ce cas, selon Epicurius, je manque d'un je ne sais
quoi fait de quelque chose qui n'a pas de nom.

— Jehan, il faut songer sérieusement à vous corriger.

— Ah çà, cria l'écolier en regardant tour à tour son frère
et les alambics du fourneau, tout est donc cornu ici, les
idées et les bouteilles !

— Jehan, vous êtes sur une pente bien glissante. Savez-
vous où vous allez ?

— Au cabaret, dit Jehan.

— Le cabaret mène au pilori.

— C'est une lanterne comme une autre, et c'est peut-
être avec celle-là que Diogénès eût trouvé son homme.

— Le pilori mène à la potence.

— La potence est une balance qui a un homme à un
bout et toute la terre à l'autre. Il est beau d'être l'homme.

— La potence mène à l'enfer.

— C'est un gros feu.

— Jehan, Jehan, la fin sera mauvaise.

— Le commencement aura été bon.

En ce moment le bruit d'un pas se fit entendre dans
l'escalier.

— Silence ! dit l'archidiacre en mettant un doigt sur sa
bouche, voici maître Jacques. Écoutez, Jehan, ajouta-t-il à

voix basse, gardez-vous de parler jamais de ce que vous
aurez vu et entendu ici. Cachez-vous vite sous ce fourneau,
et ne soufflez pas.

L'écolier se blottit sous le fourneau. Là, il lui vint une
idée féconde.

— A propos, frère Claude, un florin pour que je ne
souffle pas.

— Silence! je vous le promets.

— Il faut me le donner.

— Prends donc! dit l'archidiacre en lui jetant avec
colère son escarcelle. Jehan se renfonça sous le fourneau,
et la porte s'ouvrit.

V

LES DEUX HOMMES VÊTUS DE NOIR

Le personnage qui entra avait une robe noire et la mine
sombre. Ce qui frappa au premier coup d'œil notre ami
Jehan (qui, comme on s'en doute bien, s'était arrangé dans
son coin de manière à pouvoir tout voir et tout entendre
selon son bon plaisir), c'était la parfaite tristesse du vêtement et du visage de ce nouveau venu. Il y avait pourtant
quelque douceur répandue sur cette figure, mais une douceur de chat ou de juge, une douceur doucereuse. Il était
fort gris, ridé, touchait aux soixante ans, clignait des yeux,
avait le sourcil blanc, la lèvre pendante et de grosses
mains. Quand Jehan vit que ce n'était que cela, c'est-à-dire
sans doute un médecin ou un magistrat, et que cet homme
avait le nez très loin de la bouche, signe de bêtise, il se
rencoigna dans son trou, désespéré d'avoir à passer un
temps indéfini en si gênante posture et en si mauvaise
compagnie.

L'archidiacre cependant ne s'était pas même levé pour ce
personnage. Il lui avait fait signe de s'asseoir sur un escabeau voisin de la porte, et, après quelques moments d'un
silence qui semblait continuer une méditation antérieure, il
lui avait dit avec quelque protection : — Bonjour, maître
Jacques.

— Salut, maître! avait répondu l'homme noir.

Il y avait dans les deux manières dont fut prononcé
d'une part ce *maître Jacques*, de l'autre ce *maître* par excel-

lence, la différence du monseigneur au monsieur, du *domine* au *domne*. C'était évidemment l'abord du docteur et du disciple.

— Eh bien, reprit l'archidiacre après un nouveau silence que maître Jacques se garda bien de troubler, réussissez-vous ?

— Hélas, mon maître, dit l'autre avec un sourire triste, je souffle toujours. De la cendre tant que j'en veux. Mais pas une étincelle d'or.

Dom Claude fit un geste d'impatience. — Je ne vous parle pas de cela, maître Jacques Charmolue, mais du procès de votre magicien. N'est-ce pas Marc Cenaine que vous le nommez, le sommelier de la Cour des comptes ? Avoue-t-il sa magie ? La question vous a-t-elle réussi ?

— Hélas non, répondit maître Jacques, toujours avec son sourire triste. Nous n'avons pas cette consolation. Cet homme est un caillou. Nous le ferons bouillir au Marché-aux-Pourceaux, avant qu'il ait rien dit. Cependant nous n'épargnons rien pour arriver à la vérité. Il est déjà tout disloqué. Nous y mettons toutes les herbes de la Saint-Jean, comme dit le vieux comique Plautus,

Advorsum stimulos, laminas, crucesque, compedesque,
Nervos, catenas, carceres, numellas, pedicas, boias.

Rien n'y fait. Cet homme est terrible, J'y perds mon latin.

— Vous n'avez rien trouvé de nouveau dans sa maison ?

— Si fait, dit maître Jacques en fouillant dans son escarcelle, ce parchemin. Il y a des mots dessus que nous ne comprenons pas. Monsieur l'avocat criminel Philippe Lheulier sait pourtant un peu d'hébreu qu'il a appris dans l'affaire des juifs de la rue Kantersten à Bruxelles.

En parlant ainsi, maître Jacques déroulait un parchemin.

— Donnez, dit l'archidiacre. Et jetant les yeux sur cette pancarte : — Pure magie, maître Jacques ! s'écria-t-il. *Emen-hétan !* c'est le cri des stryges quand elles arrivent au sabbat. *Per ipsum, et cum ipso, et in ipso !* c'est le commandement qui recadenasse le diable en enfer. *Hax, pax, max !* ceci est de la médecine. Une formule contre la morsure des chiens enragés. Maître Jacques ! vous êtes procureur du roi en cour d'église, ce parchemin est abominable.

— Nous remettrons l'homme à la question. Voici encore, ajouta maître Jacques en fouillant de nouveau dans sa sacoche, ce que nous avons trouvé chez Marc Cenaine.

C'était un vase de la famille de ceux qui couvraient le
fourneau de dom Claude. — Ah! dit l'archidiacre, un
creuset d'alchimie.

— Je vous avouerai, reprit maître Jacques avec son sourire timide et gauche, que je l'ai essayé sur le fourneau,
mais je n'ai pas mieux réussi qu'avec le mien.

L'archidiacre se mit à examiner le vase. — Qu'a-t-il
gravé sur son creuset? *Och! och!* le mot qui chasse les
puces! Ce Marc Cenaine est ignorant! Je le crois bien, que
vous ne ferez pas d'or avec ceci! c'est bon à mettre dans
votre alcôve l'été, et voilà tout!

— Puisque nous en sommes aux erreurs, dit le procureur
du roi, je viens d'étudier le portail d'en bas avant de
monter ; votre révérence est-elle bien sûre que l'ouverture
de l'ouvrage de physique y est figurée du côté de l'Hôtel-
Dieu, et que, dans les sept figures nues qui sont aux pieds
de Notre-Dame, celle qui a des ailes aux talons est Mercurius ?

— Oui, répondit le prêtre. C'est Augustin Nypho qui
l'écrit, ce docteur italien qui avait un démon barbu lequel
lui apprenait toute chose. Au reste, nous allons descendre,
et je vous expliquerai cela sur le texte.

— Merci, mon maître, dit Charmolue en s'inclinant jusqu'à terre. — A propos, j'oubliais! quand vous plaît-il
que je fasse appréhender la petite magicienne ?

— Quelle magicienne ?

— Cette bohémienne que vous savez bien, qui vient tous
les jours baller sur le parvis malgré la défense de l'official!
Elle a une chèvre possédée qui a des cornes du diable, qui
lit, qui écrit, qui sait la mathématique comme Picatrix, et
qui suffirait à faire pendre toute la Bohême. Le procès est
tout prêt. Il sera bientôt fait, allez! Une jolie créature, sur
mon âme, que cette danseuse! les plus beaux yeux noirs!
deux escarboucles d'Égypte. Quand commençons-nous ?

L'archidiacre était excessivement pâle.

— Je vous dirai cela, balbutia-t-il d'une voix à peine
articulée. Puis il reprit avec effort : — Occupez-vous de
Marc Cenaine.

— Soyez tranquille, dit en souriant Charmolue. Je vais
le faire reboucler sur le lit de cuir en rentrant. Mais c'est un
diable d'homme. Il fatigue Pierrat Torterue lui-même, qui
a les mains plus grosses que moi. Comme dit ce bon
Plautus,

Nudus vinctus, centum pondo, es quando pendes per pedes.

La question au treuil! c'est ce que nous avons de mieux. Il y passera.

Dom Claude semblait plongé dans une sombre distraction. Il se tourna vers Charmolue.

— Maître Pierrat... maître Jacques, veux-je dire, occupez-vous de Marc Cenaine!

— Oui, oui, dom Claude. Pauvre homme! il aura souffert comme Mummol. Quelle idée aussi, d'aller au sabbat! un sommelier de la Cour des comptes, qui devrait connaître le texte de Charlemagne, *Stryga vel masca!* — Quant à la petite, — Smelarda, comme ils l'appellent, — j'attendrai vos ordres. — Ah! en passant sous le portail, vous m'expliquerez aussi ce que veut dire le jardinier de plate peinture qu'on voit en entrant dans l'église. N'est-ce pas le Semeur? — Hé! maître, à quoi pensez-vous donc?

Dom Claude, abîmé en lui-même, ne l'écoutait plus. Charmolue, en suivant la direction de son regard, vit qu'il s'était fixé machinalement à la grande toile d'araignée qui tapissait la lucarne. En ce moment, une mouche étourdie qui cherchait le soleil de mars vint se jeter à travers ce filet et s'y englua. A l'ébranlement de sa toile, l'énorme araignée fit un mouvement brusque hors de sa cellule centrale, puis d'un bond elle se précipita sur la mouche, qu'elle plia en deux avec ses antennes de devant, tandis que sa trompe hideuse lui fouillait la tête. — Pauvre mouche! dit le procureur du roi en cour d'église, et il leva la main pour la sauver. L'archidiacre, comme réveillé en sursaut, lui retint le bras avec une violence convulsive.

— Maître Jacques, cria-t-il, laissez faire la fatalité!

Le procureur se retourna effaré. Il lui semblait qu'une pince de fer lui avait pris le bras. L'œil du prêtre était fixe, hagard, flamboyant, et restait attaché au petit groupe horrible de la mouche et de l'araignée.

— Oh! oui, continua le prêtre avec une voix qu'on eût dit venir de ses entrailles, voilà un symbole de tout. Elle vole, elle est joyeuse, elle vient de naître; elle cherche le printemps, le grand air, la liberté; oh! oui, mais qu'elle se heurte à la rosace fatale, l'araignée en sort, l'araignée hideuse! Pauvre danseuse! pauvre mouche prédestinée! Maître Jacques, laissez faire! c'est la fatalité! — Hélas! Claude, tu es l'araignée. Claude, tu es la mouche aussi! — Tu volais à la science, à la lumière, au soleil, tu n'avais souci que d'arriver au grand air, au grand jour de la vérité éternelle; mais, en te précipitant vers la lucarne éblouissante qui donne sur l'autre monde, sur le monde de la clarté, de l'intelligence et de la science, mouche aveugle, docteur insensé, tu n'as pas vu cette subtile toile d'araignée tendue par le destin entre la lumière et toi, tu t'y es jeté à corps perdu, misérable fou, et maintenant tu te débats, la tête brisée et les ailes arrachées, entre les antennes de fer de la fatalité! — Maître Jacques! maître Jacques! laissez faire l'araignée.

— Je vous assure, dit Charmolue qui le regardait sans comprendre, que je n'y toucherai pas. Mais lâchez-moi le bras, maître, de grâce! vous avez une main de tenaille.

L'archidiacre ne l'entendait pas. — Oh! insensé! reprit-il sans quitter la lucarne des yeux. Et quand tu l'aurais pu rompre, cette toile redoutable, avec tes ailes de moucheron, tu crois que tu aurais pu atteindre à la lumière! Hélas! cette vitre qui est plus loin, cet obstacle transparent, cette muraille de cristal plus dur que l'airain qui sépare toutes les philosophies de la vérité, comment l'aurais-tu franchie? O vanité de la science! que de sages viennent de bien loin en voletant s'y briser le front! que de systèmes pêle-mêle se heurtent en bourdonnant à cette vitre éternelle!

Il se tut. Ces dernières idées, qui l'avaient insensiblement ramené de lui-même à la science, paraissaient l'avoir calmé. Jacques Charmolue le fit tout à fait revenir au sentiment de la réalité, en lui adressant cette question : — Or çà, mon maître, quand viendrez-vous m'aider à faire de l'or? Il me tarde de réussir.

L'archidiacre hocha la tête avec un sourire amer. — Maître Jacques, lisez Michel Psellus, *Dialogus de energia et operatione dæmonum.* Ce que nous faisons n'est pas tout à fait innocent.

— Plus bas, maître! je m'en doute, dit Charmolue. Mais il faut bien faire un peu d'hermétique quand on n'est que procureur du roi en cour d'église, à trente écus tournois par an. Seulement parlons bas.

En ce moment un bruit de mâchoire et de mastication qui partait de dessous le fourneau vint frapper l'oreille inquiète de Charmolue.

— Qu'est cela? demanda-t-il.

C'était l'écolier qui, fort gêné et fort ennuyé dans sa cachette, était parvenu à y découvrir une vieille croûte et un triangle de fromage moisi, et s'était mis à manger le tout sans façon, en guise de consolation et de déjeuner. Comme il avait grand'faim, il faisait grand bruit, et il accentuait fortement chaque bouchée, ce qui avait donné l'éveil et l'alarme au procureur.

— C'est un mien chat, dit vivement l'archidiacre, qui se régale là-dessous de quelque souris.

Cette explication satisfit Charmolue.

— En effet, maître, répondit-il avec un sourire respectueux, tous les grands philosophes ont eu leur bête familière. Vous savez ce que dit Servius : *Nullus enim locus sine genio est.*

Cependant dom Claude, qui craignait quelque nouvelle algarade de Jehan, rappela à son digne disciple qu'ils avaient quelques figures du portail à étudier ensemble, et tous deux sortirent de la cellule, au grand *ouf !* de l'écolier, qui commençait à craindre sérieusement que son genou ne prît l'empreinte de son menton.

VI

EFFET QUE PEUVENT PRODUIRE
SEPT JURONS EN PLEIN AIR

Te Deum laudamus ! s'écria maître Jehan en sortant de son trou, voilà les deux chats-huants partis. Och ! och ! Hax ! pax ! max ! les puces ! les chiens enragés ! le diable ! j'en ai assez de leur conversation ! La tête me bourdonne comme un clocher. Du fromage moisi par-dessus le marché ! Sus ! descendons, prenons l'escarcelle du grand frère, et convertissons toutes ces monnaies en bouteilles !

Il jeta un coup d'œil de tendresse et d'admiration dans l'intérieur de la précieuse escarcelle, rajusta sa toilette, frotta ses bottines, épousseta ses pauvres manches-mahoîtres toutes grises de cendre, siffla un air, pirouetta une gambade, examina s'il ne restait pas quelque chose à prendre dans la cellule, grappilla çà et là sur le fourneau quelque amulette de verroterie bonne à donner en guise de bijou à Isabeau la Thierrye, enfin ouvrit la porte, que son frère avait laissée ouverte par une dernière indulgence, et qu'il laissa ouverte à son tour par une dernière malice, et descendit l'escalier circulaire en sautillant comme un oiseau.

Au milieu des ténèbres de la vis il coudoya quelque chose qui se rangea en grognant, il présuma que c'était Quasimodo, et cela lui parut si drôle qu'il descendit le reste de l'escalier en se tenant les côtes de rire. En débouchant sur la place, il riait encore.

Il frappa du pied quand il se retrouva à terre. — Oh!
dit-il, bon et honorable pavé de Paris! maudit escalier à
essouffler les anges de l'échelle Jacob! A quoi pensais-je
de m'aller fourrer dans cette vrille de pierre qui perce le
ciel, le tout pour manger du fromage barbu, et pour voir
les clochers de Paris par une lucarne!

Il fit quelques pas, et aperçut les deux chats-huants,
c'est-à-dire dom Claude et maître Jacques Charmolue, en
contemplation devant une sculpture du portail. Il s'approcha d'eux sur la pointe des pieds, et entendit l'archidiacre
qui disait tout bas à Charmolue : — C'est Guillaume de
Paris qui a fait graver un Job sur cette pierre couleur lapis-
lazuli, dorée par les bords. Job figure sur la pierre philosophale, qui doit être éprouvée et martyrisée aussi pour
devenir parfaite, comme dit Raymond Lulle : *Sub conser-
vatione formæ specificæ salva anima.*

— Cela m'est bien égal, dit Jehan, c'est moi qui ai la
bourse.

En ce moment il entendit une voix forte et sonore arti-
culer derrière lui une série formidable de jurons. — Sang-
Dieu! ventre-Dieu! bédieu! corps de Dieu! nombril de
Belzébuth! nom d'un pape! corne et tonnerre!

— Sur mon âme, s'écria Jehan, ce ne peut-être que mon
ami le capitaine Phœbus!

Ce nom de Phœbus arriva aux oreilles de l'archidiacre au
moment où il expliquait au procureur du roi le dragon qui
cache sa queue dans un bain d'où sort de la fumée et une
tête de roi. Dom Claude tressaillit, s'interrompit, à la
grande stupeur de Charmolue, se retourna, et vit son frère
Jehan qui abordait un grand officier à la porte du logis
Gondelaurier.

C'était en effet Monsieur le capitaine Phœbus de Châteaupers. Il était adossé à l'angle de la maison de sa fiancée,
et il jurait comme un païen.

— Ma foi, capitaine Phœbus, dit Jehan en lui prenant la
main, vous sacrez avec une verve admirable.

— Corne et tonnerre! répondit le capitaine.

— Corne et tonnerre vous-même, répliqua l'écolier. Or
çà, gentil capitaine, d'où vous vient ce débordement de
belles paroles?

— Pardon, bon camarade Jehan, s'écria Phœbus en lui
secouant la main, cheval lancé ne s'arrête pas court. Or, je
jurais au grand galop. Je viens de chez ces bégueules, et
quand j'en sors, j'ai toujours la gorge pleine de juremens ;
il faut que je les crache, ou j'étoufferais, ventre et tonnerre!

— Voulez-vous venir boire? demanda l'écolier.

Cette proposition calma le capitaine.

— Je veux bien, mais je n'ai pas d'argent.

— J'en ai, moi!

— Bah! voyons?

Jehan étala l'escarcelle aux yeux du capitaine, avec majesté et simplicité. Cependant l'archidiacre, qui avait laissé là Charmolue ébahi, était venu jusqu'à eux et s'était arrêté à quelques pas, les observant tous deux sans qu'ils prissent garde à lui, tant la contemplation de l'escarcelle les absorbait.

Phœbus s'écria : — Une bourse dans votre poche, Jehan, c'est la lune dans un seau d'eau. On l'y voit, mais elle n'y est pas. Il n'y en a que l'ombre. Pardieu! gageons que ce sont des cailloux!

Jehan répondit froidement : — Voilà les cailloux dont je cailloute mon gousset.

Et, sans ajouter une parole, il vida l'escarcelle sur une borne voisine, de l'air d'un romain sauvant la patrie.

— Vrai Dieu! grommela Phœbus, des targes, des grands-blancs, des petits-blancs, des mailles d'un tournois les deux, des deniers parisis, de vrais liards-à-l'aigle! C'est éblouissant!

Jehan demeurait digne et impassible. Quelques liards avaient roulé dans la boue ; le capitaine, dans son enthousiasme, se baissa pour les ramasser. Jehan le retint : — Fi, capitaine Phœbus de Châteaupers!

Phœbus compta la monnaie et se tournant avec solennité vers Jehan : — Savez-vous, Jehan, qu'il y a vingt-trois sous parisis! Qui avez-vous donc dévalisé cette nuit, rue Coupe-Gueule?

Jehan rejeta en arrière sa tête blonde et bouclée, et dit en fermant à demi des yeux dédaigneux : — On a un frère archidiacre et imbécile.

— Corne de Dieu! s'écria Phœbus, le digne homme!

— Allons boire, dit Jehan.

— Où irons-nous? dit Phœbus. A *la Pomme d'Ève*?

— Non, capitaine. Allons à *la Vieille Science*. Une vieille qui scie une anse. C'est un rébus. J'aime cela.

— Foin des rébus, Jehan! le vin est meilleur à *la Pomme d'Ève*. Et puis, à côté de la porte il y a une vigne au soleil qui m'égaie quand je bois.

— Eh bien! va pour Ève et sa pomme, dit l'écolier ; et prenant le bras de Phœbus : — A propos, mon cher capitaine, vous avez dit tout à l'heure la rue Coupe-Gueule.

C'est fort mal parler. On n'est plus si barbare à présent. On dit la rue Coupe-Gorge.

Les deux amis se mirent en route vers *la Pomme d'Ève*. Il est inutile de dire qu'ils avaient d'abord ramassé l'argent et que l'archidiacre les suivait.

L'archidiacre les suivait, sombre et hagard. Était-ce là le Phœbus dont le nom maudit, depuis son entrevue avec Gringoire, se mêlait à toutes ses pensées? il ne le savait, mais, enfin, c'était un Phœbus, et ce nom magique suffisait pour que l'archidiacre suivît à pas de loup les deux insouciants compagnons, écoutant leurs paroles et observant leurs moindres gestes avec une anxiété attentive. Du reste, rien de plus facile que d'entendre tout ce qu'ils disaient, tant ils parlaient haut, fort peu gênés de mettre les passants de moitié dans leurs confidences. Ils parlaient duels, filles, cruches, folies.

Au détour d'une rue, le bruit d'un tambour de basque leur vint d'un carrefour voisin. Dom Claude entendit l'officier qui disait à l'écolier :

— Tonnerre! doublons le pas.

— Pourquoi, Phœbus?

— J'ai peur que la bohémienne ne me voie.

— Quelle bohémienne?

— La petite qui a une chèvre.

— La Smeralda?

— Justement, Jehan. J'oublie toujours son diable de nom. Dépêchons, elle me reconnaîtrait. Je ne veux pas que cette fille m'accoste dans la rue.

— Est-ce que vous la connaissez, Phœbus?

Ici l'archidiacre vit Phœbus ricaner, se pencher à l'oreille de Jehan, et lui dire quelques mots tout bas. Puis Phœbus éclata de rire et secoua la tête d'un air triomphant.

— En vérité? dit Jehan.

— Sur mon âme! dit Phœbus.

— Ce soir?

— Ce soir.

— Êtes-vous sûr qu'elle viendra?

— Mais êtes-vous fou, Jehan? est-ce qu'on doute de ces choses-là?

— Capitaine Phœbus, vous êtes un heureux gendarme!

L'archidiacre entendit toute cette conversation. Ses dents claquèrent. Un frisson, visible aux yeux, parcourut tout son corps. Il s'arrêta un moment, s'appuya à une borne comme un homme ivre, puis il reprit la piste des deux joyeux drôles.

Au moment où il les rejoignit, ils avaient changé de conversation. Il les entendit chanter à tue-tête le vieux refrain :

Les enfants des Petits-Carreaux
Se font pendre comme des veaux.

VII

LE MOINE-BOURRU

L'illustre cabaret de *la Pomme d'Ève* était situé dans l'Université, au coin de la rue de la Rondelle et de la rue du Bâtonnier. C'était une salle au rez-de-chaussée, assez vaste et fort basse, avec une voûte dont la retombée centrale s'appuyait sur un gros pilier de bois peint en jaune ; des tables partout, de luisants blocs d'étain accrochés au mur, toujours force buveurs, des filles à foison, un vitrage sur la rue, une vigne à la porte, et au-dessus de cette porte une criarde planche de tôle, enluminée d'une pomme et d'une femme, rouillée par la pluie et tournant au vent sur une broche de fer. Cette façon de girouette qui regardait le pavé était l'enseigne.

La nuit tombait. Le carrefour était noir. Le cabaret plein de chandelles flamboyait de loin comme une forge dans l'ombre. On entendait le bruit des verres, des ripailles, des juremens, des querelles qui s'échappait par les carreaux cassés. A travers la brume que la chaleur de la salle répandait sur la devanture vitrée, on voyait fourmiller cent figures confuses, et de temps en temps un éclat de rire sonore s'en détachait. Les passants qui allaient à leurs affaires longeaient sans y jeter les yeux cette vitre tumultueuse. Seulement, par intervalles, quelque petit garçon en guenilles se haussait sur la pointe des pieds jusqu'à l'appui de la devanture et jetait dans le cabaret la vieille huée goguenarde dont on poursuivait alors les ivrognes : — Aux Houls, saouls, saouls, saouls !

Un homme cependant se promenait imperturbablement devant la bruyante taverne, y regardant sans cesse, et ne s'en écartant pas plus qu'un piquier de sa guérite. Il avait un manteau jusqu'au nez. Ce manteau, il venait de l'acheter au fripier qui avoisinait *la Pomme d'Ève*, sans doute pour se garantir du froid des soirées de mars, peut-être

pour cacher son costume. De temps en temps il s'arrêtait
devant le vitrage trouble à mailles de plomb, il écoutait,
regardait, et frappait du pied.

Enfin la porte du cabaret s'ouvrit. C'est ce qu'il paraissait attendre. Deux buveurs en sortirent. Le rayon de
lumière qui s'échappa de la porte empourpra un moment
leurs joviales figures. L'homme au manteau s'alla mettre
en observation sous un porche de l'autre côté de la rue.

— Corne et tonnerre! dit l'un des deux buveurs. Sept
heures vont toquer. C'est l'heure de mon rendez-vous.

— Je vous dis, reprenait son compagnon avec une langue épaisse, que je ne demeure pas rue des Mauvaises-
Paroles, *indignus qui inter mala verba habitat.* J'ai logis rue
Jean-Pain-Mollet, *in vico Johannis-Pain-Mollet.* — Vous
êtes plus cornu qu'un unicorne, si vous dites le contraire.

— Chacun sait que qui monte une fois sur un ours n'a
jamais peur, mais vous avez le nez tourné à la friandise,
comme Saint-Jacques de l'Hôpital.

— Jehan, mon ami, vous êtes ivre, disait l'autre.

L'autre répondit en chancelant : — Cela vous plaît à
dire, Phœbus, mais il est prouvé que Platon avait le profil
d'un chien de chasse.

Le lecteur a sans doute déjà reconnu nos deux braves
amis, le capitaine et l'écolier. Il paraît que l'homme qui les
guettait dans l'ombre les avait reconnus aussi, car il suivait à pas lents tous les zigzags que l'écolier faisait faire au
capitaine, lequel, buveur plus aguerri, avait conservé tout
son sang-froid. En les écoutant attentivement, l'homme au
manteau put saisir dans son entier l'intéressante conversation que voici :

— Corbacque! tâchez donc de marcher droit, monsieur
le bachelier. Vous savez qu'il faut que je vous quitte. Voilà
sept heures. J'ai rendez-vous avec une femme.

— Laissez-moi donc, vous! Je vois des étoiles et des
lances de feu. Vous êtes comme le château de Dampmar-
tin qui crève de rire.

— Par les verrues de ma grand'mère, Jehan, c'est dérai-
sonner avec trop d'acharnement. — A propos, Jehan, est-
ce qu'il ne vous reste plus d'argent?

— Monsieur le recteur, il n'y a pas de faute, la petite
boucherie, *parva boucheria.*

— Jehan, mon ami Jehan! vous savez que j'ai donné
rendez-vous à cette petite au bout du Pont Saint-Michel,
que je ne puis la mener que chez la Falourdel, la vilotière
du pont, et qu'il faudra payer la chambre. La vieille

ribaude à moustaches blanches ne me fera pas crédit.
Jehan! de grâce! est-ce que nous avons bu toute l'escarcelle du curé? est-ce qu'il ne vous reste plus un parisis?

— La conscience d'avoir bien dépensé les autres heures
est un juste et savoureux condiment de table.

— Ventre et boyaux! trêve aux billevesées! Dites-moi,
Jehan du diable, vous reste-t-il quelque monnaie? Donnez,
bédieu! ou je vais vous fouiller, fussiez-vous lépreux
comme Job et galeux comme César!

— Monsieur, la rue Galiache est une rue qui a un bout
rue de la Verrerie, et l'autre rue de la Tixeranderie.

— Eh bien oui, mon bon ami Jehan, mon pauvre camarade, la rue Galiache, c'est bien, c'est très bien. Mais, au
nom du ciel, revenez à vous. Il ne me faut qu'un sou
parisis, et c'est pour sept heures.

— Silence à la ronde, et attention au refrain :

> Quand les rats mangeront les cats,
> Le roi sera seigneur d'Arras ;
> Quand la mer, qui est grande et lée,
> Sera à la Saint-Jean gelée,
> On verra, par-dessus la glace,
> Sortir ceux d'Arras de leur place.

— Eh bien, écolier de l'Antéchrist, puisses-tu être
étranglé avec les tripes de ta mère! s'écria Phœbus, et il
poussa rudement l'écolier ivre, lequel glissa contre le mur
et tomba mollement sur le pavé de Philippe Auguste. Par
un reste de cette pitié fraternelle qui n'abandonne jamais
le cœur d'un buveur, Phœbus roula Jehan avec le pied sur
un de ces oreillers du pauvre que la providence tient prêts
au coin de toutes les bornes de Paris, et que les riches flétris-
sent dédaigneusement du nom de *tas d'ordures*. Le capitaine arrangea la tête de Jehan sur un plan incliné de tro-
gnons de choux, et à l'instant même l'écolier se mit à
ronfler avec une basse-taille magnifique. Cependant toute
rancune n'était pas éteinte au cœur du capitaine. — Tant
pis si la charrette du diable te ramasse en passant! dit-il
au pauvre clerc endormi, et il s'éloigna.

L'homme au manteau, qui n'avait cessé de le suivre,
s'arrêta un moment devant l'écolier gisant, comme si une
indécision l'agitait ; puis, poussant un profond soupir, il
s'éloigna aussi à la suite du capitaine.

Nous laisserons, comme eux, Jehan dormir sous le
regard bienveillant de la belle étoile, et nous les suivrons
aussi, s'il plaît au lecteur.

En débouchant dans la rue Saint-André-des-Arcs, le capitaine Phœbus s'aperçut que quelqu'un le suivait. Il vit, en détournant par hasard les yeux, une espèce d'ombre qui rampait derrière lui le long des murs. Il s'arrêta, elle s'arrêta. Il se remit en marche, l'ombre se remit en marche. Cela ne l'inquiéta que fort médiocrement. — Ah bah! se dit-il en lui-même, je n'ai pas le sou.

Devant la façade du collège d'Autun il fit halte. C'est à ce collège qu'il avait ébauché ce qu'il appelait ses études, et, par une habitude d'écolier taquin qui lui était restée, il ne passait jamais devant la façade sans faire subir à la statue du cardinal Pierre Bertrand, sculptée à droite du portail, l'espèce d'affront dont se plaint si amèrement Priape dans la satire d'Horace *Olim truncus eram ficulnus*. Il y avait mis tant d'acharnement que l'inscription *Eduensis episcopus* en était presque effacée. Il s'arrêta donc devant la statue comme à son ordinaire. La rue était tout à fait déserte. Au moment où il renouait nonchalamment ses aiguillettes, le nez au vent, il vit l'ombre qui s'approchait de lui à pas lents, si lents qu'il eut tout le temps d'observer que cette ombre avait un manteau et un chapeau. Arrivée près de lui, elle s'arrêta et demeura plus immobile que la statue du cardinal Bertrand. Cependant elle attachait sur Phœbus deux yeux fixes pleins de cette lumière vague qui sort la nuit de la prunelle d'un chat.

Le capitaine était brave et se serait fort peu soucié d'un larron l'estoc au poing. Mais cette statue qui marchait, cet homme pétrifié le glacèrent. Il courait alors par le monde je ne sais quelles histoires du moine-bourru, rôdeur nocturne des rues de Paris, qui lui revinrent confusément en mémoire.

Il resta quelques minutes stupéfait, et rompit enfin le silence, en s'efforçant de rire.

— Monsieur, si vous êtes un voleur, comme je l'espère, vous me faites l'effet d'un héron qui s'attaque à une coquille de noix. Je suis un fils de famille ruiné, mon cher. Adressez-vous à côté. Il y a dans la chapelle de ce collège du bois de la vraie croix, qui est dans de l'argenterie.

La main de l'ombre sortit de dessous son manteau et s'abattit sur le bras de Phœbus avec la pesanteur d'une serre d'aigle. En même temps l'ombre parla : — Capitaine Phœbus de Châteaupers!

— Comment diable! dit Phœbus, vous savez mon nom!

— Je ne sais pas seulement votre nom, reprit l'homme au manteau avec sa voix de sépulcre. Vous avez un rendez-vous ce soir.

— Oui, répondit Phœbus stupéfait.

— A sept heures.

— Dans un quart d'heure.

— Chez la Falourdel.

— Précisément.

— La vilotière du Pont Saint-Michel.

— De saint Michel archange, comme dit la patenôtre.

— Impie! grommela le spectre. — Avec une femme?

— *Confiteor*.

— Qui s'appelle...

— La Smeralda, dit Phœbus allégrement. Toute son insouciance lui était revenue par degrés.

A ce nom, la serre de l'ombre secoua avec fureur le bras de Phœbus.

— Capitaine Phœbus de Châteaupers, tu mens!

Qui eût pu voir en ce moment le visage enflammé du capitaine, le bond qu'il fit en arrière, si violent qu'il se dégagea de la tenaille qui l'avait saisi, la fière mine dont il jeta sa main à la garde de son épée, et devant cette colère la morne immobilité de l'homme au manteau, qui eût vu cela eût été effrayé. C'était quelque chose du combat de don Juan et de la statue.

— Christ et Satan! cria le capitaine. Voilà une parole qui s'attaque rarement à l'oreille d'un Châteaupers! tu n'oserais pas la répéter.

— Tu mens! dit l'ombre froidement.

Le capitaine grinça des dents. Moine-bourru, fantôme, superstitions, il avait tout oublié en ce moment. Il ne voyait plus qu'un homme et qu'une insulte.

— Ah! voilà qui va bien! balbutia-t-il d'une voix étouffée de rage. Il tira son épée, puis bégayant, car la colère fait trembler comme la peur : — Ici! tout de suite! sus! les épées! les épées! du sang sur ces pavés!

Cependant l'autre ne bougeait. Quand il vit son adversaire en garde et prêt à se fendre : — Capitaine Phœbus, dit-il, et son accent vibrait avec amertume, vous oubliez votre rendez-vous.

Les emportements des hommes comme Phœbus sont des soupes au lait dont une goutte d'eau froide affaisse l'ébullition. Cette simple parole fit baisser l'épée qui étincelait à la main du capitaine.

— Capitaine, poursuivit l'homme, demain, après-demain, dans un mois, dans dix ans, vous me retrouverez prêt à vous couper la gorge ; mais allez d'abord à votre rendez-vous.

— En effet, dit Phœbus, comme s'il cherchait à capituler
avec lui-même, ce sont deux choses charmantes à rencontrer en un rendez-vous qu'une épée et qu'une fille ; mais
je ne vois pas pourquoi je manquerais l'une pour l'autre,
quand je puis avoir les deux.

Il remit l'épée au fourreau.

— Allez à votre rendez-vous, reprit l'inconnu.

— Monsieur, répondit Phœbus avec quelque embarras,
grand merci de votre courtoisie. Au fait il sera toujours
temps demain de nous découper à taillades et boutonnières
le pourpoint du père Adam. Je vous sais gré de me permettre de passer encore un quart d'heure agréable. J'espérais bien vous coucher dans le ruisseau et arriver encore à
temps pour la belle, d'autant mieux qu'il est de bon air de
faire attendre un peu les femmes en pareil cas. Mais vous
m'avez l'air d'un gaillard, et il est plus sûr de remettre la
partie à demain. Je vais donc à mon rendez-vous. C'est pour
sept heures, comme vous savez. — Ici Phœbus se gratta
l'oreille. — Ah! corne-Dieu! j'oubliais! je n'ai pas un sou
pour acquitter le truage du galetas, et la vieille matrulle
voudra être payée d'avance. Elle se défie de moi.

— Voici de quoi payer.

Phœbus sentit la main froide de l'inconnu glisser dans la
sienne une large pièce de monnaie. Il ne put s'empêcher de
prendre cet argent et de serrer cette main.

— Vrai Dieu! s'écria-t-il, vous êtes un bon enfant!

— Une condition, dit l'homme. Prouvez-moi que j'ai eu
tort et que vous disiez vrai. Cachez-moi dans quelque coin
d'où je puisse voir si cette femme est vraiment celle dont
vous avez dit le nom.

— Oh! répondit Phœbus, cela m'est bien égal. Nous
prendrons la chambre à Sainte-Marthe. Vous pourrez voir
à votre aise du chenil qui est à côté.

— Venez donc, reprit l'ombre.

— A votre service, dit le capitaine. Je ne sais si vous
n'êtes pas messer Diabolus en propre personne. Mais
soyons bons amis ce soir. Demain je vous paierai toutes mes
dettes, de la bourse et de l'épée.

Ils se remirent à marcher rapidement. Au bout de quelques minutes, le bruit de la rivière leur annonça qu'ils
étaient sur le Pont Saint-Michel, alors chargé de maisons.

— Je vais d'abord vous introduire, dit Phœbus à son compagnon ; j'irai ensuite chercher la belle qui doit m'attendre
près du Petit-Châtelet.

Le compagnon ne répondit rien. Depuis qu'ils marchaient côte à côte, il n'avait dit mot. Phœbus s'arrêta devant une porte basse et heurta rudement. Une lumière parut aux fentes de la porte. — Qui est là ? cria une voix édentée. — Corps-Dieu! tête-Dieu! ventre-Dieu! répondit le capitaine. La porte s'ouvrit sur-le-champ, et laissa voir aux arrivants une vieille femme et une vieille lampe qui tremblaient toutes deux. La vieille était pliée en deux, vêtue de guenilles, branlante du chef, percée à petits yeux, coiffée d'un torchon, ridée partout, aux mains, à la face, au cou ; ses lèvres rentraient sous ses gencives, et elle avait tout autour de la bouche des pinceaux de poils blancs qui lui donnaient la mine embabouinée d'un chat. L'intérieur du bouge n'était pas moins délabré qu'elle. C'étaient des murs de craie, des solives noires au plafond, une cheminée démantelée, des toiles d'araignée à tous les coins, au milieu un troupeau chancelant de tables et d'escabelles boiteuses, un enfant sale dans les cendres, et dans le fond un escalier ou plutôt une échelle de bois qui aboutissait à une trappe au plafond. En pénétrant dans ce repaire, le mystérieux compagnon de Phœbus haussa son manteau jusqu'à ses yeux. Cependant le capitaine, tout en jurant comme un sarrasin, se hâta de *faire dans un écu reluire le soleil*, comme dit notre admirable Régnier. — La chambre à Sainte-Marthe, dit-il.

La vieille le traita de monseigneur, et serra l'écu dans un tiroir. C'était la pièce que l'homme au manteau noir avait donnée à Phœbus. Pendant qu'elle tournait le dos, le petit garçon chevelu et déguenillé qui jouait dans les cendres s'approcha adroitement du tiroir, y prit l'écu, et mit à la place une feuille sèche qu'il avait arrachée d'un fagot.

La vieille fit signe aux deux gentilshommes, comme elle les nommait, de la suivre, et monta l'échelle devant eux. Parvenue à l'étage supérieur, elle posa sa lampe sur un coffre, et Phœbus, en habitué de la maison, ouvrit une porte qui donnait sur un bouge obscur. — Entrez là, mon cher, dit-il à son compagnon. L'homme au manteau obéit sans répondre une parole. La porte retomba sur lui. Il entendit Phœbus la refermer au verrou, et un moment après redescendre l'escalier avec la vieille. La lumière avait disparu.

VIII

UTILITÉ DES FENÊTRES
QUI DONNENT SUR LA RIVIÈRE

Claude Frollo (car nous présumons que le lecteur, plus intelligent que Phœbus, n'a vu dans toute cette aventure d'autre moine-bourru que l'archidiacre), Claude Frollo tâtonna quelques instants dans le réduit ténébreux où le capitaine l'avait verrouillé. C'était un de ces recoins comme les architectes en réservent quelquefois au point de jonction du toit et du mur d'appui. La coupe verticale de ce chenil, comme l'avait si bien nommé Phœbus, eût donné un triangle. Du reste il n'y avait ni fenêtre ni lucarne, et le plan incliné du toit empêchait qu'on s'y tînt debout. Claude s'accroupit donc dans la poussière et dans les plâtras qui s'écrasaient sous lui. Sa tête était brûlante. En furetant autour de lui avec ses mains il trouva à terre un morceau de vitre cassée qu'il appuya sur son front et dont la fraîcheur le soulagea un peu.

Que se passait-il en ce moment dans l'âme obscure de l'archidiacre ? lui et Dieu seul l'ont pu savoir.

Selon quel ordre fatal disposait-il dans sa pensée la Esmeralda, Phœbus, Jacques Charmolue, son jeune frère si aimé abandonné par lui dans la boue, sa soutane d'archidiacre, sa réputation peut-être, traînée chez la Falourdel, toutes ces images, toutes ces aventures ? Je ne pourrais le dire. Mais il est certain que ces idées formaient dans son esprit un groupe horrible.

Il attendait depuis un quart d'heure ; il lui semblait avoir vieilli d'un siècle. Tout à coup il entendit craquer les ais de l'escalier de bois. Quelqu'un montait. La trappe se rouvrit, une lumière reparut. Il y avait à la porte vermoulue de son bouge une fente assez large. Il y colla son visage. De cette façon il pouvait voir tout ce qui se passait dans la chambre voisine. La vieille à face de chat sortit d'abord de la trappe, sa lampe à la main, puis Phœbus retroussant sa moustache, puis une troisième personne, cette belle et gracieuse figure, la Esmeralda. Le prêtre la vit sortir de terre comme une éblouissante apparition. Claude trembla, un nuage se répandit sur ses yeux, ses artères battirent avec force, tout bruissait et tournait autour de lui. Il ne vit et n'entendit plus rien.

Quand il revint à lui, Phœbus et la Esmeralda étaient seuls, assis sur le coffre de bois à côté de la lampe qui faisait saillir aux yeux de l'archidiacre ces deux jeunes figures, et un misérable grabat au fond du galetas.

A côté du grabat il y avait une fenêtre dont le vitrail, défoncé comme une toile d'araignée sur laquelle la pluie a tombé, laissait voir à travers ses mailles rompues un coin du ciel et la lune couchée au loin sur un édredon de molles nuées.

La jeune fille était rouge, interdite, palpitante. Ses longs cils baissés ombrageaient ses joues de pourpre. L'officier, sur lequel elle n'osait lever les yeux, rayonnait. Machinalement, et avec un geste charmant de gaucherie, elle traçait du bout du doigt sur le banc des lignes incohérentes, et elle regardait son doigt. On ne voyait pas son pied, la petite chèvre était accroupie dessus.

Le capitaine était mis fort galamment ; il avait au col et aux poignets des touffes de doreloterie : grande élégance d'alors.

Dom Claude ne parvint pas sans peine à entendre ce qu'ils se disaient, à travers le bourdonnement de son sang qui bouillait dans ses tempes.

(Chose assez banale qu'une causerie d'amoureux. C'est un *je vous aime* perpétuel. Phrase musicale fort nue et fort insipide pour les indifférents qui écoutent, quand elle n'est pas ornée de quelque *fioriture*. Mais Claude n'écoutait pas en indifférent.)

— Oh ! disait la jeune fille sans lever les yeux, ne me méprisez pas, monseigneur Phœbus. Je sens que ce que je fais est mal.

— Vous mépriser, belle enfant ! répondait l'officier d'un air de galanterie supérieure et distinguée, vous mépriser, tête-Dieu ! et pourquoi ?

— Pour vous avoir suivi.

— Sur ce propos, ma belle, nous ne nous entendons pas. Je ne devrais pas vous mépriser, mais vous haïr.

La jeune fille le regarda avec effroi : — Me haïr ! qu'ai-je donc fait ?

— Pour vous être tant fait prier.

— Hélas ! dit-elle... c'est que je manque à un vœu... Je ne retrouverai pas mes parents... l'amulette perdra sa vertu. — Mais qu'importe ? qu'ai-je besoin de père et de mère à présent ?

En parlant ainsi, elle fixait sur le capitaine ses grands
yeux noirs humides de joie et de tendresse.

— Du diable si je vous comprends! s'écria Phœbus.

La Esmeralda resta un moment silencieuse, puis une
larme sortit de ses yeux, un soupir de ses lèvres, et elle dit :

— Oh! monseigneur, je vous aime.

Il y avait autour de la jeune fille un tel parfum de chasteté, un tel charme de vertu que Phœbus ne se sentait pas
complètement à l'aise auprès d'elle. Cependant cette parole
l'enhardit. — Vous m'aimez! dit-il avec transport, et il jeta
son bras autour de la taille de l'égyptienne. Il n'attendait
que cette occasion.

Le prêtre le vit, et essaya du bout du doigt la pointe d'un
poignard qu'il tenait caché dans sa poitrine.

— Phœbus, poursuivit la bohémienne en détachant doucement de sa ceinture les mains tenaces du capitaine, vous
êtes bon, vous êtes généreux, vous êtes beau. Vous m'avez
sauvée, moi qui ne suis qu'une pauvre enfant perdue en
Bohême. Il y a longtemps que je rêve d'un officier qui me
sauve la vie. C'était de vous que je rêvais avant de vous
connaître, mon Phœbus. Mon rêve avait une belle livrée
comme vous, une grande mine, une épée. Vous vous appelez Phœbus, c'est un beau nom. J'aime votre nom, j'aime
votre épée. Tirez donc votre épée, Phœbus, que je la
voie.

— Enfant! dit le capitaine, et il dégaina sa rapière en
souriant. L'égyptienne regarda la poignée, la lame, examina
avec une curiosité adorable le chiffre de la garde, et baisa
l'épée en lui disant : — Vous êtes l'épée d'un brave. J'aime
mon capitaine.

Phœbus profita encore de l'occasion pour déposer sur son
beau cou ployé un baiser qui fit redresser la jeune fille écarlate comme une cerise. Le prêtre en grinça des dents dans
ses ténèbres.

— Phœbus, reprit l'égyptienne, laissez-moi vous parler.
Marchez donc un peu, que je vous voie tout grand et que
j'entende sonner vos éperons. Comme vous êtes beau!

Le capitaine se leva pour lui complaire, en la grondant
avec un sourire de satisfaction : — Mais êtes-vous enfant!
— A propos, charmante, m'avez-vous vu en hoqueton de
cérémonie?

— Hélas! non, répondit-elle.

— C'est cela qui est beau!

Phœbus vint se rasseoir près d'elle, mais beaucoup plus
près qu'auparavant.

— Écoutez, ma chère...

L'égyptienne lui donna quelques petits coups de sa jolie
main sur la bouche avec un enfantillage plein de folie, de
grâce et de gaieté. — Non, non, je ne vous écouterai
pas. M'aimez-vous ? Je veux que vous me disiez si vous
m'aimez.

— Si je t'aime, ange de ma vie ! s'écria le capitaine en
s'agenouillant à demi. Mon corps, mon sang, mon âme, tout
est à toi, tout est pour toi. Je t'aime, et n'ai jamais aimé
que toi.

Le capitaine avait tant de fois répété cette phrase, en
mainte conjoncture pareille, qu'il la débita tout d'une haleine sans faire une seule faute de mémoire. A cette déclaration passionnée, l'égyptienne leva au sale plafond qui
tenait lieu de ciel un regard plein d'un bonheur angélique.
— Oh ! murmura-t-elle, voilà le moment où l'on devrait
mourir ! Phœbus trouva « le moment » bon pour lui dérober
un nouveau baiser qui alla torturer dans son coin le misérable archidiacre.

— Mourir ! s'écria l'amoureux capitaine. Qu'est-ce que
vous dites donc là, bel ange ? C'est le cas de vivre, ou Jupiter
n'est qu'un polisson ! Mourir au commencement d'une si
douce chose ! corne-de-bœuf, quelle plaisanterie ! — Ce
n'est pas cela. — Écoutez, ma chère Similar... Esmenarda...
Pardon, mais vous avez un nom si prodigieusement sarrazin
que je ne puis m'en dépêtrer. C'est une broussaille qui
m'arrête tout court.

— Mon Dieu, dit la pauvre fille, moi qui croyais ce nom
joli pour sa singularité ! Mais puisqu'il vous déplaît, je voudrais m'appeler Goton.

— Ah ! ne pleurons pas pour si peu, ma gracieuse ! c'est
un nom auquel il faut s'accoutumer, voilà tout. Une fois
que je le saurai par cœur, cela ira tout seul. — Écoutez
donc, ma chère Similar, je vous adore à la passion. Je vous
aime vraiment que c'est miraculeux. Je sais une petite qui
en crève de rage...

La jalouse fille l'interrompit : — Qui donc ?

— Qu'est-ce que cela nous fait ? dit Phœbus. M'aimez-
vous ?

— Oh !... dit-elle.

— Eh bien ! c'est tout. Vous verrez comme je vous aime
aussi. Je veux que le grand diable Neptunus m'enfourche si
je ne vous rends pas la plus heureuse créature du monde.
Nous aurons une jolie petite logette quelque part. Je ferai
parader mes archers sous vos fenêtres. Ils sont tous à cheval

et font la nargue à ceux du capitaine Mignon. Il y a des voulgiers, des cranequiniers et des coulevriniers à main. Je vous conduirai aux grandes monstres des parisiens à la grange de Rully. C'est très magnifique. Quatre-vingt mille têtes armées ; trente mille harnois blancs, jaques ou brigandines ; les soixante-sept bannières des métiers ; les étendards du parlement, de la chambre des comptes, du trésor des généraux, des aides des monnaies ; un arroi du diable enfin! Je vous mènerai voir les lions de l'Hôtel du Roi qui sont des bêtes fauves. Toutes les femmes aiment cela.

Depuis quelques instants la jeune fille, absorbée dans ses charmantes pensées, rêvait au son de sa voix sans écouter le sens de ses paroles.

— Oh! vous serez heureuse! continua le capitaine, et en même temps il déboucla doucement la ceinture de l'égyptienne.

— Que faites-vous donc ? dit-elle vivement. Cette *voie de fait* l'avait arrachée à sa rêverie.

— Rien, répondit Phœbus. Je disais seulement qu'il faudrait quitter toute cette toilette de folie et de coin de rue quand vous serez avec moi.

— Quand je serai avec toi, mon Phœbus! dit la jeune fille tendrement.

Elle redevint pensive et silencieuse.

Le capitaine, enhardi par sa douceur, lui prit la taille sans qu'elle résistât, puis se mit à délacer à petit bruit le corsage de la pauvre enfant, et dérangea si fort sa gorgerette que le prêtre haletant vit sortir de la gaze la belle épaule nue de la bohémienne, ronde et brune, comme la lune qui se lève dans la brume à l'horizon.

La jeune fille laissait faire Phœbus. Elle ne paraissait pas s'en apercevoir. L'œil du hardi capitaine étincelait.

Tout à coup elle se tourna vers lui : — Phœbus, dit-elle avec une expression d'amour infinie, instruis-moi dans ta religion.

— Ma religion! s'écria le capitaine éclatant de rire. Moi, vous instruire dans ma religion! Corne et tonnerre! qu'est-ce que vous voulez faire de ma religion ?

— C'est pour nous marier, répondit-elle.

La figure du capitaine prit une expression mélangée de surprise, de dédain, d'insouciance et de passion libertine. — Ah bah! dit-il, est-ce qu'on se marie ?

La bohémienne devint pâle et laissa tristement retomber sa tête sur sa poitrine.

— Belle amoureuse, reprit tendrement Phœbus, qu'est-

ce que c'est que ces folies-là ? Grand'chose que le mariage !
est-on moins bien aimant pour n'avoir pas craché du latin
dans la boutique d'un prêtre ?

En parlant ainsi de sa voix la plus douce, il s'approchait
extrêmement près de l'égyptienne, ses mains caressantes
avaient repris leur poste autour de cette taille si fine et si
souple, son œil s'allumait de plus en plus, et tout annonçait
que monsieur Phœbus touchait évidemment à l'un de ces
moments où Jupiter lui-même fait tant de sottises que le
bon Homère est obligé d'appeler un nuage à son secours.

Dom Claude cependant voyait tout. La porte était faite de
douves de poinçon toutes pourries, qui laissaient entre elles
de larges passages à son regard d'oiseau de proie. Ce prêtre
à peau brune et à larges épaules, jusque-là condamné à
l'austère virginité du cloître, frissonnait et bouillait devant
cette scène d'amour, de nuit et de volupté. La jeune et belle
fille livrée en désordre à cet ardent jeune homme lui faisait
couler du plomb fondu dans les veines. Il se passait en lui
des mouvements extraordinaires. Son œil plongeait avec une
jalousie lascive sous toutes ces épingles défaites. Qui eût pu
voir en ce moment la figure du malheureux collée aux barreaux vermoulus eût cru voir une face de tigre regardant du
fond d'une cage quelque chacal qui dévore une gazelle. Sa
prunelle éclatait comme une chandelle à travers les fentes
de la porte.

Tout à coup, Phœbus enleva d'un geste rapide la gorgerette de l'égyptienne. La pauvre enfant, qui était restée pâle
et rêveuse, se réveilla comme en sursaut. Elle s'éloigna
brusquement de l'entreprenant officier, et jetant un regard
sur sa gorge et ses épaules nues, rouge et confuse et muette
de honte, elle croisa ses deux bras sur son sein pour
le cacher. Sans la flamme qui embrasait ses joues, à la voir
ainsi silencieuse et immobile, on eût dit une statue de la
pudeur. Ses yeux restaient baissés.

Cependant le geste du capitaine avait mis à découvert
l'amulette mystérieuse qu'elle portait au cou. — Qu'est-ce
que cela ? dit-il en saisissant ce prétexte pour se rapprocher
de la belle créature qu'il venait d'effaroucher.

— N'y touchez pas ! répondit-elle vivement, c'est ma gardienne. C'est elle qui me fera retrouver ma famille si j'en
reste digne. Oh ! laissez-moi, monsieur le capitaine ! Ma
mère ! ma pauvre mère ! ma mère ! où es-tu ? à mon secours !
Grâce, monsieur Phœbus ! rendez-moi ma gorgerette !

Phœbus recula et dit d'un ton froid : — Oh ! mademoiselle ! que je vois bien que vous ne m'aimez pas !

— Je ne t'aime pas! s'écria la pauvre malheureuse enfant, et en même temps elle se pendit au capitaine qu'elle fit asseoir près d'elle. Je ne t'aime pas, mon Phœbus! Qu'est-ce que tu dis là, méchant, pour me déchirer le cœur? Oh! va! prends-moi, prends tout! fais ce que tu voudras de moi. Je suis à toi. Que m'importe l'amulette! que m'importe ma mère! c'est toi qui es ma mère, puisque je t'aime! Phœbus, mon Phœbus bien-aimé, me vois-tu? c'est moi, regarde-moi. C'est cette petite que tu veux bien ne pas repousser, qui vient, qui vient elle-même te chercher. Mon âme, ma vie, mon corps, ma personne, tout cela est une chose qui est à vous, mon capitaine. Eh bien, non! ne nous marions pas, cela t'ennuie. Et puis, qu'est-ce que je suis, moi? une misérable fille du ruisseau, tandis que toi, mon Phœbus, tu es gentilhomme. Belle chose vraiment! une danseuse épouser un officier! j'étais folle. Non, Phœbus, non, je serai ta maîtresse, ton amusement, ton plaisir, quand tu voudras, une fille qui sera à toi, je ne suis faite que pour cela, souillée, méprisée, déshonorée, mais qu'importe! aimée. Je serai la plus fière et la plus joyeuse des femmes. Et quand je serai vieille ou laide, Phœbus, quand je ne serai plus bonne pour vous aimer, monseigneur, vous me souffrirez encore pour vous servir. D'autres vous broderont des écharpes. C'est moi la servante, qui en aurai soin. Vous me laisserez fourbir vos éperons, brosser votre hoqueton, épousseter vos bottes de cheval. N'est-ce pas mon Phœbus, que vous aurez cette pitié? En attendant, prends-moi! tiens, Phœbus, tout cela t'appartient, aime-moi seulement! Nous autres égyptiennes, il ne nous faut que cela, de l'air et de l'amour.

En parlant ainsi, elle jetait ses bras autour du cou de l'officier, elle le regardait du bas en haut suppliante et avec un beau sourire tout en pleurs, sa gorge délicate se frottait au pourpoint de drap et aux rudes broderies. Elle tordait sur ses genoux son beau corps demi-nu. Le capitaine, enivré, colla ses lèvres ardentes à ces belles épaules africaines. La jeune fille, les yeux perdus au plafond, renversée en arrière, frémissait toute palpitante sous ce baiser.

Tout à coup, au-dessus de la tête de Phœbus, elle vit une autre tête, une figure livide, verte, convulsive, avec un regard de damné. Près de cette figure il y avait une main qui tenait un poignard. C'était la figure et la main du prêtre. Il avait brisé la porte et il était là. Phœbus ne pouvait le voir. La jeune fille resta immobile, glacée, muette sous l'épouvantable apparition, comme une colombe qui lèverait la tête au moment où l'orfraie regarde dans son nid avec ses yeux ronds.

Elle ne put même pousser un cri. Elle vit le poignard s'abaisser sur Phœbus et se relever fumant. — Malédiction! dit le capitaine, et il tomba.

Elle s'évanouit.

Au moment où ses yeux se fermaient, où tout sentiment se dispersait en elle, elle crut sentir s'imprimer sur ses lèvres un attouchement de feu, un baiser plus brûlant que le fer rouge du bourreau.

Quand elle reprit ses sens, elle était entourée de soldats du guet, on emportait le capitaine baigné dans son sang, le prêtre avait disparu, la fenêtre du fond de la chambre, qui donnait sur la rivière, était toute grande ouverte, on ramassait un manteau qu'on supposait appartenir à l'officier, et elle entendait dire autour d'elle : — C'est une sorcière qui a poignardé un capitaine.

LIVRE HUITIÈME

I

L'ÉCU CHANGÉ EN FEUILLE SÈCHE

Gringoire et toute la Cour des Miracles étaient dans une mortelle inquiétude. On ne savait depuis un grand mois ce qu'était devenue la Esmeralda, ce qui contristait fort le duc d'Égypte et ses amis les truands, ni ce qu'était devenue sa chèvre, ce qui redoublait la douleur de Gringoire. Un soir, l'égyptienne avait disparu, et depuis lors n'avait plus donné signe de vie. Toutes recherches avaient été inutiles. Quelques sabouleux taquins disaient à Gringoire l'avoir rencontrée ce soir-là aux environs du Pont Saint-Michel s'en allant avec un officier ; mais ce mari à la mode de Bohême était un philosophe incrédule, et d'ailleurs il savait mieux que personne à quel point sa femme était vierge. Il avait pu juger quelle pudeur inexpugnable résultait des deux vertus combinées de l'amulette et de l'égyptienne, et il avait mathématiquement calculé la résistance de cette chasteté à la seconde puissance. Il était donc tranquille de ce côté.

Aussi ne pouvait-il s'expliquer cette disparition. C'était un chagrin profond. Il en eût maigri, si la chose eût été possible. Il en avait tout oublié, jusqu'à ses goûts littéraires, jusqu'à son grand ouvrage *De figuris regularibus et irregularibus*, qu'il comptait faire imprimer au premier argent qu'il aurait. (Car il radotait d'imprimerie, depuis qu'il avait vu le *Didascalon* de Hugues de Saint-Victor imprimé avec les célèbres caractères de Vindelin de Spire.)

Un jour qu'il passait tristement devant la Tournelle criminelle, il aperçut quelque foule à l'une des portes du Palais de Justice.

— Qu'est cela ? demanda-t-il à un jeune homme qui en sortait.

— Je ne sais pas, monsieur, répondit le jeune homme. On dit qu'on juge une femme qui a assassiné un gendarme. Comme il paraît qu'il y a de la sorcellerie là-dessous, l'évêque et l'official sont intervenus dans la cause, et mon frère, qui est archidiacre de Josas, y passe sa vie. Or, je voulais lui parler, mais je n'ai pu arriver jusqu'à lui à cause de la foule, ce qui me contrarie fort, car j'ai besoin d'argent.

— Hélas, monsieur, dit Gringoire, je voudrais pouvoir vous en prêter ; mais si mes grègues sont trouées, ce n'est pas par les écus.

Il n'osa pas dire au jeune homme qu'il connaissait son frère l'archidiacre, vers lequel il n'était pas retourné depuis la scène de l'église, négligence qui l'embarrassait.

L'écolier passa son chemin, et Gringoire se mit à suivre la foule qui montait l'escalier de la grand'chambre. Il estimait qu'il n'est rien de tel que le spectacle d'un procès criminel pour dissiper la mélancolie, tant les juges sont ordinairement d'une bêtise réjouissante. Le peuple auquel il s'était mêlé marchait et se coudoyait en silence. Après un lent et insipide piétinement sous un long couloir sombre, qui serpentait dans le palais comme le canal intestinal du vieil édifice, il parvint auprès d'une porte basse qui débouchait sur une salle que sa haute taille lui permit d'explorer du regard par-dessus les têtes ondoyantes de la cohue.

La salle était vaste et sombre, ce qui la faisait paraître plus vaste encore. Le jour tombait ; les longues fenêtres ogives ne laissaient plus pénétrer qu'un pâle rayon qui s'éteignait avant d'atteindre jusqu'à la voûte, énorme treillis de charpentes sculptées, dont les mille figures semblaient remuer confusément dans l'ombre. Il y avait déjà plusieurs chandelles allumées çà et là sur des tables et rayonnant sur des têtes de greffiers affaissés dans des paperasses. La partie antérieure de la salle était occupée par la foule ; à droite et à gauche il y avait des hommes de robe à des tables ; au fond, sur une estrade, force juges dont les dernières rangées s'enfonçaient dans les ténèbres ; faces immobiles et sinistres. Les murs étaient semés de fleurs de lys sans nombre. On distinguait vaguement un grand christ au-dessus des juges, et partout des piques et des hallebardes au bout desquelles la lumière des chandelles mettait des pointes de feu.

— Monsieur, demanda Gringoire à l'un de ses voisins,

qu'est-ce que c'est donc que toutes ces personnes rangées
là-bas comme prélats en concile?

— Monsieur, dit le voisin, ce sont les conseillers de
la grand'chambre à droite, et les conseillers des enquêtes
à gauche ; les maîtres en robes noires, et les messires
en robes rouges.

— Là, au-dessus d'eux, reprit Gringoire, qu'est-ce que
c'est que ce gros rouge qui sue?

— C'est monsieur le président.

— Et ces moutons derrière lui? poursuivit Gringoire,
lequel, nous l'avons déjà dit, n'aimait pas la magistrature.
Ce qui tenait peut-être à la rancune qu'il gardait au Palais
de Justice depuis sa mésaventure dramatique.

— Ce sont messieurs les maîtres des requêtes de l'Hôtel
du Roi.

— Et devant lui, ce sanglier?

— C'est monsieur le greffier de la cour de parlement.

— Et à droite, ce crocodile?

— Maître Philippe Lheulier, avocat du roi extraordinaire.

— Et à gauche, ce gros chat noir?

— Maître Jacques Charmolue, procureur du roi en
cour d'église, avec messieurs de l'officialité.

— Or çà, monsieur, dit Gringoire, que font donc tous
ces braves gens-là?

— Ils jugent.

— Ils jugent qui? je ne vois pas d'accusé.

— C'est une femme, monsieur. Vous ne pouvez la voir.
Elle nous tourne le dos, et elle nous est cachée par la foule.
Tenez, elle est là où vous voyez un groupe de pertuisanes.

— Qu'est-ce que c'est que cette femme? demanda Gringoire.
Savez-vous son nom?

— Non, monsieur. Je ne fais que d'arriver. Je présume
seulement qu'il y a de la sorcellerie, parce que l'official
assiste au procès.

— Allons! dit notre philosophe, nous allons voir tous ces
gens de robe manger de la chair humaine. C'est un spectacle comme un autre.

— Monsieur, observa le voisin, est-ce que vous ne
trouvez pas que maître Jacques Charmolue a l'air très
doux?

— Hum! répondit Gringoire. Je me défie d'une douceur
qui a les narines pincées et les lèvres minces.

Ici les voisins imposèrent silence aux deux causeurs. On
écoutait une déposition importante.

— Messeigneurs, disait, au milieu de la salle, une vieille
dont le visage disparaissait tellement sous ses vêtements
qu'on eût dit un monceau de guenilles qui marchait, messeigneurs, la chose est aussi vraie qu'il est vrai que c'est
moi qui suis la Falourdel, établie depuis quarante ans au
Pont Saint-Michel, et payant exactement rentes, lods et
censives, la porte vis-à-vis la maison de Tassin-Caillart, le
teinturier, qui est du côté d'amont l'eau. — Une pauvre
vieille à présent, une jolie fille autrefois, messeigneurs !—
On me disait depuis quelques jours : La Falourdel, ne filez
pas trop votre rouet le soir, le diable aime peigner avec ses
cornes la quenouille des vieilles femmes. Il est sûr que le
moine-bourru, qui était l'an passé du côté du Temple, rôde
maintenant dans la Cité. La Falourdel, prenez garde qu'il
ne cogne à votre porte. — Un soir, je filais mon rouet, on
cogne à ma porte. Je demande qui. On jure. J'ouvre. Deux
hommes entrent. Un noir avec un bel officier. On ne voyait
que les yeux du noir, deux braises. Tout le reste était manteau et chapeau. Voilà qu'ils me disent : — La chambre à
Sainte-Marthe. — C'est ma chambre d'en haut, messeigneurs, ma plus propre. Ils me donnent un écu. Je serre
l'écu dans mon tiroir, et je dis : Ce sera pour acheter demain
des tripes à l'écorcherie de la Gloriette. — Nous montons. — Arrivés à la chambre d'en haut, pendant que je
tournais le dos, l'homme noir disparaît. Cela m'ébahit un
peu. L'officier, qui était beau comme un grand seigneur,
redescend avec moi. Il sort. Le temps de filer un quart
d'écheveau, il rentre avec une belle jeune fille, une
poupée qui eût brillé comme un soleil si elle eût été
coiffée. Elle avait avec elle un bouc, un grand bouc,
noir ou blanc, je ne sais plus. Voilà qui me fait songer.
La fille, cela ne me regarde pas, mais le bouc !... Je n'aime
pas ces bêtes-là, elles ont une barbe et des cornes. Cela ressemble à un homme. Et puis, cela sent le samedi. Cependant, je ne dis rien. J'avais l'écu. C'est juste, n'est-ce pas,
monsieur le juge ? Je fais monter la fille et le capitaine à la
chambre d'en haut, et je les laisse seuls, c'est-à-dire avec
le bouc. Je descends et je me remets à filer. — Il faut vous
dire que ma maison a un rez-de-chaussée et un premier,
elle donne par derrière sur la rivière, comme les autres
maisons du pont, et la fenêtre du rez-de-chaussée et la
fenêtre du premier s'ouvrent sur l'eau. — J'étais donc en
train de filer. Je ne sais pourquoi je pensais à ce moine-
bourru que le bouc m'avait remis en tête, et puis la belle
fille était un peu farouchement attifée. — Tout à coup,

j'entends un cri en haut, et choir quelque chose sur le
carreau, et que la fenêtre s'ouvre. Je cours à la mienne
qui est au-dessous, et je vois passer devant mes yeux
une masse noire qui tombe dans l'eau. C'était un fantôme
habillé en prêtre. Il faisait clair de lune. Je l'ai très bien vu.
Il nageait du côté de la Cité. Alors, toute tremblante,
j'appelle le guet. Ces messieurs de la douzaine entrent, et
même dans le premier moment, ne sachant pas de quoi il
s'agissait, comme ils étaient en joie, ils m'ont battue. Je
leur ai expliqué. Nous montons, et qu'est-ce que nous
trouvons? ma pauvre chambre tout en sang, le capitaine
étendu de son long avec un poignard dans le cou, la fille
faisant la morte, et le bouc tout effarouché. — Bon, dis-je,
j'en aurai pour plus de quinze jours à laver le plancher. Il
faudra gratter, ce sera terrible. — On a emporté l'officier,
pauvre jeune homme! et la fille toute débraillée. — Attendez. Le pire, c'est que le lendemain, quand j'ai voulu
prendre l'écu pour acheter les tripes, j'ai trouvé une feuille
sèche à la place.

La vieille se tut. Un murmure d'horreur circula dans
l'auditoire. — Ce fantôme, ce bouc, tout cela sent la magie,
dit un voisin de Gringoire. — Et cette feuille sèche! ajouta
un autre. — Nul doute, reprit un troisième, c'est une sorcière qui a des commerces avec le moine-bourru pour déva-
liser les officiers. — Gringoire lui-même n'était pas éloigné
de trouver tout cet ensemble effrayant et vraisemblable.

— Femme Falourdel, dit monsieur le président avec
majesté, n'avez-vous rien de plus à dire à la justice?

— Non, monseigneur, répondit la vieille, sinon que
dans le rapport on a traité ma maison de masure tortue et
puante, ce qui est outrageusement parler. Les maisons du
pont n'ont pas grande mine, parce qu'il y a foison de peuple,
mais néanmoins les bouchers ne laissent pas d'y demeurer,
qui sont gens riches et mariés à de belles femmes fort
propres.

Le magistrat qui avait fait à Gringoire l'effet d'un crocodile se leva. — Paix! dit-il. Je prie messieurs de ne pas
perdre de vue qu'on a trouvé un poignard sur l'accusée. —
Femme Falourdel, avez-vous apporté cette feuille sèche
en laquelle s'est transformé l'écu que le démon vous avait
donné?

— Oui, monseigneur, répondit-elle, je l'ai retrouvée. La
voici.

Un huissier transmit la feuille morte au crocodile qui fit
un signe de tête lugubre et la passa au président qui la

renvoya au procureur du roi en cour d'église, de façon qu'elle fît le tour de la salle. — C'est une feuille de bouleau, dit maître Jacques Charmolue. Nouvelle preuve de la magie.

Un conseiller prit la parole. — Témoin, deux hommes sont montés en même temps chez vous. L'homme noir, que vous avez vu d'abord disparaître, puis nager en Seine avec des habits de prêtre, et l'officier. — Lequel des deux vous a remis l'écu ?

La vieille réfléchit un moment et dit : — C'est l'officier. Une rumeur parcourut la foule.

— Ah ! pensa Gringoire, voilà qui fait hésiter ma conviction.

Cependant maître Philippe Lheulier, l'avocat extraordinaire du roi, intervint de nouveau. — Je rappelle à messieurs que, dans sa déposition écrite à son chevet, l'officier assassiné, en déclarant qu'il avait eu vaguement la pensée, au moment où l'homme noir l'avait accosté, que ce pourrait fort bien être le moine-bourru, ajoutait que le fantôme l'avait vivement pressé de s'aller accointer avec l'accusée, et sur l'observation de lui, capitaine, qu'il était sans argent, lui avait donné l'écu dont ledit officier a payé la Falourdel. Donc l'écu est une monnaie de l'enfer.

Cette observation concluante parut dissiper tous les doutes de Gringoire et des autres sceptiques de l'auditoire.

— Messieurs ont le dossier des pièces, ajouta l'avocat du roi en s'asseyant, ils peuvent consulter le dire de Phœbus de Châteaupers.

A ce nom l'accusée se leva. Sa tête dépassa la foule. Gringoire épouvanté reconnut la Esmeralda.

Elle était pâle ; ses cheveux, autrefois si gracieusement nattés et pailletés de sequins, tombaient en désordre ; ses lèvres étaient bleues ; ses yeux creux effrayaient. Hélas !

— Phœbus ! dit-elle avec égarement, où est-il ? O messeigneurs ! avant de me tuer, par grâce, dites-moi s'il vit encore !

— Taisez-vous, femme, répondit le président. Ce n'est pas là notre affaire.

— Oh ! par pitié, dites-moi s'il est vivant ! reprit-elle en joignant ses belles mains amaigries ; et l'on entendait ses chaînes frissonner le long de sa robe.

— Eh bien ! dit sèchement l'avocat du roi, il se meurt. — Êtes-vous contente ?

La malheureuse retomba sur sa sellette, sans voix, sans larmes, blanche comme une figure de cire.

Le président se baissa vers un homme placé à ses pieds, qui avait un bonnet d'or et une robe noire, une chaîne au cou et une verge à la main.

— Huissier, introduisez la seconde accusée.

Tous les yeux se tournèrent vers une petite porte qui s'ouvrit, et, à la grande palpitation de Gringoire, donna passage à une jolie chèvre aux cornes et aux pieds d'or. L'élégante bête s'arrêta un moment sur le seuil, tendant le cou, comme si, dressée à la pointe d'une roche, elle eût eu sous les yeux un immense horizon. Tout à coup elle aperçut la bohémienne, et, sautant par-dessus la table et la tête d'un greffier, en deux bonds elle fut à ses genoux. Puis elle se roula gracieusement sur les pieds de sa maîtresse, sollicitant un mot ou une caresse ; mais l'accusée resta immobile, et la pauvre Djali elle-même n'eut pas un regard.

— Eh mais... c'est ma vilaine bête, dit la vieille Falourdel, et je les reconnais bellement toutes deux!

Jacques Charmolue intervint. — S'il plaît à messieurs, nous procéderons à l'interrogatoire de la chèvre.

C'était en effet la seconde accusée. Rien de plus simple alors qu'un procès de sorcellerie intenté à un animal. On trouve, entre autres, dans les comptes de la prévôté pour 1466, un curieux détail des frais du procès de Gillet-Soulart et de sa truie, *exécutés pour leurs démérites*, à *Corbeil*. Tout y est, le coût des fosses pour mettre la truie, les cinq cents bourrées de cotrets pris sur le port de Morsant, les trois pintes de vin et le pain, dernier repas du patient fraternellement partagé par le bourreau, jusqu'aux onze jours de garde et de nourriture de la truie à huit deniers parisis chaque. Quelquefois même on allait plus loin que les bêtes. Les capitulaires de Charlemagne et de Louis le Débonnaire infligent de graves peines aux fantômes enflammés qui se permettraient de paraître dans l'air.

Cependant le procureur en cour d'église s'était écrié : — Si le démon qui possède cette chèvre et qui a résisté à tous les exorcismes persiste dans ses maléfices, s'il en épouvante la cour, nous le prévenons que nous serons forcés de requérir contre lui le gibet ou le bûcher.

Gringoire eut la sueur froide. Charmolue prit sur une table le tambour de basque de la bohémienne, et, le présentant d'une certaine façon à la chèvre, il lui demanda : — Quelle heure est-il?

La chèvre le regarda d'un œil intelligent, leva son pied doré et frappa sept coups. Il était en effet sept heures. Un mouvement de terreur parcourut la foule.

Gringoire n'y put tenir.

— Elle se perd! cria-t-il tout haut. Vous voyez bien qu'elle ne sait ce qu'elle fait.

— Silence aux manants du bout de la salle! dit aigrement l'huissier.

Jacques Charmolue, à l'aide des mêmes manœuvres du tambourin, fit faire à la chèvre plusieurs autres momeries, sur la date du jour, le mois de l'année, etc., dont le lecteur a déjà été témoin. Et, par une illusion d'optique propre aux débats judiciaires, ces mêmes spectateurs, qui peut-être avaient plus d'une fois applaudi dans le carrefour aux innocentes malices de Djali, en furent effrayés sous les voûtes du Palais de Justice. La chèvre était décidément le diable.

Ce fut bien pis encore, quand, le procureur du roi ayant vidé sur le carreau un certain sac de cuir plein de lettres mobiles que Djali avait au cou, on vit la chèvre extraire avec sa patte de l'alphabet épars ce nom fatal : *Phœbus*. Les sortilèges dont le capitaine avait été victime parurent irrésistiblement démontrés, et, aux yeux de tous, la bohémienne, cette ravissante danseuse qui avait tant de fois ébloui les passants de sa grâce, ne fut plus qu'une effroyable stryge.

Du reste, elle ne donnait aucun signe de vie. Ni les gracieuses évolutions de Djali, ni les menaces du parquet, ni les sourdes imprécations de l'auditoire, rien n'arrivait plus à sa pensée.

Il fallut, pour la réveiller, qu'un sergent la secouât sans pitié et que le président élevât solennellement la voix :

— Fille, vous êtes de race bohème, adonnée aux maléfices. Vous avez, de complicité avec la chèvre ensorcelée impliquée au procès, dans la nuit du 29 mars dernier, meurtri et poignardé, de concert avec les puissances de ténèbres, à l'aide de charmes et de pratiques, un capitaine des archers de l'ordonnance du roi, Phœbus de Châteaupers. Persistez-vous à nier?

— Horreur! cria la jeune fille en cachant son visage de ses mains. Mon Phœbus! Oh! c'est l'enfer!

— Persistez-vous à nier? demanda froidement le président.

— Si je le nie! dit-elle d'un accent terrible, et elle s'était levée et son œil étincelait.

Le président continua carrément : — Alors comment expliquez-vous les faits à votre charge?

Elle répondit d'une voix entrecoupée :

— Je l'ai déjà dit. Je ne sais pas. C'est un prêtre. Un prêtre que je ne connais pas. Un prêtre infernal qui me poursuit !

— C'est cela, reprit le juge. Le moine-bourru.

— O messeigneurs ! ayez pitié ! je ne suis qu'une pauvre fille...

— D'Egypte, dit le juge.

Maître Jacques Charmolue prit la parole avec douceur :

— Attendu l'obstination douloureuse de l'accusée, je requiers l'application de la question.

— Accordé, dit le président.

La malheureuse frémit de tout son corps. Elle se leva pourtant à l'ordre des pertuisaniers, et marcha d'un pas assez ferme, précédée de Charmolue et des prêtres de l'officialité, entre deux rangs de hallebardes, vers une porte bâtarde qui s'ouvrit subitement et se referma sur elle, ce qui fit au triste Gringoire l'effet d'une gueule horrible qui venait de la dévorer.

Quand elle disparut, on entendit un bêlement plaintif. C'était la petite chèvre qui pleurait.

L'audience fut suspendue. Un conseiller ayant fait observer que messieurs étaient fatigués et que ce serait bien long d'attendre jusqu'à la fin de la torture, le président répondit qu'un magistrat doit savoir se sacrifier à son devoir.

— La fâcheuse et déplaisante drôlesse, dit un vieux juge, qui se fait donner la question quand on n'a pas soupé !

II

SUITE DE L'ÉCU
CHANGÉ EN FEUILLE SÈCHE

Après quelques degrés montés et descendus dans des couloirs si sombres qu'on les éclairait de lampes en plein jour, la Esmeralda, toujours entourée de son lugubre cortège, fut poussée par les sergents du palais dans une chambre sinistre. Cette chambre, de forme ronde, occupait le rez-de-chaussée de l'une de ces grosses tours qui percent encore, dans notre siècle, la couche d'édifices modernes dont le nouveau Paris a recouvert l'ancien. Pas de fenêtre à ce caveau, pas d'autre ouverture que l'entrée, basse et battue d'une énorme porte de fer. La clarté cependant n'y manquait point. Un four était pratiqué dans l'épaisseur du mur. Un gros feu y était allumé, qui remplissait le caveau de ses rouges réverbérations, et dépouillait de tout rayonnement une misérable chandelle posée dans un coin. La herse de fer qui servait à fermer le four, levée en ce moment, ne laissait voir, à l'orifice du soupirail flamboyant sur le mur ténébreux, que l'extrémité inférieure de ses barreaux, comme une rangée de dents noires, aiguës et espacées, ce qui faisait ressembler la fournaise à l'une de ces bouches de dragons qui jettent des flammes dans les légendes. A la lumière qui s'en échappait, la prisonnière vit tout autour de la chambre des instruments effroyables dont elle ne comprenait pas l'usage. Au milieu gisait un matelas de cuir presque posé à terre, sur lequel pendait une courroie à boucle, rattachée à un anneau de cuivre que mordait un monstre camard sculpté dans la clef de la voûte. Des tenailles, des pinces, de larges fers de charrue, encombraient l'intérieur du four et rougissaient pêle-mêle sur la braise. La sanglante lueur de la fournaise n'éclairait dans toute la chambre qu'un fouillis de choses horribles.

Ce tartare s'appelait simplement *la chambre de la question*.

Sur le lit était nonchalamment assis Pierrat Torterue, le tourmenteur-juré. Ses valets, deux gnomes à face carrée, à tablier de cuir, à brayes de toile, remuaient la ferraille sur les charbons.

La pauvre fille avait eu beau recueillir son courage. En pénétrant dans cette chambre, elle eut horreur.

Les sergents du bailli du Palais se rangèrent d'un côté, les prêtres de l'officialité de l'autre. Un greffier, une écritoire et une table étaient dans un coin. Maître Jacques Charmolue s'approcha de l'égyptienne avec un sourire très doux. — Ma chère enfant, dit-il, vous persistez donc à nier ?

— Oui, répondit-elle d'une voix déjà éteinte.

— En ce cas, reprit Charmolue, il sera bien douloureux pour nous de vous questionner avec plus d'instance que nous ne le voudrions. — Veuillez prendre la peine de vous asseoir sur ce lit. — Maître Pierrat, faites place à mademoiselle, et fermez la porte.

Pierrat se leva avec un grognement. — Si je ferme la porte, murmura-t-il, mon feu va s'éteindre.

— Eh bien, mon cher, repartit Charmolue, laissez-la ouverte.

Cependant la Esmeralda restait debout. Ce lit de cuir, où

s'étaient tordus tant de misérables, l'épouvantait. La terreur lui glaçait la moelle des os. Elle était là, effarée et stupide. A un signe de Charmolue, les deux valets la prirent et la posèrent assise sur le lit. Ils ne lui firent aucun mal, mais quand ces hommes la touchèrent, quand ce cuir la toucha, elle sentit tout son sang refluer vers son cœur. Elle jeta un regard égaré autour de la chambre. Il lui sembla voir se mouvoir et marcher de toutes parts vers elle, pour lui grimper le long du corps et la mordre et la pincer, tous ces difformes outils de la torture, qui étaient, parmi les instruments de tout genre qu'elle avait vus jusqu'alors, ce que sont les chauves-souris, les mille-pieds et les araignées parmi les insectes et les oiseaux.

— Où est le médecin? demanda Charmolue.

— Ici, répondit une robe noire qu'elle n'avait pas encore aperçue.

Elle frissonna.

— Mademoiselle, reprit la voix caressante du procureur en cour d'église, pour la troisième fois persistez-vous à nier les faits dont vous êtes accusée?

Cette fois elle ne put que faire un signe de tête. La voix lui manqua.

— Vous persistez? dit Jacques Charmolue. Alors, j'en suis désespéré, mais il faut que je remplisse le devoir de mon office.

— Monsieur le procureur du roi, dit brusquement Pierrat, par où commencerons-nous?

Charmolue hésita un moment avec la grimace ambiguë d'un poète qui cherche une rime.

— Par le brodequin, dit-il enfin.

L'infortunée se sentit si profondément abandonnée de Dieu et des hommes que sa tête tomba sur sa poitrine comme une chose inerte qui n'a pas de force en soi.

Le tourmenteur et le médecin s'approchèrent d'elle à la fois. En même temps, les deux valets se mirent à fouiller dans leur hideux arsenal.

Au cliquetis de ces affreuses ferrailles, la malheureuse enfant tressaillit comme une grenouille morte qu'on galvanise. — Oh! murmura-t-elle, si bas que nul ne l'entendit, ô mon Phœbus! — Puis elle se replongea dans son immobilité et dans son silence de marbre. Ce spectacle eût déchiré tout autre cœur que les cœurs de ses juges. On eût dit une pauvre âme pécheresse questionnée par Satan sous l'écarlate guichet de l'enfer. Le misérable corps auquel allait se cramponner cette effroyable fourmilière de scies, de roues

et de chevalets, l'être qu'allaient manier ces âpres mains de
bourreaux et de tenailles, c'était donc cette douce, blanche
et fragile créature. Pauvre grain de mil que la justice
humaine donnait à moudre aux épouvantables meules
de la torture!

Cependant les mains calleuses des valets de Pierrat Torterue avaient brutalement mis à nu cette jambe charmante,
ce petit pied qui avaient tant de fois émerveillé les passants
de leur gentillesse et de leur beauté dans les carrefours de
Paris.

— C'est dommage! grommela le tourmenteur en considérant ces formes si gracieuses et si délicates. Si l'archidiacre eût été présent, certes, il se fût souvenu en ce
moment de son symbole de l'araignée et de la mouche.
Bientôt la malheureuse vit, à travers un nuage qui se
répandait sur ses yeux, approcher le *brodequin,* bientôt
elle vit son pied emboîté entre les ais ferrés disparaître
sous l'effrayant appareil. Alors la terreur lui rendit de la
force. — Otez-moi cela! cria-t-elle avec emportement.
Et, se dressant tout échevelée : — Grâce!

Elle s'élança hors du lit pour se jeter aux pieds du procureur du roi, mais sa jambe était prise dans le lourd bloc
de chêne et de ferrures, et elle s'affaissa sur le brodequin,
plus brisée qu'une abeille qui aurait un plomb sur
l'aile.

A un signe de Charmolue, on la replaça sur le lit, et deux
grosses mains assujettirent à sa fine ceinture la courroie
qui pendait de la voûte.

— Une dernière fois, avouez-vous les faits de la cause?
demanda Charmolue avec son imperturbable bénignité.

— Je suis innocente.

— Alors, madamoiselle, comment expliquez-vous les circonstances à votre charge?

— Hélas, monseigneur! je ne sais.

— Vous niez donc?

— Tout!

— Faites, dit Charmolue à Pierrat.

Pierrat tourna la poignée du cric, le brodequin se res-
serra, et la malheureuse poussa un de ces horribles cris
qui n'ont d'orthographe dans aucune langue humaine.

— Arrêtez, dit Charmolue à Pierrat. — Avouez-vous?
dit-il à l'égyptienne.

— Tout! cria la misérable fille. J'avoue, j'avoue! grâce!

Elle n'avait pas calculé ses forces en affrontant la question. Pauvre enfant dont la vie jusqu'alors avait été si

joyeuse, si suave, si douce, la première douleur l'avait vaincue.

— L'humanité m'oblige à vous dire, observa le procureur du roi, qu'en avouant c'est la mort que vous devez attendre.

— Je l'espère bien, dit-elle. Et elle retomba sur le lit de cuir, mourante, pliée en deux, se laissant pendre à la courroie bouclée sur sa poitrine.

— Sus, ma belle, soutenez-vous un peu, dit maître Pierrat en la relevant. Vous avez l'air du mouton d'or qui est au cou de monsieur de Bourgogne.

Jacques Charmolue éleva la voix.

— Greffier, écrivez. — Jeune fille bohème, vous avouez votre participation aux agapes, sabbats et maléfices de l'enfer, avec les larves, les masques et les stryges ? Répondez.

— Oui, dit-elle, si bas que sa parole se perdait dans son souffle.

— Vous avouez avoir vu le bélier que Belzébuth fait paraître dans les nuées pour rassembler le sabbat, et qui n'est vu que des sorciers ?

— Oui.

— Vous confessez avoir adoré les têtes de Bophomet, ces abominables idoles des templiers ?

— Oui.

— Avoir eu commerce habituel avec le diable sous la forme d'une chèvre familière, jointe au procès ?

— Oui.

— Enfin, vous avouez et confessez avoir, à l'aide du démon, et du fantôme vulgairement appelé le moine-bourru, dans la nuit du vingt-neuvième mars dernier, meurtri et assassiné un capitaine nommé Phœbus de Châteaupers ?

Elle leva sur le magistrat ses grands yeux fixes, et répondit comme machinalement, sans convulsion et sans secousse : — Oui. Il était évident que tout était brisé en elle.

— Écrivez, greffier, dit Charmolue. Et s'adressant aux tortionnaires : — Qu'on détache la prisonnière, et qu'on la ramène à l'audience.

Quand la prisonnière fut *déchaussée*, le procureur en cour d'église examina son pied encore engourdi par la douleur.

— Allons ! dit-il, il n'y a pas grand mal. Vous avez crié à temps. Vous pourriez encore danser, la belle !

Puis il se tourna vers ses acolytes de l'officialité. — Voilà

enfin la justice éclairée! Cela soulage, messieurs! Mademoiselle nous rendra ce témoignage, que nous avons agi avec
toute la douceur possible.

III

FIN DE L'ÉCU
CHANGÉ EN FEUILLE SÈCHE

Quand elle rentra, pâle et boitant, dans la salle d'audience un murmure général de plaisir l'accueillit. De la part
de l'auditoire, c'était ce sentiment d'impatience satisfaite
qu'on éprouve au théâtre à l'expiration du dernier entr'acte
de la comédie, lorsque la toile se relève et que la fin va commencer. De la part des juges, c'était espoir de bientôt
souper. La petite chèvre aussi bêla de joie. Elle voulut
courir vers sa maîtresse, mais on l'avait attachée au banc.

La nuit était tout à fait venue. Les chandelles, dont on
n'avait pas augmenté le nombre, jetaient si peu de lumière
qu'on ne voyait pas les murs de la salle. Les ténèbres y
enveloppaient tous les objets d'une sorte de brume. Quelques faces apathiques de juges y ressortaient à peine. Vis-
à-vis d'eux, à l'extrémité de la longue salle, ils pouvaient
voir un point de blancheur vague se détacher sur le fond
sombre. C'était l'accusée.

Elle s'était traînée à sa place. Quand Charmolue se fut
installé magistralement à la sienne, il s'assit, puis se releva,
et dit, sans laisser percer trop de vanité de son succès :
— L'accusée a tout avoué.

— Fille bohème, reprit le président, vous avez avoué
tous vos faits de magie, de prostitution et d'assassinat sur
Phœbus de Châteaupers ?

Son cœur se serra. On l'entendit sangloter dans l'ombre.
— Tout ce que vous voudrez, répondit-elle faiblement,
mais tuez-moi vite !

— Monsieur le procureur du roi en cour d'église, dit le
président, la chambre est prête à vous entendre en vos
réquisitions.

Maître Charmolue exhiba un effrayant cahier, et se mit à
lire avec force gestes et l'accentuation exagérée de la plaidoirie une oraison en latin où toutes les preuves du procès
s'échafaudaient sur des périphrases cicéroniennes flan-

quées de citations de Plaute, son comique favori. Nous
regrettons de ne pouvoir offrir à nos lecteurs ce morceau
remarquable. L'orateur le débitait avec une action merveilleuse. Il n'avait pas achevé l'exorde, que déjà la sueur
lui sortait du front et les yeux de la tête. Tout à coup, au
beau milieu d'une période, il s'interrompit, et son regard,
d'ordinaire assez doux et même assez bête, devint fou-
droyant. — Messieurs, s'écria-t-il (cette fois en français,
car ce n'était pas dans le cahier), Satan est tellement mêlé
dans cette affaire que le voilà qui assiste à nos débats et
fait singerie de leur majesté. Voyez!

En parlant ainsi, il désignait de la main la petite chèvre,
qui, voyant gesticuler Charmolue, avait cru en effet qu'il
était à propos d'en faire autant, et s'était assise sur le derrière, reproduisant de son mieux, avec ses pattes de devant
et sa tête barbue, la pantomime pathétique du procureur
du roi en cour d'église. C'était, si l'on s'en souvient, un de
ses plus gentils talents. Cet incident, cette dernière *preuve*,
fit grand effet. On lia les pattes à la chèvre, et le procureur
du roi reprit le fil de son éloquence.

Cela fut très long, mais la péroraison était admirable. En
voici la dernière phrase ; qu'on y ajoute la voix enrouée et
le geste essoufflé de maître Charmolue. — *Ideo, Domni,
coram stryga demonstrata, crimine patente, intentione criminis
existente, in nomine sanctæ ecclesiæ Nostræ-Dominæ Pari-
siensis, quæ est in saisina habendi omnimodam altam et
bassam justitiam in illa hac intemerata Civitatis insula, tenore
præsentium declaramus nos requirere, primo aliquandam pecu-
niariam indemnitatem ; secundo, amendationem honorabilem
ante portalium maximum Nostræ-Dominæ, ecclesiæ cathe-
dralis ; tertio, sententiam in virtute cujus ista srtyga cum
sua capella, seu in trivio vulgariter dicto* la Grève, *seu in
insula exeunte in fluvio Sequanæ, juxta pointam jardini
regalis, executatæ sint !*

Il remit son bonnet, et se rassit.

— *Eheu !* soupira Gringoire navré, *bassa latinitas !*

Un autre homme en robe noire se leva près de l'accusée.
C'était son avocat. Les juges, à jeun, commencèrent à murmurer.

— Avocat, soyez bref, dit le président.

— Monsieur le président, répondit l'avocat, puisque la
défenderesse a confessé le crime, je n'ai plus qu'un mot à
dire à messieurs. Voici un texte de la loi salique : « Si une
stryge a mangé un homme, et qu'elle en soit convaincue,
elle paiera une amende de huit mille deniers, qui font deux

cents sous d'or. » Plaise à la chambre condamner ma cliente à l'amende.

— Texte abrogé, dit l'avocat du roi extraordinaire.

— *Nego*, répliqua l'avocat.

— Aux voix! dit un conseiller ; le crime est patent, et il est tard.

On alla aux voix sans quitter la salle. Les juges *opinèrent du bonnet*, ils étaient pressés. On voyait leurs têtes chaperonnées se découvrir l'une après l'autre dans l'ombre à la question lugubre que leur adressait tout bas le président. La pauvre accusée avait l'air de les regarder, mais son œil trouble ne voyait plus.

Puis le greffier se mit à écrire ; puis il passa au président un long parchemin.

Alors la malheureuse entendit le peuple se remuer, les piques s'entre-choquer et une voix glaciale qui disait :

— Fille bohème, le jour qu'il plaira au roi notre sire, à l'heure de midi, vous serez menée dans un tombereau, en chemise, pieds nus, la corde au cou, devant le grand portail de Notre-Dame, et y ferez amende honorable avec une torche de cire du poids de deux livres à la main, et de là serez menée en place de Grève, où vous serez pendue et étranglée au gibet de la ville ; et cette votre chèvre pareillement ; et paierez à l'official trois lions d'or, en réparation des crimes, par vous commis et par vous confessés, de sorcellerie, de magie, de luxure et de meurtre sur la personne du sieur Phœbus de Châteaupers. Dieu ait votre âme!

— Oh! c'est un rêve! murmura-t-elle, et elle sentit de rudes mains qui l'emportaient.

IV

LASCIATE OGNI SPERANZA

Au moyen âge, quand un édifice était complet, il y en avait presque autant dans la terre que dehors. A moins d'être bâtis sur pilotis, comme Notre-Dame, un palais, une forteresse, une église avaient toujours un double fond. Dans les cathédrales, c'était en quelque sorte une autre cathédrale souterraine, basse, obscure, mystérieuse, aveugle et muette, sous la nef supérieure qui regorgeait de lumière et retentissait d'orgues et de cloches jour et nuit ;

quelquefois c'était un sépulcre. Dans les palais, dans les
bastilles, c'était une prison, quelquefois aussi un sépulcre,
quelquefois les deux ensemble. Ces puissantes bâtisses,
dont nous avons expliqué ailleurs le mode de formation
et de *végétation*, n'avaient pas simplement des fondations,
mais, pour ainsi dire, des racines qui s'allaient ramifiant
dans le sol en chambres, en galeries, en escaliers comme la
construction d'en haut. Ainsi, églises, palais, bastilles
avaient de la terre à mi-corps. Les caves d'un édifice
étaient un autre édifice où l'on descendait au lieu de monter, et qui appliquait ses étages souterrains sous le monceau d'étages extérieurs du monument, comme ces forêts
et ces montagnes qui se renversent dans l'eau miroitante
d'un lac au-dessous des forêts et des montagnes du bord.

A la bastille Saint-Antoine, au Palais de Justice de Paris,
au Louvre, ces édifices souterrains étaient des prisons. Les
étages de ces prisons, en s'enfonçant dans le sol, allaient se
rétrécissant et s'assombrissant. C'étaient autant de zones
où s'échelonnaient les nuances de l'horreur. Dante n'a rien
pu trouver de mieux pour son enfer. Ces entonnoirs de
cachots aboutissaient d'ordinaire à un cul de basse-fosse à
fond de cuve où Dante a mis Satan, où la société mettait le
condamné à mort. Une fois une misérable existence enter-
rée là, adieu le jour, l'air, la vie, *ogni speranza*. Elle n'en sortait que pour le gibet ou le bûcher. Quelquefois elle y
pourrissait. La justice humaine appelait cela *oublier*. Entre
les hommes et lui, le condamné sentait peser sur sa tête
un entassement de pierres et de geôliers, et la prison tout
entière, la massive bastille n'était plus qu'une énorme serrure compliquée qui le cadenassait hors du monde vivant.

C'est dans un fond de cuve de ce genre, dans les oubliet-
tes creusées par saint Louis, dans l'*in-pace* de la Tournelle,
qu'on avait, de peur d'évasion sans doute, déposé la Esmeralda condamnée au gibet, avec le colossal Palais de Justice
sur la tête. Pauvre mouche qui n'eût pu remuer le moindre
de ses moellons!

Certes, la providence et la société avaient été également
injustes, un tel luxe de malheur et de torture n'était pas
nécessaire pour briser une si frêle créature.

Elle était là, perdue dans les ténèbres, ensevelie, enfouie,
murée. Qui l'eût pu voir en cet état, après l'avoir vue rire
et danser au soleil, eût frémi. Froide comme la nuit, froide
comme la mort, plus un souffle d'air dans ses cheveux, plus
un bruit humain à son oreille, plus une lueur de jour dans
ses yeux, brisée en deux, écrasée de chaînes, accroupie près

d'une cruche et d'un pain sur un peu de paille dans la mare d'eau qui se formait sous elle des suintements du cachot, sans mouvement, presque sans haleine, elle n'en était même plus à souffrir. Phœbus, le soleil, midi, le grand air, les rues de Paris, les danses aux applaudissements, les doux babillages d'amour avec l'officier, puis le prêtre, la matrulle, le poignard, le sang, la torture, le gibet, tout cela repassait bien encore dans son esprit, tantôt comme une vision chantante et dorée, tantôt comme un cauchemar difforme ; mais ce n'était plus qu'une lutte horrible et vague qui se perdait dans les ténèbres, ou qu'une musique lointaine qui se jouait là-haut sur la terre, et qu'on n'entendait plus à la profondeur où la malheureuse était tombée.

Depuis qu'elle était là, elle ne veillait ni ne dormait. Dans cette infortune, dans ce cachot, elle ne pouvait pas plus distinguer la veille du sommeil, le rêve de la réalité, que le jour de la nuit. Tout cela était mêlé, brisé, flottant, répandu confusément dans sa pensée. Elle ne sentait plus, elle ne savait plus, elle ne pensait plus. Tout au plus elle songeait. Jamais créature vivante n'avait été engagée si avant dans le néant.

Ainsi engourdie, gelée, pétrifiée, à peine avait-elle remarqué deux ou trois fois le bruit d'une trappe qui s'était ouverte quelque part au-dessus d'elle, sans même laisser passer un peu de lumière, et par laquelle une main lui avait jeté une croûte de pain noir. C'était pourtant l'unique communication qui lui restât avec les hommes, la visite périodique du geôlier.

Une seule chose occupait encore machinalement son oreille : au-dessus de sa tête l'humidité filtrait à travers les pierres moisies de la voûte, et à intervalles égaux une goutte d'eau s'en détachait. Elle écoutait stupidement le bruit que faisait cette goutte d'eau en tombant dans la mare à côté d'elle.

Cette goutte d'eau tombant dans cette mare, c'était là le seul mouvement qui remuât encore autour d'elle, la seule horloge qui marquât le temps, le seul bruit qui vînt jusqu'à elle de tout le bruit qui se fait sur la surface de la terre.

Pour tout dire, elle sentait aussi de temps en temps, dans ce cloaque de fange et de ténèbres, quelque chose de froid qui lui passait çà et là sur le pied ou sur le bras, et elle frissonnait.

Depuis combien de temps y était-elle, elle ne le savait. Elle avait souvenir d'un arrêt de mort prononcé quelque part contre quelqu'un, puis qu'on l'avait emportée, elle, et qu'elle s'était réveillée dans la nuit et dans le silence, glacée. Elle s'était traînée sur les mains, alors des anneaux de fer lui avaient coupé la cheville du pied, et des chaînes avaient sonné. Elle avait reconnu que tout était muraille autour d'elle, qu'il y avait au-dessous d'elle une dalle couverte d'eau et une botte de paille. Mais ni lampe, ni soupirail. Alors, elle s'était assise sur cette paille, et quelquefois, pour changer de posture, sur la dernière marche d'un degré de pierre qu'il y avait dans son cachot. Un moment, elle avait essayé de compter les noires minutes que lui mesurait la goutte d'eau, mais bientôt ce triste travail d'un cerveau malade s'était rompu de lui-même dans sa tête et l'avait laissée dans la stupeur.

Un jour enfin ou une nuit (car minuit et midi avaient même couleur dans ce sépulcre), elle entendit au-dessus d'elle un bruit plus fort que celui que faisait d'ordinaire le guichetier quand il lui apportait son pain et sa cruche. Elle leva la tête, et vit un rayon rougeâtre passer à travers les fentes de l'espèce de porte ou de trappe pratiquée dans la voûte de l'*in-pace*. En même temps la lourde ferrure cria, la trappe grinça sur ses gonds rouillés, tourna, et elle vit une lanterne, une main et la partie inférieure du corps de deux hommes, la porte étant trop basse pour qu'elle pût apercevoir leurs têtes. La lumière la blessa si vivement qu'elle ferma les yeux.

Quand elle les rouvrit, la porte était refermée, le falot était posé sur un degré de l'escalier, un homme, seul, était debout devant elle. Une cagoule noire lui tombait jusqu'aux pieds, un caffardum de même couleur lui cachait le visage. On ne voyait rien de sa personne, ni sa face ni ses mains. C'était un long suaire noir qui se tenait debout, et sous lequel on sentait remuer quelque chose. Elle regarda fixement quelques minutes cette espèce de spectre. Cependant, elle ni lui ne parlaient. On eût dit deux statues qui se confrontaient. Deux choses seulement semblaient vivre dans le caveau ; la mèche de la lanterne qui pétillait a cause de l'humidité de l'atmosphère, et la goutte d'eau de la voûte qui coupait cette crépitation irrégulière de son clapotement monotone et faisait trembler la lumière de la lanterne en moires concentriques sur l'eau huileuse de la mare.

Enfin la prisonnière rompit le silence : — Qui êtes-vous ?
— Un prêtre.
Le mot, l'accent, le son de voix, la firent tressaillir.

Le prêtre poursuivit en articulant sourdement : — Êtes-vous préparée ?

— A quoi ?

— A mourir.

— Oh ! dit-elle, sera-ce bientôt ?

— Demain.

Sa tête, qui s'était levée avec joie, revint frapper sa poitrine. — C'est encore bien long ! murmura-t-elle ; qu'est-ce que cela leur faisait, aujourd'hui ?

— Vous êtes donc très malheureuse ? demanda le prêtre après un silence.

— J'ai bien froid, répondit-elle.

Elle prit ses pieds avec ses mains, geste habituel aux malheureux qui ont froid et que nous avons déjà vu faire à la recluse de la Tour-Roland, et ses dents claquaient.

Le prêtre parut promener de dessous son capuchon ses yeux dans le cachot.

— Sans lumière ! sans feu ! dans l'eau ! c'est horrible !

— Oui, répondit-elle avec l'air étonné que le malheur lui avait donné. Le jour est à tout le monde. Pourquoi ne me donne-t-on que la nuit ?

— Savez-vous, reprit le prêtre après un nouveau silence, pourquoi vous êtes ici ?

— Je crois que je l'ai su, dit-elle en passant ses doigts maigres sur ses sourcils comme pour aider sa mémoire, mais je ne le sais plus.

Tout à coup elle se mit à pleurer comme un enfant. — Je voudrais sortir d'ici, monsieur. J'ai froid, j'ai peur, et il y a des bêtes qui me montent le long du corps.

— Eh bien, suivez-moi.

En parlant ainsi, le prêtre lui prit le bras. La malheureuse était gelée jusque dans les entrailles, cependant cette main lui fit une impression de froid.

— Oh ! murmura-t-elle, c'est la main glacée de la mort. — Qui êtes-vous donc ?

Le prêtre releva son capuchon. Elle regarda. C'était ce visage sinistre qui la poursuivait depuis si longtemps, cette tête de démon qui lui était apparue chez la Falourdel au-dessus de la tête adorée de son Phœbus, cet œil qu'elle avait vu pour la dernière fois briller près d'un poignard.

Cette apparition, toujours si fatale pour elle, et qui l'avait ainsi poussée de malheur en malheur jusqu'au supplice, la tira de son engourdissement. Il lui sembla que l'espèce de voile qui s'était épaissi sur sa mémoire se déchirait. Tous les détails de sa lugubre aventure, depuis la scène nocturne chez la Falourdel jusqu'à sa condamnation à la Tournelle, lui revinrent à la fois dans l'esprit, non pas vagues et confus comme jusqu'alors, mais distincts, crus, tranchés, palpitants, terribles. Ces souvenirs à demi effacés, et presque oblitérés par l'excès de la souffrance, la sombre figure qu'elle avait devant elle les raviva, comme l'approche du feu fait ressortir toutes fraiches sur le papier blanc les lettres invisibles qu'on y a tracées avec de l'encre sympathique. Il lui sembla que toutes les plaies de son cœur se rouvraient et saignaient à la fois.

— Hah! cria-t-elle, les mains sur ses yeux et avec un tremblement convulsif, c'est le prêtre!

Puis elle laissa tomber ses bras découragés, et resta assise, la tête baissée, l'œil fixé à terre, muette, et continuant de trembler.

Le prêtre la regardait de l'œil d'un milan qui a longtemps plané en rond du plus haut du ciel autour d'une pauvre alouette tapie dans les blés, qui a longtemps rétréci en silence les cercles formidables de son vol, et tout à coup s'est abattu sur sa proie comme la flèche de l'éclair, et la tient pantelante dans sa griffe.

Elle se mit à murmurer tout bas : — Achevez! achevez! le dernier coup! — Et elle enfonçait sa tête avec terreur entre ses épaules, comme la brebis qui attend le coup de massue du boucher.

— Je vous fais donc horreur? dit-il enfin.

Elle ne répondit pas.

— Est-ce que je vous fais horreur? répéta-t-il.

Ses lèvres se contractèrent comme si elle souriait. — Oui, dit-elle, le bourreau raille le condamné. Voilà des mois qu'il me poursuit, qu'il me menace, qu'il m'épouvante! Sans lui, mon Dieu, que j'étais heureuse! C'est lui qui m'a jetée dans cet abîme! O ciel! c'est lui qui a tué... c'est lui qui l'a tué! mon Phœbus!

Ici, éclatant en sanglots et levant les yeux sur le prêtre : — Oh! misérable! qui êtes-vous? que vous ai-je fait? vous me haïssez donc bien? Hélas! qu'avez-vous contre moi?

— Je t'aime! cria le prêtre.

Ses larmes s'arrêtèrent subitement. Elle le regarda avec un regard d'idiot. Lui était tombé à genoux et la couvait d'un œil de flamme.

— Entends-tu? je t'aime! cria-t-il encore.

— Quel amour! dit la malheureuse en frémissant.

Il reprit : — L'amour d'un damné.

Tous deux restèrent quelques minutes silencieux, écra-

sés sous la pesanteur de leurs émotions, lui insensé, elle
stupide.

— Écoute, dit enfin le prêtre, et un calme singulier lui
était revenu. Tu vas tout savoir. Je vais te dire ce que
jusqu'ici j'ai à peine osé me dire à moi-même, lorsque
j'interrogeais furtivement ma conscience à ces heures profondes de la nuit où il y a tant de ténèbres qu'il semble que
Dieu ne nous voit plus. Écoute. Avant de te rencontrer,
jeune fille, j'étais heureux...

— Et moi! soupira-t-elle faiblement.

— Ne m'interromps pas. — Oui, j'étais heureux, je
croyais l'être du moins. J'étais pur, j'avais l'âme pleine
d'une clarté limpide. Pas de tête qui s'élevât plus fière et
plus radieuse que la mienne. Les prêtres me consultaient
sur la chasteté, les docteurs sur la doctrine. Oui, la science
était tout pour moi. C'était une sœur, et une sœur me suffisait. Ce n'est pas qu'avec l'âge il ne me fût venu d'autres
idées. Plus d'une fois ma chair s'était émue au passage
d'une forme de femme. Cette force du sexe et du sang de
l'homme que, fol adolescent, j'avais cru étouffer pour la vie,
avait plus d'une fois soulevé convulsivement la chaîne des
vœux de fer qui me scellent, misérable, aux froides pierres
de l'autel. Mais le jeûne, la prière, l'étude, les macérations
du cloître, avaient refait l'âme maîtresse du corps. Et puis,
j'évitais les femmes. D'ailleurs, je n'avais qu'à ouvrir un
livre pour que toutes les impures fumées de mon cerveau
s'évanouissent devant la splendeur de la science. En peu de
minutes, je sentais fuir au loin les choses épaisses de la
terre, et je me retrouvais calme, ébloui et serein en présence du rayonnement tranquille de la vérité éternelle.
Tant que le démon n'envoya pour m'attaquer que de
vagues ombres de femmes qui passaient éparses sous mes
yeux, dans l'église, dans les rues, dans les prés, et qui revenaient à peine dans mes songes, je le vainquis aisément.
Hélas! si la victoire ne m'est pas restée, la faute en est à
Dieu, qui n'a pas fait l'homme et le démon de force égale.
— Écoute. Un jour...

Ic le prêtre s'arrêta, et la prisonnière entendit sortir de
sa poitrine des soupirs qui faisaient un bruit de râle et
d'arrachement.

Il reprit :

— ... Un jour, j'étais appuyé à la fenêtre de ma cellule...
— Quel livre lisais-je donc? Oh! tout cela est un tourbillon
dans ma tête. — Je lisais. La fenêtre donnait sur une place.
J'entends un bruit de tambour et de musique. Fâché d'être

ainsi troublé dans ma rêverie, je regarde dans la place. Ce que je vis, il y en avait d'autres que moi qui le voyaient, et pourtant ce n'était pas un spectacle fait pour des yeux humains. Là, au milieu du pavé, — il était midi, — un grand soleil, — une créature dansait. Une créature si belle que Dieu l'eût préférée à la Vierge, et l'eût choisie pour sa mère, et eût voulu naître d'elle si elle eût existé quand il se fit homme! Ses yeux étaient noirs et splendides, au milieu de sa chevelure noire quelques cheveux que pénétrait le soleil blondissaient comme des fils d'or. Ses pieds disparaissaient dans leur mouvement comme les rayons d'une roue qui tourne rapidement. Autour de sa tête, dans ses nattes noires, il y avait des plaques de métal qui pétillaient au soleil et faisaient à son front une couronne d'étoiles. Sa robe semée de paillettes scintillait bleue et piquée de mille étincelles comme une nuit d'été. Ses bras souples et bruns se nouaient et se dénouaient autour de sa taille comme deux écharpes. La forme de son corps était surprenante de beauté. Oh! la resplendissante figure qui se détachait comme quelque chose de lumineux dans la lumière même du soleil!... — Hélas! jeune fille, c'était toi. — Surpris, enivré, charmé, je me laissai aller à te regarder. Je te regardai tant que tout à coup je frissonnai d'épouvante, je sentis que le sort me saisissait.

Le prêtre, oppressé, s'arrêta encore un moment. Puis il continua.

— Déjà à demi fasciné, j'essayai de me cramponner à quelque chose et de me retenir dans ma chute. Je me rappelai les embûches que Satan m'avait déjà tendues. La créature qui était sous mes yeux avait cette beauté surhumaine qui ne peut venir que du ciel ou de l'enfer. Ce n'était pas là une simple fille faite avec un peu de notre terre, et pauvrement éclairée à l'intérieur par le vacillant rayon d'une âme de femme. C'était un ange! mais de ténèbres, mais de flamme et non de lumière. Au moment où je pensais cela, je vis près de toi une chèvre, une bête du sabbat, qui me regardait en riant. Le soleil de midi lui faisait des cornes de feu. Alors j'entrevis le piège du démon, et je ne doutai plus que tu ne vinsses de l'enfer et que tu n'en vinsses pour ma perdition. Je le crus.

Ici le prêtre regarda en face la prisonnière et ajouta froidement :

— Je le crois encore. — Cependant le charme opérait peu à peu, ta danse me tournoyait dans le cerveau, je sentais le mystérieux maléfice s'accomplir en moi, tout ce qui aurait dû veiller s'endormait dans mon âme, et comme ceux qui meurent dans la neige je trouvais du plaisir à laisser venir ce sommeil. Tout à coup tu te mis à chanter. Que pouvais-je faire, misérable ? Ton chant était plus charmant encore que ta danse. Je voulus fuir. Impossible. J'étais cloué, j'étais enraciné dans le sol. Il me semblait que le marbre de la dalle m'était monté jusqu'aux genoux. Il fallut rester jusqu'au bout. Mes pieds étaient de glace, ma tête bouillonnait. Enfin, tu eus peut-être pitié de moi, tu cessas de chanter, tu disparus. Le reflet de l'éblouissante vision, le retentissement de la musique enchanteresse s'évanouirent par degrés dans mes yeux et dans mes oreilles. Alors je tombai dans l'encoignure de la fenêtre, plus roide et plus faible qu'une statue descellée. La cloche de vêpres me réveilla. Je me relevai, je m'enfuis, mais, hélas ! il y avait en moi quelque chose de tombé qui ne pouvait se relever, quelque chose de survenu que je ne pouvais fuir.

Il fit encore une pause, et poursuivit :

— Oui, à dater de ce jour, il y eut en moi un homme que je ne connaissais pas. Je voulus user de tous mes remèdes, le cloître, l'autel, le travail, les livres. Folie ! Oh ! que la science sonne creux quand on y vient heurter avec désespoir une tête pleine de passions ! Sais-tu, jeune fille, ce que je voyais toujours désormais entre le livre et moi ? Toi, ton ombre, l'image de l'apparition lumineuse qui avait un jour traversé l'espace devant moi. Mais cette image n'avait plus la même couleur ; elle était sombre, funèbre, ténébreuse comme le cercle noir qui poursuit longtemps la vue de l'imprudent qui a regardé fixement le soleil.

Ne pouvant m'en débarrasser, entendant toujours ta chanson bourdonner dans ma tête, voyant toujours tes pieds danser sur mon bréviaire, sentant toujours la nuit en songe ta forme glisser sur ma chair, je voulus te revoir, te toucher, savoir qui tu étais, voir si je te retrouverais bien pareille à l'image idéale qui m'était restée de toi, briser peut-être mon rêve avec la réalité. En tout cas, j'espérais qu'une impression nouvelle effacerait la première, et la première m'était devenue insupportable. Je te cherchai. Je te revis. Malheur ! Quand je t'eus vue deux fois, je voulus te voir mille, je voulus te voir toujours. Alors, — comment enrayer sur cette pente de l'enfer ? — alors je ne m'appartins plus. L'autre bout du fil que le démon m'avait attaché aux ailes, il l'avait noué à ton pied. Je

devins vague et errant comme toi. Je t'attendais sous les
porches, et t'épiais au coin des rues, je te guettais du haut
de ma tour. Chaque soir, je rentrais en moi-même plus
charmé, plus désespéré, plus ensorcelé, plus perdu!

J'avais su qui tu étais, égyptienne, bohémienne, gitane,
zingara, comment douter de la magie? Écoute. J'espérai
qu'un procès me débarrasserait du charme. Une sorcière
avait enchanté Bruno d'Ast, il la fit brûler et fut guéri. Je le
savais. Je voulus essayer du remède. J'essayai d'abord de te
faire interdire le parvis Notre-Dame, espérant t'oublier si
tu ne revenais plus. Tu n'en tins compte. Tu revins. Puis il
me vint l'idée de t'enlever. Une nuit je le tentai. Nous
étions deux. Nous te tenions déjà, quand ce misérable
officier survint. Il te délivra. Il commençait ainsi ton malheur, le mien et le sien. Enfin, ne sachant plus que faire
et que devenir, je te dénonçai à l'official. Je pensais que je
serais guéri, comme Bruno d'Ast. Je pensais aussi confusément qu'un procès te livrerait à moi, que dans une prison
je te tiendrais, je t'aurais, que là tu ne pourrais m'échapper,
que tu me possédais depuis assez longtemps pour que je te
possédasse aussi à mon tour. Quand on fait le mal, il faut
faire tout le mal. Démence de s'arrêter à un milieu dans le
monstrueux! L'extrémité du crime a des délires de joie.
Un prêtre et une sorcière peuvent s'y fondre en délices
sur la botte de paille d'un cachot!

Je te dénonçai donc. C'est alors que je t'épouvantais
dans mes rencontres. Le complot que je tramais contre toi,
l'orage que j'amoncelais sur ta tête s'échappait de moi en
menaces et en éclairs. Cependant j'hésitais encore. Mon
projet avait des côtés effroyables qui me faisaient reculer.

Peut-être y aurais-je renoncé, peut-être ma hideuse pensée se serait-elle desséchée dans mon cerveau sans porter
son fruit. Je croyais qu'il dépendrait toujours de moi de
suivre ou de rompre ce procès. Mais toute mauvaise pensée est inexorable et veut devenir un fait ; mais là où je me
croyais tout-puissant, la fatalité était plus puissante que
moi. Hélas! hélas! c'est elle qui t'a prise et qui t'a livrée
au rouage terrible de la machine que j'avais ténébreuse-
ment construite! — Écoute. Je touche à la fin.

Un jour, — par un autre beau soleil, — je vois passer
devant moi un homme qui prononce ton nom et qui rit et
qui a la luxure dans les yeux. Damnation! je l'ai suivi. Tu
sais le reste.

Il se tut. La jeune fille ne put trouver qu'une parole :
— O mon Phœbus!

— Pas ce nom! dit le prêtre en lui saisissant le bras avec violence. Ne prononce pas ce nom! Oh! misérables que nous sommes, c'est ce nom qui nous a perdus! Ou plutôt nous nous sommes tous perdus les uns les autres par l'inexplicable jeu de la fatalité! — Tu souffres, n'est-ce pas ? tu as froid, la nuit te fait aveugle, le cachot t'enveloppe, mais peut-être as-tu encore quelque lumière au fond de toi, ne fût-ce que ton amour d'enfant pour cet homme vide qui jouait avec ton cœur! Tandis que moi, je porte le cachot au dedans de moi, au dedans de moi est l'hiver, la glace, le désespoir, j'ai la nuit dans l'âme. Sais-tu tout ce que j'ai souffert ? J'ai assisté à ton procès. J'étais assis sur le banc de l'official. Oui, sous l'un de ces capuces de prêtre, il y avait les contorsions d'un damné. Quand on t'a amenée, j'étais là ; quand on t'a interrogée, j'étais là. — Caverne de loups! — C'était mon crime, c'était mon gibet que je voyais se dresser lentement sur ton front. A chaque témoin, à chaque preuve, à chaque plaidoirie, j'étais là ; j'ai pu compter chacun de tes pas dans la voie douloureuse ; j'étais là encore quand cette bête féroce... — Oh! je n'avais pas prévu la torture! — Écoute. Je t'ai suivie dans la chambre de douleur. Je t'ai vu déshabiller et manier demi-nue par les mains infâmes du tourmenteur. J'ai vu ton pied, ce pied où j'eusse voulu pour un empire déposer un seul baiser et mourir, ce pied sous lequel je sentirais avec tant de délices s'écraser ma tête, je l'ai vu enserrer dans l'horrible brodequin qui fait des membres d'un être vivant une boue sanglante. Oh! misérable! pendant que je voyais cela, j'avais sous mon suaire un poignard dont je me labourais la poitrine. Au cri que tu as poussé, je l'ai enfoncé dans ma chair ; à un second cri, il m'entrait dans le cœur! Regarde. Je crois que cela saigne encore.

Il ouvrit sa soutane. Sa poitrine en effet était déchirée comme par une griffe de tigre, et il avait au flanc une plaie assez large et mal fermée.

La prisonnière recula d'horreur.

— Oh! dit le prêtre, jeune fille, aie pitié de moi! Tu te crois malheureuse, hélas! hélas! tu ne sais pas ce que c'est que le malheur. Oh! aimer une femme! être prêtre! être haï! l'aimer de toutes les fureurs de son âme, sentir qu'on donnerait pour le moindre de ses sourires son sang, ses entrailles, sa renommée, son salut, l'immortalité et l'éternité, cette vie et l'autre; regretter de ne pas être roi, génie, empereur, archange, dieu, pour lui mettre un plus grand esclave sous les pieds; l'étreindre nuit et jour de

ses rêves et de ses pensées; et la voir amoureuse d'une
livrée de soldat! et n'avoir à lui offrir qu'une sale soutane
de prêtre dont elle aura peur et dégoût! Être présent,
avec sa jalousie et sa rage, tandis qu'elle prodigue à un
misérable fanfaron imbécile des trésors d'amour et de
beauté! Voir ce corps dont la forme vous brûle, ce sein qui
a tant de douceur, cette chair palpiter et rougir sous les
baisers d'un autre! O ciel! aimer son pied, son bras, son
épaule, songer à ses veines bleues, à sa peau brune,
jusqu'à s'en tordre des nuits entières sur le pavé de sa
cellule, et voir toutes les caresses qu'on a rêvées pour elle
aboutir à la torture! N'avoir réussi qu'à la coucher sur
le lit de cuir! Oh! ce sont là les véritables tenailles rougies
au feu de l'enfer! Oh! bienheureux celui qu'on scie entre
deux planches, et qu'on écartèle à quatre chevaux! — Sais-
tu ce que c'est que ce supplice que vous font subir, durant
les longues nuits, vos artères qui bouillonnent, votre
cœur qui crève, votre tête qui rompt, vos dents qui mordent
vos mains; tourmenteurs acharnés qui vous retournent
sans relâche, comme sur un gril ardent, sur une pensée
d'amour, de jalousie et de désespoir! Jeune fille, grâce!
trêve un moment! un peu de cendre sur cette braise!
Essuie, je t'en conjure, la sueur qui ruisselle à grosses
gouttes de mon front! Enfant! torture-moi d'une main,
mais caresse-moi de l'autre! Aie pitié, jeune fille! aie
pitié de moi!

Le prêtre se roulait dans l'eau de la dalle et se martelait
le crâne aux angles des marches de pierre. La jeune fille
l'écoutait, le regardait. Quand il se tut, épuisé et haletant,
elle répéta à demi-voix : — O mon Phœbus!

Le prêtre se traîna vers elle à deux genoux.

— Je t'en supplie, cria-t-il, si tu as des entrailles, ne me
repousse pas! Oh! je t'aime! je suis un misérable! Quand
tu dis ce nom, malheureuse, c'est comme si tu broyais entre
tes dents toutes les fibres de mon cœur! Grâce! si tu viens
de l'enfer, j'y vais avec toi. J'ai tout fait pour cela. L'enfer
où tu seras, c'est mon paradis, ta vue est plus charmante
que celle de Dieu! Oh! dis! tu ne veux donc pas de moi?
Le jour où une femme repousserait un pareil amour,
j'aurais cru que les montagnes remueraient. Oh! si tu
voulais!... Oh! que nous pourrions être heureux! Nous
fuirions, — je te ferais fuir, — nous irions quelque part,
nous chercherions l'endroit sur la terre où il y a le plus de
soleil, le plus d'arbres, le plus de ciel bleu. Nous nous
aimerions, nous verserions nos deux âmes l'une dans l'autre

et nous aurions une soif inextinguible de nous-mêmes que nous étancherions en commun et sans cesse à cette coupe d'intarissable amour!

Elle l'interrompit avec un rire terrible et éclatant. — Regardez donc, mon père! vous avez du sang après les ongles!

Le prêtre demeura quelques instants comme pétrifié, l'œil fixé sur sa main.

— Eh bien, oui! reprit-il enfin avec une douceur étrange, outrage-moi, raille-moi, accable-moi! mais viens, viens. Hâtons-nous. C'est pour demain, te dis-je. Le gibet de la Grève, tu sais? il est toujours prêt. C'est horrible! te voir marcher dans ce tombereau! Oh! grâce! — Je n'avais jamais senti comme à présent à quel point je t'aimais. — Oh! suis-moi. Tu prendras le temps de m'aimer après que je t'aurai sauvée. Tu me haïras aussi longtemps que tu voudras. Mais viens. Demain! demain! le gibet! ton supplice! Oh! sauve-toi! épargne-moi!

Il lui prit le bras, il était égaré, il voulut l'entraîner.

Elle attacha sur lui son œil fixe.

— Qu'est devenu mon Phœbus?

— Ah! dit le prêtre en lui lâchant le bras, vous êtes sans pitié!

— Qu'est devenu Phœbus? répéta-t-elle froidement.

— Il est mort! cria le prêtre.

— Mort! dit-elle toujours glaciale et immobile; alors que me parlez-vous de vivre?

Lui ne l'écoutait pas. — Oh! oui, disait-il comme se parlant à lui-même, il doit être bien mort. La lame est entrée très avant. Je crois que j'ai touché le cœur avec la pointe. Oh! je vivais jusqu'au bout du poignard!

La jeune fille se jeta sur lui comme une tigresse furieuse, et le poussa sur les marches de l'escalier avec une force surnaturelle. — Va-t'en, monstre! va-t'en, assassin! laisse-moi mourir! Que notre sang à tous deux te fasse au front une tache éternelle! Être à toi, prêtre! jamais! jamais! Rien ne nous réunira, pas même l'enfer! Va, maudit! jamais!

Le prêtre avait trébuché à l'escalier. Il dégagea en silence ses pieds des plis de sa robe, reprit sa lanterne, et se mit à monter lentement les marches qui menaient à la porte; il rouvrit cette porte, et sortit.

Tout à coup la jeune fille vit reparaître sa tête, elle avait une expression épouvantable, et il lui cria avec un râle de rage et de désespoir : — Je te dis qu'il est mort!

Elle tomba la face contre terre; et l'on n'entendit plus

dans le cachot d'autre bruit que le soupir de la goutte d'eau
qui faisait palpiter la mare dans les ténèbres.

V

LA MÈRE

Je ne crois pas qu'il y ait rien au monde de plus riant que
les idées qui s'éveillent dans le cœur d'une mère à la vue
du petit soulier de son enfant. Surtout si c'est le soulier de
fête, des dimanches, du baptême, le soulier brodé jusque
sous la semelle, un soulier avec lequel l'enfant n'a pas encore
fait un pas. Ce soulier-là a tant de grâce et de petitesse, il
lui est si impossible de marcher, que c'est pour la mère
comme si elle voyait son enfant. Elle lui sourit, elle le baise,
elle lui parle. Elle se demande s'il se peut en effet qu'un
pied soit si petit ; et, l'enfant fût-il absent, il suffit du joli
soulier pour lui remettre sous les yeux la douce et fragile
créature. Elle croit le voir, elle le voit, tout entier, vivant,
joyeux, avec ses mains délicates, sa tête ronde, ses lèvres
pures, ses yeux sereins dont le blanc est bleu. Si c'est l'hiver,
il est là, il rampe sur le tapis, il escalade laborieusement un
tabouret, et la mère tremble qu'il n'approche du feu. Si
c'est l'été, il se traîne dans la cour, dans le jardin, arrache
l'herbe d'entre les pavés, regarde naïvement les grands
chiens, les grands chevaux, sans peur, joue avec les coquil-
lages, avec les fleurs, et fait gronder le jardinier qui trouve
le sable dans les plates-bandes et la terre dans les allées.
Tout rit, tout brille, tout joue autour de lui comme lui,
jusqu'au souffle d'air et au rayon de soleil qui s'ébattent à
l'envi dans les boucles follettes de ses cheveux. Le soulier
montre tout cela à la mère et lui fait fondre le cœur comme
le feu une cire.

Mais quand l'enfant est perdu, ces mille images de joie,
de charme, de tendresse qui se pressent autour du petit
soulier deviennent autant de choses horribles. Le joli soulier brodé n'est plus qu'un instrument de torture qui broie
éternellement le cœur de la mère. C'est toujours la même
fibre qui vibre, la fibre la plus profonde et la plus sensible ;
mais au lieu d'un ange qui la caresse, c'est un démon qui
la pince.

Un matin, tandis que le soleil de mai se levait dans un de

ces ciels bleu foncé où le Garofalo aime à placer ses descentes de croix, la recluse de la Tour-Roland entendit un bruit de roues, de chevaux et de ferrailles dans la place de Grève. Elle s'en éveilla peu, noua ses cheveux sur ses oreilles pour s'assourdir, et se remit à contempler à genoux l'objet inanimé qu'elle adorait ainsi depuis quinze ans. Ce petit soulier, nous l'avons déjà dit, était pour elle l'univers. Sa pensée y était enfermée, et n'en devait plus sortir qu'à la mort. Ce qu'elle avait jeté vers le ciel d'imprécations amères, de plaintes touchantes, de prières et de sanglots, à propos de ce charmant hochet de satin rose, la sombre cave de la Tour-Roland seule l'a su. Jamais plus de désespoir n'a été répandu sur une chose plus gentille et plus gracieuse.

Ce matin-là, il semblait que sa douleur s'échappait plus violente encore qu'à l'ordinaire, et on l'entendit du dehors se lamenter avec une voix haute et monotone qui navrait le cœur.

— O ma fille ! disait-elle, ma fille ! ma pauvre chère petite enfant ! je ne te verrai donc plus. C'est donc fini ! Il me semble toujours que cela s'est fait hier ! Mon Dieu, mon Dieu, pour me la reprendre si vite, il valait mieux ne pas me la donner. Vous ne savez donc pas que nos enfants tiennent à notre ventre, et qu'une mère qui a perdu son enfant ne croit plus en Dieu ? — Ah ! misérable que je suis, d'être sortie ce jour-là ! — Seigneur ! Seigneur ! pour me l'ôter ainsi, vous ne m'aviez donc jamais regardée avec elle, lorsque je la réchauffais toute joyeuse à mon feu, lorsqu'elle me riait en me tétant, lorsque je faisais monter ses petits pieds sur ma poitrine jusqu'à mes lèvres ? Oh ! si vous aviez regardé cela, mon Dieu, vous auriez eu pitié de ma joie, vous ne m'auriez pas ôté le seul amour qui me restât dans le cœur ! Étais-je donc une si misérable créature, Seigneur, que vous ne pussiez me regarder avant de me condamner ? — Hélas ! hélas ! voilà le soulier ; le pied, où est-il ? où est le reste ? où est l'enfant ? Ma fille, ma fille ! qu'ont-ils fait de toi ? Seigneur, rendez-la-moi. Mes genoux se sont écorchés quinze ans à vous prier, mon Dieu, est-ce que ce n'est pas assez ? Rendez-la-moi, un jour, une heure, une minute, une minute, Seigneur ! et jetez-moi ensuite au démon pour l'éternité ! Oh ! si je savais où traîne un pan de votre robe, je m'y cramponnerais de mes deux mains, et il faudrait bien que vous me rendissiez mon enfant ! Son joli petit soulier, est-ce que vous n'en avez pas pitié, Seigneur ? Pouvez-vous condamner une pauvre mère à ce supplice de quinze ans ? Bonne Vierge ! bonne Vierge du ciel ! mon enfant-

Jésus à moi, on me l'a pris, on me l'a volé, on l'a mangé sur
une bruyère, on a bu son sang, on a mâché ses os! Bonne
Vierge, ayez pitié de moi! Ma fille! il me faut ma fille!
Qu'est-ce que cela me fait, qu'elle soit dans le paradis? je
ne veux pas de votre ange, je veux mon enfant! Je suis une
lionne, je veux mon lionceau. — Oh! je me tordrai sur la
terre, et je briserai la pierre avec mon front, et je me damne-
rai, et je vous maudirai, Seigneur, si vous me gardez mon
enfant! vous voyez bien que j'ai les bras tout mordus,
Seigneur! est-ce que le bon Dieu n'a pas de pitié? — Oh!
ne me donnez que du sel et du pain noir, pourvu que j'aie
ma fille et qu'elle me réchauffe comme un soleil! Hélas!
Dieu mon Seigneur, je ne suis qu'une vile pécheresse;
mais ma fille me rendait pieuse. J'étais pleine de religion
pour l'amour d'elle; et je vous voyais à travers son sourire
comme par une ouverture du ciel. — Oh! que je puisse
seulement une fois, encore une fois, une seule fois, chausser
ce soulier à son joli petit pied rose, et je meurs, bonne
Vierge, en vous bénissant! — Ah! quinze ans! elle serait
grande maintenant! — Malheureuse enfant! quoi! c'est
donc bien vrai, je ne la reverrai plus, pas même dans le ciel!
car, moi, je n'irai pas. Oh quelle misère! dire que voilà son
soulier, et que c'est tout!

La malheureuse s'était jetée sur ce soulier, sa consolation et son désespoir depuis tant d'années, et ses entrailles
se déchiraient en sanglots comme le premier jour. Car pour
une mère qui a perdu son enfant, c'est toujours le premier
jour. Cette douleur-là ne vieillit pas. Les habits de deuil ont
beau s'user et blanchir: le cœur reste noir.

En ce moment, de fraîches et joyeuses voix d'enfants passèrent devant la cellule. Toutes les fois que des enfants
frappaient sa vue ou son oreille, la pauvre mère se précipitait dans l'angle le plus sombre de son sépulcre, et l'on eût
dit qu'elle cherchait à plonger sa tête dans la pierre pour ne
pas les entendre. Cette fois, au contraire, elle se dressa
comme en sursaut, et écouta avidement. Un des petits
garçons venait de dire: — C'est qu'on va pendre une
égyptienne aujourd'hui.

Avec le brusque soubresaut de cette araignée que nous
avons vue se jeter sur une mouche au tremblement de sa
toile, elle courut à sa lucarne, qui donnait, comme on sait,
sur la place de Grève. En effet, une échelle était dressée
près du gibet permanent, et le maître des basses-œuvres
s'occupait d'en rajuster les chaînes rouillées par la pluie. Il
y avait quelque peuple alentour.

Le groupe rieur des enfants était déjà loin. La sachette chercha des yeux un passant qu'elle pût interroger. Elle avisa, tout à côté de sa loge, un prêtre qui faisait semblant de lire dans le brévaire public, mais qui était beaucoup moins occupé du *lettrain de fer treillissé* que du gibet, vers lequel il jetait de temps à autre un sombre et farouche coup d'œil. Elle reconnut monsieur l'archidiacre de Josas, un saint homme,

— Mon père, demanda-t-elle, qui va-t-on pendre là ?

Le prêtre la regarda et ne répondit pas ; elle répéta sa question. Alors il dit : — Je ne sais pas.

— Il y avait là des enfants qui disaient que c'était une égyptienne, reprit la recluse.

— Je crois qu'oui, dit le prêtre.

Alors Paquette la Chantefleurie éclata d'un rire d'hyène.

— Ma sœur, dit l'archidiacre, vous haïssez donc bien les égyptiennes ?

— Si je les hais ? s'écria la recluse ; ce sont des stryges, des voleuses d'enfants ! Elles m'ont dévoré ma petite fille, mon enfant, mon unique enfant ! Je n'ai plus de cœur. Elles me l'ont mangé !

Elle était effrayante. Le prêtre la regardait froidement.

— Il y en a une surtout que je hais, et que j'ai maudite, reprit-elle ; c'en est une jeune, qui a l'âge que ma fille aurait, si sa mère ne m'avait pas mangé ma fille. Chaque fois que cette jeune vipère passe devant ma cellule, elle me bouleverse le sang !

— Eh bien ! ma sœur, réjouissez-vous, dit le prêtre, glacial comme une statue de sépulcre, c'est celle-là que vous allez voir mourir.

Sa tête tomba sur sa poitrine, et il s'éloigna lentement.

La recluse se tordit les bras de joie. — Je le lui avais prédit, qu'elle y monterait ! Merci, prêtre ! cria-t-elle.

Et elle se mit à se promener à grands pas devant les barreaux de sa lucarne, échevelée, l'œil flamboyant, heurtant le mur de son épaule, avec l'air fauve d'une louve en cage qui a faim depuis longtemps et qui sent approcher l'heure du repas.

VI

TROIS CŒURS D'HOMME
FAITS DIFFÉREMMENT

Phœbus, cependant, n'était pas mort. Les hommes de cette espèce ont la vie dure. Quand maître Philippe Lheulier, avocat extraordinaire du roi, avait dit à la pauvre Esmeralda : *Il se meurt*, c'était par erreur ou par plaisanterie. Quand l'archidiacre avait répété à la condamnée : *Il est mort*, le fait est qu'il n'en savait rien, mais qu'il le croyait, qu'il y comptait, qu'il n'en doutait pas, qu'il l'espérait bien. Il lui eût été par trop dur de donner à la femme qu'il aimait de bonnes nouvelles de son rival. Tout homme à sa place en eût fait autant.

Ce n'est pas que la blessure de Phœbus n'eût été grave, mais elle l'avait été moins que l'archidiacre ne s'en flattait. Le maître-myrrhe, chez lequel les soldats du guet l'avaient transporté dans le premier moment, avait craint huit jours pour sa vie, et le lui avait même dit en latin. Toutefois, la jeunesse avait repris le dessus ; et, chose qui arrive souvent, nonobstant pronostics et diagnostics, la nature s'était amusée à sauver le malade à la barbe du médecin. C'est tandis qu'il gisait encore sur le grabat du maître-myrrhe qu'il avait subi les premiers interrogatoires de Philippe Lheulier et des enquêteurs de l'official, ce qui l'avait fort ennuyé. Aussi, un beau matin, se sentant mieux, il avait laissé ses éperons d'or en paiement au pharmacopole, et s'était esquivé. Cela, du reste, n'avait apporté aucun trouble à l'instruction de l'affaire. La justice d'alors se souciait fort peu de la netteté et de la propreté d'un procès au criminel. Pourvu que l'accusé fût pendu, c'est tout ce qu'il lui fallait. Or, les juges avaient assez de preuves contre la Esmeralda. Ils avaient cru Phœbus mort, et tout avait été dit.

Phœbus, de son côté, n'avait pas fait une grande fuite. Il était allé tout simplement rejoindre sa compagnie, en garnison à Queue-en-Brie, dans l'Ile-de-France, à quelques relais de Paris.

Après tout, il ne lui agréait nullement de comparaître en personne dans ce procès. Il sentait vaguement qu'il y ferait une mine ridicule. Au fond, il ne savait trop que penser de toute l'affaire. Indévot et superstitieux, comme tout soldat qui n'est que soldat, quand il se questionnait sur cette aventure, il n'était pas rassuré sur la chèvre, sur la façon bizarre dont il avait fait rencontre de la Esmeralda, sur la manière non moins étrange dont elle lui avait laissé deviner son amour, sur sa qualité d'égyptienne, enfin sur le moine-bourru. Il entrevoyait dans cette histoire beaucoup plus de magie que d'amour, probablement une sorcière, peut-être le diable ; une comédie enfin, ou, pour parler le langage d'alors, un mystère très désagréable où il jouait un rôle fort gauche, le rôle des coups et des risées. Le capitaine en était tout penaud. Il éprouvait cette espèce de honte que notre La Fontaine a définie si admirablement :

Honteux comme un renard qu'une poule aurait pris.

Il espérait d'ailleurs que l'affaire ne s'ébruiterait pas, que son nom, lui absent, y serait à peine prononcé et en tout cas ne retentirait pas au delà du plaid de la Tournelle. En cela il ne se trompait point, il n'y avait pas alors de *Gazette des Tribunaux* et comme il ne se passait guère de semaine qui n'eût son faux-monnayeur bouilli, ou sa sorcière pendue, ou son hérétique brûlé à l'une des innombrables *justices* de Paris, on était tellement habitué à voir dans tous les carrefours la vieille Thémis féodale, bras nus et manches retroussées, faire sa besogne aux fourches, aux échelles et aux piloris, qu'on n'y prenait presque pas garde. Le beau monde de ce temps-là savait à peine le nom du patient qui passait au coin de la rue, et la populace tout au plus se régalait de ce mets grossier. Une exécution était un incident habituel de la voie publique, comme la braisière du talmellier ou la tuerie de l'écorcheur. Le bourreau n'était qu'une espèce de boucher un peu plus foncé qu'un autre.

Phœbus se mit donc assez promptement l'esprit en repos sur la charmeresse Esmeralda, ou Similar, comme il disait, sur le coup de poignard de la bohémienne ou du moine-bourru (peu lui importait), et sur l'issue du procès. Mais dès que son cœur fut vacant de ce côté, l'image de Fleur-de-Lys y revint. Le cœur du capitaine Phœbus, comme la physique d'alors, avait horreur du vide.

C'était d'ailleurs un séjour fort insipide que Queue-en-Brie, un village de maréchaux ferrants et de vachères aux mains gercées, un long cordon de masures et de chaumières qui ourle la grande route des deux côtés pendant une demi-lieue ; une *queue* enfin.

Fleur-de-Lys était son avant-dernière passion, une jolie fille, une charmante dot ; donc un beau matin, tout à fait guéri, et présumant bien qu'après deux mois l'affaire de la bohémienne devait être finie et oubliée, l'amoureux cavalier arriva en piaffant à la porte du logis Gondelaurier.

Il ne fit pas attention à une cohue assez nombreuse qui s'amassait dans la place du parvis, devant le portail de Notre-Dame ; il se souvint qu'on était au mois de mai, il supposa quelque procession, quelque Pentecôte, quelque fête, attacha son cheval à l'anneau du porche, et monta joyeusement chez sa belle fiancée.

Elle était seule avec sa mère.

Fleur-de-Lys avait toujours sur le cœur la scène de la sorcière, sa chèvre, son alphabet maudit, et les longues absences de Phœbus. Cependant, quand elle vit entrer son capitaine, elle lui trouva si bonne mine, un hoqueton si neuf, un baudrier si luisant et un air si passionné qu'elle rougit de plaisir. La noble damoiselle était elle-même plus charmante que jamais. Ses magnifiques cheveux blonds étaient nattés à ravir, elle était toute vêtue de ce bleu-ciel qui va si bien aux blanches, coquetterie que lui avait enseignée Colombe, et avait l'œil noyé dans cette langueur d'amour qui leur va mieux encore.

Phœbus, qui n'avait rien vu en fait de beauté depuis les margotons de Queue-en-Brie, fut enivré de Fleur-de-Lys, ce qui donna à notre officier une manière si empressée et si galante que sa paix fut tout de suite faite. Madame de Gondelaurier elle-même, toujours maternellement assise dans son grand fauteuil, n'eut pas la force de le bougonner. Quant aux reproches de Fleur-de-Lys, ils expirèrent en tendres roucoulements.

La jeune fille était assise près de la fenêtre, brodant toujours sa grotte de Neptunus. Le capitaine se tenait appuyé au dossier de sa chaise, et elle lui adressait à demi-voix ses caressantes gronderies.

— Qu'est-ce que vous êtes donc devenu depuis deux grands mois, méchant ?

— Je vous jure, répondit Phœbus, un peu gêné de la question, que vous êtes belle à faire rêver un archevêque.

Elle ne pouvait s'empêcher de sourire.

— C'est bon, c'est bon, monsieur. Laissez là ma beauté, et répondez-moi. Belle beauté, vraiment !

— Eh bien ! chère cousine, j'ai été rappelé à tenir garnison.

— Et où cela, s'il vous plaît ? et pourquoi n'êtes-vous pas venu me dire adieu ?

— A Queue-en-Brie.

Phœbus était enchanté que la première question l'aidât à esquiver la seconde.

— Mais c'est tout près, monsieur. Comment n'être pas venu me voir une seule fois ?

Ici Phœbus fut assez sérieusement embarrassé. — C'est que... le service... et puis, charmante cousine, j'ai été malade.

— Malade! reprit-elle effrayée.

— Oui... blessé.

— Blessé!

La pauvre enfant était toute bouleversée.

— Oh! ne vous effarouchez pas de cela, dit négligemment Phœbus, ce n'est rien. Une querelle, un coup d'épée ; qu'est-ce que cela vous fait ?

— Qu'est-ce que cela me fait ? s'écria Fleur-de-Lys en levant ses beaux yeux pleins de larmes. Oh! vous ne dites pas ce que vous pensez en disant cela. Qu'est-ce que ce coup d'épée ? Je veux tout savoir.

— Eh bien! chère belle, j'ai eu noise avec Mahé Fédy, vous savez ? le lieutenant de Saint-Germain-en-Laye, et nous nous sommes décousu chacun quelques pouces de la peau. Voilà tout.

Le menteur capitaine savait fort bien qu'une affaire d'honneur fait toujours ressortir un homme aux yeux d'une femme. En effet, Fleur-de-Lys le regardait en face tout émue de peur, de plaisir et d'admiration. Elle n'était cependant pas complètement rassurée.

— Pourvu que vous soyez bien tout à fait guéri, mon Phœbus! dit-elle. Je ne connais pas votre Mahé Fédy, mais c'est un vilain homme. Et d'où venait cette querelle ?

Ici Phœbus, dont l'imagination n'était que fort médiocrement créatrice, commença à ne savoir plus comment se tirer de sa prouesse.

— Oh! que sais-je ?... un rien, un cheval, un propos! — Belle cousine, s'écria-t-il pour changer de conversation, qu'est-ce que c'est donc que ce bruit dans le Parvis ?

Il s'approcha de la fenêtre. — Oh! mon Dieu, belle cousine, voilà bien du monde sur la place!

— Je ne sais pas, dit Fleur-de-Lys ; il paraît qu'il y a une sorcière qui va faire amende honorable ce matin devant l'église pour être pendue après.

Le capitaine croyait si bien l'affaire de la Esmeralda terminée qu'il s'émut fort peu des paroles de Fleur-de-Lys. Il lui fit cependant une ou deux questions.

— Comment s'appelle cette sorcière?
— Je ne sais pas, répondit-elle.
— Et que dit-on qu'elle ait fait?
Elle haussa encore cette fois ses blanches épaules.
— Je ne sais pas.
— Oh! mon Dieu Jésus! dit la mère, il y a tant de sorciers maintenant, qu'on les brûle, je crois, sans savoir leurs noms. Autant vaudrait chercher à savoir le nom de chaque nuée du ciel. Après tout, on peut être tranquille. Le bon Dieu tient son registre. — Ici la vénérable dame se leva et vint à la fenêtre. — Seigneur! dit-elle, vous avez raison, Phœbus. Voilà une grande cohue de populaire. Il y en a, béni soit Dieu! jusque sur les toits. — Savez-vous, Phœbus? cela me rappelle mon beau temps. L'entrée du roi Charles VII, où il y avait tant de monde aussi. — Je ne sais plus en quelle année. — Quand je vous parle de cela, n'est-ce pas? cela vous fait l'effet de quelque chose de vieux et à moi de quelque chose de jeune. — Oh! c'était un bien plus beau peuple qu'à présent. Il y en avait jusque sur les mâchicoulis de la Porte Saint-Antoine. Le roi avait la reine en croupe, et après leurs altesses venaient toutes les dames en croupe de tous les seigneurs. Je me rappelle qu'on riait fort, parce qu'à côté d'Amanyon de Garlande, qui était fort bref de taille, il y avait le sire Matefelon, un chevalier de stature gigantale, qui avait tué des Anglais à tas. C'était bien beau. Une procession de tous les gentilshommes de France avec leurs oriflammes qui rougeoyaient à l'œil. Il y avait ceux à pennon et ceux à bannière. Que sais-je, moi? le sire de Calan, à pennon; Jean de Châteaumorant, à bannière; le sire de Coucy, à bannière, et plus étoffément que nul des autres, excepté le duc de Bourbon... — Hélas! que c'est une chose triste de penser que tout cela a existé et qu'il n'en est plus rien!

Les deux amoureux n'écoutaient pas la respectable douairière. Phœbus était revenu s'accouder au dossier de la chaise de sa fiancée, poste charmant d'où son regard libertin s'enfonçait dans toutes les ouvertures de la collerette de Fleur-de-Lys. Cette gorgerette bâillait si à propos, et lui laissait voir tant de choses exquises et lui en laissait deviner tant d'autres, que Phœbus, ébloui de cette peau à reflet de satin, se disait en lui-même : — Comment peut-on aimer autre chose qu'une blanche? Tous deux gardaient le silence. La jeune fille levait de temps en temps sur lui des yeux ravis et doux, et leurs cheveux se mêlaient dans un rayon du soleil de printemps.

— Phœbus, dit tout à coup Fleur-de-Lys à voix basse, nous devons nous marier dans trois mois, jurez-moi que vous n'avez jamais aimé d'autre femme que moi.

— Je vous le jure, bel ange! répondit Phœbus, et son regard passionné se joignait pour convaincre Fleur-de-Lys à l'accent sincère de sa voix. Il se croyait peut-être lui-même en ce moment.

Cependant la bonne mère, charmée de voir les fiancés en si parfaite intelligence, venait de sortir de l'appartement pour vaquer à quelque détail domestique. Phœbus s'en aperçut, et cette solitude enhardit tellement l'aventureux capitaine qu'il lui monta au cerveau des idées fort étranges. Fleur-de-Lys l'aimait, il était son fiancé, elle était seule avec lui, son ancien goût pour elle s'était réveillé, non dans toute sa fraîcheur, mais dans toute son ardeur ; après tout, ce n'est pas grand crime de manger un peu son blé en herbe ; je ne sais si ces pensées lui passèrent dans l'esprit, mais ce qui est certain, c'est que Fleur-de-Lys fut tout à coup effrayée de l'expression de son regard. Elle regarda autour d'elle, et ne vit plus sa mère.

— Mon Dieu! dit-elle rouge et inquiète, j'ai bien chaud!

— Je crois en effet, répondit Phœbus, qu'il n'est pas loin de midi. Le soleil est gênant. Il n'y a qu'à fermer les rideaux.

— Non, non, cria la pauvre petite, j'ai besoin d'air au contraire.

Et comme une biche qui sent le souffle de la meute, elle se leva, courut à la fenêtre, l'ouvrit, et se précipita sur le balcon.

Phœbus, assez contrarié, l'y suivit.

La place du Parvis Notre-Dame, sur laquelle le balcon donnait, comme on sait, présentait en ce moment un spectacle sinistre et singulier qui fit brusquement changer de nature à l'effroi de la timide Fleur-de-Lys.

Une foule immense, qui refluait dans toutes les rues adjacentes, encombrait la place proprement dite. La petite muraille à hauteur d'appui qui entourait le Parvis n'eût pas suffi à le maintenir libre, si elle n'eût été doublée d'une haie épaisse de sergents des onze-vingts et de hacquebutiers, la coulevrine au poing. Grâce à ce taillis de piques et d'arquebuses, le Parvis était vide. L'entrée en était gardée par un gros de hallebardiers aux armes de l'évêque. Les larges portes de l'église étaient fermées, ce qui contrastait avec les innombrables fenêtres de la place, lesquelles, ouvertes jusque sur les pignons, laissaient voir des milliers de têtes entassées à peu près comme les piles de boulets dans un parc d'artillerie.

La surface de cette cohue était grise, sale et terreuse. Le spectacle qu'elle attendait était évidemment de ceux qui ont le privilège d'extraire et d'appeler ce qu'il y a de plus immonde dans la population. Rien de hideux comme le bruit qui s'échappait de ce fourmillement de coiffes jaunes et de chevelures sordides. Dans cette foule, il y avait plus de rires que de cris, plus de femmes que d'hommes.

De temps en temps quelque voix aigre et vibrante perçait la rumeur générale.

. . . .

— Ohé! Mahiet Baliffre! est-ce qu'on va la pendre là?

— Imbécile! c'est ici l'amende honorable, en chemise! le bon Dieu va lui tousser du latin dans la figure! Cela se fait toujours ici, à midi. Si c'est la potence que tu veux, va-t'en à la Grève.

— J'irai après.

. . . .

— Dites donc, la Boucanbry? est-il vrai qu'elle ait refusé un confesseur?

— Il paraît que oui, la Bechaigne.

— Voyez-vous, la païenne!

. . . .

— Monsieur, c'est l'usage. Le bailli du Palais est tenu de livrer le malfaiteur tout jugé, pour l'exécution, si c'est un laïc, au prévôt de Paris ; si c'est un clerc, à l'official de l'évêché.

— Je vous remercie, monsieur.

. . . .

— Oh! mon Dieu! disait Fleur-de-Lys, la pauvre créature!

Cette pensée remplissait de douleur le regard qu'elle promenait sur la populace. Le capitaine, beaucoup plus occupé d'elle que de cet amas de quenaille, chiffonnait amoureusement sa ceinture par derrière. Elle se retourna suppliante et souriant. — De grâce, laissez-moi, Phœbus! si ma mère rentrait, elle verrait votre main!

En ce moment midi sonna lentement à l'horloge de Notre-Dame. Un murmure de satisfaction éclata dans la foule. La dernière vibration du douzième coup s'éteignait à peine que toutes les têtes moutonnèrent comme les vagues sous un coup de vent, et qu'une immense clameur s'éleva du pavé, des fenêtres et des toits : — La voilà!

Fleur-de-Lys mit ses mains sur ses yeux pour ne pas voir.

— Charmante, lui dit Phœbus, voulez-vous rentrer?

— Non, répondit-elle ; et ces yeux qu'elle venait de fermer par crainte, elle les rouvrit par curiosité.

Un tombereau, traîné d'un fort limonier normand et tout enveloppé de cavalerie en livrée violette à croix blanches, venait de déboucher sur la place par la rue Saint-Pierre-aux-Bœufs. Les sergents du guet lui frayaient passage dans le peuple à grands coups de boullayes. A côté du tombereau chevauchaient quelques officiers de justice et de police, reconnaissables à leur costume noir et à leur gauche façon de se tenir en selle. Maître Jacques Charmolue paradait à leur tête.

Dans la fatale voiture, une jeune fille était assise, les bras liés derrière le dos, sans prêtre à côté d'elle. Elle était en chemise, ses longs cheveux noirs (la mode alors était de ne les couper qu'au pied du gibet) tombaient épars sur sa gorge et sur ses épaules à demi découvertes.

A travers cette ondoyante chevelure, plus luisante qu'un plumage de corbeau, on voyait se tordre et se nouer une grosse corde grise et rugueuse qui écorchait ses fragiles clavicules et se roulait autour du cou charmant de la pauvre fille comme un ver de terre sur une fleur. Sous cette corde brillait une petite amulette ornée de verroteries vertes qu'on lui avait laissée sans doute parce qu'on ne refuse plus rien à ceux qui vont mourir. Les spectateurs placés aux fenêtres pouvaient apercevoir au fond du tombereau ses jambes nues qu'elle tâchait de dérober sous elle comme par un dernier instinct de femme. A ses pieds il y avait une petite chèvre garrottée. La condamnée retenait avec ses dents sa chemise mal attachée. On eût dit qu'elle souffrait encore dans sa misère d'être ainsi livrée presque nue à tous les yeux. Hélas! ce n'est pas pour de pareils frémissements que la pudeur est faite.

— Jésus! dit vivement Fleur-de-Lys au capitaine. Regardez donc, beau cousin! c'est cette vilaine bohémienne à la chèvre!

En parlant ainsi elle se retourna vers Phœbus. Il avait les yeux fixés sur le tombereau. Il était très pâle.

— Quelle bohémienne à la chèvre? dit-il en balbutiant.

— Comment! reprit Fleur-de-Lys ; est-ce que vous ne vous souvenez pas?...

Phœbus l'interrompit. — Je ne sais pas ce que vous voulez dire.

Il fit un pas pour rentrer. Mais Fleur-de-Lys, dont la jalousie, naguère si vivement remuée par cette même égyptienne, venait de se réveiller, Fleur-de-Lys lui jeta un coup d'œil plein de pénétration et de défiance. Elle se rappelait vaguement en ce moment avoir ouï parler d'un capitaine mêlé au procès de cette sorcière.

— Qu'avez-vous ? dit-elle à Phœbus, on dirait que cette femme vous a troublé.

Phœbus s'efforça de ricaner.

— Moi ! pas le moins du monde ! Ah bien oui !

— Alors restez, reprit-elle impérieusement, et voyons jusqu'à la fin.

Force fut au malencontreux capitaine de demeurer. Ce qui le rassurait un peu, c'est que la condamnée ne détachait pas son regard du plancher de son tombereau. Ce n'était que trop véritablement la Esmeralda. Sur ce dernier échelon de l'opprobre et du malheur, elle était toujours belle, ses grands yeux noirs paraissaient encore plus grands à cause de l'appauvrissement de ses joues, son profil livide était pur et sublime. Elle ressemblait à ce qu'elle avait été comme une Vierge du Masaccio ressemble à une Vierge de Raphaël : plus faible, plus mince, plus maigre.

Du reste, il n'y avait rien en elle qui ne ballottât en quelque sorte, et que, hormis sa pudeur, elle ne laissât aller au hasard, tant elle avait été profondément rompue par la stupeur et le désespoir. Son corps rebondissait à tous les cahots du tombereau comme une chose morte ou brisée. Son regard était morne et fou. On voyait encore une larme dans sa prunelle, mais immobile et pour ainsi dire gelée.

Cependant la lugubre cavalcade avait traversé la foule au milieu des cris de joie et des attitudes curieuses. Nous devons dire toutefois, pour être fidèle historien, qu'en la voyant si belle et si accablée, beaucoup s'étaient émus de pitié, et des plus durs. Le tombereau était entré dans le Parvis.

Devant le portail central, il s'arrêta. L'escorte se rangea en bataille des deux côtés. La foule fit silence, et au milieu de ce silence plein de solennité et d'anxiété les deux battants de la grande porte tournèrent, comme d'eux-mêmes, sur leurs gonds qui grincèrent avec un bruit de fifre. Alors on vit dans toute sa longueur la profonde église, sombre, tendue de deuil, à peine éclairée de quelques cierges scintillant au loin sur le maître-autel, ouverte comme une gueule de caverne au milieu de la place éblouissante de lumière. Tout au fond, dans l'ombre de l'abside, on entrevoyait une gigantesque croix d'argent, développée sur un drap noir qui tombait de la voûte au pavé. Toute la nef était déserte. Cependant on voyait remuer confusément quelques têtes de prêtres dans les stalles lointaines du chœur, et au moment où la grande porte s'ouvrit il s'échappa de l'église un chant grave, éclatant et monotone qui jetait comme par bouffées sur la tête de la condamnée des fragments de psaumes lugubres.

« ... *Non timebo millia populi circumdantis me ; exsurge, Domine ; salvum me fac, Deus !*

« ... *Salvum me fac, Deus, quoniam intraverunt aquæ usque ad animam meam.*

« ... *Infixus sum in limo profundi ; et non est substantia.* »

En même temps une autre voix, isolée du chœur, entonnait sur le degré du maître-autel ce mélancolique offertoire :

« *Qui verbum meum audit, et credit ei qui misit me, habet vitam æternam et in judicium non venit ; sed transit a morte in vitam.* »

Ce chant que quelques vieillards perdus dans leurs ténèbres chantaient de loin sur cette belle créature, pleine de jeunesse et de vie, caressée par l'air tiède du printemps, inondée de soleil, c'était la messe des morts.

Le peuple écoutait avec recueillement.

La malheureuse, effarée, semblait perdre sa vue et sa pensée dans les obscures entrailles de l'église. Ses lèvres blanches remuaient comme si elles priaient, et quand le valet du bourreau s'approcha d'elle pour l'aider à descendre du tombereau, il l'entendit qui répétait à voix basse ce mot : *Phœbus.*

On lui délia les mains, on la fit descendre accompagnée de sa chèvre qu'on avait déliée aussi, et qui bêlait de joie de se sentir libre, et on la fit marcher pieds nus sur le dur pavé jusqu'au bas des marches du portail. La corde qu'elle avait au cou traînait derrière elle. On eût dit un serpent qui la suivait.

Alors le chant s'interrompit dans l'église. Une grande croix d'or et une file de cierges se mirent en mouvement dans l'ombre. On entendit sonner la hallebarde des suisses bariolés, et quelques moments après une longue procession de prêtres en chasubles et de diacres en dalmatiques, qui venait gravement et en psalmodiant vers la condamnée, se développa à sa vue et aux yeux de la foule. Mais son regard s'arrêta à celui qui marchait en tête, immédiatement après le porte-croix. — Oh! dit-elle tout bas en frissonnant, c'est encore lui! le prêtre!

C'était en effet l'archidiacre. Il avait à sa gauche le sous-chantre et à sa droite le chantre armé du bâton de son office. Il avançait, la tête renversée en arrière, les yeux fixes et ouverts, en chantant d'une voix forte :

« *De ventre inferi clamavi, et exaudisti vocem meam,*

« *Et projecisti me in profundum in corde maris, et flumen circumdedit me.* »

Au moment où il parut au grand jour sous le haut portail en ogive, enveloppé d'une vaste chape d'argent barrée d'une croix noire, il était si pâle que plus d'un pensa dans la foule que c'était un des évêques de marbre, agenouillés sur les pierres sépulcrales du chœur, qui s'était levé et qui venait recevoir au seuil de la tombe celle qui allait mourir.

Elle, non moins pâle et non moins statue, elle s'était à peine aperçue qu'on lui avait mis en main un lourd cierge de cire jaune allumé ; elle n'avait pas écouté la voix glapissante du greffier lisant la fatale teneur de l'amende honorable ; quand on lui avait dit de répondre *Amen*, elle avait répondu *Amen*. Il fallut, pour lui rendre quelque vie et quelque force, qu'elle vît le prêtre faire signe à ses gardiens de s'éloigner et s'avancer seul vers elle.

Alors elle sentit son sang bouillonner dans sa tête, et un reste d'indignation se ralluma dans cette âme déjà engourdie et froide.

L'archidiacre s'approcha d'elle lentement. Même en cette extrémité, elle le vit promener sur sa nudité un œil étincelant de luxure, de jalousie et de désir. Puis il lui dit à haute voix : — Jeune fille, avez-vous demandé à Dieu pardon de vos fautes et de vos manquements ? — Il se pencha à son oreille, et ajouta (les spectateurs croyaient qu'il recevait sa dernière confession) : — Veux-tu de moi ? je puis encore te sauver !

Elle le regarda fixement : — Va-t'en, démon ! ou je te dénonce.

Il se prit à sourire d'un sourire horrible. — On ne te croira pas. — Tu ne feras qu'ajouter un scandale à un crime. — Réponds vite ! veux-tu de moi ?

— Qu'as-tu fait de mon Phœbus ?

— Il est mort, dit le prêtre.

En ce moment le misérable archidiacre leva la tête machinalement, et vit à l'autre bout de la place, au balcon du logis Gondelaurier, le capitaine debout près de Fleur-de-Lys. Il chancela, passa la main sur ses yeux, regarda encore, murmura une malédiction, et tous ses traits se contractèrent violemment.

— Eh bien! meurs, toi! dit-il entre ses dents. Personne ne t'aura.

Alors levant la main sur l'égyptienne, il s'écria d'une voix funèbre : — *I nunc, anima anceps, et sit tibi Deus misericors !*

C'était la redoutable formule dont on avait coutume de clore ces sombres cérémonies. C'était le signal convenu du prêtre au bourreau.

Le peuple s'agenouilla.

— *Kyrie Eleïson*, dirent les prêtres restés sous l'ogive du portail.

— *Kyrie Eleïson*, répéta la foule avec ce murmure qui court sur toutes les têtes comme le clapotement d'une mer agitée.

— *Amen*, dit l'archidiacre.

Il tourna le dos à la condamnée, sa tête retomba sur sa poitrine, ses mains se croisèrent, il rejoignit son cortège de prêtres, et un moment après on le vit disparaître, avec la croix, les cierges et les chapes, sous les arceaux brumeux de la cathédrale ; et sa voix sonore s'éteignit par degrés dans le chœur en chantant ce verset de désespoir :

« *Omnes gurgites tui et fluctus tui super me transierunt !* »

En même temps le retentissement intermittent de la hampe ferrée des hallebardes des suisses, mourant peu à peu sous les entre-colonnements de la nef, faisait l'effet d'un marteau d'horloge sonnant la dernière heure de la condamnée.

Cependant les portes de Notre-Dame étaient restées ouvertes, laissant voir l'église vide, désolée, en deuil, sans cierges et sans voix.

La condamnée demeurait immobile à sa place, attendant qu'on disposât d'elle. Il fallut qu'un des sergents à verge en avertît maître Charmolue, qui, pendant toute cette scène, s'était mis à étudier le bas-relief du grand portail qui représente, selon les uns, le sacrifice d'Abraham, selon les autres, l'opération philosophale, figurant le soleil par l'ange, le feu par le fagot, l'artisan par Abraham.

On eut assez de peine à l'arracher à cette contemplation, mais enfin il se retourna, et à un signe qu'il fit deux hommes vêtus de jaune, les valets du bourreau, s'approchèrent de l'égyptienne pour lui rattacher les mains.

La malheureuse, au moment de remonter dans le tombereau fatal et de s'acheminer vers sa dernière station, fut prise peut-être de quelque déchirant regret de la vie. Elle leva ses yeux rouges et secs vers le ciel, vers le soleil, vers les nuages d'argent coupés çà et là de trapèzes et de triangles bleus, puis elle les abaissa autour d'elle, sur la terre, sur la foule, sur les maisons... Tout à coup, tandis que l'homme jaune lui liait les coudes, elle poussa un cri terrible, un cri de joie. A ce balcon, là-bas, à l'angle de la place, elle venait de l'apercevoir, lui, son ami, son seigneur, Phœbus, l'autre apparition de sa vie! Le juge avait menti! le prêtre avait menti! c'était bien lui, elle n'en pouvait douter, il était là, beau, vivant, revêtu de son éclatante livrée, la plume en tête, l'épée au côté!

— Phœbus! cria-t-elle, mon Phœbus!

Et elle voulut tendre vers lui ses bras tremblants d'amour et de ravissement, mais ils étaient attachés.

Alors elle vit le capitaine froncer le sourcil, une belle jeune fille qui s'appuyait sur lui le regarder avec une lèvre dédaigneuse et des yeux irrités, puis Phœbus prononça quelques mots qui ne vinrent pas jusqu'à elle, et tous deux s'éclipsèrent précipitamment derrière le vitrail du balcon qui se referma.

— Phœbus! cria-t-elle éperdue, est-ce que tu le crois?

Une pensée monstrueuse venait de lui apparaître. Elle se souvenait qu'elle avait été condamnée pour meurtre sur la personne de Phœbus de Châteaupers.

Elle avait tout supporté jusque-là. Mais ce dernier coup était trop rude. Elle tomba sans mouvement sur le pavé.

— Allons, dit Charmolue, portez-la dans le tombereau, et finissons!

Personne n'avait encore remarqué, dans la galerie des statues des rois, sculptés immédiatement au-dessus des ogives du portail, un spectateur étrange qui avait tout examiné jusqu'alors avec une telle impassibilité, avec un cou si tendu, avec un visage difforme, que, sans son accoutrement mi-parti rouge et violet, on eût pu le prendre pour un de ces monstres de pierre par la gueule desquels se dégorgent depuis six cents ans les longues gouttières de la cathédrale. Ce spectateur n'avait rien perdu de ce qui s'était passé depuis midi devant le portail de Notre-Dame. Et dès les premiers instants, sans que personne songeât à l'observer, il avait fortement attaché à l'une des colonnettes de la galerie une grosse corde à nœuds, dont le bout allait traîner en bas sur le perron. Cela fait,

il s'était mis à regarder tranquillement, et à siffler de
temps en temps quand un merle passait devant lui. Tout
à coup, au moment où les valets du maître des œuvres
se disposaient à exécuter l'ordre flegmatique de Charmolue, il enjamba la balustrade de la galerie, saisit la
corde des pieds, des genoux et des mains, puis on le vit
couler sur la façade, comme une goutte de pluie qui
glisse le long d'une vitre, courir vers les deux bourreaux
avec la vitesse d'un chat tombé d'un toit, les terrasser
sous deux poings énormes, enlever l'égyptienne d'une
main, comme un enfant sa poupée, et d'un seul élan
rebondir jusque dans l'église, en élevant la jeune fille
au-dessus de sa tête, et en criant d'une voix formidable :
Asile !

Cela se fit avec une telle rapidité que si c'eût été la
nuit, on eût pu tout voir à la lumière d'un seul éclair.

— Asile ! asile ! répéta la foule, et dix mille battements
de mains firent étinceler de joie et de fierté l'œil unique
de Quasimodo.

Cette secousse fit revenir à elle la condamnée. Elle
souleva sa paupière, regarda Quasimodo, puis la referma
subitement, comme épouvantée de son sauveur.

Charmolue resta stupéfait, et les bourreaux, et toute
l'escorte. En effet, dans l'enceinte de Notre-Dame, la
condamnée était inviolable. La cathédrale était un lieu
de refuge. Toute justice humaine expirait sur le seuil.

Quasimodo s'était arrêté sous le grand portail. Ses
larges pieds semblaient aussi solides sur le pavé de l'église
que les lourds piliers romans. Sa grosse tête chevelue
s'enfonçait dans ses épaules comme celle des lions qui
eux aussi ont une crinière et pas de cou. Il tenait la jeune
fille toute palpitante suspendue à ses mains calleuses
comme une draperie blanche ; mais il la portait avec
tant de précaution qu'il paraissait craindre de la briser
ou de la faner. On eût dit qu'il sentait que c'était une
chose délicate, exquise et précieuse, faite pour d'autres
mains que les siennes. Par moments, il avait l'air de n'oser
la toucher, même du souffle. Puis, tout à coup, il la serrait
avec étreinte dans ses bras, sur sa poitrine anguleuse,
comme son bien, comme son trésor, comme eût fait la
mère de cet enfant ; son œil de gnome, abaissé sur elle,
l'inondait de tendresse, de douleur et de pitié, et se relevait
subitement plein d'éclairs. Alors les femmes riaient et
pleuraient, la foule trépignait d'enthousiasme, car en ce
moment-là Quasimodo avait vraiment sa beauté. Il était

beau, lui, cet orphelin, cet enfant trouvé, ce rebut, il se
sentait auguste et fort, il regardait en face cette société
dont il était banni, et dans laquelle il intervenait si puissamment, cette justice humaine à laquelle il avait arraché
sa proie, tous ces tigres forcés de mâcher à vide, ces
sbires, ces juges, ces bourreaux, toute cette force du roi
qu'il venait de briser, lui infirme, avec la force de Dieu.

Et puis c'était une chose touchante que cette protection tombée d'un être si difforme sur un être si malheureux,
qu'une condamnée à mort sauvée par Quasimodo. C'étaient
les deux misères extrêmes de la nature et de la société qui
se touchaient et qui s'entr'aidaient.

Cependant, après quelques minutes de triomphe, Quasimodo s'était brusquement enfoncé dans l'église avec son
fardeau. Le peuple, amoureux de toute prouesse, le cherchait des yeux sous la sombre nef, regrettant qu'il se fût
si vite dérobé à ses acclamations. Tout à coup on le vit
reparaître à l'une des extrémités de la galerie des rois de
France, il la traversa en courant comme un insensé, en
élevant sa conquête dans ses bras, et en criant : Asile! La
foule éclata de nouveau en applaudissements. La galerie
parcourue, il se replongea dans l'intérieur de l'église.
Un moment après il reparut sur la plate-forme supérieure,
toujours l'égyptienne dans ses bras, toujours courant avec
folie, toujours criant : Asile! Et la foule applaudissait.
Enfin, il fit une troisième apparition sur le sommet de la
tour du bourdon; de là il sembla montrer avec orgueil à
toute la ville celle qu'il avait sauvée, et sa voix tonnante,
cette voix qu'on entendait si rarement et qu'il n'entendait
jamais, répéta trois fois avec frénésie jusque dans les
nuages : Asile! asile! asile!

— Noël! Noël! criait le peuple de son côté, et cette
immense acclamation allait étonner sur l'autre rive la
foule de la Grève et la recluse qui attendait toujours,
l'œil fixé sur le gibet.

LIVRE NEUVIÈME

I

FIÈVRE

Claude Frollo n'était plus dans Notre-Dame pendant que son fils adoptif tranchait si brusquement le nœud fatal où le malheureux archidiacre avait pris l'égyptienne et s'était pris lui-même. Rentré dans la sacristie, il avait arraché l'aube, la chape et l'étole, avait tout jeté aux mains du bedeau stupéfait, s'était échappé par la porte dérobée du cloître, avait ordonné à un batelier du Terrain de le transporter sur la rive gauche de la Seine, et s'était enfoncé dans les rues montueuses de l'Université, ne sachant où il allait, rencontrant à chaque pas des bandes d'hommes et de femmes qui se pressaient joyeusement vers le Pont Saint-Michel dans l'espoir *d'arriver encore à temps* pour voir pendre la sorcière, pâle, égaré, plus troublé, plus aveugle et plus farouche qu'un oiseau de nuit lâché et poursuivi par une troupe d'enfants en plein jour. Il ne savait plus où il était, ce qu'il pensait, si il rêvait. Il allait, il marchait, il courait, prenant toute rue au hasard, ne choisissant pas, seulement toujours poussé en avant par la Grève, par l'horrible Grève qu'il sentait confusément derrière lui.

Il longea ainsi la montagne Sainte-Geneviève, et sortit enfin de la ville par la Porte Saint-Victor. Il continua de s'enfuir, tant qu'il put voir en se retournant l'enceinte de tours de l'Université et les rares maisons du faubourg ; mais lorsque enfin un pli du terrain lui eut dérobé en entier cet odieux Paris, quand il put s'en croire à cent lieues, dans les champs, dans un désert, il s'arrêta, et il lui sembla qu'il respirait.

Alors des idées affreuses se pressèrent dans son esprit. Il revit clair dans son âme, et frissonna. Il songea à cette malheureuse fille qui l'avait perdu et qu'il avait perdue. Il promena un œil hagard sur la double voie tortueuse que la fatalité avait fait suivre à leurs deux destinées, jusqu'au point d'intersection où elle les avait impitoyablement brisées l'une contre l'autre. Il pensa à la folie des vœux éternels, à la vanité de la chasteté, de la science, de la religion, de la vertu, à l'inutilité de Dieu. Il s'enfonça à cœur joie dans les mauvaises pensées, et, à mesure qu'il y plongeait plus avant, il sentait éclater en lui-même un rire de Satan.

Et en creusant ainsi son âme, quand il vit quelle large place la nature y avait préparée aux passions, il ricana plus amèrement encore. Il remua au fond de son cœur toute sa haine, toute sa méchanceté, et il reconnut, avec le froid coup d'œil d'un médecin qui examine un malade, que cette haine, que cette méchanceté n'étaient que de l'amour vicié ; que l'amour, cette source de toute vertu chez l'homme, tournait en choses horribles dans un cœur de prêtre, et qu'un homme constitué comme lui, en se faisant prêtre, se faisait démon. Alors il rit affreusement, et tout à coup il redevint pâle en considérant le côté le plus sinistre de sa fatale passion, de cet amour corrosif, venimeux, haineux, implacable, qui n'avait abouti qu'au gibet pour l'une, à l'enfer pour l'autre : elle condamnée, lui damné.

Et puis le rire lui revint, en songeant que Phœbus était vivant ; qu'après tout le capitaine vivait, était allègre et content, avait de plus beaux hoquetons que jamais et une nouvelle maîtresse qu'il menait voir pendre l'ancienne. Son ricanement redoubla quand il réfléchit que, des êtres vivants dont il avait voulu la mort, l'égyptienne, la seule créature qu'il ne haït pas, était la seule qu'il n'eût pas manquée.

Alors du capitaine sa pensée passa au peuple, et il lui vint une jalousie d'une espèce inouïe. Il songea que le peuple aussi, le peuple tout entier, avait eu sous les yeux la femme qu'il aimait, en chemise, presque nue. Il se tordit les bras en pensant que cette femme, dont la forme entrevue dans l'ombre par lui seul lui eût été le bonheur suprême, avait été livrée en plein jour, en plein midi, à tout un peuple, vêtue comme pour une nuit de volupté. Il pleura de rage sur tous ces mystères d'amour profanés, souillés, dénudés, flétris à jamais. Il pleura de rage en se

figurant combien de regards immondes avaient trouvé
leur compte à cette chemise mal nouée ; et que cette belle
fille, ce lys vierge, cette coupe de pudeur et de délices
dont il n'eût osé approcher ses lèvres qu'en tremblant,
venait d'être transformée en une sorte de gamelle publique,
où la plus vile populace de Paris, les voleurs, les mendiants,
les laquais étaient venus boire en commun un plaisir
effronté, impur et dépravé.

Et quand il cherchait à se faire une idée du bonheur
qu'il eût put trouver sur la terre si elle n'eût pas été
bohémienne et s'il n'eût pas été prêtre, si Phœbus n'eût
pas existé et si elle l'eût aimé ; quand il se figurait qu'une
vie de sérénité et d'amour lui eût été possible aussi à lui,
qu'il y avait en ce même moment çà et là sur la terre des
couples heureux, perdus en longues causeries sous les
orangers, au bord des ruisseaux, en présence d'un soleil
couchant, d'une nuit étoilée ; et que, si Dieu l'eût voulu,
il eût pu faire avec elle un de ces couples de bénédiction,
son cœur se fondait en tendresse et en désespoir.

Oh ! elle ! c'est elle ! c'est cette idée fixe qui revenait
sans cesse, qui le torturait, qui lui mordait la cervelle et
lui déchiquetait les entrailles. Il ne regrettait pas, il ne se
repentait pas ; tout ce qu'il avait fait, il était prêt à le
faire encore ; il aimait mieux la voir aux mains du bourreau qu'aux bras du capitaine, mais il souffrait ; il souffrait
tant que par instants il s'arrachait des poignées de cheveux
pour voir s'ils ne blanchissaient pas.

Il y eut un moment entre autres où il lui vint à l'esprit
que c'était là peut-être la minute où la hideuse chaîne
qu'il avait vue le matin resserrait son nœud de fer autour
de ce cou si frêle et si gracieux. Cette pensée lui fit jaillir
la sueur de tous les pores.

Il y eut un autre moment où, tout en riant diabolique-
ment sur lui-même, il se représenta à la fois la Esmeralda
comme il l'avait vue le premier jour, vive, insouciante,
joyeuse, parée, dansante, ailée, harmonieuse, et la Esmeralda
du dernier jour, en chemise, et la corde au cou, montant
lentement, avec ses pieds nus, l'échelle anguleuse du
gibet ; il se figura ce double tableau d'une telle façon
qu'il poussa un cri terrible.

Tandis que cet ouragan de désespoir bouleversait, bri-
sait, arrachait, courbait, déracinait tout dans son âme, il
regarda la nature autour de lui. A ses pieds, quelques
poules fouillaient les broussailles en becquetant, les scarabées d'émail couraient au soleil, au-dessus de sa tête

quelques groupes de nuées gris pommelé fuyaient dans
un ciel bleu, à l'horizon la flèche de l'abbaye Saint-Victor perçait la courbe du coteau de son obélisque d'ardoise,
et le meunier de la butte Copeaux regardait en sifflant
tourner les ailes travailleuses de son moulin. Toute cette
vie active, organisée, tranquille, reproduite autour de lui
sous mille formes, lui fit mal. Il recommença à fuir.

Il courut ainsi à travers champs jusqu'au soir. Cette
fuite de la nature, de la vie, de lui-même, de l'homme,
de Dieu, de tout, dura tout le jour. Quelquefois il se jetait
la face contre terre, et il arrachait avec ses ongles les jeunes
blés. Quelquefois il s'arrêtait dans une rue de village
déserte, et ses pensées étaient si insupportables qu'il
prenait sa tête à deux mains et tâchait de l'arracher de
ses épaules pour la briser sur le pavé.

Vers l'heure où le soleil déclinait, il s'examina de nouveau, et il se trouva presque fou. La tempête qui durait
en lui depuis l'instant où il avait perdu l'espoir et la
volonté de sauver l'égyptienne, cette tempête n'avait pas
laissé dans sa conscience une seule idée saine, une seule
pensée debout. Sa raison y gisait, à peu près entièrement
détruite. Il n'avait plus que deux images distinctes dans
l'esprit : la Esmeralda et la potence. Tout le reste était
noir. Ces deux images rapprochées lui présentaient un
groupe effroyable, et plus il y fixait ce qui lui restait
d'attention et de pensée, plus il les voyait croître selon
une progression fantastique, l'une en grâce, en charme,
en beauté, en lumière, l'autre en horreur ; de sorte qu'à
la fin la Esmeralda lui apparaissait comme une étoile,
le gibet comme un énorme bras décharné.

Une chose remarquable, c'est que pendant toute cette
torture il ne lui vint pas l'idée sérieuse de mourir. Le
misérable était ainsi fait. Il tenait à la vie. Peut-être voyait-il
réellement l'enfer derrière.

Cependant le jour continuait de baisser. L'être vivant qui
existait encore en lui songea confusément au retour. Il se
croyait loin de Paris ; mais, en s'orientant, il s'aperçut qu'il
n'avait fait que tourner l'enceinte de l'Université. La flèche
de Saint-Sulpice et les trois hautes aiguilles de Saint-
Germain-des-Prés dépassaient l'horizon à sa droite. Il se
dirigea de ce côté. Quand il entendit le qui-vive des hommes
d'armes de l'abbé autour de la circonvallation crénelée de
Saint-Germain, il se détourna, prit un sentier qui s'offrit à
lui entre le moulin de l'abbaye et la maladrerie du bourg, et
au bout de quelques instants se trouva sur la lisière du Pré-

aux-Clercs. Ce pré était célèbre par les tumultes qui s'y faisaient jour et nuit ; c'était l'*hydre* des pauvres moines de Saint-Germain, *quod monachis Sancti-Germani pratensis hydra fuit, clericis nova semper dissidiorum capita suscitantibus*. L'archidiacre craignit d'y rencontrer quelqu'un ; il avait peur de tout visage humain ; il venait d'éviter l'Université, le bourg Saint-Germain, il voulait ne rentrer dans les rues que le plus tard possible. Il longea le Pré-aux-Clercs, prit le sentier désert qui le séparait du Dieu-Neuf, et arriva enfin au bord de l'eau. Là, dom Claude trouva un batelier qui, pour quelques deniers parisis, lui fit remonter la Seine jusqu'à la pointe de la Cité, et le déposa sur cette langue de terre abandonnée où le lecteur a déjà vu rêver Gringoire, et qui se prolongeait au delà des jardins du roi, parallèlement à l'île du Passeur-aux-Vaches.

Le bercement monotone du bateau et le bruissement de l'eau avaient en quelque sorte engourdi le malheureux Claude. Quand le batelier se fut éloigné, il resta stupidement debout sur la grève, regardant devant lui et ne percevant plus les objets qu'à travers des oscillations grossissantes qui lui faisaient de tout une sorte de fantasmagorie. Il n'est pas rare que la fatigue d'une grande douleur produise cet effet sur l'esprit.

Le soleil était couché derrière la haute Tour de Nesle. C'était l'instant du crépuscule. Le ciel était blanc, l'eau de la rivière était blanche. Entre ces deux blancheurs, la rive gauche de la Seine, sur laquelle il avait les yeux fixés, projetait sa masse sombre, et, de plus en plus amincie par la perspective, s'enfonçait dans les brumes de l'horizon comme une flèche noire. Elle était chargée de maisons, dont on ne distinguait que la silhouette obscure, vivement relevée en ténèbres sur le fond clair du ciel et de l'eau. Çà et là des fenêtres commençaient à y scintiller comme des trous de braise. Cet immense obélisque noir ainsi isolé entre les deux nappes blanches du ciel et de la rivière, fort large en cet endroit, fit à dom Claude un effet singulier, comparable à ce qu'éprouverait un homme qui, couché à terre sur le dos au pied du clocher de Strasbourg, regarderait l'énorme aiguille s'enfoncer au-dessus de sa tête dans les pénombres du crépuscule. Seulement ici c'était Claude qui était debout et l'obélisque qui était couché ; mais comme la rivière, en reflétant le ciel, prolongeait l'abîme au-dessous de lui, l'immense promontoire semblait aussi hardiment élancé dans le vide que toute flèche de cathédrale ; et l'impression était la même. Cette impression

avait même cela d'étrange et de plus profond, que c'était
bien le clocher de Strasbourg, mais le clocher de Strasbourg haut de deux lieues, quelque chose d'inouï, de
gigantesque, d'incommensurable, un édifice comme nul
œil humain n'en a vu, une tour de Babel. Les cheminées des
maisons, les créneaux des murailles, les pignons taillés des
toits, la flèche des Augustins, la Tour de Nesle, toutes ces
saillies qui ébréchaient le profil du colossal obélisque,
ajoutaient à l'illusion en jouant bizarrement à l'œil les
découpures d'une sculpture touffue et fantastique. Claude,
dans l'état d'hallucination où il se trouvait, crut voir, voir
de ses yeux vivants, le clocher de l'enfer ; les mille lumières
répandues sur toute la hauteur de l'épouvantable tour lui
parurent autant de porches de l'immense fournaise intérieure ; les voix et les rumeurs qui s'en échappaient, autant
de cris, autant de râles. Alors il eut peur, il mit ses mains
sur ses oreilles pour ne plus entendre, tourna le dos pour ne
plus voir, et s'éloigna à grands pas de l'effroyable vision.

Mais la vision était en lui.

Quand il rentra dans les rues, les passants qui se cou-
doyaient aux lueurs des devantures de boutiques lui faisaient l'effet d'une éternelle allée et venue de spectres
autour de lui. Il avait des fracas étranges dans l'oreille.
Des fantaisies extraordinaires lui troublaient l'esprit. Il ne
voyait ni les maisons, ni le pavé, ni les chariots, ni les
hommes et les femmes, mais un chaos d'objets indéter-
minés qui se fondaient par les bords les uns dans les autres.
Au coin de la rue de la Barillerie, il y avait une boutique
d'épicerie, dont l'auvent était, selon l'usage immémorial,
garni dans son pourtour de ces cerceaux de fer-blanc
auxquels pend un cercle de chandelles de bois qui s'entre-
choquent au vent en claquant comme des castagnettes. Il
crut entendre s'entre-heurter dans l'ombre le trousseau de
squelettes de Montfaucon.

— Oh ! murmura-t-il, le vent de la nuit les chasse les
uns contre les autres, et mêle le bruit de leurs chaînes au
bruit de leurs os ! Elle est peut-être là, parmi eux !

Éperdu, il ne sut où il allait. Au bout de quelques pas, il
se trouva sur le Pont Saint-Michel. Il y avait une lumière
à une fenêtre d'un rez-de-chaussée. Il s'approcha. A travers
un vitrage fêlé, il vit une salle sordide, qui réveilla un
souvenir confus dans son esprit. Dans cette salle, mal éclairée d'une lampe maigre, il y avait un jeune homme blond et
frais, à figure joyeuse, qui embrassait, avec de grands éclats
de rire, une jeune fille fort effrontément parée. Et, près de

la lampe, il y avait une vieille femme qui filait et qui chantait d'une voix chevrotante. Comme le jeune homme ne riait pas toujours, la chanson de la vieille arrivait par lambeaux jusqu'au prêtre. C'était quelque chose d'inintelligible et d'affreux.

> Grève, aboye, Grève, grouille!
> File, file, ma quenouille,
> File sa corde au bourreau
> Qui siffle dans le préau.
> Grève, aboye, Grève, grouille.
>
> La belle corde de chanvre!
> Semez d'Issy jusqu'à Vanvre
> Du chanvre et non pas du blé.
> Le voleur n'a pas volé
> La belle corde de chanvre.
>
> Grève, grouille, Grève, aboye!
> Pour voir la fille de joie
> Pendre au gibet chassieux,
> Les fenêtres sont des yeux.
> Grève, grouille, Grève, aboye!

Là-dessus le jeune homme riait et caressait la fille. La vieille, c'était la Falourdel; la fille, c'était une fille publique; le jeune homme, c'était son jeune frère Jehan.

Il continua de regarder. Autant ce spectacle qu'un autre.

Il vit Jehan aller à une fenêtre qui était au fond de la salle, l'ouvrir, jeter un coup d'œil sur le quai où brillaient au loin mille croisées éclairées, et il l'entendit dire en refermant la fenêtre : — Sur mon âme! voilà qu'il se fait nuit. Les bourgeois allument leurs chandelles et le bon Dieu ses étoiles.

Puis, Jehan revint vers la ribaude, et cassa une bouteille qui était sur une table, en s'écriant :

— Déjà vide, corbœuf! et je n'ai plus d'argent! Isabeau, ma mie, je ne serai content de Jupiter que lorsqu'il aura changé vos deux tétins blancs en deux noires bouteilles, où je téterai du vin de Beaune jour et nuit.

Cette belle plaisanterie fit rire la fille de joie, et Jehan sortit.

Dom Claude n'eut que le temps de se jeter à terre pour ne pas être rencontré, regardé en face, et reconnu par son frère. Heureusement la rue était sombre, et l'écolier était ivre. Il avisa cependant l'archidiacre couché sur le pavé dans la boue.

— Oh! oh! dit-il, en voilà un qui a mené joyeuse vie aujourd'hui.

Il remua du pied dom Claude, qui retenait son souffle.

— Ivre mort, reprit Jehan. Allons, il est plein. Une vraie sangsue détachée d'un tonneau. Il est chauve, ajouta-t-il en se baissant ; c'est un vieillard! *Fortunate senex !*

Puis dom Claude l'entendit s'éloigner en disant : — C'est égal, la raison est une belle chose, et mon frère l'archidiacre est bien heureux d'être sage et d'avoir de l'argent.

L'archidiacre alors se releva, et courut tout d'une haleine vers Notre-Dame, dont il voyait les tours énormes surgir dans l'ombre au-dessus des maisons.

A l'instant où il arriva tout haletant sur la place du Parvis, il recula et n'osa lever les yeux sur le funeste édifice. — Oh! dit-il à voix basse, est-il donc bien vrai qu'une telle chose se soit passée ici, aujourd'hui, ce matin même!

Cependant il se hasarda à regarder l'église. La façade était sombre. Le ciel derrière étincelait d'étoiles. Le croissant de la lune, qui venait de s'envoler de l'horizon, était arrêté en ce moment au sommet de la tour de droite, et semblait s'être perché, comme un oiseau lumineux, au bord de la balustrade découpée en trèfles noirs.

La porte du cloître était fermée. Mais l'archidiacre avait toujours sur lui la clef de la tour où était son laboratoire. Il s'en servit pour pénétrer dans l'église.

Il trouva dans l'église une obscurité et un silence de caverne. Aux grandes ombres qui tombaient de toutes parts à larges pans, il reconnut que les tentures de la cérémonie du matin n'avaient pas encore été enlevées. La grande croix d'argent scintillait au fond des ténèbres, saupoudrée de quelques points étincelants, comme la voie lactée de cette nuit de sépulcre. Les longues fenêtres du chœur montraient au-dessus de la draperie noire l'extrémité supérieure de leurs ogives, dont les vitraux, traversés d'un rayon de lune, n'avaient plus que les couleurs douteuses de la nuit, une espèce de violet, de blanc et de bleu dont on ne retrouve la teinte que sur la face des morts. L'archidiacre, en apercevant tout autour du chœur ces blêmes pointes d'ogives, crut voir des mitres d'évêques damnés. Il ferma les yeux, et quand il les rouvrit, il crut que c'était un cercle de visages pâles qui le regardaient.

Il se mit à fuir à travers l'église. Alors il lui sembla que l'église aussi s'ébranlait, remuait, s'animait, vivait, que chaque grosse colonne devenait une patte énorme qui battait le sol de sa large spatule de pierre, et que la gigantesque cathédrale n'était plus qu'une sorte d'éléphant prodigieux qui soufflait et marchait avec ses piliers pour pieds, ses deux tours pour trompes et l'immense drap noir pour caparaçon.

Ainsi la fièvre ou la folie était arrivée à un tel degré d'intensité que le monde extérieur n'était plus pour l'infortuné qu'une sorte d'apocalypse visible, palpable, effrayante.

Il fut un moment soulagé. En s'enfonçant sous les bas côtés, il aperçut, derrière un massif de piliers, une lueur rougeâtre. Il y courut comme à une étoile. C'était la pauvre lampe qui éclairait jour et nuit le bréviaire public de Notre-Dame sous son treillis de fer. Il se jeta avidement sur le saint livre, dans l'espoir d'y trouver quelque consolation ou quelque encouragement. Le livre était ouvert à ce passage de Job, sur lequel son œil fixe se promena : — « Et un esprit passa devant ma face, et j'entendis un petit souffle, et le poil de ma chair se hérissa. »

À cette lecture lugubre, il éprouva ce qu'éprouve l'aveugle qui se sent piquer par le bâton qu'il a ramassé. Ses genoux se dérobèrent sous lui, et il s'affaissa sur le pavé, songeant à celle qui était morte dans le jour. Il sentait passer et se dégorger dans son cerveau tant de fumées monstrueuses qu'il lui semblait que sa tête était devenue une des cheminées de l'enfer.

Il paraît qu'il resta longtemps dans cette attitude, ne pensant plus, abîmé et passif sous la main du démon. Enfin, quelque force lui revint, il songea à s'aller réfugier dans la tour près de son fidèle Quasimodo. Il se leva, et, comme il avait peur, il prit pour s'éclairer la lampe du bréviaire. C'était un sacrilège ; mais il n'en était plus à regarder à si peu de chose.

Il gravit lentement l'escalier des tours, plein d'un secret effroi que devait propager jusqu'aux rares passants du Parvis la mystérieuse lumière de sa lampe montant si tard de meurtrière en meurtrière au haut du clocher.

Tout à coup il sentit quelque fraîcheur sur son visage et se trouva sous la porte de la plus haute galerie. L'air était froid ; le ciel charriait des nuages dont les larges lames blanches débordaient les unes sur les autres en s'écrasant par les angles, et figuraient une débâcle de fleuve en hiver. Le croissant de la lune, échoué au milieu des nuées, semblait un navire céleste pris dans ces glaçons de l'air.

Il baissa la vue et contempla un instant, entre la grille de colonnettes qui unit les deux tours, au loin, à travers une gaze de brumes et de fumées, la foule silencieuse des toits de Paris, aigus, innombrables, pressés et petits comme les flots d'une mer tranquille dans une nuit d'été.

La lune jetait un faible rayon qui donnait au ciel et à la terre une teinte de cendre.

En ce moment l'horloge éleva sa voix grêle et fêlée. Minuit sonna. Le prêtre pensa à midi. C'étaient les douze heures qui revenaient. — Oh! se dit-il tout bas, elle doit être froide à présent!

Tout à coup un coup de vent éteignit sa lampe, et presque en même temps il vit paraître à l'angle opposé de la tour, une ombre, une blancheur, une forme, une femme. Il tressaillit. A côté de cette femme, il y avait une petite chèvre, qui mêlait son bêlement au dernier bêlement de l'horloge.

Il eut la force de regarder. C'était elle.

Elle était pâle, elle était sombre. Ses cheveux tombaient sur ses épaules comme le matin. Mais plus de corde au cou, plus de mains attachées. Elle était libre, elle était morte.

Elle était vêtue de blanc et avait un voile blanc sur la tête.

Elle venait vers lui, lentement, en regardant le ciel. La chèvre surnaturelle la suivait. Il se sentait de pierre et trop lourd pour fuir. A chaque pas qu'elle faisait en avant, il en faisait un en arrière, et c'était tout. Il rentra ainsi sous la voûte obscure de l'escalier. Il était glacé de l'idée qu'elle allait peut-être y entrer aussi ; si elle l'eût fait, il serait mort de terreur.

Elle arriva en effet devant la porte de l'escalier, s'y arrêta quelques instants, regarda fixement dans l'ombre, mais sans paraître y voir le prêtre, et passa. Elle lui parut plus grande que lorsqu'elle vivait ; il vit la lune à travers sa robe blanche ; il entendit son souffle.

Quand elle fut passée, il se mit à redescendre l'escalier, avec la lenteur qu'il avait vue au spectre, se croyant spectre lui-même, hagard, les cheveux tout droits, sa lampe éteinte toujours à la main ; et, tout en descendant les degrés en spirale, il entendait distinctement dans son oreille une voix qui riait et qui répétait :

« ... Un esprit passa devant ma face, et j'entendis un petit souffle, et le poil de ma chair se hérissa. »

II

BOSSU, BORGNE, BOITEUX

Toute ville au moyen âge, et, jusqu'à Louis XII, toute ville de France avait ses lieux d'asile. Ces lieux d'asile, au milieu du déluge de lois pénales et de juridictions barbares qui inondaient la cité, étaient des espèces d'îles qui s'élevaient au-dessus du niveau de la justice humaine. Tout criminel qui y abordait était sauvé. Il y avait dans une banlieue presque autant de lieux d'asile que de lieux patibulaires. C'était l'abus de l'impunité à côté de l'abus des supplices, deux choses mauvaises qui tâchaient de se corriger l'une par l'autre. Les palais du roi, les hôtels des princes, les églises surtout avaient droit d'asile. Quelquefois d'une ville tout entière qu'on avait besoin de repeupler on faisait temporairement un lieu de refuge. Louis XI fit Paris asile en 1467.

Une fois le pied dans l'asile, le criminel était sacré ; mais il fallait qu'il se gardât d'en sortir. Un pas hors du sanctuaire, il retombait dans le flot. La roue, le gibet, l'estrapade faisaient bonne garde à l'entour du lieu de refuge, et guettaient sans cesse leur proie comme les requins autour du vaisseau. On a vu des condamnés qui blanchissaient ainsi dans un cloître, sur l'escalier d'un palais, dans la culture d'une abbaye, sous un porche d'église ; de cette façon l'asile était une prison comme une autre. Il arrivait quelquefois qu'un arrêt solennel du parlement violait le refuge et restituait le condamné au bourreau ; mais la chose était rare. Les parlements s'effarouchaient des évêques, et, quand ces deux robes-là en venaient à se froisser, la simarre n'avait pas beau jeu avec la soutane. Parfois cependant, comme dans l'affaire des assassins de Petit-Jean, bourreau de Paris, et dans celle d'Émery Rousseau, meurtrier de Jean Valleret, la justice sautait par-dessus l'église et passait outre à l'exécution de ses sentences ; mais à moins d'un arrêt du parlement, malheur à qui violait à main armée un lieu d'asile ! On sait quelle fut la mort de Robert de Clermont, maréchal de France, et de Jean de Châlons, maréchal de Champagne ; et pourtant il ne s'agissait que d'un certain Perrin Marc, garçon d'un changeur, un misérable assassin ; mais les deux maréchaux avaient brisé les portes de Saint-Méry. Là était l'énormité.

Il y avait autour des refuges un tel respect, qu'au dire de la tradition, il prenait parfois jusqu'aux animaux. Aymoin conte qu'un cerf, chassé par Dagobert, s'étant réfugié près du tombeau de saint Denys, la meute s'arrêta tout court en aboyant.

Les églises avaient d'ordinaire une logette préparée pour recevoir les suppliants. En 1407, Nicolas Flamel leur fit bâtir, sur les voûtes de Saint-Jacques-de-la-Boucherie, une chambre qui lui coûta quatre livres six sols seize deniers parisis.

A Notre-Dame, c'était une cellule établie sur les combles des bas côtés sous les arcs-boutants, en regard du cloître, précisément à l'endroit où la femme du concierge actuel des tours s'est pratiqué un jardin, qui est aux jardins suspendus de Babylone ce qu'une laitue est à un palmier, ce qu'une portière est à Sémiramis.

C'est là qu'après sa course effrénée et triomphale sur les tours et les galeries, Quasimodo avait déposé la Esmeralda. Tant que cette course avait duré, la jeune fille n'avait pu reprendre ses sens, à demi assoupie, à demi éveillée, ne sentant plus rien sinon qu'elle montait dans l'air, qu'elle y flottait, qu'elle y volait, que quelque chose l'enlevait au-dessus de la terre. De temps en temps, elle entendait le rire éclatant, la voix bruyante de Quasimodo à son oreille ; elle entr'ouvrait ses yeux ; alors au-dessous d'elle elle voyait confusément Paris marqueté de ses mille toits d'ardoises et de tuiles comme une mosaïque rouge et bleue, au-dessus de sa tête la face effrayante et joyeuse de Quasimodo. Alors sa paupière retombait ; elle croyait que tout était fini, qu'on l'avait exécutée pendant son évanouissement, et que le difforme esprit qui avait présidé à sa destinée l'avait reprise et l'emportait. Elle n'osait le regarder et se laissait aller.

Mais quand le sonneur de cloches échevelé et haletant l'eut déposée dans la cellule du refuge, quand elle sentit ses grosses mains détacher doucement la corde qui lui meurtrissait les bras, elle éprouva cette espèce de secousse qui réveille en sursaut les passagers d'un navire qui touche au milieu d'une nuit obscure. Ses pensées se réveillèrent aussi, et lui revinrent une à une. Elle vit qu'elle était dans Notre-Dame, elle se souvint d'avoir été arrachée des mains du bourreau, que Phœbus était vivant, que Phœbus ne l'aimait plus ; et ces deux idées, dont l'une répandait tant d'amertume sur l'autre, se présentant ensemble à la pauvre

condamnée, elle se tourna vers Quasimodo qui se tenait
debout devant elle, et qui lui faisait peur. Elle lui dit :
— Pourquoi m'avez-vous sauvée ?

Il la regarda avec anxiété comme cherchant à deviner ce
qu'elle lui disait. Elle répéta sa question. Alors il lui jeta
un coup d'œil profondément triste, et s'enfuit.

Elle resta étonnée.

Quelques moments après il revint, apportant un paquet
qu'il jeta à ses pieds. C'étaient des vêtements que des
femmes charitables avait déposés pour elle au seuil de
l'église. Alors elle abaissa ses yeux sur elle-même, se vit
presque nue, et rougit. La vie revenait.

Quasimodo parut éprouver quelque chose de cette
pudeur. Il voila son regard de sa large main et s'éloigna
encore une fois, mais à pas lents.

Elle se hâta de se vêtir. C'était une robe blanche avec un
voile blanc. Un habit de novice de l'Hôtel-Dieu.

Elle achevait à peine qu'elle vit revenir Quasimodo. Il
portait un panier sous un bras et un matelas sous l'autre. Il
y avait dans le panier une bouteille, du pain, et quelques
provisions. Il posa le panier à terre, et dit : Mangez. — Il
étendit le matelas sur la dalle, et dit : Dormez. — C'était
son propre repas, c'était son propre lit que le sonneur de
cloches avait été chercher.

L'égyptienne leva les yeux sur lui pour le remercier ;
mais elle ne put articuler un mot. Le pauvre diable était
vraiment horrible. Elle baissa la tête avec un tressaillement
d'effroi.

Alors il lui dit : — Je vous fais peur. Je suis bien laid,
n'est-ce pas ? Ne me regardez point. Écoutez-moi seulement. — Le jour, vous resterez ici ; la nuit, vous pouvez
vous promener par toute l'église. Mais ne sortez de l'église
ni jour ni nuit. Vous seriez perdue. On vous tuerait et je
mourrais.

Émue, elle leva la tête pour lui répondre. Il avait disparu.
Elle se retrouva seule, rêvant aux paroles singulières de cet
être presque monstrueux, et frappée du son de sa voix qui
était si rauque et pourtant si douce.

Puis, elle examina sa cellule. C'était une chambre de
quelque six pieds carrés, avec une petite lucarne et une
porte sur le plan légèrement incliné du toit en pierres plates.
Plusieurs gouttières à figures d'animaux semblaient se pencher autour d'elle et tendre le cou pour la voir par la lucarne.
Au bord de son toit, elle apercevait le haut de mille cheminées qui faisaient monter sous ses yeux les fumées de

tous les feux de Paris. Triste spectacle pour la pauvre égyptienne, enfant trouvée, condamnée à mort, malheureuse créature, sans patrie, sans famille, sans foyer.

Au moment où la pensée de son isolement lui apparaissait ainsi, plus poignante que jamais, elle sentit une tête velue et barbue se glisser dans ses mains, sur ses genoux. Elle tressaillit (tout l'effrayait maintenant), et regarda. C'était la pauvre chèvre, l'agile Djali, qui s'était échappée à sa suite, au moment où Quasimodo avait dispersé la brigade de Charmolue, et qui se répandait en caresses à ses pieds depuis près d'une heure, sans pouvoir obtenir un regard. L'égyptienne la couvrit de baisers. — Oh! Djali, disait-elle, comme je t'ai oubliée! Tu songes donc toujours à moi! Oh! tu n'es pas ingrate, toi! — En même temps, comme si une main invisible eût soulevé le poids qui comprimait ses larmes dans son cœur depuis si longtemps, elle se mit à pleurer ; et à mesure que ses larmes coulaient, elle sentait s'en aller avec elles ce qu'il y avait de plus âcre et de plus amer dans sa douleur.

Le soir venu, elle trouva la nuit si belle, la lune si douce, qu'elle fit le tour de la galerie élevée qui enveloppe l'église. Elle en éprouva quelque soulagement, tant la terre lui parut calme, vue de cette hauteur.

III

SOURD

Le lendemain matin, elle s'aperçut en s'éveillant qu'elle avait dormi. Cette chose singulière l'étonna. Il y avait si longtemps qu'elle était déshabituée du sommeil. Un joyeux rayon du soleil levant entrait par sa lucarne et lui venait frapper le visage. En même temps que le soleil, elle vit à cette lucarne un objet qui l'effraya, la malheureuse figure de Quasimodo. Involontairement elle referma les yeux, mais en vain ; elle croyait toujours voir à travers sa paupière rose ce masque de gnome, borgne et brèche-dent. Alors, tenant toujours ses yeux fermés, elle entendit une rude voix qui disait très doucement : — N'ayez pas peur. Je suis votre ami. J'étais venu vous voir dormir. Cela ne vous fait pas de mal, n'est-ce pas, que je vienne vous voir dormir ? Qu'est-ce que cela vous fait que je sois là quand vous avez les yeux fermés ? Maintenant je vais m'en aller. Tenez, je me suis mis derrière le mur. Vous pouvez rouvrir les yeux.

Il y avait quelque chose de plus plaintif encore que ces paroles, c'était l'accent dont elles étaient prononcées. L'égyptienne touchée ouvrit les yeux. Il n'était plus en effet à la lucarne. Elle alla à cette lucarne, et vit le pauvre bossu blotti à un angle de mur, dans une attitude douloureuse et résignée. Elle fit un effort pour surmonter la répugnance qu'il lui inspirait. — Venez, lui dit-elle doucement. Au mouvement des lèvres de l'égyptienne, Quasimodo crut qu'elle le chassait ; alors il se leva et se retira en boitant, lentement, la tête baissée, sans même oser lever sur la jeune fille son regard plein de désespoir — Venez donc, cria-t-elle. Mais il continuait de s'éloigner. Alors elle se jeta hors de sa cellule, courut à lui, et lui prit le bras. En se sentant touché par elle, Quasimodo trembla de tous ses membres. Il releva son œil suppliant, et, voyant qu'elle le ramenait près d'elle, toute sa face rayonna de joie et de tendresse. Elle voulut le faire entrer dans sa cellule, mais il s'obstina à rester sur le seuil. — Non, non, dit-il, le hibou n'entre pas dans le nid de l'alouette.

Alors elle s'accroupit gracieusement sur sa couchette avec sa chèvre endormie à ses pieds. Tous deux restèrent quelques instants immobiles, considérant en silence, lui tant de grâce, elle tant de laideur. A chaque moment, elle découvrait en Quasimodo quelque difformité de plus. Son regard se promenait des genoux cagneux au dos bossu, du dos bossu à l'œil unique. Elle ne pouvait comprendre qu'un être si gauchement ébauché existât. Cependant il y avait sur tout cela tant de tristesse et de douceur répandues qu'elle commençait à s'y faire.

Il rompit le premier ce silence. — Vous me disiez donc de revenir ?

Elle fit un signe de tête affirmatif, en disant : — Oui.

Il comprit le signe de tête. — Hélas ! dit-il comme hésitant à achever, c'est que... je suis sourd.

— Pauvre homme ! s'écria la bohémienne avec une expression de bienveillante pitié.

Il se mit à sourire douloureusement. — Vous trouvez qu'il ne me manquait que cela, n'est-ce pas ? Oui, je suis sourd. C'est comme cela que je suis fait. C'est horrible, n'est-il pas vrai ? Vous êtes si belle, vous !

Il y avait dans l'accent du misérable un sentiment si profond de sa misère qu'elle n'eut pas la force de dire une parole. D'ailleurs il ne l'aurait pas entendue. Il poursuivit.

— Jamais je n'ai vu ma laideur comme à présent. Quand je me compare à vous, j'ai bien pitié de moi, pauvre malheureux monstre que je suis! Je dois vous faire l'effet d'une bête, dites. — Vous, vous êtes un rayon de soleil, une goutte de rosée, un chant d'oiseau! — Moi, je suis quelque chose d'affreux, ni homme, ni animal, un je ne sais quoi plus dur, plus foulé aux pieds et plus difforme qu'un caillou!

Alors il se mit à rire, et ce rire était ce qu'il y a de plus déchirant au monde. Il continua :

— Oui, je suis sourd. Mais vous me parlerez par gestes, par signes. J'ai un maître qui cause avec moi de cette façon. Et puis, je saurai bien vite votre volonté au mouvement de vos lèvres, à votre regard.

— Eh bien! reprit-elle en souriant, dites-moi pourquoi vous m'avez sauvée.

Il la regarda attentivement tandis qu'elle parlait.

— J'ai compris, répondit-il. Vous me demandez pourquoi je vous ai sauvée. Vous avez oublié un misérable qui a tenté de vous enlever une nuit, un misérable à qui le lendemain même vous avez porté secours sur leur infâme pilori. Une goutte d'eau et un peu de pitié, voilà plus que je n'en paierai avec ma vie. Vous avez oublié ce misérable ; lui, il s'est souvenu.

Elle l'écoutait avec un attendrissement profond. Une larme roulait dans l'œil du sonneur, mais elle n'en tomba pas. Il parut mettre une sorte de point d'honneur à la dévorer.

— Écoutez, reprit-il quand il ne craignit plus que cette larme s'échappât, nous avons là des tours bien hautes, un homme qui en tomberait serait mort avant de toucher le pavé ; quand il vous plaira que j'en tombe, vous n'aurez pas même un mot à dire, un coup d'œil suffira.

Alors il se leva. Cet être bizarre, si malheureuse que fût la bohémienne, éveillait encore quelque compassion en elle. Elle lui fit signe de rester.

— Non, non, dit-il. Je ne dois pas rester trop longtemps. Je ne suis pas à mon aise quand vous me regardez. C'est par pitié que vous ne détournez pas les yeux. Je vais quelque part d'où je vous verrai sans que vous me voyiez. Ce sera mieux.

Il tira de sa poche un petit sifflet de métal. — Tenez, dit-il, quand vous aurez besoin de moi, quand vous voudrez que je vienne, quand vous n'aurez pas trop d'horreur à me voir, vous sifflerez avec ceci. J'entends ce bruit-là.

Il déposa le sifflet à terre et s'enfuit.

IV

GRÈS ET CRISTAL

Les jours se succédèrent.

Le calme revenait peu à peu dans l'âme de la Esmeralda. L'excès de la douleur, comme l'excès de la joie, est une chose violente qui dure peu. Le cœur de l'homme ne peut rester longtemps dans une extrémité. La bohémienne avait tant souffert qu'il ne lui en restait plus que l'étonnement.

Avec la sécurité l'espérance lui était revenue. Elle était hors de la société, hors de la vie, mais elle sentait vaguement qu'il ne serait peut-être pas impossible d'y entrer. Elle était comme une morte qui tiendrait en réserve une clef de son tombeau.

Elle sentait s'éloigner d'elle peu à peu les images terribles qui l'avaient si longtemps obsédée. Tous les fantômes hideux, Pierrat Torterue, Jacques Charmolue, s'effaçaient dans son esprit, tous, le prêtre lui-même.

Et puis, Phœbus vivait, elle en était sûre, elle l'avait vu. La vie de Phœbus, c'était tout. Après la série de secousses fatales qui avaient tout fait écrouler en elle, elle n'avait retrouvé debout dans son âme qu'une chose, qu'un sentiment, son amour pour le capitaine. C'est que l'amour est comme un arbre, il pousse de lui-même, jette profondément ses racines dans tout notre être, et continue souvent de verdoyer sur un cœur en ruine.

Et ce qu'il y a d'inexplicable, c'est que plus cette passion est aveugle, plus elle est tenace. Elle n'est jamais plus solide que lorsqu'elle n'a pas de raison en elle.

Sans doute la Esmeralda ne songeait pas au capitaine sans amertume. Sans doute il était affreux qu'il eût été trompé aussi lui, qu'il eût cru cette chose impossible, qu'il eût pu comprendre un coup de poignard venu de celle qui eût donné mille vies pour lui. Mais enfin, il ne fallait pas trop lui en vouloir : n'avait-elle pas avoué *son crime ?* n'avait-elle pas cédé, faible femme, à la torture ? Toute la faute était à elle. Elle aurait dû se laisser arracher les ongles plutôt qu'une telle parole. Enfin, qu'elle revît Phœbus une seule fois, une seule minute, il ne faudrait qu'un mot, qu'un

regard pour le détromper, pour le ramener. Elle n'en doutait pas. Elle s'étourdissait aussi sur beaucoup de choses
singulières, sur le hasard de la présence de Phœbus le jour
de l'amende honorable, sur la jeune fille avec laquelle il
était. C'était sa sœur sans doute. Explication déraisonnable,
mais dont elle se contentait, parce qu'elle avait besoin de
croire que Phœbus l'aimait toujours et n'aimait qu'elle.
Ne le lui avait-il pas juré ? Que lui fallait-il de plus, naïve
et crédule qu'elle était ? Et puis, dans cette affaire, les
apparences n'étaient-elles pas bien plutôt contre elle que
contre lui ? Elle attendait donc. Elle espérait.

Ajoutons que l'église, cette vaste église qui l'enveloppait
de toutes parts, qui la gardait, qui la sauvait, était elle-
même un souverain calmant. Les lignes solennelles de cette
architecture, l'attitude religieuse de tous les objets qui
entouraient la jeune fille, les pensées pieuses et sereines qui
se dégageaient, pour ainsi dire, de tous les pores de cette
pierre, agissaient sur elle à son insu. L'édifice avait aussi
des bruits d'une telle bénédiction et d'une telle majesté
qu'ils assoupissaient cette âme malade. Le chant monotone
des officiants, les réponses du peuple aux prêtres, quel-
fois inarticulées, quelquefois tonnantes, l'harmonieux tressaillement des vitraux, l'orgue éclatant comme cent trom-
pettes, les trois clochers bourdonnant comme des ruches de
grosses abeilles, tout cet orchestre sur lequel bondissait une
gamme gigantesque montant et descendant sans cesse d'une
foule à un clocher, assourdissait sa mémoire, son imagination, sa douleur. Les cloches surtout la berçaient. C'était
comme un magnétisme puissant que ces vastes appareils
répandaient sur elle à larges flots.

Aussi chaque soleil levant la trouvait plus apaisée, respirant mieux, moins pâle. A mesure que ses plaies intérieures
se fermaient, sa grâce et sa beauté refleurissaient sur son
visage, mais plus recueillies et plus reposées. Son ancien
caractère lui revenait aussi, quelque chose même de sa
gaieté, sa jolie moue, son amour de sa chèvre, son goût de
chanter, sa pudeur. Elle avait soin de s'habiller le matin
dans l'angle de sa logette, de peur que quelque habitant
des greniers voisins ne la vît par la lucarne.

Quand la pensée de Phœbus lui en laissait le temps,
l'égyptienne songeait quelquefois à Quasimodo. C'était le
seul lien, le seul rapport, la seule communication qui lui
restât avec les hommes, avec les vivants. La malheureuse !
elle était plus hors du monde que Quasimodo ! Elle ne
comprenait rien à l'étrange ami que le hasard lui avait

donné. Souvent elle se reprochait de ne pas avoir une reconnaissance qui fermât les yeux, mais décidément elle ne pouvait s'accoutumer au pauvre sonneur. Il était trop laid.

Elle avait laissé à terre le sifflet qu'il lui avait donné. Cela n'empêcha pas Quasimodo de reparaître de temps en temps les premiers jours. Elle faisait son possible pour ne pas se détourner avec trop de répugnance quand il venait lui apporter le panier de provisions ou la cruche d'eau, mais il s'apercevait toujours du moindre mouvement de ce genre, et alors il s'en allait tristement.

Une fois, il survint au moment où elle caressait Djali. Il resta quelques moments pensif devant ce groupe gracieux de la chèvre et de l'égyptienne. Enfin il dit en secouant sa tête lourde et mal faite : — Mon malheur, c'est que je ressemble encore trop à l'homme. Je voudrais être tout à fait une bête, comme cette chèvre.

Elle leva sur lui un regard étonné.

Il répondit à ce regard : — Oh! je sais bien pourquoi. — Et il s'en alla.

Une autre fois, il se présenta à la porte de la cellule (où il n'entrait jamais) au moment où la Esmeralda chantait une vieille ballade espagnole, dont elle ne comprenait pas les paroles, mais qui était restée dans son oreille parce que les bohémiennes l'en avaient bercée tout enfant. A la vue de cette vilaine figure qui survenait brusquement au milieu de sa chanson, la jeune fille s'interrompit avec un geste d'effroi involontaire. Le malheureux sonneur tomba à genoux sur le seuil de la porte et joignit d'un air suppliant ses grosses mains informes. — Oh! dit-il douloureusement, je vous en conjure, continuez et ne me chassez pas. — Elle ne voulut pas l'affliger, et, toute tremblante, reprit sa romance. Par degrés cependant son effroi se dissipa, et elle se laissa aller tout entière à l'impression de l'air mélancolique et traînant qu'elle chantait. Lui, était resté à genoux, les mains jointes, comme en prière, attentif, respirant à peine, son regard fixé sur les prunelles brillantes de la bohémienne. On eût dit qu'il entendait sa chanson dans ses yeux.

Une autre fois encore, il vint à elle d'un air gauche et timide. — Écoutez-moi, dit-il avec effort, j'ai quelque chose à vous dire. — Elle lui fit signe qu'elle l'écoutait. Alors il se mit à soupirer, entr'ouvrit ses lèvres, parut un moment prêt à parler, puis il la regarda, fit un mouvement de tête négatif et se retira lentement, son front dans la main, laissant l'égyptienne stupéfaite.

Parmi les personnages grotesques sculptés dans le mur, il y en avait un qu'il affectionnait particulièrement, et avec lequel il semblait souvent échanger des regards fraternels. Une fois l'égyptienne l'entendit qui lui disait : — Oh! que ne suis-je de pierre comme toi!

Un jour enfin, un matin, la Esmeralda s'était avancée jusqu'au bord du toit et regardait dans la place par-dessus la toiture aiguë de Saint-Jean-le-Rond. Quasimodo était là, derrière elle. Il se plaçait ainsi de lui-même, afin d'épargner le plus possible à la jeune fille le déplaisir de le voir. Tout à coup la bohémienne tressaillit, une larme et un éclair de joie brillèrent à la fois dans ses yeux, elle s'agenouilla au bord du toit et tendit ses bras avec angoisse vers la place en criant : Phœbus! viens! viens! un mot, un seul mot, au nom du ciel! Phœbus! Phœbus! — Sa voix, son visage, son geste, toute sa personne avaient l'expression déchirante d'un naufragé qui fait le signal de détresse au joyeux navire qui passe au loin dans un rayon de soleil à l'horizon.

Quasimodo se pencha sur la place, et vit que l'objet de cette tendre et délirante prière était un jeune homme, un capitaine, un beau cavalier tout reluisant d'armes et de parures, qui passait en caracolant au fond de la place, et saluait du panache une belle dame souriant à son balcon. Du reste, l'officier n'entendait pas la malheureuse qui l'appelait. Il était trop loin.

Mais le pauvre sourd entendait, lui. Un soupir profond souleva sa poitrine. Il se retourna. Son cœur était gonflé de toutes les larmes qu'il dévorait ; ses deux poings convulsifs se heurtèrent sur sa tête, et quand il les retira il avait à chaque main une poignée de cheveux roux.

L'égyptienne ne faisait aucune attention à lui. Il disait à voix basse en grinçant des dents : — Damnation! Voilà donc comme il faut être! il n'est besoin que d'être beau en dessus!

Cependant elle était restée à genoux et criait avec une agitation extraordinaire : — Oh! le voilà qui descend de cheval! — Il va entrer dans cette maison! — Phœbus! — Il ne m'entend pas! — Phœbus! — Que cette femme est méchante de lui parler en même temps que moi! — Phœbus! Phœbus!

Le sourd la regardait. Il comprenait cette pantomime. L'œil du pauvre sonneur se remplissait de larmes, mais il n'en laissait couler aucune. Tout à coup il la tira doucement par le bord de sa manche. Elle se retourna. Il avait pris un air tranquille. Il lui dit : — Voulez-vous que je vous l'aille chercher?

Elle poussa un cri de joie. — Oh! va! allez! cours! vite! ce capitaine! ce capitaine! amenez-le-moi! je t'aimerai! — Elle embrassait ses genoux. Il ne put s'empêcher de secouer la tête douloureusement. — Je vais vous l'amener, dit-il d'une voix faible. Puis il tourna la tête et se précipita à grands pas sous l'escalier, étouffé de sanglots.

Quand il arriva sur la place, il ne vit plus rien que le beau cheval attaché à la porte du logis Gondelaurier. Le capitaine venait d'y entrer.

Il leva son regard vers le toit de l'église. La Esmeralda y était toujours à la même place, dans la même posture. Il lui fit un triste signe de tête. Puis il s'adossa à l'une des bornes du porche Gondelaurier, déterminé à attendre que le capitaine sortît.

C'était, dans le logis Gondelaurier, un de ces jours de gala qui précèdent les noces. Quasimodo vit entrer beaucoup de monde et ne vit sortir personne. De temps en temps il regardait vers le toit. L'égyptienne ne bougeait pas plus que lui. Un palefrenier vint détacher le cheval, et le fit entrer à l'écurie du logis.

La journée entière se passa ainsi, Quasimodo sur la borne, la Esmeralda sur le toit, Phœbus sans doute aux pieds de Fleur-de-Lys.

Enfin la nuit vint ; une nuit sans lune, une nuit obscure. Quasimodo eut beau fixer son regard sur la Esmeralda. Bientôt ce ne fut plus qu'une blancheur dans le crépuscule ; puis rien. Tout s'effaça, tout était noir.

Quasimodo vit s'illuminer du haut en bas de la façade les fenêtres du logis Gondelaurier. Il vit s'allumer l'une après l'autre les autres croisées de la place ; il les vit aussi s'éteindre jusqu'à la dernière. Car il resta toute la soirée à son poste. L'officier ne sortait pas. Quand les derniers passants furent rentrés chez eux, quand toutes les croisées des autres maisons furent éteintes, Quasimodo demeura tout à fait seul, tout à fait dans l'ombre. Il n'y avait pas alors de luminaire dans le Parvis de Notre-Dame.

Cependant les fenêtres du logis Gondelaurier étaient restées éclairées, même après minuit. Quasimodo immobile et attentif voyait passer sur les vitraux de mille couleurs une foule d'ombres vives et dansantes. S'il n'eût pas été sourd, à mesure que la rumeur de Paris endormi s'éteignait, il eût entendu de plus en plus distinctement, dans l'intérieur du logis Gondelaurier, un bruit de fête, de rires et de musiques.

Vers une heure du matin, les conviés commencèrent à se

retirer. Quasimodo enveloppé de ténèbres les regardait tous
passer sous le porche éclairé de flambeaux. Aucun n'était le
capitaine.

Il était plein de pensées tristes. Par moments il regardait
en l'air, comme ceux qui s'ennuient. De grands nuages
noirs, lourds, déchirés, crevassés, pendaient comme des
hamacs de crêpe sous le cintre étoilé de la nuit. On eût dit
les toiles d'araignée de la voûte du ciel.

Dans un de ces moments, il vit tout à coup s'ouvrir mys-
térieusement la porte-fenêtre du balcon dont la balustrade
de pierre se découpait au-dessus de sa tête. La frêle porte de
vitre donna passage à deux personnes derrière lesquelles
elle se referma sans bruit. C'était un homme et une femme.
Ce ne fut pas sans peine que Quasimodo parvint à reconnaître dans l'homme le beau capitaine, dans la femme la
jeune dame qu'il avait vue le matin souhaiter la bienvenue à
l'officier, du haut de ce même balcon. La place était parfaitement obscure, et un double rideau cramoisi qui était
retombé derrière la porte au moment où elle s'était refermée ne laissait guère arriver sur le balcon la lumière de
l'appartement.

Le jeune homme et la jeune fille, autant qu'en pouvait
juger notre sourd qui n'entendait pas une de leurs paroles,
paraissaient s'abandonner à un fort tendre tête-à-tête. La
jeune fille semblait avoir permis à l'officier de lui faire une
ceinture de son bras, et résistait doucement à un baiser.

Quasimodo assistait d'en bas à cette scène d'autant plus
gracieuse à voir qu'elle n'était pas faite pour être vue. Il
contemplait ce bonheur, cette beauté avec amertume. Après
tout, la nature n'était pas muette chez le pauvre diable, et
sa colonne vertébrale, toute méchamment tordue qu'elle
était, n'était pas moins frémissante qu'une autre. Il songeait
à la misérable part que la providence lui avait faite, que la
femme, l'amour, la volupté lui passeraient éternellement
sous les yeux, et qu'il ne ferait jamais que voir la félicité
des autres. Mais ce qui le déchirait le plus dans ce spectacle,
ce qui mêlait de l'indignation à son dépit, c'était de penser
à ce que devait souffrir l'égyptienne si elle voyait. Il est vrai
que la nuit était bien noire, que la Esmeralda, si elle était
restée à sa place (et il n'en doutait pas), était fort loin, et
que c'était tout au plus s'il pouvait distinguer lui-même les
amoureux du balcon. Cela le consolait.

Cependant leur entretien devenait de plus en plus animé,
La jeune dame paraissait supplier l'officier de ne rien lui
demander de plus. Quasimodo ne distinguait de tout cela

que les belles mains jointes, les sourires mêlés de larmes, les regards levés aux étoiles de la jeune fille, les yeux du capitaine ardemment abaissés sur elle.

Heureusement, car la jeune fille commençait à ne plus lutter que faiblement, la porte du balcon se rouvrit subitement, une vieille dame parut, la belle sembla confuse, l'officier prit un air dépité, et tous trois rentrèrent.

Un moment après, un cheval piaffa sous le porche et le brillant officier, enveloppé de son manteau de nuit, passa rapidement devant Quasimodo.

Le sonneur lui laissa doubler l'angle de la rue, puis il se mit à courir après lui avec son agilité de singe, en criant :
— Hé ! le capitaine !

Le capitaine s'arrêta.

— Que me veut ce maraud ? dit-il en avisant dans l'ombre cette espèce de figure déhanchée qui accourait vers lui en cahotant.

Quasimodo cependant était arrivé à lui, et avait pris hardiment la bride de son cheval : — Suivez-moi, capitaine, il y a ici quelqu'un qui veut vous parler.

— Cornemahom ! grommela Phœbus, voilà un vilain oiseau ébouriffé qu'il me semble avoir vu quelque part. — Holà ! maître, veux-tu bien laisser la bride de mon cheval ?

— Capitaine, répondit le sourd, ne me demandez-vous pas qui ?

— Je te dis de lâcher mon cheval, repartit Phœbus impatienté. Que veut ce drôle qui se pend au chanfrein de mon destrier ? Est-ce que tu prends mon cheval pour une potence ?

Quasimodo, loin de quitter la bride du cheval, se disposait à lui faire rebrousser chemin. Ne pouvant s'expliquer la résistance du capitaine, il se hâta de lui dire : — Venez, capitaine, c'est une femme qui vous attend. Il ajouta avec effort : — Une femme qui vous aime.

— Rare faquin ! dit le capitaine, qui me croit obligé d'aller chez toutes les femmes qui m'aiment ! ou qui le disent ! — Et si par hasard elle te ressemble, face de chat-huant ? — Dis à celle qui t'envoie que je vais me marier, et qu'elle aille au diable !

— Écoutez, s'écria Quasimodo croyant vaincre d'un mot son hésitation, venez, monseigneur ! c'est l'égyptienne que vous savez !

Ce mot fit en effet une grande impression sur Phœbus, mais non celle que le sourd en attendait. On se rappelle que notre galant officier s'était retiré avec Fleur-de-Lys quel-

ques moments avant que Quasimodo sauvât la condamnée
des mains de Charmolue. Depuis, dans toutes ses visites
au logis Gondelaurier, il s'était bien gardé de reparler de
cette femme dont le souvenir, après tout, lui était pénible ;
et de son côté Fleur-de-Lys n'avait pas jugé politique de lui
dire que l'égyptienne vivait. Phœbus croyait donc la pauvre
Similar morte, et qu'il y avait déjà un ou deux mois de
cela. Ajoutons que depuis quelques instants le capitaine songeait à l'obscurité profonde de la nuit, à la laideur surnaturelle, à la voix sépulcrale de l'étrange messager, que
minuit était passé, que la rue était déserte comme le soir où
le moine-bourru l'avait accosté, et que son cheval soufflait
en regardant Quasimodo.

— L'égyptienne! s'écria-t-il presque effrayée. Or çà,
viens-tu de l'autre monde ?

Et il mit sa main sur la poignée de sa dague.

— Vite, vite, dit le sourd cherchant à entraîner le cheval.
Par ici !

Phœbus lui assena un vigoureux coup de botte dans la
poitrine.

L'œil de Quasimodo étincela. Il fit un mouvement pour se
jeter sur le capitaine. Puis il lui dit en se roidissant : —
Oh! que vous êtes heureux qu'il y ait quelqu'un qui vous
aime !

Il appuya sur le mot *quelqu'un*, et lâchant la bride du
cheval : — Allez-vous-en !

Phœbus piqua des deux en jurant. Quasimodo le regarda
s'enfoncer dans le brouillard de la rue. — Oh! disait tout
bas le pauvre sourd, refuser cela !

Il rentra dans Notre-Dame, alluma sa lampe et remonta
dans la tour. Comme il l'avait pensé, la bohémienne était
toujours à la même place.

Du plus loin qu'elle l'aperçut, elle courut à lui. — Seul !
s'écria-t-elle en joignant douloureusement ses belles mains.

— Je n'ai pu le retrouver, dit froidement Quasimodo.

— Il fallait l'attendre toute la nuit! reprit-elle avec
emportement.

Il vit son geste de colère et comprit le reproche. — Je le
guetterai mieux une autre fois, dit-il en baissant la tête.

— Va-t'en! lui dit-elle.

Il la quitta. Elle était mécontente de lui. Il avait mieux
aimé être maltraité par elle que de l'affliger. Il avait gardé
toute la douleur pour lui.

A dater de ce jour, l'égyptienne ne le vit plus. Il cessa de
venir à sa cellule. Tout au plus entrevoyait-elle quelquefois

au sommet d'une tour la figure du sonneur mélancoliquement fixée sur elle. Mais dès qu'elle l'apercevait, il disparaissait.

Nous devons dire qu'elle était peu affligée de cette absence volontaire du pauvre bossu. Au fond du cœur, elle lui en
savait gré. Au reste, Quasimodo ne se faisait pas illusion à
cet égard.

Elle ne le voyait plus, mais elle sentait la présence d'un
bon génie autour d'elle. Ses provisions étaient renouvelées
par une main invisible pendant son sommeil. Un matin, elle
trouva sur sa fenêtre une cage d'oiseaux. Il y avait au-dessus de sa cellule une sculpture qui lui faisait peur. Elle l'avait
témoigné plus d'une fois devant Quasimodo. Un matin (car
toutes ces choses-là se faisaient la nuit), elle ne la vit plus.
On l'avait brisée. Celui qui avait grimpé jusqu'à cette
sculpture avait dû risquer sa vie.

Quelquefois, le soir, elle entendait une voix cachée sous
les abat-vent du clocher chanter comme pour l'endormir
une chanson triste et bizarre. C'étaient des vers sans rime,
comme un sourd en peut faire.

> Ne regarde pas la figure,
> Jeune fille, regarde le cœur.
> Le cœur d'un beau jeune homme est souvent difforme.
> Il y a des cœurs où l'amour ne se conserve pas.

> Jeune fille, le sapin n'est pas beau,
> N'est pas beau comme le peuplier,
> Mais il garde son feuillage l'hiver.
> Hélas! à quoi bon dire cela?
> Ce qui n'est pas beau a tort d'être ;
> La beauté n'aime que la beauté,
> Avril tourne le dos à janvier.

> La beauté est parfaite,
> La beauté peut tout,
> La beauté est la seule chose qui n'existe pas à demi.

> Le corbeau ne vole que le jour,
> Le hibou ne vole que la nuit,
> Le cygne vole la nuit et le jour.

Un matin, elle vit, en s'éveillant, sur sa fenêtre, deux
vases pleins de fleurs. L'un était un vase de cristal fort beau
et fort brillant, mais fêlé. Il avait laissé fuir l'eau dont on
l'avait rempli, et les fleurs qu'il contenait étaient fanées.
L'autre était un pot de grès, grossier et commun, mais qui
avait conservé toute son eau, et dont les fleurs étaient restées fraîches et vermeilles.

Je ne sais pas si ce fut avec intention, mais la Esmeralda prit le bouquet fané, et le porta tout le jour sur son sein.

Ce jour-là, elle n'entendit pas la voix de la tour chanter. Elle s'en soucia médiocrement. Elle passait ses journées à caresser Djali, à épier la porte du logis Gondelaurier, à s'entretenir tout bas de Phœbus, et à émietter son pain aux hirondelles.

Elle avait du reste tout à fait cessé de voir, cessé d'entendre Quasimodo. Le pauvre sonneur semblait avoir disparu de l'église. Une nuit pourtant, comme elle ne dormait pas et songeait à son beau capitaine, elle entendit soupirer près de sa cellule. Effrayée, elle se leva, et vit à la lumière de la lune une masse informe couchée en travers devant sa porte. C'était Quasimodo qui dormait là sur une pierre.

V

LA CLEF DE LA PORTE-ROUGE

Cependant la voix publique avait fait connaître à l'archidiacre de quelle manière miraculeuse l'égyptienne avait été sauvée. Quand il apprit cela, il ne sut ce qu'il en éprouvait. Il s'était arrangé de la mort de la Esmeralda. De cette façon il était tranquille, il avait touché le fond de la douleur possible. Le cœur humain (dom Claude avait médité sur ces matières) ne peut contenir qu'une certaine quantité de désespoir. Quand l'éponge est imbibée, la mer peut passer dessus sans y faire entrer une larme de plus.

Or, la Esmeralda morte, l'éponge était imbibée, tout était dit pour dom Claude sur cette terre. Mais la sentir vivante, et Phœbus aussi, c'étaient les tortures qui recommençaient, les secousses, les alternatives, la vie. Et Claude était las de tout cela.

Quand il sut cette nouvelle, il s'enferma dans sa cellule du cloître. Il ne parut ni aux conférences capitulaires, ni aux offices. Il ferma sa porte à tous, même à l'évêque. Il resta muré de cette sorte plusieurs semaines. On le crut malade. Il l'était en effet.

Que faisait-il ainsi enfermé ? Sous quelles pensées l'infortuné se débattait-il ? Livrait-il une dernière lutte à sa redoutable passion ? Combinait-il un dernier plan de mort pour elle et de perdition pour lui ?

Son Jehan, son frère chéri, son enfant gâté, vint une fois à sa porte, frappa, jura, supplia, se nomma dix fois. Claude n'ouvrit pas.

Il passait des journées entières la face collée aux vitres de sa fenêtre. De cette fenêtre, située dans le cloître, il voyait la logette de la Esmeralda, il la voyait souvent elle-même avec sa chèvre, quelquefois avec Quasimodo. Il remarquait les petits soins du vilain sourd, ses obéissances, ses façons délicates et soumises avec l'égyptienne. Il se rappelait, car il avait bonne mémoire, lui, et la mémoire est la tourmenteuse des jaloux, il se rappelait le regard singulier du sonneur sur la danseuse un certain soir. Il se demandait quel motif avait pu pousser Quasimodo à la sauver. Il fut témoin de mille petites scènes entre la bohémienne et le sourd dont la pantomime, vue de loin et commentée par sa passion, lui parut fort tendre. Il se défiait de la singularité des femmes. Alors il sentit confusément s'éveiller en lui une jalousie à laquelle il ne se fût jamais attendu, une jalousie qui le faisait rougir de honte et d'indignation. — Passe encore pour le capitaine, mais celui-ci! — Cette pensée le bouleversait.

Ses nuits étaient affreuses. Depuis qu'il savait l'égyptienne vivante, les froides idées de spectre et de tombe qui l'avaient obsédé un jour entier s'étaient évanouies, et la chair revenait l'aiguillonner. Il se tordait sur son lit de sentir la brune jeune fille si près de lui.

Chaque nuit, son imagination délirante lui représentait la Esmeralda dans toutes les attitudes qui avaient le plus fait bouillir ses veines. Il la voyait étendue sur le capitaine poignardé, les yeux fermés, sa belle gorge nue couverte du sang de Phœbus, à ce moment de délice où l'archidiacre avait imprimé sur ses lèvres pâles ce baiser dont la malheureuse, quoique à demi morte, avait senti la brûlure. Il la revoyait déshabillée par les mains sauvages des tortionnaires, laissant mettre à nu et emboîter dans le brodequin aux vis de fer son petit pied, sa jambe fine et ronde, son genou souple et blanc. Il revoyait encore ce genou d'ivoire resté seul en dehors de l'horrible appareil de Torterue. Il se figurait enfin la jeune fille en chemise, la corde au cou, épaules nues, pieds nus, presque nue, comme il l'avait vue le dernier jour. Ces images de volupté faisaient crisper ses poings et courir un frisson le long de ses vertèbres.

Une nuit entre autres, elles échauffèrent si cruellement dans ses artères son sang de vierge et de prêtre qu'il mordit son oreiller, sauta hors de son lit, jeta un surplis sur sa chemise, et sortit de sa cellule, sa lampe à la main, à demi nu, effaré, l'œil en feu.

Il savait où trouver la clef de la Porte-Rouge qui communiquait du cloître à l'église, et il avait toujours sur lui, comme on sait, une clef de l'escalier des tours.

VI

SUITE DE LA CLEF
DE LA PORTE-ROUGE

Cette nuit-là, la Esmeralda s'était endormie dans sa logette, pleine d'oubli, d'espérance et de douces pensées. Elle dormait depuis quelque temps, rêvant, comme toujours, de Phœbus, lorsqu'il lui sembla entendre du bruit autour d'elle. Elle avait un sommeil léger et inquiet, un sommeil d'oiseau. Un rien la réveillait. Elle ouvrit les yeux. La nuit était très noire. Cependant elle vit à sa lucarne une figure qui la regardait. Il y avait une lampe qui éclairait cette apparition. Au moment où elle se vit aperçue de la Esmeralda, cette figure souffla la lampe. Néanmoins la jeune fille avait eu le temps de l'entrevoir. Ses paupières se refermèrent de terreur. — Oh! dit-elle d'une voix éteinte, le prêtre!

Tout son malheur passé lui revint comme dans un éclair. Elle retomba sur son lit, glacée.

Un moment après, elle sentit le long de son corps un contact qui la fit tellement frémir qu'elle se dressa réveillée et furieuse sur son séant.

Le prêtre venait de se glisser près d'elle. Il l'entourait de ses deux bras.

Elle voulut crier, et ne put.

— Va-t'en, monstre! va-t'en, assassin! dit-elle d'une voix tremblante et basse à force de colère et d'épouvante.

— Grâce! grâce! murmura le prêtre en lui imprimant ses lèvres sur les épaules.

Elle lui prit sa tête chauve à deux mains par son reste de cheveux, et s'efforça d'éloigner ses baisers comme si c'eût été des morsures.

— Grâce! répétait l'infortuné. Si tu savais ce que c'est que mon amour pour toi! c'est du feu, du plomb fondu, mille couteaux dans mon cœur!

Et il arrêta ses deux bras avec une force surhumaine. Éperdue : — Lâche-moi, lui dit-elle, ou je te crache au visage!

Il la lâcha. — Avilis-moi, frappe-moi, sois méchante! fais ce que tu voudras! Mais grâce! aime-moi!

Alors elle le frappa avec une fureur d'enfant. Elle raidissait ses belles mains pour lui meurtrir la face. — Va-t-en, démon!

— Aime-moi! aime-moi! pitié! criait le pauvre prêtre en se roulant sur elle et en répondant à ses coups par des caresses.

Tout à coup, elle le sentit plus fort qu'elle. — Il faut en finir! dit-il en grinçant des dents.

Elle était subjuguée, palpitante, brisée, entre ses bras, à sa discrétion. Elle sentait une main lascive s'égarer sur elle. Elle fit un dernier effort, et se mit à crier : — Au secours! à moi! un vampire! un vampire!

Rien ne venait. Djali seule était éveillée, et bêlait avec angoisse.

— Tais-toi! disait le prêtre haletant.

Tout à coup, en se débattant, en rampant sur le sol, la main de l'égyptienne rencontra quelque chose de froid et de métallique. C'était le sifflet de Quasimodo. Elle le saisit avec une convulsion d'espérance, le porta à ses lèvres, et y siffla de tout ce qui lui restait de force. Le sifflet rendit un son clair, aigu, perçant.

— Qu'est-ce que cela? dit le prêtre.

Presque au même instant il se sentit enlever par un bras vigoureux ; la cellule était sombre, il ne put distinguer nettement qui le tenait ainsi ; mais il entendit des dents claquer de rage, et il y avait juste assez de lumière éparse dans l'ombre pour qu'il vît briller au-dessus de sa tête une large lame de coutelas.

Le prêtre crut apercevoir la forme de Quasimodo. Il supposa que ce ne pouvait être que lui. Il se souvint d'avoir trébuché en entrant contre un paquet qui était étendu en travers de la porte en dehors. Cependant, comme le nouveau venu ne proférait pas une parole, il ne savait que croire. Il se jeta sur le bras qui tenait le coutelas en criant : — Quasimodo! Il oubliait, en ce moment de détresse, que Quasimodo était sourd.

En un clin d'œil le prêtre fut terrassé, et sentit un genou de plomb s'appuyer sur sa poitrine. A l'empreinte anguleuse de ce genou, il reconnut Quasimodo. Mais que faire? comment de son côté être reconnu de lui? la nuit faisait le sourd aveugle.

Il était perdu. La jeune fille, sans pitié, comme une tigresse irritée, n'intervenait pas pour le sauver. Le coutelas se rapprochait de sa tête. Le moment était critique. Tout à coup son adversaire parut pris d'une hésitation.

— Pas de sang sur elle! dit-il d'une voix sourde.

C'était en effet la voix de Quasimodo.

Alors le prêtre sentit la grosse main qui le traînait par le pied hors de la cellule. C'est là qu'il devait mourir. Heureusement pour lui, la lune venait de se lever depuis quelques instants.

Quand ils eurent franchi la porte de la logette, son pâle rayon tomba sur la figure du prêtre. Quasimodo le regarda en face, un tremblement le prit, il lâcha le prêtre, et recula.

L'égyptienne, qui s'était avancée sur le seuil de la cellule, vit avec surprise les rôles changer brusquement. C'était maintenant le prêtre qui menaçait, Quasimodo qui suppliait.

Le prêtre, qui accablait le sourd de gestes de colère et de reproche, lui fit violemment signe de se retirer.

Le sourd baissa la tête, puis il vint se mettre à genoux devant la porte de l'égyptienne. — Monseigneur, dit-il d'une voix grave et résignée, vous ferez après ce qu'il vous plaira ; mais tuez-moi d'abord.

En parlant ainsi, il présentait au prêtre son coutelas. Le prêtre hors de lui se jeta dessus, mais la jeune fille fut plus prompte que lui. Elle arracha le couteau des mains de Quasimodo, et éclata de rire avec fureur.

— Approche! dit-elle au prêtre.

Elle tenait la lame haute. Le prêtre demeura indécis. Elle eût certainement frappé. — Tu n'oserais plus approcher, lâche! lui cria-t-elle. Puis elle ajouta avec une expression impitoyable, et sachant bien qu'elle allait percer de mille fers rouges le cœur du prêtre : — Ah! je sais que Phœbus n'est pas mort!

Le prêtre renversa Quasimodo à terre d'un coup de pied, et se replongea en frémissant de rage sous la voûte de l'escalier.

Quand il fut parti, Quasimodo ramassa le sifflet qui venait de sauver l'égyptienne. — Il se rouillait, dit-il en le lui rendant. Puis il la laissa seule.

La jeune fille, bouleversée par cette scène violente, tomba épuisée sur son lit, et se mit à pleurer à sanglots. Son horizon redevenait sinistre.

De son côté, le prêtre était rentré à tâtons dans sa cellule.

C'en était fait. Dom Claude était jaloux de Quasimodo!

Il répéta d'un air pensif sa fatale parole : Personne ne l'aura!

LIVRE DIXIÈME

I

GRINGOIRE A PLUSIEURS
BONNES IDÉES DE SUITE
RUE DES BERNARDINS

Depuis que Pierre Gringoire avait vu comment toute
cette affaire tournait, et que décidément il y aurait corde,
pendaison et autres désagréments pour les personnages
principaux de cette comédie, il ne s'était plus soucié de
s'en mêler. Les truands, parmi lesquels il était resté
considérant qu'en dernier résultat c'était la meilleure
compagnie de Paris, les truands avaient continué de s'intéresser à l'égyptienne. Il avait trouvé cela fort simple
de la part de gens qui n'avaient, comme elle, d'autre
perspective que Charmolue et Torterue, et qui ne chevauchaient pas comme lui dans les régions imaginaires entre
les deux ailes de Pegasus. Il avait appris par leurs propos
que son épousée au pot cassé s'était réfugiée dans Notre-
Dame, et il en était bien aise. Mais il n'avait pas même
la tentation d'y aller voir. Il songeait quelquefois à la
petite chèvre, et c'était tout. Du reste, le jour il faisait
des tours de force pour vivre, et la nuit il élucubrait un
mémoire contre l'évêque de Paris, car il se souvenait
d'avoir été inondé par les roues de ses moulins, et il lui
en gardait rancune. Il s'occupait aussi de commenter
le bel ouvrage de Baudry le Rouge, évêque de Noyon et
de Tournay, *de Cupa Petrarum*, ce qui lui avait donné un
goût violent pour l'architecture ; penchant qui avait remplacé dans son cœur sa passion pour l'hermétisme, dont il

n'était d'ailleurs qu'un corollaire naturel, puisqu'il y a un lien intime entre l'hermétique et la maçonnerie. Gringoire avait passé de l'amour d'une idée à l'amour de la forme de cette idée.

Un jour, il s'était arrêté près de Saint-Germain-l'Auxerrois à l'angle d'un logis qu'on appelait *le For-l'Évêque*, lequel faisait face à un autre qu'on appelait *le For-le-Roi*. Il y avait à ce For-l'Évêque une charmante chapelle du quatorzième siècle dont le chevet donnait sur la rue. Gringoire en examinait dévotement les sculptures extérieures. Il était dans un de ces moments de jouissance égoïste, exclusive, suprême, où l'artiste ne voit dans le monde que l'art et voit le monde dans l'art. Tout à coup, il sent une main se poser gravement sur son épaule. Il se retourne. C'était son ancien ami, son ancien maître, Monsieur l'archidiacre.

Il resta stupéfait. Il y avait longtemps qu'il n'avait vu l'archidiacre, et dom Claude était un de ces hommes solennels et passionnés dont la rencontre dérange toujours l'équilibre d'un philosophe sceptique.

L'archidiacre garda quelques instants un silence pendant lequel Gringoire eut le loisir de l'observer. Il trouva dom Claude bien changé, pâle comme un matin d'hiver, les yeux caves, les cheveux presque blancs. Ce fut le prêtre qui rompit enfin le silence en disant d'un ton tranquille, mais glacial : — Comment vous portez-vous, maître Pierre ?

— Ma santé ? répondit Gringoire. Hé ! hé ! on en peut dire ceci et cela. Toutefois l'ensemble est bon. Je ne prends trop de rien. Vous savez, maître ? le secret de se bien porter, selon Hippocrates, *id est : cibi, potus, somni, Venus, omnia moderata sint.*

— Vous n'avez donc aucun souci, maître Pierre ? reprit l'archidiacre en regardant fixement Gringoire.

— Ma foi, non.

— Et que faites-vous maintenant ?

— Vous le voyez, mon maître. J'examine la coupe de ces pierres, et la façon dont est fouillé ce bas-relief.

Le prêtre se mit à sourire, de ce sourire amer qui ne relève qu'une des extrémités de la bouche. — Et cela vous amuse ?

— C'est le paradis ! s'écria Gringoire. Et se penchant sur les sculptures avec la mine éblouie d'un démonstrateur de phénomènes vivants : Est-ce donc que vous ne trouvez pas, par exemple, cette métamorphose de basse-taille exécutée avec beaucoup d'adresse, de mignardise et de patience? Regardez cette colonnette. Autour de quel chapiteau avez-vous vu feuilles plus tendres et mieux caressées du ciseau? Voici trois rondes-bosses de Jean Maillevin. Ce ne sont pas les plus belles œuvres de ce grand génie. Néanmoins, la naïveté, la douceur des visages, la gaieté des attitudes et des draperies, et cet agrément inexplicable qui se mêle dans tous les défauts, rendent les figurines bien égayées et bien délicates, peut-être même trop.

— Vous trouvez que ce n'est pas divertissant?

— Si fait! dit le prêtre.

— Et si vous voyiez l'intérieur de la chapelle! reprit le poète avec son enthousiasme bavard. Partout des sculptures. C'est touffu comme un cœur de chou! L'abside est d'une façon fort dévote et si particulière que je n'ai rien vu de même ailleurs!

Dom Claude l'interrompit : — Vous êtes donc heureux?

Gringoire répondit avec feu :

— En honneur, oui! J'ai d'abord aimé des femmes, puis des bêtes. Maintenant j'aime des pierres. C'est tout aussi amusant que les bêtes et les femmes, et c'est moins perfide.

Le prêtre mit sa main sur son front. C'était son geste habituel. — En vérité!

— Tenez! dit Gringoire, on a des jouissances! — Il prit le bras du prêtre qui se laissait aller, et le fit entrer sous la tourelle de l'escalier du For-l'Évêque. — Voilà un escalier! chaque fois que je le vois, je suis heureux. C'est le degré de la manière la plus simple et la plus rare de Paris. Toutes les marches sont par-dessous délardées. Sa beauté et sa simplicité consistent dans les girons de l'une et de l'autre, portant un pied ou environ, qui sont entrelacés, enclavés, emboîtés, enchaînés, enchâssés, entretaillés l'un dans l'autre, et s'entre-mordent d'une façon vraiment ferme et gentille!

— Et vous ne désirez rien?

— Non.

— Et vous ne regrettez rien?

— Ni regret ni désir. J'ai arrangé ma vie.

— Ce qu'arrangent les hommes, dit Claude, les choses le dérangent.

— Je suis un philosophe pyrrhonien, répondit Gringoire, et je tiens tout en équilibre.

— Et comment la gagnez-vous, votre vie?

— Je fais encore çà et là des épopées et des tragédies ; mais ce qui me rapporte le plus, c'est l'industrie que vous

me connaissez, mon maître. Porter des pyramides de
chaises sur mes dents.

— Le métier est grossier pour un philosophe.

— C'est encore de l'équilibre, dit Gringoire. Quand on a
une pensée, on la retrouve en tout.

— Je le sais, répondit l'archidiacre.

Après un silence, le prêtre reprit : — Vous êtes néanmoins assez misérable ?

— Misérable, oui ; malheureux, non.

En ce moment, un bruit de chevaux se fit entendre, et
nos deux interlocuteurs virent défiler au bout de la rue
une compagnie des archers de l'ordonnance du roi, les
lances hautes, l'officier en tête. La cavalcade était brillante
et résonnait sur le pavé.

— Comme vous regardez cet officier ! dit Gringoire à
l'archidiacre.

— C'est que je crois le connaître.

— Comment le nommez-vous ?

— Je crois, dit Claude, qu'il s'appelle Phœbus de Châteaupers.

— Phœbus ! un nom de curiosité ! Il y a aussi Phœbus,
comte de Foix. J'ai souvenir d'avoir connu une fille qui ne
jurait que par Phœbus.

— Venez-vous-en, dit le prêtre. J'ai quelque chose à
vous dire.

Depuis le passage de cette troupe, quelque agitation perçait sous l'enveloppe glaciale de l'archidiacre. Il se mit à
marcher. Gringoire le suivait, habitué à lui obéir, comme
tout ce qui avait approché une fois cet homme plein d'as-
cendant. Ils arrivèrent en silence jusqu'à la rue des Bernardins qui était assez déserte. Dom Claude s'y arrêta.

— Qu'avez-vous à me dire, mon maître ? lui demanda
Gringoire.

— Est-ce que vous ne trouvez pas, répondit l'archidiacre
d'un air de profonde réflexion, que l'habit de ces cavaliers
que nous venons de voir est plus beau que le vôtre et que
le mien ?

Gringoire hocha la tête. — Ma foi ! j'aime mieux ma
gonelle jaune et rouge que ces écailles de fer et d'acier.
Beau plaisir, de faire en marchant le même bruit que le
quai de la Ferraille par un tremblement de terre !

— Donc, Gringoire, vous n'avez jamais porté envie à ces
beaux fils en hoquetons de guerre ?

— Envie de quoi, monsieur l'archidiacre ? de leur force,
de leur armure, de leur discipline ? Mieux valent la philo-

sophie et l'indépendance en guenilles. J'aime mieux être tête de mouche que queue de lion.

— Cela est singulier, dit le prêtre rêveur. Une belle livrée est pourtant belle.

Gringoire, le voyant pensif, le quitta pour aller admirer le porche d'une maison voisine. Il revint en frappant des mains. — Si vous étiez moins occupé des beaux habits des gens de guerre, monsieur l'archidiacre, je vous prierais d'aller voir cette porte. Je l'ai toujours dit, la maison du sieur Aubry a une entrée la plus superbe du monde.

— Pierre Gringoire, dit l'archidiacre, qu'avez-vous fait de cette petite danseuse égyptienne?

— La Esmeralda? Vous changez bien brusquement de conversation.

— N'était-elle pas votre femme?

— Oui, au moyen d'une cruche cassée. Nous en avions pour quatre ans. — A propos, ajouta Gringoire en regardant l'archidiacre d'un air à demi goguenard, vous y pensez donc toujours?

— Et vous, vous n'y pensez plus?

— Peu. — J'ai tant de choses!... Mon Dieu, que la petite chèvre était jolie!

— Cette bohémienne ne vous avait-elle pas sauvé la vie?

— C'est pardieu vrai.

— Eh bien! qu'est-elle devenue? qu'en avez-vous fait?

— Je ne vous dirai pas. Je crois qu'ils l'ont pendue.

— Vous croyez?

— Je ne suis pas sûr. Quand j'ai vu qu'ils voulaient pendre les gens, je me suis retiré du jeu.

— C'est là tout ce que vous en savez?

— Attendez donc. On m'a dit qu'elle s'était réfugiée dans Notre-Dame, et qu'elle y était en sûreté, et j'en suis ravi, et je n'ai pu découvrir si la chèvre s'était sauvée avec elle, et c'est tout ce que j'en sais.

— Je vais vous en apprendre davantage, cria dom Claude, et sa voix, jusqu'alors basse, lente et presque sourde, était devenue tonnante. Elle est en effet réfugiée dans Notre-Dame. Mais dans trois jours la justice l'y reprendra, et elle sera pendue en Grève. Il y a arrêt du parlement.

— Voilà qui est fâcheux, dit Gringoire.

Le prêtre, en un clin d'œil, était redevenu froid et calme.

— Et qui diable, reprit le poète, s'est donc amusé à solliciter un arrêt de réintégration? Est-ce qu'on ne pouvait pas laisser le parlement tranquille? Qu'est-ce que cela fait qu'une pauvre fille s'abrite sous les arcs-boutants de Notre-Dame à côté des nids d'hirondelle?

— Il y a des satans dans le monde, répondit l'archidiacre.

— Cela est diablement mal emmanché, observa Gringoire.

L'archidiacre reprit après un silence : — Donc, elle vous a sauvé la vie?

— Chez mes bons amis les truandiers. Un peu plus, un peu moins, j'étais pendu. Ils en seraient fâchés aujourd'hui.

— Est-ce que vous ne voulez rien faire pour elle?

— Je ne demande pas mieux, dom Claude. Mais si je vais m'entortiller une vilaine affaire autour du corps?

— Qu'importe!

— Bah! qu'importe! Vous êtes bon, vous, mon maître! J'ai deux grands ouvrages commencés.

Le prêtre se frappa le front. Malgré le calme qu'il affectait, de temps en temps un geste violent révélait ses convulsions intérieures. — Comment la sauver?

Gringoire lui dit : — Mon maître, je vous répondrai : *Il padelt*, ce qui veut dire en turc : *Dieu est notre espérance*.

— Comment la sauver? répéta Claude rêveur.

Gringoire à son tour se frappa le front.

— Écoutez, mon maître. J'ai de l'imagination. Je vais vous trouver des expédients. — Si on demandait la grâce au roi?

— A Louis XI? une grâce?

— Pourquoi pas?

— Va prendre son os au tigre!

Gringoire se mit à chercher de nouvelles solutions.

— Eh bien! tenez! — Voulez-vous que j'adresse aux matrones une requête avec déclaration que la fille est enceinte.

Cela fit étinceler la creuse prunelle du prêtre.

— Enceinte! drôle! est-ce que tu en sais quelque chose?

Gringoire fut effrayé de son air. Il se hâta de dire : — Oh! non pas moi! Notre mariage était un vrai *forismaritagium*. Je suis resté dehors. Mais enfin on obtiendrait un sursis.

— Folie! infamie! tais-toi!

— Vous avez tort de vous fâcher, grommela Gringoire. On obtient un sursis, cela ne fait de mal à personne, et cela fait gagner quarante deniers parisis aux matrones, qui sont de pauvres femmes.

Le prêtre ne l'écoutait pas. — Il faut pourtant qu'elle sorte de là! murmura-t-il. L'arrêt est exécutoire sous trois jours! D'ailleurs, il n'y aurait pas d'arrêt, ce Quasimodo! Les femmes ont des goûts bien dépravés! Il haussa la voix :

— Maître Pierre, j'y ai bien réfléchi, il n'y a qu'un moyen de salut pour elle.

— Lequel? moi, je n'en vois plus.

— Écoutez, maître Pierre, souvenez-vous que vous lui devez la vie. Je vais vous dire franchement mon idée. L'église est guettée jour et nuit. On n'en laisse sortir que ceux qu'on y a vus entrer. Vous pourrez donc entrer. Vous viendrez. Je vous introduirai près d'elle. Vous changerez d'habits avec elle. Elle prendra votre pourpoint, vous prendrez sa jupe.

— Cela va bien jusqu'à présent, observa le philosophe. Et puis?

— Et puis? Elle sortira avec vos habits ; vous resterez avec les siens. On vous pendra peut-être, mais elle sera sauvée.

Gringoire se gratta l'oreille avec un air très sérieux.

— Tiens! dit-il, voilà une idée qui ne me serait jamais venue toute seule.

A la proposition inattendue de dom Claude, la figure ouverte et bénigne du poète s'était brusquement rembrunie, comme un riant paysage d'Italie quand il survient un coup de vent malencontreux qui écrase un nuage sur le soleil.

— Hé bien, Gringoire! que dites-vous du moyen?

— Je dis, mon maître, qu'on ne me pendra pas peut-être, mais qu'on me pendra indubitablement.

— Cela ne nous regarde pas.

— La peste! dit Gringoire.

— Elle vous a sauvé la vie. C'est une dette que vous payez.

— Il y en a bien d'autres que je ne paie pas!

— Maître Pierre, il le faut absolument.

L'archidiacre parlait avec empire.

— Écoutez, dom Claude, répondit le poète tout consterné. Vous tenez à cette idée et vous avez tort. Je ne vois pas pourquoi je me ferais pendre à la place d'un autre.

— Qu'avez-vous donc tant qui vous attache à la vie?

— Ah! mille raisons!

— Lesquelles, s'il vous plaît?

— Lesquelles? L'air, le ciel, le matin, le soir, le clair de lune, mes bons amis les truands, nos gorges chaudes avec les vilotières, les belles architectures de Paris à étudier,

trois gros livres à faire, dont un contre l'évêque et ses
moulins, que sais-je, moi? Anaxagoras disait qu'il était au
monde pour admirer le soleil. Et puis, j'ai le bonheur de
passer toutes mes journées du matin au soir avec un homme
de génie qui est moi, et c'est fort agréable.

— Tête à faire un grelot! grommela l'archidiacre. —
Eh! parle, cette vie que tu te fais si charmante, qui te l'a
conservée? A quoi dois-tu de respirer cet air, de voir ce ciel,
et de pouvoir encore amuser ton esprit d'alouette de billevesées et de folies? Sans elle, où serais-tu? Tu veux donc
qu'elle meure, elle par qui tu es vivant? qu'elle meure, cette
créature, belle, douce, adorable, nécessaire à la lumière du
monde, plus divine que Dieu! tandis que toi, demi-sage et
demi-fou, vaine ébauche de quelque chose, espèce de
végétal qui crois marcher et qui crois penser, tu continueras
à vivre avec la vie que tu lui as volée, aussi inutile qu'une
chandelle en plein midi? Allons, un peu de pitié, Gringoire!
sois généreux à ton tour. C'est elle qui a commencé.

Le prêtre était véhément. Gringoire l'écouta d'abord avec
un air indéterminé, puis il s'attendrit, et finit par faire une
grimace tragique qui fit ressembler sa blême figure à celle
d'un nouveau-né qui a la colique.

— Vous êtes pathétique, dit-il en essuyant une larme.
— Eh bien! j'y réfléchirai. — C'est une drôle d'idée que
vous avez eue là. — Après tout, poursuivit-il après un
silence, qui sait? peut-être ne me pendront-ils pas.
N'épouse pas toujours qui fiance. Quand ils me trouveront
dans cette logette, si grotesquement affublé, en jupe et en
coiffe, peut-être éclateront-ils de rire. — Et puis, s'ils me
pendent, eh bien! la corde, c'est une mort comme une
autre, ou, pour mieux dire, ce n'est pas une mort comme
une autre. C'est une mort digne du sage qui a oscillé toute
sa vie, une mort qui n'est ni chair ni poisson, comme
l'esprit du véritable sceptique, une mort tout empreinte
de pyrrhonisme et d'hésitation, qui tient le milieu entre le
ciel et la terre, qui vous laisse en suspens. C'est une mort de
philosophe, et j'y étais prédestiné peut-être. Il est magnifique de mourir comme on a vécu.

Le prêtre l'interrompit : — Est-ce convenu?

— Qu'est-ce que la mort, à tout prendre? poursuivit
Gringoire avec exaltation. Un mauvais moment, un péage,
le passage de peu de chose à rien. Quelqu'un ayant demandé
à Cercidas, mégalopolitain, s'il mourrait volontiers : Pourquoi non? répondit-il ; car après ma mort je verrai ces
grands hommes, Pythagoras entre les philosophes, Heca-

tæus entre les historiens, Homère entre les poètes, Olympe entre les musiciens.

L'archidiacre lui présenta la main. — Donc c'est dit? vous viendrez demain.

Ce geste ramena Gringoire au positif.

— Ah! ma foi non! dit-il du ton d'un homme qui se réveille. Être pendu! c'est trop absurde. Je ne veux pas.

— Adieu alors! Et l'archidiacre ajouta entre ses dents : Je te retrouverai!

— Je ne veux pas que ce diable d'homme me retrouve, pensa Gringoire ; et il courut après dom Claude. — Tenez, monsieur l'archidiacre, pas d'humeur entre vieux amis! Vous vous intéressez à cette fille, à ma femme, veux-je dire, c'est bien. Vous avez imaginé un stratagème pour la faire sortir sauve de Notre-Dame, mais votre moyen est extrêmement désagréable pour moi, Gringoire. — Si j'en avais un autre, moi! — Je vous préviens qu'il vient de me survenir à l'instant une inspiration très lumineuse. — Si j'avais une idée expédiente pour la tirer du mauvais pas sans compromettre mon cou avec le moindre nœud coulant? qu'est-ce que vous diriez? cela ne vous suffirait-il point? Est-il absolument nécessaire que je sois pendu pour que vous soyez content?

Le prêtre arrachait d'impatience les boutons de sa soutane. — Ruisseau de paroles! — Quel est ton moyen?

— Oui, reprit Gringoire se parlant à lui-même et touchant son nez avec son index en signe de méditation, — c'est cela! — Les truands sont de braves fils. — La tribu d'Égypte l'aime. — Ils se lèveront au premier mot. — Rien de plus facile. — Un coup de main. — A la faveur du désordre, on l'enlèvera aisément. — Dès demain soir... — Ils ne demanderont pas mieux.

— Le moyen! parle, dit le prêtre en le secouant.

Gringoire se tourna majestueusement vers lui : — Laissez-moi donc! vous voyez bien que je compose. Il réfléchit encore quelques instants. Puis il se mit à battre des mains à sa pensée en criant : — Admirable! réussite sûre!

— Le moyen! reprit Claude en colère.

Gringoire était radieux.

— Venez, que je vous dise cela tout bas. C'est une contre-mine vraiment gaillarde et qui nous tire tous d'affaire. Pardieu! il faut convenir que je ne suis pas un imbécile.

Il s'interrompit : — Ah çà! la petite chèvre est-elle avec la fille?

— Oui. Que le diable t'emporte!

— C'est qu'ils l'auraient pendue aussi, n'est-ce pas?

— Qu'est-ce que cela me fait?

— Oui, ils l'auraient pendue. Ils ont bien pendu une truie le mois passé. Le bourrel aime cela. Il mange la bête après. Pendre ma jolie Djali! Pauvre petit agneau!

— Malédiction! s'écria dom Claude. Le bourreau, c'est toi. Quel moyen de salut as-tu donc trouvé, drôle? faudra-t-il t'accoucher ton idée avec les forceps?

— Tout beau, maître! voici.

Gringoire se pencha à l'oreille de l'archidiacre et lui parla très bas, en jetant un regard inquiet d'un bout à l'autre de la rue où il ne passait pourtant personne. Quand il eut fini, dom Claude lui prit la main et lui dit froidement :
— C'est bon. A demain.

— A demain, répéta Gringoire. Et tandis que l'archidiacre s'éloignait d'un côté, il s'en alla de l'autre en se disant à demi-voix : — Voilà une fière affaire, monsieur Pierre Gringoire. N'importe. Il n'est pas dit, parce qu'on est petit, qu'on s'effraiera d'une grande entreprise. Biton porta un grand taureau sur ses épaules; les hochequeues, les fauvettes et les traquets traversent l'océan.

II

FAITES-VOUS TRUAND

L'archidiacre, en rentrant au cloître, trouva à la porte de sa cellule son frère Jehan du Moulin qui l'attendait et qui avait charmé les ennuis de l'attente en dessinant avec un charbon sur le mur un profil de son frère aîné enrichi d'un nez démesuré.

Dom Claude regarda à peine son frère. Il avait d'autres songes. Ce joyeux visage de vaurien dont le rayonnement avait tant de fois rasséréné la sombre physionomie du prêtre était maintenant impuissant à fondre la brume qui s'épaississait chaque jour davantage sur cette âme corrompue, méphitique et stagnante.

— Mon frère, dit timidement Jehan, je viens vous voir.

L'archidiacre ne leva seulement pas les yeux sur lui. — Après?

— Mon frère, reprit l'hypocrite, vous êtes si bon pour

moi, et vous me donnez de si bons conseils que je reviens
toujours à vous.

— Ensuite ?

— Hélas! mon frère, c'est que vous aviez bien raison
quand vous me disiez : — Jehan! Jehan! *cessat doctorum
doctrina, discipulorum disciplina.* Jehan, soyez sage, Jehan,
soyez docte, Jehan, ne pernoctez pas hors le collège sans
occasion légitime et congé du maître. Ne battez pas les
picards, *noli, Joannes, verberare picardos.* Ne pourrissez
pas comme un âne illettré, *quasi asinus illitteratus,* sur le
feurre de l'école. Jehan, laissez-vous punir à la discrétion du
maître. Jehan, allez tous les soirs à la chapelle et chantez-y
une antienne avec verset et oraison à madame la glorieuse
Vierge Marie. Hélas! que c'étaient là de très excellents
avis!

— Et puis ?

— Mon frère, vous voyez un coupable, un criminel, un
misérable, un libertin, un homme énorme! Mon cher frère,
Jehan a fait de vos gracieux conseils paille et fumier à fouler
aux pieds. J'en suis bien châtié, et le bon Dieu est extraordinairement juste. Tant que j'ai eu de l'argent, j'ai fait
ripaille, folie et vie joyeuse. Oh! que la débauche, si charmante de face, est laide et rechignée par derrière! Maintenant je n'ai plus un blanc, j'ai vendu ma nappe, ma chemise et ma touaille, plus de joyeuse vie! la belle chandelle
est éteinte, et je n'ai plus que la vilaine mèche de suif qui
me fume dans le nez. Les filles se moquent de moi. Je bois
de l'eau. Je suis bourrelé de remords et de créanciers.

— Le reste ? dit l'archidiacre.

— Hélas! très cher frère, je voudrais bien me ranger à
une meilleure vie. Je viens à vous, plein de contrition. Je
suis pénitent. Je me confesse. Je me frappe la poitrine à
grands coups de poing. Vous avez bien raison de vouloir
que je devienne un jour un licencié et sous-moniteur du collège
de Torchi. Voici que je me sens à présent une vocation
magnifique pour cet état. Mais je n'ai plus d'encre, il faut
que j'en rachète ; je n'ai plus de plumes, il faut que j'en
rachète ; je n'ai plus de papier, je n'ai plus de livres, il faut
que j'en rachète. J'ai grand besoin pour cela d'un peu de
finance. Et je viens à vous, mon frère, le cœur plein de
contrition.

— Est-ce tout ?

— Oui, dit l'écolier. Un peu d'argent.

— Je n'en ai pas.

L'écolier dit alors d'un air grave et résolu en même

temps : — Eh bien, mon frère, je suis fâché d'avoir à vous
dire qu'on me fait d'autre part de très belles offres et pro-
positions. Vous ne voulez pas me donner d'argent? —
Non? — En ce cas, je vais me faire truand.

En prononçant ce mot monstrueux, il prit une mine
d'Ajax, s'attendant à voir tomber la foudre sur sa tête.

L'archidiacre lui fit froidement : — Faites-vous truand.

Jehan le salua profondément et redescendit l'escalier du
cloître en sifflant.

Au moment où il passait dans la cour du cloître sous la
fenêtre de la cellule de son frère, il entendit cette fenêtre
s'ouvrir, leva le nez et vit passer par l'ouverture la tête
sévère de l'archidiacre. — Va-t'en au diable! disait dom
Claude ; voici le dernier argent que tu auras de moi.

En même temps, le prêtre jeta à Jehan une bourse qui fit
à l'écolier une grosse bosse au front, et dont Jehan s'en alla
à la fois fâché et content, comme un chien qu'on lapiderait
avec des os à moelle.

III

VIVE LA JOIE!

Le lecteur n'a peut-être pas oublié qu'une partie de la
Cour des Miracles en était close par l'ancien mur d'enceinte
de la ville, dont bon nombre de tours commençaient dès
cette époque à tomber en ruine. L'une de ces tours avait été
convertie en lieu de plaisir par les truands. Il y avait cabaret
dans la salle basse, et le reste dans les étages supérieurs.
Cette tour était le point le plus vivant et par conséquent le
plus hideux de la truanderie. C'était une sorte de ruche
monstrueuse qui y bourdonnait nuit et jour. La nuit, quand
tout le surplus de la gueuserie dormait, quand il n'y avait
plus une fenêtre allumée sur les façades terreuses de la
place, quand on n'entendait plus sortir un cri de ces innombrables maisonnées, de ces fourmilières de voleurs, de filles
et d'enfants volés ou bâtards, on reconnaissait toujours la
joyeuse tour au bruit qu'elle faisait, à la lumière écarlate
qui, rayonnant à la fois aux soupiraux, aux fenêtres, aux
fissures des murs lézardés, s'échappait pour ainsi dire de
tous ses pores.

La cave était donc le cabaret. On y descendait par une

porte basse et par un escalier aussi roide qu'un alexandrin classique. Sur la porte il y avait en guise d'enseigne un merveilleux barbouillage représentant des sols neufs et des poulets tués, avec ce calembour au-dessous : *Aux sonneurs pour les trépassés.*

Un soir, au moment où le couvre-feu sonnait à tous les beffrois de Paris, les sergents du guet, s'il leur eût été donné d'entrer dans la redoutable Cour des Miracles, auraient pu remarquer qu'il se faisait dans la taverne des truands plus de tumulte encore qu'à l'ordinaire, qu'on y buvait plus et qu'on y jurait mieux. Au dehors, il y avait dans la place force groupes qui s'entretenaient à voix basse, comme lorsqu'il se trame un grand dessein, et çà et là un drôle accroupi qui aiguisait une méchante lame de fer sur un pavé.

Cependant dans la taverne même, le vin et le jeu étaient une si puissante diversion aux idées qui occupaient ce soir-là la truanderie, qu'il eût été difficile de deviner aux propos des buveurs de quoi il s'agissait. Seulement ils avaient l'air plus gai que de coutume, et on leur voyait à tous reluire quelque arme entre les jambes, une serpe, une cognée, un gros estramaçon, ou le croc d'une vieille hacquebute.

La salle, de forme ronde, était très vaste, mais les tables étaient si pressées et les buveurs si nombreux, que tout ce que contenait la taverne, hommes, femmes, bancs, cruches à bière, ce qui buvait, ce qui dormait, ce qui jouait, les bien-portants, les éclopés, semblaient entassés pêle-mêle avec autant d'ordre et d'harmonie qu'un tas d'écailles d'huîtres. Il y avait quelques suifs allumés sur les tables ; mais le véritable luminaire de la taverne, ce qui remplissait dans le cabaret le rôle du lustre dans une salle d'opéra, c'était le feu. Cette cave était si humide qu'on n'y laissait jamais éteindre la cheminée, même en plein été ; une cheminée immense à manteau sculpté, toute hérissée de lourds chenets de fer et d'appareils de cuisine, avec un de ces gros feux mêlés de bois et de tourbe qui, la nuit, dans les rues de village, font saillir si rouge sur les murs d'en face le spectre des fenêtres de forge. Un grand chien, gravement assis dans la cendre, tournait devant la braise une broche chargée de viandes.

Quelle que fût la confusion, après le premier coup d'œil, on pouvait distinguer dans cette multitude trois groupes principaux, qui se pressaient autour de trois personnages que le lecteur connaît déjà. L'un de ces personnages, bizarrement accoutré de maint oripeau oriental, était Mathias Hungadi Spicali, duc d'Égypte et de Bohême. Le maraud

était assis sur une table, les jambes croisées, le doigt en
l'air, et faisait d'une voix haute distribution de sa science
en magie blanche et noire à mainte face béante qui l'entourait. Une autre cohue s'épaississait autour de notre ancien
ami, le vaillant roi de Thunes, armé jusqu'aux dents. Clopin
Trouillefou, d'un air très sérieux et à voix basse, réglait le
pillage d'une énorme futaille pleine d'armes, largement
défoncée devant lui, d'où se dégorgeaient en foule haches,
épées, bassinets, cottes de mailles, platers, fers de lance et
d'archegayes, sagettes et viretons, comme pommes et rai-
sins d'une corne d'abondance. Chacun prenait au tas, qui le
morion, qui l'estoc, qui la miséricorde à poignée en croix.
Les enfants eux-mêmes s'armaient, et il y avait jusqu'à des
culs-de-jatte qui, bardés et cuirassés, passaient entre les
jambes des buveurs comme de gros scarabées.

Enfin un troisième auditoire, le plus bruyant, le plus
jovial et le plus nombreux, encombrait les bancs et les tables
au milieu desquels pérorait et jurait une voix en flûte qui
s'échappait de dessous une pesante armure complète du
casque aux éperons. L'individu qui s'était ainsi vissé une
panoplie sur le corps disparaissait tellement sous l'habit de
guerre qu'on ne voyait plus de sa personne qu'un nez
effronté, rouge, retroussé, une boucle de cheveux blonds,
une bouche rose et des yeux hardis. Il avait la ceinture
pleine de dagues et de poignards, une grande épée au flanc,
une arbalète rouillée à sa gauche, et un vaste broc de vin
devant lui, sans compter à sa droite une épaisse fille
débraillée. Toutes les bouches à l'entour de lui riaient,
sacraient et buvaient.

Qu'on ajoute vingt groupes secondaires, et les filles et les
garçons de service courant avec des brocs en tête, les joueurs
accroupis sur les billes, sur les merelles, sur les dés, sur les
vachettes, sur le jeu passionné du tringlet, les querelles
dans un coin, les baisers dans l'autre, et l'on aura quelque
idée de cet ensemble, sur lequel vacillait la clarté d'un grand
feu flambant qui faisait danser sur les murs du cabaret
mille ombres démesurées et grotesques.

Quant au bruit, c'était l'intérieur d'une cloche en grande
volée.

La lèchefrite, où pétillait une pluie de graisse, emplissait
de son glapissement continu les intervalles de ces mille dialogues qui se croisaient d'un bout à l'autre de la
salle.

Il y avait parmi ce vacarme, au fond de la taverne, sur
le banc intérieur de la cheminée, un philosophe qui médi-

tait, les pieds dans la cendre et l'œil sur les tisons. C'était Pierre Gringoire.

— Allons, vite, dépêchons, armez-vous! on se met en marche dans une heure! disait Clopin Trouillefou à ses argotiers.

Une fille fredonnait :

> Bonsoir, mon père et ma mère!
> Les derniers couvrent le feu.

Deux joueurs de cartes se disputaient. — Valet! criait le plus empourpré des deux, en montrant le poing à l'autre je vais te marquer au trèfle. Tu pourras remplacer Mistigri dans le jeu de cartes de monseigneur le roi.

— Ouf! hurlait un normand, reconnaissable à son accent nasillard, on est ici tassé comme les saints de Caillouville!

— Fils, disait à son auditoire le duc d'Égypte parlant en fausset, les sorcières de France vont au sabbat sans balai, ni graisse, ni monture, seulement avec quelques paroles magiques. Les sorcières d'Italie ont toujours un bouc qui les attend à leur porte. Toutes sont tenues de sortir par la cheminée.

La voix du jeune drôle armé de pied en cap dominait le brouhaha. — Noël! Noël! criait-il. Mes premières armes aujourd'hui! Truand! je suis truand, ventre de Christ! versez-moi à boire! — Mes amis, je m'appelle Jehan Frollo du Moulin, et je suis gentilhomme. Je suis d'avis que, si Dieu était gendarme, il se ferait pillard. Frères, nous allons faire une belle expédition. Nous sommes des vaillants. Assiéger l'église, enfoncer les portes, en tirer la belle fille, la sauver des juges, la sauver des prêtres, démanteler le cloître, brûler l'évêque dans l'évêché, nous ferons cela en moins de temps qu'il n'en faut à un bourgmestre pour manger une cuillerée de soupe. Notre cause est juste, nous pillerons Notre-Dame, et tout sera dit. Nous pendrons Quasimodo. Connaissez-vous Quasimodo, mesdamoiselles? L'avez-vous vu s'essouffler sur le bourdon un jour de grande Pentecôte? Corne du Père! c'est très beau! on dirait un diable à cheval sur une gueule. — Mes amis, écoutez-moi, je suis truand au fond du cœur, je suis argotier dans l'âme, je suis né cagou. J'ai été très riche, et j'ai mangé mon bien. Ma mère voulait me faire officier, mon père sous-diacre, ma tante conseiller aux enquêtes, ma grand'mère protonotaire du roi, ma grand'tante trésorier de robe courte. Moi, je me suis fait truand. J'ai dit cela à mon père qui m'a craché sa malédiction au visage, à ma mère qui s'est mise, la vieille dame, à pleurer et à baver comme cette bûche sur ce chenet. Vive la joie! je suis un vrai Bicêtre! Tavernière ma mie, d'autre vin! j'ai encore de quoi payer. Je ne veux plus de vin de Suresnes. Il me chagrine le gosier. J'aimerais autant, corbœuf! me gargariser d'un panier!

Cependant la cohue applaudissait avec des éclats de rire et, voyant que le tumulte redoublait autour de lui, l'écolier s'écria : — Oh! le beau bruit! *Populi debacchantis populosa debacchatio!* Alors il se mit à chanter, l'œil comme noyé dans l'extase, du ton d'un chanoine qui entonne vêpres : — *Quæ cantica! quæ organa! quæ cantilenæ! quæ melodiæ hic sine fine decantantur! sonant melliflua hymnorum organa, suavissima angelorum melodia, cantica canticorum mira!* Il s'interrompit : — Buvetière du diable, donne-moi à souper.

Il y eut un moment de quasi-silence pendant lequel s'éleva à son tour la voix aigre du duc d'Égypte, enseignant ses bohémiens — ... La belette s'appelle Aduine, le renard Pied-Bleu ou le Coureur-des-Bois, le loup Pied-Gris ou Pied-Doré, l'ours le Vieux ou le Grand-Père. — Le bonnet d'un gnome rend invisible, et fait voir les choses invisibles.

— Tout crapaud qu'on baptise doit être vêtu de velours rouge ou noir, une sonnette au cou, une sonnette aux pieds. Le parrain tient la tête, la marraine le derrière. — C'est le démon Sidragasum qui a le pouvoir de faire danser les filles toutes nues.

— Par la messe! interrompit Jehan, je voudrais être le démon Sidragasum.

Cependant les truands continuaient de s'armer en chuchotant à l'autre bout du cabaret.

— Cette pauvre Esmeralda! disait un bohémien. — C'est notre sœur. — Il faut la tirer de là.

— Est-elle donc toujours à Notre-Dame? reprenait un marcandier à mine de juif.

— Oui, pardieu!

— Eh bien! camarades, s'écria le marcandier, à Notre-Dame! D'autant mieux qu'il y a à la chapelle des saints Féréol et Ferrution deux statues, l'une de saint Jean-Baptiste, l'autre de saint Antoine, toutes d'or, pesant ensemble dix-sept marcs d'or et quinze estellins, et les sous-pieds d'argent doré dix-sept marcs cinq onces. Je sais cela. Je suis orfèvre.

Ici on servit à Jehan son souper. Il s'écria, en s'étalant sur la gorge de la fille sa voisine :

— Par saint Voult-de-Lucques, que le peuple appelle saint Goguelu, je suis parfaitement heureux. J'ai là devant moi un imbécile qui me regarde avec la mine glabre d'un archiduc. En voici un à ma gauche qui a les dents si longues qu'elles lui cachent le menton. Et puis je suis comme le maréchal de Gié au siège de Pontoise, j'ai ma droite appuyée à un mamelon. — Ventre-Mahom! camarade! tu as l'air d'un marchand d'esteufs, et tu viens t'asseoir auprès de moi! Je suis noble, l'ami. La marchandise est incompatible avec la noblesse. Va-t'en de là. — Holàhée! vous autres! ne vous battez pas! Comment, Baptiste Croque-Oison, toi qui as un si beau nez, tu vas le risquer contre les gros poings de ce butor! Imbécile! *Non cuiquam datum est habere nasum.* — Tu es vraiment divine, Jacqueline Ronge-Oreille! c'est dommage que tu n'aies pas de cheveux. — Holà! je m'appelle Jehan Frollo, et mon frère est archidiacre. Que le diable l'emporte! Tout ce que je vous dis est la vérité. En me faisant truand, j'ai renoncé de gaieté de cœur à la moitié d'une maison située dans le paradis que mon frère m'avait promise. *Dimidiam domum in paradiso.* Je cite le texte. J'ai un fief rue Tirechappe, et toutes les femmes sont amoureuses de moi, aussi vrai qu'il est vrai que saint Eloy était un excellent orfèvre, et que les cinq métiers de la bonne ville de Paris sont les tanneurs, les mégissiers, les baudroyeurs, les boursiers et les sueurs, et que saint Laurent a été brûlé avec des coquilles d'œufs. Je vous jure, camarades,

> Que je ne beuvrai de piment
> Devant un an, si je cy ment!

Ma charmante, il fait clair de lune, regarde donc là-bas par le soupirail comme le vent chiffonne les nuages! Ainsi je fais ta gorgerette. — Les filles! mouchez les enfants et les chandelles. — Christ et Mahom! qu'est-ce que je mange là, Jupiter! Ohé! la matrulle! les cheveux qu'on ne trouve pas sur la tête de tes ribaudes, on les retrouve dans tes omelettes. La vieille! j'aime les omelettes chauves. Que le diable te fasse camuse! — Belle hôtellerie de Belzébuth où les ribaudes se peignent avec les fourchettes!

Cela dit, il brisa son assiette sur le pavé et se mit à chanter à tue-tête :

> Et je n'ai, moi,
> Par la sang-Dieu!
> Ni foi, ni loi,

Ni feu, ni lieu,
Ni roi,
Ni Dieu!

Cependant, Clopin Trouillefou avait fini sa distribution d'armes. Il s'approcha de Gringoire qui paraissait plongé dans une profonde rêverie, les pieds sur un chenet. — L'ami Pierre, dit le roi de Thunes, à quoi diable penses-tu?

Gringoire se retourna vers lui avec un sourire mélancolique : — J'aime le feu, mon cher seigneur. Non par la raison triviale que le feu réchauffe nos pieds ou cuit notre soupe, mais parce qu'il a des étincelles. Quelquefois je passe des heures à regarder les étincelles. Je découvre mille choses dans ces étoiles qui saupoudrent le fond noir de l'âtre. Ces étoiles-là aussi sont des mondes.

— Tonnerre si je te comprends! dit le truand. Sais-tu quelle heure il est?

— Je ne sais pas, répondit Gringoire.

Clopin s'approcha alors du duc d'Égypte.

— Camarade Mathias, le quart d'heure n'est pas bon. On dit le roi Louis onzième à Paris.

— Raison de plus pour lui tirer notre sœur des griffes, répondit le vieux bohémien.

— Tu parles en homme, Mathias, dit le roi de Thunes. D'ailleurs nous ferons lestement. Pas de résistance à craindre dans l'église. Les chanoines sont des lièvres, et nous sommes en force. Les gens du parlem^nt seront bien attrapés demain quand ils viendront la chercher! Boyaux du pape! je ne veux pas qu'on pende la jolie fille!

Clopin sortit du cabaret.

Pendant ce temps-là, Jehan s'écriait d'une voix enrouée : — Je bois, je mange, je suis ivre, je suis Jupiter! — Eh! Pierre l'Assommeur, si tu me regardes encore comme cela, je vais t'épousseter le nez avec des chiquenaudes.

De son côté Gringoire, arraché de ses méditations, s'était mis à considérer la scène fougueuse et criarde qui l'environnait en murmurant entre ses dents : *Luxuriosa res vinum et tumultuosa ebrietas*. Hélas! que j'ai bien raison de ne pas boire, et que saint Benoît dit excellemment : *Vinum apostatare facit etiam sapientes*.

En ce moment Clopin rentra et cria d'une voix de tonnerre : Minuit!

A ce mot, qui fit l'effet du boute-selle sur un régiment en halte, tous les truands, hommes, femmes, enfants, se précipitèrent en foule hors de la taverne avec un grand bruit d'armes et de ferrailles.

La lune s'était voilée.

La Cour des Miracles était tout à fait obscure. Il n'y avait pas une lumière. Elle était pourtant loin d'être déserte. On y distinguait une foule d'hommes et de femmes qui se parlaient bas. On les entendait bourdonner, et l'on voyait reluire toutes sortes d'armes dans les ténèbres. Clopin monta sur une grosse pierre. — A vos rangs, l'Argot! cria-t-il. A vos rangs, l'Égypte! A vos rangs, Galilée! Un mouvement se fit dans l'ombre. L'immense multitude parut se former en colonne. Après quelques minutes, le roi de Thunes éleva encore la voix : — Maintenant, silence pour traverser Paris! Le mot de passe est : *Petite flambe en baguenaud!* On n'allumera les torches qu'à Notre-Dame! En marche!

Dix minutes après, les cavaliers du guet s'enfuyaient épouvantés devant une longue procession d'hommes noirs et silencieux qui descendait vers le Pont-au-Change, à travers les rues tortueuses qui percent en tous sens le massif quartier des Halles.

IV

UN MALADROIT AMI

Cette même nuit, Quasimodo ne dormait pas. Il venait de faire sa dernière ronde dans l'église. Il n'avait pas remarqué, au moment où il en fermait les portes, que l'archidiacre était passé près de lui et avait témoigné quelque humeur en le voyant verrouiller et cadenasser avec soin l'énorme armature de fer qui donnait à leurs larges battants la solidité d'une muraille. Dom Claude avait l'air encore plus préoccupé qu'à l'ordinaire. Du reste, depuis l'aventure nocturne de la cellule, il maltraitait constamment Quasimodo ; mais il avait beau le rudoyer, le frapper même quelquefois, rien n'ébranlait la soumission, la patience, la résignation dévouée du fidèle sonneur. De la part de l'archidiacre il souffrait tout, injures, menaces, coups, sans murmurer un reproche, sans pousser une plainte. Tout au plus le suivait-il des yeux avec inquiétude quand dom Claude montait l'escalier de la tour, mais l'archidiacre s'était de lui-même abstenu de reparaître aux yeux de l'égyptienne.

Cette nuit-là donc, Quasimodo, après avoir donné un coup d'œil à ses pauvres cloches si délaissées, à Jacqueline, à Marie, à Thibauld, était monté jusque sur le sommet de la tour septentrionale, et là, posant sur les plombs sa lanterne sourde bien fermée, il s'était mis à regarder Paris. La nuit, nous l'avons déjà dit, était fort obscure. Paris, qui n'était, pour ainsi dire, pas éclairé à cette époque, présentait à l'œil un amas confus de masses noires, coupé çà et là par la courbe blanchâtre de la Seine. Quasimodo n'y voyait plus de lumière qu'à une fenêtre d'un édifice éloigné dont le vague et sombre profil se dessinait bien au-dessus des toits, du côté de la Porte Saint-Antoine. Là aussi il y avait quelqu'un qui veillait.

Tout en laissant flotter dans cet horizon de brume et de nuit son unique regard, le sonneur sentait au dedans de lui-même une inexprimable inquiétude. Depuis plusieurs jours il était sur ses gardes. Il voyait sans cesse rôder autour de l'église des hommes à mine sinistre qui ne quittaient pas des yeux l'asile de la jeune fille. Il songeait qu'il se tramait peut-être quelque complot contre la malheureuse réfugiée. Il se figurait qu'il y avait une haine populaire sur elle comme il y en avait une sur lui, et qu'il se pourrait bien qu'il arrivât bientôt quelque chose. Aussi se tenait-il sur son clocher, aux aguets, *rêvant dans son rêvoir*, comme dit Rabelais, l'œil tour à tour sur la cellule et sur Paris, faisant sûre garde, comme un bon chien, avec mille défiances dans l'esprit.

Tout à coup, tandis qu'il scrutait la grande ville de cet œil que la nature, par une sorte de compensation, avait fait si perçant qu'il pouvait presque suppléer aux autres organes qui manquaient à Quasimodo, il lui parut que la silhouette du quai de la Vieille-Pelleterie avait quelque chose de singulier, qu'il y avait un mouvement sur ce point, que la ligne du parapet détachée en noir sur la blancheur de l'eau n'était pas droite et tranquille semblablement à celle des autres quais, mais qu'elle ondulait au regard comme les vagues d'un fleuve ou comme les têtes d'une foule en marche.

Cela lui parut étrange. Il redoubla d'attention. Le mouvement semblait venir vers la Cité. Aucune lumière d'ailleurs. Il dura quelque temps sur le quai, puis il s'écoula peu à peu, comme si ce qui passait entrait dans l'intérieur de l'île, puis il cessa tout à fait, et la ligne du quai redevint droite et immobile.

Au moment où Quasimodo s'épuisait en conjectures, il

lui sembla que le mouvement reparaissait dans la rue du Parvis qui se prolonge dans la Cité perpendiculairement à la façade de Notre-Dame. Enfin, si épaisse que fût l'obscurité, il vit une tête de colonne déboucher par cette rue et en un instant se répandre dans la place une foule dont on ne pouvait rien distinguer dans les ténèbres sinon que c'était une foule.

Ce spectacle avait sa terreur. Il est probable que cette procession singulière, qui semblait si intéressée à se dérober sous une profonde obscurité, ne gardait pas un silence moins profond. Cependant un bruit quelconque devait s'en échapper, ne fût-ce qu'un piétinement. Mais ce bruit n'arrivait même pas à notre sourd, et cette grande multitude, dont il voyait à peine quelque chose et dont il n'entendait rien, s'agitant et marchant néanmoins si près de lui, lui faisait l'effet d'une cohue de morts, muette, impalpable, perdue dans une fumée. Il lui semblait voir s'avancer vers lui un brouillard plein d'hommes, voir remuer des ombres dans l'ombre.

Alors ses craintes lui revinrent, l'idée d'une tentative contre l'égyptienne se représenta à son esprit. Il sentit confusément qu'il approchait d'une situation violente. En ce moment critique, il tint conseil en lui-même avec un raisonnement meilleur et plus prompt qu'on ne l'eût attendu d'un cerveau si mal organisé. Devait-il éveiller l'égyptienne ? la faire évader ? Par où ? les rues étaient investies, l'église était acculée à la rivière. Pas de bateau ! pas d'issue ! — Il n'y avait qu'un parti, se faire tuer au seuil de Notre-Dame, résister du moins jusqu'à ce qu'il vînt un secours, s'il en devait venir, et ne pas troubler le sommeil de la Esmeralda. La malheureuse serait toujours éveillée assez tôt pour mourir. Cette résolution une fois arrêtée, il se mit à examiner l'*ennemi* avec plus de tranquillité.

La foule semblait grossir à chaque instant dans le Parvis. Seulement il présuma qu'elle ne devait faire que fort peu de bruit, puisque les fenêtres des rues et de la place restaient fermées. Tout à coup une lumière brilla, et en un instant sept ou huit torches allumées se promenèrent sur les têtes, en secouant dans l'ombre leurs touffes de flammes. Quasimodo vit alors distinctement moutonner dans le Parvis un effrayant troupeau d'hommes et de femmes en haillons, armés de faulx, de piques, de serpes, de pertuisanes dont les mille pointes étincelaient. Çà et là, des fourches noires faisaient des cornes à ces faces hideuses. Il se

ressouvint vaguement de cette populace, et crut reconnaître toutes les têtes qui l'avaient, quelques mois auparavant,
salué pape des fous. Un homme qui tenait une torche
d'une main et une boullaye de l'autre monta sur une borne
et parut haranguer. En même temps l'étrange armée fit
quelques évolutions comme si elle prenait poste autour de
l'église. Quasimodo ramassa sa lanterne et descendit sur
la plate-forme d'entre les tours pour voir de plus près et
aviser aux moyens de défense.

Clopin Trouillefou, arrivé devant le haut portail de
Notre-Dame, avait en effet rangé sa troupe en bataille.
Quoiqu'il ne s'attendît à aucune résistance, il voulait, en
général prudent, conserver un ordre qui lui permît de faire
front au besoin contre une attaque subite du guet ou des
onze-vingts. Il avait donc échelonné sa brigade de telle façon que, vue de haut et de loin, vous eussiez dit le triangle
romain de la bataille d'Ecnome, la tête-de-porc d'Alexandre, ou le fameux coin de Gustave-Adolphe. La base de
ce triangle s'appuyait au fond de la place, de manière à
barrer la rue du Parvis ; un des côtés regardait l'Hôtel-
Dieu, l'autre la rue Saint-Pierre-aux-Bœufs. Clopin
Trouillefou s'était placé au sommet, avec le duc d'Égypte,
notre ami Jehan, et les sabouleux les plus hardis.

Ce n'était point chose très rare dans les villes du moyen
âge qu'une entreprise comme celle que les truands ten-
taient en ce moment sur Notre-Dame. Ce que nous nommons aujourd'hui *police* n'existait pas alors. Dans les cités
populeuses, dans les capitales surtout, pas de pouvoir central, un, régulateur. La féodalité avait construit ces grandes
communes d'une façon bizarre. Une cité était un assem-
blage de mille seigneuries qui la divisaient en compartiments de toutes formes et de toutes grandeurs. De là mille
polices contradictoires, c'est-à-dire pas de police. A Paris,
par exemple, indépendamment des cent quarante et un
seigneurs prétendant censive, il y en avait vingt-cinq prétendant justice et censive, depuis l'évêque de Paris, qui
avait cent cinq rues, jusqu'au prieur de Notre-Dame-des-
Champs, qui en avait quatre. Tous ces justiciers féodaux ne
reconnaissaient que nominalement l'autorité suzeraine du
roi. Tous avaient droit de voirie. Tous étaient chez eux.
Louis XI, cet infatigable ouvrier qui a si largement commencé la démolition de l'édifice féodal, continuée par
Richelieu et Louis XIV au profit de la royauté, et achevée
par Mirabeau au profit du peuple, Louis XI avait bien
essayé de crever ce réseau de seigneuries qui recouvrait

Paris, en jetant violemment tout au travers deux ou trois ordonnances de police générale. Ainsi, en 1465, ordre aux habitants, la nuit venue, d'illuminer de chandelles leurs croisées, et d'enfermer leurs chiens, sous peine de la hart ; même année, ordre de fermer le soir les rues avec des chaînes de fer, et défense de porter dagues ou armes offensives la nuit dans les rues. Mais, en peu de temps, tous ces essais de législation communale tombèrent en désuétude. Les bourgeois laissèrent le vent éteindre leurs chandelles à leurs fenêtres, et leurs chiens errer ; les chaînes de fer ne se tendirent qu'en état de siège ; la défense de porter dagues n'amena d'autres changements que le nom de la *rue Coupe-Gueule* au nom de *rue Coupe-Gorge*, ce qui est un progrès évident. Le vieil échafaudage des juridictions féodales resta debout ; immense entassement de bailliages et de seigneuries se croisant sur la ville, se gênant, s'enche-vêtrant, s'emmaillant de travers, s'échancrant les uns les autres ; inutile taillis de guets, de sous-guets et de contre-guets, à travers lequel passaient à main armée le brigan-dage, la rapine et la sédition. Ce n'était donc pas, dans ce désordre, un événement inouï que ces coups de main d'une partie de la populace sur un palais, sur un hôtel, sur une maison, dans les quartiers les plus peuplés. Dans la plupart des cas, les voisins ne se mêlaient de l'affaire que si le pil-lage arrivait jusque chez eux. Ils se bouchaient les oreilles à la mousquetade, fermaient leurs volets, barricadaient leurs portes, laissaient le débat se vider avec ou sans le guet, et le lendemain on se disait dans Paris : — Cette nuit, Étienne Barbette a été forcé. — Le maréchal de Clermont a été pris au corps, etc. — Aussi, non seulement les habitations royales, le Louvre, le Palais, la Bastille, les Tournelles, mais les résidences simplement seigneuriales, le Petit-Bourbon, l'Hôtel de Sens, l'Hôtel d'Angoulême, etc., avaient leurs créneaux aux murs et leurs mâchicoulis au-dessus des portes. Les églises se gardaient par leur sainteté. Quelques-unes pourtant, du nombre desquelles n'était pas Notre-Dame, étaient fortifiées. L'abbé de Saint-Germain-des-Prés était crénelé comme un baron, et il y avait chez lui encore plus de cuivre dépensé en bombardes qu'en cloches. On voyait encore sa forteresse en 1610. Aujourd'hui il reste à peine son église.

Revenons à Notre-Dame.

Quand les premières dispositions furent terminées, et nous devons dire à l'honneur de la discipline truande que les ordres de Clopin furent exécutés en silence et avec une

admirable précision, le digne chef de la bande monta sur le
parapet du Parvis et éleva sa voix rauque et bourrue, se
tenant tourné vers Notre-Dame et agitant sa torche dont la
lumière, tourmentée par le vent et voilée à tout moment de
sa propre fumée, faisait paraître et disparaître aux yeux la
rougeâtre façade de l'église.

— A toi, Louis de Beaumont, évêque de Paris, conseiller
en la cour de parlement, moi Clopin Trouillefou, roi de
Thunes, grand coësre, prince de l'argot, évêque des fous, je
dis : — Notre sœur, faussement condamnée pour magie,
s'est réfugiée dans ton église ; tu lui dois asile et sauvegarde ;
or la cour de parlement l'y veut reprendre, et tu y consens ;
si bien qu'on la pendrait demain en Grève si Dieu et les
truands n'étaient pas là. Donc nous venons à toi, évêque. Si
ton église est sacrée, notre sœur l'est aussi ; si notre sœur
n'est pas sacrée, ton église ne l'est pas non plus. C'est
pourquoi nous te sommons de nous rendre la fille si tu veux
sauver ton église, ou que nous reprendrons la fille et que
nous pillerons l'église. Ce qui sera bien. En foi de quoi, je
plante cy ma bannière, et Dieu te soit en garde, évêque de
Paris !

Quasimodo malheureusement ne put entendre ces paroles
prononcées avec une sorte de majesté sombre et sauvage.
Un truand présenta sa bannière à Clopin, qui la planta
solennellement entre deux pavés. C'était une fourche aux
dents de laquelle pendait, saignant, un quartier de cha-
rogne.

Cela fait, le roi de Thunes se retourna et promena ses
yeux sur son armée, farouche multitude où les regards
brillaient presque autant que les piques. Après une pause
d'un instant : — En avant, fils ! cria-t-il. A la besogne, les
hutins !

Trente hommes robustes, à membres carrés, à face de
serruriers, sortirent des rangs, avec des marteaux, des
pinces et des barres de fer sur leurs épaules. Ils se dirigèrent vers la principale porte de l'église, montèrent le
degré, et bientôt on les vit tous accroupis sous l'ogive, tra-
vaillant la porte de pinces et de leviers. Une foule de truands
les suivit pour les aider ou les regarder. Les onze marches
du portail en étaient encombrées.

Cependant la porte tenait bon. — Diable ! elle est dure et
têtue ! disait l'un. — Elle est vieille, et elle a les cartilages
racornis, disait l'autre. — Courage, camarades ! reprenait
Clopin. Je gage ma tête contre une pantoufle que vous aurez ouvert la porte, pris la fille et déshabillé le maître-autel

avant qu'il y ait un bedeau de réveillé. Tenez! je crois que la serrure se détraque.

Clopin fut interrompu par un fracas effroyable qui retentit en ce moment derrière lui. Il se retourna. Une énorme poutre venait de tomber du ciel, elle avait écrasé une douzaine de truands sur le degré de l'église, et rebondissait sur le pavé avec le bruit d'une pièce de canon, en cassant encore çà et là des jambes dans la foule des gueux qui s'écartaient avec des cris d'épouvante. En un clin d'œil l'enceinte réservée du Parvis fut vide. Les hutins, quoique protégés par les profondes voussures du portail, abandonnèrent la porte, et Clopin lui-même se replia à distance respectueuse de l'église.

— Je l'ai échappé belle! criait Jehan. J'en ai senti le vent, tête-bœuf! Mais Pierre l'Assommeur est assommé!

Il est impossible de dire quel étonnement mêlé d'effroi tomba avec cette poutre sur les bandits. Ils restèrent quelques minutes les yeux fixés en l'air, plus consternés de ce morceau de bois que de vingt mille archers du roi. — Satan! grommela le duc d'Égypte, voilà qui flaire la magie! — C'est la lune qui nous jette cette bûche, dit Andry le Rouge. — Avec cela, reprit François Chanteprune, qu'on dit la lune amie de la Vierge! — Mille papes! s'écria Clopin, vous êtes tous des imbéciles! — Mais il ne savait comment expliquer la chute du madrier.

Cependant on ne distinguait rien sur la façade, au sommet de laquelle la clarté des torches n'arrivait pas. Le pesant madrier gisait au milieu du Parvis, et l'on entendait les gémissements des misérables qui avaient reçu son premier choc et qui avaient eu le ventre coupé en deux sur l'angle des marches de pierre.

Le roi de Thunes, le premier étonnement passé, trouva enfin une explication qui sembla plausible à ses compagnons. — Gueule-Dieu! est-ce que les chanoines se défendent? Alors à sac! à sac!

— A sac! répéta la cohue avec un hourra furieux. Et il se fit une décharge d'arbalètes et de hacquebutes sur la façade de l'église.

A cette détonation, les paisibles habitants des maisons circonvoisines se réveillèrent, on vit plusieurs fenêtres s'ouvrir, et des bonnets de nuit et des mains tenant des chandelles apparurent aux croisées. — Tirez aux fenêtres! cria Clopin. — Les fenêtres se refermèrent sur-le-champ, et les pauvres bourgeois, qui avaient à peine eu le temps de jeter un regard effaré sur cette scène de lueurs et de tumultes, s'en revinrent suer de peur près de leurs femmes, se demandant si le sabbat se tenait maintenant dans le Parvis Notre-Dame, ou s'il y avait assaut de bourguignons comme en 64. Alors les maris songeaient au vol, les femmes au viol, et tous tremblaient.

— A sac! répétaient les argotiers. Mais ils n'osaient approcher. Ils regardaient l'église, ils regardaient le madrier. Le madrier ne bougeait pas. L'édifice conservait son air calme et désert, mais quelque chose glaçait les truands.

— A l'œuvre donc, les hutins! cria Trouillefou. Qu'on force la porte.

Personne ne fit un pas.

— Barbe et ventre! dit Clopin, voilà des hommes qui ont peur d'une solive.

Un vieux hutin lui adressa la parole.

— Capitaine, ce n'est pas la solive qui nous ennuie, c'est la porte qui est toute cousue de barres de fer. Les pinces n'y peuvent rien.

— Que vous faudrait-il donc pour l'enfoncer? demanda Clopin.

— Ah! il nous faudrait un bélier.

Le roi de Thunes courut bravement au formidable madrier et mit le pied dessus. — En voilà un, cria-t-il ; ce sont les chanoines qui vous l'envoient. — En faisant un salut dérisoire du côté de l'église : — Merci, chanoines!

Cette bravade fit bon effet, le charme du madrier était rompu. Les truands reprirent courage ; bientôt la lourde poutre, enlevée comme une plume par deux cents bras vigoureux, vint se jeter avec furie sur la grande porte qu'on avait déjà essayé d'ébranler. A voir ainsi, dans le demi-jour que les rares torches des truands répandaient sur la place, ce long madrier porté par cette foule d'hommes qui le précipitaient en courant sur l'église, on eût cru voir une monstrueuse bête à mille pieds attaquant tête baissée la géante de pierre.

Au choc de la poutre, la porte à demi métallique résonna comme un immense tambour ; elle ne se creva point, mais la cathédrale tout entière tressaillit, et l'on entendit gronder les profondes cavités de l'édifice. Au même instant, une pluie de grosses pierres commença à tomber du haut de la façade sur les assaillants. — Diable! cria Jehan, est-ce que les tours nous secouent leurs balustrades sur la tête ? Mais l'élan était donné, le roi de Thunes payait d'exemple, c'était décidément l'évêque qui se défendait, et l'on n'en battit la porte qu'avec plus de rage, malgré les pierres qui faisaient éclater les crânes à droite et à gauche.

Il est remarquable que ces pierres tombaient toutes une à une ; mais elles se suivaient de près. Les argotiers en sentaient toujours deux à la fois, une dans leurs jambes, une sur leurs têtes. Il y en avait peu qui ne portassent coup, et déjà une large couche de morts et de blessés saignait et palpitait sous les pieds des assaillants qui, maintenant furieux, se renouvelaient sans cesse. La longue poutre continuait de battre la porte à temps réguliers comme le mouton d'une cloche, les pierres de pleuvoir, la porte de mugir.

Le lecteur n'en est sans doute point à deviner que cette résistance inattendue qui avait exaspéré les truands venait de Quasimodo.

Le hasard avait par malheur servi le brave sourd.

Quand il était descendu sur la plate-forme d'entre les tours, ses idées étaient en confusion dans sa tête. Il avait couru quelques minutes le long de la galerie, allant et venant, comme fou, voyant d'en haut la masse compacte des truands prête à se ruer sur l'église, demandant au diable ou à Dieu de sauver l'égyptienne. La pensée lui était venue de monter au beffroi méridional et de sonner le tocsin ; mais avant qu'il eût pu mettre la cloche en branle, avant que la grosse voix de Marie eût pu jeter une seule clameur, la porte de l'église n'avait-elle pas dix fois le temps d'être enfoncée ? C'était précisément l'instant où les hutins s'avançaient vers elle avec leur serrurerie. Que faire ?

Tout d'un coup, il se souvint que des maçons avaient travaillé tout le jour à réparer le mur, la charpente et la toiture de la tour méridionale. Ce fut un trait de lumière. Le mur était en pierre, la toiture en plomb, la charpente en bois. Cette charpente prodigieuse, si touffue qu'on appelait *la forêt*.

Quasimodo courut à cette tour. Les chambres inférieures étaient en effet pleines de matériaux. Il y avait des piles de moellons, des feuilles de plomb en rouleaux, des faisceaux de lattes, de fortes solives déjà entaillées par la scie, des tas de gravats. Un arsenal complet.

L'instant pressait. Les pinces et les marteaux travaillaient en bas. Avec une force que décuplait le sentiment du danger, il souleva une des poutres, la plus lourde, la plus longue, il la fit sortir par une lucarne, puis, la ressaisissant du dehors de la tour, il la fit glisser sur l'angle de la balustrade qui entoure la plate-forme, et la lâcha sur l'abime. L'énorme charpente, dans cette chute de cent soixante pieds, raclant la muraille, cassant les sculptures, tourna plusieurs fois sur elle-même comme une aile de moulin qui s'en irait toute seule à travers l'espace. Enfin elle toucha le sol, l'horrible cri s'éleva, et la noire poutre, en rebondissant sur le pavé, ressemblait à un serpent qui saute.

Quasimodo vit les truands s'éparpiller à la chute du madrier, comme la cendre au souffle d'un enfant. Il profita de leur épouvante, et tandis qu'ils fixaient un regard superstitieux sur la massue tombée du ciel, et qu'ils éborgnaient les saints de pierre du portail avec une décharge de sagettes et de chevrotines, Quasimodo entassait silencieusement des gravats, des pierres, des moellons, jusqu'aux sacs d'outils des maçons, sur le rebord de cette balustrade d'où la poutre s'était déjà élancée.

Aussi, dès qu'ils se mirent à battre la grande porte, la grêle de moellons commença à tomber, et il leur sembla que l'église se démolissait d'elle-même sur leur tête.

Qui eût pu voir Quasimodo en ce moment eût été effrayé. Indépendamment de ce qu'il avait empilé de projectiles sur la balustrade, il avait amoncelé un tas de pierres sur la plate-forme même. Dès que les moellons amassés sur le rebord extérieur furent épuisés, il prit au tas. Alors il se baissait, se relevait, sa baissait et se relevait encore, avec une activité incroyable. Sa grosse tête de gnome se penchait par-dessus la balustrade, puis une pierre énorme tombait, puis une autre, puis une autre. De temps en temps il suivait une belle pierre de l'œil, et, quand elle tuait bien, il disait : Hun !

Cependant les gueux ne se décourageaient pas. Déjà plus de vingt fois l'épaisse porte sur laquelle ils s'acharnaient avait tremblé sous la pesanteur de leur bélier de chêne multipliée par la force de cent hommes. Les panneaux craquaient, les ciselures volaient en éclats, les gonds à chaque secousse sautaient en sursaut sur leurs pitons, les ais se détraquaient, le bois tombait en poudre broyé entre les nervures de fer. Heureusement pour Quasimodo, il y avait plus de fer que de bois.

Il sentait pourtant que la grande porte chancelait. Quoiqu'il n'entendît pas, chaque coup de bélier se répercutait à la fois dans les cavernes de l'église et dans ses entrailles. Il voyait d'en haut les truands, pleins de triomphe et de rage, montrer le poing à la ténébreuse façade, et il enviait, pour l'égyptienne et pour lui, les ailes des hiboux qui s'enfuyaient au-dessus de sa tête par volées.

Sa pluie de moellons ne suffisait pas à repousser les assaillants.

En ce moment d'angoisse, il remarqua, un peu plus bas que la balustrade d'où il écrasait les argotiers, deux longues gouttières de pierre qui se dégorgeaient immédiatement au-dessus de la grande porte. L'orifice interne de ces gouttières aboutissait au pavé de la plate-forme. Une idée lui vint. Il courut chercher un fagot dans son bouge de sonneur, posa sur ce fagot force bottes de lattes et force rouleaux de plomb, munitions dont il n'avait pas encore usé, et, ayant bien disposé ce bûcher devant le trou des deux gouttières, il y mit le feu avec sa lanterne.

Pendant ce temps-là, les pierres ne tombant plus, les truands avaient cessé de regarder en l'air. Les bandits, haletant comme une meute qui force le sanglier dans sa bauge, se pressaient en tumulte autour de la grande porte, toute déformée par le bélier, mais debout encore. Ils attendaient avec un frémissement le grand coup, le coup qui allait l'éventrer. C'était à qui se tiendrait le plus près pour pouvoir s'élancer des premiers, quand elle s'ouvrirait, dans cette opulente cathédrale, vaste réservoir où étaient venues s'amonceler les richesses de trois siècles. Ils se rappelaient les uns aux autres, avec des rugissements de joie et d'appétit, les belles croix d'argent, les belles chapes de brocart, les belles tombes de vermeil, les grandes magnificences du chœur, les fêtes éblouissantes, les Noëls étincelantes de flambeaux, les Pâques éclatantes de soleil, toutes ces solennités splendides où châsses, chandeliers, ciboires, tabernacles, reliquaires, bosselaient les autels d'une croûte d'or et de diamants. Certes, en ce beau moment, cagoux et malingreux, archisuppôts et rifodés, songeaient beaucoup moins à la délivrance de l'égyptienne qu'au pillage de Notre-Dame. Nous croirions même volontiers que pour bon nombre d'entre eux la Esmeralda n'était qu'un prétexte, si des voleurs avaient besoin de prétextes.

Tout à coup, au moment où ils se groupaient pour un dernier effort autour du bélier, chacun retenant son haleine et roidissant ses muscles afin de donner toute sa force au coup décisif, un hurlement, plus épouvantable encore que celui qui avait éclaté et expiré sous le madrier, s'éleva au milieu d'eux. Ceux qui ne criaient pas, ceux qui vivaient encore, regardèrent. — Deux jets de plomb fondu tombaient du haut de l'édifice au plus épais de la cohue. Cette mer d'hommes venait de s'affaisser sous le métal bouillant qui avait fait, aux deux points où il tombait, deux trous noirs et fumants dans la foule, comme ferait de l'eau chaude dans la neige. On y voyait remuer des mourants à demi calcinés et mugissant de douleur. Autour de ces deux jets principaux, il y avait des gouttes de cette pluie horrible qui s'éparpillaient sur les assaillants et entraient dans les crânes comme des vrilles de flamme. C'était un feu pesant qui criblait ces misérables de mille grêlons.

La clameur fut déchirante. Ils s'enfuient pêle-mêle, jetant le madrier sur les cadavres, les plus hardis comme les plus timides, et le Parvis fut vide une seconde fois.

Tous les yeux s'étaient levés vers le haut de l'église. Ce qu'ils voyaient était extraordinaire. Sur le sommet de la galerie la plus élevée, plus haut que la rosace centrale, il y avait une grande flamme qui montait entre les deux clochers avec des tourbillons d'étincelles, une grande flamme désordonnée et furieuse dont le vent emportait par moments un lambeau dans la fumée. Au-dessous de cette flamme, au-dessous de la sombre balustrade à trèfles de braise, deux gouttières en gueules de monstres vomissaient sans relâche cette pluie ardente qui détachait son ruissellement argenté sur les ténèbres de la façade inférieure. A mesure qu'ils approchaient du sol, les deux jets de plomb liquide s'élargissaient en gerbes, comme l'eau qui jaillit des mille trous de l'arrosoir. Au-dessus de la flamme, les énormes tours, de chacune desquelles on voyait deux faces crues et tranchées, l'une toute noire, l'autre toute rouge, semblaient plus grandes encore de toute l'immensité de l'ombre qu'elles projetaient jusque dans le ciel. Leurs innombrables sculptures de diables et de dragons prenaient un aspect lugubre. La clarté inquiète de la flamme les faisait remuer à l'œil. Il y avait des guivres qui avaient l'air de rire, des gargouilles qu'on croyait entendre japper, des salamandres qui soufflaient dans le feu, des tarasques qui éternuaient dans la fumée. Et parmi ces monstres ainsi réveillés de leur sommeil de pierre par cette flamme, par ce bruit, il y en avait un qui marchait et qu'on voyait de temps en temps passer sur le front ardent du bûcher comme une chauve-souris devant une chandelle.

Sans doute ce phare étrange allait éveiller au loin le bûcheron des collines de Bicêtre, épouvanté de voir chanceler sur ses bruyères l'ombre gigantesque des tours de Notre-Dame.

Il se fit un silence de terreur parmi les truands, pendant lequel on n'entendit que les cris d'alarme des chanoines enfermés dans leur cloître et plus inquiets que des che-

vaux dans une écurie qui brûle, le bruit furtif des fenêtres
vite ouvertes et plus vite fermées, le remue-ménage intérieur des maisons et de l'Hôtel-Dieu, le vent dans la
flamme, le dernier râle des mourants, et le pétillement
continu de la pluie de plomb sur le pavé.

Cependant les principaux truands s'étaient retirés sous
le porche du logis Gondelaurier, et tenaient conseil. Le
duc d'Égypte, assis sur une borne, contemplait avec une
crainte religieuse le bûcher fantasmagorique resplendissant
à deux cents pieds en l'air. Clopin Trouillefou se mordait
ses gros poings avec rage. — Impossible d'entrer! murmu-
rait-il dans ses dents.

— Une vieille église fée! grommelait le vieux bohémien
Mathias Hungadi Spicali.

— Par les moustaches du pape! reprenait un narquois
grisonnant qui avait servi, voilà des gouttières d'églises qui
vous crachent du plomb fondu mieux que les mâchicoulis
de Lectoure.

— Voyez-vous ce démon qui passe et repasse devant le
feu? s'écriait le duc d'Égypte.

— Pardieu, dit Clopin, c'est le damné sonneur, c'est
Quasimodo.

Le bohémien hochait la tête. — Je vous dis, moi, que
c'est l'esprit Sabnac, le grand marquis, le démon des fortifications. Il a forme d'un soldat armé, une tête de lion.
Quelquefois il monte un cheval hideux. Il change les
hommes en pierres dont il bâtit des tours. Il commande à
cinquante légions. C'est bien lui. Je le reconnais. Quelquefois il est habillé d'une belle robe d'or figurée à la façon
des turcs.

— Où est Bellevigne de l'Étoile? demanda Clopin.

— Il est mort, répondit une truande.

Andry le Rouge riait d'un rire idiot : — Notre-Dame
donne de la besogne à l'Hôtel-Dieu, disait-il.

— Il n'y a donc pas moyen de forcer cette porte? s'écria
le roi de Thunes en frappant du pied.

Le duc d'Égypte lui montra tristement les deux ruisseaux de plomb bouillant qui ne cessaient de rayer la noire
façade, comme deux longues quenouilles de phosphore.
— On a vu des églises qui se défendaient ainsi d'elles-
mêmes, observa-t-il en soupirant. Sainte-Sophie, de Constantinople, il y a quarante ans de cela, a trois fois de suite
jeté à terre le croissant de Mahom en secouant ses dômes,
qui sont ses têtes. Guillaume de Paris, qui a bâti celle-ci,
était un magicien.

— Faut-il donc s'en aller piteusement comme des laquais de grand'route? dit Clopin. Laisser là notre sœur que ces loups chaperonnés pendront demain!

— Et la sacristie, où il y a des charretées d'or! ajouta un truand dont nous regrettons de ne pas savoir le nom.

— Barbe-Mahom! cria Trouillefou.

— Essayons encore une fois, reprit le truand.

Mathias Hungadi hocha la tête. — Nous n'entrerons pas par la porte. Il faut trouver le défaut de l'armure de la vieille fée. Un trou, une fausse poterne, une jointure quelconque.

— Qui en est? dit Clopin. J'y retourne. — A propos, où est donc le petit écolier Jehan qui était si enferraillé?

— Il est sans doute mort, répondit quelqu'un. On ne l'entend plus rire.

Le roi de Thunes fronça le sourcil.

— Tant pis. Il y avait un brave cœur sous cette ferraille. — Et maître Pierre Gringoire?

— Capitaine Clopin, dit Andry le Rouge, il s'est esquivé que nous n'étions encore qu'au Pont-aux-Changeurs.

Clopin frappa du pied. — Gueule-Dieu! c'est lui qui nous pousse céans, et il nous plante là au beau milieu de la besogne! — Lâche bavard, casqué d'une pantoufle!

— Capitaine Clopin, cria Andry le Rouge, qui regardait dans la rue du Parvis, voilà le petit écolier.

— Loué soit Pluto! dit Clopin. Mais que diable tire-t-il après lui?

C'était Jehan, en effet, qui accourait aussi vite que le lui permettaient ses lourds habits de paladin et une longue échelle qu'il traînait bravement sur le pavé, plus essoufflé qu'une fourmi attelée à un brin d'herbe vingt fois plus long qu'elle.

— Victoire! *Te Deum*! criait l'écolier. Voilà l'échelle des déchargeurs du port Saint-Landry.

Clopin s'approcha de lui.

— Enfant! que veux-tu faire, corne-Dieu! de cette échelle?

— Je l'ai, répondit Jehan haletant. Je savais où elle était. — Sous le hangar de la maison du lieutenant. — Il y a là une fille que je connais, qui me trouve beau comme un Cupido. — Je m'en suis servi pour avoir l'échelle, et j'ai l'échelle, Pasque-Mahom! — La pauvre fille est venue m'ouvrir toute en chemise.

— Oui, dit Clopin, mais que veux-tu faire de cette échelle?

Jehan le regarda d'un air malin et capable, et fit claquer ses doigts comme des castagnettes. Il était sublime en ce moment. Il avait sur la tête un de ces casques surchargés du quinzième siècle, qui épouvantaient l'ennemi de leurs cimiers chimériques. Le sien était hérissé de dix becs de fer, de sorte que Jehan eût pu disputer la redoutable épithète de δεκέμβολος au navire homérique de Nestor.

— Ce que j'en veux faire, auguste roi de Thunes ? Voyez-vous cette rangée de statues qui ont des mines d'imbéciles là-bas au-dessus des trois portails ?

— Oui. Eh bien ?

— C'est la galerie des rois de France.

— Qu'est-ce que cela me fait ? dit Clopin.

— Attendez donc ! Il y a au bout de cette galerie une porte qui n'est jamais fermée qu'au loquet, avec cette échelle j'y monte, et je suis dans l'église.

— Enfant, laisse-moi monter le premier.

— Non pas, camarade, c'est à moi l'échelle. Venez, vous serez le second.

— Que Belzébuth t'étrangle ! dit le bourru Clopin. Je ne veux être après personne.

— Alors, Clopin, cherche une échelle !

Jehan se mit à courir par la place, tirant son échelle et criant : — A moi les fils !

En un instant l'échelle fut dressée et appuyée à la balustrade de la galerie inférieure, au-dessus d'un des portails latéraux. La foule des truands poussant de grandes acclamations se pressa au bas pour y monter. Mais Jehan maintint son droit et posa le premier le pied sur les échelons. Le trajet était assez long. La galerie des rois de France est élevée aujourd'hui d'environ soixante pieds au-dessus du pavé. Les onze marches du perron l'exhaussaient encore. Jehan montait lentement, assez empêché de sa lourde armure, d'une main tenant l'échelon, de l'autre son arbalète. Quand il fut au milieu de l'échelle il jeta un coup d'œil mélancolique sur les pauvres argotiers morts, dont le degré était jonché. — Hélas ! dit-il, voilà un monceau de cadavres digne du cinquième chant de l'*Iliade* ! — Puis il continua de monter. Les truands le suivaient. Il y en avait un sur chaque échelon. A voir s'élever en ondulant dans l'ombre cette ligne de dos cuirassés, on eût dit un serpent à écailles d'acier qui se dressait contre l'église. Jehan qui faisait la tête et qui sifflait complétait l'illusion.

L'écolier toucha enfin au balcon de la galerie, et l'enjamba assez lestement aux applaudissements de toute la

truanderie. Ainsi maître de la citadelle, il poussa un cri de
joie, et tout à coup s'arrêta pétrifié. Il venait d'apercevoir,
derrière une statue de roi, Quasimodo caché dans les
ténèbres, l'œil étincelant.

Avant qu'un second assiégeant eût pu prendre pied sur
la galerie, le formidable bossu sauta à la tête de l'échelle,
saisit sans dire une parole le bout des deux montants de ses
mains puissantes, les souleva, les éloigna du mur, balança
un moment, au milieu des clameurs d'angoisse, la longue
et pliante échelle encombrée de truands du haut en bas, et
subitement, avec une force surhumaine, rejeta cette grappe
d'hommes dans la place. Il y eut un instant où les plus
déterminés palpitèrent. L'échelle, lancée en arrière, resta
un moment droite et debout et parut hésiter, puis oscilla,
puis tout à coup, décrivant un effrayant arc de cercle de
quatre-vingts pieds de rayon, s'abattit sur le pavé avec sa
charge de bandits plus rapidement qu'un pont-levis dont
les chaînes se cassent. Il y eut une immense imprécation,
puis tout s'éteignit, et quelques malheureux mutilés se
retirèrent en rampant de dessous le monceau de
morts.

Une rumeur de douleur et de colère succéda parmi les
assiégeants aux premiers cris de triomphe. Quasimodo
impassible, les deux coudes appuyés sur la balustrade,
regardait. Il avait l'air d'un vieux roi chevelu à sa fenêtre.

Jehan Frollo était, lui, dans une situation critique. Il se
trouvait dans la galerie avec le redoutable sonneur, seul,
séparé de ses compagnons par un mur vertical de quatre-
vingts pieds. Pendant que Quasimodo jouait avec l'échelle,
l'écolier avait couru à la poterne qu'il croyait ouverte.
Point. Le sourd en entrant dans la galerie l'avait fermée
derrière lui. Jehan alors s'était caché derrière un roi de
pierre, n'osant souffler, et fixant sur le monstrueux bossu
une mine effarée, comme cet homme qui, faisant la cour à
la femme du gardien d'une ménagerie, alla un soir à un
rendez-vous d'amour, se trompa de mur dans son escalade,
et se trouva brusquement tête à tête avec un ours blanc.

Dans les premiers moments le sourd ne prit pas garde à
lui ; mais enfin il tourna la tête et se redressa tout d'un
coup. Il venait d'apercevoir l'écolier.

Jehan se prépara à un rude choc, mais le sourd resta
immobile ; seulement il était tourné vers l'écolier qu'il
regardait.

— Ho ! ho ! dit Jehan, qu'as-tu à me regarder de cet œil
borgne et mélancolique ?

Et en parlant ainsi, le jeune drôle apprêtait sournoisement son arbalète.

— Quasimodo! cria-t-il, je vais changer ton surnom. On t'appellera l'aveugle.

Le coup partit. Le vireton empenné siffla et vint se ficher dans le bras gauche du bossu. Quasimodo ne s'en émut pas plus que d'une égratignure au roi Pharamond. Il porta la main à la sagette, l'arracha de son bras et la brisa tranquillement sur son gros genou. Puis il laissa tomber, plutôt qu'il ne jeta à terre les deux morceaux. Mais Jehan n'eut pas le temps de tirer une seconde fois. La flèche brisée, Quasimodo souffla bruyamment, bondit comme une sauterelle et retomba sur l'écolier, dont l'armature s'aplatit du coup contre la muraille.

Alors dans cette pénombre où flottait la lumière des torches, on entrevit une chose terrible.

Quasimodo avait pris de la main gauche les deux bras de Jehan qui ne se débattait pas, tant il se sentait perdu. De la droite le sourd lui détachait l'une après l'autre, en silence, avec une lenteur sinistre, toutes les pièces de son armure, l'épée, les poignards, le casque, la cuirasse, les brassards. On eût dit un singe qui épluche une noix. Quasimodo jetait à ses pieds, morceau à morceau, la coquille de fer de l'écolier.

Quand l'écolier se vit désarmé, déshabillé, faible et nu dans ces redoutables mains, il n'essaya pas de parler à ce sourd, mais il se mit à lui rire effrontément au visage, et à chanter, avec son intrépide insouciance d'enfant de seize ans, la chanson alors populaire :

> Elle est bien habillée,
> La ville de Cambrai.
> Marafin l'a pillée...

Il n'acheva pas. On vit Quasimodo debout sur le parapet de la galerie, qui d'une seule main tenait l'écolier par les pieds, en le faisant tourner sur l'abîme comme une fronde. Puis on entendit un bruit comme celui d'une boîte osseuse qui éclate contre un mur, et l'on vit tomber quelque chose qui s'arrêta au tiers de la chute à une saillie de l'architecture. C'était un corps mort qui resta accroché là, plié en deux, les reins brisés, le crâne vide.

Un cri d'horreur s'éleva parmi les truands. — Vengeance! cria Clopin. — A sac! répondit la multitude. — Assaut! assaut! Alors ce fut un hurlement prodigieux où se mêlaient toutes les langues, tous les patois, tous les accents. La mort du pauvre écolier jeta une ardeur furieuse dans cette foule. La honte la prit, et la colère d'avoir été si longtemps tenue en échec devant une église par un bossu. La rage trouva des échelles, multiplia les torches, et au bout de quelques minutes Quasimodo éperdu vit cette épouvantable fourmilière monter de toutes parts à l'assaut de Notre-Dame. Ceux qui n'avaient pas d'échelles avaient des cordes à nœuds, ceux qui n'avaient pas de cordes grimpaient aux reliefs des sculptures. Ils se pendaient aux guenilles les uns des autres. Aucun moyen de résister à cette marée ascendante de faces épouvantables. La fureur faisait rutiler ces figures farouches ; leurs fronts terreux ruisselaient de sueur ; leurs yeux éclairaient. Toutes ces grimaces, toutes ces laideurs investissaient Quasimodo. On eût dit que quelque autre église avait envoyé à l'assaut de Notre-Dame ses gorgones, ses dogues, ses drées, ses démons, ses sculptures les plus fantastiques. C'était comme une couche de monstres vivants sur les monstres de pierre de la façade.

Cependant, la place s'était étoilée de mille torches. Cette scène désordonnée, jusqu'alors enfouie dans l'obscurité, s'était subitement embrasée de lumière. Le Parvis resplendissait et jetait un rayonnement dans le ciel. Le bûcher allumé sur la haute plate-forme brûlait toujours, et illuminait au loin la ville. L'énorme silhouette des deux tours, développée au loin sur les toits de Paris, faisait dans cette clarté une large échancrure d'ombre. La ville semblait s'être émue. Des tocsins éloignés se plaignaient. Les truands hurlaient, haletaient, juraient, montaient, et Quasimodo, impuissant contre tant d'ennemis, frissonnant pour l'égyptienne, voyant les faces furieuses se rapprocher de plus en plus de sa galerie, demandait un miracle au ciel, et se tordait les bras de désespoir.

V

LE RETRAIT OÙ DIT SES HEURES
MONSIEUR LOUIS DE FRANCE

Le lecteur n'a peut-être pas oublié qu'un moment avant d'apercevoir la bande nocturne des truands, Quasimodo,

inspectant Paris du haut de son clocher, n'y voyait plus
briller qu'une lumière, laquelle étoilait une vitre à l'étage le
plus élevé d'un haut et sombre édifice, à côté de la Porte
Saint-Antoine. Cet édifice, c'était la Bastille. Cette étoile,
c'était la chandelle de Louis XI.

Le roi Louis XI était en effet à Paris depuis deux jours. Il
devait repartir le surlendemain pour sa citadelle de Mon-
tilz-lès-Tours. Il ne faisait jamais que de rares et courtes
apparitions dans sa bonne ville de Paris, n'y sentant pas
autour de lui assez de trappes, de gibets et d'archers
écossais.

Il était venu ce jour-là coucher à la Bastille. La grande
chambre de cinq toises carrées qu'il avait au Louvre, avec
sa grande cheminée chargée de douze grosses bêtes et des
treize grands prophètes, et son grand lit de onze pieds sur
douze, lui agréaient peu. Il se perdait dans toutes ces grandeurs. Ce roi bon bourgeois aimait mieux la Bastille avec
une chambrette et une couchette. Et puis la Bastille était
plus forte que le Louvre.

Cette *chambrette* que le roi s'était réservée dans la
fameuse prison d'état était encore assez vaste et occupait
l'étage le plus élevé d'une tourelle engagée dans le donjon.
C'était un réduit de forme ronde, tapissé de nattes en
paille luisante, plafonné à poutres rehaussées de fleurs de
lys d'étain doré avec les entrevous de couleur, lambrissé
à riches boiseries semées de rosettes d'étain blanc et peintes de beau vert-gai, fait d'orpin et de florée fine.

Il n'y avait qu'une fenêtre, une longue ogive treillissée
de fil d'archal et de barreaux de fer, d'ailleurs obscurcie de
belles vitres coloriées aux armes du roi et de la reine, dont
le panneau revenait à vingt-deux sols.

Il n'y avait qu'une entrée, une porte moderne, à cintre
surbaissé, garnie d'une tapisserie en dedans, et, au dehors,
d'un de ces porches de bois d'Irlande, frêles édifices de
menuiserie curieusement ouvrée, qu'on voyait encore en
quantité de vieux logis il y a cent cinquante ans. « Quoiqu'ils défigurent et embarrassent les lieux, dit Sauval avec
désespoir, nos vieillards pourtant ne s'en veulent point
défaire et les conservent en dépit d'un chacun. »

On ne trouvait dans cette chambre rien de ce qui meu-
blait les appartements ordinaires, ni bancs, ni tréteaux, ni
formes, ni escabelles communes en forme de caisse, ni
belles escabelles soutenues de piliers et de contre-piliers à
quatre sols la pièce. On n'y voyait qu'une chaise pliante à
bras, fort magnifique : le bois en était peint de roses sur

fond rouge, le siège de cordouan vermeil, garni de longues
franges de soie et piqué de mille clous d'or. La solitude de
cette chaise faisait voir qu'une seule personne avait droit
de s'asseoir dans la chambre. A côté de la chaise et tout
près de la fenêtre, il y avait une table recouverte d'un tapis
à figures d'oiseaux. Sur cette table un gallemard taché
d'encre, quelques parchemins, quelques plumes, et un
hanap d'argent ciselé. Un peu plus loin, un chauffe-doux,
un prie-Dieu de velours cramoisi, relevé de bossettes d'or.
Enfin au fond un simple lit de damas jaune et incarnat,
sans clinquant ni passement ; les franges sans façon.
C'est ce lit, fameux pour avoir porté le sommeil ou l'in-
somnie de Louis XI, qu'on pouvait encore contempler, il
y a deux cents ans, chez un conseiller d'état, où il a été vu
par la vieille madame Pilou, célèbre dans le *Cyrus* sous le
nom d'*Arricidie* et de *la Morale vivante*.

Telle était la chambre qu'on appelait « le retrait où dit
ses heures monsieur Louis de France ».

Au moment où nous y avons introduit le lecteur, ce
retrait était fort obscur. Le couvre-feu était sonné depuis
une heure, il faisait nuit, et il n'y avait qu'une vacillante
chandelle de cire posée sur la table pour éclairer cinq personnages diversement groupés dans la chambre.

Le premier sur lequel tombait la lumière était un seigneur superbement vêtu d'un haut-de-chausses et d'un
justaucorps écarlate rayé d'argent, et d'une casaque à
mahoîtres de drap d'or à dessins noirs. Ce splendide costume, où se jouait la lumière, semblait glacé de flamme à
tous ses plis. L'homme qui le portait avait sur la poitrine
ses armoiries brodées de vives couleurs : un chevron
accompagné en pointe d'un daim passant. L'écusson était
accosté à droite d'un rameau d'olivier, à gauche d'une
corne de daim. Cet homme portait à sa ceinture une riche
dague dont la poignée de vermeil était ciselée en forme
de cimier et surmontée d'une couronne comtale. Il avait
l'air mauvais, la mine fière et la tête haute. Au premier
coup d'œil on voyait sur son visage l'arrogance, au second
la ruse.

Il se tenait tête nue, une longue pancarte à la main,
debout derrière la chaise à bras sur laquelle était assis, le
corps disgracieusement plié en deux, les genoux chevauchant l'un sur l'autre, le coude sur la table, un personnage
fort mal accoutré. Qu'on se figure en effet, sur l'opulent
cuir de Cordoue, deux rotules cagneuses, deux cuisses
maigres pauvrement habillées d'un tricot de laine noire, un

torse enveloppé d'un surtout de futaine avec une fourrure
dont on voyait moins de poil que de cuir ; enfin, pour cou-
ronner, un vieux chapeau gras du plus méchant drap noir
bordé d'un cordon circulaire de figurines de plomb. Voilà,
avec une sale calotte qui laissait à peine passer un cheveu,
tout ce qu'on distinguait du personnage assis. Il tenait sa
tête tellement courbée sur sa poitrine qu'on n'apercevait
rien de son visage recouvert d'ombre, si ce n'est le bout de
son nez sur lequel tombait un rayon de lumière, et qui
devait être long. A la maigreur de sa main ridée on devinait
un vieillard. C'était Louis XI.

A quelque distance derrière eux causaient à voix basse
deux hommes vêtus à la coupe flamande, qui n'étaient pas
assez perdus dans l'ombre pour que quelqu'un de ceux qui
avaient assisté à la représentation du mystère de Gringoire
n'eût pu reconnaître en eux deux des principaux envoyés
flamands, Guillaume Rym, le sagace pensionnaire de
Gand, et Jacques Coppenole, le populaire chaussetier.
On se souvient que ces deux hommes étaient mêlés à la
politique secrète de Louis XI.

Enfin, tout au fond, près de la porte, se tenait debout
dans l'obscurité, immobile comme une statue, un vigoureux homme à membres trapus, à harnois militaire, à casaque armoriée, dont la face carrée, percée d'yeux à fleur de
tête, fendue d'une immense bouche, dérobant ses oreilles
sous deux larges abat-vent de cheveux plats, sans front,
tenait à la fois du chien et du tigre.

Tous étaient découverts, excepté le roi.

Le seigneur qui était auprès du roi lui faisait lecture
d'une espèce de long mémoire que sa majesté semblait
écouter avec attention. Les deux flamands chuchotaient.

— Croix-Dieu ! grommelait Coppenole, je suis las d'être
debout. Est-ce qu'il n'y a pas de chaise ici ?

Rym répondait par un geste négatif, accompagné d'un
sourire discret.

— Croix-Dieu ! reprenait Coppenole tout malheureux
d'être obligé de baisser ainsi la voix, l'envie me démange de
m'asseoir à terre, jambes croisées, en chaussetier, comme
je fais dans ma boutique.

— Gardez-vous-en bien, maître Jacques !

— Ouais ! maître Guillaume ! ici l'on ne peut donc être
que sur les pieds ?

— Ou sur les genoux, dit Rym.

En ce moment la voix du roi s'éleva. Ils se turent.

— Cinquante sols les robes de nos valets, et douze livres

les manteaux des clercs de notre couronne! C'est cela! versez l'or à tonnes! Êtes-vous fou, Olivier?

En parlant ainsi, le vieillard avait levé la tête. On voyait reluire à son cou les coquilles d'or du collier de Saint-Michel. La chandelle éclairait en plein son profil décharné et morose. Il arracha le papier des mains de l'autre.

— Vous nous ruinez! cria-t-il en promenant ses yeux creux sur le cahier. Qu'est-ce que tout cela? qu'avons-nous besoin d'une si prodigieuse maison? Deux chapelains à raison de dix livres par mois chacun, et un clerc de chapelle à cent sols! Un valet de chambre à quatre-vingt-dix livres par an! Quatre écuyers de cuisine à six vingts livres par an chacun! Un hasteur, un potager, un saussier, un queux, un sommelier d'armures, deux valets de sommiers à raison de dix livres par mois chaque! Deux galopins de cuisine à huit livres! Un palefrenier et ses deux aides à vingt-quatre livres par mois! Un porteur, un pâtissier, un boulanger, deux charretiers, chacun soixante livres par an! Et le maréchal des forges, six vingts livres! Et le maître de la chambre de nos deniers, douze cents livres, et le contrôleur, cinq cents! — Que sais-je, moi? C'est une furie! Les gages de nos domestiques mettent la France au pillage! Tous les mugots du Louvre fondront à un tel feu de dépense! Nous y vendrons nos vaisselles! Et l'an prochain, si Dieu et Notre-Dame (ici il souleva son chapeau) nous prêtent vie, nous boirons nos tisanes dans un pot d'étain!

En disant cela, il jetait un coup d'œil sur le hanap d'argent qui étincelait sur la table. Il toussa, et poursuivit:

— Maître Olivier, les princes qui règnent aux grandes seigneuries, comme rois et empereurs, ne doivent pas laisser engendrer la somptuosité en leurs maisons; car de là ce feu court par la province. — Donc, maître Olivier, tiens-toi ceci pour dit. Notre dépense augmente tous les ans. La chose nous déplaît. Comment, pasque-Dieu! jusqu'en 79 elle n'a point passé trente-six mille livres. En 80, elle a atteint quarante-trois mille six cent dix-neuf livres, — j'ai le chiffre en tête, — en 81, soixante-six mille six cent quatre-vingts livres; et cette année, par la foi de mon corps! elle atteindra quatre-vingt mille livres! Doublée en quatre ans! Monstrueux!

Il s'arrêta essoufflé, puis il reprit avec emportement: — Je ne vois autour de moi que gens qui s'engraissent de ma maigreur! Vous me sucez des écus par tous les pores!

Tous gardaient le silence. C'était une de ces colères qu'on laisse aller. Il continua:

— C'est comme cette requête en latin de la seigneurie de
France, pour que nous ayons à rétablir ce qu'ils appellent
les grandes charges de la couronne! Charges en effet!
charges qui écrasent! Ah! messieurs! vous dites que nous
ne sommes pas un roi, pour régner *dapifero nullo, buticula-
rio nullo !* Nous vous le ferons voir, pasque-Dieu! si nous
ne sommes pas un roi!

Ici il sourit dans le sentiment de sa puissance, sa mauvaise humeur s'en adoucit, et il se tourna vers les flamands :

— Voyez-vous, compère Guillaume ? le grand panetier,
le grand bouteillier, le grand chambellan, le grand sénéchal
ne valent pas le moindre valet. — Retenez ceci, compère
Coppenole ; — ils ne servent à rien. A se tenir ainsi inutiles autour du roi, ils me font l'effet des quatre évangélistes
qui environnent le cadran de la grande horloge du Palais,
et que Philippe Brille vient de remettre à neuf. Ils sont
dorés, mais ils ne marquent pas l'heure ; et l'aiguille peut
se passer d'eux.

— Il demeura un moment pensif, et ajouta en hochant sa
vieille tête : — Ho! Ho! par Notre-Dame, je ne suis pas
Philippe Brille, et je ne redorerai pas les grands vassaux. Je
suis de l'avis du roi Édouard : sauvez le peuple et tuez les
seigneurs. — Continue, Olivier.

Le personnage qu'il désignait par ce nom reprit le cahier
de ses mains, et se remit à lire à haute voix :

— « ... A Adam Tenon, commis à la garde des sceaux de
« la prévôté de Paris, pour l'argent, façon et gravure des-
« dits sceaux qui ont été faits neufs pour ce que les autres
« précédents, pour leur antiquité et caduqueté, ne pou-
« vaient plus bonnement servir. — Douze livres parisis.

« A Guillaume Frère, la somme de quatre livres quatre
« sols parisis, pour ses peines et salaires d'avoir nourri et
« alimenté les colombes des deux colombiers de l'Hôtel des
« Tournelles, durant les mois de janvier, février et mars de
« cette année ; et pour ce a donné sept sextiers d'orge.

« A un cordelier, pour confession d'un criminel, quatre
sols parisis. »

Le roi écoutait en silence. De temps en temps il toussait.
Alors il portait le hanap à ses lèvres et buvait une gorgée en
faisant une grimace.

— « En cette année ont été faits par ordonnance de jus-
« tice à son de trompe par les carrefours de Paris cinquante-
« six cris. — Compte à régler.

« Pour avoir fouillé et cherché en certains endroits, tant
« dans Paris qu'ailleurs, de la finance qu'on disait y avoir

« été cachée, mais rien n'y a été trouvé ; — quarante-cinq
« livres parisis. »

— Enterrer un écu pour déterrer un sou! dit le roi.

— « ... Pour avoir mis à point, à l'Hôtel des Tournelles,
« six panneaux de verre blanc à l'endroit où est la cage de
« fer, treize sols. — Pour avoir fait et livré, par le com-
« mandement du roi, le jour des monstres, quatre écussons
« aux armes dudit seigneur, enchapessés de chapeaux de
« roses tout à l'entour, six livres. — Pour deux manches
« neuves au vieil pourpoint du roi, vingt sols. — Pour une
« boîte de graisse à graisser les bottes du roi, quinze deniers.
« — Une étable faite de neuf pour loger les pourceaux noirs
« du roi, trente livres parisis. — Plusieurs cloisons, plan-
« ches et trappes faites pour enfermer les lions d'emprès
« Saint-Paul, vingt-deux livres. »

— Voilà des bêtes qui sont chères, dit Louis XI. N'importe! c'est une belle magnificence de roi. Il y a un grand
lion roux que j'aime pour ses gentillesses. — L'avez-vous
vu, maître Guillaume? — Il faut que les princes aient de
ces animaux mirifiques. A nous autres rois, nos chiens
doivent être des lions, et nos chats des tigres. Le grand va
aux couronnes. Du temps des païens de Jupiter, quand le
peuple offrait aux églises cent bœufs et cent brebis, les
empereurs donnaient cent lions et cent aigles. Cela était
farouche et fort beau. Les rois de France ont toujours eu de
ces rugissements autour de leur trône. Néanmoins on me
rendra cette justice que j'y dépense encore moins d'argent
qu'eux, et que j'ai une plus grande modestie de lions,
d'ours, d'éléphants et de léopards. — Allez, maître Olivier.
Nous voulions dire cela à nos amis les flamands.

Guillaume Rym s'inclina profondément, tandis que Coppenole, avec sa mine bourrue, avait l'air d'un de ces ours
dont parlait sa majesté. Le roi n'y prit pas garde. Il venait
de tremper ses lèvres dans le hanap, et recrachait le breu-
vage en disant : — Pouah! la fâcheuse tisane! — Celui qui
lisait continua :

— « Pour nourriture d'un maraud piéton enverrouillé
« depuis six mois dans la logette de l'écorcherie, en atten-
« dant qu'on sache qu'en faire. — Six livres quatre
« sols.

— Qu'est cela? interrompit le roi. Nourrir ce qu'il faut
pendre! Pasque-Dieu! je ne donnerai plus un sol pour cette
nourriture. — Olivier, entendez-vous de la chose avec monsieur d'Estouteville, et dès ce soir faites-moi le préparatif
des noces du galant avec une potence. — Reprenez.

Olivier fit une marque avec le pouce à l'article du *maraud piéton* et passa outre.

— « A Henriet Cousin, maître exécuteur des hautes
« œuvres de la justice de Paris, la somme de soixante sols
« parisis, à lui taxée et ordonnée par monseigneur le prévôt
« de Paris, pour avoir acheté, de l'ordonnance de mondit
« sieur le prévôt, une grande épée à feuille servant à exé-
« cuter et décapiter les personnes qui par justice sont con-
« damnées pour leurs démérites, et icelle fait garnir de
« fourreau et de tout ce qui y appartient ; et pareillement a
« fait remettre à point et rhabiller la vieille épée, qui s'était
« éclatée et ébréchée en faisant la justice de messire Louis
« de Luxembourg, comme plus à plein peut apparoir... »

Le roi interrompit : — Il suffit. J'ordonnance la somme
de grand cœur. Voilà des dépenses où je ne regarde pas. Je
n'ai jamais regretté cet argent-là. — Suivez.

— « Pour avoir fait de neuf une grande cage... »

— Ah ! dit le roi en prenant de ses deux mains les bras
de sa chaise, je savais bien que j'étais venu en cette Bastille
pour quelque chose. — Attendez, maître Olivier. Je veux
voir moi-même la cage. Vous m'en lirez le coût pendant que
je l'examinerai. — Messieurs les flamands, venez voir cela.
C'est curieux.

Alors il se leva, s'appuya sur le bras de son interlocuteur,
fit signe à l'espèce de muet qui se tenait debout devant la
porte de le précéder, aux deux flamands de le suivre, et
sortit de la chambre.

La royale compagnie se recruta, à la porte du retrait,
d'hommes d'armes tout alourdis de fer, et de minces pages
qui portaient des flambeaux. Elle chemina quelque temps
dans l'intérieur du sombre donjon, percé d'escaliers et de
corridors jusque dans l'épaisseur des murailles. Le capitaine de la Bastille marchait en tête, et faisait ouvrir les
guichets devant le vieux roi malade et voûté, qui toussait
en marchant.

A chaque guichet, toutes les têtes étaient obligées de se
baisser, excepté celle du vieillard plié par l'âge. — Hum !
disait-il entre ses gencives, car il n'avait plus de dents, nous
sommes déjà tout prêt pour la porte du sépulcre. A porte
basse, passant courbé.

Enfin, après avoir franchi un dernier guichet si embarrassé de serrures qu'on mit un quart d'heure à l'ouvrir, ils
entrèrent dans une haute et vaste salle en ogive, au centre
de laquelle on distinguait, à la lueur des torches, un gros
cube massif de maçonnerie, de fer et de bois. L'intérieur

était creux. C'était une de ces fameuses cages à prisonniers
d'état qu'on appelait *les fillettes du roi*. Il y avait aux parois
deux ou trois petites fenêtres, si drûment treillissées d'épais
barreaux de fer qu'on n'en voyait pas la vitre. La porte était
une grande dalle de pierre plate, comme aux tombeaux. De
ces portes qui ne servent jamais que pour entrer. Seulement, ici, le mort était un vivant.

Le roi se mit à marcher lentement autour du petit édifice
en l'examinant avec soin, tandis que maître Olivier qui le
suivait lisait tout haut le mémoire :

— « Pour avoir fait de neuf une grande cage de bois de
« grosses solives, membrures et sablières, contenant neuf
« pieds de long sur huit de lé, et de hauteur sept pieds
« entre deux planchers, lissée et boujonnée à gros boujons
« de fer, laquelle a été assise en une chambre étant à l'une
« des tours de la bastide Saint-Antoine, en laquelle cage est
« mis et détenu, par commandement du roi notre seigneur,
« un prisonnier qui habitait précédemment une vieille cage
« caduque et décrépite. — Ont été employés à cette dite
« cage neuve quatre-vingt-seize solives de couche et cin-
« quante-deux solives debout, dix sablières de trois toises
« de long ; et ont été occupés dix-neuf charpentiers pour
« équarrir, ouvrer et tailler tout ledit bois en la cour de la
« Bastille pendant vingt jours... »

— D'assez beaux cœurs de chêne, dit le roi en cognant
du poing la charpente.

— « ... Il est entré dans cette cage, poursuivit l'autre,
« deux cent vingt gros boujons de fer, de neuf pieds et de
« huit, le surplus de moyenne longueur, avec les rouelles,
« pommelles et contre-bandes servant auxdits boujons,
« pesant tout ledit fer trois mille sept cent trente-cinq
« livres ; outre huit grosses équières de fer servant à atta-
« cher ladite cage, avec les crampons et clous pesant ensem-
« ble deux cent dix-huit livres de fer, sans compter le fer
« des treillis des fenêtres de la chambre où la cage a été
« posée, les barres de fer de la porte de la chambre, et
« autres choses... »

— Voilà bien du fer, dit le roi, pour contenir la légèreté
d'un esprit !

— « ... Le tout revient à trois cent dix-sept livres cinq
« sols sept deniers. »

— Pasque-Dieu ! s'écria le roi.

A ce juron, qui était le favori de Louis XI, il parut que
quelqu'un se réveillait dans l'intérieur de la cage, on entendit des chaînes qui en écorchaient le plancher avec bruit, et

il s'éleva une voix faible qui semblait sortir de la tombe :
— Sire ! Sire ! grâce ! — On ne pouvait voir celui qui parlait
ainsi.

— Trois cent dix-sept livres cinq sols sept deniers ! reprit
Louis XI.

La voix lamentable qui était sortie de la cage avait glacé
tous les assistants, maître Olivier lui-même. Le roi seul
avait l'air de ne pas l'avoir entendue. Sur son ordre, maître
Olivier reprit sa lecture, et sa majesté continua froidement
l'inspection de la cage.

— « ... Outre cela, il a été payé à un maçon qui a fait les
« trous pour poser les grilles des fenêtres, et le plancher de
« la chambre où est la cage, parce que le plancher n'eût pu
« porter cette cage à cause de sa pesanteur, vingt-sept livres
« quatorze sols parisis... »

La voix recommença à gémir :

— Grâce ! sire ! Je vous jure que c'est monsieur le cardinal d'Angers qui a fait la trahison, et non pas moi.

— Le maçon est rude ! dit le roi. Continue, Olivier.

Olivier continua :

— « ... A un menuisier, pour fenêtres, couches, selle
« percée et autres choses, vingt livres deux sols parisis... »

La voix continuait aussi :

— Hélas ! sire ! ne m'écouterez-vous pas ? Je vous proteste que ce n'est pas moi qui ai écrit la chose à monseigneur de Guyenne, mais monsieur le cardinal La Balue !

— Le menuisier est cher, observa le roi. — Est-ce tout ?

— Non, sire. — « ... A un vitrier, pour les vitres de
« ladite chambre, quarante-six sols huit deniers parisis. »

— Faites grâce, sire ! N'est-ce donc pas assez qu'on ait
donné tous mes biens à mes juges, ma vaisselle à monsieur
de Torcy, ma librairie à maître Pierre Doriolle, ma tapisserie au gouverneur du Roussillon ? Je suis innocent. Voilà
quatorze ans que je grelotte dans une cage de fer. Faites
grâce, sire ! vous retrouverez cela dans le ciel.

— Maître Olivier, dit le roi, le total ?

— Trois cent soixante-sept livres huit sols trois deniers
parisis.

— Notre-Dame ! cria le roi. Voilà une cage outrageuse !

Il arracha le cahier des mains de maître Olivier, et se mit
à compter lui-même sur ses doigts, en examinant tour à
tour le papier et la cage. Cependant on entendait sangloter
le prisonnier. C'était lugubre dans l'ombre, et les visages
se regardaient en pâlissant.

— Quatorze ans, sire ! voilà quatorze ans ! depuis le mois

d'avril 1469. Au nom de la sainte mère de Dieu, sire, écoutez-moi! Vous avez joui tout ce temps de la chaleur du
soleil. Moi, chétif, ne verrai-je plus jamais le jour? Grâce,
sire! Soyez miséricordieux. La clémence est une belle vertu
royale, qui rompt les courantes de la colère. Croit-elle,
votre majesté, que ce soit à l'heure de la mort un grand
contentement pour un roi, de n'avoir laissé aucune offense
impunie? D'ailleurs, sire, je n'ai point trahi votre majesté;
c'est monsieur d'Angers. Et j'ai au pied une bien lourde
chaîne, et une grosse boule de fer au bout, beaucoup plus
pesante qu'il n'est de raison. Hé! sire! ayez pitié de moi!

— Olivier, dit le roi en hochant la tête, je remarque
qu'on me compte le muid de plâtre à vingt sols, qui n'en
vaut que douze. Vous referez ce mémoire.

Il tourna le dos à la cage, et se mit en devoir de sortir de
la chambre. Le misérable prisonnier, à l'éloignement des
flambeaux et du bruit, jugea que le roi s'en allait. — Sire!
sire! cria-t-il avec désespoir. La porte se referma. Il ne vit
plus rien, et n'entendit plus que la voix rauque du guichetier, qui lui chantait aux oreilles la chanson :

> Maître Jean Balue
> A perdu la vue
> De ses évêchés ;
> Monsieur de Verdun
> N'en a plus pas un ;
> Tous sont dépêchés.

Le roi remontait en silence à son retrait, et son cortège
le suivait, terrifié des derniers gémissements du condamné.
Tout à coup, sa majesté se tourna vers le gouverneur de la
Bastille. — A propos, dit-elle, n'y avait-il pas quelqu'un
dans cette cage ?

— Pardieu, sire! répondit le gouverneur stupéfait de la
question.

— Et qui donc ?

— Monsieur l'évêque de Verdun.

Le roi savait cela mieux que personne. Mais c'était une
manie.

— Ah! dit-il avec l'air naïf d'y songer pour la première
fois, Guillaume de Harancourt, l'ami de monsieur le cardinal La Balue. Un bon diable d'évêque!

Au bout de quelques instants, la porte du retrait s'était
rouverte, puis reclose sur les cinq personnages que le lecteur y a vus au commencement de ce chapitre, et qui y

avaient repris leurs places, leurs causeries à demi-voix, et leurs attitudes.

Pendant l'absence du roi, on avait déposé sur sa table quelques dépêches, dont il rompit lui-même le cachet. Puis il se mit à les lire promptement l'une après l'autre, fit signe à *maître Olivier*, qui paraissait avoir près de lui office de ministre, de prendre une plume, et, sans lui faire part du contenu des dépêches, commença à lui en dicter à voix basse les réponses, que celui-ci écrivait, assez incommodément agenouillé devant la table.

Guillaume Rym observait.

Le roi parlait si bas, que les flamands n'entendaient rien de sa dictée, si ce n'est çà et là quelques lambeaux isolés et peu intelligibles comme : — ... Maintenir les lieux fertiles par le commerce, les stériles par les manufactures... — Faire voir aux seigneurs anglais nos quatre bombardes, la Londres, la Brabant, la Bourg-en-Bresse, la Saint-Omer... — L'artillerie est cause que la guerre se fait maintenant plus judicieusement... — A M. de Bressuire, notre ami... — Les armées ne s'entretiennent sans les tributs... — Etc.

Une fois il haussa la voix : — Pasque-Dieu! monsieur le roi de Sicile scelle ses lettres sur cire jaune, comme un roi de France. Nous avons peut-être tort de le lui permettre. Mon beau cousin de Bourgogne ne donnait pas d'armoiries à champ de gueules. La grandeur des maisons s'assure en l'intégrité des prérogatives. Note ceci, compère Olivier.

Une autre fois : — Oh! oh! dit-il, le gros message! Que nous réclame notre frère l'empereur? — Et parcourant des yeux la missive en coupant sa lecture d'interjections : — Certes! les Allemagnes sont si grandes et puissantes qu'il est à peine croyable. — Mais nous n'oublions pas le vieux proverbe : La plus belle comté est Flandre ; la plus belle duché, Milan ; le plus beau royaume, France. — N'est-ce pas, messieurs les flamands ?

Cette fois, Coppenole s'inclina avec Guillaume Rym. Le patriotisme du chaussetier était chatouillé.

Une dernière dépêche fit froncer le sourcil à Louis XI. — Qu'est cela? s'écria-t-il. Des plaintes et quérimonies contre nos garnisons de Picardie! Olivier, écrivez en diligence à M. le maréchal de Rouault. — Que les disciplines se relâchent. — Que les gendarmes des ordonnances, les nobles de ban, les francs-archers, les suisses, font des maux infinis aux manants. — Que l'homme de guerre, ne se contentant pas des biens qu'il trouve en la maison des laboureurs, les contraint, à grands coups de bâton ou de voulge, à aller quérir du vin à la ville, du poisson, des épiceries, et autres choses excessives. — Que monsieur le roi sait cela. — Que nous entendons garder notre peuple des inconvénients, larcins et pilleries. — Que c'est notre volonté, par Notre-Dame! — Qu'en outre, il ne nous agrée pas qu'aucun ménétrier, barbier, ou valet de guerre, soit vêtu comme prince, de velours, de drap de soie et d'anneaux d'or. — Que ces vanités sont haineuses à Dieu. — Que nous nous contentons, nous qui sommes gentilhomme, d'un pourpoint de drap à seize sols l'aune de Paris. — Que messieurs les goujats peuvent bien se rabaisser jusque-là, eux aussi. — Mandez et ordonnez. — A monsieur de Rouault, notre ami. — Bien.

Il dicta cette lettre à haute voix, d'un ton ferme et par saccades. Au moment où il achevait, la porte s'ouvrit et donna passage à un nouveau personnage, qui se précipita tout effaré dans la chambre en criant : — Sire! sire! il y a une sédition de populaire dans Paris!

La grave figure de Louis XI se contracta ; mais ce qu'il y eut de visible dans son émotion passa comme un éclair. Il se contint, et dit avec une sévérité tranquille : — Compère Jacques, vous entrez bien brusquement!

— Sire! sire! il y a une révolte! reprit le compère Jacques essoufflé.

Le roi, qui s'était levé, lui prit rudement le bras et lui dit à l'oreille, de façon a être entendu de lui seul, avec une colère concentrée et un regard oblique sur les flamands : — Tais-toi, ou parle bas!

Le nouveau venu comprit, et se mit à lui faire tout bas une narration très effarouchée que le roi écoutait avec calme, tandis que Guillaume Rym faisait remarquer à Coppenole le visage et l'habit du nouveau venu, sa capuce fourrée, *caputia fourrata*, son épitoge courte, *epitogia curta*, sa robe de velours noir, qui annonçait un président de la Cour des comptes.

A peine ce personnage eut-il donné au roi quelques explications, que Louis XI s'écria en éclatant de rire : — En vérité! parlez tout haut, compère Coictier! Qu'avez-vous à parler bas ainsi? Notre-Dame sait que nous n'avons rien de caché pour nos bons amis flamands.

— Mais, sire...

— Parlez tout haut!

Le « compère Coictier » demeurait muet de surprise.

— Donc, reprit le roi, — parlez, monsieur, — il y a une émotion de manants dans notre bonne ville de Paris?

— Oui, sire.

— Et qui se dirige, dites-vous, contre monsieur le bailli du Palais de Justice ?

— Il y a apparence, répondit *le compère*, qui balbutiait, encore tout étourdi du brusque et inexplicable changement qui venait de s'opérer dans les pensées du roi.

Louis XI reprit : — Où le guet a-t-il rencontré la cohue ?

— Cheminant de la Grande-Truanderie vers le Pont-aux-Changeurs. Je l'ai rencontrée moi-même comme je venais ici pour obéir aux ordres de votre majesté. J'en ai entendu quelques-uns qui criaient : A bas le bailli du Palais!

— Et quels griefs ont-ils contre le bailli ?

— Ah! dit le compère Jacques, qu'il est leur seigneur.

— Vraiment!

— Oui, sire. Ce sont des marauds de la Cour des Miracles. Voilà longtemps déjà qu'ils se plaignent du bailli, dont ils sont vassaux. Ils ne veulent le reconnaître ni comme justicier ni comme voyer.

— Oui-da! repartit le roi avec un sourire de satisfaction qu'il s'efforçait en vain de déguiser.

— Dans toutes leurs requêtes au parlement, reprit le compère Jacques, ils prétendent n'avoir que deux maîtres, votre majesté et leur Dieu, qui est, je crois, le diable.

— Hé! hé! dit le roi.

Il se frottait les mains, il riait de ce rire intérieur qui fait rayonner le visage. Il ne pouvait dissimuler sa joie, quoiqu'il essayât par instants de se composer. Personne n'y comprenait rien, pas même « maître Olivier ». Il resta un moment silencieux, avec un air pensif, mais content.

— Sont-ils en force ? demanda-t-il tout à coup.

— Oui certes, sire, répondit le compère Jacques.

— Combien ?

— Au moins six mille.

Le roi ne put s'empêcher de dire : Bon! Il reprit : — Sont-ils armés ?

— Des faulx, des piques, des hacquebutes, des pioches. Toutes sortes d'armes fort violentes.

Le roi ne parut nullement inquiet de cet étalage. Le compère Jacques crut devoir ajouter : — Si votre majesté n'envoie pas promptement au secours du bailli, il est perdu.

— Nous enverrons, dit le roi avec un faux air sérieux. C'est bon. Certainement nous enverrons. Monsieur le bailli est notre ami. Six mille! Ce sont de déterminés drôles. La hardiesse est merveilleuse, et nous en sommes fort courroucé. Mais nous avons peu de monde cette nuit autour de nous. — Il sera temps demain matin.

Le compère Jacques se récria. — Tout de suite, sire! Le bailliage aura vingt fois le temps d'être saccagé, la seigneurie violée et le bailli pendu. Pour Dieu, sire! envoyez avant demain matin.

Le roi le regarda en face. — Je vous ai dit demain matin.

C'était un de ces regards auxquels on ne réplique pas.

Après un silence, Louis XI éleva de nouveau la voix. — Mon compère Jacques, vous devez savoir cela? Quelle était... Il se reprit : Quelle est la juridiction féodale du bailli?

— Sire, le bailli du Palais a la rue de la Calandre jusqu'à la rue de l'Herberie, la place Saint-Michel et les lieux vulgairement nommés les Mureaux assis près de l'église Notre-Dame-des-Champs (ici Louis XI souleva le bord de son chapeau), lesquels hôtels sont au nombre de treize, plus la Cour des Miracles, plus la Maladerie appelée la Banlieue, plus toute la chaussée qui commence à cette Maladerie et finit à la Porte Saint-Jacques. De ces divers endroits il est voyer, haut, moyen et bas justicier, plein seigneur.

— Ouais! dit le roi en se grattant l'oreille gauche avec la main droite, cela fait un bon bout de ma ville! Ah! monsieur le bailli *était* roi de tout cela!

Cette fois il ne se reprit point. Il continua, rêveur et comme se parlant à lui-même : — Tout beau, monsieur le bailli! vous aviez là entre les dents un gentil morceau de notre Paris.

Tout à coup il fit explosion : — Pasque-Dieu! qu'est-ce que c'est que ces gens qui se prétendent voyers, justiciers, seigneurs et maîtres chez nous? qui ont leur péage à tout bout de champ, leur justice et leur bourreau à tout carrefour parmi notre peuple? de façon que, comme le grec se croyait autant de dieux qu'il avait de fontaines, et le persan autant qu'il voyait d'étoiles, le français se compte autant de rois qu'il voit de gibets! Pardieu! cette chose est mauvaise, et la confusion m'en déplaît. Je voudrais bien savoir si c'est la grâce de Dieu qu'il y ait à Paris un autre voyer que le roi, une autre justice que notre parlement, un autre empereur que nous dans cet empire! Par la foi de mon âme! il faudra bien que le jour vienne où il n'y aura en France qu'un roi, qu'un seigneur, qu'un juge, qu'un coupe-tête, comme il n'y a au paradis qu'un Dieu!

Il souleva encore son bonnet, et continua, rêvant tou-

jours, avec l'air et l'accent d'un chasseur qui agace et lance
sa meute : — Bon! mon peuple! bravement! brise ces faux
seigneurs! fais ta besogne. Sus! sus! pille-les, pends-les,
saccage-les!... Ah! vous voulez être rois, messeigneurs? Va!
peuple! va!

Ici il s'interrompit brusquement, se mordit la lèvre,
comme pour rattraper sa pensée à demi échappée, appuya
tour à tour son œil perçant sur chacun des cinq personnages
qui l'entouraient, et tout à coup saisissant son chapeau à
deux mains et le regardant en face, il lui dit : — Oh! je te
brûlerais si tu savais ce qu'il y a dans ma tête!

Puis, promenant de nouveau autour de lui le regard
attentif et inquiet du renard qui rentre sournoisement à son
terrier : — Il n'importe! nous secourrons monsieur le
bailli. Par malheur nous n'avons que peu de troupe ici en
ce moment contre tant de populaire. Il faut attendre jusqu'à
demain. On remettra l'ordre en la Cité, et l'on pendra verte-
ment tout ce qui sera pris.

— A propos, sire! dit le compère Coictier, j'ai oublié
cela dans le premier trouble, le guet a saisi deux traînards
de la bande. Si votre majesté veut voir ces hommes, ils
sont là.

— Si je veux les voir! cria le roi. Comment! Pasque-
Dieu! tu oublies chose pareille! — Cours vite, toi, Olivier!
va les chercher.

Maître Olivier sortit et rentra un moment après avec les
deux prisonniers, environnés d'archers de l'ordonnance. Le
premier avait une grosse face idiote, ivre et étonnée. Il était
vêtu de guenilles et marchait en pliant le genou et en traînant le pied. Le second était une figure blême et souriante
que le lecteur connaît déjà.

Le roi les examina un instant sans mot dire, puis s'adressant brusquement au premier :

— Comment t'appelles-tu?

— Gieffroy Pincebourde.

— Ton métier?

— Truand.

— Qu'allais-tu faire dans cette damnable sédition?

Le truand regarda le roi, en balançant ses bras d'un air
hébété. C'était une de ces têtes mal conformées où l'intelligence est à peu près aussi à l'aise que la lumière sous
l'éteignoir.

— Je ne sais pas, dit-il. On allait, j'allais.

— N'alliez-vous pas attaquer outrageusement et piller
votre seigneur le bailli du Palais?

— Je sais qu'on allait prendre quelque chose chez quelqu'un. Voilà tout.

Un soldat montra au roi une serpe qu'on avait saisie sur le truand.

— Reconnais-tu cette arme? demanda le roi.

— Oui, c'est ma serpe. Je suis vigneron.

— Et reconnais-tu cet homme pour ton compagnon? ajouta Louis XI, en désignant l'autre prisonnier.

— Non. Je ne le connais point.

— Il suffit, dit le roi. Et faisant un signe du doigt au personnage silencieux, immobile près de la porte, que nous avons déjà fait remarquer au lecteur :

— Compère Tristan, voilà un homme pour vous.

Tristan l'Hermite s'inclina. Il donna un ordre à voix basse à deux archers qui emmenèrent le pauvre truand.

Cependant le roi s'était approché du second prisonnier, qui suait à grosses gouttes. — Ton nom?

— Sire, Pierre Gringoire.

— Ton métier?

— Philosophe, sire.

— Comment te permets-tu, drôle, d'aller investir notre ami monsieur le bailli du Palais, et qu'as-tu à dire de cette émotion populaire?

— Sire, je n'en étais pas.

— Or çà! paillard, n'as-tu pas été appréhendé par le guet dans cette mauvaise compagnie?

— Non, sire, il y a méprise. C'est une fatalité. Je fais des tragédies. Sire, je supplie votre majesté de m'entendre. Je suis poète. C'est la mélancolie des gens de ma profession d'aller la nuit par les rues. Je passais par là ce soir. C'est grand hasard. On m'a arrêté à tort. Je suis innocent de cette tempête civile. Votre majesté voit que le truand ne m'a pas reconnu. Je conjure votre majesté...

— Tais-toi! dit le roi entre deux gorgées de tisane. Tu nous romps la tête.

Tristan l'Hermite s'avança et désignant Gringoire du doigt : — Sire, peut-on pendre aussi celui-là?

C'était la première parole qu'il proférait.

— Peuh! répondit négligemment le roi. Je n'y vois pas d'inconvénients.

— J'en vois beaucoup, moi! dit Gringoire.

Notre philosophe était en ce moment plus vert qu'une olive. Il vit à la mine froide et indifférente du roi qu'il n'y avait plus de ressource que dans quelque chose de très

pathétique, et se précipita aux pieds de Louis XI en
s'écriant avec une gesticulation désespérée :
— Sire! votre majesté daignera m'entendre. Sire!
n'éclatez pas en tonnerre sur si peu de chose que moi. La
grande foudre de Dieu ne bombarde pas une laitue. Sire,
vous êtes un auguste monarque très puissant, ayez pitié
d'un pauvre homme honnête, et qui serait plus empêché
d'attiser une révolte qu'un glaçon de donner une étincelle!
Très gracieux sire, la débonnaireté est vertu de lion et de
roi. Hélas! la rigueur ne fait qu'effaroucher les esprits, les
bouffées impétueuses de la bise ne sauraient faire quitter
le manteau au passant, le soleil donnant de ses rayons peu
à peu l'échauffe de telle sorte qu'il le fera mettre en chemise.
Sire, vous êtes le soleil. Je vous le proteste, mon souverain
maître et seigneur, je ne suis pas un compagnon truand,
voleur et désordonné. La révolte et les briganderies ne sont
pas de l'équipage d'Apollo. Ce n'est pas moi qui m'irai
précipiter dans ces nuées qui éclatent en des bruits de séditions. Je suis un fidèle vassal de votre majesté. La même
jalousie qu'a le mari pour l'honneur de sa femme, le ressen-
timent qu'a le fils pour l'amour de son père, un bon vassal
les doit avoir pour la gloire de son roi, il doit sécher pour le
zèle de sa maison, pour l'accroissement de son service.
Toute autre passion qui le transporterait ne serait que
fureur. Voilà, sire, mes maximes d'état. Donc, ne me jugez
pas séditieux et pillard à mon habit usé aux coudes. Si vous
me faites grâce, sire, je l'userai aux genoux à prier Dieu soir
et matin pour vous! Hélas! je ne suis pas extrêmement riche,
c'est vrai. Je suis même un peu pauvre. Mais non vicieux
pour cela. Ce n'est pas ma faute. Chacun sait que les grandes richesses ne se tirent pas des belles-lettres, et que les
plus consommés aux bons livres n'ont pas toujours gros feu
l'hiver. La seule avocasserie prend tout le grain et ne laisse
que la paille aux autres professions scientifiques. Il y a
quarante très excellents proverbes sur le manteau troué des
philosophes. Oh! sire! la clémence est la seule lumière qui
puisse éclairer l'intérieur d'une grande âme. La clémence
porte le flambeau devant toutes les autres vertus. Sans elle,
ce sont des aveugles qui cherchent Dieu à tâtons. La miséricorde, qui est la même chose que la clémence, fait l'amour
des sujets qui est le plus puissant corps de garde à la personne du prince. Qu'est-ce que cela vous fait, à vous majesté
dont les faces sont éblouies, qu'il y ait un pauvre homme de
plus sur la terre? un pauvre innocent philosophe, barbotant
dans les ténèbres de la calamité, avec son gousset vide qui

résonne sur son ventre creux? D'ailleurs, sire, je suis un
lettré. Les grands rois se font une perle à leur couronne de
protéger les lettres. Herculès ne dédaignait pas le titre de
Musagetes. Mathias Corvin favorisait Jean de Mon-
royal, l'ornement des mathématiques. Or, c'est une mauvaise manière de protéger les lettres que de pendre les
lettrés. Quelle tache à Alexandre s'il avait fait pendre Aristoteles! Ce trait ne serait pas un petit moucheron sur le
visage de sa réputation pour l'embellir, mais bien un malin
ulcère pour le défigurer. Sire! j'ai fait un très expédient
épithalame pour madamoiselle de Flandre et monseigneur
le très auguste dauphin. Cela n'est pas d'un boute-feu de
rébellion. Votre majesté voit que je ne suis pas un grimaud,
que j'ai étudié excellemment, et que j'ai beaucoup d'éloquence naturelle. Faites-moi grâce, sire. Cela faisant, vous
ferez une action galante à Notre-Dame, et je vous jure que
je suis très effrayé de l'idée d'être pendu!

En parlant ainsi, le désolé Gringoire baisait les pantoufles
du roi, et Guillaume Rym disait tout bas à Coppenole : —
Il fait bien de se traîner à terre. Les rois sont comme le
Jupiter de Crète, ils n'ont des oreilles qu'aux pieds. — Et,
sans s'occuper du Jupiter de Crète, le chaussetier répondait
avec un lourd sourire, l'œil fixé sur Gringoire : — Oh! que
c'est bien cela! je crois entendre le chancelier Hugonet me
demander grâce.

Quand Gringoire s'arrêta enfin tout essoufflé, il leva la
tête en tremblant vers le roi qui grattait avec son ongle une
tache que ses chausses avaient au genou. Puis sa majesté se
mit à boire au hanap de tisane. Du reste, elle ne soufflait
mot, et ce silence torturait Gringoire. Le roi le regarda
enfin. — Voilà un terrible braillard! dit-il. Puis se tournant
vers Tristan l'Hermite : — Bah! lâchez-le!

Gringoire tomba sur le derrière, tout épouvanté de joie.

— En liberté! grogna Tristan. Votre majesté ne veut-elle
pas qu'on le retienne un peu en cage?

— Compère, repartit Louis XI, crois-tu que ce soit pour
de pareils oiseaux que nous faisons faire des cages de trois
cent soixante-sept livres huit sols trois deniers? — Lâchez-
moi incontinent le paillard (Louis XI affectionnait ce mot,
qui faisait avec *Pasque-Dieu* le fond de sa jovialité) et
mettez-le hors avec une bourrade!

— Ouf! s'écria Gringoire, que voilà un grand roi!

Et de peur d'un contre-ordre, il se précipita vers la porte
que Tristan lui rouvrit d'assez mauvaise grâce. Les soldats
sortirent avec lui en le poussant devant eux à grands coups

de poing, ce que Gringoire supporta en vrai philosophe stoïcien.

La bonne humeur du roi, depuis que la révolte contre le bailli lui avait été annoncée, perçait dans tout. Cette clémence inusitée n'en était pas un médiocre signe. Tristan l'Hermite dans son coin avait la mine renfrognée d'un dogue qui a vu et qui n'a pas eu.

Le roi cependant battait gaiement avec les doigts sur le bras de sa chaise la marche de Pont-Audemer. C'était un prince dissimulé, mais qui savait beaucoup mieux cacher ses peines que ses joies. Ces manifestations extérieures de joie à toute bonne nouvelle allaient quelquefois très loin ; ainsi, à la mort de Charles le Téméraire, jusqu'à vouer des balustrades d'argent à Saint-Martin de Tours ; à son avènement au trône, jusqu'à oublier d'ordonner les obsèques de son père.

— Hé ! sire ! s'écria tout à coup Jacques Coictier, qu'est devenue la pointe aiguë de maladie pour laquelle votre majesté m'avait fait mander ?

— Oh ! dit le roi, vraiment je souffre beaucoup, mon compère. J'ai l'oreille sibilante, et des râteaux de feu qui me raclent la poitrine.

Coictier prit la main du roi, et se mit à lui tâter le pouls avec une mine capable.

— Regardez, Coppenole, disait Rym à voix basse. Le voilà entre Coictier et Tristan. C'est là toute sa cour. Un médecin pour lui, un bourreau pour les autres.

En tâtant le pouls du roi, Coictier prenait un air de plus en plus alarmé. Louis XI le regardait avec quelque anxiété. Coictier se rembrunissait à vue d'œil. Le brave homme n'avait d'autre métairie que la mauvaise santé du roi. Il l'exploitait de son mieux.

— Oh ! oh ! murmura-t-il enfin, ceci est grave, en effet.

— N'est-ce pas ? dit le roi inquiet.

— *Pulsus creber, anhelans, crepitans, irregularis*, continua le médecin.

— Pasque-Dieu !

— Avant trois jours, ceci peut emporter son homme.

— Notre-Dame ! s'écria le roi. Et le remède, compère ?

— J'y songe, sire.

Il fit tirer la langue à Louis XI, hocha la tête, fit la grimace, et tout au milieu de ces simagrées : — Pardieu, sire, dit-il tout à coup, il faut que je vous conte qu'il y a une recette des régales vacante, et que j'ai un neveu.

— Je donne ma recette à ton neveu, compère Jacques,

répondit le roi; mais tire-moi ce feu de la poitrine.

— Puisque votre majesté est si clémente, reprit le médecin, elle ne refusera pas de m'aider un peu en la bâtisse de ma maison rue Saint-André-des-Arcs.

— Heuh! dit le roi.

— Je suis au bout de ma finance, poursuivit le docteur, et il serait vraiment dommage que la maison n'eût pas de toit. Non pour la maison, qui est simple et toute bourgeoise, mais pour les peintures de Jehan Fourbault, qui en égaient le lambris. Il y a une Diane en l'air qui vole, mais si excellente, si tendre, si délicate, d'une action si ingénue, la tête si bien coiffée et couronnée d'un croissant, la chair si blanche qu'elle donne de la tentation à ceux qui la regardent trop curieusement. Il y a aussi une Cérès. C'est encore une très belle divinité. Elles est assise sur des gerbes de blé, et coiffée d'une guirlande galante d'épis entrelacés de salsifis et autres fleurs. Il ne se peut rien voir de plus amoureux que ses yeux, de plus rond que ses jambes, de plus noble que son air, de mieux drapé que sa jupe. C'est une des beautés les plus innocentes et les plus parfaites qu'ait produites le pinceau.

— Bourreau! grommela Louis XI, où en veux-tu venir?

— Il me faut un toit sur ces peintures, sire, et, quoique ce soit peu de chose, je n'ai plus d'argent.

— Combien est-ce, ton toit?

— Mais... un toit de cuivre historié et doré, deux mille livres au plus.

— Ah! l'assassin! cria le roi. Il ne m'arrache pas une dent qui ne soit un diamant.

— Ai-je mon toit? dit Coictier.

— Oui! et va au diable, mais guéris-moi.

Jacques Coictier s'inclina profondément et dit : — Sire, c'est un répercussif qui vous sauvera. Nous vous appliquerons sur les reins le grand défensif, composé avec le cérat, le bol d'Arménie, le blanc d'œuf, l'huile et le vinaigre. Vous continuerez votre tisane, et nous répondons de votre majesté.

Une chandelle qui brille n'attire pas qu'un moucheron. Maître Olivier, voyant le roi en libéralité et croyant le moment bon, s'approcha à son tour : — Sire...

— Qu'est-ce encore? dit Louis XI.

— Sire, votre majesté sait que maître Simon Radin est mort?

— Eh bien?

— C'est qu'il était conseiller du roi sur le fait de la justice du trésor.

— Eh bien?

— Sire, sa place est vacante.

En parlant ainsi, la figure hautaine de maître Olivier avait quitté l'expression arrogante pour l'expression basse. C'est le seul rechange qu'ait une figure de courtisan. Le roi le regarda très en face, et dit d'un ton sec : — Je comprends.

Il reprit :

— Maître Olivier, le maréchal de Boucicaut disait : Il n'est don que de roi, il n'est peschier que en la mer. Je vois que vous êtes de l'avis de monsieur de Boucicaut. Maintenant oyez ceci. Nous avons bonne mémoire. En 68, nous vous avons fait varlet de notre chambre ; en 69, garde du châtel du Pont de Saint-Cloud à cent livres tournois de gages (vous les vouliez parisis). En novembre 73, par lettres données à Gergeole, nous vous avons institué concierge du bois de Vincennes, au lieu de Gilbert Acle, écuyer ; en 75, gruyer de la forêt de Rouvray-lez-Saint-Cloud, en place de Jacques Le Maire ; en 78, nous vous avons gracieusement assis, par lettres patentes scellées sur double queue de cire verte, une rente de dix livres parisis, pour vous et votre femme, sur la place aux marchands, sise à l'école Saint-Germain ; en 79, nous vous avons fait gruyer de la forêt de Senart, au lieu de ce pauvre Jehan Daiz ; puis capitaine du château de Loches ; puis gouverneur de Saint-Quentin ; puis capitaine du Pont de Meulan, dont vous vous faites appeler comte. Sur les cinq sols d'amende que paie tout barbier qui rase un jour de fête, il y a trois sols pour vous, et nous avons votre reste. Nous avons bien voulu changer votre nom de *Le Mauvais*, qui ressemblait trop à votre mine. En 74, nous vous avons octroyé, au grand déplaisir de notre noblesse, des armoiries de mille couleurs qui vous font une poitrine de paon. Pasque-Dieu ! n'êtes-vous pas saoul ? La pescherie n'est-elle point assez belle et miraculeuse ? Et ne craignez-vous pas qu'un saumon de plus ne fasse chavirer votre bateau ? L'orgueil vous perdra, mon compère. L'orgueil est toujours talonné de la ruine et de la honte. Considérez ceci, et taisez-vous.

Ces paroles, prononcées avec sévérité, firent revenir à l'insolence la physionomie dépitée de maître Olivier.

— Bon, murmura-t-il presque tout haut, on voit bien que le roi est malade aujourd'hui. Il donne tout au médecin.

Louis XI, loin de s'irriter de cette incartade, reprit avec quelque douceur : — Tenez, j'oubliais encore que je vous ai fait mon ambassadeur à Gand près de madame Marie. — Oui, messieurs, ajouta le roi en se tournant vers les flamands, celui-ci a été ambassadeur. — Là, mon compère, poursuivit-il en s'adressant à maître Olivier, ne nous fâchons pas, nous sommes vieux amis. Voilà qu'il est très tard. Nous avons terminé notre travail. Rasez-moi.

Nos lecteurs n'ont sans doute pas attendu jusqu'à présent pour reconnaître dans *maître Olivier* ce Figaro terrible que la providence, cette grande faiseuse de drames, a mêlé si artistement à la longue et sanglante comédie de Louis XI. Ce n'est pas ici que nous entreprendrons de développer cette figure singulière. Ce barbier du roi avait trois noms. A la cour, on l'appelait poliment Olivier le Daim ; parmi le peuple, Olivier le Diable. Il s'appelait de son vrai nom Olivier le Mauvais.

Olivier le Mauvais donc resta immobile, boudant le roi, et regardant Jacques Coictier de travers. — Oui, oui ! le médecin ! disait-il entre ses dents.

— Eh ! oui, le médecin, reprit Louis XI avec une bonhomie singulière, le médecin a plus de crédit encore que toi. C'est tout simple. Il a prise sur nous par tout le corps, et tu ne nous tiens que par le menton. Va, mon pauvre barbier, cela se retrouvera. Que dirais-tu donc, et que deviendrait ta charge si j'étais un roi comme le roi Chilpéric qui avait pour geste de tenir sa barbe d'une main ? — Allons, mon compère, vaque à ton office, rase-moi. Va chercher ce qu'il te faut.

Olivier, voyant que le roi avait pris le parti de rire et qu'il n'y avait pas même moyen de le fâcher, sortit en grondant pour exécuter ses ordres.

Le roi se leva, s'approcha de la fenêtre, et tout à coup l'ouvrant avec une agitation extraordinaire : — Oh ! oui ! s'écria-t-il en battant des mains, voilà une rougeur dans le ciel sur la Cité. C'est le bailli qui brûle. Ce ne peut être que cela. Ah ! mon bon peuple ! voilà donc que tu m'aides enfin à l'écroulement des seigneuries !

Alors, se tournant vers les flamands : — Messieurs, venez voir ceci. N'est-ce pas un feu qui rougeoie ?

Les deux gantois s'approchèrent.

— Un grand feu, dit Guillaume Rym.

— Oh ! ajouta Coppenole, dont les yeux étincelèrent tout à coup, cela me rappelle le brûlement de la maison du seigneur d'Hymbercourt. Il doit y avoir une grosse révolte là-bas.

— Vous croyez, maître Coppenole ? — Et le regard de Louis XI était presque aussi joyeux que celui du chaussetier.

— N'est-ce pas qu'il sera difficile d'y résister ?

— Croix-Dieu ! sire ! votre majesté ébréchera là-dessus bien des compagnies de gens de guerre !

— Ah ! moi ! c'est différent, repartit le roi. Si je voulais !...

Le chaussetier répondit hardiment :

— Si cette révolte est ce que je suppose, vous auriez beau vouloir, sire !

— Compère, dit Louis XI, avec deux compagnies de mon ordonnance et une volée de serpentine, on a bon marché d'une populace de manants.

Le chaussetier, malgré les signes que lui faisait Guillaume Rym, paraissait déterminé à tenir tête au roi.

— Sire, les suisses aussi étaient des manants. Monsieur le duc de Bourgogne était un grand gentilhomme, et il faisait fi de cette canaille. A la bataille de Grandson, sire, il criait : Gens de canons ! feu sur ces vilains ! et il jurait par Saint-Georges. Mais l'avoyer Scharnachtal se rua sur le beau duc avec sa massue et son peuple, et de la rencontre des paysans à peaux de buffle la luisante armée bourguignonne s'éclata comme une vitre au choc d'un caillou. Il y eut là bien des chevaliers de tués par des marauds ; et l'on trouva monsieur de Château-Guyon, le plus grand seigneur de la Bourgogne, mort avec son grand cheval grison dans un petit pré de marais.

— L'ami, repartit le roi, vous parlez d'une bataille. Il s'agit d'une mutinerie. Et j'en viendrai à bout quand il me plaira de froncer le sourcil.

L'autre répliqua avec indifférence :

— Cela se peut, sire. En ce cas, c'est que l'heure du peuple n'est pas venue.

Guillaume Rym crut devoir intervenir. — Maître Coppenole, vous parlez à un puissant roi.

— Je le sais, répondit gravement le chaussetier.

— Laissez-le dire, monsieur Rym mon ami, dit le roi. J'aime ce franc-parler. Mon père Charles septième disait que la vérité était malade. Je croyais, moi, qu'elle était morte, et qu'elle n'avait point trouvé de confesseur. Maître Coppenole me détrompe.

Alors, posant familièrement sa main sur l'épaule de Coppenole :

— Vous disiez donc, maître Jacques?...

— Je dis, sire, que vous avez peut-être raison, que l'heure du peuple n'est pas venue chez vous.

Louis XI le regarda avec son œil pénétrant.

— Et quand viendra cette heure, maître?

— Vous l'entendrez sonner.

— A quelle horloge, s'il vous plaît?

Coppenole avec sa contenance tranquille et rustique fit approcher le roi de la fenêtre. — Écoutez, sire! Il y a ici un donjon, un beffroi, des canons, des bourgeois, des soldats. Quand le beffroi bourdonnera, quand les canons gronderont, quand le donjon croulera à grand bruit, quand bourgeois et soldats hurleront et s'entre-tueront, c'est l'heure qui sonnera.

Le visage de Louis devint sombre et rêveur. Il resta un moment silencieux, puis il frappa doucement de la main, comme on flatte une croupe de destrier, l'épaisse muraille du donjon. — Oh! que non! dit-il. N'est-ce pas que tu ne crouleras pas si aisément, ma bonne Bastille?

Et se tournant d'un geste brusque vers le hardi flamand :

— Avez-vous jamais vu une révolte, maître Jacques?

— J'en ai fait, dit le chaussetier.

— Comment faites-vous, dit le roi, pour faire une révolte?

— Ah! répondit Coppenole, ce n'est pas bien difficile. Il y a cent façons. D'abord il faut qu'on soit mécontent dans la ville. La chose n'est pas rare. Et puis le caractère des habitants. Ceux de Gand sont commodes à la révolte. Ils aiment toujours le fils du prince, le prince jamais. Eh bien! un matin, je suppose, on entre dans ma boutique, on me dit : Père Coppenole, il y a ceci, il y a cela, la demoiselle de Flandre veut sauver ses ministres, le grand bailli double le tru de l'esgrin, ou autre chose. Ce qu'on veut. Moi, je laisse là l'ouvrage, je sors de ma chausseterie, et je vais dans la rue, et je crie : A sac! Il y a bien toujours là quelque futaille défoncée. Je monte dessus, et je dis tout haut les premières paroles venues, ce que j'ai sur le cœur ; et quand on est du peuple, sire, on a toujours quelque chose sur le cœur. Alors on s'attroupe, on crie, on sonne le tocsin, on arme les manants du désarmement des soldats, les gens du marché s'y joignent, et l'on va! Et ce sera toujours ainsi, tant qu'il y aura des seigneurs dans les seigneuries, des bourgeois dans les bourgs, et des paysans dans les pays.

— Et contre qui vous rebellez-vous ainsi? demanda le roi. Contre vos baillis? contre vos seigneurs?

— Quelquefois. C'est selon. Contre le duc aussi, quelque fois.

Louis XI alla se rasseoir, et dit avec un sourire : — Ah! ici, ils n'en sont encore qu'aux baillis!

En cet instant Olivier le Daim rentra. Il était suivi de deux pages qui portaient les toilettes du roi ; mais ce qui frappa Louis XI, c'est qu'il était en outre accompagné du prévôt de Paris et du chevalier du guet, lesquels paraissaient consternés. Le rancuneux barbier avait aussi l'air consterné, mais content en dessous. C'est lui qui prit la parole : — Sire, je demande pardon à votre majesté de la calamiteuse nouvelle que je lui apporte.

Le roi en se tournant vivement écorcha la natte du plancher avec les pieds de sa chaise : — Qu'est-ce à dire ?

— Sire, reprit Olivier le Daim avec la mine méchante d'un homme qui se réjouit d'avoir à porter un coup violent, ce n'est pas sur le bailli du palais que se rue cette sédition populaire.

— Et sur qui donc ?

— Sur vous, sire.

Le vieux roi se dressa debout et droit comme un jeune homme : — Explique-toi, Olivier! explique-toi! Et tiens bien ta tête, mon compère, car je te jure par la croix de Saint-Lô que si tu nous mens à cette heure, l'épée qui a coupé le cou de monsieur de Luxembourg n'est pas si ébréchée qu'elle ne scie encore le tien!

Le serment était formidable. Louis XI n'avait juré que deux fois dans sa vie par la croix de Saint-Lô.

Olivier ouvrit la bouche pour répondre : — Sire...

— Mets-toi à genoux! interrompit violemment le roi. Tristan, veillez sur cet homme!

Olivier se mit à genoux, et dit froidement : — Sire, une sorcière a été condamnée à mort par votre cour de parlement. Elle s'est réfugiée dans Notre-Dame. Le peuple l'y veut reprendre de vive force. Monsieur le prévôt et monsieur le chevalier du guet, qui viennent de l'émeute, sont là pour me démentir si ce n'est pas la vérité. C'est Notre-Dame que le peuple assiège.

— Oui-da! dit le roi à voix basse, tout pâle et tout tremblant de colère. Notre-Dame! ils assiègent dans sa cathédrale Notre-Dame, ma bonne maîtresse! — Relève-toi, Olivier. Tu as raison. Je te donne la charge de Simon Radin. Tu as raison. — C'est à moi qu'on s'attaque. La sorcière est sous la sauvegarde de l'église, l'église est sous ma sauvegarde. Et moi qui croyais qu'il s'agissait du bailli! C'est contre moi!

Alors, rajeuni par la fureur, il se mit à marcher à grands pas. Il ne riait plus, il était terrible, il allait et venait, le renard s'était changé en hyène, il semblait suffoqué à ne pouvoir parler, ses lèvres remuaient, et ses poings décharnés se crispaient. Tout à coup il releva la tête, son œil cave parut plein de lumière, et sa voix éclata comme un clairon.

— Main basse, Tristan! main basse sur ces coquins! Va, Tristan mon ami! tue! tue!

Cette éruption passée, il vint se rasseoir, et dit avec une rage froide et concentrée :

— Ici, Tristan! — Il y a près de nous dans cette Bastille les cinquante lances du vicomte de Gif, ce qui fait trois cents chevaux, vous les prendrez. Il y a aussi la compagnie des archers de notre ordonnance de M. de Châteaupers, vous la prendrez. Vous êtes prévôt des maréchaux, vous avez les gens de votre prévôté, vous les prendrez. A l'Hôtel Saint-Pol, vous trouverez quarante archers de la nouvelle garde de monsieur le Dauphin, vous les prendrez ; et avec tout cela, vous allez courir à Notre-Dame. — Ah! messieurs les manants de Paris, vous vous jetez ainsi tout au travers de la couronne de France, de la sainteté de Notre-Dame et de la paix de cette république! — Extermine, Tristan! extermine! et que pas un n'en réchappe que pour Mont-faucon.

Tristan s'inclina. — C'est bon sire!

Il ajouta après un silence : — Et que ferai-je de la sorcière?

Cette question fit songer le roi.

— Ah! dit-il, la sorcière! — Monsieur d'Estouteville, qu'est-ce que le peuple en voulait faire?

— Sire, répondit le prévôt de Paris, j'imagine que, puisque le peuple la vient arracher de son asile de Notre-Dame, c'est que cette impunité le blesse et qu'il la veut pendre.

Le roi parut réfléchir profondément, puis s'adressant à Tristan l'Hermite : — Eh bien! mon compère, extermine le peuple et pends la sorcière.

— C'est cela, dit tout bas Rym à Coppenole, punir le peuple de vouloir, et faire ce qu'il veut.

— Il suffit, sire, répondit Tristan. Si la sorcière est encore dans Notre-Dame, faudra-t-il l'y prendre malgré l'asile?

— Pasque-Dieu, l'asile! dit le roi en se grattant l'oreille. Il faut pourtant que cette femme soit pendue.

Ici, comme pris d'une idée subite, il se rua à genoux devant sa chaise, ôta son chapeau, le posa sur le siège, et regardant dévotement l'une des amulettes de plomb qui le chargeaient : — Oh! dit-il les mains jointes, Notre-Dame de Paris, ma gracieuse patronne, pardonnez-moi. Je ne le ferai que cette fois. Il faut punir cette criminelle. Je vous assure, madame la Vierge, ma bonne maîtresse, que c'est une sorcière qui n'est pas digne de votre aimable protection. Vous savez, madame, que bien des princes très pieux ont outrepassé le privilège des églises pour la gloire de Dieu et la nécessité de l'état. Saint Hugues, évêque d'Angleterre, a permis au roi Édouard de prendre un magicien dans son église. Saint Louis de France, mon maître, a transgressé pour le même objet l'église de monsieur saint Paul ; et monsieur Alphonse, fils du roi de Jérusalem, l'église même du Saint-Sépulcre. Pardonnez-moi donc pour cette fois, Notre-Dame de Paris. Je ne le ferai plus, et je vous donnerai une belle statue d'argent, pareille à celle que j'ai donnée l'an passé à Notre-Dame d'Ecouys. Ainsi soit-il.

Il fit un signe de croix, se releva, se recoiffa, et dit à Tristan : — Faites diligence, mon compère. Prenez M. de Châteaupers avec vous. Vous ferez sonner le tocsin. Vous écraserez le populaire. Vous pendrez la sorcière. C'est dit. Et j'entends que le pourchas de l'exécution soit fait par vous. Vous m'en rendrez compte. — Allons, Olivier, je ne me coucherai pas cette nuit. Rase-moi.

Tristan l'Hermite s'inclina et sortit. Alors le roi, congédiant du geste Rym et Coppenole : — Dieu vous garde, messieurs mes bons amis les flamands. Allez prendre un peu de repos. La nuit s'avance, et nous sommes plus près du matin que du soir.

Tous deux se retirèrent, et en gagnant leurs appartements sous la conduite du capitaine de la Bastille, Coppenole disait à Guillaume Rym : — Hum! j'en ai assez de ce roi qui tousse! J'ai vu Charles de Bourgogne ivre, il était moins méchant que Louis XI malade.

— Maître Jacques, répondit Rym, c'est que les rois ont le vin moins cruel que la tisane.

VI

PETITE FLAMBE EN BAGUENAUD

En sortant de la Bastille, Gringoire descendit la rue Saint-Antoine de la vitesse d'un cheval échappé. Arrivé à la porte Baudoyer, il marcha droit à la croix de pierre qui se dressait au milieu de cette place, comme s'il eût pu distinguer dans l'obscurité la figure d'un homme vêtu et encapuchonné de noir qui était assis sur les marches de la croix. — Est-ce vous, maître ? dit Gringoire.

Le personnage noir se leva. — Mort et passion ! vous me faites bouillir, Gringoire. L'homme qui est sur la tour de Saint-Gervais vient de crier une heure et demie du matin.

— Oh ! repartit Gringoire, ce n'est pas ma faute, mais celle du guet et du roi. Je viens de l'échapper belle ! Je manque toujours d'être pendu. C'est ma prédestination.

— Tu manques tout, dit l'autre. Mais allons vite. As-tu le mot de passe ?

— Figurez-vous, maître, que j'ai vu le roi. J'en viens. Il a une culotte de futaine. C'est une aventure.

— Oh ! quenouille de paroles ! que me fait ton aventure ? As-tu le mot de passe des truands ?

— Je l'ai. Soyez tranquille. *Petite flambe en baguenaud.*

— Bien. Autrement nous ne pourrions pénétrer jusqu'à l'église. Les truands barrent les rues. Heureusement il paraît qu'ils ont trouvé de la résistance. Nous arriverons peut-être encore à temps.

— Oui, maître. Mais comment entrerons-nous dans Notre-Dame ?

— J'ai la clef des tours.

— Et comment en sortirons-nous ?

— Il y a derrière le cloître une petite porte qui donne sur le Terrain, et de là sur l'eau. J'en ai pris la clef, et j'y ai amarré un bateau ce matin.

— J'ai joliment manqué d'être pendu ! reprit Gringoire.

— Eh vite ! allons ! dit l'autre.

Tous deux descendirent à grands pas vers la Cité.

VII

CHATEAUPERS A LA RESCOUSSE!

Le lecteur se souvient peut-être de la situation critique où nous avons laissé Quasimodo. Le brave sourd, assailli de toutes parts, avait perdu, sinon tout courage, du moins tout espoir de sauver, non pas lui, il ne songeait pas à lui, mais l'égyptienne. Il courait éperdu sur la galerie. Notre-Dame allait être enlevée par les truands. Tout à coup un grand galop de chevaux emplit les rues voisines, et avec une longue file de torches et une épaisse colonne de cavaliers abattant lances et brides, ces bruits furieux débouchèrent sur la place comme un ouragan : Francc! France! Taillez les manants! Châteaupers à la rescousse! Prévôté! prévôté!

Les truands effarés firent volte-face.

Quasimodo, qui n'entendait pas, vit les épées nues, les flambeaux, les fers de piques, toute cette cavalerie, en tête de laquelle il reconnut le capitaine Phœbus, il vit la confusion des truands, l'épouvante chez les uns, le trouble chez les meilleurs, et il reprit de ce secours inespéré tant de force qu'il rejeta hors de l'église les premiers assaillants qui enjambaient déjà la galerie.

C'étaient en effet les troupes du roi qui survenaient.

Les truands firent bravement. Ils se défendirent en désespérés. Pris en flanc par la rue Saint-Pierre-aux-Bœufs et en queue par la rue du Parvis, acculés à Notre-Dame qu'ils assaillaient encore et que défendait Quasimodo, tout à la fois assiégeants et assiégés, ils étaient dans la situation singulière où se trouvera depuis, au fameux siège de Turin, en 1640, entre le prince Thomas de Savoie qu'il assiégeait et le marquis de Leganez qui le bloquait, le comte Henri d'Harcourt, *Taurinum obsessor idem et obsessus*, comme dit son épitaphe.

La mêlée fut affreuse. A chair de loup dent de chien, comme dit P. Mathieu. Les cavaliers du roi, au milieu desquels Phœbus de Châteaupers se comportait vaillamment, ne faisaient aucun quartier, et la taille reprenait ce qui échappait à l'estoc. Les truands, mal armés, écumaient et mordaient. Hommes, femmes, enfants se jetaient aux croupes et aux poitrails des chevaux, et s'y accrochaient comme des chats avec les dents et les ongles des quatre membres. D'autres tamponnaient à coups de torches le visage des archers. D'autres piquaient des crocs de fer au cou des cavaliers et tiraient à eux. Ils déchiquetaient ceux qui tombaient.

On en remarqua un qui avait une large faulx luisante, et qui faucha longtemps les jambes des chevaux. Il était effrayant. Il chantait une chanson nasillarde, il lançait sans relâche et ramenait sa faulx. A chaque coup, il traçait autour de lui un grand cercle de membres coupés. Il avançait ainsi au plus fourré de la cavalerie, avec la lenteur tranquille, le balancement de tête et l'essoufflement régulier d'un moissonneur qui entame un champ de blé. C'était Clopin Trouillefou. Une arquebusade l'abattit.

Cependant les croisées s'étaient rouvertes. Les voisins, entendant les cris de guerre des gens du roi, s'étaient mêlés à l'affaire, et de tous les étages les balles pleuvaient sur les truands. Le Parvis était plein d'une fumée épaisse que la mousqueterie rayait de feu. On y distinguait confusément la façade de Notre-Dame, et l'Hôtel-Dieu décrépit, avec quelques hâves malades qui regardaient du haut de son toit écaillé de lucarnes.

Enfin les truands cédèrent. La lassitude, le défaut de bonnes armes, l'effroi de cette surprise, la mousqueterie des fenêtres, le brave choc des gens du roi, tout les abattit. Ils forcèrent la ligne des assaillants, et se mirent à fuir dans toutes les directions, laissant dans le Parvis un encombrement de morts.

Quand Quasimodo, qui n'avait pas cessé un moment de combattre, vit cette déroute, il tomba à deux genoux, et leva les mains au ciel ; puis, ivre de joie, il courut, il monta avec la vitesse d'un oiseau à cette cellule dont il avait si intrépidement défendu les approches. Il n'avait plus qu'une pensée maintenant, c'était de s'agenouiller devant celle qu'il venait de sauver une seconde fois.

Lorsqu'il entra dans la cellule, il la trouva vide.

LIVRE ONZIÈME

I

LE PETIT SOULIER

Au moment où les truands avaient assailli l'église, la Esmeralda dormait.

Bientôt la rumeur toujours croissante autour de l'édifice et le bêlement inquiet de sa chèvre éveillée avant elle l'avaient tirée de ce sommeil. Elle s'était levée sur son séant, elle avait écouté, elle avait regardé, puis, effrayée de la lueur et du bruit, elle s'était jetée hors de la cellule et avait été voir. L'aspect de la place, la vision qui s'y agitait, le désordre de cet assaut nocturne, cette foule hideuse, sautelante comme une nuée de grenouilles, à demi entrevue dans les ténèbres, le coassement de cette rauque multitude, ces quelques torches rouges courant et se croisant sur cette ombre comme les feux de nuit qui rayent la surface brumeuse des marais, toute cette scène lui fit l'effet d'une mystérieuse bataille engagée entre les fantômes du sabbat et les monstres de pierre de l'église. Imbue dès l'enfance des superstitions de la tribu bohémienne, sa première pensée fut qu'elle avait surpris en maléfice les étranges êtres propres à la nuit. Alors elle courut épouvantée se tapir dans sa cellule, demandant à son grabat un moins horrible cauchemar.

Peu à peu les premières fumées de la peur s'étaient pourtant dissipées ; au bruit sans cesse grandissant, et à plusieurs autres signes de réalité, elle s'était sentie investie, non de spectres, mais d'êtres humains. Alors sa frayeur, sans s'accroître, s'était transformée. Elle avait songé à la possibilité d'une mutinerie populaire pour l'arracher de son asile. L'idée de reperdre encore une fois la vie, l'espérance,

Phœbus, qu'elle entrevoyait toujours dans son avenir, le profond néant de sa faiblesse, toute fuite fermée, aucun appui, son abandon, son isolement, ces pensées et mille autres l'avaient accablée. Elle était tombée à genoux, la tête sur son lit, les mains jointes sur sa tête, pleine d'anxiété et de frémissement, et quoique égyptienne, idolâtre et païenne, elle s'était mise à demander avec sanglots grâce au bon Dieu chrétien et à prier Notre-Dame son hôtesse. Car, ne crût-on à rien, il y a des moments dans la vie où l'on est toujours de la religion du temple qu'on a sous la main.

Elle resta ainsi prosternée fort longtemps, tremblant, à la vérité, plus qu'elle ne priait, glacée au souffle de plus en plus rapproché de cette multitude furieuse, ne comprenant rien à ce déchaînement, ignorant ce qui se tramait, ce qu'on faisait, ce qu'on voulait, mais pressentant une issue terrible.

Voilà qu'au milieu de cette angoisse elle entend marcher près d'elle. Elle se détourne. Deux hommes, dont l'un portait une lanterne, venait d'entrer dans sa cellule. Elle poussa un faible cri.

— Ne craignez rien, dit une voix qui ne lui était pas inconnue, c'est moi.

— Qui ? vous ? demanda-t-elle.

— Pierre Gringoire.

Ce nom la rassura. Elle releva les yeux, et reconnut en effet le poète. Mais il y avait auprès de lui une figure noire et voilée de la tête aux pieds qui la frappa de silence.

— Ah! reprit Gringoire d'un ton de reproche, Djali m'avait reconnu avant vous!

La petite chèvre en effet n'avait pas attendu que Gringoire se nommât. A peine était-il entré qu'elle s'était tendrement frottée à ses genoux, couvrant le poète de caresses et de poils blancs, car elle était en mue. Gringoire lui rendait les caresses.

— Qui est là avec vous ? dit l'égyptienne à voix basse.

— Soyez tranquille, répondit Gringoire. C'est un de mes amis.

Alors le philosophe, posant sa lanterne à terre, s'accroupit sur la dalle et s'écria avec enthousiasme en serrant Djali dans ses bras : — Oh! c'est une gracieuse bête, sans doute plus considérable pour sa propreté que pour sa grandeur, mais ingénieuse, subtile et lettrée comme un grammairien! Voyons, ma Djali, n'as-tu rien oublié de tes jolis tours ? Comment fait maître Jacques Charmolue ?...

L'homme noir ne le laissa pas achever. Il s'approcha de

Gringoire et le poussa rudement par l'épaule. Gringoire se
leva. — C'est vrai, dit-il, j'oubliais que nous sommes
pressés. — Ce n'est pourtant point une raison, mon maître,
pour forcener les gens de la sorte. — Ma chère belle enfant,
votre vie est en danger, et celle de Djali. On veut vous
reprendre. Nous sommes vos amis, et nous venons vous
sauver. Suivez-nous.

— Est-il vrai ? s'écria-t-elle bouleversée.

— Oui, très vrai. Venez vite !

— Je le veux bien, balbutia-t-elle. Mais pourquoi votre
ami ne parle-t-il pas ?

— Ah ! dit Gringoire, c'est que son père et sa mère
étaient des gens fantasques qui l'ont fait de tempérament
taciturne.

Il fallut qu'elle se contentât de cette explication. Gringoire la prit par la main, son compagnon ramassa la lanterne et marcha devant. La peur étourdissait la jeune fille.
Elle se laissa emmener. La chèvre les suivait en sautant,
si joyeuse de revoir Gringoire qu'elle le faisait trébucher à
tout moment pour lui fourrer ses cornes dans les jambes.

— Voilà la vie, disait le philosophe chaque fois qu'il manquait de tomber, ce sont souvent nos meilleurs amis qui
nous font choir !

Ils descendirent rapidement l'escalier des tours, traver-
sèrent l'église, pleine de ténèbres et de solitude et toute
résonnante de vacarme, ce qui faisait un affreux contraste,
et sortirent dans la cour du cloître par la Porte-Rouge. Le
cloître était abandonné, les chanoines s'étaient enfuis dans
l'évêché pour y prier en commun ; la cour était vide,
quelques laquais effarouchés s'y blottissaient dans les coins
obscurs. Ils se dirigèrent vers la petite porte qui donnait
de cette cour sur le Terrain. L'homme noir l'ouvrit avec
une clef qu'il avait. Nos lecteurs savent que le Terrain était
une langue de terre enclose de murs du côté de la Cité, et
appartenant au chapitre de Notre-Dame, qui terminait l'île
à l'orient derrière l'église. Ils trouvèrent cet enclos parfaitement désert. Là, il y avait déjà moins de tumulte dans
l'air. La rumeur de l'assaut des truands leur arrivait plus
brouillée et moins criarde. Le vent frais qui suit le fil de
l'eau remuait les feuilles de l'arbre unique planté à la pointe
du Terrain avec un bruit déjà appréciable. Cependant ils
étaient encore fort près du péril. Les édifices les plus rap-
prochés d'eux étaient l'évêché et l'église. Il y avait visiblement un grand désordre intérieur dans l'évêché. Sa masse
ténébreuse était toute sillonnée de lumières qui y couraient

d'une fenêtre à l'autre ; comme, lorsqu'on vient de brûler
du papier, il reste un sombre édifice de cendre où de vives
étincelles font mille courses bizarres. A côté, les énormes
tours de Notre-Dame, ainsi vues de derrière avec la longue
nef sur laquelle elles se dressent, découpées en noir sur la
rouge et vaste lueur qui emplissait le Parvis, ressemblaient aux deux chenets gigantesques d'un feu de
cyclopes.

Ce qu'on voyait de Paris de tous côtés oscillait à l'œil
dans une ombre mêlée de lumière. Rembrandt a de ces
fonds de tableau.

L'homme à la lanterne marcha droit à la pointe du
Terrain. Il y avait là, au bord extrême de l'eau, le débris
vermoulu d'une haie de pieux maillée de lattes où une
basse vigne accrochait quelques maigres branches étendues
comme les doigts d'une main ouverte. Derrière, dans
l'ombre que faisait ce treillis, une petite barque était cachée.
L'homme fit signe à Gringoire et à sa compagne d'y entrer.
La chèvre les y suivit. L'homme y descendit le dernier.
Puis il coupa l'amarre du bateau, l'éloigna de terre avec un
long croc, et, saisissant deux rames, s'assit à l'avant, en
ramant de toutes ses forces vers le large. La Seine est
fort rapide en cet endroit, et il eut assez de peine à quitter
la pointe de l'île.

Le premier soin de Gringoire en entrant dans le bateau
fut de mettre la chèvre sur ses genoux. Il prit place à
l'arrière, et la jeune fille, à qui l'inconnu inspirait une
inquiétude indéfinissable, vint s'asseoir et se serrer contre
le poète.

Quand notre philosophe sentit le bateau s'ébranler, il
battit des mains, et baisa Djali entre les cornes. — Oh ! dit-
il, nous voilà sauvés tous quatre. Il ajouta, avec une mine
de profond penseur : — On est obligé, quelquefois à la fortune, quelquefois à la ruse, de l'heureuse issue des grandes
entreprises.

Le bateau voguait lentement vers la rive droite. La jeune
fille observait avec une terreur secrète l'inconnu. Il avait
rebouché soigneusement la lumière de sa lanterne sourde.
On l'entrevoyait dans l'obscurité, à l'avant du bateau,
comme un spectre. Sa carapoue, toujours baissée, lui faisait
une sorte de masque, et à chaque fois qu'il entr'ouvrait en
ramant ses bras où pendaient de larges manches noires, on
eût dit deux grandes ailes de chauve-souris. Du reste, il
n'avait pas encore dit une parole, jeté un souffle. Il ne se
faisait dans le bateau d'autre bruit que le va-et-vient de la

rame, mêlé au froissement des mille plis de l'eau le long de la barque.

— Sur mon âme! s'écria tout à coup Gringoire, nous sommes allègres et joyeux comme des ascalaphes! Nous observons un silence de pythagoriciens ou de poissons! Pasque-Dieu! mes amis, je voudrais bien que quelqu'un me parlât. — La voix humaine est une musique à l'oreille humaine. Ce c'est pas moi qui dis cela, mais Didyme d'Alexandrie, et ce sont d'illustres paroles. — Certes, Didyme d'Alexandrie n'est pas un médiocre philosophe. — Une parole, ma belle enfant! dites-moi, je vous supplie, une parole. — A propos, vous aviez une drôle de petite singulière moue ; la faites-vous toujours ? Savez-vous, ma mie, que le parlement a toute juridiction sur les lieux d'asile, et que vous couriez grand péril dans votre logette de Notre-Dame ? Hélas! le petit oiseau trochilus fait son nid dans la gueule du crocodile. — Maître, voici la lune qui reparaît. — Pourvu qu'on ne nous aperçoive pas! — Nous faisons une chose louable en sauvant mademoiselle, et cependant on nous pendrait de par le roi si l'on nous attrapait. Hélas! les actions humaines se prennent par deux anses. On flétrit en moi ce qu'on couronne en toi. Tel admire César qui blâme Catilina. N'est-ce pas, mon maître ? Que dites-vous de cette philosophie ? Moi, je possède la philosophie d'instinct, de nature, *ut apes geometriam* — Allons! personne ne me répond. Les fâcheuses humeurs que vous avez là tous deux! Il faut que je parle tout seul. C'est ce que nous appelons en tragédie un monologue. — Pasque-Dieu! — Je vous préviens que je viens de voir le roi Louis onzième et que j'en ai retenu ce jurement. — Pasque-Dieu donc! ils font toujours un fier hurlement dans la Cité. — C'est un vilain méchant vieux roi. Il est tout embrunché dans les fourrures. Il me doit toujours l'argent de mon épithalame, et c'est tout au plus s'il ne m'a pas fait pendre ce soir, ce qui m'aurait fort empêché. — Il est avaricieux pour les hommes de mérite. Il devrait bien lire les quatre livres de Salvien de Cologne *Adversus avaritiam*. En vérité! c'est un roi étroit dans ses façons avec les gens de lettres, et qui fait des cruautés fort barbares. C'est une éponge à prendre l'argent posée sur le peuple. Son épargne est la ratelle qui s'enfle de la maigreur de tous les autres membres. Aussi les plaintes contre la rigueur du temps deviennent murmures contre le prince. Sous ce doux sire dévot, les fourches craquent de pendus, les billots pourrissent de sang, les prisons crèvent comme des ventres trop pleins. Ce roi a une main qui prend et une main qui pend. C'est le procureur de dame Gabelle et de monseigneur Gibet. Les grands sont dépouillés de leurs dignités, et les petits sans cesse accablés de nouvelles foules. C'est un prince exorbitant. Je n'aime pas ce monarque. Et vous, mon maître?

L'homme noir laissait gloser le bavard poète. Il continuait de lutter contre le courant violent et serré qui sépare la poupe de la Cité de la proue de l'île Notre-Dame, que nous nommons aujourd'hui l'île Saint-Louis.

— A propos, maître! reprit Gringoire subitement. Au moment où nous arrivions sur le Parvis à travers ces enragés truands, votre révérence a-t-elle remarqué ce pauvre petit diable auquel votre sourd était en train d'écraser la cervelle sur la rampe de la galerie des rois? J'ai la vue basse et ne l'ai pu reconnaître. Savez-vous qui ce peut être?

L'inconnu ne répondit pas une parole. Mais il cessa brusquement de ramer, ses bras défaillirent comme brisés, sa tête tomba sur sa poitrine, et la Esmeralda l'entendit soupirer convulsivement. Elle tressaillit de son côté. Elle avait déjà entendu de ces soupirs-là.

La barque abandonnée à elle-même dériva quelques instants au gré de l'eau. Mais l'homme noir se redressa enfin, ressaisit les rames, et se remit à remonter le courant. Il doubla la pointe de l'île Notre-Dame, et se dirigea vers le débarcadère du Port-au Foin.

— Ah! dit Gringoire, voici là-bas le logis Barbeau. — Tenez, maître, regardez, ce groupe de toits noirs qui font des angles singuliers, là, au-dessous de ce tas de nuages bas, filandreux, barbouillés et sales, où la lune est tout écrasée et répandue comme un jaune d'œuf dont la coquille est cassée. — C'est un beau logis. Il y a une chapelle couronnée d'une petite voûte pleine d'enrichissements bien coupés. Au-dessus vous pouvez voir le clocher très délicatement percé. Il y a aussi un jardin plaisant, qui consiste en un étang, une volière, un écho, un mail, un labyrinthe, une maison pour les bêtes farouches, et quantité d'allées touffues fort agréables à Vénus. Il y a encore un coquin d'arbre qu'on appelle le luxurieux, pour avoir servi aux plaisirs d'une princesse fameuse et d'un connétable de France galant et bel esprit. — Hélas! nous autres pauvres philosophes nous sommes à un connétable ce qu'un carré de choux et de radis est au jardin du Louvre. Qu'importe après tout? La vie humaine pour les grands comme pour nous est mêlée de bien et de mal. La douleur est toujours à côté de la joie, le spondée auprès du dactyle. — Mon maître, il faut que je

vous conte cette histoire du logis Barbeau. Cela finit d'une
façon tragique. C'était en 1319, sous le règne de Philippe V,
le plus long des rois de France. La moralité de l'histoire est
que les tentations de la chair sont pernicieuses et malignes.
N'appuyons pas trop le regard sur la femme du voisin, si
chatouilleux que nos sens soient à sa beauté. La fornication
est une pensée fort libertine. L'adultère est une curiosité de
la volupté d'autrui... — Ohé! voilà que le bruit redouble
là-bas!

Le tumulte en effet croissait autour de Notre-Dame. Ils
écoutèrent. On entendait assez clairement des cris de victoire. Tout à coup, cent flambeaux qui faisaient étinceler des
casques d'hommes d'armes se répandirent sur l'église à
toutes les hauteurs, sur les tours, sur les galeries, sous les
arcs-boutants. Ces flambeaux semblaient chercher quelque
chose ; et bientôt ces clameurs éloignées arrivèrent distinctement jusqu'aux fugitifs : — L'égyptienne! la sorcière! à
mort l'égyptienne!

La malheureuse laissa tomber sa tête sur ses mains, et
l'inconnu se mit à ramer avec furie vers le bord. Cependant
notre philosophe réfléchissait. Il pressait la chèvre dans ses
bras, et s'éloignait tout doucement de la bohémienne, qui se
serrait de plus en plus contre lui, comme au seul asile qui
lui restât.

Il est certain que Gringoire était dans une cruelle per-
plexité. Il songeait que la chèvre aussi, *d'après la législation existante*, serait pendue si elle était reprise, que ce
serait grand dommage, la pauvre Djali! qu'il avait trop de
deux condamnées ainsi accrochées après lui, qu'enfin son
compagnon ne demandait pas mieux que de se charger de
l'égyptienne. Il se livrait entre ses pensées un violent combat, dans lequel, comme le Jupiter de l'Iliade, il pesait tour
à tour l'égyptienne et la chèvre ; et il les regardait l'une
après l'autre, avec des yeux humides de larmes, en disant
entre ses dents : — Je ne puis pas pourtant vous sauver toutes
deux.

Une secousse les avertit enfin que le bateau abordait. Le
brouhaha sinistre remplissait toujours la Cité. L'inconnu se
leva, vint à l'égyptienne, et voulut lui prendre le bras pour
l'aider à descendre. Elle le repoussa, et se pendit à la manche
de Gringoire, qui, de son côté, occupé de la chèvre, la
repoussa presque. Alors elle sauta seule à bas du bateau.
Elle était si troublée qu'elle ne savait ce qu'elle faisait, où
elle allait. Elle demeura ainsi un moment stupéfaite, regardant couler l'eau. Quand elle revint un peu à elle, elle était

seule sur le port avec l'inconnu. Il paraît que Gringoire avait profité de l'instant du débarquement pour s'esquiver avec la chèvre dans le pâté de maisons de la rue Grenier-sur-l'eau.

La pauvre égyptienne frissonna de se voir seule avec cet homme. Elle voulut parler, crier, appeler Gringoire, sa langue était inerte dans sa bouche, et aucun son ne sortit de ses lèvres. Tout à coup elle sentit la main de l'inconnu sur la sienne. C'était une main froide et forte. Ses dents claquèrent, elle devint plus pâle que le rayon de lune qui l'éclairait. L'homme ne dit pas une parole. Il se mit à remonter à grands pas vers la place de Grève, en la tenant par la main. En cet instant, elle sentit vaguement que la destinée est une force irrésistible. Elle n'avait plus de ressort, elle se laissa entraîner, courant tandis qu'il marchait. Le quai en cet endroit allait en montant. Il lui semblait cependant qu'elle descendait une pente.

Elle regarda de tous côtés. Pas un passant. Le quai était absolument désert. Elle n'entendait de bruit, elle ne sentait remuer des hommes que dans la Cité tumultueuse et rougeoyante, dont elle n'était séparée que par un bras de Seine, et d'où son nom lui arrivait mêlé à des cris de mort. Le reste de Paris était répandu autour d'elle par grands blocs d'ombre.

Cependant l'inconnu l'entraînait toujours avec le même silence et la même rapidité. Elle ne retrouvait dans sa mémoire aucun des lieux où elle marchait. En passant devant une fenêtre éclairée, elle fit un effort, se raidit brusquement, et cria : — Au secours !

Le bourgeois à qui était la fenêtre l'ouvrit, y parut en chemise avec sa lampe, regarda sur le quai avec un air hébété, prononça quelques paroles qu'elle n'entendit pas, et referma son volet. C'était la dernière lueur d'espoir qui s'éteignait.

L'homme noir ne proféra pas une syllabe, il la tenait bien, et se remit à marcher plus vite. Elle ne résista plus, et le suivit, brisée.

De temps en temps elle recueillait un peu de force, et disait d'une voix entrecoupée par les cahots du pavé et l'essoufflement de la course : — Qui êtes-vous ? qui êtes-vous ? — Il ne répondait point.

Ils arrivèrent ainsi, toujours le long du quai, à une place assez grande. Il y avait un peu de lune. C'était la Grève. On distinguait au milieu une espèce de croix noire debout. C'était le gibet. Elle reconnut tout cela, et vit où elle était.

L'homme s'arrêta, se tourna vers elle, et leva sa carapoue.

— Oh! bégaya-t-elle pétrifiée, je savais bien que c'était encore lui!

C'était le prêtre. Il avait l'air de son fantôme. C'est un effet du clair de lune. Il semble qu'à cette lumière on ne voie que les spectres des choses.

— Écoute, lui dit-il, et elle frémit au son de cette voix funeste qu'elle n'avait pas entendue depuis longtemps. Il continua. Il articulait avec ces saccades brèves et haletantes qui révèlent par leurs secousses de profonds tremblements intérieurs. — Écoute. Nous sommes ici. Je vais te parler. Ceci est la Grève. C'est ici un point extrême. La destinée nous livre l'un à l'autre. Je vais décider de ta vie ; toi, de mon âme. Voici une place et une nuit au-delà desquelles on ne voit rien. Écoute-moi donc. Je vais te dire... D'abord ne me parle pas de ton Phœbus. (En disant cela, il allait et venait, comme un homme qui ne peut rester en place, et la tirait après lui.) Ne m'en parle pas. Vois-tu ? si tu prononces ce nom, je ne sais pas ce que je ferai, mais ce sera terrible.

Cela dit, comme un corps qui retrouve son centre de gravité, il redevint immobile. Mais ses paroles ne décelaient pas moins d'agitation. Sa voix était de plus en plus basse.

— Ne détourne point la tête ainsi. Écoute-moi. C'est une affaire sérieuse. D'abord, voici ce qui s'est passé. — On ne rira pas de tout ceci, je te jure. — Qu'est-ce donc que je disais ? rappelle-le-moi! ah! — Il y a un arrêt du parlement qui te rend à l'échafaud. Je viens de te tirer de leurs mains. Mais les voilà qui te poursuivent. Regarde.

Il étendit le bras vers la Cité. Les perquisitions en effet paraissaient y continuer. Les rumeurs se rapprochaient. La tour de la maison du Lieutenant, située vis-à-vis la Grève, était pleine de bruit et de clartés, et l'on voyait des soldats courir sur le quai opposé, avec des torches et ces cris : — L'égyptienne! où est l'égyptienne? Mort! mort!

— Tu vois bien qu'ils te poursuivent, et que je ne te mens pas. Moi, je t'aime. — N'ouvre pas la bouche, ne me parle plutôt pas, si c'est pour me dire que tu me hais. Je suis décidé à ne plus entendre cela. — Je viens de te sauver. — Laisse-moi d'abord achever. — Je puis te sauver tout à fait. J'ai tout préparé. C'est à toi de vouloir. Comme tu voudras, je pourrai.

Il s'interrompit violemment. — Non, ce n'est pas cela qu'il faut dire.

Et courant, et la faisant courir, car il ne la lâchait pas, il marcha droit au gibet, et le lui montrant du doigt : — Choisis entre nous deux, dit-il froidement.

Elle s'arracha de ses mains et tomba au pied du gibet en embrassant cet appui funèbre. Puis elle tourna sa belle tête à demi, et regarda le prêtre par-dessus son épaule. On eût dit une sainte Vierge au pied de la croix. Le prêtre était demeuré sans mouvement, le doigt toujours levé vers le gibet, conservant son geste, comme une statue.

Enfin l'égyptienne lui dit : — Il me fait encore moins horreur que vous.

Alors il laissa retomber lentement son bras, et regarda le pavé avec un profond accablement. — Si ces pierres pouvaient parler, murmura-t-il, oui, elles diraient que voilà un homme bien malheureux.

Il reprit. La jeune fille agenouillée devant le gibet et noyée dans sa longue chevelure le laissait parler sans l'interrompre. Il avait maintenant un accent plaintif et doux qui contrastait douloureusement avec l'âpreté hautaine de ses traits.

— Moi, je vous aime. Oh! cela est pourtant bien vrai. Il ne sort donc rien au dehors de ce feu qui me brûle le cœur! Hélas! jeune fille, nuit et jour, oui, nuit et jour, cela ne mérite-t-il aucune pitié? C'est un amour de la nuit et du jour, vous dis-je, c'est une torture. — Oh! je souffre trop, ma pauvre enfant! — C'est une chose digne de compassion, je vous assure. Vous voyez que je vous parle doucement. Je voudrais bien que vous n'eussiez plus cette horreur de moi. — Enfin, un homme qui aime une femme, ce n'est pas sa faute! — Oh! mon Dieu! — Comment! vous ne me pardonnerez donc jamais? Vous me haïrez toujours! C'est donc fini! C'est là ce qui me rend mauvais, voyez-vous, et horrible à moi-même! — Vous ne me regardez seulement pas! Vous pensez à autre chose peut-être tandis que je vous parle debout et frémissant sur la limite de notre éternité à tous deux! — Surtout ne me parlez pas de l'officier! — Quoi! je me jetterais à vos genoux, quoi! je baiserais, non vos pieds, vous ne voudriez pas, mais la terre qui est sous vos pieds, quoi! je sangloterais comme un enfant, j'arracherais de ma poitrine, non des paroles, mais mon cœur et mes entrailles, pour vous dire que je vous aime, tout serait inutile, tout! — Et cependant vous n'avez rien dans l'âme que de tendre et de clément, vous êtes rayonnante de la plus belle douceur, vous êtes tout entière suave, bonne, miséricordieuse et charmante. Hélas! vous n'avez de méchanceté que pour moi seul! Oh! quelle fatalité!

Il cacha son visage dans ses mains. La jeune fille l'entendit pleurer. C'était la première fois. Ainsi debout et secoué
par les sanglots, il était plus misérable et plus suppliant
qu'à genoux. Il pleura ainsi un certain temps.

— Allons! poursuivit-il ces premières larmes passées, je
ne trouve pas de paroles. J'avais pourtant bien songé à ce
que je vous dirais. Maintenant je tremble et je frissonne, je
défaille à l'instant décisif, je sens quelque chose de suprême
qui nous enveloppe, et je balbutie. Oh! je vais tomber sur
le pavé si vous ne prenez pas pitié de moi, pitié de vous. Ne
nous condamnez pas tous deux. Si vous saviez combien je
vous aime! quel cœur c'est que mon cœur! Oh! quelle dé-
sertion de toute vertu! quel abandon désespéré de moi-
même! Docteur, je bafoue la science ; gentilhomme, je
déchire mon nom ; prêtre, je fais du missel un oreiller de
luxure, je crache au visage de mon Dieu! tout cela pour toi,
enchanteresse! pour être plus digne de ton enfer! et tu ne
veux pas du damné! Oh! que je te dise tout! plus encore,
quelque chose de plus horrible, oh! plus horrible!...

En prononçant ces dernières paroles, son air devint tout
à fait égaré. Il se tut un instant, et reprit comme se parlant
à lui-même, et d'une voix forte : — Caïn, qu'as-tu fait de
ton frère?

Il y eut encore un silence, et il poursuivit : — Ce que j'en
ai fait, Seigneur ? Je l'ai recueilli, je l'ai élevé, je l'ai nourri,
je l'ai aimé, je l'ai idolâtré, et je l'ai tué! Oui, Seigneur,
voici qu'on vient de lui écraser la tête devant moi sur la
pierre de votre maison, et c'est à cause de moi, à cause de
cette femme, à cause d'elle...

Son œil était hagard. Sa voix allait s'éteignant, il répéta
encore plusieurs fois, machinalement, avec d'assez longs
intervalles, comme une cloche qui prolonge sa dernière
vibration : — A cause d'elle... — A cause d'elle... Puis sa
langue n'articula plus aucun son perceptible, ses lèvres
remuaient toujours cependant. Tout à coup il s'affaissa
sur lui-même comme quelque chose qui s'écroule, et
demeura à terre sans mouvement, la tête dans les genoux.

Un frôlement de la jeune fille qui retirait son pied de
dessous lui le fit revenir. Il passa lentement sa main sur ses
joues creuses, et regarda quelques instants avec stupeur ses
doigts qui étaient mouillés. — Quoi! murmura-t-il, j'ai
pleuré!

Et se tournant subitement vers l'égyptienne avec une
angoisse inexprimable :

— Hélas! vous m'avez regardé froidement pleurer!

Enfant! sais-tu que ces larmes sont des laves? Est-il donc
bien vrai? de l'homme qu'on hait rien ne touche. Tu me
verrais mourir, tu rirais. Oh! moi je ne veux pas te voir
mourir! Un mot! un seul mot de pardon! Ne me dis pas
que tu m'aimes, dis-moi seulement que tu veux bien, cela
suffira, je te sauverai. Sinon... Oh! l'heure passe, je t'en
supplie par tout ce qui est sacré, n'attends pas que je sois
redevenu de pierre comme ce gibet qui te réclame aussi!
Songe que je tiens nos deux destinées dans ma main, que je
suis insensé, cela est terrible, que je puis laisser tout choir,
et qu'il y a au-dessous de nous un abîme sans fond, malheureuse, où ma chute poursuivra la tienne durant l'éternité!
Un mot de bonté! dis un mot! rien qu'un mot!

Elle ouvrit la bouche pour lui répondre. Il se précipita à
genoux devant elle pour recueillir avec adoration la parole,
peut-être attendrie, qui allait sortir de ses lèvres. Elle lui
dit : — Vous êtes un assassin!

Le prêtre la prit dans ses bras avec fureur et se mit à rire
d'un rire abominable. — Eh bien, oui! assassin! dit-il, et
je t'aurai. Tu ne veux pas de moi pour esclave, tu m'auras
pour maître. Je t'aurai. J'ai un repaire où je te traînerai.
Tu me suivras, il faudra bien que tu me suives, ou je te
livre! Il faut mourir, la belle, ou être à moi! être au prêtre!
être à l'apostat! être à l'assassin! dès cette nuit, entends-tu
cela? Allons! de la joie! allons! baise-moi, folle! La tombe
ou mon lit!

Son œil pétillait d'impureté et de rage. Sa bouche lascive
rougissait le cou de la jeune fille. Elle se débattait dans ses
bras. Il la couvrait de baisers écumants.

— Ne me mords pas, monstre! cria-t-elle. Oh! l'odieux
moine infect! laisse-moi! je vais t'arracher tes vilains cheveux gris et te les jeter à poignées par la face!

Il rougit, il pâlit, puis il la lâcha et la regarda d'un air
sombre. Elle se crut victorieuse, et poursuivit : — Je te dis
que je suis à mon Phœbus, que c'est Phœbus que j'aime,
que c'est Phœbus qui est beau! Toi, prêtre, tu es vieux! tu
es laid! Va-t'en!

Il poussa un cri violent, comme le misérable auquel on
applique un fer rouge. — Meurs donc! dit-il à travers un
grincement de dents. Elle vit son affreux regard, et voulut
fuir. Il la reprit, il la secoua, il la jeta à terre, et marcha à
pas rapides vers l'angle de la Tour-Roland en la traînant
après lui sur le pavé par ses belles mains.

Arrivé là, il se tourna vers elle : — Une dernière fois,
veux-tu être à moi?

Elle répondit avec force : — Non.

Alors il s'écria d'une voix haute : — Gudule! Gudule! voici l'égyptienne! venge-toi!

La jeune fille se sentit saisir brusquement au coude. Elle regarda. C'était un bras décharné qui sortait d'une lucarne dans le mur et qui la tenait comme une main de fer.

— Tiens bien! dit le prêtre. C'est l'égyptienne échappée. Ne la lâche pas. Je vais chercher les sergents. Tu la verras pendre.

Un rire guttural répondit de l'intérieur du mur à ces sanglantes paroles. — Hah! hah! hah! — L'égyptienne vit le prêtre s'éloigner en courant dans la direction du Pont Notre-Dame. On entendait une cavalcade de ce côté.

La jeune fille avait reconnu la méchante recluse. Haletante de terreur, elle essaya de se dégager. Elle se tordit, elle fit plusieurs soubresauts d'agonie et de désespoir, mais l'autre la tenait avec une force inouïe. Les doigts osseux et maigres qui la meurtrissaient se crispaient sur sa chair et se rejoignaient à l'entour. On eût dit que cette main était rivée à son bras. C'était plus qu'une chaîne, plus qu'un carcan, plus qu'un anneau de fer, c'était une tenaille intelligente et vivante qui sortait d'un mur.

Épuisée, elle retomba contre la muraille, et alors la crainte de la mort s'empara d'elle. Elle songea à la beauté de la vie, à la jeunesse, à la vue du ciel, aux aspects de la nature, à l'amour, à Phœbus, à tout ce qui s'enfuyait et à tout ce qui s'approchait, au prêtre qui la dénonçait, au bourreau qui allait venir, au gibet qui était là. Alors elle sentit l'épouvante lui monter jusque dans les racines des cheveux, et elle entendit le rire lugubre de la recluse qui lui disait tout bas : — Hah! hah! hah! tu vas être pendue!

Elle se tourna mourante vers la lucarne, et elle vit la figure fauve de la sachette à travers les barreaux. — Que vous ai-je fait? dit-elle presque inanimée.

La recluse ne répondit pas, elle se mit à marmotter avec une intonation chantante, irritée et railleuse : — Fille d'Égypte! fille d'Égypte! fille d'Égypte!

La malheureuse Esmeralda laissa retomber sa tête sous ses cheveux, comprenant qu'elle n'avait pas affaire à un être humain.

Tout à coup la recluse s'écria, comme si la question de l'égyptienne avait mis tout ce temps pour arriver jusqu'à sa pensée : — Ce que tu m'as fait? dis-tu! — Ah! ce que tu m'as fait, égyptienne! Eh bien! écoute. — J'avais un enfant, moi! vois-tu? j'avais un enfant! un enfant, te dis-je! — Une jolie petite fille ! — Mon Agnès, reprit-elle égarée et baisant quelque chose dans les ténèbres. — Eh bien ! vois-tu, fille d'Égypte ? on m'a pris mon enfant, on m'a volé mon enfant, on m'a mangé mon enfant. Voilà ce que tu m'as fait.

La jeune fille répondit comme l'agneau ! — Hélas ! je n'étais peut-être pas née alors !

— Oh ! si ! repartit la recluse, tu devais être née. Tu en étais. Elle serait de ton âge ! Ainsi ! — Voilà quinze ans que je suis ici, quinze ans que je souffre, quinze ans que je prie, quinze ans que je me cogne la tête aux quatre murs. — Je te dis que ce sont des égyptiennes qui me l'ont volée, entends-tu cela ? et qui l'ont mangée avec leurs dents. — As-tu un cœur ? figure-toi ce que c'est qu'un enfant qui joue, un enfant qui tette, un enfant qui dort. C'est si innocent ! — Eh bien ! cela, c'est cela qu'on m'a pris, qu'on m'a tué ! Le bon Dieu le sait bien ! — Aujourd'hui, c'est mon tour, je vais manger de l'égyptienne. — Oh ! que je te mordrais bien si les barreaux ne m'empêchaient. J'ai la tête trop grosse ! — La pauvre petite ! pendant qu'elle dormait ! Et si elles l'ont réveillée en la prenant, elle aura eu beau crier, je n'étais pas là ! — Ah ! les mères égyptiennes, vous avez mangé mon enfant ! Venez voir la vôtre.

Alors elle se mit à rire à gricer des dents, les deux choses se ressemblaient sur cette figure furieuse. Le jour commençait à poindre. Un reflet de cendre éclairait vaguement cette scène, et le gibet devenait de plus en plus distinct dans la place. De l'autre côté, vers le Pont Notre-Dame, la pauvre condamnée croyait entendre se rapprocher le bruit de cavalerie.

— Madame ! cria-t-elle, joignant les mains et tombée sur ses deux genoux, échevelée, éperdue, folle d'effroi, madame ! ayez pitié. Ils viennent. Je ne vous ai rien fait. Voulez-vous me voir mourir de cette horrible façon sous vos yeux ? Vous avez de la pitié, j'en suis sûre. C'est trop affreux. Laissez-moi me sauver. Lâchez-moi ! Grâce ! Je ne veux pas mourir comme cela !

— Rends-moi mon enfant ! dit la recluse

— Grâce ! grâce !

— Rends-moi mon enfant !

— Lâchez-moi, au nom du ciel !

— Rends-moi mon enfant !

Cette fois encore, la jeune fille retomba, épuisée, rompue, ayant déjà le regard vitré de quelqu'un qui est dans la fosse.

— Hélas ! bégaya-t-elle, vous cherchez votre enfant. Moi, je cherche mes parents.

— Rends-moi ma petite Agnès! poursuivit Gudule. — Tu ne sais pas où elle est? Alors meurs! — Je vais te dire. J'étais une fille de joie, j'avais un enfant, on m'a pris mon enfant. — Ce sont les égyptiennes. Tu vois bien qu'il faut que tu meures. Quand ta mère l'égyptienne viendra te réclamer, je lui dirai : La mère, regarde à ce gibet! — Ou bien rends-moi mon enfant. — Sais-tu où elle est ma petite fille? Tiens, que je te montre. Voilà son soulier, tout ce qui m'en reste. Sais-tu où est le pareil? Si tu le sais, dis-le-moi et si ce n'est qu'à l'autre bout de la terre, je l'irai chercher en marchant sur les genoux.

En parlant ainsi, de son autre bras tendu hors de la lucarne elle montrait à l'égyptienne le petit soulier brodé. Il faisait déjà assez jour pour en distinguer la forme et les couleurs.

— Montrez-moi ce soulier, dit l'égyptienne en tressaillant. Dieu! Dieu! Et en même temps, de la main qu'elle avait libre, elle ouvrait vivement le petit sachet orné de verroterie verte qu'elle portait au cou.

— Va! va! grommelait Gudule, fouille ton amulette du démon! Tout à coup elle s'interrompit, trembla de tout son corps et cria avec une voix qui venait du plus profond des entrailles : — Ma fille!

L'égyptienne venait de tirer du sachet un petit soulier absolument pareil à l'autre. A ce petit soulier était attaché un parchemin sur lequel ce *carme* était écrit :

Quand le pareil retrouveras,
Ta mère te tendra les bras.

En moins de temps qu'il n'en faut à l'éclair, la recluse avait confronté les deux souliers, lu l'inscription du parchemin, et collé aux barreaux de la lucarne son visage rayonnant d'une joie céleste en criant : — Ma fille! ma fille!

— Ma mère! répondit l'égyptienne.

Ici nous renonçons à peindre.

Le mur et les barreaux de fer étaient entre elles deux. — Oh! le mur! cria la recluse! Oh! la voir et ne pas l'embrasser! Ta main! ta main!

La jeune fille lui passa son bras à travers la lucarne, la recluse se jeta sur cette main, y attacha ses lèvres, et y demeura, abîmée dans ce baiser, ne donnant plus d'autre signe de vie qu'un sanglot qui soulevait ses hanches de temps en temps. Cependant elle pleurait à torrents, en

silence, dans l'ombre, comme une pluie de nuit. La pauvre
mère vidait par flots sur cette main adorée le noir et profond puits de larmes qui était au dedans d'elle, et où
toute sa douleur avait filtré goutte à goutte depuis quinze
années.

Tout à coup, elle se releva, écarta ses longs cheveux gris
de dessus son front, et, sans dire une parole, se mit à
ébranler de ses deux mains les barreaux de sa loge plus
furieusement qu'une lionne. Les barreaux tinrent bon.
Alors elle alla chercher dans un coin de sa cellule un gros
pavé qui lui servait d'oreiller, et le lança contre eux avec
tant de violence qu'un des barreaux se brisa en jetant mille
étincelles. Un second coup effondra tout à fait la vieille croix
de fer qui barricadait la lucarne. Alors avec ses deux mains
elle acheva de rompre et d'écarter les tronçons rouillés des
barreaux. Il y a des moments où les mains d'une femme ont
une force surhumaine.

La passage frayé, et il fallut moins d'une minute pour
cela, elle saisit sa fille par le milieu du corps et la tira dans
sa cellule. — Viens! que je te repêche de l'abîme! murmurait-elle.

Quand sa fille fut dans la cellule, elle la posa doucement
à terre, puis la reprit, et la portant dans ses bras comme si
ce n'était toujours que sa petite Agnès, elle allait et venait
dans l'étroite loge, ivre, forcenée, joyeuse, criant, chantant,
baisant sa fille, lui parlant, éclatant de rire, fondant en
larmes, le tout à la fois et avec emportement.

— Ma fille! ma fille! disait-elle. J'ai ma fille! la voilà.
Le bon Dieu me l'a rendue. Eh vous! venez-tous! Y a-t-il
quelqu'un là pour voir que j'ai ma fille? Seigneur Jésus,
qu'elle est belle! Vous me l'avez fait attendre quinze ans,
mon bon Dieu, mais c'était pour me la rendre belle. — Les
égyptiennes ne l'avaient donc pas mangée! Qui avait dit
cela? Ma petite fille! ma petite fille! baise-moi. Ces bonnes
égyptiennes! J'aime les égyptiennes. — C'est bien toi. C'est
donc cela que le cœur me sautait chaque fois que tu passais.
Moi qui prenais cela pour de la haine! Pardonne-moi, mon
Agnès, pardonne-moi. Tu m'as trouvée bien méchante,
n'est-ce pas? Je t'aime. — Ton petit signe au cou, l'as-tu
toujours? voyons. Elle l'a toujours. Oh! tu es belle! C'est
moi qui vous ai fait ces grands yeux-là, mademoiselle. Baise-
moi. Je t'aime. Cela m'est bien égal que les autres mères
aient des enfants, je me moque bien d'elles à présent. Elles
n'ont qu'à venir. Voici la mienne. Voilà son cou, ses yeux,
ses cheveux, sa main. Trouvez-moi quelque chose de beau

comme cela ! Oh ! je vous en réponds qu'elle aura des amoureux, celle-là ! J'ai pleuré quinze ans. Toute ma beauté s'en
est allée, et lui est venue. Baise-moi !

Elle lui tenait mille autres discours extravagants dont
l'accent faisait toute la beauté, dérangeait les vêtements de
la pauvre fille jusqu'à la faire rougir, lui lissait sa chevelure
de soie avec la main, lui baisait le pied, le genou, le front,
les yeux, s'extasiait de tout. La jeune fille se laissait faire,
en répétant par intervalles très bas et avec une douceur
infinie : — Ma mère !

— Vois-tu, ma petite fille, reprenait la recluse en entre-
coupant tous ses mots de baisers, vois-tu, je t'aimerai bien.
Nous nous en irons d'ici. Nous allons être bien heureuses.
J'ai hérité quelque chose à Reims, dans notre pays. Tu sais,
Reims ? Ah ! non, tu ne sais pas cela, toi, tu étais trop
petite ! Si tu savais comme tu étais jolie, à quatre mois ! Des
petits pieds qu'on venait voir par curiosité d'Épernay qui est
à sept lieues ! Nous aurons un champ, une maison. Je te
coucherai dans mon lit. Mon Dieu ! mon Dieu ! qui est-ce
qui croirait cela ? j'ai ma fille !

— O ma mère ! dit la jeune fille trouvant enfin la force
de parler dans son émotion, l'égyptienne me l'avait bien dit.
Il y a une bonne égyptienne des nôtres qui est morte l'an
passé, et qui avait toujours eu soin de moi comme une
nourrice. C'est elle qui m'avait mis ce sachet au cou. Elle
me disait toujours : — Petite, garde bien ce bijou. C'est un
trésor. Il te fera retrouver ta mère. Tu portes ta mère à ton
cou. — Elle l'avait prédit, l'égyptienne !

La sachette serra de nouveau sa fille dans ses bras. —
Viens, que je te baise ! tu dis cela gentiment. Quand nous
serons au pays, nous chausserons un Enfant-Jésus d'église
avec les petits souliers. Nous devons bien cela à la bonne
sainte Vierge. Mon Dieu ! que tu as une jolie voix ! Quand
tu me parlais tout à l'heure, c'était une musique ! Ah ! mon
Dieu Seigneur ! J'ai retrouvé mon enfant ! Mais est-ce
croyable, cette histoire-là ? On ne meurt de rien, car je ne
suis pas morte de joie.

Et puis, elle se remit à battre des mains et à rire et à
crier : — Nous allons être heureuses !

En ce moment la logette retentit d'un cliquetis d'armes et
d'un galop de chevaux qui semblait déboucher du Pont
Notre-Dame et s'avancer de plus en plus sur le quai.
L'égyptienne se jeta avec angoisse dans les bras de la sachette.

— Sauvez-moi ! sauvez-moi ! ma mère ! les voilà qui
viennent !

La recluse devint pâle.

— O ciel! que dis-tu là? J'avais oublié! on te poursuit! Qu'as-tu donc fait?

— Je ne sais pas, répondit la malheureuse enfant, mais je suis condamnée à mourir.

— Mourir! dit Gudule chancelant comme sous un coup de foudre. Mourir! reprit-elle lentement et regardant sa fille avec son œil fixe.

— Oui, ma mère, reprit la jeune fille éperdue, ils veulent me tuer. Voilà qu'on vient me prendre. Cette potence est pour moi! Sauvez-moi! sauvez-moi! Ils arrivent! sauvez-moi!

La recluse resta quelques instants immobile comme une pétrification, puis elle remua la tête en signe de doute, et tout à coup partant d'un éclat de rire, mais de son rire effrayant qui lui était revenu : — Ho! ho! non! c'est un rêve que tu me dis là. Ah! oui! je l'aurais perdue, cela aurait duré quinze ans, et puis je la retrouverais, et cela durerait une minute! Et on me la reprendrait! et c'est maintenant qu'elle est belle, qu'elle est grande, qu'elle me parle, qu'elle m'aime, c'est maintenant qu'ils viendraient me la manger, sous mes yeux à moi qui suis la mère! Oh non! ces choses-là ne sont pas possibles. Le bon Dieu n'en permet pas comme cela.

Ici la cavalcade parut s'arrêter, et l'on entendit une voix éloignée qui disait : — Par ici, messire Tristan! Le prêtre dit que nous la trouverons au Trou aux Rats. — Le bruit de chevaux recommença.

La recluse se dressa debout avec un cri désespéré. — Sauve-toi! sauve-toi! mon enfant! Tout me revient. Tu as raison. C'est ta mort! Horreur! malédiction! Sauve-toi!

Elle mit la tête à la lucarne, et la retira vite.

— Reste, dit-elle d'une voix basse, brève et lugubre, en serrant convulsivement la main de l'égyptienne plus morte que vive. Reste! ne souffle pas! il y a des soldats partout. Tu ne peux sortir. Il fait trop de jour.

Ses yeux étaient secs et brûlants. Elle resta un moment sans parler. Seulement elle marchait à grands pas dans la cellule, et s'arrêtait par intervalles pour s'arracher des poignées de cheveux gris qu'elle déchirait ensuite avec ses dents.

Tout à coup elle dit : — Ils approchent. Je vais leur parler. Cache-toi dans ce coin. Ils ne te verront pas. Je leur dirai que tu t'es échappée, que je t'ai lâchée, ma foi!

Elle posa sa fille, car elle la portait toujours, dans un

angle de la cellule qu'on ne voyait pas du dehors. Elle l'accroupit, l'arrangea soigneusement de manière que ni son pied ni sa main ne dépassassent l'ombre, lui dénoua ses cheveux noirs qu'elle répandit sur sa robe blanche pour la masquer, mit devant elle sa cruche et son pavé, les seuls meubles qu'elle eût, s'imaginant que cette cruche et ce pavé la cacheraient. Et quand ce fut fini, plus tranquille, elle se mit à genoux, et pria. Le jour, qui ne faisait que de poindre, laissait encore beaucoup de ténèbres dans le Trou aux Rats.

En cet instant, la voix du prêtre, cette voix infernale, passa très près de la cellule en criant : — Par ici, capitaine Phœbus de Châteaupers!

A ce nom, à cette voix, la Esmeralda, tapie dans son coin, fit un mouvement. — Ne bouge pas! dit Gudule.

Elle achevait à peine qu'un tumulte d'hommes, d'épées et de chevaux s'arrêta autour de la cellule. La mère se leva bien vite et s'alla poster devant sa lucarne pour la boucher. Elle vit une grande troupe d'hommes armés, de pied et de cheval, rangée sur la Grève. Celui qui les commandait mit pied à terre et vint vers elle. — La vieille, dit cet homme, qui avait une figure atroce, nous cherchons une sorcière pour la pendre : on nous a dit que tu l'avais.

La pauvre mère prit l'air le plus indifférent qu'elle put, et répondit : — Je ne sais pas trop ce que vous voulez dire.

L'autre reprit : — Tête-Dieu! que chantait donc cet effaré d'archidiacre? Où est-il?

— Monseigneur, dit un soldat, il a disparu.

— Or çà, la vieille folle, repartit le commandant, ne me mens pas. On t'a donné une sorcière à garder. Qu'en as-tu fait?

La recluse ne voulut pas tout nier, de peur d'éveiller des soupçons, et répondit d'un accent sincère et bourru : — Si vous parlez d'une grande jeune fille qu'on m'a accrochée aux mains tout à l'heure, je vous dirai qu'elle m'a mordue et que je l'ai lâchée. Voilà. Laissez-moi en repos.

Le commandant fit une grimace désappointée.

— Ne va pas me mentir, vieux spectre, reprit-il. Je m'appelle Tristan l'Hermite, et je suis le compère du roi. Tristan l'Hermite, entends-tu? Il ajouta, en regardant la place de Grève autour de lui : — C'est un nom qui a de l'écho ici.

— Vous seriez Satan l'Hermite, répliqua Gudule qui reprenait espoir, que je n'aurais pas autre chose à vous dire et que je n'aurais pas peur de vous.

— Tête-Dieu! dit Tristan, voilà une commère! Ah!

la fille sorcière s'est sauvée ! et par où a-t-elle pris ?

Gudule répondit d'un ton insouciant :

— Par la rue du Mouton, je crois.

Tristan tourna la tête, et fit signe à sa troupe de se préparer à se remettre en marche. La recluse respira.

— Monseigneur, dit tout à coup un archer, demandez donc à la vieille fée pourquoi les barreaux de sa lucarne sont défaits de la sorte.

Cette question fit rentrer l'angoisse au cœur de la misérable mère. Elle ne perdit pourtant pas toute présence d'esprit. — Ils ont toujours été ainsi, bégaya-t-elle.

— Bah ! repartit l'archer, hier encore ils faisaient une belle croix noire qui donnait de la dévotion.

Tristan jeta un regard oblique à la recluse.

— Je crois que la commère se trouble !

L'infortunée sentit que tout dépendait de sa bonne contenance, et la mort dans l'âme elle se mit à ricaner. Les mères ont de ces forces-là. — Bah ! dit-elle, cet homme est ivre. Il y a plus d'un an que le cul d'une charrette de pierres a donné dans ma lucarne et en a défoncé la grille. Que même j'ai injurié le charretier !

— C'est vrai, dit un autre archer, j'y étais.

Il se trouve toujours partout des gens qui ont tout vu. Ce témoignage inespéré de l'archer ranima la recluse, à qui cet interrogatoire faisait traverser un abîme sur le tranchant d'un couteau.

Mais elle était condamnée à une alternative continuelle d'espérance et d'alarme.

— Si c'est une charrette qui a fait cela, repartit le premier soldat, les tronçons des barres devraient être repoussés en dedans, tandis qu'ils sont ramenés en dehors.

— Hé ! hé ! dit Tristan au soldat, tu as un nez d'enquêteur au Châtelet. Répondez à ce qu'il dit, la vieille !

— Mon Dieu ! s'écria-t-elle aux abois et d'une voix malgré elle pleine de larmes, je vous jure, monseigneur, que c'est une charrette qui a brisé ces barreaux. Vous entendez que cet homme l'a vu. Et puis, qu'est-ce que cela fait pour votre égyptienne ?

— Hum ! grommela Tristan.

— Diable ! reprit le soldat flatté de l'éloge du prévôt, les cassures du fer sont toutes fraîches !

Tristan hocha la tête. Elle pâlit. — Combien y a-t-il de temps, dites-vous, de cette charrette ?

— Un mois, quinze jours peut-être, monseigneur. Je ne sais plus, moi.

— Elle a d'abord dit plus d'un an, observa le soldat.

— Voilà qui est louche! dit le prévôt.

— Monseigneur, cria-t-elle toujours collée devant la lucarne, et tremblant que le soupçon ne les poussât à y passer la tête et à regarder dans la cellule, monseigneur, je vous jure que c'est une charrette qui a brisé cette grille. Je vous le jure par les saints anges du paradis. Si ce n'est pas une charrette, je veux être éternellement damnée et je renie Dieu!

— Tu mets bien de la chaleur à ce jurement! dit Tristan avec son coup d'œil d'inquisiteur.

La pauvre femme sentait s'évanouir de plus en plus son assurance. Elle en était à faire des maladresses, et elle comprenait avec terreur qu'elle ne disait pas ce qu'il aurait fallu dire.

Ici, un autre soldat arriva en criant : — Monseigneur, la vieille fée ment. La sorcière ne s'est pas sauvée par la rue du Mouton. La chaîne de la rue est restée tendue toute la nuit, et le garde-chaîne n'a vu passer personne.

Tristan, dont la physionomie devenait à chaque instant plus sinistre, interpella la recluse : — Qu'as-tu à dire à cela?

Elle essaya encore de faire tête à ce nouvel incident : — Que je ne sais, monseigneur, que j'ai pu me tromper. Je crois qu'elle a passé l'eau en effet.

— C'est le côté opposé, dit le prévôt. Il n'y a pourtant pas grande apparence qu'elle ait voulu rentrer dans la Cité où on la poursuivait. Tu mens, la vieille!

— Et puis, ajouta le premier soldat, il n'y a de bateau ni de ce côté de l'eau ni de l'autre.

— Elle aura passé à la nage, répliqua la recluse défendant le terrain pied à pied.

— Est-ce que les femmes nagent? dit le soldat.

— Tête-Dieu! la vieille! tu mens! tu mens! reprit Tristan avec colère. J'ai bonne envie de laisser là cette sorcière, et de te pendre, toi. Un quart d'heure de question te tirera peut-être la vérité du gosier. Allons! tu vas nous suivre.

Elle saisit ces paroles avec avidité. — Comme vous voudrez, monseigneur. Faites. Faites. La question, je veux bien. Emmenez-moi. Vite, vite! partons tout de suite. — Pendant ce temps-là, pensait-elle, ma fille se sauvera.

— Mort-Dieu! dit le prévôt, quel appétit du chevalet! Je ne comprends rien à cette folle.

Un vieux sergent du guet à tête grise sortit des rangs, et s'adressant au prévôt : — Folle en effet, monseigneur! Si elle a lâché l'égyptienne, ce n'est pas sa faute, car elle n'aime pas les égyptiennes. Voilà quinze ans que je fais le guet, et que je l'entends tous les soirs maugréer les femmes bohèmes avec des exécrations sans fin. Si celle que nous poursuivons est, comme je le crois, la petite danseuse à la chèvre, elle déteste celle-là surtout.

Gudule fit un effort et dit : — Celle-là surtout.

Le témoignage unanime des hommes du guet confirma au prévôt les paroles du vieux sergent. Tristan l'Hermite, désespérant de rien tirer de la recluse, lui tourna le dos, et elle le vit avec une anxiété inexprimable se diriger lentement vers son cheval. — Allons, disait-il entre ses dents, en route ! remettons-nous à l'enquête. Je ne dormirai pas que l'égyptienne ne soit pendue.

Cependant il hésita encore quelque temps avant de monter à cheval. Gudule palpitait entre la vie et la mort en le voyant promener autour de la place cette mine inquiète d'un chien de chasse qui sent près de lui le gîte de la bête et résiste à s'éloigner. Enfin il secoua la tête et sauta en selle. Le cœur si horriblement comprimé de Gudule se dilata, et elle dit à voix basse en jetant un coup d'œil sur sa fille, qu'elle n'avait pas encore osé regarder depuis qu'ils étaient là : — Sauvée !

La pauvre enfant était restée tout ce temps dans son coin, sans souffler, sans remuer, avec l'idée de la mort debout devant elle. Elle n'avait rien perdu de la scène entre Gudule et Tristan, et chacune des angoisses de sa mère avait retenti en elle. Elle avait entendu tous les craquements successifs du fil qui la tenait suspendue sur le gouffre, elle avait cru vingt fois le voir se briser, et commençait enfin à respirer et à se sentir le pied en terre ferme. En ce moment, elle entendit une voix qui disait au prévôt :

— Corbœuf ! monsieur le prévôt, ce n'est pas mon affaire, à moi homme d'armes, de pendre les sorcières. La quenaille de peuple est à bas. Je vous laisse besogner tout seul. Vous trouverez bon que j'aille rejoindre ma compagnie, pour ce qu'elle est sans capitaine. — Cette voix, c'était celle de Phœbus de Châteaupers. Ce qui se passa en elle est ineffable. Il était donc là, son ami, son protecteur, son appui, son asile, son Phœbus ! Elle se leva, et avant que sa mère eût pu l'en empêcher, elle s'était jetée à la lucarne en criant : — Phœbus ! à moi, mon Phœbus !

Phœbus n'y était plus. Il venait de tourner au galop l'angle de la rue de la Coutellerie. Mais Tristan n'était pas encore parti.

La recluse se précipita sur sa fille avec un rugissement. Elle la retira violemment en arrière en lui enfonçant ses ongles dans le cou. Une mère tigresse n'y regarde pas de si près. Mais il était trop tard. Tristan avait vu.

— Hé! hé! s'écria-t-il avec un rire qui déchaussait toutes ses dents et faisait ressembler sa figure au museau d'un loup, deux souris dans la souricière!

— Je m'en doutais, dit le soldat.

Tristan lui frappa sur l'épaule : — Tu es un bon chat!

— Allons, ajouta-t-il, où est Henriet Cousin?

Un homme qui n'avait ni le vêtement ni la mine des soldats sortit de leurs rangs. Il portait un costume mi-parti gris et brun, les cheveux plats, des manches de cuir, et un paquet de cordes à sa grosse main. Cet homme accompagnait toujours Tristan, qui accompagnait toujours Louis XI.

— L'ami, dit Tristan l'Hermite, je présume que voilà la sorcière que nous cherchions. Tu vas me pendre cela. As-tu ton échelle?

— Il y en a une là sous le hangar de la Maison-aux-Piliers, répondit l'homme. Est-ce à cette justice-là que nous ferons la chose? poursuivit-il en montrant le gibet de pierre.

— Oui.

— Ho hé! reprit l'homme avec un gros rire plus bestial encore que celui du prévôt, nous n'aurons pas beaucoup de chemin à faire.

— Dépêche! dit Tristan. Tu riras après.

Cependant, depuis que Tristan avait vu sa fille et que tout espoir était perdu, la recluse n'avait pas encore dit une parole. Elle avait jeté la pauvre égyptienne à demi morte dans le coin du caveau, et s'était replacée à la lucarne, ses deux mains appuyées à l'angle de l'entablement comme deux griffes. Dans cette attitude, on la voyait promener intrépidement sur tous ces soldats son regard, qui était redevenu fauve et insensé. Au moment où Henriet Cousin s'approcha de la loge, elle lui fit une figure tellement sauvage qu'il recula.

— Monseigneur, dit-il en revenant au prévôt, laquelle faut-il prendre?

— La jeune.

— Tant mieux. Car la vieille paraît malaisée.

— Pauvre petite danseuse à la chèvre! dit le vieux sergent du guet.

Henriet Cousin se rapprocha de la lucarne. L'œil de la mère fit baisser le sien. Il dit assez timidement : — Madame...

Elle l'interrompit d'une voix très basse et furieuse : —
Que demandes-tu ?

— Ce n'est pas vous, dit-il, c'est l'autre.

— Quelle autre ?

— La jeune.

Elle se mit à secouer la tête en criant : — Il n'y a personne ! Il n'y a personne ! Il n'y a personne !

— Si ! reprit le bourreau, vous le savez bien. Laissez-
moi prendre la jeune. Je ne veux pas vous faire de mal,
à vous.

Elle dit avec un ricanement étrange : — Ah ! tu ne veux
pas me faire de mal, à moi !

— Laissez-moi l'autre, madame ; c'est monsieur le
prévôt qui le veut.

Elle répéta d'un air de folie : — Il n'y a personne.

— Je vous dis que si ! répliqua le bourreau. Nous avons
tous vu que vous étiez deux.

— Regarde plutôt ! dit la recluse en ricanant. Fourre ta
tête par la lucarne.

Le bourreau examina les ongles de la mère, et n'osa pas.

— Dépêche ! cria Tristan qui venait de ranger sa troupe
en cercle autour du Trou aux Rats et qui se tenait à cheval
près du gibet.

Henriet revint au prévôt encore une fois, tout embarrassé.
Il avait posé sa corde à terre, et roulait d'un air gauche son
chapeau dans ses mains. — Monseigneur, demanda-t-il, par
où entrer ?

— Par la porte.

— Il n'y en a pas.

— Par la fenêtre.

— Elle est trop étroite.

— Élargis-la, dit Tristan avec colère. N'as-tu pas des
pioches ?

Du fond de son antre, la mère, toujours en arrêt, regardait. Elle n'espérait plus rien, elle ne savait plus ce qu'elle
voulait, mais elle ne voulait pas qu'on lui prît sa
fille.

Henriet Cousin alla chercher la caisse d'outils des basses
œuvres sous le hangar de la Maison-aux-Piliers. Il en retira
aussi la double échelle, qu'il appliqua sur-le-champ au gibet. Cinq ou six hommes de la prévôté s'armèrent de pics et
de leviers, et Tristan se dirigea avec eux vers la lucarne.

— La vieille, dit le prévôt d'un ton sévère, livre-nous
cette fille de bonne grâce.

Elle le regarda comme quand on ne comprend pas.

— Tête-Dieu! reprit Tristan, qu'as-tu donc à empêcher cette sorcière d'être pendue comme il plaît au roi?

La misérable se mit à rire de son rire farouche.

— Ce que j'y ai? C'est ma fille.

L'accent dont elle prononça ce mot fit frissonner jusqu'à Henriet Cousin lui-même.

— J'en suis fâché, repartit le prévôt. Mais c'est le bon plaisir du roi.

Elle cria en redoublant son rire terrible : — Qu'est-ce que cela me fait, ton roi? Je te dis que c'est ma fille!

— Percez le mur, dit Tristan.

Il suffisait, pour pratiquer une ouverture assez large, de desceller une assise de pierre au-dessous de la lucarne. Quand la mère entendit les pics et les leviers saper sa forteresse, elle poussa un cri épouvantable, puis elle se mit à tourner avec une vitesse effrayante autour de sa loge, habitude de bête fauve que la cage lui avait donnée. Elle ne disait plus rien, mais ses yeux flamboyaient. Les soldats étaient glacés au fond du cœur.

Tout à coup elle prit son pavé, rit, et le jeta à deux poings sur les travailleurs. Le pavé, mal lancé, car ses mains tremblaient, ne toucha personne, et vint s'arrêter sous les pieds du cheval de Tristan. Elle grinça des dents.

Cependant, quoique le soleil ne fût pas encore levé, il faisait grand jour, une belle teinte rose égayait les vieilles cheminées vermoulues de la Maison-aux-Piliers. C'était l'heure où les fenêtres les plus matinales de la grande ville s'ouvrent joyeusement sur les toits. Quelques manants, quelques fruitiers allant aux halles sur leur âne, commençaient à traverser la Grève, ils s'arrêtaient un moment devant ce groupe de soldats amoncelés autour du Trou aux Rats, le considéraient d'un air étonné, et passaient outre.

La recluse était allée s'asseoir près de sa fille, la couvrant de son corps, devant elle, l'œil fixe, écoutant la pauvre enfant qui ne bougeait pas, et qui murmurait à voix basse pour toute parole : Phœbus! Phœbus! A mesure que le travail des démolisseurs semblait s'avancer, la mère se reculait machinalement, et serrait de plus en plus la jeune fille contre le mur. Tout à coup la recluse vit la pierre (car elle faisait sentinelle et ne la quittait pas du regard) s'ébranler, et elle entendit la voix de Tristan qui encourageait les travailleurs. Alors elle sortit de l'affaissement où elle était tombée depuis quelques instants, et s'écria, et tandis qu'elle parlait sa voix tantôt déchirait l'oreille comme une scie, tantôt balbutiait comme si toutes les malédictions se fussent pressées sur ses lèvres pour éclater à la fois. — Ho! ho! ho! Mais c'est horrible! Vous êtes des brigands! Est-ce que vous allez vraiment me pendre ma fille? Je vous dis que c'est ma fille! Oh! les lâches! Oh! les laquais bourreaux! les misérables goujats assassins! Au secours! au secours! au feu! Mais est-ce qu'ils me prendront mon enfant comme cela? Qui est-ce donc qu'on appelle le bon Dieu?

Alors s'adressant à Tristan, écumante, l'œil hagard, à quatre pattes comme une panthère, et toute hérissée :

— Approche un peu me prendre ma fille! Est-ce que tu ne comprends pas que cette femme te dit que c'est sa fille? Sais-tu ce que c'est qu'un enfant qu'on a? Hé! loup-cervier, n'as-tu jamais gîté avec ta louve? n'en as-tu jamais eu un louveteau? et si tu as des petits, quand ils hurlent, est-ce que tu n'as rien dans le ventre que cela remue?

— Mettez bas la pierre, dit Tristan, elle ne tient plus.

Les leviers soulevèrent la lourde assise. C'était, nous l'avons dit, le dernier rempart de la mère. Elle se jeta dessus, elle voulut la retenir, elle égratigna la pierre avec ses ongles, mais le bloc massif, mis en mouvement par six hommes, lui échappa et glissa doucement jusqu'à terre le long des leviers de fer.

La mère, voyant l'entrée faite, tomba devant l'ouverture en travers, barricadant la brèche avec son corps, tordant ses bras, heurtant la dalle de sa tête, et criant d'une voix enrouée de fatigue qu'on entendait à peine : — Au secours! au feu! au feu!

— Maintenant, prenez la fille, dit Tristan toujours impassible.

La mère regarda les soldats d'une manière si formidable qu'ils avaient plus envie de reculer que d'avancer.

— Allons donc, reprit le prévôt. Henriet Cousin, toi! Personne ne fit un pas.

Le prévôt jura : — Tête-Christ! mes gens de guerre! peur d'une femme!

— Monseigneur, dit Henriet, vous appelez cela une femme?

— Elle a une crinière de lion! dit un autre.

— Allons! repartit le prévôt, la baie est assez large. Entrez-y trois de front, comme à la brèche de Pontoise. Finissons, mort-Mahom! Le premier qui recule, j'en fais deux morceaux!

Placés entre le prévôt et la mère, tous deux menaçants, les soldats hésitèrent un moment, puis, prenant leur parti, s'avancèrent vers le Trou aux Rats.

Quand la recluse vit cela, elle se dressa brusquement sur les genoux, écarta ses cheveux de son visage, puis laissa retomber ses mains maigres et écorchées sur ses cuisses. Alors de grosses larmes sortirent une à une de ses yeux, elles descendaient par une ride le long de ses joues comme un torrent par le lit qu'il s'est creusé. En même temps elle se mit à parler, mais d'une voix si suppliante, si douce, si soumise et si poignante, qu'à l'entour de Tristan plus d'un vieil argousin qui aurait mangé de la chair humaine s'essuyait les yeux.

— Messeigneurs! messieurs les sergents, un mot! C'est une chose qu'il faut que je vous dise. C'est ma fille, voyez-vous? ma chère petite fille que j'avais perdue! Écoutez. C'est une histoire. Figurez-vous que je connais très bien messieurs les sergents. Ils ont toujours été bons pour moi dans le temps que les petits garçons me jetaient des pierres parce que je faisais la vie d'amour. Voyez-vous? vous me laisserez mon enfant, quand vous saurez! Je suis une pauvre fille de joie. Ce sont les bohémiennes qui me l'ont volée. Même que j'ai gardé son soulier quinze ans. Tenez, le voilà. Elle avait ce pied-là. A Reims! La Chantefleurie! rue Folle-Peine! Vous avez connu cela peut-être. C'était moi. Dans votre jeunesse, alors, c'était un beau temps. On passait de bons quarts d'heure. Vous aurez pitié de moi, n'est-ce pas, messeigneurs? Les égyptiennes me l'ont volée, elles me l'ont cachée quinze ans. Je la croyais morte. Figurez-vous, mes bons amis, que je la croyais morte. J'ai passé quinze ans ici, dans cette cave, sans feu l'hiver. C'est dur, cela. Le pauvre cher petit soulier! J'ai tant crié que le bon Dieu m'a entendue. Cette nuit, il m'a rendu ma fille. C'est un miracle du bon Dieu. Elle n'était pas morte. Vous ne me la prendrez pas, j'en suis sûre. Encore si c'était moi, je ne dirais pas, mais elle, une enfant de seize ans! laissez-lui le temps de voir le soleil! — Qu'est-ce qu'elle vous a fait? rien du tout. Moi non plus. Si vous saviez que je n'ai qu'elle, que je suis vieille, que c'est une bénédiction que la Sainte Vierge m'envoie. Et puis, vous êtes si bons tous! Vous ne saviez pas que c'était ma fille, à présent vous le savez. Oh! je l'aime! Monsieur le grand prévôt, j'aimerais mieux un trou à mes entrailles qu'une égratignure à son doigt! C'est vous qui avez l'air d'un bon seigneur! Ce que je vous dis là vous explique la chose, n'est-il pas vrai? Oh! si vous avez eu une mère, monseigneur! vous êtes le capitaine, laissez-moi mon enfant! Considérez que je vous prie à genoux, comme on prie un Jésus-Christ! Je ne demande rien à personne, je suis de Reims, messeigneurs, j'ai un petit champ de mon oncle Mahiet Pradon. Je ne suis pas une mendiante. Je ne veux rien, mais je veux mon enfant ! Oh ! je veux garder mon enfant ! Le bon Dieu, qui est le maître, ne me l'a pas rendue pour rien ! Le roi ! vous dites le roi ! Cela ne lui fera déjà pas beaucoup de plaisir qu'on tue ma petite fille ! Et puis le roi est bon ! C'est ma fille ! c'est ma fille, à moi ! elle n'est pas au roi ! elle n'est pas à vous ! Je veux m'en aller ! nous voulons nous en aller ! Enfin, deux femmes qui passent, dont l'une est la mère et l'autre la fille, on les laisse passer ! Laissez-nous passer ! nous sommes de Reims. Oh ! vous êtes bien bons, messieurs les sergents, je vous aime tous. Vous ne me prendrez pas ma chère petite, c'est impossible ! N'est-ce pas que c'est tout à fait impossible ? Mon enfant ! mon enfant !

Nous n'essaierons pas de donner une idée de son geste, de son accent, des larmes qu'elle buvait en parlant, des mains qu'elle joignait et puis tordait, des sourires navrants, des regards noyés, des gémissements, des soupirs, des cris misérables et saisissants qu'elle mêlait à ses paroles désordonnées, folles et décousues. Quand elle se tut, Tristan l'Hermite fronça le sourcil, mais c'était pour cacher une larme qui roulait dans son œil de tigre. Il surmonta pourtant cette faiblesse, et dit d'un ton bref : — Le roi le veut.

Puis, il se pencha à l'oreille d'Henriet Cousin, et lui dit tout bas : — Finis vite ! Le redoutable prévôt sentait peut-être le cœur lui manquer, à lui aussi.

Le bourreau et les sergents entrèrent dans la logette. La mère ne fit aucune résistance, seulement elle se traîna vers sa fille et se jeta à corps perdu sur elle. L'égyptienne vit les soldats s'approcher. L'horreur de la mort la ranima. — Ma mère ! cria-t-elle avec un inexprimable accent de détresse, ma mère ! ils viennent ! défendez-moi ! — Oui, mon amour, je te défends ! répondit la mère d'une voix éteinte, et, la serrant étroitement dans ses bras, elle la couvrit de baisers. Toutes deux ainsi à terre, la mère sur la fille, faisaient un spectacle digne de pitié.

Henriet Cousin prit la jeune fille par le milieu du corps sous ses belles épaules. Quand elle sentit cette main, elle fit : Heuh ! et s'évanouit. Le bourreau, qui laissait tomber goutte à goutte de grosses larmes sur elle, voulut l'enlever dans ses bras. Il essaya de détacher la mère, qui avait pour ainsi dire noué ses deux mains autour de la ceinture de sa fille, mais elle était si puissamment cramponnée à son en-

fant qu'il fut impossible de l'en séparer. Henriet Cousin alors
traîna la jeune fille hors de la loge, et la mère après elle. La
mère aussi tenait ses yeux fermés.

Le soleil se levait en ce moment, et il y avait déjà sur la
place un assez bon amas de peuple qui regardait à distance
ce qu'on traînait ainsi sur le pavé vers le gibet. Car c'était
la mode du prévôt Tristan aux exécutions. Il avait la manie
d'empêcher les curieux d'approcher.

Il n'y avait personne aux fenêtres. On voyait seulement de
loin, au sommet de celle des tours de Notre-Dame qui
domine la Grève, deux hommes détachés en noir sur le ciel
clair du matin, qui semblaient regarder.

Henriet Cousin s'arrêta avec ce qu'il traînait au pied de la
fatale échelle, et, respirant à peine, tant la chose l'apitoyait,
il passa la corde autour du cou adorable de la jeune fille. La
malheureuse enfant sentit l'horrible attouchement du
chanvre. Elle souleva ses paupières, et vit le bras décharné
du gibet de pierre, étendu au-dessus de sa tête. Alors elle se
secoua, et cria d'une voix haute et déchirante : — Non!
non! je ne veux pas! La mère, dont la tête était enfouie et
perdue sous les vêtements de sa fille, ne dit pas une parole ;
seulement on vit frémir tout son corps et on l'entendit
redoubler ses baisers sur son enfant. Le bourreau profita de
ce moment pour dénouer vivement les bras dont elle étreignait la condamnée. Soit épuisement, soit désespoir, elle
le laissa faire. Alors il prit la jeune fille sur son épaule, d'où
la charmante créature retombait gracieusement pliée en
deux sur sa large tête. Puis il mit le pied sur l'échelle pour
monter.

En ce moment la mère, accroupie sur le pavé, ouvrit
tout à fait les yeux. Sans jeter un cri, elle se redressa avec
une expression terrible, puis, comme une bête sur sa proie,
elle se jeta sur la main du bourreau et le mordit. Ce fut un
éclair. Le bourreau hurla de douleur. On accourut. On
retira avec peine sa main sanglante d'entre les dents de la
mère. Elle gardait un profond silence. On la repoussa assez
brutalement, et l'on remarqua que sa tête retombait lourdement sur le pavé. On la releva. Elle se laissa de nouveau
retomber. C'est qu'elle était morte.

Le bourreau, qui n'avait pas lâché la jeune fille, se remit
à monter l'échelle.

II

*LA CREATURA BELLA
BIANCO VESTITA* (DANTE)

Quand Quasimodo vit que la cellule était vide, que l'égyptienne n'y était plus, que pendant qu'il la défendait on l'avait enlevée, il prit ses cheveux à deux mains et trépigna de surprise et de douleur. Puis il se mit à courir par toute l'église, cherchant sa bohémienne, hurlant des cris étranges à tous les coins de mur, semant ses cheveux rouges sur le pavé. C'était précisément le moment où les archers du roi entraient victorieux dans Notre-Dame, cherchant aussi l'égyptienne. Quasimodo les y aida, sans se douter, le pauvre sourd, de leurs fatales intentions ; il croyait que les ennemis de l'égyptienne, c'étaient les truands. Il mena lui-même Tristan l'Hermite à toutes les cachettes possibles, lui ouvrit les portes secrètes, les doubles fonds d'autel, les arrière-sacristies. Si la malheureuse y eût été encore, c'est lui qui l'eût livrée. Quand la lassitude de ne rien trouver eut rebuté Tristan qui ne se rebutait pas aisément, Quasimodo continua de chercher tout seul. Il fit vingt fois, cent fois le tour de l'église, de long en large, du haut en bas, montant, descendant, courant, appelant, criant, flairant, furetant, fouillant, fourrant sa tête dans tous les trous, poussant une torche sous toutes les voûtes, désespéré, fou. Un mâle qui a perdu sa femelle n'est pas plus rugissant ni plus hagard. Enfin quand il fut sûr, bien sûr qu'elle n'y était plus, que c'en était fait, qu'on la lui avait dérobée, il remonta lentement l'escalier des tours, cet escalier qu'il avait escaladé avec tant d'emportement et de triomphe le jour où il l'avait sauvée. Il repassa par les mêmes lieux, la tête basse, sans voix, sans larmes, presque sans souffle. L'église était déserte de nouveau et retombée dans son silence. Les archers l'avaient quittée pour traquer la sorcière dans la Cité. Quasimodo, resté seul dans cette vaste Notre-Dame, si assiégée et si tumultueuse le moment d'auparavant, reprit le chemin de la cellule où l'égyptienne avait dormi tant de semaines sous sa garde. En s'en approchant, il se figurait qu'il allait peut-être l'y retrouver. Quand, au détour de la galerie qui donne sur le toit des bas côtés, il aperçut l'étroite logette avec sa petite fenêtre

et sa petite porte, tapie sous un grand arc-boutant comme
un nid d'oiseau sous une branche, le cœur lui manqua, au
pauvre homme, et il s'appuya contre un pilier pour ne pas
tomber. Il s'imagina qu'elle y était peut-être rentrée, qu'un
bon génie l'y avait sans doute ramenée, que cette logette
était trop tranquille, trop sûre et trop charmante pour
qu'elle n'y fût point, et il n'osait faire un pas de plus, de
peur de briser son illusion. — Oui, se disait-il en lui-même,
elle dort peut-être, ou elle prie. Ne la troublons pas.

Enfin il rassembla son courage, il avança sur la pointe
des pieds, il regarda, il entra. Vide ! la cellule était toujours
vide. Le malheureux sourd en fit le tour à pas lents, souleva
le lit et regarda dessous, comme si elle pouvait être cachée
entre la dalle et le matelas, puis il secoua la tête et demeura
stupide. Tout à coup il écrasa furieusement sa torche du
pied, et, sans dire une parole, sans pousser un soupir, il se
précipita de toute sa course la tête contre le mur et tomba
évanoui sur le pavé.

Quand il revint à lui, il se jeta sur le lit, il s'y roula, il
baisa avec frénésie la place tiède encore où la jeune fille
avait dormi, il y resta quelques minutes immobile comme
s'il allait y expirer, puis il se releva, ruisselant de sueur,
haletant, insensé, et se mit à cogner les murailles de sa tête
avec l'effrayante régularité du battant de ses cloches, et la
résolution d'un homme qui veut l'y briser. Enfin il tomba
une seconde fois, épuisé ; il se traîna sur les genoux hors de
la cellule et s'accroupit en face de la porte, dans une attitude
d'étonnement. Il resta ainsi plus d'une heure sans faire un
mouvement, l'œil fixé sur la cellule déserte, plus sombre et
plus pensif qu'une mère assise entre un berceau vide et un
cercueil plein. Il ne prononçait pas un mot ; seulement, à de
longs intervalles, un sanglot remuait violemment tout son
corps, mais un sanglot sans larmes, comme ces éclairs d'été
qui ne font pas de bruit.

Il paraît que ce fut alors que, cherchant au fond de sa
rêverie désolée quel pouvait être le ravisseur inattendu de
l'égyptienne, il songea à l'archidiacre. Il se souvint que
dom Claude avait seul une clef de l'escalier qui menait à
la cellule, il se rappela ses tentatives nocturnes sur la jeune
fille, la première à laquelle lui Quasimodo avait aidé, la
seconde qu'il avait empêchée. Il se rappela mille détails,
et ne douta bientôt plus que l'archidiacre ne lui eût pris
l'égyptienne. Cependant tel était son respect du prêtre, la
reconnaissance, le dévouement, l'amour pour cet homme
avaient de si profondes racines dans son cœur qu'elles

résistaient, même en ce moment, aux ongles de la jalousie et du désespoir.

Il songeait que l'archidiacre avait fait cela, et la colère de sang et de mort qu'il en eût ressentie contre tout autre, du moment où il s'agissait de Claude Frollo, se tournait chez le pauvre sourd en accroissement de douleur.

Au moment où sa pensée se fixait ainsi sur le prêtre, comme l'aube blanchissait les arcs-boutants, il vit à l'étage supérieur de Notre-Dame, au coude que fait la balustrade extérieure qui tourne autour de l'abside, une figure qui marchait. Cette figure venait de son côté. Il la reconnut. C'était l'archidiacre. Claude allait d'un pas grave et lent. Il ne regardait pas devant lui en marchant, il se dirigeait vers la tour septentrionale, mais son visage était tourné de côté, vers la rive droite de la Seine, et il tenait la tête haute, comme s'il eût tâché de voir quelque chose par-dessus les toits. Le hibou a souvent cette attitude oblique. Il vole vers un point et en regarde un autre. — Le prêtre passa ainsi au-dessus de Quasimodo sans le voir.

Le sourd, que cette brusque apparition avait pétrifié, le vit s'enfoncer sous la porte de l'escalier de la tour septentrionale. Le lecteur sait que cette tour est celle d'où l'on voit l'Hôtel de Ville. Quasimodo se leva et suivit l'archidiacre.

Quasimodo monta l'escalier de la tour pour le monter, pour savoir pourquoi le prêtre le montait. Du reste, le pauvre sonneur ne savait ce qu'il ferait, lui Quasimodo, ce qu'il dirait, ce qu'il voulait. Il était plein de fureur et plein de crainte. L'archidiacre et l'égyptienne se heurtaient dans son cœur.

Quand il fut parvenu au sommet de la tour, avant de sortir de l'ombre de l'escalier et d'entrer sur la plate-forme, il examina avec précaution où était le prêtre. Le prêtre lui tournait le dos. Il y a une balustrade percée à jour qui entoure la plate-forme du clocher. Le prêtre, dont les yeux plongeaient sur la ville, avait la poitrine appuyée à celui des quatre côtés de la balustrade qui regarde le Pont Notre-Dame.

Quasimodo, s'avançant à pas de loup derrière lui, alla voir ce qu'il regardait ainsi. L'attention du prêtre était tellement absorbée ailleurs qu'il n'entendit point le sourd marcher près de lui.

C'est un magnifique et charmant spectacle que Paris, et le Paris d'alors surtout, vu du haut des tours Notre-Dame aux fraîches lueurs d'une aube d'été. On pouvait être, ce jour-là, en juillet. Le ciel était parfaitement serein. Quelques étoiles attardées s'y éteignaient sur divers points, et il y en avait une très brillante au levant dans le plus clair du ciel. Le soleil était au moment de paraître. Paris commençait à remuer. Une lumière très blanche et très pure faisait saillir vivement à l'œil tous les plans que ses mille maisons présentent à l'orient. L'ombre géante des clochers allait de toit en toit d'un bout de la grande ville à l'autre. Il y avait déjà des quartiers qui parlaient et qui faisaient du bruit. Ici un coup de cloche, là un coup de marteau, là-bas le cliquetis compliqué d'une charrette en marche. Déjà quelques fumées se dégorgeaient çà et là sur toute cette surface de toits comme par les fissures d'une immense solfatare. La rivière, qui fronce son eau aux arches de tant de ponts, à la pointe de tant d'îles, était toute moirée de plis d'argent. Autour de la ville, au dehors des remparts, la vue se perdait dans un grand cercle de vapeurs floconneuses à travers lesquelles on distinguait confusément la ligne indéfinie des plaines et le gracieux renflement des coteaux. Toutes sortes de rumeurs flottantes se dispersaient sur cette cité à demi réveillée. Vers l'orient le vent du matin chassait à travers le ciel quelques blanches ouates arrachées à la toison de brume des collines.

Dans le Parvis, quelques bonnes femmes qui avaient en main leur pot au lait se montraient avec étonnement le délabrement singulier de la grande porte de Notre-Dame et deux ruisseaux de plomb figés entre les fentes des grès. C'était tout ce qui restait du tumulte de la nuit. Le bûcher allumé par Quasimodo entre les tours s'était éteint. Tristan avait déjà déblayé la place et fait jeter les morts à la Seine. Les rois comme Louis XI ont soin de laver vite le pavé après un massacre.

En dehors de la balustrade de la tour, précisément au-dessous du point où s'était arrêté le prêtre, il y avait une de ces gouttières de pierre fantastiquement taillées qui hérissent les édifices gothiques, et dans une crevasse de cette gouttière deux jolies giroflées en fleur, secouées et rendues comme vivantes par le souffle de l'air, se faisaient des salutations folâtres. Au-dessus des tours, en haut, bien loin au fond du ciel, on entendait de petits cris d'oiseaux.

Mais le prêtre n'écoutait, ne regardait rien de tout cela. Il était de ces hommes pour lesquels il n'y a pas de matins, pas d'oiseaux, pas de fleurs. Dans cet immense horizon qui prenait tant d'aspects autour de lui, sa contemplation était concentrée sur un point unique.

Quasimodo brûlait de lui demander ce qu'il avait fait de

l'égyptienne. Mais l'archidiacre semblait en ce moment être hors du monde. Il était visiblement dans une de ces minutes violentes de la vie où l'on ne sentirait pas la terre crouler. Les yeux invariablement fixés sur un certain lieu, il demeurait immobile et silencieux ; et ce silence et cette immobilité avaient quelque chose de si redoutable que le sauvage sonneur frémissait devant et n'osait s'y heurter. Seulement, et c'était encore une manière d'interroger l'archidiacre, il suivit la direction de son rayon visuel, et de cette façon le regard du malheureux sourd tomba sur la place de Grève.

Il vit ainsi ce que le prêtre regardait. L'échelle était dressée près du gibet permanent. Il y avait quelque peuple dans la place et beaucoup de soldats. Un homme traînait sur le pavé une chose blanche à laquelle une chose noire était accrochée. Cet homme s'arrêta au pied du gibet.

Ici il se passa quelque chose que Quasimodo ne vit pas bien. Ce n'est pas que son œil unique n'eût conservé sa longue portée, mais il y avait un gros de soldats qui empêchait de distinguer tout. D'ailleurs en cet instant le soleil parut, et un tel flot de lumière déborda par-dessus l'horizon qu'on eût dit que toutes les pointes de Paris, flèches, cheminées, pignons, prenaient feu à la fois.

Cependant l'homme se mit à monter l'échelle. Alors Quasimodo le revit distinctement. Il portait une femme sur son épaule, une jeune fille vêtue de blanc, cette jeune fille avait un nœud au cou. Quasimodo la reconnut. C'était elle.

L'homme parvint ainsi au haut de l'échelle. Là il arrangea le nœud. Ici le prêtre, pour mieux voir, se mit à genoux sur la balustrade.

Tout à coup l'homme repoussa brusquement l'échelle du talon, et Quasimodo qui ne respirait plus depuis quelques instants vit se balancer au bout de la corde, à deux toises au-dessus du pavé, la malheureuse enfant avec l'homme accroupi les pieds sur ses épaules. La corde fit plusieurs tours sur elle-même, et Quasimodo vit courir d'horribles convulsions le long du corps de l'égyptienne. Le prêtre de son côté, le cou tendu, l'œil hors de la tête, contemplait ce groupe épouvantable de l'homme et de la jeune fille, de l'araignée et de la mouche.

Au moment où c'était le plus effroyable, un rire de démon, un rire qu'on ne peut avoir que lorsqu'on n'est plus homme, éclata sur le visage livide du prêtre. Quasimodo n'entendit pas ce rire, mais il le vit. Le sonneur recula de quelques pas derrière l'archidiacre, et tout à coup, se ruant sur lui avec fureur, de ses deux grosses mains il le poussa par le dos dans l'abîme sur lequel dom Claude était penché.

Le prêtre cria : — Damnation! et tomba.

La gouttière au-dessus de laquelle il se trouvait l'arrêta dans sa chute. Il s'y accrocha avec des mains désespérées, et, au moment où il ouvrit la bouche pour jeter un second cri, il vit passer au rebord de la balustrade, au-dessus de sa tête, la figure formidable et vengeresse de Quasimodo. Alors il se tut.

L'abîme était au-dessous de lui. Une chute de plus de deux cents pieds, et le pavé. Dans cette situation terrible, l'archidiacre ne dit pas une parole, ne poussa pas un gémissement. Seulement il se tordit sur la gouttière avec des efforts inouïs pour remonter. Mais ses mains n'avaient pas de prise sur le granit, ses pieds rayaient la muraille noircie, sans y mordre. Les personnes qui ont monté sur les tours de Notre-Dame savent qu'il y a un renflement de la pierre immédiatement au-dessous de la balustrade. C'est sur cet angle rentrant que s'épuisait le misérable archidiacre. Il n'avait pas affaire à un mur à pic, mais à un mur qui fuyait sous lui.

Quasimodo n'eût eu pour le tirer du gouffre qu'à lui tendre la main, mais il ne le regardait seulement pas. Il regardait la Grève. Il regardait le gibet. Il regardait l'égyptienne. Le sourd s'était accoudé sur la balustrade à la place où était l'archidiacre le moment d'auparavant, et, là, ne détachant pas son regard du seul objet qu'il y eût pour lui au monde en ce moment, il était immobile et muet comme un homme foudroyé, et un long ruisseau de pleurs coulait en silence de cet œil qui jusqu'alors n'avait encore versé qu'une seule larme.

Cependant l'archidiacre haletait. Son front chauve ruisselait de sueur, ses ongles saignaient sur la pierre, ses genoux s'écorchaient au mur. Il entendait sa soutane accrochée à la gouttière craquer et se découdre à chaque secousse qu'il lui donnait. Pour comble de malheur, cette gouttière était terminée par un tuyau de plomb qui fléchissait sous le poids de son corps. L'archidiacre sentait ce tuyau ployer lentement. Il se disait, le misérable, que quand ses mains seraient brisées de fatigue, quand sa soutane serait déchirée, quand ce plomb serait ployé, il faudrait tomber, et l'épouvante le prenait aux entrailles. Quelquefois, il regardait avec égarement une espèce d'étroit plateau formé à quelque dix pieds plus bas par des accidents de sculpture, et il demandait au ciel dans le fond de son âme en détresse de pouvoir finir sa vie sur cet espace de deux pieds carrés, dût-elle durer cent années. Une fois, il regarda au-dessous de lui dans la place, dans l'abîme ; la tête qu'il releva fermait les yeux et avait les cheveux tout droits.

C'était quelque chose d'effrayant que le silence de ces deux hommes. Tandis que l'archidiacre à quelques pieds de lui agonisait de cette horrible façon, Quasimodo pleurait et regardait la Grève.

L'archidiacre, voyant que tous ses soubresauts ne servaient qu'à ébranler le fragile point d'appui qui lui restait, avait pris le parti de ne plus remuer. Il était là, embrassant la gouttière, respirant à peine, ne bougeant plus, n'ayant plus d'autres mouvements que cette convulsion machinale du ventre qu'on éprouve dans les rêves quand on croit se sentir tomber. Ses yeux fixes étaient ouverts d'une manière maladive et étonnée. Peu à peu cependant, il perdait du terrain, ses doigts glissaient sur la gouttière, il sentait de plus en plus la faiblesse de ses bras et la pesanteur de son corps, la courbure du plomb qui le soutenait s'inclinait à tout moment d'un cran vers l'abîme. Il voyait au-dessous de lui, chose affreuse, le toit de Saint-Jean-le-Rond petit comme une carte ployée en deux. Il regardait l'une après l'autre les impassibles sculptures de la tour, comme lui suspendues sur le précipice, mais sans terreur pour elles ni pitié pour lui. Tout était de pierre autour de lui : devant ses yeux, les monstres béants ; au-dessous, tout au fond, dans la place, le pavé ; au-dessus de sa tête, Quasimodo qui pleurait.

Il y avait dans le Parvis quelques groupes de braves curieux qui cherchaient tranquillement à deviner quel pouvait être le fou qui s'amusait d'une si étrange manière. Le prêtre leur entendait dire, car leur voix arrivait jusqu'à lui, claire et grêle : — Mais il va se rompre le cou !

Quasimodo pleurait.

Enfin l'archidiacre, écumant de rage et d'épouvante, comprit que tout était inutile. Il rassembla pourtant tout ce qui lui restait de force pour un dernier effort. Il se roidit sur la gouttière, repoussa le mur de ses deux genoux, s'accrocha des mains à une fente des pierres, et parvint à regrimper d'un pied peut-être ; mais cette commotion fit ployer brusquement le bec de plomb sur lequel il s'appuyait. Du même coup la soutane s'éventra. Alors sentant tout manquer sous lui, n'ayant plus que ses mains roidies et défaillantes qui tinssent à quelque chose, l'infortuné ferma les yeux et lâcha la gouttière. Il tomba.

Quasimodo le regarda tomber.

Une chute de si haut est rarement perpendiculaire. L'archidiacre lancé dans l'espace tomba d'abord la tête en bas et les deux mains étendues, puis il fit plusieurs tours sur lui-même. Le vent le poussa sur le toit d'une maison où le malheureux commença à se briser. Cependant il n'était pas mort quand il y arriva. Le sonneur le vit essayer encore de se retenir au pignon avec les ongles. Mais le plan était trop incliné, et il n'avait plus de force. Il glissa rapidement sur le toit comme une tuile qui se détache, et alla rebondir sur le pavé. Là, il ne remua plus.

Quasimodo alors releva son œil sur l'égyptienne dont il voyait le corps, suspendu au gibet, frémir au loin sous sa robe blanche des derniers tressaillements de l'agonie, puis il le rabaissa sur l'archidiacre étendu au bas de la tour et n'ayant plus forme humaine, et il dit avec un sanglot qui souleva sa profonde poitrine : — Oh! tout ce que j'ai aimé!

III

MARIAGE DE PHŒBUS

Vers le soir de cette journée, quand les officiers judiciaires de l'évêque vinrent relever sur le pavé du Parvis le cadavre disloqué de l'archidiacre, Quasimodo avait disparu de Notre-Dame.

Il courut beaucoup de bruits sur cette aventure. On ne douta pas que le jour ne fût venu où, d'après leur pacte, Quasimodo, c'est-à-dire le diable, devait emporter Claude Frollo, c'est-à-dire le sorcier. On présuma qu'il avait brisé le corps en prenant l'âme, comme les singes qui cassent la coquille pour manger la noix.

C'est pourquoi l'archidiacre ne fut pas inhumé en terre sainte.

Louis XI mourut l'année d'après, au mois d'août 1483.

Quant à Pierre Gringoire, il parvint à sauver la chèvre, et il obtint des succès en tragédie. Il paraît qu'après avoir goûté de l'astrologie, de la philosophie, de l'architecture, de l'hermétique, de toutes les folies, il revint à la tragédie, qui est la plus folle de toutes. C'est ce qu'il appelait *avoir fait une fin tragique*. Voici, au sujet de ses triomphes drama-tiques, ce qu'on lit dès 1483 dans les comptes de l'Ordi-naire : « A Jehan Marchand et Pierre Gringoire, char-pentier et compositeur, qui ont fait et composé le mystère fait au Châtelet de Paris à l'entrée de monsieur le légat, ordonné des personnages, iceux revêtus et habillés ainsi que audit mystère était requis, et pareillement, d'avoir fait les échafauds qui étaient à ce nécessaires ; et pour ce faire, cent livres. »

Phœbus de Châteaupers aussi fit une fin tragique, il se maria.

IV

MARIAGE DE QUASIMODO

Nous venons de dire que Quasimodo avait disparu de Notre-Dame le jour de la mort de l'égyptienne et de l'archidiacre. On ne le revit plus en effet, on ne sut ce qu'il était devenu.

Dans la nuit qui suivit le supplice de la Esmeralda, les gens des basses œuvres avaient détaché son corps du gibet et l'avaient porté, selon l'usage, dans la cave de Montfaucon.

Montfaucon était, comme dit Sauval, « le plus ancien et le plus superbe gibet du royaume ». Entre les faubourgs du Temple et de Saint-Martin, à environ cent soixante toises des murailles de Paris, à quelques portées d'arbalète de la Courtille, on voyait au sommet d'une éminence douce, insensible, assez élevée pour être aperçue de quelques lieues à la ronde, un édifice de forme étrange, qui ressemblait assez à un cromlech celtique, et où il se faisait aussi des sacrifices.

Qu'on se figure, au couronnement d'une butte de plâtre, un gros parallélipipède de maçonnerie, haut de quinze pieds, large de trente, long de quarante, avec une porte, une rampe extérieure et une plate-forme ; sur cette plate-forme seize énormes piliers de pierre brute, debout, hauts de trente pieds, disposés en colonnade autour de trois des quatre côtés du massif qui les supporte, liés entre eux à leur sommet par de fortes poutres où pendent des chaînes d'intervalle en intervalle ; à toutes ces chaînes, des squelettes ; aux alentours dans la plaine, une croix de pierre et deux gibets de second ordre qui semblent pousser de bouture autour de la fourche centrale ; au-dessus de tout cela, dans le ciel, un vol perpétuel de corbeaux. Voilà Montfaucon.

A la fin du quinzième siècle, le formidable gibet, qui datait de 1328, était déjà fort décrépit. Les poutres étaient

vermoulues, les chaînes rouillées, les piliers verts de moi-
sissure. Les assises de pierre de taille étaient toutes refen-
dues à leur jointure, et l'herbe poussait sur cette plate-
forme où les pieds ne touchaient pas. C'était un horrible
profil sur le ciel que celui de ce monument ; la nuit surtout,
quand il y avait un peu de lune sur ces crânes blancs, ou
quand la bise du soir froissait chaînes et squelettes et remuait tout cela dans l'ombre. Il suffisait de ce gibet présent
là pour faire de tous les environs des lieux sinistres.

Le massif de pierre qui servait de base à l'odieux édifice
était creux. On y avait pratiqué une vaste cave, fermée d'une
vieille grille de fer détraquée, où l'on jetait non seulement
les débris humains qui se détachaient des chaînes de Montfaucon, mais les corps de tous les malheureux exécutés aux
autres gibets permanents de Paris. Dans ce profond charnier
où tant de poussières humaines et tant de crimes ont pourri
ensemble, bien des grands du monde, bien des innocents
sont venus successivement apporter leurs os, depuis En-
guerrand de Marigni, qui étrenna Montfaucon et qui était
un juste, jusqu'à l'amiral de Coligni, qui en fit la clôture et
qui était un juste.

Quant à la mystérieuse disparition de Quasimodo, voici
tout ce que nous avons pu découvrir.

Deux ans environ ou dix-huit mois après les événements
qui terminent cette histoire, quand on vint rechercher dans
la cave de Montfaucon le cadavre d'Olivier le Daim, qui
avait été pendu deux jours auparavant, et à qui Charles VIII
accordait la grâce d'être enterré à Saint-Laurent en meilleure compagnie, on trouva parmi toutes ces carcasses
hideuses deux squelettes dont l'un tenait l'autre singulièrement embrassé. L'un de ces deux squelettes, qui était celui
d'une femme, avait encore quelques lambeaux de robe
d'une étoffe qui avait été blanche, et on voyait autour de
son cou un collier de grains d'adrézarach avec un petit
sachet de soie, orné de verroterie verte, qui était ouvert et
vide. Ces objets avaient si peu de valeur que le bourreau
sans doute n'en avait pas voulu. L'autre, qui tenait celui-ci
étroitement embrassé, était un squelette d'homme. On
remarqua qu'il avait la colonne vertébrale déviée, la tête
dans les omoplates, et une jambe plus courte que l'autre.
Il n'avait d'ailleurs aucune rupture de vertèbre à la nuque,
et il était évident qu'il n'avait pas été pendu. L'homme
auquel il avait appartenu était donc venu là, et il y était
mort. Quand on voulut le détacher du squelette qu'il
embrassait, il tomba en poussière.

TABLE DES MATIÈRES

LIVRE DIXIÈME

LIVRE ONZIÈME

GF — TEXTE INTÉGRAL — GF

93/04/M1503-IV-1993 — Impr. MAURY Eurolivres SA, 45300 Manchecourt.
Nº d'édition 14434. — 1er trimestre 1967. — Printed in France.